빈 몸 속의 찬 말

:해방기 문학의 존재론적 균열과
자기 건립의 의지

한국 언어·문학·문화 총서

7

빈 몸 속의 찬 말

: 해방기 문학의 존재론적 균열과
자기 건립의 의지

연구집단 '**문심정연(文深精研)**'

보고사
BOGOSA

해방기 문학을 다시 돌아보는 이유

어찌 됐든 해방기는 오늘날 한국인들의 근원이다. 해방과 더불어 한반도의 사람들은 자신들의 의도와 관계없이 존재 이동을 경험한다. 그전까지 '조선인'이라고 불리던 사람들은 차후 '한국인(Koreans)', '북조선인들(North Korean People)'이란 이름으로 불리우게 될 새로운 존재의 예비단계로 접어들게 된다.

이 변화의 시발점에서 한국인 스스로 개입할 여지가 거의 없었다는 것은 그 이후 한국인이 장기간에 걸쳐 겪을 고난의 진원으로 작용한다. 한국인들의 '자주와 독립'에 대한 자각은 일찌감치 있었지만, 당시 형편으로는 믿음과 자격과 역량이 결정적으로 결여되어 있었다. 그리고 그것은 해방과 더불어 새로운 공동체의 운명을 주도할 위치에 있는 '의식인들'을 심각한 고장 상태에 놓여 있게끔 하였다. 그러나 지식 정보를 통한 각성은 넘쳐 났고 그 때문에 자기 형편의 자발적 망각을 통해 '조국 건설'의 견인차로서의 역할을 자임하도록 스스로 납득하거나 그렇게 요구받는 사람들이 홍수를 이루고 있었다. 결국 이러한 낙차는 분단과 전쟁, 숙청과 독재로 이어지게 된다.

　이 책은 그러한 몸의 결여와 의식의 과잉이라는 분열적 상황을, 한반도의 문학인들이 어떻게 바라보고 또 그들 나름으로 어떤 대답을 내놓으려 했는지를 살피고자 하는 의도에서 구성된 것이다. 물론 문학인들 역시 당시의 '착종적 의식인들'의 범주에서 그리 벗어나지 못할 것이다. 다만 문학은 그러한 상황을 몸으로 느끼게 하여, 인식의 극점으로 생각을 끌고 간다. 그럼으로써 문학은 때로 미리 보게 하기도 하고, 다른 길을 엿보게 하기도 하며, 또는 비극의 구렁에서일지라도 해야 할 일의 윤리적 원칙을 궁리케 한다. 이 책에 실린 글들은 바로 그런 문학의 프리즘을 통해서 해방기의 정황을 꿰뚫어 나가고자 한 문인들의 시도들을 탐구하였다.

　그렇게 함으로써 이 책은 이 '운명적인 도로(徒勞)의 도가니' 속을 새삼스럽게 다시 들여다보는 까닭을 구한다. 무엇보다도 해방기가 오늘날 우리의 뿌리라는 것은, 그 시기가 아무리 암담하고 혼몽스러웠다 할지라도, 신생에 기여할 이런저런 몸짓들이 미약하게나마 꿈틀거리고 있었다는 것을 역으로 가르쳐준다. 왜냐하면 지금 한국인은 한반도 내에서 생존하는 데 성공하였기 때문이다. 더 나아가 생존했을 뿐 아니라 물질과 정신의 여러 부면에서 적지 않은 성장을 했다고 충분히 자부할 수 있기 때문이다. 그 시기의 어떤 움직임들은 우리가 갱생할 수 있는 실마리로 작용하였다. 그렇다면 그것을 찾고, 그것의 넝쿨을 더듬어, 오늘날까지 이어지는 '역선'을 추적해야 할 것이다.

　그 점에서 아직까지 해방기에 대한 연구들은 미진한 경지에 머물고 있었다고 할 수 있다. 그 미진함은 크게 두 방향으로 찢겼으니, 한쪽이 존재하지도 않았던 선험적 민족의 회복이라는 전제에 사로잡힘으로써 한국인의 자력적 자기 건설을 방해하는 바깥의 세력들과 이념들에 대한 비난을 통해 면책을 누림과 더불어 자기가 거머쥘 행동의 몫을 실종케 하였다면, 다른 한 쪽은 '민족'이라는 실체의 부정을 곧바로 식민지 체제의 연속으로 끌고 가서, 실제 해방기의 한 복판에서 살기 위해 모든 모색을 마다하지 않았던 사람들의 '생체험'의 뿌린 씨앗과 그 가지와 열매들에 대한 탐색을 일거에 부정하는 우를 범해 왔던 것이다.

무엇보다도 중요한 것은 당시의 한국인들이 한편으로는 과잉된 소문에 휘둘리고 다른 한편으로는 텅 빈 곳간과도 같은 자기 자원의 부재로 허기진 와중에도, 생활의 짚을 고르고 정보의 바깥 재료들을 호환 가능한 것으로 바꾸는 노동을 통해서 자기의 물질적·정신적 생명의 가능성을 조금씩 조금씩 쌓아가고 꾸며 간 사연일 것이다. 이런 노동에서 실제로 일어나는 것은 미리 주어진 어떤 보편 세계를 되찾아오는 것이 아니라, 전혀 거꾸로 지금까지 존재하지 않았던 새로운 창안들을 하나씩 조성해 가는 가운데, 그 창안들을 그것들의 합의체로서 이루어질 공동체의 구성적 재질들로 변화시켜 나가는 과정이다. 거기에서 만일 '민족'의 이름으로 일이 행해졌다면 그것은 사실 그 이름에 기대어서, 일을 한 사람들이 만들어낸 새로운 세계이며, 훗날의 연구자가 포착하여 오늘날의 한국 세계와 연결시켜야 하는 게, 바로 이름 안에 감추어진 '사랑'(줌파 라히리Jhumpa Lahiri의 말을 빌리자면)으로서, 거기에 제대로 형상과 이름을 부여할 책임이 또한 후대에게 남겨지는 것이다.

이 책은 주로 시인들의 노력에 중점을 두어 각 편린들을 조명해 보았거니와, 그것들의 양태는 아주 다양하고 그 지향적 스펙트럼 역시 넓어서 분류하기가 쉽지 않다. 그래도 얼마간은 관조와 기투의 강도에 구별을 두어, 두 범주로 나누어 보았으니, 한 경향에서는 해방기 직후의 착종된 현실을 응시하는 가운데 그 모순을 통찰하는 일이 문학의 이름 혹은 역능에 힘입어 명료해진 만큼 착잡한 심사를 자아내고 있으며, 다른 한 경향에서는 그런 착종된 현실 혹은 거기에 얽혀버린 자신을 자료로 삼아 무엇이 됐든 하나의 세계관을 만들어보려는 기도를 허망의 나락으로 떨어질 불안 속에서도 팽팽한 긴장으로 유지시켜 나간다.

    아마도 이런 응시와 기투의 노력들이 얼마나 힘겨운 것인가를 제대로 이해하기 위해서는, 당시의 정황을 구체적으로 체감할 필요가 있으리라. 제3장, '정황 : 텅 빈 몸 안에 어겹된 타자들'은 그를 위해서 마련되었다. 이 장에 수록된 글들은 비교적 최근의 학술적 성과들로서, 해방기의 의식인들이 모두 '타자를 통해서 자기를 조율하는 일'의 난감함에 포박되었던 사정을 여실히 전달해 주고 있으니, 왜냐하면 바로 그 시기에, 타자는 한국인들이 절대적으로 참조할 수밖에 없었던, 끔찍한 '지옥들'이었기 때문이다. 그러나 그럼에도 불구하고 우리가 그 광경을 정면에서 곱씹을 수밖에 없는 까닭은 바로 그 검은 진창 안에서 한국인의 모든 신생이 피어났다는 이미 말한 사연에 근거하는 것으로, 세 편의 논문들은 그 사건의 현장을 제보하는 배려를 충실히 하고 있다.

    이 책은 연구집단 '문심정연'의 세 번째 기획도서이다. 매번 밝히는 바이지만, 연구집단 '문심정연'은 문학의 심화된 이해를 위한 정신분석 연구 모임이다. 이 모임의 뜻에 공감하고 동참해 준 모든 이들에게 감사드린다. 또한 바깥으로부터의 참여에 적극적으로 응해주신 분들에게도 깊은 고마움을 표하는 바이다.

2017년 7월 31일
'문심정연'을 대표하여, 정과리 씀

설정식 시에 나타난 민족의 형상

조국건설의 과제 앞에 선 한 해방기 지식인의 특별한 선택과 그 시적 투영 — 【정과리】

시인/시민이 가야 할 미래는 무엇인가

박인환 시 세계의 '연인-분신'의 발생과 소멸을 중심으로 — 【최서윤】

제3장 정황 : 텅 빈 몸 안에 어겹된 타자들

민족을 상상하는 해방기의 문학

일(日)·미(美) 표상을 중심으로 — 【강정구】

모스크바의 추억
해방기 소련기행의 문화정치학 — 【임유경】

민족문화의 기획과 외국문화의 수용
해방기 외국문학 수입 양상과 미국시를 중심으로 — 【최호빈】

제1장

응시
: 문학의 어깨에 올라
역사 전망의 바깥에 서다

해방기 정지용 시의 연구

현실인식의 변주를 중심으로

장철환

1. 재조와 용기, 그리고 부당

才操도 蕩盡하고 勇氣도 傷失하고 八·一五 以後에 나는 不當하게도 늙
어 간다.[1]

해방기[2] 정지용(1902~?)의 심리적 상태를 이보다 더 잘 표현하는 말은
없을 듯하다. 지용은 1947년 말 자신의 처지를 "不當하게도 늙어 간다"
는 한 문장으로 압축하고 있다. 여기서 가장 먼저 눈에 띄는 것은 "不當"
하다는 자의식이다. 이는 해방 후 정지용이 감당해야만 했던 시대적 상
황에 대한 소회를 가감 없이 적시한다. 그렇다면 무엇이 그를 "不當"하
다는 자의식으로 이끈 것일까? 그것은 크게 두 가지로 판단되는데, 하나
는 "才操"의 탕진 때문이고, 다른 하나는 "勇氣"의 상실 때문이다. 해방
전 그가 보여주었던 "才操"는 재론의 여지가 없어 보인다.[3] 그런데 다소

---

1 정지용, 「尹東柱詩集 序」, 『散文』, 동지사, 1949.1, 248쪽.

2 이 글에서 '해방기'는 1945년 8월 15일부터 1950년 6·25 전쟁이 일어나기까지의 시
   기를 지시하는 광의의 개념으로 사용한다.

3 정지용의 시에 대한 문단의 찬탄은 이를 예증한다. 박용철의 "詩人의 詩人"(「신미시

낯선 것은 "勇氣"마저도 상실했다는 고백이다. 이 말이 1947년 이전에는 "勇氣"를 가지고 있었다는 숨은 뜻을 포함한다면, 이 시기에 그가 보여준 "勇氣"의 실체가 무엇인지 묻지 않을 수 없다.

흥미로운 것은 이러한 고백이 윤동주의 유고(遺稿) 시집인『하늘과 바람과 별과 시』(매문사, 1948.1)의 서문의 앞자리에 놓인다는 사실이다. 당시 무명이었던 윤동주의 유고시집에 서문을 쓰면서 자신의 불행한 처지를 직접적으로 노출하는 것은 이채로운 일이 아닐 수 없다. 그만큼 그는 자신의 심리적 불안감을 표출하지 않을 수 없을 정도의 절박한 상황에 놓여 있었던 것이다. 그가 자신의 부당한 처지를 토로할 수밖에 없었던 일차적 이유는 생계가 곤란할 정도의 가난 때문으로 보인다. 지용이 이화여전을 그만두고 녹번리(碌磻里) 초당(草堂)으로 이사한 것이 바로 이즈음이고 보면, 생계유지의 문제가 그를 괴롭혔을 것이라는 것은 쉽게 추정할 수 있다.[4] 그러나 가난은 특정 시기의 문제라기보다는 상시적인 문제였음을 고려해야 한다. 이는 가난과는 다른 문제가 개입하고 있었음을 암시하는데, 박산운과의 인터뷰는 그것이 무엇인지 살짝 보여주고 있다.

憮然히 獨白 비슷이 말한다.
「八·一五以後에는 純粹란 있을 수 없어」[5]

단의 회고와 비판」,『중앙일보』, 1931.12.6), 양주동의 "驚異的 存在"(「1933년 시단비평」,『신동아』, 1933.12), 김기림의 "完美에 가까운 주옥같은 시편"(「1933년 시단의 회고」,『김기림 전집 2. 시론』, 심설당, 1988)이라는 찬사는 대표적인 예이다.

4 당시의 상황은 1948년 2월 창간된『평화일보』기자와의 면담에서 확인할 수 있다. "내가 내 생활을 해결할 도리가 있으량이면 이렇게 이불을 쓰고 귀객 앞에 떨고 앉았겠읍니까?" 정지용, 「평화일보기자와 일문일답」,『정지용 전집 2』, 민음사, 1988(1999), 407쪽.

5 박산운, 「시인 정지용을 방문하다」,『신세대』통권 22호, 1948.2, 41쪽. 이 인터뷰는 민음사 및 서정시학에서 간행한 정지용 전집에는 실려 있지 않지만, 해방기 정지용을 이해하는 데 있어 매우 중요한 자료이다.

"八·一五以後에는 純粹란 있을 수 없어"라는 단언의 이면에는 해방기라는 변화된 현실이 초래한 정치적 선택의 강제성이 내재해 있는 것처럼 보인다. 즉, 해방 직후 정치적 상황은 그를 더 이상 "純粹"의 영역에 머물 수 없도록 강제한 것이다. 여기서 새로운 질문이 제기된다. 일제치하 대표적인 '기교파' 또는 '순수시인'으로 불렸던 그는 왜 해방기에 들어서자마자 급격한 전회를 한 것인가? 이에 대한 정지용의 대답은 매우 단호하다. "남들이 나를 부르기를 순수시인이라고 하는 모양인데 나는 스스로 순수시인이라고 의식하고 표명한 적이 없다."[6] 이것은 해방 이후 "純粹"의 공소시효가 끝났다는 선언이 돌출적 발언이 아님을 암시한다. 다시 말해, 지용은 '해방 전 순수시인'에서 '해방 후 이념시인'으로 급격히 경사되었다는 세간의 판단을 인정하고 있지 않은 것이다.

해방 덕에 이제는 최대한도로 조선인 노릇을 해야만 하는 것이겠는데 어떻게 8·15 이전같이 倭少龜縮한 문학을 고집할 수 있는 것이랴?
자연과 인사에 흥미가 없는 사람이 문학에 관여하여 본 적이 없다.
오늘날 조선문학에 있어서 자연은 국토로 人事는 인민으로 규정된 것이다.
국토와 인민에 흥미가 없는 문학을 순수하다고 하는 것이냐?[7]

정지용은 "자연과 인사"를 문학이 견지해야 할 두 개의 축으로 간주하고 있을 뿐만 아니라, 해방 전후 자신의 시가 이러한 양대 축에 의해 지탱되어 왔음을 강조하고 있다. 여기에는 해방 전 자신의 시가 "8·15 이전같이 倭少龜縮한 문학"으로 규정될 수 없다는 의식과 함께, 해방 전후 자신의 변화는 본질적인 변화가 아니라는 생각이 전제된 것처럼 보인다.

---

6 정지용, 「산문」, 『정지용 전집 2』, 219쪽.
7 위의 책, 219쪽.

"자연은 국토로 人事는 인민으로 규정된 것"이라는 구절에서 보듯, 해방
후 '국토'와 '인민'의 문학은 해방 전 "자연과 인사"의 변용이라는 것이
다. 이는 자기의 시적 변화를 단절이 아니라 연속으로 설명하려는 태도
로, 그 이면에는 해방 후 '정치시인'이라는 매도를 불식시키려는 숨은 의
도가 포함되어 있다고 할 수 있다.

이렇게 해방기의 시대적 특수성은 지용으로 하여금 해방전 자신의 성
치적 입각점을 재정립하도록 강제하였던 것이다. 타율이든 자율이든, 지
용은 특정의 정치적 성향을 표명하지 않을 수 없었는데, 해방기에 보여
준 좌우를 넘나드는 그의 정치적 행적은 이를 실제적으로 예증한다.
1946년 2월 문학가동맹 아동분과위원장 역임과 『경향신문』 주필로서의
활동이 한쪽 극을 이룬다면, 1949년 11월 보도연맹 가입[8]과 문화실장 역
임, 그리고 한국문학가협회 결성식 추천회원 등의 활동은 반대쪽 극을
이룬다고 할 수 있다. 해방기라는 짧은 시기에 그는 매우 다양한 정치적
활동을 수행한 셈인데, 이러한 사실은 그와 그의 시를 "現實의 대한 非關
心主義"[9]로 한정하는 태도가 재고될 필요가 있음을 보여주며 해방기에

8　기자, 「詩人鄭芝溶氏도加盟 轉向之辯『心境의 變化』」, 『동아일보』, 1949.11.5. 이 기
사에는 다음과 같은 '轉向之辯'이 실려 있다. "나는 소위야간도주하여三八선을넘었다
는 시인『정지용』이다 그러나 나에 대한 그러한 중상과 모략이 어디서 나왔는지는 내가
지금 추궁하고 싶지 않은데 나는 한 개의 시민인 동시에 양민이다 나는 二十三년이란
세월을 교육에 바쳐왔다/월북했다는 소문에 내가 동리사람에게 빨갱이라는 칭호를 받
게되었다 그래서 나는 집을 옮기는 동시에 경찰에 신변보호를 요청했던바 보도연맹에
가입하라는 권유가 있어 오늘 온 것이다 그리고 앞으로는 우리국가에 도움되는 일을
해볼가한다." 여기서 보도연맹 가입이 "보도연맹에 가입하라는 권유"에 의한 것이라는
점을 확인하는 것은 중요한 일이다. 그러나 이보다 더 중요한 것은 스스로를 "한 개의
시민인 동시에 양민"이라고 규정하였다는 사실과, "앞으로는 우리국가에 도움되는 일
을 해볼가한다"는 다짐이다. 전자는 '인민'이 '시민'으로 변주되었다는 점에서, 후자는
이러한 다짐이 실제 정치적 활동으로 외화되었다는 점에서 의미심장하다.

9　임화, 「曇天下의 詩壇 一年」, 『신동아』 50호, 1935.12, 171쪽.

그가 보여줬던 정치적 행적과 시에 대한 엄밀한 재검토의 필요성을 제기한다. 이때 우리가 견지해야 할 자세는 해방기의 그의 정치적·시적 실천을 "좌충우돌"[10]로 폄훼하는 것이 아니라, "정지용이 보여준 정치적 선택과 문학적 실천은 그 자체로 평가되어야 할 사항"[11]이라는 엄정한 객관적태도이다.

2. 해방 초기의 작품과 좌우의 비판

해방 직후, 정지용은 백범 김구를 비롯한 임시정부 요인들을 위한 미사와 환영회에 참여해 환영시를 낭독한 바 있다.[12] 기사에는 정지용이 낭독한 환영시가 무엇인지 명시되지는 않았지만, 시기적으로 보았을 때 「그대들 돌아오시니」(『革命』 1호, 1946.1)와 「愛國의 노래」(『大潮』 1호, 1946.1)로추정된다.[13] 왜냐하면 박산운과의 인터뷰에서 지용은 해방 후에 쓴 시가단 "두篇"[14]뿐이라고 고백하였는데, 1948년 2월까지 쓴 시는 위의 두 편밖

---

10 조연현, 「해방문학 5년의 회고 2」, 『신천지』, 1949, 247쪽.

11 류경동, 「해방 직후와 단정 수립기의 정지용 문학 연구」, 『현대문학연구』 37호, 2009, 94쪽.

12 기자, 「金九主席臨席下 獨立미사祭擧行」, 『동아일보』, 1945.12.9.

13 조연현은 다음과 같이 증언하고 있다. "氏는 自進하여 大臣(臨政要人)들 압헤서 처음으로 『그대들 돌아 오시니』라는 感激의 一首를 朗讀햇던것이다. 그러나 一週日이 못가서 氏는 그 詩를 懷疑하고 大臣들 압헤서 朗讀 햇다는것을 한개의 恥辱처럼 後悔햇던것이다. 理由는 簡單하엿다. 政權을 分明히 잡을줄 알앗던 大韓臨政이 政權은 姑捨하고 當場에 沒落할것만 갓헛다는것과 文學家同盟系에서 氏의 그러한 作品과 態度를 猛烈히 非難 하엿기 때문이엇다." 조연현, 「수공예술의 말로(상) - 정지용씨의 운명」, 『평화일보』, 1947.8.20, 4면.

14 "「解放後 詩를 몇篇 쓰셨는지요?」/빤히 아는 質問을 해본다/「두篇이야. 두篇밖에는안 썼어」" 박산운, 「시인 정지용을 방문하다」, 『신세대』 통권 22호, 1948.2, 42쪽.

에 없기 때문이다. 이중 「그대들 돌아오시니」는 부제 "凱旋還國革命同志
에게"를 보건대, 위의 환영회에서 낭송된 것이 분명하다. 일제치하 『국민
문학』 4호(1942.2)에 발표한 「異土」 이후 근 4년 만에 발표한 이들 작품은
기존의 시편들과 비교할 때 내용이나 어조 면에서 상당히 이채롭다는
점에서 주목을 요한다.

> (1연) 백성과 나라가/夷狄에 팔리우고/國祠에 邪神이/傲然히 안즌지 죽
> 엄 보담 어둡기/嗚呼 三十六年!//
>
> (2연) 그대들 도라오시니/피흘리신 보람 燦爛히 도라오시니//
>
> (3연) 허울 벗기우고/외오 돌아섯던/山하! 이제 바로 도라지라/자휘 잃
> 었던 물/옛자리로 새소리 흘리어라/어제 하늘이 아니어니/새론
> 해가 오르라//
>
> (4연) 그대들 도라오시니/피흘리신 보람 燦爛히 도라오시니//
>
> (5연) 밭니랑 문희우고/곡식 앗 어 가고/이바지 하올 가음 마자 없어/錦
> 衣는 커니와/戰塵 털리지 않은/戎衣! 그대로 뵈일 밖에//
>
> (6연) 그대들 도라오시니/피흘리신 보람 燦爛히 도라오시니//
>
> (7연) 사오나은 말굽에/일가 친척 흩어지고/늙으신 어버이 어린 오누이/
> 낯 선 흙에/이름 없이 굴르는 白骨을!/상긔 불현듯 기달리는 마을
> 마다/그대 어이 꽃을 밟으시리/가시덤불, 눈물로 헤치시리//
>
> (8연) 그대들 도라오시니/피흘리신 보람 燦爛히 도라오시니
> -「그대들 도라오시니」 전문[15] (괄호 표시는 인용자-이하 동일)

「그대들 돌아오시니」는 일제치하 민족이 당했던 고통과 해방의 기쁨
을 격정적으로 토로하고 있는 시이다. 1연의 "죽엄 보담 어둡기"가 전자
를 비유적으로 묘사하고 있다면, 3연의 "새론 해가 오르라"는 후자를 상

---

15 정지용, 『정지용 전집 3 - 원문시집』, 최동호 편, 서정시학, 2015, 293~294쪽.

징적으로 표현하고 있다. 다소 상투적이기는 하지만, 이러한 격정적 표현들은 임시정부 요인 귀국 환영회라는 상황에 부합한다고 볼 수 있다. "그대들 도라오시니/피흘리신 보람 燦爛히 도라오시니"라는 후렴구 또한 이러한 맥락에서 이해될 수 있는데, 특별히 주목할 부분은 5연 이하에 나타난 현실 인식이다. "戰塵 털리지 않은/戎衣! 그대로 뵈일 밖에"와 "낮 선 흙에/이름 없이 굴르는 白骨"에 나타난 해방직후 현실의 비참한 모습은, 그가 해방의 기쁨에 도취되어 낙관적 미래만을 강변하지 않았음을 암시적으로 보여주기 때문이다. 즉 지용은 해방의 기쁨과 임정 요인들에 대한 감사의 마음을 전하는 것과 함께, 비참한 조국의 현실에 대한 안타까움과 임정 요인들 앞에 놓인 험난한 도정에 대한 염려를 동시에 표현하고 있는 것이다. 비참한 현실에 대한 타개 의지는 7연의 후반부에서 임시정부 요인들에 대한 당부로 표현되고 있다. "그대 어이 꽃을 밟으시리/가시덤불, 눈물로 헤치시리"가 보여주는 것은, 앞으로의 여정이 순탄한 '꽃길'이 아니라 험난한 '가시덤불길'일 테니 각오를 다지라는 촉구이다. 실제로 해방기에 그들의 정치적 입지가 평탄치 않았다는 의미에서 본다면, 여기에는 일종의 비장미가 서려 있다고 할 수 있다.

따라서 이 시를 "정지용 시답지 않은 이러한 무절제한 감정의 토로"[16]로 일갈하는 것은 재고의 여지가 있다. 이러한 비판에는 정지용의 시에 대한 특정의 생각이 전제되어 있는데, 그의 시가 감정적으로 절제되어 있다는 판단이 그것이다.[17] 해방 전의 시에서 도출해 낸 이러한 판단은 지용 시를 판별하는 주요 척도이지만, 이를 해방기의 시편들에 일률적으로 적용하는 것은 문제가 있다. 환영식에서의 낭송을 목적으로 쓴 시라

---

16 배호남, 「해방기의 정지용 문학에 관한 고찰」, 『인문학 연구』 29호, 2015, 168쪽.
17 이는 다음과 같은 주장에서도 확인할 수 있다. "결국 해방 이후 글쓰기는 그의 본질적 모습에서 이단적이다." 송기섭, 「정지용의 산문 연구」, 『국어국문학』 115호, 1995, 278쪽.

면, 강렬한 영탄 및 후렴의 반복은 그 나름대로의 적절성이 있을 수밖에 없다. 관건은 "무절제한 감정의 토로"를 비판하는 것이 아니라, 강렬한 영탄성이 표출될 수밖에 없었던 맥락을 살피는 것에 있다.

> (1연) 챗직 아레 옳은 道理/三十六年 피와 눈물/나종가지 견뎠거니/自
>   由 이제 바로 왔네//
> (2연) 東奔西馳 革命同志/密林속의 百戰義兵/獨立軍의 銃부리로/世界
>   彈丸 쌓았노라//
> (3연) 王이 없이 살았건만/正義만을 모시었고/信義로서 盟邦 얻어/犧牲
>   으로 이기었네//
> (4연) 敵이 바로 降服하니/石器 적의 어린 神話/漁村으로 도라가고/東
>   과 西는 이제 兄弟//
> (5연) 원수 애초 맺지 말고/남의 손짓 미리 막어/우리끼리 굳셀뿐가/남
>   의 恩惠 잊지 마세//
> (6연) 진흙 속에 묻혔다가/한울에도 없어진 별/높이 솟아 나래 떨듯/우
>   리 나라 살아 났네//
> (7연) 萬國사람 우러 보아/누가 일러 적다 하리/뚜렷하기 그지 없어/온
>   누리가 한눈 일네
>
> ─「愛國의 노래」 전문

「愛國의 노래」 역시 같은 차원에서 이해될 수 있다. 이 시의 주조가 해방의 기쁨으로 이루어져 있음은 분명하다. 그러나 이러한 이유 때문에 이 시를 "부족한 시, 실패한 시"[18]로 규정하는 것 역시 재고될 필요가 있다. 이 시에는 미약하지만 해방 직후 우리가 나가야 할 방향이 암시되어 있기 때문이다. 3연의 "信義로서 盟邦 얻어/犧牲으로 이기었네"는 해방

---

18 배호남, 앞의 책, 168쪽.

이 "盟邦"의 도움만이 아니라 우리의 "犧牲"을 통해 달성된 것임을 천명하고 있다. 이는 2연의 "獨立軍의 銃부리로/世界彈丸 쏳았노라"와 동궤를 이룬다. 따라서 4연의 "우리끼리 굳셀뿐가/남의 恩惠 잊지 마세"는 새로운 민족 국가의 건설이 "남의 恩惠"를 잊지 않는 토대 위에서 이루어져야 함을 암시한다. 이런 맥락에서 「愛國의 노래」는 정지용의 민족국가 건설에 대한 맹아적 인식을 내포하고 있다고 말할 수 있다.

문제는 정지용의 이러한 행동이 좌우파 모두에게 비판을 받을 수밖에 없었다는 데에 있다.[19] 당시 지용은 〈조선문학건설본부〉 산하 '아동문학위원회'을 맡고 있었는데, 임시정부 요인들과 정치적 지향점이 달랐던 좌파 쪽 인사들이 지용의 이러한 행동을 공식적으로 비판하고 나선 것은 불가피해 보인다. 해방기 정국에서 정지용의 의도를 초과하는 사태가 벌어지게 된 것이다. 좌파의 대표적 이론가인 김동석의 비판은 이를 예증한다.

> 「그대들 돌아오시니」는 좀 위태위태한 시다. (중략) 하며 '천조대신(天照大神)'이 없어진 기쁨을 노래한 것은 신사참배를 강박당하던 교원으로선 시가 됨즉도 하지만 이 시를 천주교회당 속에서 임정(臨政) 요인들 앞에서 낭독하였다는 데는 찬성할 수 없다. 지용이 성당엘 다니든 임정을 지지하든 종교는 담배요, 지용도 정치적 동물이니까 눈감아 준다 하드라도 '시'를 교회당에까지 끌고 들어가 눈코 달린 정치가에게 헌납한다는 것은 순수하다 할 수 없다. '시'는 '시'를 위해서만 존재할 수 있는 것이다.[20]

김동석의 비판은 시의 내용에 대한 것이라기보다는 "천주교회당 속에

---

19 이에 대해서는 다음을 참조. 박민규, 「조선문학가동맹 '詩部'의 시 대중화 운동과 시론」, 『한국시학연구』 33호, 2014, 423~457쪽.

20 김동석, 「시를 위한 시」(『상아탑』 5집, 1946.4), 『김동석 평론집』, 서음출판사, 1989, 52~53쪽.

서 임정(臨政) 요인들 앞에서 낭독하였다는 데"에 초점이 맞춰져 있다. 여기에는 두 가지 생각이 내재해 있는데, 하나는 "종교는 담배"이기 때문에 문학과 분리되어야 한다는 생각이고, 다른 하나는 시를 특정 정파의 "정치가에게 헌납한다는 것"은 옳지 않다는 생각이다. 여기서 지용의 '불순한 행동'을 비판하기 위해 "'시'는 '시'를 위해서만 존재할 수 있는 것"이라고 강조한 대목은 상당히 흥미롭다. 우파 문인들의 순수문학관에 입각해 있는 것처럼 보이기 때문이다. 그러나 김동석이 말하고 있는 "순수"는 우파 문인들이 강조한 '순수'와는 구별되어야 한다.

> 그대가 맞이한 몇 사람 정치가보다도 이마에 땀을 흘려 낫을 잡는 사람, 헴머를 휘두르는 사람이 시인을 밥 먹이고 옷 입히지 않았던가. (중략) 지용도 세상이 귀찮거든 전원으로 돌아가 자연시인(自然詩人)이 되는 것이 어떨고, 왜냐면 잡지의 이름이 '상아탑'이라는데 깜짝 놀라 '상아탑이요? 인민전선이 펼쳐졌는데 '상아탑'이 무사할가요' 하였으니 말이다. 그렇다 인민전선이 펼쳐졌다.[21]

당시 김동석이 지향하던 문학은 한 마디로 '인민문학'이다. 그는 문학이란 소수의 정치가를 위한 것이 아니라 인민 대중의 해방을 위한 것이어야 한다는 생각을 견지하고 있었다. 이런 토대 위에서 그는 정지용의 「그대들 도라오시니」를 "몇 사람 정치가"를 위한 것이라고 비판하고 있는 것이다. 따라서 그가 생각하고 있었던 '순수'는 '인민문학'으로서의 순수성이라고 봐야 한다. 여기서 주목해야 할 것은 『상아탑』의 발간에 대한 지용의 반응을 거론하는 부분이다. "인민전선이 펼쳐졌는데 '상아탑'이 무사할가요"라는 지용의 반문이 사실이라면, 이는 그가 "인민 전

---

21 위의 책, 55쪽.

선"의 개시를 해방기 정치적 현실의 거부할 수 없는 대의로 바라보았으며 그의 문학관 역시 '인민문학'과 궤를 같이 하고 있음을 암시하기 때문이다.[22] 우파 이론가인 조연현이 오랜 시간이 지난 후에 지용의 시낭송을 비판한 숨은 이유가 바로 여기에 있다.

그래서 重慶臨時政府가 還國하자 그 臨政이 꼭 政權을 잡을줄만 알앗던 (이러케 氏의 政治意識은淺薄한것이다) 氏는自進하여 大臣(臨政要人)들 압헤서 처음으로 『그대들 돌아 오시니』라는 感激의 一首를 朗讀 햇던것이다. 그러나 一週日이 못가서 氏는 그 詩를 懷疑하고 大臣들 압헤서 朗讀 햇다는 것을 한개의 恥辱처럼 後悔햇던것이다. 理由는 簡單하엿다. 政權을 分明히 잡을줄 알앗던 大韓臨政이 政權은 姑捨하고 當場에 沒落할것만 갓헛다는것과 文學家同盟系에서 氏의 그러한 作品과 態度를 猛烈히 非難하엿기 째문이엇다. 氏가 共産主義나 唯物史觀에 對해서 關心을 갓게된것도 五十平生에서 그째가 처음이요 氏가 詩를 못쓰게 된것도 그째부터엿던것이다.[23]

조연현의 정지용 비판은 당시 우파의 정치적 입각점이 어디였는지를 분명히 보여주고 있다. "이러케 氏의 政治意識은淺薄한것이다"에서 보듯, 그는 좌파의 공산주의 사상뿐만 아니라 임시정부 요인의 정치적 노선에 대해서도 부정적인 시각을 견지하고 있었던 것이다. 간과할 수 없는 것은 "一週日이 못가서 氏는 그 詩를 懷疑하고 大臣들 압헤서 朗讀 햇다는것을 한개의 恥辱처럼 後悔햇던것"이라는 추정이다. 자신의 정치적 태도의 정당성을 주장하기 위해, 지용을 정치적 기회주의자로 매도하

22 다음과 같은 발언은 이를 명시적으로 보여준다. "원래 다감한 소시민 문학의 대가계인 인민문학의 奔流에 다시 가세하여 당래할 민족문학의 전초가 되기가 아직도 늦지 않았다." 정지용, 「조선시의 반성」, 『정지용 전집 2』, 275쪽.
23 조연현, 「수공예술의 말로(상) – 정지용씨의 운명」, 『평화일보』, 1948.2.20, 4면.

는 언사를 남발하고 있기 때문이다. 지용이 이때부터 "共産主義나 唯物
史觀에 對해서 關心을 갓게된것"이라는 추정도 이러한 맥락에서 이해될
수 있다. 조연현의 의도는, 정지용의 정치적 사상이 문학가동맹의 사상
적 지도, 곧 "靑年思想敎師인 金東錫氏의 敎育方針의 遵守"[24]에 불과하
기 때문에 그의 시적 천성과 근본적으로 배치될 수밖에 없음을 천명하는
데 있었다. 조연현의 비판은 자신의 우파적 논리를 강변하는 것이기에
구체적 사항들은 신뢰하기 어렵지만, 이때부터 좌파의 논리가 지용의 정
치관에 상당한 영향을 끼쳤다는 추정은 타당성을 지닌다고 할 수 있다.
당시 지용은 좌파문인들과 상당한 인적 교류가 있었으며, 아동문학을 매
개로 좌파와 정치적 활동을 공유하고 있었기 때문이다. 문학가동맹 아동
분과위원회 위원장 역임은 이러한 맥락에서 이해될 수 있다.

3. 문학가동맹과 아동문학 분야에서의 활동

해방 이후 정지용의 정치적 활동의 출발은 해방기 좌익 문학 단체의
성립과 궤를 같이 한다. 해방 다음 날인 1945년 8월 16일, 임화, 이태준,
김남천 등은 서둘러 〈조선문학건설본부〉를 발족시킨 바 있다.[25] 정지용이
언제부터 〈조선문학건설본부〉에 참여했는지는 분명치 않지만, 〈조선문
학건설본부〉 산하 '아동문학위원회'에서 활동한 것은 분명해 보인다. 그
가 '아동문학위원회'의 기관지인 『아동문학』(아동문학사, 1945.12)의 창간

---

24 위의 글, 4면.

25 당시 〈조선문학건설본부〉는 좌익과 우익의 여러 문인들을 포괄하는 다소 느슨한 형
태의 조직이었다. 〈조선문학건설본부〉가 주창한 '민족문학'은 "'인민적 신문학'이라는
말로 집약'될 수 있는데, 이에 대해서는 최성윤, 「해방기 좌익 문학단체의 성격과 '민
족문학론'의 전개」, 『국어문학』 58집, 2015, 483쪽을 참조할 것.

에 관여하였다는 기록이 있기 때문이다.[26] 이후 정지용이 공식적으로 참
여한 문학 단체는 〈조선문학동맹〉이다.[27] 〈조선문학건설본부〉와 KAPF를
계승한 〈조선프롤레타리아문학동맹〉(1945.9.17)은, 1945년 12월 13일 '조
선문학동맹결성대회'를 통해 〈조선문학동맹〉으로 통합되는데, 이 대회에
서 정지용은 시부(詩部) 위원장 김기림과 함께 시부위원 및 아동문학위원
회 위원장을 맡게 된 것이다.[28] 이듬해인 1946년 2월 8일 '전국문학자대회'
에서 〈조선문학동맹〉이 〈조선문학가동맹〉으로 개편될 때, 정지용은 임
화, 김기림, 이태준, 김남천 등과 함께 각 분과 보고자로 이름을 올린
것은 여기에서 기인한다.[29] 이후 정지용은 〈조선문학가동맹〉이 주관하는
여러 행사에 참여하는데, 1946년 8월 10일 발족한 〈조선문학가동맹〉 '서
울지부 설립준비위원'뿐만 아니라,[30] 각종 강연회 및 낭송회에도 여러 차
례 이름을 올린 바 있다.[31]

　　해방기 정치적 활동에서 주목할 것은 그의 정치적 참여가 주로 '아동문
학'을 매개로 이루어졌다는 사실이다.[32] 좌익문학 단체에서 아동문학의
중요성은 여러 차례 강조된 바 있다. 당시 〈조선문학가동맹〉의 위원장이

26　기자, 「兒童文學委員會서 兒童文學發刊」, 『중앙신문』, 1945.11.22.
27　기자, 「文學同盟中央委員結成大會에서 選舉」, 『중앙신문』, 1945.12.15. "十三日文協
　　會館에서開催한朝鮮文學家同盟結成大會에選舉로된中央委員會은다음과갓다."
28　기자 「文學同盟의 새 진용 결정」, 『자유신문』, 1945.12.15.
29　기자, 「금일문학자대회 전국에서200대표가참가예정」, 『자유신문』, 1946.2.8. 그러나
　　정지용의 불참으로 '아동문학현상과 금후의방향'의 보고는 박세영에 의해 낭독되었다.
　　이승원, 『정지용 시의 심층적 탐구』, 태학사, 1999, 52쪽.
30　기자, 「文盟서울支部準備」, 『자유신문』, 1946.8.4, 2면 10단.
31　이에 대해서는 다음을 참조할 것. 박민규, 「조선문학가동맹 '詩部'의 시 대중화 운동
　　과 시론」, 『한국시학연구』 33호, 2014; 배호남, 「해방기의 정지용 문학에 관한 고찰」,
　　『인문학 연구』 29호, 2015.
32　정지용의 아동문학에 대한 관심과 활동에 대해서는 다음을 참조할 것. 박태일, 「새자
　　료 발굴로 본 정지용의 광복기 문학」, 『어문학』, 2004.

었던 홍명희는 "封建的殘滓를 除去하는 새로운 兒童文學과 農民文學을 樹立하는것"[33]이라고 새로운 아동문학 수립의 중요성을 강조한 바 있다. 이러한 맥락에서 볼 때, 정지용이 아동문학분과 위원장으로 활동한 것은 아동문학에 대한 그의 개인적 관심뿐만 아니라 새로운 아동문학의 건설이라는 시대적 차원의 의의를 지닌다고 할 수 있다. 이러한 생각을 잘 보여주는 글이 「윤석중 동요집 『초생달』」(『현대일보』, 1946.8.26)이다.

> 38선이 철폐되기도 이 아이들이 자라기까지 기다려야 할까! 초생달도 둥글기까지는 시일 문제려니와 금년 8·15 날에는 석중에게 기를 높이 들리우고 우리 어린이를 나팔 불리고 북 치우고 당당한 국제적 시위 운동을 시켜야 하겠다.[34]

지용이 윤석중의 동요집 『초생달』(박문출판사, 1946)[35]의 서평, 그것도 「「無序錄」을 읽고 나서」(『매일신보』, 1942.4.18) 이후 4년 4개월 후에 서평을 썼다는 것은 흥미로운 사실이 아닐 수 없다.[36] 서평의 마지막 부분에서 주목할 것은 아동문학가 윤석중과 어린 아이들에게 "당당한 국제적 시위 운동을 시켜야 하겠다"는 다짐이다. 그것도 "38선이 철폐"와 같은 정치적인 문제에 대해서 말이다. 이것은 무엇을 뜻하는가? 윤석중이 해방기 우익단체의 하나였던 〈조선아동문화협회〉(1945.12.1) 설립을 주도

---

33 좌담, 「벽초 홍명희 선생을 둘러싼 문학담의」, 『대조』, 1946, 79쪽.

34 정지용, 「윤석중 동요집 『초생달』」, 『정지용 전집 2』, 305쪽.

35 해방기 윤석중의 활동에 대해서는 다음을 참조할 것. 임성규, 「해방 직후 윤석중 동요의 현실 대응과 작품 세계」, 『아동청소년문학연구』 2호, 2008. 참고로, 이 시집의 서문은 김동석이 썼다.

36 "하도 붓을 잡아본 적이 오래 되었으니 심심풀이로 『초생달』이나 읽고 평하여 보자." 정지용, 「윤석중 동요집 『초생달』」, 『정지용 전집 2』, 303쪽.

한 인물이었음을 감안한다면,[37] 그에게 "금년 8·15 날에는 기를 높이 들 리우"겠다는 다짐은 38선 철폐에 대한 특정 정치적 노선에 동참할 것을 촉구하는 행위로 볼 수 있다. 윤석중의 동시집을 우회하는 "국제적 시위 운동"에의 독려는 해방기 현실과 아동문학에 대한 그의 정치관을 반영하고 있었던 것이다. 더욱이 여기에는 1945년 12월 모스코바 삼상회의의 결정이라는 정치적 문제가 개입되어 있음을 놓쳐서는 안 된다. 따라서 38선 철폐를 위한 "국제적 시위 운동"의 촉구는, 모스코바 삼상회의에서 결정한 '한국 임시정부 수립', '미소공동위원회 설치', '신탁통치'라는 정치적 문제에 대한 판단과 연계될 수밖에 없다. 특히 '신탁통치'의 문제는 당시 좌우가 첨예하게 대립한 사안이라는 점에서, 이에 대해 어떠한 입장과 태도를 취하느냐는 해방기의 정치적 관점을 판별하는 시금석이라고 할 수 있겠다. 이에 대한 정지용의 입장은 1946년 10월 6일부터 1947년 8월까지 『경향신문』에 연재한 「餘滴」에 잘 나타나 있다.[38]

　所謂『포쓰담』秘密協定에『朝鮮分斷』四字가있다 이런 客說도있어 좋을 건가▼三八線은 朝鮮의 허리를 두동강에 잘라 매어놓았다마는 朝鮮은 決코決코 分割되지는 않았다▼꿈에라도 分割될수 있는것으로 생각하였다가

37　임성규, 「해방 직후 윤석중 동요의 현실 대응과 작품 세계」, 『아동청소년문학연구』 2호, 2008.

38　경향신문사의 초대 주필은 정지용이었고 편집국장은 염상섭이었다. 1947년 9월에 오종식(吳宗植)이 주간 겸 편집국장으로 취임한다.(「인사」, 『동아일보』, 1947.9.19.) 따라서 정지용이 「餘滴」을 마지막으로 쓴 날짜는 1947년 8월 27일로 추정된다. 이 기간 동안 정지용이 쓴 「餘滴」은 무려 215회에 달한다. 「餘滴」은 당시의 정치, 경제, 문화, 문학, 생활 등에 대한 지용의 견해가 무엇이었는지를 잘 보여주고 있다. 특히 당시의 '민족문학'에 대한 그의 정치적 관점을 논구하는 데 있어 중요한 자료들을 제공하고 있다. 다만, 여기서는 지면의 한계 때문에 자세한 논의를 피하고, 별도의 지면에서 본격적으로 논구하고자 한다.

는 큰코다친다 ▼우리겨레는 決코 그런겨레가아닌것을 아라야할거요 알려
야 할거다! ▼連綿한 四千餘年의 뿌리를 무엇으로 찍어내고 캐어내겠다는
거냐 ▼여기에 가서는 희고 붉고 左고 右고가없다 絶對다! 脈脈히 흐르는
이피ㅅ줄기가 끊일가보냐! 끊을놈은 또 누구냐![39]

  정지용에게 민족 분단은 "決코決코" 용납될 수 없는 일이었다. 그는
민족 통일의 문제에서만큼은 양보가 없었는데, "희고 붉고 左고 右고가없
다 絶對다!"라는 외침은 이를 잘 보여준다. 민족 통일에 대한 이러한 강렬
한 신념은 역으로, "끊을놈은 또 누구냐!"에서 보듯, 분단을 고착화하려는
세력들에 대한 강력한 반감으로 표출된다. 지용이 윤석중의 동요집 서평
에서 아이들에게 "국제적 시위 운동"을 시켜야겠다고 말한 것도 이러한
신념에서 비롯한다고 볼 수 있다. 1차 미소공동위원회(1946년 5월)의 결렬
직후 이승만의 정읍 발언(1946.6.3)이 나왔음을 감안한다면, 그가 "끊을놈"
이라고 욕하는 대상이 누구인지 간접적으로 추정해 볼 수 있다.
  흥미로운 것은 아동문학을 매개로 한 정치적 주장의 표명은 1949년에
이르면 그 논지와 강도 등에서 적지 않은 변화가 생긴다는 점이다.

  우리나라에 아직 어린이가 완전히 행복하게 자라게 되기가 멀다. 완전
  히 어린이의 행복한 나라를 만들기 위하여 우리 어린이들이 이 명절날에
  기를 받고 북을 치며 노래와 행진으로 저벅 저벅 시위와 열렬한 연설로 요
  구하고 주장함으로 잔치를 삼는 날이다.[40]

  인용문은 1949년 5월 5일 어린이날을 기념하면서 쓴 글의 일부이다.

---

39 정지용, 「餘滴」, 『경향신문』, 1946.10.16.
40 정지용, 「어린이날, 5월 5일」, 『어린이나라』 5월호, 동지사, 1949, 11쪽. 박태일, 앞
   의 글, 183쪽에서 재인용.

어조 면에서 보면 전술한 「윤석중 동요집 『초생달』」의 그것과 상당히 유사하다. 그러나 논지와 내용 면에서 상당한 변화가 감지되는데, "완전히 어린이의 행복한 나라를 만들기 위하여"에서 보는 것처럼 '시위와 연설'의 목적이 달라지기 때문이다. 즉 "어린이의 행복한 나라"가 '시위와 연설'의 일차적 목적으로 설정되어 있는 것이다. 수사적인 차원의 선언을 논외로 한다면, 아이들이 행복한 나라를 건설하는 것은 특정 정파의 문제가 아니라 시대 전체가 지향해야 할 공통의 목표라고 볼 수 있다. 이런 점에서 위의 글은 38선의 철폐를 위한 "국제적 시위 운동을 시켜야 하겠다"는 주장과는 상당한 차이를 보인다.

> 지금 어린이들도 장난감 없이 어른이 되어 간다.
> 그러나 전에 장난감 없이 자란 어른들이 어린이 잡지를 만들어 슬픈 원을 푸는 것이다.
> 여러 분 어린이들은 그래도 우리 보다는 행복하십니다.
> 우리 함께 어른, 어린이 할 것 없이 『어린이 나라』를 즐겁게 즐겁게 읽읍시다.
>
> —「장난감 없이 자란 어른」 부분[41]

먼저, 『어린이나라』는 1949년 1월 동지사에서 간행한 어린이 잡지이다.[42] 이 글의 논지는 앞의 「윤석중 동요집 『초생달』」의 그것과 상당한 거리가 있다. "장난감 없이 자란 어른들"의 "슬픈 원을 푸는 것"에서 보

---

41 정지용, 「장난감 없이 자란 어른」, 『散文』, 동지사, 1949.1, 160~161쪽.
42 기자, 「『어린이나라』동지사에서창간」, 『경향신문』, 1948.12.18; 기자, 「새로나온책」, 『경향신문』, 1948.12.25. 그러나 단편적인 소개들을 제외하면, 당시의 신문 기사에서 이 잡지에 대한 자세한 정보를 확인하는 것은 어렵다. 이에 대한 보충 설명은 박태일, 「새자료 발굴로 본 정지용의 광복기 문학」, 『어문학』, 2004, 177쪽 참조.

듯, 이 글은 개인적인 감회만을 표출할 뿐 자신의 정치관을 직접 노출하지 않고 있다. 특히 "어린이들은 그래도 우리 보다는 행복하십니다"라는 구절은 "어른들"의 과거가 얼마나 참혹한 것이었는지를 보여주는 데 초점이 맞춰져 있는 것처럼 보인다.[43] 따라서 "즐겁게 즐겁게 읽읍시다"라는 권유는 "장난감 없이 자란 어른들"의 "슬픈 원"의 대리 충족이라는 성격을 띤다고 할 수 있다. 여기서 우리는 아동문학에 대한 그의 지향점이 특정의 정치적 노선을 탈각하고, 어린이의 순수성을 회복하는 데 맞춰지고 있음을 확인할 수 있다.

주목할 것은 아동문학에 대한 이러한 변화가 정지용의 정치성의 변화와 궤를 같이 한다는 사실이다. 1947년 여름 경향신문사 주필을 사임하고 이화여전으로 복귀한 것, 그리고 1948년 2월 다시 이화여전을 사임하고 녹번리 초당에 은거한 것은 당시의 정세의 변화와 연동되어 있다.[44] 당시의 급박한 정세는 남북 연석회의의 실패에 이은 남한 단독정부 수립과 북한 인민 정권의 수립이 잘 보여주고 있다. 이러한 정치적 변화는 "朝鮮은 決코決코 分割되지는" 않을 것이라는 그의 신념이 실현될 수 없음을 의미하며, 아동문학이라는 동일한 대상에 대한 관점의 변화를 설명해 준다. 전술한 "才操도 蕩盡하고 勇氣도 傷失하고 八·一五 以後에 나는 不當하게도 늙어 간다."는 자의식은 당시 그가 느꼈던 압박감을 그대

---

43 정지용의 어린 시절에 대한 회상은 그의 유년이 얼마나 불행했는지를 잘 보여준다. "나는 소년쩍 고독하고 슬프고 원통한 기억이 진저리가 나도록 싫어진다." 정지용, 『정지용 전집 2』, 427쪽.

44 급격한 정세의 변화가 지용에게 어떤 압박을 가했는지는 「산문」의 일절에서 간접적으로 확인할 수 있다. "당신이 文科長 지위에 있어서 유물론 선전을 한다니 그럴 수가 있오! 당신이 지도하는 학생들이 따로 모이어 무엇을 하고 있는 줄을 아시오? 일간 당신네 학교에서 무슨 소동이 나기 하면 문과장만으로서 책임을 져야 하오." 정지용, 「산문」, 『정지용 전집 2』, 218쪽.

로 적시한다. 더욱이 이 시기 지용이 추진했던 문학적 실천, 즉 1948년 10월 『문장』의 복간을 통한 새로운 활로의 모색마저도 뚜렷한 성과 없이 도로에 그치고 만다. 남한 단독 정부 수립 이후 이승만의 전방위적인 사상 탄압도 그의 불안감에 적지 않은 영향을 끼친 것으로 볼 수 있다. 1949년 후반 보도연맹 가입이 생존을 위한 불가피한 선택일 수밖에 없었던 이유가 여기에 있다.

4. 청춘의 상실과 위태한 귀가길

정지용의 해방기 마지막 시편들은 1949년과 1950년에 걸쳐 발표된다. 기존의 정지용 전집에 수록된 시편들(「曲馬團」, 「四四調五首」) 이외에, 박태일이 추가 발굴한 「椅子」(『혜성』 창간호, 1950.2),[45] 이순욱이 추가 발굴한 「妻」, 「女弟子」, 「碌磻里」(『새한민보』 4권 1호, 1950.1.20)가 있다.[46] 정지용의 현실 인식의 변화 추이를 확인하기 위해서는 이들 시편들을 전체적으로 조망해야 하는데, 발표 시기를 기준으로 새로 발굴된 시편들부터 살필 필요가 있다. 미리 밝혀둘 것은 이들 시편들에서 주목해야 할 것이 "현실과의 대결의식을 스스로 포기한 결과"[47]의 참담이 아니라, 감당할 수 없을 정도의 현실의 높은 파고 속에서 생을 건사하는 방법이라는 사실이다.

(1연) 너/앉었던 자리/다시 채워/남는 靑春//
(2연) 다음 다음 갈마/너와 같이 靑春//

45 박태일, 앞의 책, 186~193쪽.
46 이순욱, 「국민보도연맹시기 정지용의 시 연구」, 『한국문학논총』 41집, 2005, 23쪽, 64쪽.
47 위의 책, 66쪽.

(3연) 深山 들어/안아 나온/丹頂鶴/흰 알//

(4연) 冬至 바다 위/알 보금자리/한달 품고 도는/翡翠새//

(5연) 봄 물살/휘감는/오리 푸른/목//

(6연) 石炭 팔은 불 앞/上氣한/紅玉//

(7연) 草綠 전 바탕/따로 구르다/마조 멈춘/象牙玉突//

(8연) 香氣 담긴 靑春/냄새 없는 靑春//

(9연) 비싼 靑春/흔한 靑春//

(10연) 고요한 靑春/흔들리는 靑春//

(11연) 葡萄 마시는 靑春/煙氣 뿜는 靑春//

(12연) 靑春 아름답기는/皮膚 한부피 안의/琥珀 빛 노오란 脂肪이기랬
　　　는데//

(13연) -그래도/나/조금 騷擾하다//

(14연) 아까/네 뒤 딸어/내 靑春은/아예 갔고/나 남었구나!

－「椅子」(1950.1) 전문[48]

　이 시의 핵심은 마지막 연에 잘 표현되어 있다. "내 靑春은/아예 갔고/
나 남었구나!"는 사라진 젊음을 회감하는 정지용의 심회를 직접적으로
표현하고 있다. 주목할 것은 "椅子"라는 시적 장치이다. 젊음이 사라진
현재의 자신을 "椅子"에 빗대는 것은, 현재 자신의 삶이 "椅子"처럼 텅
비어 있음을 보여준다. 이때 "너"를 따라 간 "청춘"은 그것을 보내고 남
은 "나"와 대조된다. 이러한 심회는 "조금 騷擾하다"는 말이 간접적으로
암시하고 있다. 여기서 "조금"은 글자 뜻 그대로의 의미보다는 앞 연과
의 연계 속에서 이해될 필요가 있다. 생물학적으로 "청춘"의 "아름다움"
은 피하 지방, 곧 "琥珀 빛 노오란 脂肪"으로 이해되지만, 이러한 이해가
늙었다는 자의식에서 오는 상실감을 완전히 상쇄시키지는 못하고 있다.

---

48 박태일, 앞의 책에서 재인용.

"그래도"라는 접속어가 보여주듯, 마음의 "騷擾"가 사라지지 않는 상태가 솔직하게 표백되어 있는 것이다.

다음으로 주목할 것은 "너"이다. 박태일이 분석하였듯이 "너"는 타인 또는 타자화된 자신으로 간주될 수 있다.[49] 그런데 문제는 1연과 2연의 "너"가 상당히 불분명하다는 점이다. 1연에서 "너"는 한때 "椅子"에 앉았다가 떠난 자로 그려지고, 2연에서는 그런 "너"와 함께 떠나겠다는 의지가 표백되어 있다.("갈마"는 가겠다는 뜻으로 해석된다.) 그러니까 "너"가 떠난 빈자리를 "靑春"으로 채웠는데, 그 "靑春"마저도 떠날 것으로 그려지고 있는 것이다. 이때 "너"를 '나'의 젊음으로 간주한다면 위의 구절은 노년의 회한의 표백으로 이해되지만, "너"를 타인으로 간주한다면 위의 구절은 부재하는 타인에 대한 애도를 표백하는 것이 된다. 다시 말해, 떠난 "너"에 대한 '나'의 "청춘"의 헌정, 그 결과로 형해화된 '나'에 대한 자각이 시의 주조를 이루게 되는 것이다.

만약 "너"가 '나의 청춘'이 아니라 특정인을 지시한다면, "너"가 누구인지 궁금하지 않을 수 없다. 새("丹頂鶴", "翡翠새")와 알("흰 알", "알")의 관계를 보여주는 3-4연은 이를 암시하는 듯하다. 특이하게도 3연은 누군가 "丹頂鶴"의 둥지에서 "흰 알"을 "안아 나온" 상황을 묘사하고 있다. 여기서 "안아 나온"의 주체는 불분명하지만, 3연이 둥지와 알의 분리, 곧 어미 새와 알의 분리 상태를 보여준다는 점은 분명해 보인다. 이것은 '어미 새'와 "알"의 관계가 '나'와 '너'의 관계와 같음을 암시한다. "너와 같이 靑春"이 직접적으로 보여주는 바에 따르면, 부재하는 "너"를 '나의 청춘'과 동일시할 수는 없어 보인다. 「四四調五首」에서 재론하겠지만, 해방기 정지용의 시편들에 두드러지게 나타나는 암유(暗喩)를 어떻게 이

49 위의 책, 190쪽.

해하느냐는 간과할 수 없는 중요성을 지닌다. 따라서 위의 시가 "정지용
후기시의 단선적인 세계 인식을 단적으로 보여주고 있는 셈"[50]이라는 평
가는 유보될 필요가 있다. 표면의 단순성과는 달리, 내면에는 복잡한 의
식이 자리하고 있는데, 이는 정지용의 마지막 시편들에서 구체적으로 확
인할 수 있다. 「碌磻里」를 살펴보기에 앞서, 일상의 사건들을 제재로 취
하고 있는 「妻」와 「女弟子」부터 살펴보도록 하자.

> 山楸子 따러/山에 가세//돌박골 들어/山에 올라//우리 같이/山楸子 따
> 세//楸子 열매/기름 내어//우리 孫子 방에/불을 키세
>
> −「妻」(1950.1) 전문

위 시는 제목 그대로 아내의 일상을 노래하고 있다. 이 시에는 "山楸
子"를 따서 "기름"을 짜고, 그 기름으로 "우리 孫子 방에/불을 키"겠다는
소박한 마음이 표백되어 있다. 짧은 시행과 반복적인 구절은 민요를 연
상케 한다. 이러한 단순성과 반복성에도 불구하고, 위의 시에는 간과할
수 없는 문제가 내재해 있다. 그것은 "우리 孫子 방"이라는 표현의 실제
성으로, 판단 여하에 따라 이 시가 지닌 단순성과 반복성을 단점이 아니라
"생활"의 진솔한 표백을 위한 시적 장치로 간주할 수 있기 때문이다. 이와
관련해 참조할 것은 정지용 장남의 결혼이 1948년 무렵에 있었다는 사실
이다.[51] 따라서 마지막 연의 "우리 孫子"가 정지용의 실제 손자일 가능성
을 완전히 배제할 수는 없다. 문제는 '손주 중에 정지용을 직접 본 사람은

---

50 위의 책, 190쪽.

51 "이 『산문』은 스마―트한 출판사 同志社가 아니었더면 도저히 나올 수 없었던 것이다.
    아들놈 장가 들인 비용은 이리 하여 된 것이다. 진정 고맙다." 정지용, 「머리에 몇 마디
    만」, 『散文』, 동지사, 1949.1. 이 서문의 탈고일은 1948년 12월 30일이다. 따라서 장
    남 정구관 씨의 결혼은 이보다 앞섬에 틀림없다.

없다'는 정구관 씨의 장남 정운영(鄭運永) 씨의 증언[52]이다. 이러한 증언
은 현재로써는 이 문제에 대한 확정적 판단을 불가능하게 만드는 것처럼
보인다. 그럼에도 불구하고 여전히 제기되는 의문은 "나는 不當하게도
늙어 간다"는 자의식 속에서 굳이 민요와도 같은 소품을 지을 필요성이
무엇이냐는 점이다. 이는 해방기 정지용의 시 작품이 지닌 모순적 경향,
곧 일상적 사건들의 경쾌한 묘사와 자기의 삶에 대한 회한이라는 두 개의
경향을 이해하는 문제와도 관련된다. 「女弟子」의 경우도 마찬가지이다.

> 먹어라/어서 먹어//자분 자분/사각 사각/먹어라//늙고 나니/보기 좋긴//
> 뽕닢 삭이는 누에 소리/흙뎅이 치는 봄비 소리/너 먹는 소리//『별꼴 보겠
> 네/날 보고 초코렐 먹으래!』/할 것 아니라//어서 먹어라/말만치 커가는 처
> 녀야/서걱 서걱 먹어라.
>
> -「女弟子」(1950.1) 전문

위의 시는 사제지간의 정, 곧 제자에 대한 돈독한 마음이 잘 드러나는
작품이다. 마치 부모가 자식을 먹이듯, 지용은 제자의 먹는 모습에서 기
쁨을 느끼고 있는 것처럼 보인다. 음성 상징어("자분 자분", "사각 사각",
"서걱 서걱")의 빼어난 활용은, "뽕닢 삭이는 누에 소리"와 "흙뎅이 치는
봄비 소리"와 연동되어 음성적 효과를 증폭시키고 있다. 그런데 "늙고
나니/보기 좋긴"이라는 구절은 이 시가 실제의 사건의 기록일 가능성을
높여 준다. 지용의 제자 사랑이 각별했다는 사실은 산문「스승과 동무」
에서 확인된다.

---

52 정운영 씨의 증언에 의하면, 정지용 시인의 장손녀인 정수영(鄭修永) 씨의 출생년도
는 1957년이다. 또한, 형제들 모두 생존해 있기 때문에, 이 시가 발표된 1950년 무렵에
손자가 출생했을 리는 없다고 한다. 만약 그렇다면 정구관 씨가 자식을 본 것은 결혼
후 거의 10년 만의 일인 셈이다.

선을이와 어깨동무를 하여 울며 소리지르며 집에 와서 쓰러져 잤다.
이튿날 선을이한테서 편지가 오기를―

『스승 지용에게
　선생님 보고 〈선생님〉이라고 부르기는 이제 속된 말씀이 되었읍니다.
이제부터는 〈스승〉이라 불러 드리겠읍니다.』
　이발소에 가서도 듣는 선생님 소리 정도고 보면 다음 기회에 돈이 생기
면 善乙이놈을 다시 데리고 가서 『동무 善乙아!』하고 주정을 스마―트하게
하여 보겠다.[53]

　위의 글에는 허물없이 제자를 대하는 지용의 모습이 그대로 적시되어
있다. 제자와 "어깨동무를 하여 울며 소리지르"는 모습은 취기에서 나온
행동일 테지만, 오랜만에 해후한 제자와 격이 있었다면 불가능한 행동이
라고 할 수 있다. 특히, "善乙"이 월북했다가 재차 월남한 제자라는 점을
고려할 때, 그를 "동무 善乙아!"라고 부르겠다는 다짐은 정치적 견해보다
사제지간의 정을 우선시하겠다는 마음으로 읽힌다. "자식과 제자라는 사
이에 인색한 경계선을 긋지 않을 만한 심정의 여유도 가져진다."[54]는 고
백과, 제자들을 위해 돈을 빌려 저녁을 먹이는 일화[55] 등은 제자에 대한
그의 태도를 잘 보여준다. 위의 시의 일절 "어서 먹어라"는 제자에 대한
애정을 부모의 입장에서 표백한 것으로 볼 수 있다. 이렇듯 일상의 사건
들에서 제재를 취하고 있는 「妻」와 「女弟子」에는 자신보다 나이가 어린
자들("孫子"와 "弟子")에 대한 지용의 애정이 고스란히 드러나고 있다. 이
것은 뒤에 살필 「四四調五首」의 경우도 마찬가지이다. 여기서 우리는 이

53　정지용, 「스승과 동무」, 『정지용 전집 2』, 352쪽.
54　정지용, 「학생과 함께」, 『정지용 전집 2』, 356쪽.
55　정지용, 「한 사람 분과 열 사람 분」, 『정지용 전집 2』, 349~350쪽.

러한 '어린 사람들'에 대한 애정이 자신의 '늙음'에 대한 회환과 짝패를
이룬다는 것을 놓쳐서는 안 된다. 이는 '젊음/늙음'의 간극이 '타인/나'의
간극으로 전이된다는 사실을 암시한다. 「碌磻里」는 이를 매우 분명히 보
여주는데, 제재의 특수성과 함께 '젊음/늙음' 및 '타인/나'의 이중적인 심
리가 복합적으로 드러난다는 점에서 특별한 주목을 요한다.

(1연) 여보!/운전수 양반/여기다 내뻐리구 가믄/어떠카오!//

(2연) 碌磻里까지 만/날 데레다 주오//

(3연) 冬至 섯달/꽃 본 듯이 …… 아니라/碌磻里가지 만/날 좀 데레다
주소//

(4연) 취했달 것 없이/다리가 휘청거리누나//

(5연) 帽子 아니 쓴 아이/열여들 쯤 났을가?/『碌磻里까지 가십니까?』/
『넌두 少年感化院께 까지 가니?』/『아니요』//

(6연) 캄캄 야밤 중/너도 突變한다면/열여들 살도/내 마흔아홉이 벅차
겠구나//

(7연) 헐려 풀린 고개/상여집 처럼/하늘도 더 껌어/쪼비잇 하다//

(8연) 누구시기에/이 속에 불을 키고 사십니까?/불 디레다 보긴/낸 데/
영감 눈이 부시십니까?//

(9연) 탄 탄 大路 신작로 내기는/날 다니라는 길이겠는데/걷다 생각하
니/논두렁이 휘감누나//

(10연) 소년감화원 께 까지는/내가 찾어 가야겠는데//

(11연) 인생 한번 가고 못오면/萬樹長林에 雲霧로다 ……

-「碌磻里」 전문

「碌磻里」는 해방기 녹번리 초당에 은거할 당시의 복잡한 심회가 애절
하게 드러난다는 점에서 중요한다. 이 시의 주제는 마지막 연의 "인생
한번 가고 못오면/萬樹長林에 雲霧로다"에 표백된 인생무상이 직접적으

로 예시한다. 그런데 이런 단조로운 주제의식이 몇 개의 에피소드를 통과하면서 내적 필연성을 획득하는 과정은 예사롭지 않다. 이 시는 크게 세 개의 에피소드로 구성되어 있는데, 이들은 인간과 세상에 대한 지용의 속내를 간접적으로 드러내면서, '인생무상'의 심리로 이어지는 징검다리 구실을 하고 있다. 먼저, 첫 번째 에피소드는 그를 중간에 내려주고 달아난 "운전수 양반"에 대한 불만과 원망으로 전체 시적 사건의 발단을 이룬다. 왜 이런 일이 벌어졌는지는 알 수 없지만, 그의 취기가 하나의 원인으로 작용한 것처럼 보인다. 3연과 4연에서 밀양아리랑의 일절 "冬至 섯달/꽃 본 듯이"를 부르는 모습, "다리가 휘청거리"는 상태, 그리고 9연의 "논두렁이 휘감누나"는 이를 보여준다. 실제로 지용이 술을 즐겼다는 사실은 여러 일화들이 예증하고 있다.[56]

두 번째 에피소드는 낯선 소년과의 대화 장면이다. 여기서 주목할 것은 낯선 소년에 대한 지용의 경계심인데, "캄캄 야밤 중/너도 突變한다면"이라는 염려는 이를 잘 보여준다. 특히 "너도"에서 보조사 '-도'는 소년 역시 "운전수 양반"처럼 돌변할지 모른다는 불안과 경계심이 표현되어 있다. 여기에는 그 누구도 믿을 수 없다는 지용의 세태 인식이 반영되어 있다. 실제로 그는 『평화일보』 기자와의 인터뷰에서 "근래 믿을 사람이 적어서"[57]라며 기자에 대한 경계심을 표출할 정도였는데, 이는 "조선적 사태가 음산한 현상"[58]의 반영으로 세상과 인간에 대해 가졌던 그의 불신의 강도를 예시한다. 한편, 두 번째 에피소드의 해석과 관련하여 선결해야 할 쟁점 가운데 하나는 지용의 행선지로 지목된 "少年感化院"의

---

56   우연히 길에서 만난 학생이 "이즘도 약주 많이 잡수십니까?"라고 물었다는 일화는 대표적이다. 정지용, 「학생과 함께」, 『정지용 전집 2』, 355쪽.

57   정지용, 『정지용 전집 2』, 407쪽.

58   정지용, 『정지용 전집 2』, 408쪽.

위치와 관련된 문제이다.

> 10연에서 알 수 있듯이 화자는 소년감화원의 위치를 모른다. 그런 까닭에
> 공포의 정서가 배가되는지도 모른다. 정지용은 이화여대 교수직을 사임한
> 1948년 2월에 녹번리 초당(현재 은평구 녹번동 소재)으로 이사하였는데,
> 이 당시까지도 녹번리에 머무르고 있었다. 따라서 그의 집이 소년감화원 주
> 변에 있었을 개연성은 아예 없다. 그런 까닭에 화자의 소년감화원행은 국민
> 보도연맹 문화부의 기획으로 이루어진 선무사업의 일환으로 여겨진다.[59]

인용문에서 보듯, 이순욱은 "少年感化院"이라는 말로부터 이 시가 보도
연맹 "선무사업의 일환" 중에 벌어진 일이라고 가정하고 있다. 이에 대해
배호남 역시 "보도연맹 문화실이 일반인을 대상으로 한 선무사업을 몇몇
감화원에서 진행한 기록이 남아 있는 것으로 보아 이 분석은 꽤 타당성이
있다."[60]고 덧붙인 바 있다. 그러나 이러한 해석은 적절하지 않다. 한밤중
에 술에 취한 상태로 "선무사업"이라는 공적 업무를 수행한다는 것도 납득
하기 어렵지만, 보다 결정적인 이유는 "그의 집이 소년감화원 주변에 있었
을 개연성은 아예 없다"는 가정 자체가 올바르지 않기 때문이다.

> 현재 남한에는 소년감화원이 목포(木浦)일개소에백五十명을 수용하고
> 서울시외 녹번리(碌磻里)에소년원이있을따름이라 하는데 소위 부량소년들
> 의대부분이 문맹이라는 점으로보아의무교육의혜택을받지못한 二만 아동
> 에게 시급한 특수교육이 실시되어 성인(成人)에 이르는과정을보호하여야
> 할것이다.[61]

---

59   이순욱, 앞의 책, 69쪽.

60   배호남, 앞의 책, 183쪽.

61   기자, 「늘어만가는不良少年 社會紊亂과家庭環境이罪」, 『경향신문』, 1949.3.15.

위의 기사는 "소년감화원"이 녹번리에 있었음을 명시적으로 보여준다. 한 가지 유의할 것은 당시에는 "소년감화원"과 '소년원'이 엄밀히 구별되지 않고 혼용되었다는 점이다. "소년감화원"은 '소년원'을 완곡하게 표현한 말로 볼 수 있는데, 이는 "소년감화원"이 단순한 수용시설이 아니라 감화(感化)를 목적으로 하는 시설임을 강조하기 위한 조어임을 보여준다. 요컨대 정지용 초당의 옛 주소는 고양군 은평면 녹번리(서울시 은평구 녹번동 126-10번지)인데, '소년원'은 바로 정지용의 녹번리 초당 인근에 있었던 것이다.

> 서울교외 녹번현(碌磻峴)에있는 창살없는감옥인 경성소년원(京城少年院)은 서울도심지대로부터 약 二十리가량 떠러저있는 고양군은평면불광리(高陽郡恩平面佛光理) 산자수명한 노적봉(露積峰)을 배경으로 자연의환경도아름다운곳에 맛치시골국민학교와 같은인상을 주는 건물이 서있는데 이곳은 개성소년형무소(開城少年刑務所)에서 보는바와같은 중첩한 담벽도 없고 문간에엄엄한문직이도 서있지않다 아모나 마음대로 드나들수있으며 이곳에 수용된 소년들로 하여금 자유스럽게 쉬고 놀고배우게 하였으며 조곰도 감옥에서늣기는바와 같은속박감(束縛感)이라든가 침울한느낌은 전년없다.[62]

위의 기사는 당시 '경성소년원'의 위치뿐만 아니라, 시설이 어떻게 운영되었는지를 보여주고 있다. 흥미로운 것은 "중첩한 담벽도 없고 문간에엄엄한문직이도 서있지않다 아모나 마음대로 드나들수있으며" 라는 구절인데, 이는 '경성소년원'이 범죄자의 처벌과 감시를 목적으로 한 '개성소년형무소(開城少年刑務所)'와는 성격이 다른 시설이었음을 보여준다. 따라서 「碌磻里」에서의 "넌두 少年感化院께 까지 가니?"라는 질문은 이

---

62 기자, 「감화원편 – 不良兒 俊聰으로 一變」, 『조선일보』, 1946.8.3, 2면.

와 같은 상황 속에서 비롯하는 것으로 보아야 한다. 주목할 것은 "너도 突變한다면"에서 보인 소년에 대한 경계심은 지용의 평소 생각과는 다소 괴리가 있다는 사실이다. "少年에罪가없다"[63]는 '플라나간 신부'의 말에서 소년 범죄의 해결책을 발견하는 지용의 태도는 「碌磻里」에서의 소년에 대한 경계심과 대조를 이루는 것이다. 이는 당시 지용이 세상과 인간에 대해 부정적인 생각을 하고 있었음을 암시한다. 여기서 우리는 이러한 부정적 생각이 자신의 인생 전체에 대한 회의적 시각과 맞물려 있음을 이해할 필요가 있다. 다시 말해, 세상에 대한 원망과 자기에 대한 회의가 소년에 대한 이중적 인식으로 나타나고 있는 것이다.

이러한 맥락에서 세 번째 에피소드, 곧 귀갓길에 발견한 허름한 집에 사는 노인과의 대화가 이해될 수 있다. 노인의 입장에서 본다면, 정지용의 돌연한 방문("이 속에 불을 키고 사십니까?")은 불안과 공포를 유발하는 일이었을 것이다. 여기에서 지용과 소년의 관계는 도치된다. 즉 낯선 소년이 지용에게 공포를 유발한 것처럼, 노인에게 지용은 경계의 대상이었던 것이다. 여기에는 그 누구도 믿을 수 없는 세태에 대한 비감이 내재되어 있다. 어쩌면 지용은 "상여집 처럼" 허름한 집에 사는 노인의 모습에서 자기를 발견한 것인지도 모른다. 마지막 연의 인생무상에 대한 회감이 표명되는 이유가 여기에 있다.

그러니 지용이 과연 무사히 집에 도착했는지 묻지 않을 수 없다. 그의 앞에 놓인 길은 "신작로"이지만, 실제로 그가 걷는 길은 "탄탄대로"가 아니기 때문이다. 9연의 위태로운 걸음걸이는 그가 살아 온 "내 마흔아홉"의 신산을 비유적으로 보여준다. "소년감화원 께 까지"라도 가야한다는 말이 강력한 신념의 확신이 아니라 도착하지 못할 것 같다는 비감을 자

63　정지용, 「플라나간神父를 맞이하여」, 『경향신문』, 1947.5.31.

아내는 것도 여기에서 비롯한다. 시 「曲馬團」은 취한 채 깜깜한 길은 걷는 그의 위태로운 여정을 공연한다.

5. 위태천만의 곡예와 나비의 여정

(1연) 踈開터/눈 우에도/춥지 않은 바람//

(2연) 클라리오넬이 울고/북이 울고/천막이 후두둑거리고/旗가 날고/ 야릇이도 설고 흥청스러운 밤//

(3연) 말이 달리다/불테를 뚫고 넘고/말 우에/기집아이 뒤집고//

(4연) 물개/나팔 불고//

(5연) 그네 뛰는게 아니라/까아만 空中 눈부신 땅재주!//

(6연) 甘藍 포기처럼 싱싱한/기집아이의 다리를 보았다//

(7연) 力技選手 팔장 낀채/외발 自轉車 타고//

(8연) 脫衣室에서 애기가 울었다/草綠 리본 斷髮머리 째리가 드나들었다//

(9연) 원숭이/담배에 성냥을 키고//

(10연) 防寒帽 밑 外套 안에서/나는 四十年前 凄凉한 아이가 되어//

(11연) 내 열살보담/어른인/열여섯 살 난 딸 옆에 섰다/열길 솟대가 기집아이 발다박 우에 돈다/솟대 꼭두에 사내 어린 아이가 가꾸로 섰다/가꾸로 선 아이 발 우에 접시가 돈다/솟대가 주춤 한다/접시가 뛴다 아슬 아슬//

(12연) 클라리오넬이 울고/북이 울고//

(13연) 가죽 쟘바 입은 團長이/이웃! 이웃! 激勵한다//

(14연) 防寒帽 밑 外套 안에서/危殆 千萬 나의 마흔아홉 해가/접시 따러 돈다 나는 拍手한다.

-「曲馬團」 전문

「曲馬團」은 딸 정구원(鄭求園) 씨와의 곡마단 기예 관람을 그리고 있는 시이다. 그런데 이를 관람하는 지용의 심사가 자못 심란하다. "야릇이도 설고 흥청스러운 밤"에서 보듯, 그는 흥분된 감정과 함께 서러움을 동시에 느끼고 있는 것이다. 전자는 관람객의 일반적인 정서를 대변하지만, 후자는 일반적 정서와는 배치된다는 점, 더욱이 이러한 비애는 공연 내내 사라지지 않는다는 점에서 그 이유를 묻지 않을 수 없다. 8연의 "脫衣室에서 애기가 울었다/草綠 리본 斷髮머리 째리가 드나들었다"는 이를 해명하는 단초를 제공한다. 무대 위의 공연과 별개의 사건인 "탈의실"에서 새어 나오는 "애기"의 울음소리와 "草綠 리본 斷髮머리 째리"가 드나드는 모습은 과거로 들어가는 입구이다. 여기에서 지용은 "四十年前 凄凉한 아이"적 시절, 곧 아홉 살 어린 아이로 환생한다. 굳이 아홉 살인 이유는 이때가 불우한 시절의 절정기, 곧 "소년쩍 고독하고 슬프고 원통한 기억"[64]의 진앙지이기 때문이다.

이 시가 빼어난 것은, 과거로의 전회가 독자들이 전혀 눈치 채지 못할 정도로 자연스럽게 이루어지고 있다는 점에 있다. 현실과 환상, 현재와 과거가 교차하는 장면을 통해, 지용은 어느새 "열여섯 살 난 딸"과 함께 곡예를 하는 "사내 어린 아이"가 되는 것이다. 이러한 전회로부터 불쑥 인생 전체의 여정에 대한 비감이 유출된다. "솟대가 주춤 한다/접시가 뛴다 아슬 아슬"이 보여주는 위험한 곡예는, 마지막 연의 "危殆 千萬 나의 마흔아홉 해"가 "접시 따라" 도는 모습으로 형상화되고 있다. 이런 점에서 "나는 拍手한다"는, 환상에서 현실로 귀환하는 시적 장치로서도, 위태로운 생의 비감을 강화하는 역설적 장치로서도 빛을 발한다. 따라서 이 시를 "실패한 실험시"[65]로 단정하는 것은 적절하지 않다. 과거와 현재, 환상과

---

64 정지용, 「대단치 않은 이야기」, 『정지용 전집 2』, 427쪽.

현실의 교차가 "危殆 千萬 나의 마흔아홉 해"를 직시한 비통한 심사를 표현한다면, 이 시를 '성공한 서정시'가 아니라고 할 이유가 없기 때문이다.

지용의 마지막 시편 「四四調五首」(『문예』 8호, 1950.6)는 형식과 내용 면에서 상당히 문제적인 작품이다. 불분명한 주제 의식, 선언적 언어 사용, 전통적 율조로의 회귀 등은 이들 시편을 부정적으로 평가하는 주요 잣대가 되어 왔다. 예컨대, 배호남은 「四四調五首」가 "감각으로 체화되지도, 사상으로 승화되지 않는다"고 평하면서, 그 이유를 지용이 "시적 대상을 제대로 직시하지 않"[66]았다는 데에서 찾고 있다. 나아가 그는 이들 시편에 공통적인 4·4조의 정형률이 내용적 공소성을 은폐하는 장치로 기능하고 있다고 주장하고 있다. 그의 말대로 「四四調五首」에서 '체화된 감각'과 '승화된 사상'을 발견하는 것은 어려운 일이다. 그러나 그 이유가 사물을 직시하지 못한 무능에서 비롯하는 것처럼 보이지는 않는다. 오히려 이들 시편에서는 직시가 불가능한 대상을 암유적으로 다루고 있다는 점에 주목할 필요가 있어 보인다. 다시 말해, '나'와 '너'의 급격한 동일시가 야기하는 양자의 암유적 관계가 이 시의 내용과 형식을 강제하고 있는 것이다. '나'와 '너'의 관계에 주목하면서 시를 보자.

> 늙은 범이/내고 보니/네 앞에서/어버진 듯/앉았구나/내가 서령/아버진들/네 앞에야/범인 듯이/안 앉을가?(「늙은 범」)

> 내가 바로/네고 보면/섯달 들어/긴 긴 밤에/잠 한숨도/못 들겠다/네 몸매가/하도 곻아/네가 너를/귀이노라/어찌 자노?(「네 몸매」)

---

65 김명인, 『시어의 풍경』, 고려대학교 출판부, 2000, 99쪽.
66 배호남, 앞의 책, 185쪽.

　　네 방 까지/五間 대청/섯달 치위/어험 섰다/네가 통통/거러 가니/꽃분
만치/무겁구나(「꽃분」)

　　山달 같은/네로구나/널로 내가/胎지 못해/토끼 같은/내로구나/얼었다
가/잠이 든다(「山 달」)

　　내가 인제/나븨 같이/죽겠기로/나븨 같이/날라 왔다/검정 비단/네 옷
가에/앉았다가/춋 휙 하니/날라 간다(「나비」)

　비유적 표현들을 제외한다면, 위의 시편들은 모두 '너'를 대상으로 하
고 있다. 이는 각각의 시편들에 등장하는 '너'가 하나의 동일한 대상의
변주로 볼 가능성을 제기한다. 우선, 다섯 편 가운데 몸통에 해당하는
「네 몸매」, 「꽃분」, 「산달」은 겨울밤이라는 계절적 배경을 공유하고 있
다. 「네 몸매」의 "섯달 들어/긴 긴 밤", 「꽃분」의 "섯달 치위", 그리고
「산달」의 "얼었다가"가 그것이다. 이로부터 우리는 각 시편들이 유사성
및 연속성을 지니고 있다고 추정할 수 있다. 여기서 말하는 연속성이란
시간의 흐름에 따른 '나'와 '너'의 관계의 지속과 변주를 뜻한다. 이러한
사실은 이 시가 하나의 연작시일 가능성을 보여준다.
　이러한 전제 하에서 위의 시편들을 하나씩 살펴보면, 「늙은 범」은 '나'
와 '너'의 대면의 장면이다. '아버지'와 '범'의 등치에 대해서 잠시 논외로
한다면, 이 시는 '너'의 앞에 앉아 있는 '나'의 장면을 묘사한다. 「네 몸매」
는 자고 있는 '너'의 모습에 대한 '나'의 마음의 표현이다. 여기서 "네가
너를/귀이노라"는, '너'의 모습이 곱기 때문에 '너'도 '나'처럼 '너'를 몹시
귀하게 여기고 있을 것이라는 뜻으로 해석된다. 「꽃분」은 '너'가 '나'를
떠나는 장면이다. "통통/거러 가니"에서 보듯, '너'는 '아이' 혹은 가볍게
걸어가는 존재로 추정된다. 여기서 "꽃분 만치/무겁구나"는 '너'를 떠나

보내는 '나'의 심리의 '무거움'의 표현으로 볼 수 있다. "통통"과 "무겁구나"의 어감의 차이 때문에, '너'의 걸음걸이가 '화분처럼' 무겁다는 뜻으로 해석하기는 어려워 보인다. 「山 달」은 '너'의 부재 속에서 '나'의 외로운 마음의 비유적 표현으로 볼 수 있다. 이때 "山달"은 '너'의 보조관념이고, "토끼"는 '나'의 보조관념이다. "널로 내가/胎지 못해"는 '나'가 '너'를 품을 수 없음을 보여주는데, 이는 양자가 더 이상 함께 있을 수 없는 사이라는 뜻을 지닌다. 우리의 만남은 제한적이기 때문에 '나'와 '너'는 섣달 밤의 추위 속에서 각자 잠들 수밖에 없다는 것이다. 마지막으로 「나비」는 '나'와 '너'의 이별의 장면의 묘사이다. 「꽃분」과 「山 달」이 '너'의 떠남을 보여준다면, 「나비」는 '너'의 부재가 촉발한 '나'의 떠남을 보여준다. 주의할 것은 이러한 떠남이 "窓 흰 하니"에서 보듯, 날의 밝음과 함께 이루어지고 있다는 사실이다. 이는 역으로 '나'와 '너'의 만남이 밤에 이루어지는 사건, 그것도 "검정 비단/네 옷"에 잠시 머물다가 사라지는 사건임을 보여준다. 이런 개략적 도해를 통해 보자면, 「四四調五首」는 시간의 경과에 따라 '너'와 '나'의 만남과 이별이라는 사건을 노래하고 있는 연작시라고 할 수 있다. 섣달 추운 밤에 '너'를 만나러 온 '나'는 잠깐의 행복한 만남을 뒤로 하고, "산달"처럼 사라진 '너'를 따라 '나'도 사라진다는 내용으로 이루어져 있는 것이다.

여기서 흥미로운 것은 '나'의 변신이다. "호랑이"로 왔다가 "토끼"로 변주된 뒤, 떠날 때는 "나븨"로 전변되는 것은 무엇을 의미하는가? 이러한 질문은 '너'가 누구인지를 규명하는 출발점이 된다는 점에서 소홀히 다룰 수 없다. 먼저, 「늙은 범」에서 "어버진 듯"이라는 직유와 "서령"이라는 가정을 보건대, '나'는 '너'의 '아버지'라고 할 수 없다. 마지막 구절 "범인 듯이/안 앉을가?"는 '아버지'는 아니지만, '너'의 앞에서는 '범'처럼 앉는다는 사실이 불변임을 의미한다. 여기서 제기되는 문제는 '범'처럼 앉는다는 것의 의미와 그러한 자세를 취하는 이유이다. 추정컨대, '나'는 현재 "늙은 범"에 지나지 않지만, '너'의 앞에서만큼은 위엄을 지키는 존재이고 싶다는 뜻으로 풀이할 수 있을 것 같다. 「네 몸매」에서 문제가 되는 것은 "네가 너를/귀이노라"의 해석이다. 문맥상으로는 '내가 너를 귀하게 여기노라'가 자연스럽지만, 오기(誤記)가 아니라면 이 구절은 '너'는 스스로를 소중히 여기는 존재임을 암시한다. 다시 말해, '너'는 자기 자신을 자각하는 능력을 지닌 존재로 설정되고 있는 것이다. 「꽃분」의 "네 방"과 "네가 통통/거러 가니"는 '너'의 정체를 보다 구체적으로 보여준다. 단언하기는 어렵지만, 「四四調五首」의 '너'는 어린 아이로 추정할 수 있는 근거가 여기에 있다. 만약 이러한 추정이 옳다면, 이는 「妻」의 "우리 孫子"와의 관련성을 보여준다고 할 수 있다. 또한 이러한 추론은 「山 달」에서 '나'와 '너'가 "山달"과 "토끼"로 비유되는 이유를 설명하는 데도 유용하다. 왜냐하면 "널로 내가/胎지 못해"는 '달 속의 토끼'와는 달리, '나'가 '너'를 잉태한 것이 아님을 보여주기 때문이다. 또는, 희망과는 달리 '나'가 "山달"처럼 사라지는 '너'의 내부에 있을 수 없다는 것을 보여주는 것으로 해석할 수도 있다. 어느 경우이든 "얼었다가/잠이 든다"는 '나'와 '너'가 헤어질 수밖에 없는 운명의 존재임을 보여준다.

「나비」는 '죽음'을 직접적으로 언급하고 있다는 점에서 '나'와 '너'의 비극적 운명을 더욱 강화한다. 내용적으로 「四四調五首」의 "나븨"와 "窓"은 다른 시편인 「나븨」의 "自在畫 한 幅"을 호출한다. 후자에서 주목할 것은 "날개가 찢어진채 검은 눈을 잔나비처럼 뜨지나 않을가 무섭어라"[67]에 표현된 공포이다. "검은 눈"의 눈뜸이 유발하는 공포는 「무서운 時計」에서 "검은 유리"가 야기하는 공포와 관련 있다. 이러한 사실들을 참조할

---

67 정지용, 『정지용 전집 1』, 153쪽.

때, 우리는 「四四調五首」의 "나븨"가 "검정 비단/네 옷"과 연계되는 이유
를 추정할 수 있게 된다. 한 마디로 "나븨"와 "검정"과 "창"을 관통하는
것은 죽음에 대한 공포이다. 여기서 주의할 것은 이러한 공포가 자기 자신
에 대한 것만이 아니라 이미 죽은 자들에 대한 감정이기도 하다는 사실이
다. 「호랑나비」의 "호랑나븨 쌍"이나 「발열」의 "박나비 처럼"은 모두 후자
의 죽음과 관계되어 있다. 정지용의 시 곳곳에 등장하는 '나비'는 '나'와
'너'의 죽음을 상징하는 존재로 봐도 무방하다. 「四四調五首」의 끝머리에
"나븨"가 다시 출현하는 것이 예사롭지 않은 이유가 여기에 있다. 그것은
「曲馬團」에서의 "危殆 千萬 나의 마흔아홉 해"가 더 이상 회전하지 않을
것임을 암시한다.

따라서 「四四調五首」는 "4·4조 리듬만이 전부"[68]라고 말할 수 없다.
만약 이러한 언명이 "四四調五首에는 아무런 내면이 없다."[69]는 의미라면
더욱 그러하다. 4·4조에 집착하여 위의 시의 내용을 파탄내고 있는 것은
정지용이 아니라 잘못된 해석들이다. 형식에 대해서도 말해야 할 것이
있다. 「四四調五首」의 형식과 관련해 주목할 것은 음수의 반복이 아니
다. 음수율에 집중하면 위의 시가 전통적 율격 의식으로의 회귀라는 결
론에 이르기 쉽다. "그의 동양적 시정신은 귀족주의 취향이나 정신적 고
답성을 극복하지 못함으로써 결국 말년에는 구태의연한 古歌辭調의 세
계로 추락하게 되는 것"[70]이라는 주장이 여기에 해당한다. 그러나 우리가
봐야 할 것은 글자의 수가 아니라 시행 내부를 가르는 분절된 마디들의
호흡이다. 단아하면서도 겨울 추위처럼 '나'와 '너'의 결합을 저지하고 있
는 것은 바로 시행 내부를 가르고 있는 호흡의 분절이기 때문이다. 이런

---

68   김윤식, 「정지용이 최후로 남긴 두 가지 물증」, 『서정시학』 19호, 2009, 88쪽.

69   배호남, 앞의 책, 186쪽.

70   김종윤, 「지용 문학에 대한 몇 가지 의문」, 『한국시학연구』 7호, 2002.11, 103쪽.

점에서 「四四調五首」는 초기 시편들(「지는 해」, 「띠」, 「홍시」)의 형식과는 구분되어야 한다. '四四調'라는 유사성에도 불구하고, 「四四調五首」의 단아한 형식은 과거로의 퇴행이 아니라 '나'와 '너'의 이별의 비극성을 강조하는 형식으로 이해되어야 할 것이다. 요컨대, 「四四調五首」의 '四四調'가 필연적인 것은 "상상력의 파탄 징후를 드러냄으로써 형식에 집착하고 있기 때문"[71]이 아니라, 연속체로서의 각각의 시편들의 내용을 표현하는 유효한 시적 장치로 기능하기 때문인 것이다.

6. '춘뢰(春雷)'처럼 사라진 자리

해방기 정지용의 시 작품들은 크게 두 가지 경향을 띠는 것으로 볼 수 있다. 하나는 자기 주변의 일상적 사건들을 다루는 작품들이고, 다른 하나는 자신의 삶의 여정 전체에 대한 회한을 표현하는 작품들이다. 이것은 해방기 그의 삶의 궤적이 지닌 양가성과 궤를 같이 한다. 좌우를 왕래하는 정치적 활동과 이에 대한 자괴 및 회한은 최종적으로 타인에 대한 관심과 자기 자신에 대한 죽음 의식으로 표현되고 있는 것이다. 이러한 사정을 고려할 때, 그가 왜 자신의 마지막 시선집에 '춘뢰(春雷)'라는 이름을 붙였는지 그 이유를 추정할 수 있다.

『현대시집 Ⅰ』(정음사, 1950)은 네 명의 시인(정지용, 김영랑, 김기림, 노천명)의 시를 엮은 시선집이다. 정지용은 여기에 총 30편의 시를 수록하면서,[72] 이를 「春雷集」으로 명명하였는데, 서문에서 그 이유를 다음과 같

---

71 이순욱, 앞의 책, 54쪽.

72 엄밀히 말한다면 이 책에 수록된 시편들은 자선시라고 할 수 없다. 왜냐하면, 지용은 시의 선택을 제자인 박목월과 조지훈에게 일임했기 때문이다. "아직까지는 내게 시집

이 밝히고 있다.

> 選集 이름이 「春雷集」-이것은 내가 붙였다. 별로 깊은 뜻은 없고, 봄에
> 우는 우뢰는 소리가 큰 것이 아니고 한 번씩은 있을 만한 것이니, 내가 詩
> 壇에 서기 전에 黃菊과 같은 詩人, 雪中梅와 같은 詩人이 많이 계셨으나,
> 아니 울어도 無妨하였던 봄우뢰는 내 詩가 운 것이다. 이래서 「春雷集」이
> 라 이름 붙였다.[73]

짧은 글임에도 불구하고 여기에는 간과해서는 안 될 지용의 비통한
심사가 비유적으로 표현되어 있다. "아니 울어도 無妨하였던 봄우뢰는
내 詩가 운 것이다"라는 일절은 이를 압축적으로 보여준다. 시선집의 이
름을 "봄우뢰"로 명명한 이유가 '나의 울음'에서 비롯한다는 것도 그렇지
만, "아니 울어도 無妨하였"다는 말은 더욱 애절하다. 어쩌면 이 말은
그와 시의 운명을 예견하고 있는 것처럼 보인다. 그의 비극적 죽음도 그
러하지만, 남한 단독정부 수립 이후 그의 시편들이 교과서에서 삭제되었
다는 사실, 더욱이 아주 오랜 시간 동안 그의 시가 감금되어 있었다는
것은 우리 역사의 아픈 기억들이다. 이런 의미에서 1988년 해금은 그의
명예와 그의 시를 복원하는 일이 시작되었음을 알리는 신호탄이었음에
분명하다. 그러나 지금 우리는 스스로에게 묻지 않을 수 없다. 그와 그의
시가 지닌 가치와 의의는 얼마나 복원되었는가? 춘뢰(春雷)처럼 사라진
그의 '빈자리'에 정당한 그의 몫을 배당하는 것은 지금 우리가 해야 할

이 둘 밖에 없다. 「鄭芝溶 詩集」과 「白鹿潭」.//여기서 골라서 選集을 냄에 있어서, 選
하는 수고를 木月과 芝薫께 맡기었으니, 오죽 잘하랴 하는 믿음성에서 그랬다." 정지
용, 「春雷集」, 『현대시집 현대시집 Ⅰ』, 정음사, 1950.
73 정지용, 「春雷集」, 『현대시집 Ⅰ』, 정음사, 1950.

일처럼 보인다. 특히 해방기 시편들을 공정하게 살펴 그의 정치 및 현실 의식의 '빈자리'를 온전하게 채우는 일은 향후 우리가 주안점을 두어야 할 과제라고 할 수 있겠다.

해방기 '전위'의 초상[*]

『전위시인집』의 특징을 중심으로

강계숙

1. 과연/왜 '전위'인가?

『전위시인집』(노농사, 1946)은 김광현, 김상훈, 이병철, 박산운, 유진오
가 엮어낸 앤솔로지 시집이다. 참여시인 대부분이 조선문학가동맹 소속
이었고, 김상훈, 이병철, 박산운의 월북과 한국전쟁 중 행방불명된 김광
현, 좌익 사범으로 수감되어 있다가 처형당한 유진오의 이력으로 인해
이 시집은 한국문학사에서 오랫동안 잊히었었다. 1988년 월북 문인의
해금 조치 이후 잠시 관심의 대상이 되었다가[1] 2000년대 이후 해방기
문학이 새롭게 재조명되면서 시집과 시인들에 대한 연구가 본격적으로
이루어지고 있다.[2] 이 시집은 구성부터 주목을 요하는데, 임화, 김기림

---

* 본고를 완성한 후 『전위시인집』과 관련된 최근의 선행 연구를 확인하였고, 이를 참고
자료 및 인용 자료로 활용하려 했으나 정식 논문으로 발표되지 않은 국외 및 국내 학술
대회의 발표문이었기 때문에 저자의 동의가 필요하였다. 그러나 저자가 이에 동의하지
않았으므로 본고에서는 이를 참고하지 않았음을 밝힌다.

1 정영진의 『통한의 실종문인』(문이당, 1989)은 김상훈, 이병철, 유진오의 생애를 기술
한 평전으로 해방기 이들의 문학적 자취를 확인하는 데 유용한 자료이다. 이기성의
「해방기 신진시인 연구」(이화여자대학교 석사학위논문, 1991)는 이들의 시적 특징을
살핀 선구적 연구로 꼽을 수 있다.

의 「서(序)」와 오장환의 「발(跋)」이 앞뒤로 배치된 형식은 시집에 대한 동시대의 평가와 아울러 새 세대가 나아가야할 문학적 향방까지 가리키고 있다.[3] 시작(詩作)의 실천은 다섯 시인의 몫이지만, 시집 전체의 구상과 목적의식이 임화 세대와 긴밀히 결부되어 있는 것이다. 김기림의 「시단별견-공동체의 발견」[4], 김동석의 「인민의 시-『전위시인집』을 읽고」[5] 등 연이어 발표된 평문 또한 이 시집에 대한 평단의 기대와 관심도를 보여준다. 그런데 시집의 이러한 구성을 '전위'라는 단어에 주목하여 살펴보면 몇 가지 의문이 생겨난다. 정치적인 것이든 미학적인 것이든, 역사적으로 '전위'의 자임(自任)은 적극적 실천, 공격적 이행, 전무후무한 도전, 직선적 행동과 힘의 발휘, 그리고 전투와 진격의 자세를 전면에 내세운다는 점에서 대개 선언적 형태를 띤다. 그런데 『전위시인집』에서는 이러한 선언적 언술이 창작의 주체 쪽에서는 생략되어 있고, 이들을 '전위'로 칭하는 전(前) 세대의 비평적 호명에 의해 시집의 앞뒤가 채워져 있다. '전위'의 선언을 선배들에게 일임한 모양새다. 물론 이러한 명명과 호명에 이들이 동의하였다는 것은 앤솔로지의 제목 선정에 이미 녹아있

2 대표적으로 다음의 예가 있다. 이민호, 「해방기 '전위시인'의 탈식민주의 성향 연구」, 『우리말글』 37집, 2006; 이기성, 「해방기 시에 나타난 가족주의와 국가주의 – '자기비판'의 문제를 중심으로」, 『상허학보』 26집, 2009; 송희복, 「해방기 시단의 청록파와 전위시인파 비교 연구」, 『한국문예비평연구』 37집, 2012; 유성호, 「해방기 시의 세대론」, 『한국시학연구』 33집, 2012; 신동옥, 「해방기 '전위시인'의 시적 주체 형성 전략」, 『동아시아문화연구』 52집, 2012; 곽명숙, 「해방기 문학장에서 시문학의 자기비판과 민족문학론」, 『한국시학연구』 44집, 2015; 이경수, 「해방기 시의 건설과 수사적 특징」, 『한국시학연구』 45집, 2016.
3 이기성은 앤솔로지의 구성으로부터 임화로 대표되는 전(前) 세대와 신진시인들 간의 세대적 정체성의 차이를 밝히고 있다. 이기성, 「해방기 시에 나타난 가족주의와 국가주의」, 『상허학보』 26집, 2009 참조.
4 김기림, 「시단별견 – 공동체의 발견」, 『문학』 1호, 1946.
5 김동석, 「인민의 시 – 『전위시인집』을 읽고」, 『예술과 생활』, 박문출판사, 1947.

다. 그럼에도 불구하고 '전위'의 의미와 내용을 스스로 언명한 바 없이 임화, 김기림 등이 이들의 시적 위치를 지목하였다는 것은 시집을 둘러 싼 평가에 모종의 선험적 틀을 부여한다.

　이것은 두 가지 의미 층위를 지닌다. 첫째, 해방 후 조선문학가동맹을 중심으로 문단 전체에 강한 영향력을 행사한 임화, 김기림 등의 행보에 비추어 보건대, 이들에 의한 '전위'의 호명은 신세대 그룹의 경향이 문학 가동맹의 이데올로기적 지향과 불가분의 관계에 있음을 자명한 사실로 전제케 한다. 둘째, 이 때문에 '전위시인'이라는 표현이 내포하는 바 '전 위'란 "조선문학가동맹의 실천강령에 부합되는 것"이자 "프롤레타리아 문학·예술운동사의 맥락만을 따르는 것"[6]으로, 혹은 "민족문학 건설의 전위로서의 역할"을 수행함으로써 "선명한 계급적 인식과 투쟁적 노선, 강한 당파성을 견지"[7]하는 것으로 의미화된다. 더 나아가 문학가동맹을 카프의 후신(後身)으로 보면, 『전위시인집』은 "카프 시절 출간한 김창술, 권환, 임화, 박세영, 안막의 『카프시인집』의 형태적 후예"[8]가 된다. 이러 한 시각은 초창기 연구부터 지속된 것으로, 견고한 참조틀을 제공한다.

> 　'민족문학 건설'과 '문학의 인민적 기초'를 세우기 위한 (…) 〈문학가동맹〉 의 조직적 역량을 확대하려는 노력은 역량 있는 신진 발굴을 통하여 문학의 대중적 기초를 확보하려는 대중화 작업에 노력을 기울이게 되는데, 신진 시인의 등장은 이러한 대중화 문제와 결합된 '신인의 육성'이라는 조직 사업 의 지원을 받고 등단한 것으로 보인다. (…) 일제말의 검열 등 외적 압력이 사라진 해방기의 열린 공간 속에서 이들의 열정과 시적 건강성은 진보적

6　이민호, 앞의 글, 371쪽.
7　곽명숙, 앞의 글, 22쪽.
8　유성호, 앞의 글, 78쪽.

리얼리즘과 혁명적 낭만주의의 구현이라는 창작적 지침을 수행하려는 노력을 보여주고 있다.[9]

프롤레타리아 계급의식의 표명, 투쟁적 노선의 당파적 견지, 문학의 대중적 기초를 확보하려는 적극적 노력 등이 민족문학의 '전위'로서의 역할이며, 이러한 이데올로기적 지향이 『전위시인집』에서 진보적 리얼리즘과 혁명적 낭만주의의 구현으로 나타나고 있다[10]는 이 같은 견해는, 그러나 텍스트 외적 맥락에 치중한 설명이라는 점에서 문제적이다. 이 시집을 문학가동맹의 문학적 산파물로 결론짓고 보면, 동맹의 테제와 개별 시편들 사이에 격차가 있음을 확인할 수 있다. 리얼리즘 미학으로 꼽을 수 있는 시도 드물뿐더러 투철한 혁명의식의 구현으로 보기엔 소박한 감상에 머무른 경우도 많다. 물론 문학작품 내에서 의도와 결과가 상호 어긋나는 경우는 많고, 작품 완성도 측면에서 이들의 시작(詩作)이 미흡한 수준에 머물러 있었다고 볼 수도 있다. 이를 염두에 두더라도, 강한 프롤레타리아 의식, 계급투쟁을 향한 의지, 당파성 확보를 위한 대중적 선전 선동 등은 『전위시인집』에서 그리 두드러지지 않는다. 이 시집에는 한 개인으로서의 내적 혼돈과 동요를 반영하는 다양한 감정들이 혼재되어 있고, 정치적 혼란의 복판에서 자기 정체성을 정립하려는 노력이 언어적 상징화를 통해 나타나고 있으며, '우리'로 표상되는 새로운 공동체의 상상 등 좌익문학의 전형에서 비껴난 형상들로 채워져 있다. 그러므로 문제의식은 다음과 같다.

---

9 이기성, 「해방기 신진시인 연구」, 이화여자대학교 석사학위논문, 1991, 6~7쪽.

10 곽명숙의 최근 연구도 "1946년 나타난 좌파의 신진 시인들은 (…) 신세대로서 해방을 맞은 역사적 기대감과 신인다운 과감함(을) 혁명적 낭만성과 진보적 리얼리즘이 결합된 미학 형태로 표출"한 것으로 평가하고 있다. 곽명숙, 앞의 글, 23쪽.

그간의 경향과 달리『전위시인집』을 해방기 좌익문학의 전범(典範)이
라는 고착된 평가에서 좀 더 유연한 해석의 지평으로 옮길 필요가 있다.
우선 시집이 놓인 시대적 자리를 시기적으로 좀 더 세분화·구체화할 필
요가 있다. 동시에 창작 주체의 세대적 특징에 주목할 필요가 있다. 미군
정의 권위주의 체제가 안착되던 무렵, 세계대전에 직접 참전한 경험이
있는 1920년대 생(生) 세대[11]가 탈식민의 현장에서 그린 정신적 좌표로,
시대가 요구하는 정치적 참여를 좌파 이데올로기의 편에서 감정적 수행
이라는 형태로 실천한 시적 발화로 이 앤솔로지를 읽을 필요가 있다. 세
대적 체험에 초점을 맞추어 해방 후 1년의 기록으로『전위시인집』을 읽
을 때, 이들 신진 시인들에게 내면화되어 있던 '전위'의 정체성은 무엇인
지, 그것의 구체적인 실현태는 무엇인지가 새롭게 조명될 수 있을 것이
다. 아울러 문학가동맹을 식민지기 카프의 부활이자 연속으로 간주함으
로써 전위시인들의 활동 또한 카프운동의 연장과 반복으로 파악하는 것
은 일면적 이해일 수 있음을 염두에 두어야 한다. 카프운동의 후신으로
간주될 수 있는 시대적 맥락에도 불구하고 해방 후 신세대로 등장한 전
위시인들의 정체성과 자기의식은 문학가동맹의 선배 세대와 구분되는
차이를 지니기 때문이다. 현상이 반복의 형태를 띨지라도, 어떤 반복도
동일한 것의 되풀인 경우는 없다. 역사에서라면 특히나 그렇다. 주목해

11 1919년생인 김상훈, 1921년생인 이병철과 박산운, 1922년생인 유진오, 생몰 미상이
지만 이들과 친구 사이였을 것으로 추정되는 김광현은 1920년대 생에 속한다. 1921년
생인 김수영과 김종삼, 1922년생인 김춘수 등이 이들과 동년배라는 것을 떠올리면,
이들의 세대적 특수성을 간과할 수 없음을 알 수 있다. 한국어보다 일본어에 능숙했고,
민족주의 의식이 상대적으로 희박했으며, 제국의 상징체계 내에서 성년화 과정을 거친
이들 세대를 가리켜 '이중언어세대'로 칭하는 것은 널리 알려진 바다. 뒤에서 다루겠지
만, 본고와 관련하여 이들 세대의 또 다른 특수성으로 주목할 것은 이들이 학병과 징용
으로 강제 징집되었던 세대라는 점이다. 이것은 해방 후 임화 세대와 이들 세대의 역사
적 위치를 구분 짓는 차이이기도 하다.

야할 것은 비록 반복일지라도 반복 가운데 빚어지는 차이이다. 한국 시
문학의 역사상 자칭 타칭 '전위'임을 처음으로 전면에 내세운 이들의 내
밀한 초상은 해방기라는 특수한 국면 가운데 조감되지 않고서는 제대로
그려질 수 없는 다층적 텍스트이다.

2. 훼손되지 않은 귀환, '학병-청년'들

전위의 내포적 함의에 기성의 질서/관습으로부터의 단절이 핵심으로
자리하고 있다는 것은 구태(舊態)의 과거와 결별한 지점에 자기정체를 수
립할 수 있는 힘과 그 힘을 떠받치는 의지의 순도(純度)가 전위의 주체가
구비하고 있어야할 주체화의 요건임을 환기한다. 이 때 기존 체제의 부정·
거부·단절의 이행은 주체의 순수성을 확보하고 입증하는 형식이 된다.
이러한 형식의 이행을 통해, 즉 과거를 거부하고 탈피하는 실천적 행위를
통해 주체의 정당성은 확증되고 공고해지며, 이렇게 확보된 정당성은 전
위의 주체를 역사의 새로운 기원(起源)으로 세우는 윤리적 토대가 된다.
그런데 자유의지의 실천이 쌓아올린 이 토대가 윤리적으로 자명한 것이
되기 위해서는 결별하고자 하는 과거로부터 주체가 얼마나 무관한가, 기
존 체제의 영향으로부터 주체가 얼마나 자유로운가가 중요하게 작용한
다. 기존 체제와 질적으로 무관하면 할수록 주체의 전위성은 더 강렬하고
파괴적이고 새로운 것이 된다. 이를 통해 전위의 순수성은 배가되고 주체
는 또 하나의 역사적 기원이 되기에 충분한 자격을 얻는다. 그렇다면 임
화가 "새로운 시의 정신"[12]이라 칭하며 자기 세대와 대별시켰던 전위시인

---

12 임화, 「서」, 『전위시인집』, 노농사, 1946, 2쪽.(이후 『전위시인집』에서의 인용은 쪽
    수만 표시)

들의 기원적 순수성은 무엇일까? 어떤 점이 이들과 선배 문인을 구분 짓는 차이점으로, 과거와 구별되는 윤리적·실천적 토대로 인식되었을까?

이기성은 전위시인들의 경우 '고백적인 자기반성'이 없다는 것에 주목한다.[13] 해방 후 선배 문인들이 고백의 형식으로 자기반성을 시도하며 창작 일선에 나섰던 것과 비교할 때, 전위시인들은 그러한 반성의 과정이 필요치 않은 이들이었다. 이것은 간단치 않은 맥락을 지니는데, 왜냐하면 이는 해방이 식민지배의 역사로부터의 단절인가 연속인가라는 문제와 결부되어 있을 뿐더러 새 역사의 주체로 누가 정치적으로 윤리적으로 정당한가라는 문제와 연관되어 있기 때문이다. 예상치 못한 해방의 '닥침'은 대일협력의 이력이 있는 이들에겐 역사적 단절로 받아들여질 수만은 없는, 자신들의 과거가 부정한 원죄가 되고 원죄의 현재성이 역력하게 일깨워지는 각성의 순간으로 도래한다. 이들에겐 해방이 식민지하 개인적 삶의 역사가 생생한 현재로 소환되는, 단절 없는 과거의 지속이다. 해방이라는 단절의 계기점이 과거의 현재적 소환을 가져오는 결정적 지점으로 작용하는 것이다.

해방에 부수된 이러한 상황은 그 유명한 '봉황각 좌담회'에서의 「문학자의 자기비판」[14]을 이끌게 된다. 이 좌담에서 임화는 양심에 의거한 과거의 참회가 진정한 자기반성임을 말하고, 임화의 발언을 필두로 자신의 친일 행위를 비판하는 여러 문인들의 반성적 고백이 잇따르게 된다. 부정한 과거에 기반한 자기 세대의 입지가 새 역사의 출발점에 서고자 하는 이들의 윤리적 정당성을 훼손할 뿐만 아니라 정치적 주체로서의 정당성까지 위협한다는 사실을 이들은 날카롭게 인식한다. 그 어휘의 함축에

---

13 이기성, 「해방기 시에 나타난 가족주의와 국가주의」, 『상허학보』 26집, 154~165쪽.
14 임화 외, 「문학자의 자기비판」, 『인민예술』 2호, 1946.

맞게 해방을 단절적 시공간으로 전유하기 위해서는 자기고백의 수행이
라는 상징적 통과의례가 이들에겐 필수적이었다. 임화 세대가 신세대의
출현을 반긴 까닭에는, 그리고 그들의 역사적 순수성을 '새로운 시'의 기
원으로 삼기에 충분한 것으로 평가한 까닭에는 해방 직후의 이 같은 상
황 전개가 깊이 연관되어 있다. 이기성의 말을 재차 빌리면, 이 시기
"〈문학가동맹〉의 '신세대론'이 식민지 시대의 속박으로부터 비교적 자유
로운 신세대를 통해 과거에 대한 기억을 표백하고 윤리적 정당성을 확보
하고자 하는 의지를 담고 있는 것으로 보이는"[15] 까닭도 이 때문이다. 말
하자면, 신세대의 윤리적·정치적 정당성에 기대어 이들의 전위로서의
자격을 인정함으로써, 또한 그러한 인정을 공표해주는 존재가 됨으로써
임화 세대는 자기비판의 과제를 동시에 풀고 있는 셈이다.

　그런데 여기서 주의 깊게 볼 대목이 있다. "식민지 시대의 속박으로부
터 비교적 자유로운 신세대"라는 서술이 함축하는 바는 무엇인가? 왜 이
들 신세대는 "식민지 시대의 속박"에서 자유로운 자들인가? 유성호는 이
들을 가리켜 "식민지 시대의 정치적 그늘이 전혀 없는 정치적 전위들"이
라고 칭한다.[16] "참회해야 할 과거를 지니지 않은 젊은 시인들"[17]이라고
서술한 이기성의 관점과 맥을 같이하는 표현이다. 하지만 이들 세대야말
로 제국의 체계 내에서 나고 자라 민족적 정체성이 가장 희박했던 세대
가 아닌가? '고쿠고(國語, 일본어)'의 상징체계 속에서 성장하였고, 한국
어의 미숙함이 문학창작의 큰 걸림돌이 되었으며, 그러한 자기 정체의
불명료성을 태생적 원죄로 인식하며 이를 시급히 보충해야할 언어적 결
핍이자 실존적 외상으로 여긴 이들을 가리켜 식민의 역사가 전혀 그늘을

15　이기성, 앞의 글, 161쪽.
16　유성호, 앞의 글, 80쪽.
17　이기성, 앞의 글, 164쪽.

드리지 않은, 그래서 참회해야할 과거가 없는 세대라고 칭하는 것은 온당한 것일까? 전위시인들을 '그늘 없는' 신세대로 그룹화한 바탕엔 임화세대의 대일협력에 대한 자기비판이 결부되어 있기도 하지만, 이와는 다른 사정이 결부되어 있다. 오장환은 『전위시인집』의 발문에서 부지중에 이에 대해 서술한다.

> 여기 내가 소개하는 젊은 시인들은 일본의 식민지 정책이 최고의 조건으로 우리의 문화를 말살하려 할 그때에 불운한 성년기를 맞은 청년들이다. 이들 앞에 찾아온 것은 조금도 따뜻하지 않은 **학병**이고 **징용**이고 추적의 가시밭길이었으나 그들은 이러한 조건에서도 쉬지 않고 우리의 아름다운 감정과 언어와 사고를 연마하기에 게으르지 않았다. (…) 어떠한 전투에 있어서나 전위가 져야 될 임무와 그 역할을 이들은 그들 성년기에 있어서의 **고난**의 때가 능히 선배들보다도 많은 단련을 주었다.[18] (강조-인용자)

오장환은 전위시인들의 세대적 특징으로 '불운한 성년기'를 꼽는다. 이들은 선배들보다 더 많은 '고난'을 겪었다. 이들은 '학병'과 '징용'의 고통을 겪었고, 이로부터 전위의 임무와 역할을 해낼 수 있는 정신적 단련을 키웠다. 이들 세대에 대한 부채의식은 이태준의 경우 "해방 전에 있어 민족수난의 십자가를 졌던 학병들이 (…) 이번에도 이 불행한 민족 시련의 십자가를 지고 말았다"[19]라는 표현에 집약되어 있다. 학병 징집에 어떻게 대응해야할 지 괴로워하는 학생 앞에서 「해방전후」의 주인공 현은 자괴감과 부끄러움을 동시에 느낀다. 같은 세대였다면 자신이 겪었어야 했을지도 모르는 의미 없는 희생에 현은 어떤 논리적 해답도 내주지 못

---

18 『전위시인집』, 71~72쪽.
19 이태준, 「해방전후」, 『문학』 1호, 1946, 33쪽.

한다. 「해방전후」의 가장 뼈아픈 장면인 이 부분에서 학병은 선배 세대에겐 식민치하에서 살아남았다는 사실만으로도 죄책감을 불러일으키는, 자신들의 민낯을 비추는 거울과도 같다. 이들에게 학병은 식민 지배의 직접적 피해자로서 일제의 폭력적 가해를 육체적으로 현현하고 있는 객관적 실재이며, 과거를 지울 수 없는 기억으로 재구성하게 만드는, 그리하여 수난 받은 자의 위치에서 수난을 비껴간 자들의 정체를 따져 묻는 존재이다. 이러한 학병의 존재는 해방 후 곧바로 민족과 반민족의 경계를 선명하게 구획 짓는 기준점으로 작용한다.[20] "식민지 시기 누가 더 많은 고통을 겪었는가", 즉 "고통의 양"[21]에 따라 정치적 정당성의 여부를 가늠하는 것은 해방 직후 정치적 비전을 논하는 자리에선 흔한 논리로 등장하였고, 직접 겪은 고통이 클수록 정치적 선두에 서도 좋은 허가가 사회적으로 공인되었다. 고통과 수난의 양이 살아남았다는 사실의 유무 죄를 가르는 기능을 하였고, 이것이 정치적 주체로서의 재정립을 정당화하는 기율로 작동하였다는 점에서, 학병은 '죽은 자의 정당함/산 자의 부당함'을 나누는 도덕적 경계일뿐더러 고통의 양이라는 측면에서 그 비교를 허락지 않는 대상이었다.[22] 따라서 학병은 학병이었다는 것만으로

---

20 오문석은 1946년 초부터 잇따른 학병좌담회가 전쟁에 대한 생생한 회고담을 통해 피해자의 위치에서 가해자를 호명할 수 있는 구도를 제시하고 있으며, 민족/반민족의 관점을 가장 선명하고 생생하게 기억하도록 하는 계기가 되었다고 설명한다. 오문석, 「해방기 시문학과 민족 담론의 재배치」, 『한국시학연구』 25집, 2009, 34~35쪽.

21 이혜령은 '식민지기 누가 더 많은 고통을 겪었는가'라는 "고통의 양" 논리가 식민기억의 기율로 작용하면서 "고통의 양"의 비교가 식민 지배에 결탁한 자들, 나아가 그 속에서 일상적 삶을 살았던 이들에게 죄의식을 불러일으키는 기능을 한다고 설명한다. 이혜령, 「해방기 식민기억의 한 양상과 젠더」, 『여성문학연구』 19집, 2008, 247쪽.

22 학병으로 참전하였다가 해방 후 구사일생 끝에 귀환한 이들의 경험담은 지금까지도 그 내용면에서 식민치하의 고통이 얼마나 참혹한 것이었는가를 극적으로 서사화하는 대표적 예이다. 문제안 외, 『8·15의 기억 : 해방공간의 풍경, 40인의 역사체험』, 한길사, 2005, 306~335쪽 참조.

누가/무엇이 반민족적인 것인지를 호출하여 규정지을 수 있는 권한을 가진 상징적 면책 특권자였다고 할 수 있다. 식민협력의 이력과 거리가 먼 까닭에 귀환 학병들의 도덕적 우월감은 상대적으로 높았고, 스스로를 새롭게 건설해야 할 신생국가의 일원이자 새 역사의 주인공으로서, 정치적 권리 행사가 마땅한 민족의 투사로서 자칭하였다.[23] 또한 그들은 오장환의 표현처럼 "만(萬)사람이 청춘이라야만 가질 수 있는 용기와 자유에의 부절한 희구를" "몸과 마음 모든 조건으로 구비한"[24] '청년'들이었다. 그렇게 학병은 애국청년의 정체성을 무리 없이 획득하게 된다.

> 청년이 국가나 민족의 현실적·상징적 핵심에 놓이는 구조는 식민화 과정에서부터 이미 출현했던 바, 더 이상 낯선 게 아니다. 그러나 해방이라는 새롭게 열린 역사적 국면은 청년을 둘러싼 자타공인의 구조를 또 다른 방식으로 강화시켰다. 이 자타 공인의 구조 한가운데, 학병-청년들이 존재한다. 이들은 해방과 더불어 생겨난 사회정치적 모순에 문제를 제기하고 이를 척결하여 국가(민족) 건설에 복무할 것을 표명하였다. 이 청년들의 자기 정당성은 대규모 전쟁동원으로 인해 감수해야했던 희생의 경험을 기반으로 획득되고 있었다.[25]

위 인용문에서 정리된 바 '학병-청년'의 이러한 결합을 오장환은 전위 시인들에게서 발견한다. 그는 새롭게 등장한 신인들의 형상을 이렇게 조

---

23   귀환학병이 자신들을 '민족투사'로 위치지었고 자신들의 참전을 조선민족을 위해 목숨을 건 젊은이들의 희생과 투쟁으로 서사화하였다는 것에 대해서는 최지현, 「학병의 기억과 국가 – 1940년대 학병의 좌담회와 수기를 중심으로」, 『한국문학연구』 32집, 2007 참조.

24   『전위시인집』, 71쪽.

25   김예림, 「치안·범법·탈주 그리고 이 모든 사태의 전후 – 학병 로망으로서의 『청춘극장』과 『아로운』」, 『대중서사연구』 24집, 2010, 46쪽.

감한다. "물러서지 않는 투지가 숨어 보이고 모든 것은 측정되어 오직 목적하는 곳으로 매진하려는 기관차와 같이 무표정하고 우람한 시인들이 있다. 그들은 청년들이다."[26] '학병'의 수난을 이겨낸 것만으로도 '청년'은 '전위'가 되어 마땅하다. 해방 후 '학병-청년'이 '전위'로 호출될 수 있었던 것은 '청년'이라는 상징적 주체가 식민지배의 역사적 특수성 속에서 '학병'이라는 도덕적 우월자, 과거로부터 이월되는 역사의 흠을 떨친 자, 새 기원이 되어 마땅한 정당성과 순수성의 보유자라는 정체성을 덧입음으로써 가능했던 것이다.[27]

　실제로 전위시인들 대부분은 학병과 징용에 징집되었던 이들이었다. 김상훈, 유진오는 대학 졸업 직전 징용과 학병으로 강제징집 당한 경험이 있고, 해방 후 이들은 〈조선학병동맹(1945)〉의 멤버로 활동하면서 동맹 일에 깊숙이 관여하기도 하였다. 특히 김상훈은 동맹 결성 당시 결의문, 메시지, 선전문을 작성하는 책임자로 일하기도 하였다.[28] 주목할 것은

26　『전위시인집』, 71쪽.
27　학병들의 적극적 정치 참여는 실제로 1945년 9월 〈조선학병동맹〉의 결성과 1945년 12월 『학병』지(誌)의 창간으로 가시화되었다. 해방 직후 치안 공백 상황을 해결하기 위해 자발적으로 치안 유지에 앞장서는 한편, 전재민구호활동, 문화강좌개최, 귀환자보고대회, 유력 정치인들과의 만남, 여타 조직과의 연대활동 등 다양한 활동이 이어졌다. 이에 대해서는 이혜령, 「해방(기) : 총 든 청년의 나날들」, 『상허학보』 27집, 2009, 23쪽 참조.
28　김상훈의 징용 체험과 협동당 별동대 활동은 시집 『대열』(백우서림, 1947)에 실린 유종대의 후기에서 언급되고 있고, 상민의 시집 『옥문이 열리든 날』(신학사, 1948)에 실린 김상훈의 발문에도 서술되어 있다. 김상훈의 징용 체험과 〈학병동맹〉 내 활동에 대해서는 박용찬, 「해방기 시문학 매체에 나타난 시적 담론의 특성 연구 – 서, 발, 후기를 중심으로」, 『어문논총』 47집, 2007, 481쪽; 정영진, 앞의 책, 249쪽 참조. 유진오가 대학 졸업 직전 학병으로 징집되었고 〈학병동맹〉의 선봉대로 활약하였던 사실은 정영진의 평전에도 서술되어 있으며, 그가 징병을 피해 중국으로 건너간 뒤 8·15 직전 입국하여 태백산장에 은거하였다는 소문이 떠돌았다는 것을 임헌영은 최근 기사문에서 기술한 바 있다. 이에 대해서는 정영진, 같은 책, 83~84쪽; 임헌영, 「문학평론가 임헌영

〈학병동맹사건(1946.1.20)〉 당시 사회장 규모의 합동장례식이 거행되었을
때 김상훈은 조서를, 유진오는 추모시를 낭송하였고, '피학살학병사건특
집'으로 발간된 『학병』 2호(1946.2.25)에는 김상훈, 유진오, 김광현[29]의 추
모시가 나란히 실렸다는 점이다. 이 중 김광현의 「조국은 울고」와 김상훈
의 「장렬」은 『전위시인집』에도 수록되어 있다. 찬탁/반탁이 첨예하게 대
립하던 시기 학병동맹본부를 급습한 경찰에 의해 학병 3명이 사망한 이
사건은 큰 사회적 충격을 낳았는데, 이 사건의 의미에 대해 이혜령은 "한
국전쟁을 정점으로 한 '동족살해'라는 라이트 모티브의 첫 출현"[30]으로,
오문석은 해방기를 바라보는 관점이 이 사건에 의해 크게 변화되었는바
"그전까지 해방기를 조망하게 했던 '민족/반민족'의 대립구도를 다시 '민
족/제국'의 대립으로 환원시키"는, 즉 "미국은 새로운 제국이며, 식민지
시대 일본의 자리를 대신하"[31]는 것으로 인식케 된 계기로 설명한다. 이
사건이 학병 세대인 당사자들에게 더 큰 충격을 주었으리라는 것은 능히
짐작되는데, 신생국가의 방위를 수호하고 치안을 유지하는 일에 앞장섰
던 엘리트 청년[32]의 집합적 실천이 동족 살상이라는 극단적 폭력의 대상이
되었다는 것과 우여곡절 끝에 이국의 전장에서 살아왔으나 조국에서 죽임

의 필화 70년(2) – 첫 필화 사형수 시인 유진오」, 『경향신문』, 2016.10.12 참조. 이들의
학병동맹 활동은 이구영의 구술에서도 확인된다. 이구영·윤영천, 「특별대담 – 해방기
진보적 문인들의 행적」, 『민족문학사연구』 9집, 1996, 312쪽.

29　'학병추모특집'에 문학가동맹 총무부 소속이었던 이병철이 추모시를 발표하지 않았
　　던 것과 비교하면, 사업부 소속이었던 김광현이 추모시를 발표한 것은 그가 문학가동
　　맹의 일원이기 전에 학병동맹의 일원이었기 때문이었던 것으로 추정된다.

30　이혜령, 앞의 글, 26쪽.

31　오문석, 앞의 글, 35쪽.

32　1943년 학도지원병제가 실시된 이후로 징집대상자는 대학 예과, 전문대 이상의 학력을
　　지닌 학생들이었다. 1938년부터 모집된 지원병들과 달리 이들 학도병들은 교육정도,
　　경제적 기반 등 계층구조의 측면에서 뚜렷이 대비된다. 김예림, 앞의 글, 49~55쪽 참조.

을 당하고만 비극적 아이러니가 그들 앞에 놓인 현실이라는 것은 해방의 의미에 대해 다시 생각게 되는 분기점이 되었다.

이제 이쯤에서『전위시인집』의 전체 분위기가 왜 전위로서의 적극적인 투쟁성·선동성보다 깊은 애도와 설움의 정조에 감싸여 있는지를 비로소 이해할 수 있다. 식민체제의 원죄로부터 자유롭지 못한 선배 세대와 달리, 훼손되지 않은 청년의 순수성을 내재한 자들로 역사의 미래를 향해 귀환하였으나 해방 후 1년 동안 '학병-청년-전위'를 실천하는 도정에서 이들 세대가 맞닥뜨린 것은 납득하기도, 수용하기도 힘든 죽음의 현실이었다. 동료의 죽음은 해방이 되었으나 실은 해방되지 않았다는 사실을 강렬한 사건의 형태로 일깨운다. 그리고 이 죽음은 한 개인의 죽음을 넘어 해방기의 혼란 속에서 자기희생을 감내해야할 청년-전위라면 너나없이 겪어야할지 모르는 숙명적 위험으로 확대된다. 애도의 주체든, 애도의 대상이든 그것은 몇몇 소수의 예외적 경험이 아닌 청년-전위의 공통감각이자 집단적 심성으로 시집 전체를 관류하는바 해방의 환희와 기쁨, 미래지향적 희망과 기대 속에 슬픔과 비애가 함께 침윤된 형상으로 표출된다.

3. 감정의 수행성(1) – 애도의 슬픔과 주체의 확장

바람도 구름도 서름에 젖어/장렬은 자옥마다 눈물이 고이고/요령도 조기도 없어야 하기에/서럽게 서럽게 밀려서 간다.//돌뿌리마다 낯익은 길을/참아 떠나지 못해 짐짓 망서리건만/볕이 그리워 외치며 죽은 벗을/태양 없는 나라로 보내야 하니//마을 부인내도 들은 소문에/행주치마로 얼굴 가리는대/무참히 쏘와 죽인 사람들/총 들고 와 멀그럼이 구경하고//아츰 저녁 함께 부르는/이 노래로 너이들 보낼 줄이야……/찬방에서 껴안고 잠들든/옛 생각을 잊을려고 몸부림치며//장렬은 고요히 흘러간다/꿈 많은 서울도 아득히 등지고/가면 도라오지 못하는 길을/무엇이 불러 어데로 간 다고 ……

-김상훈, 「장렬」 전문

김상훈은 「분한의 노래-피격학생의 노래」 「무덤」 「전사자 S야」[33] 등 에서도 학병의 죽음에 따른 비통한 심정을 표현한다. 위 시에서 시적 자 아가 느끼는 슬픔의 정도는 주위의 모든 풍광이 설움에 잠긴 형상에서 암시된다. 바람과 구름뿐만 아니라 얼굴을 가리는 부인네는 장례의 행렬 이 이어지는 지금 이 순간 이 세상에 슬퍼하지 않는 존재란 없음을 감정 이입의 방식으로 드러낸다. 슬픔의 크기가 클수록 '학병-청년'의 죽음을 초래한 현실의 부정성은 두드러지는데, "무참히 쏘아 죽인 사람들/총 들 고 와 멀그럼이 구경"하고 있는 모습은 피해자와 가해자의 명확한 구분 에도 불구하고 가해자가 멀쩡한 구경꾼이 되어 나타난 상황이야말로 현재 의 모순성과 야만성을 드러내는 대비적 예라 할 수 있다. 이들과 비교하 면, 죽은 벗과 그를 기리는 시적 자아는 현실의 비윤리성과 부정의의 반 대편에 선 순결한 자들이다. 그러므로 이 시가 표상하는 '학병-청년-전 위'의 죽음은 이들의 훼손되지 않은 남성성을 더욱 온전한 것으로 수호 하는 기제이기도 하다. 동족의 손에 죽은 안타까운 희생이라는 형식에 힘입어 '학병-청년-전위'의 죽음은 역으로 이들의 남성성을 더욱 순수 한 것으로, 티 없는 것으로 강조하고 강화하는 기능을 한다. 격렬한 애도 작업은, 따라서, 애도의 파토스가 강하면 강할수록 훼손되지 않은 남성- 주체로서의 능동적인 자기 정립의 수행이자 그러한 훼손 없는 남성상 (像)을 전경화함으로써 자신의 주체성이 동족에 의해 거세되거나 파괴될 지 모른다는 불안을 표출하면서 다른 한편으론 잠재우는 심리적 조정

---

33   학병동맹본부, 『학병』 2호, 1946.

작업에 해당한다. 학병-청년의 죽음으로 노출된 주체의 불안정한 위치
가 슬픔의 시적 발화에 의해 감정적 정화가 이루어짐으로써 재조정의
기회를 얻게 되는 것이다. 따라서 자신을 죽은 학병과 동일시하면 할수
록 애도의 과정은 필수적이다. 전위시인들의 경우 추모시를 적극적으로
자주 쓴 것은 이런 사정과 무관하지 않다.[34]

　이 시에서 주목되는 것은 애도의 광범위한 침윤이 침묵 가운데 행해지
고 있다는 점이다. "요령도 조기도 없어야 하기에/서럽게 서럽게 밀려서
간다"는 구절은 실제로 〈학병동맹사건〉의 합동장 당시 장례행렬을 경비
한 헌병과 무장경찰이 조기(弔旗)와 만장(輓章)을 금지하고 희생 학생의
영정을 드는 것까지 금지하는 등의 억압적 조치로 참석자들의 침통함을
더한 사실에 바탕을 두고 있다.[35] 기록에 따르면, 장례는 삼천여 참석자
들의 흐느낌 속에 진행되었으나, 시에서는 무언의 고요 속에 운구가 나
아가는 것으로 묘사된다. 그런데 이 무언의 상태야말로 이곳의 애도가
개인의 슬픔에 그치지 않고 공동체 전체의 설움으로 화(化)하고 있음을
알려준다. 모두의 침묵이란 각각의 개인이 단일한 감정 공동체로 전화될
때에만 가능한 행위이다. 따라서 "서럽게 서럽게 밀려서 가"는 장렬이
시의 후반부로 갈수록 '고요'의 행렬로 부각되는 것은 학병의 희생에 공
감하는 무리가 내적으로 강력하게 동질화된 감정 공동체로 변하고 있음
을 암시한다. 가령 김광현의 「조국은 울고」에서는 애도의 주체가 개인이
아닌 단일한 공동체로 등장한다.

34　『전위시인집』에 실린 또 다른 애도 시편으로는 1946년 7월 29일 〈조선정판사위폐사
　　건〉의 공판날 발생한 소요 사태에서 경찰의 피격으로 사망한 19세 소년 전해련을 추모한
　　이병철의 「울면서 딸아가면서」와 박산운의 「소년의 사(死)」가 있다. 경찰에 의한 청년-
　　전위의 죽음을 다루었다는 점에서 이 두 시편은 학병의 추모시와 연장선상에 있다.
35　「수천군중 애도리에 희생된 삼(三)학병 합동장의」, 「삼엄한 경계」, 『자유신문』, 1946.
　　1. 31.

요령이 울고, 흐느끼는 소복단장/삼청동, 잊지 못할 삼청동에서/모-든 사랑하는 사람에 안기여 너는 가느냐//피 눈물 쏟아놓으며 쫓겨나든 조국/눈물애 취하야 기꺼히 달려온 조국/너의 뼈에 사모친 너와 나의 조국이 인제 운다//죽다 남은 놈이 있어 조국의 땅이 팔리였었고/간악한 놈은 있어 너는 사선을 넘어왔었다//그러하거늘 그러하거늘/또 무슨 잘못이 있어 너는 죽고 조국은 이리 우느냐/또 무슨 잘못이 있어 조국은 울고, 너는 그리 죽었느냐

-김광현, 「조국은 울고」 중

　김상훈의 경우와 달리 이 시의 애도는 통곡과 피눈물을 동반하고 있다. 감정이 이렇게 여과 없이 표출되고 있는 것은 슬픔의 주체가 '조국'이라는 거대 공동체이기 때문이다. 공동체의 범위가 클수록 슬픔의 양이 크고, 양이 클수록 절제의 폭은 초과된다. 눈여겨 볼 것은 울고 있는 '조국'이 '너'와 '나'의 터전이자 태생지이기도 하지만, "피 눈물 쏟아놓으며 쫓겨나든 조국/눈물에 취하야 기꺼히 달려온 조국"이라는 구절의 의인화에 힘입어 학병의 제유로 읽힌다는 점이다. 즉 '조국=학병'인 것이다. '조국'은 귀환학병으로 돌아와 죽은 '너'이자 그런 너의 '죽음'을 애통해하는 '나'이다. '조국=나/너=학병-청년-전위'의 인식구조는 실제 조국을 학병-청년의 공동체로 간주한 데 따른 것이라기보다 조국이 '너'와 '나'의 정체성을 지닌, 요컨대 훼손되지 않은 남성-주체인 학병과 역사의 진정한 주인인 청년, 그리고 그러한 주체의 역할을 의지적으로, 투쟁적으로 실천할 전위의 속성을 갖춘 공동체가 되어야함을 당위적으로 지향한 데 따른 결과이다. 그러므로 '조국은 운다'라는 표현에는 '조국은 울어야 한다'는 의미가 내포되어 있다. 이는 슬픔의 표현이 감정의 서술에 그치지 않고, 감정의 수행으로 나아가고 있음을 가리킨다.

　진술적 발화(constative)가 행위-말하고, 확언하고, 설명하는 등의-를

수행하는 일종의 수행적 발화(performative)이기도 하다[36]는 것은 오스틴 이후 언어행위이론의 중요한 발견에 해당한다. 그런데 진술적 발화의 대표적 예로 간주되는 감정의 표현 – '나는 너 때문에 슬퍼' '너는 나를 미워했었어' 등 – 이 우리의 통념과 달리, 감정 상태를 발화하는 순간, 지시된 혹은 서술된 감정 내용(/대상)에 특정한 변화 – 전자는 '그러니 네게 잘못이 있어'라고 상대를 추궁하는 의도를 담게 되고 후자는 '하지만 이젠 나를 미워하지 않겠지?'라고 상대의 변화를 확인하고 싶어하는 등의 – 를 일으키고, 그로 인해 감정이 강화되거나 약화되거나, 구축되거나 숨겨지는 등 일련의 다양한 변이를 일으킨다는 사실은 감정 표현이 수행적 성격을 지니고 있음을 알려준다.[37] 윌리엄 레디는 감정표현의 이러한 수행성

36 조너선 컬러, 『문학이론』, 조규형 옮김, 교유서가, 2016, 173쪽. 오스틴의 수행성 이론과 문학론의 관계에 대해서는 조너선 컬러, 같은 책, 170~193쪽 참조.
37 윌리엄 M.레디는 우리가 우리의 감정에 대해 말하면, 발화된 감정과 감정의 발화 사이에 독특하고 역동적인 상호관계가 형성된다는 것에 주목한다. 인지심리학은 감정이 자동적인 느낌이나 본능적 반응에 그치지 않고 학습된 인식능력으로서의 인지 기능을 발휘한다는 사실을 밝혀내고 있다. 또한 문화인류학은 다양한 민족지의 관찰을 통해 감정이 구성적이고 문화적인 것이라는 사실을 규명해내고 있다. 레디는 인지심리학과 문화인류학의 최근 성과를 바탕으로 감정의 인지적 특징과 문화적 속성을 감정과 감정 발화 간의 관계를 파악함으로써 상호 결합된 구조로 해명할 수 있다고 보고, 감정표현에 내재된 독특한 역동성을 오스틴의 수행론에 입각하여 새롭게 이론화한다. 요컨대 감정표현의 수행적 성격을 밝힌 뒤 이 수행성으로부터 인지적, 구성적, 문화적인 것으로서의 감정이 갖는 특징을 설명한다. 레디는 감정표현의 수행적 성격을 1인칭 감정 기술문의 예를 들어 1)기술적 형태, 2)관계적 의도, 3)자아탐색 및 자아변경 효과의 세 층위에서 설명하고, 이렇게 발화된 감정은 확인, 부인, 강화, 약화 등의 내적 효과를 발화자 내부에서 일으킨다는 점을 밝힌다. 가령 '나는 너를 사랑해'하고 말하는 순간 사랑은 그 발화를 통해 발화자에게 진실로 확인되거나 부인되고, 강화되거나 약화된다. '사랑'은 사랑을 말하는 순간 비로소 사랑으로 화(化)한다는 것, 또는 작업에 지친 사람이 '나는 즐겁다'라는 말을 반복하다 보면 어느새 기분이 나아지는 것 등은 우리가 일상에서 경험하는 감정표현의 수행적 기능에 해당한다. 레디는 감정문의 복잡하고 다양한 효과와 수행적 특징을 '이모티브'라는 개념으로 재명명한다. 그의 이러한 감정론은 최근 국내에서도 붐을 이루고 있는 감정연구에 대해 시사하는 바가 많다.

을 가리켜 '이모티브'라고 칭한다.

> 이모티브는 언뜻 외부에 준거점을 갖는 것으로, 따라서 기술(記述)적인 발화로, 오스틴의 표현을 사용하면 진위문으로 보인다. 그러나 보다 면밀히 살펴보면, 이모티브가 지시하는 것으로 보이는 '그 외부적인 지시 대상'이 이모티브의 작성에서 수동적이지 않다는 점이 드러난다. (…) 이모티브는 그것이 '지시'하는 것으로부터 영향을 받는 동시에 그 지시물을 변화시킨다. 따라서 이모티브는 수행문과 유사하다. 세계에 무엇인가를 행하기 때문이다. 이모티브는 감정을 직접적으로 변화시키기 위한 도구요, 감정을 구축하고 숨기고 강화하기 위한 도구이다. 그것은 보다 성공적일 수도 있고, 덜 성공적일 수도 있다.[38]

레디의 견해에 기대면, 전위시인들의 애도 시편은 학병-청년의 죽음에 따른 슬픔을 진위문으로 기술하는데 그치지 않고, 그 죽음을 슬퍼하려 모인 이들, 그 슬픔에 공감하는 이들을 감정적으로 통합하는 효과를, 말하자면 슬픔을 지시하고 북돋움으로써 그러한 슬픔이 자연적이고 본능적인 것이 아니라 '슬퍼해야 할 것'으로 구축되는 효과를 발휘한다. 그리고 그러한 효과를 통해 서러워하고 슬퍼하는 이들을 통일된 공동체로 통합하는 수행문('이모티브')의 역할을 한다. 감정과 감정 발화 간의 이러한 상호 강화/변이는 감정을 말함으로써 그러한 감정을 생성·산출·구성한다는 점에서 감정실천을 유도한다. 가령 애도의 감정을 표현하면 할수록 슬픔은 지속되고 깊어지며, 슬픔의 주체는 '나'에서 '너'로, 조국으로 더 넓게, 더 강하게 형성되고 구성되며 확장된다. 「조국은 울고」에서

이에 대한 자세한 설명은 윌리엄 M.레디, 『감정의 항해 : 감정이론, 감정사, 프랑스혁명』, 김학이 옮김, 문학과지성사, 2016, 104~173쪽 참조.

38 윌리엄 M.레디, 앞의 책, 164~165쪽.

'조국'을 눈물의 주체로 표현한 것은 슬픔을 느끼고 인지하고 지속해야
할 주체가 공동체 전체임을 확언하기 위해서다.

　애도 시편만이 이러한 수행적 기능을 맡고 있는 것은 아니다. 『전위시
인집』을 일관하는 가장 중요한 수행적 감정은 분노이다. 애도가 분노로
전화되리라는 것은 쉽게 납득할 수 있다. 티 없는 청년-전위의 죽음을
애도하는 것은 종국엔 현실의 부정성을 문제시할 수밖에 없기 때문이다.
이들이 슬픈 이유는 단지 친구와 동지가 죽었기 때문이 아니라 그 죽음
이 무고한 희생이고 정치적으로 옳지 않은 탄압에 의한 것이라는 상황인
식에 따른다. 그에 따라 분노는 애도 가운데, 애도와 더불어 발생한다.
김상훈의 시 「장렬」에서 장례가 소리 없는 침묵 속에 나아간 것으로 묘
사된 까닭은 시적 자아 및 집단 전체가 슬픔에 잠식되었기 때문이 아니
라 어느 누구도 소리 내지 않을 만큼 비장한 결기와 결연한 마음에 가득
차 있음을 암시하려하기 때문이다. 무언은 슬픔의 강조이자 차가운 분노
의 표명이다. 이 시에서 주목해야할 것은 바로 이것, 즉 애도 속에 내재
하는 냉염(冷炎)한 분노이다. 그렇다면 현실에 대한 부정적 상황인식이
란 무엇을 뜻하는가?

　해방 후 1년 동안 분명해진 것은 해방과 함께 도래한 혁명적 상황이
반혁명의 상황으로 바뀌어 가고 있었다는 점이다. 해방기에 대한 역사적
평가와 해석은 다양하지만, 해방과 동시에 대안조직의 건설과 구축-건국
준비위원회부터 전평, 전농 등 전국적 규모의 단체 및 조직의 창설과 활동-
이 매우 빠른 속도로, 전국 각지에서 폭발적으로 진행되었던 것은 해방의
역사적 성격이 무엇이었는가에 대해 되묻게 한다. 박명림은 이에 대해
해방이 그 자체 혁명적 조건으로 기능한 데 이유가 있다[39]고 설명한다.

39　박명림, 「한국의 국가형성, 1945~48 : 시각과 해석」, 『한국정치학회보』 29집, 1995,

구체제에 강력히 저항하던 계층의 대안 질서 추구란 종전에 따라 국제 국가간 체제 붕괴가 가져온 혁명적 상황 전개를 의미한다는 것이다. 일본의 식민지배는 전통 한국의 사회질서와 계급구조를 혁명이 필요한 상황으로 변화시켰는바, 급격한 계급분화와 계급 간 갈등의 심화는 억압적 지배체제 속에서 분출될 계기를 얻지 못한 채 지속적으로 누적·상승하였고,[40] 이것의 분출을 저지한 식민국가 관료체제가 종전으로 인해 붕괴하는 순간 식민지 민중의 혁명적 분출은 그에 따른 필연적 결과로 나타난 것이라 할 수 있다. 그리고 이는 곧 탈식민 혁명, 즉 주권적인 근대국가 수립의 요구로 나아가게 된다. 문제는 1945년 10월 남한에 주둔하기 시작한 미군이 오직 미군정청만이 유일한 정부임을 천명하면서 인공을 부인하고 모든 혁명적 상황을 저지하는 국가기구를 창설함으로써 '인공의 해체, 식민관료의 부활'이라는 반혁명적 조치들을 취하기 시작하였다는 것이다. 혁명세력이 배제되고 구식민 지배세력이 부활한 이 같은 국면전환은 '혁명'에서 '복고'로의 반혁명 과정이었다고 할 수 있다.[41]

해방 후 1년 동안의 이러한 상황변화가 가장 폭력적인 형태로 가시화된 것이 바로 〈학병동맹사건〉이었다. 인공과 조공에 친화적 단체였던 학병동맹의 활동은 미군정체제에선 더 이상 용납될 수 없는 것이었고, 이를 경찰의 무력을 동원하여 해산하려한 조치가 동족살상이라는 비극을 낳던 것이다. 혁명에서 복고로의 이러한 체제 안착이 『전위시인집』이 발간될 무렵의 상황이며, 전위시인들은 자신들이 마주한 이 같은 현실을 해방

197쪽.

40 식민체제에서 비롯한 해방기 남한의 사회경제체제와 계급상황에 대해서는 정근식, 「남한지역의 사회·경제와 미군정」, 『한국현대사의 재인식1 – 해방정국과 미소군정』, 한홍수 외, 오름, 1998 참조.
41 박명림, 앞의 글, 198~201쪽.

이 되었으나 진정한 해방이 이루어지지 않은 상태[42]로 인식하였다. "〈독립〉! 골수에 겨려 꿈 되어 알른거리드니만/마츰내 닥쳐온 네가 싫다, 이름 좋은 그림자였드냐!"(김상훈, 「전원애화」)에서 드러나듯, 꿈인 듯 맞은 해방이 '이름 좋은 그림자'였을 뿐 '닥쳐온 네가 싫다'는 강한 현실부정 의식은 시집 곳곳에 배어있다. "씰개를 뒤집어 놓고 생각하여도/허울 좋은 남조선은/흐물거리는 인육시장이다"(유진오, 「삼팔 이남」)라는 신랄한 비난과 "나라 없이 잘아온 가난한 소년이/어두운 상여를 타고 가야만 하는/적막한 우리 국토의 오날"(박산운, 「소년의 사」)이라는 비애는 1946년 무렵의 현실을 배경으로 한다. 또한 "대양에 거만한 제국주의의 기선을 삼켜치우"는 "젊은 바람"(김상훈 「바람」)과의 자기 동일시는 그러한 현실을 극복하고자 하는 기원(祈願)을 담고 있다. 『전위시인집』을 관통하는 슬픔, 비애, 좌절, 불안, 분노 등이 새 시대를 향한 희망, 기대, 다짐, 낙관 등과 혼재되어 있는 까닭은 1946년 무렵 남한 사회의 반혁명적 상황전개에 따른 정치적 변화가 감정적으로 자기반영된 데 따른 것이다.

4. 감정의 수행성(2) – 분노와 '가난한 자'들의 공동체

> 눈시울이 뜨거워지도록/두 팔에 힘을 주어 버티는 것은/누구를 위한 붉은 마음이냐?//깨여진 꿈조각을/떨리는 손으로 주어모아/역사가 마련하는 이 국토 우에/옛날을 찾으려는//저승길이 가까운 영감님들이/주책없이 중얼거리는 잠고대를/받어 드리자는 우리의 젊음이냐?//(…)//누구를 위한/벅차는 우리의 젊음이냐?/서룬 여덟 해 전 나라와 같이/송두리째 팔리워

---

42 미군정 체제 하의 남한을 진정한 해방이 이루어지지 않은 곳으로 인식하는 것은 비단 좌익 세력에게만 국한된 것은 아니었다. 같은 시기 발표된 박인환의 시 「인천항」(1947)에서도 남한은 신식민지 지배체제에 포섭되어 가는 공간으로 그려지고 있다.

피눈물 어려/남의 땅을 헤매이다 맞어죽은 동족들은/팔리든 날을 그리고/맞어죽든 오늘 구월 초하루를/목메여 가슴을 치며 잊지 못한다//그러나 오늘날 또한/썩은 강냉이에 배탈이 나고/뿌우연 밀가루에 부푸러 오르고도/3천 5백만불의 빚을 질머지고/생각만 하여도 이가 갈리는/무리들에게 짓밟혀/가난한 동족들이/여기 눈물과 함께 우리 앞에 섰다//누구를 위한/벅차는 우리의 젊음이냐?/어느 놈이 우리의/분통을 터트리느냐?/우리들 젊음의 힘은/피보다 무서웁다//머얼리 바다 건너 저쪽에서도/피끓는 젊은이의/씩씩한 행진과 부르짖음이/가슴과 가슴들 속에 파도처럼 울려온다
                                    -유진오, 「누구를 위한 벅차는 우리의 젊음이냐?」 중

김기림은 해방을 기점으로 나타난 한국시의 새로운 특징으로 분노를 꼽는다. 그는 "우리 시가 분노라는 감정을 시적 감정에까지 끌어 올렸다고 하는 것은 우리 시의 한 새로운 수확이었음에 틀림없다"[43] "특히 젊은 시인들은 그것에 맞는 〈분노의 언어〉를 스스로 발견하였다. 이른바 낭독시의 출현은 그 단적인 표징이다"[44]라고 말한 바 있다. 그가 이러한 내용을 기술하며 염두에 두었던 것은 아마도 유진오의 시일 것이다. 해방기 낭독시의 대표작인 위 시는 1946년 9월 1일에 개최된 '국제청년데이' 행사에서 십만 청년 앞에서 낭송되었고, 열광적인 성원과 앙콜 요청에 힘입어 재독되었다고 전해진다.[45] 위 시가 청중에게 강한 공감과 동조의식을 불러 일으켰음을 역으로 알려주는 사건이 유진오의 필화사건이다. 시의 낭송을 문제삼아 '미군정포고령위반죄'라는 혐의로 9월 3일 유진오는 미군정에 의해 체포되는데, 이 일로 인해 9개월간 복역을 하게 된다.[46] 당시 이 필화사건

43   김기림, 「시와 민족」, 『신문화』, 1947. 『김기림전집2-시론』, 심설당, 1988, 152쪽에서 재인용.
44   김기림, 위의 글, 153쪽.
45   조선문학가동맹, 「소식과 통신」, 『문학』 2호, 1946, 143쪽.

은 해방기의 상황변화를 예시하는 상징적 사건으로 인식되었는데, 1946
년 5월 1차 미소공위가 결렬되고 이를 계기로 통일정부 수립을 위한 내외
적 가능성이 최종적으로 사라지면서 미군정에 의한 좌파의 대대적 탄압이
본격화된 것과 맞물려 있는 조치였기 때문이다.

1946년 1월 이후 탁치대쟁으로 일컬어지는 좌우파의 대립[47]은 5월 미소
공위의 결렬 후 남한 내 단독정부의 수립이 가시화되면서 해결의 가능성
이 더욱 희박해졌고, 그로 인한 미군정의 좌파에 대한 강경한 탄압은 군정
과 좌파세력 간에 '유보 없는 대결'을 초래하고 있었다.[48] 이러한 상황
속에서 큰 호응을 얻은 유진오 시의 날 선 비판과 대중적 감응력은 미군정
의 입장에선 용납할 수 없는 것이었다. 이 사건의 여파가 상당했음은 문인
들의 잇따른 반응에서도 확인되는데, 오장환은 1947년 2월 13일에 개최된
'문화옹호남조선 문화·예술가 총궐기대회'에서 「시인의 박해」란 글을 연
설하기도 하였고, 임화는 「계관시인-옥중의 유진오 군에게」라는 헌시를
발표하여 문학인에 대한 탄압을 비판하기도 하였다. 김동석은 「시와 자유
」란 글을 통해 일제 식민치하에서도 행정당국을 비판하는 시를 썼다는
이유로 시인이 체포된 사례는 없었다며 미군정을 강하게 비난하였다.[49]
더구나 위 시가 발표되던 무렵 남한은 전평을 중심으로 전국적인 총파업
이 일어났고, '10월 인민항쟁'[50]으로 불리는 대규모 민중폭동이 대구를

---

46 해방기 최초의 필화사건을 겪은 유진오는 『문학』 4호(1947)에 「싸우는 감옥」이라는
    옥중투쟁기를 발표하기도 하였다.
47 〈학병동맹사건〉 또한 찬탁/반탁을 둘러싼 격렬한 대립과 갈등에서 비롯된 사건이었다.
48 박명림, 『한국전쟁의 발발과 기원2』, 나남출판, 1996, 240~241쪽.
49 김동석, 「시와 자유」, 위의 책 참조.
50 1946년 5월 경북 지역을 중심으로 콜레라가 창궐하여 4,000여 명에 가까운 사망자가
    발행하였는데, 군정이 이를 막을 방책으로 대구 등을 원천봉쇄하여 물자수송 및 공급
    이 차단되는 극단적 상황에 이르게 된다. 이로 인해 쌀 부족 사태가 심각해지면서 아사
    자가 속출할 지경에 이르자 대구를 중심으로 시위가 일어났고, 경찰이 시위자에 발포

중심으로 일어나 많은 사상자가 발생하였다. 위 시는 당시의 이러한 남한
의 혼란상을 배경으로 불합리한 현실에 대해 청년 세대가 느끼는 분노의
감정을 직설적 언어로 표현하고 있다.

그런데 김기림은 왜 이러한 청년의 분노를 시의 새로운 특징으로 꼽았
을까? 김기림은 이 분노가 '정치의 도래'와 관련이 있음을 분명히 한다.
그는 식민지하의 조선시가 애수, 우울, 회의 등의 소극적인 정서에 한정
되어 있었다면, "8·15는 이러한 희박하고 섬세하고 유연한 정서의 세계
에 던져진 큰 격동이었다"[51]고 서술한다. 그가 가리키는 '큰 격동'이란
"오늘에 있어서는 정치(가) 우리들 자신의 손으로 우리들의 생활의 설계
와 조직이어야 되게 된"[52] 것, 즉 '새로운 공화국의 건설'이 가능해진 것
을 의미한다. 이에 따라 시와 정치가 결합되는 전혀 다른 변화가 촉발되
었는데,[53] 그의 판단에 따르면 이러한 시와 정치의 결합을 확인시켜 준
예가 전위시인들에게서 나타나는 분노의 언어화라 할 수 있다. 김기림의
이러한 통찰은 적확한 것이라 할 수 있는데, 분노는 그 특성상 "정치적으
로 동등한 개인들 사이에서만 성립"[54]하는 감정이기 때문이다. 분노는
동등한 권리를 부여받고 있는 타인에 대해 취하는 특정한 태도와 반응이
다. 나와 동등하지 않은 타인에게 분노의 감정을 품는 일은 드물다는 점

를 가하면서 대규모의 무장폭동으로 확대되었다. 이후 남한 전역으로 시위가 확산되었
다. 이 사건을 계기로 미군정의 좌익 세력에 대한 탄압은 전면적인 것으로 바뀌게 되었
다. '10월 인민항쟁'은 미군정의 대(對) 남한정책의 실패를 보여주는 사례이자, 이를
계기로 남한 내 좌익 세력이 급격히 힘을 잃게 됨으로써 강고한 반공체제가 확립되게
된 사건이라 할 수 있다. 인민항쟁 전후의 남한 사회사에 대해서는 문제안 외, 앞의
책, 150~163쪽 참조.
51   김기림, 앞의 책, 152쪽.
52   김기림, 「우리 시의 방향」, 위의 책, 137쪽.
53   김기림, 위의 글, 136~137쪽.
54   김수영, 「분노에 대하여」, 『문학과사회』 가을호, 2007, 358쪽.

에서, 분노는 그러한 감정을 일으킨 상대를 공동체의 평등한 일원으로
간주할 때 발생한다.[55] 그러니까 분노는 서로가 서로에게 동등한 자로
인식되는 정치적 배경과 맥락을 전제한다. 그리고 그것의 표출은 그렇게
할 수 있을 때 표출되는 것 – 분노로 표현될 수 있을 때에만 우리는 분노
할 수 있다. 만약 표현될 수 없다면 분노는 다른 감정, 즉 설움, 원통,
원한, 애통, 우울 등이 될 것이다 – 이라는 점에서 서로가 서로의 평등성
을 인정하는 조건에서만 외화(外化)될 수 있다. 결국 분노는 공동체의 구
성원이 종속적 위계 관계-신민-가 아닌, 서로가 서로의 인간적 존엄-
시민-임을 인정하는 관계에서 표현 가능하다. 따라서 정치적 조건·체
제·제도의 변화가 급변하는 시기에, 특히 그 체제 변화가 '새 공화국'의
건설일 때에는 시의 감정 자질에 근본적 변화가 일어나며, 그 중에서도
이전의 억압적 식민체제에서 발휘되지 못한 분노의 감정이 자유롭게 언
어화된다는 것은 논리적 설득력을 지닌다. 김기림은 해방기 전위시인들
의 시에서 그러한 변화를 읽어낸 것이라 할 수 있다.

　그러므로 시와 정치의 결합이란 첫째, '우리의 손으로 우리의 생활을
설계하고 조직하는 것'으로서의 정치체제의 수립, 즉 민주공화국의 주체
적 건설과 구축이 문학 외적 조건의 변화인바 그것이 시에 직간접적 영
향을 준다는 것을 의미한다. 둘째, 그 영향의 구체적인 예는 분노의 감정
을 표출하는 시가 등장한 것으로, 정치적 변화에 잇따른 감정자질의 변
이가 이를 통해 확인된다는 의미를 함축한다. 마지막으로, 해방기 시가
분노의 감정에 집중할 때, 그 감정의 고유한 특질로 인해 정치성이 노출
되는 것은 자연스런 결과라는 점을 무의식중에 내포하고 있다. 주목해야
할 것은 세 번째 의미층위인데, 분노가 발생학적으로 정치적 감정으로

55　김수영, 위의 글, 358~359쪽.

고무될 가능성이 높다는 것은 무엇을 뜻하는가? 분노는 정의에 대한 가
치판단과 밀접히 연관된 감정이다. 그것은 인간 행위의 옳고 그름, 즉
정의/부정의를 판단하고 평가하는 가치론적 함의를 띤다. 플라톤은 이
를 튀모스적 분노라 칭하며 전사계급에게 가장 필요한 덕목으로 꼽았
다.[56] 기개(氣槪), 의분(義憤), 공분(公憤)으로 번역되는 이 감정은 분노가
도덕률과 관련되어 있음을 뚜렷이 보여준다. 옳지 못한 것, 정당하지 못
한 일, 도덕적으로 용납할 수 없는 사태에 직면하여 솟아나는 이 감정은
근본적으로 옳고 그름을 둘러싼 이성의 도덕적 판단에 근거하며, 정의를
실현하고자 하는 이성의 욕구가 스스로를 실천하려는 방법 중 하나로
구현된다.[57] 도덕에의 의지와 자유에의 욕망을 드러낸다는 점에서 튀모
스적 분노는 용기의 징표이고, 용기는 분노를 통해 자기를 표현한다.[58]
따라서 정당한 분노의 표출은 "인간이 이성적, 도덕적 존재로서의 자기
보존을 행하는 방식이면서 한편으로는 자기실현으로서의 가장 자연스러
운 목적적 행위가 될 수 있는 것"[59]이다. 이처럼 분노는 정의 실현을 도모
한다는 점에서 정치적 정념이며, 도덕의지의 표현이라는 점에서 윤리적
정념이다. 시에서 분노의 전경화는, 그것이 정당하면 할수록, 정의를 이
루기 위한 정치적 실천이 되고 지켜야할 윤리의 수호가 된다.

　유진오의 시가 대중적으로 큰 호응을 얻을 수 있었던 것은 '지금 우리
의 분노는 올바르고 정당하다'라는 부르짖음에 당대 청년들, 민중들이
적극 공감하였기 때문이다. 미군정이 이것을 시인의 체포라는 극단적이
고 폭력적인 방식을 빌어 통제해야할 감정으로 인식하였다는 것은 분노

56　손병석, 『고대 희랍·로마의 분노론』, 바다출판사, 2014, 288~291쪽.
57　권혁남, 「분노에 대한 인간학적 고찰」, 『인간연구』 19집, 2010, 89쪽.
58　김수영, 앞의 글, 364쪽.
59　권혁남, 앞의 글, 97쪽.

에 내재된 이러한 정치성의 의미가 무엇인지를 역으로 방증한다. 그러므로 분노하는 자, 그가 진정한 '전위'이다. 임화도, 오장환도, 김기림도, 전위시인들을 '전위'로 칭하기에 주저하지 않은 것은 분노라는 감정표현의 수행성과 정치성을 정확히 이해하고 있었기 때문이다. 그리고 공감의 폭이 크면 클수록 분노의 발화는 공감의 구성원 내부에 더 강렬한 의분을 키우면서 분노의 연대를 구축한다. 낭송은 이 효과를 극대화하는 형식이다.[60] "누구를 위한 벅차는 우리의 젊음이냐"라고 물을 때, 그것은 '우리의 젊음은 친일파, 모리배, 반민족적 분파들을 위한 것이 아니다'를 말하는 진술문에 그치지 않고, '우리의 젊음은 …… 되어야 한다'를 말하는, 예컨대 '우리의 젊음은 가난한 자들, 정치적으로 온당한 일들, 역사적으로 올바른 변화에 바쳐져야 한다'는 것을 선언하는 수행문이 된다. 그리고 현장에서 이것을 듣는 모든 이들에게 그러한 '우리'가 되도록 촉구하고 독려하는 요구가 된다. 낭송 현장에서 대중들의 열렬한 환호는 그에 대한 긍정적 대답이며, 그 순간 그들은 모두 그러한 젊은이가 '된다'. 이것이 바로 낭송의 수행적 효과이자 정치적 역능에 해당한다. 미군정으로서는 그것의 정치적 파급을 좌시할 수 없었고, 체제에 위험하다고 판단하였기에 유진오의 검거라는 상징적 권력행사를 통해 대중들의 감정관리를 도모한 것이라 할 수 있다.

한편 유진오의 분노가 이처럼 강한 동감을 불러일으킬 수 있었던 데는 그가 고발하고 있는 "가난한 동족"들의 현실이 공통경험으로 인식된 까닭도 있다. "썩은 강냉이에 배탈이 나고/뿌우연 밀가루에 부푸러 오르고도/3천 5백만불의 빚을 질머지고" 있는 '가난한 자'는 미군정 체제의 보

---

60   전위시인들의 낭독시가 발휘한 정치적 기능에 대해서는 김양희, 「해방기 시에서 '전위'의 의미 – 『전위시인집』과 『신시론』을 중심으로」, 『한국학연구』 58집, 2016, 113쪽 참조.

호를 무색하게 만드는 '벌거벗은 생명'의 형상이다. "서른 여덟 해 전 나라와 같이/송두리째 팔리"웠었던 과거에 비겨 경제적 궁핍도 여전하지만, 자신들의 현재를 고발할 목소리가 없다는 점에서 정치적으로도 빈곤하다. 유진오의 시는 젊은 '우리'가 이 '가난한 자'들의 목소리가 되어야 한다는 것을, 아니 그 자신이 그들 모두의 목소리라는 것을 시로서 실천하려 한다. 이 실천의 도정에 필요한 원동력은 분노이며, 분노의 기반은 가난이다. '우리'는 가난의 경험을 상기하며 분노를 발하는 공동체로서 시의 현장에 출현한다. 유진오의 시가 이행하는 것은 이러한 '우리'의 생성과 창출이고 감정적 통합과 공고화이다.

가난은 '우리'를 분노의 공동체로 만드는 강력한 경험적 토대이며, 분노는 '가난한 자'들로 하여금 스스로를 표상케 하는 내적 힘이다. 분노를 내재한 '가난한 자'들의 공동체란 궁극적으로 새로운 주체성의 형성에 다름 아니다. 왜냐하면 가난은 벌거벗은 힘이며, 이 힘이 놓인 자리는 궁핍을 야기하는 현실적 조건과 거기서 벗어나고자 하는 욕망이 뒤얽힌 역동적 장소로서 삶을 새로운 지평으로 이끄는 저항의 주체성을 산출하기 때문이다.[61] 여기에 분노라는 정치적·윤리적 파토스가 더해지면 저항은 추상과 관념이 아닌 구체적 실행과 실천이 된다.

도적이 버리고 간 옷을 주서 입고/가을 바람을 안으며 거리에 나선다// 잃어버린 옷 같은 건 쉬 도루 작만하려니/하였든 것인데/(…) 가다가/옛처럼 욕되게 무딘 네거리에 서면/불보다 붉은 기ㅅ발, 데모의 나날/정녕 미움을 아는 사랑하는 사람들이 그리워//사뭇 참다운 것/우리의 앞이 그리워//

---

61   가난이 새로운 주체성 생산의 가능태이자 출발점이라는 것에 대해서는 안토니오 네그리, 『혁명의 시간』, 정남영 옮김, 갈무리, 2004; 이종호, 「가난한 자들의 공통된 이름, 다중」, 『실천문학』 겨울호, 2009 참조.

도적이 버리고 간 옷을 입고도/내사 바램이 많아서 한거름이라도 물러서진
못하겠다
—김광현, 「거지반 헐벗고」 중

물구덩이 속에서 피눈물을 뿌려도/은신할 처마와/몸 가릴 옷가지 하나
없어도//왕궁 안 오만한 주인의 수라상 우엔/진수성찬이 향기로워도/우리
에겐 비에 젖은 주먹밥뿐이다.//공손히 뭉처 나누어 주는 손/헌 옷일망정
덮어주는 손들만이/비와 눈물에 젖은 마음을 어루만지는구나,/보라 이 비가
머즌 다음날엔/진정 폭풍우 같은 우리의 아우성이/새로운 장마를 마련할
것이다.
—유진오, 「장마」 중

위 시들은 가난의 주체가 저항의 주체로 재정립되는 과정을 그리고
있다. 이 저항의 공동체는 순응주의를 거부하는 행동하는 주체이다. 붉
은 깃발 나부끼는 거리에서 참다운 앞날을 위해 한걸음도 물러서지 않겠
다고 선언하는 이들은 새로운 폭풍우를 불러일으킬 것이다. 이들이 선
네거리 광장은 아렌트가 말한바 정치 행위자가 탄생하는 '출현의 공간
(space of appearance)'[62]이다. 달리 말해 말과 행위를 통해 능동적으로 타
인과 자기를 구분하고 인간으로서 서로에게 자신을 드러내는, 단순한 육
체적 존재와 자기 자신을 구별하는 '창발성'의 공간[63]이다. 이 공간에서
중요한 것은 '말하고' '행위하는' 능동적 실천과 수행이다. 그러므로 이
러한 공간에서 이들의 굶주리고 헐벗은 몸은 그 자체 저항의 표상임을

---

62 한나 아렌트, 『인간의 조건』, 이진우·태정호 옮김, 한길사, 1996, 103~104쪽. 이
    책에서 'space of appearance'는 '공적 현상' '스스로를 드러낼 수 있는 공적 영역' 등
    으로 의역되어 있다.
63 한나 아렌트, 위의 책, 236쪽.

발화하기 위한 구체적이고 실천적인 육체이며, 새로운 수행적 조직이다. 이 집단적 조직체는 생존하기 위해, 살기 위해 요구되는 것이 무엇인지를 보여주는 정치적 다수성이다. 그리하여 이것의 이름은 전위시인들이 지칭하는 바 '인민'이다.

해방 직후부터 '인민'은 '인민전선' '인민민주주의' '인민공화국' 등 중요한 정치적 아젠다의 핵심 키워드였다. 1948년 남북단독정부가 수립되면서 '국민(nation)'과 '인민(people)'은 각기 대립되는 개념으로 재구성되었고, 반공 이데올로기에 의해 '인민'은 남한에선 사용이 배제되었지만, 어느 헌법학자의 술회처럼 자유와 권리의 주체를 표현하기에 적절한 단어 하나가 언중에게서 유폐된 것도 사실이다.[64] 하지만 '인민'의 현재적 함의는 여전히 다층적이다. '국민'이 개념적으로만 포착 가능한 추상적 범주로서 초개인적 공동체로 인식된다면, '인민'은 개별적이고 구체적인 인간 존재를 전제하며 직접적인 실천과 실행을 함축한다.[65] 전 세계적으로 민주주의의 위기가 현실화되고 있는 작금의 상황에서 '인민'은 오히려 더 중요한 의미를 구축해 가고 있다. "일정한 자율적 권력에 집착하면서 스스로 고유한 국가를 가지려 갈망하지 않는다는 점에서 인민은 국민과 동일한 기반을 스스로에게 주면서 스스로를 국민보다 '덜한 것'으로 규정"하며, 그로 인해 "인민 개념 한복판에는 정치적 권력들과 권세의 분배가 있다"[66]는 기술은 '인민'이 '국민'에 대비되어 새롭게 상상되고 구축되는 대안공동체임을 알려준다.

'인민'의 이러한 공동체성은 해방기 전위시인들이 호명하고 상상한 '우리'의 공동체와도 그리 멀지 않다. 임화는 "인민이라는 것은 (…) 노동자나

---

64 박명규, 『국민·인민·시민』, 소화, 2014, 109쪽.
65 '국민'과 '인민'의 개념적 차이에 대해서는 박명규, 위의 책, 64~71쪽, 133~148쪽 참조.
66 알랭 바디우 외, 『인민이란 무엇인가』, 서용순 외 옮김, 현실문화, 2014, 152쪽.

농민, 기타 중산층이나 지식계급 등을 포섭하는 의미에 잇서 이 말 가운데
에는 피착취의 사회계급을 토대로 한다는 일종의 사회계급적인 요소가
보다 더 만흔 개념이다"[67]라고 정의하면서 그 계급성에 방점을 찍었지만,
전위시인들이 표상하는 '인민'은 그러한 계급의식의 차별과 분화에 국한
되어 있지 않다. 오히려 『전위시인집』 내에서 '인민'은 프롤레타리아 계급
이나 피착취 무산계급의 집합명사이기보다 '굶주린 우리' '헐벗은 우리'
'가난한 우리'의 다른 이름이다. 계급은 다만 가난의 개념적 척도이다.
'가난한 우리'야말로 계급의 개념성·추상성·획일성·단순성을 넘어서서
계급을 포괄하고 포함하는 상상 가능한 또 다른 공동체로 구현된다.

　1946년 무렵의 탈식민지 조선은 정치적 가능성이 혼돈의 형태로 열려
있는 공간이었다. 지배/피지배, 식민/피식민, 민족/반민족, 우익/좌익,
찬탁/반탁 등 대립항 사이의 모호성과 혼란과 침투는 조선을 혼종적 공
간으로 탈바꿈시키고 있었다. 열린 세계로서의 공간성이 오래가지는 못
했지만, 체제 내적인 질서화가 국가적 규모로 본격화되기 전인 이 시기
는 새로운 공동체의 상상이 가장 활성화되었던 때이기도 하다. 정치의
적극적인 실현이 기대되는 이러한 공간에서 전위시인들은 그것이 무엇
이고 어떤 형태이든 자신들이 실존하고 있는 현재의 체제와 질서에 포섭
되지 않는 저항의 공동체를 그린다. 그들의 '인민'은 '가난한 자'들이 육
체적 실천을 도모하는 살아 있는 다수성이다. 그들은 헐벗고 굶주린 비
참한 희생자의 얼굴을 하고 있지만, 가난하다는 그 사실을 가시화함으로
써 복종을 거부하고 자유를 얻으려는 이전에 없던 주체성을 구현한다.
기존 개념으로 설명할 수 없기에 전위시인들은 자신들이 상상한 '인민'
의 표상에 계급 개념을 싣지 않고 상징적 수사를 통해 그 경계를 흐린다.

67　임화, 「문학의 인민적 기초」, 『중앙신문』, 1945.12.12.

'인민'의 정체성이 이렇게 '헐벗은 우리' '가난한 우리'로 치환되는 한, '인민'의 현재와 미래는 미지수이며, 미지수인 만큼 이 '가난한 자'들의 공동체는 '아직-아닌not yet' 공동체, 미래에 비로소 완결될 공동체이다. 그래서 이 미결정의 공동체는 미래를 향해 갈 뿐이다. "하늘보다 푸른 자유를 안고"(김상훈, 「기폭」) "대열을 지어 진흙길에 북을 치"(김상훈, 「바람」)면서. 불행히도 그들이 도달한 미래가 그들이 바라던 미래가 아니었을지라도 말이다.

5. 나오며

지금까지 해방기 '전위'의 특징을 『전위시인집』을 중심으로 살펴보았다. 전위시인들의 세대적 특성과 해방기라는 시대적 맥락을 상호 연관시켜 '전위'의 정체성 및 그것의 구체적 실현태를 살피는 것이 본고의 목적이었다. 이를 위해 시집에 실린 시편들을 해방 후 1년 동안 혁명에서 복고로 급변하던 당대의 반혁명적 상황을 문학적으로 자기반영한 산물로 파악하고, 조선문학가동맹의 실천부대이자 식민지기 프롤레타리아 문학운동의 후신(後身)이라는 종래의 이념 편향적 평가에서 벗어나 이들의 시가 시대가 요구하는 정치적 참여를, 시와 정치의 결합을 감정적 수행의 방식으로 실천하였음에 주목하였다. 이는 『전위시인집』에서 확인되는 바 슬픔, 비애, 좌절, 분노 등이 새 시대를 향한 희망, 기대, 다짐, 낙관 등과 혼재되어 있으며, 이러한 다양한 감정양태는 1946년 무렵 남한의 상황변화에서 비롯한 심리적 대응 및 반응, 그것의 시적 표현이라는 데 착안한 것이다. 실제로 각 개인의 내적 혼돈과 동요를 반영하고 있는 이 같은 감정적 특징은 좌익문학의 전형을 비껴난 형상을 산출하고 있다.

우선 전위시인들의 세대적 특수성으로 이들이 '학병' 세대라는 것에 주목하였다. '학병'은 해방기 동안 민족/반민족의 경계를 구획하는 상징적 기준점이 되어 수난 받은 자의 위치에서 수난을 비껴간 자들의 정체를 되묻는 존재로서 대일협력의 이력이 있는 선배 세대로 하여금 과거의 원죄를 일깨워 그들의 정치적 정당성을 반성케 하는 기율로 작용하였다. 이러한 '학병'의 상징성은 '청년'의 이미지와 결합하면서 '전위'의 의미를 정립하게 되는데, 도덕적으로 우월한 남성 주체인 '학병'이 역사의 주인이라는 '청년'의 능동성을 덧입음으로써 새롭게 건설되어야 할 신생국가의 애국적 첨병, 즉 '전위'의 정체성을 획득하게 된다. 하지만 이들의 훼손되지 않은 귀환은 학병의 죽음을 목도하면서 해방이 되었으나 진정한 해방이 이루어지지 않았다는 인식에 이르게 된다. 이로부터 두 가지 중요한 감정실천이 유도되는데, 하나는 애도이고 다른 하나는 분노이다.

　『전위시인집』을 관류하는 애도와 분노의 감정은 각기 다른 역할을 수행한다. '학병-청년-전위'의 죽음을 둘러싼 애도작업은 그 파토스가 강하면 강할수록 훼손되지 않은 남성-주체로서의 자기 정립을 수행하고, 그러한 남성상을 전경화함으로써 자신의 주체성이 파괴될지 모른다는 불안을 다스리는 심리적 정화 기능을 한다. 그리고 애도의 발화는 개인의 감정을 기술하는데 그치지 않고 슬픔을 강화함으로써 그러한 슬픔을 '슬퍼해야할 것'으로 구축하는 효과를 발휘한다. 이를 통해 슬픔에 공감하는 이들을 통합하고자 한다. 한편 분노는 해방 후 '정치의 도래'와 관련이 깊은 바, 시와 정치의 결합을 감정수행의 방식으로 실천한다. 분노가 정치적 감정으로 고무될 가능성이 많은 것은 두 가지 이유 때문이다. 하나는 분노가 종속적 위계관계가 아닌, 정치적으로 동등한 개인 간에 표현되는 감정이므로 새로운 공화국 체제로의 이행은 분노의 표출을 가능케 하는 객관적 조건을 형성하기 때문이고, 다른 하나는 분노가 그 성격상 정의의 실현을

도모한다는 점에선 정치적 정념이며 도덕의지를 표현한다는 점에선 윤리
적 정념이기 때문이다. 전위시인들의 낭송시는 시와 정치의 결합을 이러
한 분노의 전경화를 통해 수행하는데, 시를 낭송하는 순간 발화자와 청중
은 가난의 경험을 상기하며 분노에 공감하는 통일된 공동체로서 낭송의
현장에 출현한다. 가난은 '우리'를 분노의 공동체로 만드는 경험적 토대이
며, 분노는 '가난한 자'들로 하여금 스스로를 표상케 하는 내적 의지이다.
'가난한 자'들의 공동체인 '우리'는 자신들의 헐벗은 몸을 광장에 드러냄으
로써 새로운 저항의 주체성을 생성한다. 이러한 공동체를 전위시인들은
'인민'으로 호명한다. 이들의 '인민'은 계급이론에 고착된 기존의 형상 및
의미와 달리 비참한 희생자의 얼굴을 자발적으로 가시화함으로써 체제
내의 포섭을 거부하고 이전에 없던 주체성을 구현한다. '아직-아닌not-
yet'이 공동체는 오직 미래를 향해 간다. 하지만 불행히도 전위시인들의
생애와 이력이 말해주듯 그들의 기대와는 다른 결과에 이르게 된다.

　그러나 이들이 바란 새로운 공동체의 꿈은 여전히 유효하다. 개별적
이고 구체적인 인간 실존을 바탕으로 자발적인 행위자로 재탄생하는 다
수성의 출현은 민주주의의 위기가 가시화되는 오늘날 더더욱 유의미한
주체성·다중성·저항성을 생산하기 때문이다. 그리고 이러한 집단적 주
체성이 자기를 발화하고 구성하는 행위는 수행적인 것의 마법, 요컨대
단일한 공동체의 형성이 목적이 아니라 그곳에 모인 그 몸들이 무엇을
원하는지 찾아내고 토론하기 위한 것, 누가 인민이며 누가 인민의 자리
를 차지해야 하는 지를 논쟁함으로써 자기구성(self-constitutiong)을 하
는 것, 그러한 실행 속에서 비로소 다수가 원하는 것을 부분적으로 지시
하는 것이기 때문이다.[68] 주디스 버틀러의 말처럼 "인민의 자기 형성은

68　알랭 바디우 외, 앞의 책, 74~78쪽.

인민의 이름으로 행해진 특정한 요구에 앞선다." 인민으로서 체현되는
제도에 근거하여 요구가 이루어짐에도 불구하고 "'우리, 인민'은 요구가
없는 수행적 실행이다."[69] 몸과 몸이 모여 공동체의 욕망을 지시하는 구
체적 발화와 실천이 되는 이러한 정치적 집단성의 출현은 해방 후 1년
동안 조선에서 나타난 가장 특징적인 변화였다.[70] 남북의 단독정부수립
으로 이 같은 공동체성이 사라지기 전까지 탈식민지 조선은 미래의 온갖
희망과 불안이 교차하는 가능성의 공간이었다. 이 시기 전위시인들이 보
고 경험하고 상상했던 '인민'의 형상은 그러한 가능성의 집합체였다고
할 수 있다. 그리고 그것은 민주주의를 희구하는 곳에서라면 절실한 정
치적 요구가 제기되는 때에 언제든 다시 호출되는 형상이다. 역사적 망
각에도 불구하고, 전위시인들의 기대와 희망을 되돌아 봐야할 현재적 이
유가 여기에 있다.

---

69 알랭 바디우 외, 위의 책, 82쪽.
70 파냐 이사악꼬브나는 해방 직후 조선의 바뀐 풍경 중 수많은 사람들이 거리와 광장과
    회관 등에 모여 안면이 있든 없든 나이와 상관없이 끊임없이 말하고, 토론하고, 의견을
    나누며 하루 온종일을 보내는 모습을 일기 속에 기록하고 있다. 파냐 이사악꼬브나
    샤브쉬나, 『1945년 남한에서』, 김명호 옮김, 한울, 1996, 70~99쪽.

만주의 우울

백석의 후기 시편에 나타난 시적 자의식

강동호

> 나는 하늘 높이서 둥근 땅떵이를 굽어보건만
> 내 몸 숨길 오두막집 한 채도 찾지 못한다.
>
> 눈사태여, 나도 너와 함께 휩쓸어가주지 않으련?
>   -샤를 보들레르, 「허무의 맛」

> 우울 속에 빠진 자는 경악에 차서
> 지상이 적나라한 자연 상태로 퇴행해 있음을 본다.
>   -발터 벤야민, 「보들레르의 몇가지 모티프에 관하여」

1. 백석의 만주행과 시적 자의식

1939년 만주의 신경(新京)으로 이주한 후 백석이 쓴 몇몇 시편들에서 유독 눈길을 끄는 것은 다름 아닌 '시인'(詩人)이라는 단어이다. '시인'을 백석의 시어 목록으로 등재시킨 최초의 발표작 「허준」(『문장』 2권 9호, 1940.11)에 이르러 백석은 비로소 "한 사람 목이 긴 시인"[1]을 텍스트에 등장

시킨다. 이때 시인은 게으름을 좋아하는 이국의 풍속을, 가난 속에서도
타인에게 인정을 베푸는 마음을, 모든 것을 잃어버림으로써 오히려 그
자신의 혼을 고양시키는 방법을 '아는' 존재로 그려진다. 세속 세계로 "쓸
쓸한 나들이를 단기려" 잠시 내려왔으나 곧 사회로부터 소외되어버린 불
행한 시인은, 역설적이게도 고독 속에서 어떤 기쁨의 원리를 터득한다.
백석으로 하여금 '시인'이라는 단어를 환기시킨 문우 허준 역시 단편 「습
작실에서」(『문장』 3권 2호, 1941.2)에서 마치 화답하듯, 그 고독의 가치를
자각한 내면 풍경을 서술한다. "정말 홀로 혼자되는 것이 좋아서 그랬던
지, 그렇지 아니하면 나 혼자라고 하는 의식 속에 놓여 있기를 원함이어서
그랬던지, 어쨌든 고독이라 하는 것이 그처럼 사치한 물건인 것을 알게
된 것은, 나와 같은 청춘에 있어서는 여간한 은근한 기쁨이 아니었습니
다."[2] 시인을 세속 세계에 유폐된 고독한 존재로 그려내고, 자신이 글을
쓰는 공간('습작실')을 내면의 장소로 전유하는 시선이 당시로서 예외적이
라고 할 수는 없을 것이다. 하지만 시적 자의식과 동반된 내면의 발견이
공교롭게도 백석의 만주 체험, 더 나아가 그의 시적 세계관의 변화와 나란
히 이루어졌다는 사실은 좀더 구체적으로 해명될 필요가 있다.

　잘 알려진 것처럼 만주에서 씌어진 시편들은 작품의 성취도로 볼 때
백석 시의 절정을 이루는 작품들로 일컬어지며, 내용과 형식의 측면에서
도 새로운 면모를 보여준다고 평가되고 있다. 특히 그간의 객관적 서술
에서 벗어나 화자가 작품 전면에 등장한 채 자신의 내면을 과감하게 고
백한다는 점, 더불어 '시인'이라는 단어, 또는 그와 관련된 '도연명', '릴
케', '이백', '프랑시쓰 쨈' 등의 구체적인 시적 고유명들이 본격적으로

1　이하 인용되는 백석 시의 출처는 다음과 같다. 『정본 백석 시집』, 고형진 엮음, 문학
　동네, 2007.
2　허준, 「습작실에서」, 『잔등』, 문학과지성사, 2015, 48쪽.

텍스트에 기입되는 현상 역시 만주 시편에 한정된다는 사실은 의미심장하다. 백석으로 하여금 시인 표상을 시 텍스트로 호출시키도록 만든 동력은 과연 무엇일까? 결혼의 실패, 자야와의 연애의 좌절, 그리고 중일전쟁의 발발과 국가총동원령의 압력에 절망하던 백석은 일종의 도피이자 방랑의 시간 속에 스스로를 가두려는 듯 만주국으로 향하고, 만주 모더니티라는 시공간 속에서 '시인'을 새삼 재발견했던 것일까?

그가 만주행을 추진한 정확한 동기는 알려지지 않았으나, 최소한 그것이 시에 대한 특별한 기대와 희망으로 점철되어 표출되고 있다는 사실에 이견을 달기는 힘들어 보인다. 『문장』의 편집자였던 정인택에게 보낸 편지(1940년 5월 8일)에서 그는 이렇게 쓴다. "이 넓은 벌판에 와서 시 한 백 편 얻어가지고 가면 가서 『문장』을 뵈을 낯도 있지 않겠습니까." 만주행의 주된 실존적 동기가 시 창작에 대한 의지와 소망으로 피력되고 있다는 점을 감안할 때, '시인'이라는 표상이 만주 거주 시기에 본격적으로 백석의 텍스트에 등장한 것은 일면 자연스럽다. 그러나 주지하듯 백석의 바람은 기대만큼 현실화되지 않는다. 1936년 첫 시집 『사슴』을 간행한 이후 그가 보여주었던 왕성한 생산력과 달리, 5년여의 만주 체류 시기 동안 그가 공식 지면에 발표한 시가 10편 남짓밖에 되지 않았기 때문이다. 많은 이들이 추정하는 바처럼, 이는 우선적으로 만주 모더니티에 대한 백석의 실망과 관련되어 있는 것으로 보인다. 만주 이주 이후, 백석이 최초로 공식적인 지면에 모습을 드러낸 〈내선만문화좌담회(內鮮滿文化 座談會)〉(1940.4.5.~11)에서 그는 '오족협화'와 '왕도낙토'의 이데올로기를 설파하는 참석자들의 목소리 한 가운데에, "지금 만주인문단의 현황을 말하자면, 현세나 문학경향이 어떻습니까?"라는 단 하나의 이질적인 질문만을 간신히 기입시키고 침묵 속으로 침잠해버린다.

이 침묵은 백석의 실망과 좌절을 의미하는 것일까. 물론, 그의 침묵은 향후 그가 마주하게 될 만주에서의 좌절을 예고하는 하나의 사후적 징표로 여겨지기에 부족함이 없다. 그러나 침묵과 간헐적인 시 발표에도 불구하고 그의 시적 자의식은 더욱 분명하게 드러나는데, 이러한 침묵과 강렬한 자의식 사이의 낙차는 결정적인 데가 있다. 한 연구자는 백석이 만주 체험을 통해 "시인으로서의 자부심과 문학에 대한 고답적 신앙, 이 모든 자기 변호적 방어기제들이 모두 증발된, 벌거벗은 인간 백석의 참회와 자기 직시"[3]에 도달했다고 결론내렸지만, 적어도 백석이 보여주는 자기 직시가 시인에 대한 신앙에 가까운 자부심을 통과하는 과정에서 현상되었다는 사실을 우리는 여러 대목에서 확인할 수 있기 때문이다. 가령 「슬픔과진실」에서 그는 이렇게 쓴다. "놉흔 시름이 잇고 놉흔 슬픔이 있는 혼은 복된 것이 아니겠습니까. 진실로 인생을 사랑하고 생명을 아끼는 마음이라면 어떠케 슬프고 시름차지 아니하겠습니까? 시인은 슬픈 사람입니다. 세상의 온갖 슬프지 안흔 것에 슬퍼할 줄 아는 혼입니다."[4] 박팔양의 시집 『여수시초』(박문서관, 1940)에 대한 헌사이지만 한편으로 그것은 백석의 소박한 시론이자, 자기 자신에 대한 지시적 설명과 정확하게 공명한다. 만주에서 그는 쓸쓸함과 슬픔을 고백하고 그것이 시인이 감당할 수밖에 없는 천형에 가깝다고 말하는데, 그러한 비극적 자의식은 "하눌이 이 세상을 내일 적에 그가 가장 귀해하고 사랑하는 것들은 모두 가난하고 외롭고 높고 쓸쓸하니 그리고 언제나 넘치는 사랑과 슬픔 속에 살도록 만드신 것이다"(「흰 바람벽이 있어」)라는 구절에서 절정에 도달한다.

물론, 백석의 토로는 지금 관점에서는 의문스러운 감이 없지 않다. 그의 후기 시편들이 후대에 받고 있는 일반적 평가를 감안한다면, 백석이

---

3 심원섭, 「자기 인식 과정으로서의 시적 여정 – 백석의 만주 체험」, 『세계한국어문학』 6호, 세계한국어문학회, 2011, 215쪽.
4 백석, 「슬픔과진실」, 『만선일보』, 1940.5.9.

강조하고 있는 세속을 등진 시인이라는 낭만화된 이미지는 일면 나르시
시즘적 자기애로 수렴될 소지가 있기 때문이다. 특히 그것이 '하눌'이라
는 초월적 존재에 의해 부여된 사명으로 자리매김할 때, 그의 슬픔은 자
아를 정당화하기 위한 신비주의적 기만술이자 유아론적(唯我論的) 계기
로 해석될 위험에 처한다. 그러므로 만주 시편들에서 백석이 보여주는
산문화 경향과 과감하고도 직접적인 감정 토로를 이해하기 위해서는 그
의 시적 자의식을 단순한 감정 편향적 낭만주의의 현실 도피와 구별시킬
필요가 있다.[5]

가령, 이렇게 물어보자. 백석이 피력한 슬픔이라는 정서는 과연 단순
한 감정에 불과한 것일까? 높은 시름과 높은 슬픔. 시인이 느꼈을 정서
에 '높다'라는 형용사적 수식어를 덧붙이는 백석의 서술은 시적 감정의
고귀함과 단독성(singularity)을 강조하기 위한 것이기도 하지만 한편으
로는 더욱 근본적인 변화를, 더 나아가서는 시인과 근대적 세계에 대한
인식의 구조적 변화를 야기하는 계기가 되기도 한다.

본고가 백석의 후기 시편들에 나타난 시적 자의식을 우울이라는 관점
으로 분석하려는 이유가 여기에 있다. 백석의 만주 시편에서 발견되는

---

5   백석의 시에서 드러나는 낭만주의적 성격과 관련된 연구로 우리가 주목할 수 있는
    사례는 다음과 같다. 이경수, 「백석시의 낭만성과 동양적 상상력 - 유토피아 의식을
    중심으로」, 『한국학연구』 21호, 고려대학교 한국학연구소, 2004; 김진희, 「시인 존재론
    의 탐구에서 동화시에 이르는 길 -백석의 후기시를 중심으로」, 『한국시학연구』 34호,
    한국시학회, 2012. 이경수는 백석 시의 낭만주의적 핵심을 동양적 상상력으로 간주하면
    서, 동양적 상상력 속에서 발견되는 현실 도피적 특성을 백석 시의 핵심으로 파악한다.
    그러나 김진희가 지적한 것처럼 현실 도피적 성향이나 시원으로서의 과거로 회귀하려는
    성향을 서구 낭만주의와 동일시하는 것은 적절하지 않다. 독일 초기 낭만주의와 이후
    전개된 유럽의 다양한 낭만주의의 성격에는 근본적인 차이가 존재하기 때문이다. 이에
    대해서는 Philippe Lacoue-Labarthe, Jean-Luc Nancy, *The Literary Absolute :
    The Theory of Literature in German Romanticism*, State University of New York
    Press, 1988.

슬픔의 정서를 우울이라는 보다 한정된 의미로 규명하려는 이유는 그것
을 센티멘털리즘으로 지칭되는 과도한 감상적 낭만주의와 구분하기 위
해서이다. 센티멘털리즘과 시적 우울은 양자 모두 이성적인 사유보다 주
관의 감정을 앞세운다는 점에서 외견상 유사해 보이지만, 존재론적으로
는 전혀 다른 형식 위에 놓여 있다. 우울은 세계와 관계를 맺는 주체 특
유의 태도를 주조함으로써, '부재'라는 부정적 총체성에 대처하는 특유
의 자의식을 낳는다.[6] 백석의 우울증적 태도는 그의 만주 시편들을 희망
과 절망, 기대와 좌절, 그리고 자연에 대한 이상적 소망과 근대에 대한
냉정한 인식으로 혼재된 공간으로 만든 주된 원인이라고 할 수 있다. 만
주에서 백석이 자신이 상상하고 염원했던 '기원'적 풍경으로 회귀했다고
말하는 것이 어려운 것도 그 때문이다.[7] 그는 고향으로의 '회귀'와 고향
으로부터의 '탈출'이라는 양 극단의 길 사이에서 방황한다.[8] 그 경계를

6 정명교, 「한국현대시에서 서정성의 확대가 일어나기까지」, 『한국시학연구』 16호, 한
   국시학회, 2005.
7 그런 의미에서 이 글은 백석의 후기 시편을 '북방의식'으로 설명하는 일련의 독해들과
   견해를 달리 한다. 일부 연구자들은 백석이 만주를 '시원'으로서의 북방, 그리하여 민
   족의 혼이 보존되어 있는 원형적 공간으로 바라보았다고 주장하지만, 우리가 주목하고
   자 하는 것은 그러한 상상적 시원이 균열을 일으키는 지점이다. 전자의 관점으로 백석
   의 만주 시편을 독해한 연구로는 다음을 참고할 것. 이희중, 「백석의 북방시편 연구」,
   『우리말글』 32호, 우리말글학회, 2004; 오양호, 「일제강점기 북방파 이민문학에 나타
   나는 작가의식 연구 – 백석의 후기시를 중심으로」, 『한민족어문학』 45호, 한민족어문
   학회, 2004; 이명찬, 「한국 근대시의 만주 체험」, 『한중인문학연구』 13호, 한중인문학
   회, 2004; 서준섭, 「백석과 만주 – 1940년대의 백석시 재론」, 『한중인문학연구』 19호,
   한중인문학회, 2006; 김용희, 「백석의 북방체험과 도가적 상상력」, 『한국문학이론과
   비평』 33호, 한국문학이론과비평학회, 2006; 곽효환, 「백석시의 북방의식 연구」, 『비
   평문학』 45호, 한국비평문학회, 2012.
8 회귀와 탈출이라는 대립되는 관점을 지양하는 독법은 백석의 방언 사용이 지닌 근대적
   성격을 분석하는 데에도 유용한 관점을 제공해준다. 일반적으로 백석의 서북 방언 사용
   은 모국어와 자연어에 대한 시인 특유의 애착과 그에 따른 민족 공동체의 보존의 문제로
   읽혀왔다. 그러나 후대의 관점에서 으레 정향될 수 있는 방언에 대한 인습화된 통념을

오가는 백석의 여정에 주목할 때, 우리는 백석 시의 정점으로 일컬어지
는 「남신의주유동박시봉상」에서 피력된 체념("나는 내 뜻이며 힘으로, 나를
이끌어 가는 것이 힘든 일인 것을 생각하고")과 그로부터 비롯된 자기 탐구의
형식을, 다시 말해 우울증을 극복해나가는 백석의 행로가 지닌 근대적
성격을 이해할 수 있을 것이다. 결론을 당겨 말하면, 만주는 백석의 방황
이 펼쳐지기에 최적의 장소에 다름 아니었다. 이른바 당시의 "만주는 투
영, 반전, 이질성이 병치된 장소"[9]였으며 식민지 모더니즘의 기획과 원
초적 풍경에 대한 유토피아적 상상력이 공존하는, 다시 말해 양립 불가
능한 공간이 겹쳐져 있는 '헤테로토피아'(푸코)에 가까웠다.

2. 상실된 전망, 우울증적 전회

1932년 이후 실시된 '국도(國都) 건설계획'으로 인해 신시가지의 모습
을 띠게 된 신경은 일본의 다른 어느 식민지보다도 최첨단의 기술과 막
대한 자금이 투입된, 근대적 대도시의 위용을 자랑하고 있었다. "滿洲는
住宅難이甚하다. 더욱이新京은더욱至毒하다"[10]는 증언이 보여주듯, 백

다소 제거한다면, 의외로 당대의 문인들이 백석 시의 방언으로부터 이질감을 느꼈다는
사실을 알 수 있다. 예컨대 "白石氏의 詩集〈사슴〉一券을 처음 대할때에 作品全體의
姿態를 우리의 눈에서 가려버리도록 크게 앞에 서는 것은 그 修整없는 平安道方言이다"
(박용철, 「백석 시집 〈사슴〉評」, 『朝光』 제2권 4호, 1936, 327쪽)는 박용철의 판단에는
이러한 이질적 언어에 대한 불편함이 개입되어 있다. 이에 대해서 김수림은 백석 시편들
에서 나타난 방언과 표준어의 공존 현상을 자세하게 분석하고 이를 통해 근대와 반근대
의 혼종적인 공속 상태, 일종의 헤테로피아(heteropia)적 성격을 규명한 바 있다. 김수
림, 「방언 – 혼재향의 언어 : 백석의 방언과 그 혼돈, 그 비밀」, 『어문논집』 55호, 민족어
문학회, 2007.
9 한석정, 『만주모던』, 문학과지성사, 2016, 130쪽.
10 楚荊, 「尋家記 – 滿洲初創期의 一齣」, 『만선일보』, 1940.4.16.

석이 거주할 무렵의 신경은 일본 제국의 이주 정책을 계기로 폭발적인 인구 증가와 과밀화 현상이 진행되는 중이었다. 광대한 방사선형 도로를 따라 공원과 인공호수가 조성되고, 각종 향락 시설들이 들어선 대도시의 광경이 당대의 많은 지식인들을 매료시키는 것은 당연했다.[11] 만주의 대도시가 주는 신선한 충격에 대해 유진오는 이렇게 적고 있다. "눈이 번쩍 띠이도록 깨끗하고 신선하였다. 가득 들어찬 손님들도 말씨며 차림차림이며 도무 말숙말숙한 도회인들이었다. 여기가 만준가하고 철은 자기눈을 의심할 지경이었다."[12]

그러나 만주 모더니티가 내뿜고 있는 휘양찬란한 스펙터클에 매료되었던 동시대의 많은 문인들과 달리, 백석은 대도시의 근대적 후광에 대한 특별한 언급을 남기지 않는다. 말하자면 대도시 신경의 풍경은 백석의 시에서 철저하게 은폐되어 있었던 셈이다. 그런데 과연 그런가? 실재(the real)가 그 자신은 상징화(언어화)되지 않으면서도 상징화 자체를 가능하게 하는 심급이듯, 근대적 대도시 신경은 직접적으로 텍스트에 반영되지 않는 경우에도 작품의 여러 요소들을 배후에서 결정하는 '부재하는 원인'(알튀세르)으로, 바꿔 말해 은폐된 형식으로 있을 수 있다. 우리가 백석의 풍경에서 폐허에 주목하는 이유이다.

> 아득한 녯날에 나는 떠났다
> 扶餘를 肅愼을 勃海를 女眞을 遼를 金을
> 興安嶺을 陰山을 아무우르를 숭가리를
> 범과 사슴과 너구리를 배반하고

11 당시 만주에서 이루어진 도시 계획에 대해서는, 하시야 히로시, 『일본제국주의, 식민지 도시를 건설하다』, 김제정 옮김, 모티브, 2005.
12 유진오, 「신경」, 『춘추』, 1942.10, 210쪽.

송어와 메기와 개구리를 속이고 나는 떠났다

나는 그때
자작나무와 익갈나무의 슬퍼하든것을 기억한다
갈대와 장풍의 붙드든 말도 잊지않었다
오로촌이 멧돌을 잡어 나를 잔치해 보내든것도
쏠론이 십리길을 딸어나와 울든것도 잊지않었다.

나는 그때
아모 익이지못할 슬픔도 시름도 없이
다만 게을리 먼 앞대로 떠나나왔다
그리하여 따사한 해ㅅ귀에서 하이얀 옷을 입고 매끄러운 밥을먹고 단샘
을 마시고 낮잠을 잤다
밤에는 먼 개소리에 놀라나고
아츰에는 지나가는 사람마다에게 절을 하면서도
나는 나의 부끄러움을 알지못했다

그동안 돌비는 깨어지고 많은 은금보화는 땅에 묻히고 가마귀도 긴 족보
를 이루었는데
이리하야 또 한 아득한 새 넷날이 비롯하는때
이제는 참으로 익이지못할 슬픔과 시름에 쫓겨
나는 나의 넷 한울로 땅으로―나의 胎盤으로 돌아왔으나
                                              ―「북방에서」 부분

　　원시적인 공동체에 대한 이상향이 드러나는 위 시에서 백석은 '역사
이전'이라는 과거의 아름다운 기억을 일종의 회상과 향수라는 형식을 통
해 소환한다. 그런데 문제는 시적 화자가 더 이상 현재라는 지평에서 유
토피아적 세계를 목격할 수 없는 현실적 상황이다. 위 시에서 발현되는

짙은 비애감은 "나의 胎盤"에 돌아왔지만 영원히 도착할 수 없는, 주체의 실패로부터 비롯된다. 흥미로운 것은 이러한 상실의 정황이 발생하게 된 최초의 원인, 즉 시적 화자의 유랑이 일종의 자발적인 행위로 간주되고 있다는 사실이다. 떠난 것은 세계가 아니라 바로 '나'("나는 떠났다")인 것이다. "속이고 떠났다"는 진술은 화자의 유랑과 관련하여 타자의(세계의) 저항이 있었음을, 아울러 그 저항을 무마하고 극복하려는 주체의 능동적 의지가 개입하고 있음을 암시한다. 주체의 떠남은 최소한 비의지적 운명의 도래나 타자의 침입으로부터 비롯된 비자발적 피난이 아니다. 그는 왜, 어디를 향해 떠난 것이며, 어째서 다시 근원적 태반으로 되돌아와야만 했는가?

우선 목적지에 대하여. 그가 단순히 현재 시점의 세계상에 대해 묘사하는 것이 아니라, "넷날"을 회상하고 있다는 점이 실마리가 된다. 특히 "넷날", "그때"라는 시간적 표지를 일컫는 명사들이 유달리 강조되고 있다는 점, 아울러 이러한 명사가 이상적 세계가 실제로 존재했었던 시간적 좌표를 지시하는 것으로 기능하지 않고 시간 명사 그 자체가 하나의 공간으로 간주되고 있음을 주목할 수 있다. 주체와 세계 사이의 거리가 재조정되는 과정에서 '상실'의 정서는 이른바 시간성에 의해 매개된다. 즉, 만주에서 백석이 떠올리기 시작한 '넷날'은 시간화된 장소이다. 왜 그래야만 했을까?

그것은 역사 이전의 인간, 그러니까 인간의 경험이 닿지 않는 역사 이전의 낙원 상태를 상상한다는 것이 인식론적으로/존재론적으로 불가능하기 때문이다. 상징체계의 그물에 사로잡혀 있지 않았던 고대의 인간에 대해 우리가 직접적으로 말할 수 있는 방법은 애당초 없다. 소위 기원은 상징체계 외부에 놓여 있거나 혹은 시간적으로 선재하고 있는 어떤 미개척의 영역이 아니라, 잠재적인(virtualita) 상태로 현재적 시간에 내포된 보이지 않는 토포스(Topos)에 다름 아니다.[13] 그러므로 낙원으로 향하는 시적 주체의 귀환 운동이 종결되는 시점은 언제나 연기될 수밖에 없다. 그것은 애당초 존재하지 않는 시간이며, 현재 속에 비가시적인 형태로 내장되어 있는 초월적 욕망을 가리킨다. 만약 과거의 시간 지평으로 귀환을 도모함으로써 현재가 과거와 등치될 수 있다면, 그리하여 과거를 현재가 맞춰가야 할 목표지점으로 재설정할 수 있다면, 시적 화자가 더 이상 어떤 상실로 괴로워할 필요가 없을 것이다. 그러므로 위와 같은 존재론적/인식론적 상황 속에서 이 행위 자체는 언제나, 이미 때늦어야 한다.

> 이미 해는 늙고 달은 파리하고 바람은 미치고 보래구름만 혼자 넋없이 떠도는데

> 아, 나의 조상은 형제는 일가친척은 정다운 이웃은 그리운것은 사랑하는것은 우럴으는것은 나의 자랑은 나의 힘은 없다 바람과 물과 세월과 같이 지나가고 없다.

> ─「북방에서」 부분

'넷날'이라는 세계는 알 수 없는 이유로 인해 "이미" 깨져버렸다. "태반의 부재는 과거의 상실만이 아니라, 자아가 놓인 세계의 상실을 의미한다. 잃어버린 낙원으로서의 과거 상실은, 자아가 발 딛고선 '현재'라는 지반의 붕괴를 의미하는 것이기에, 이 상실의 정서적 진폭은 한층 심화된다"[14]라는 한 연구자의 해석이 타당한 것은 백석에게 있어 옛날은 단순히 과거를 의미하는 것이 아니라 곧 현재화된 과거, 과거라는 형식 속의

---

13   죠르조 아감벤, 『호모 사케르』, 박진우 옮김, 새물결, 2008, 94쪽.
14   이기성, 「초연한 수동성과 운명의 시쓰기」, 『한국근대문학연구』 17호, 근대문학회, 2008, 40쪽.

현재를 의미하기 때문이다.

이 시점에서 우리는 우울증이 정념의 인과적 선후관계를 따르지 않는다는 사실, 즉 우울증자는 실제 세계의 유실을 슬퍼하지 않는다는 정식 분석학적 역설을 기억할 필요가 있다. 지젝의 급진적인 해석처럼 우울증은 실제로 소유했던 대상의 상실에서 비롯된 감정이라기보다는 그 자신에게 결핍되어 있는 것을 상실한 것으로 처리함으로써 대상 그 자체의 현존을 기만적으로, 또는 스펙터클의 형식으로 재현하려는 태도일 수 있는 것이다.

> 처음부터 잃어버린 대상, 우리가 결코 소유하지 않았던 대상을 소유할 수 있는 유일한 가능성은, 우리가 아직 소유하지 않은 대상을 마치 우리가 이미 잃어버렸던 것처럼 행동하는 데 있다. 따라서 애도의 작동에 저항하는 우울증자는 정반대의 형식을 취한다. 대상을 잃어버리기도 전에 그 대상에 대해 지나치고 과도하게 슬퍼하는 기만적인 스펙터클의 형식 말이다.[15]

우울증적 주체의 부재 의식은 사라진 대상에 집중하고 있는 것이 아니라 부재 그 자체, 즉 비가시적으로 제시되는 어떤 세계의 흔적을 겨냥한다. 백석의 슬픔이 그저 향수(鄕愁)의 발로가 아닌 연유도, 그러한 초월적 가치들이 더 이상 내재적 질서 속에 편입될 수 없다는 우울증적 인식이 개입되어 있다는 사실과 무관하지 않다. 이른바 과거의 존재를 진정으로 믿는 자, 그래서 그것이 완벽하게 소멸되었다고 믿는 자는 우울하지 않다. 아울러 과거를 믿지 않는 자 역시 우울을 겪지 않는다. 주체가 오직 상실과 비상실의 중간에 머물 때, 비로소 '소멸됨으로써 살아 있는 어떤 것'을 끝없이, 항구적으로 추구할 수 있는 것이다.

15 Slavoj Žižek, *The Fragile Absolute*, Verso, 2000, pp.88~89.

이는 근대 서정시에서 세계에 대한 상실감이 중요한 모티프로 작용하
게 된 근본적 동기를 제공한다. 현대시에서 시적 주체가 세계를 잃어버
렸다고 느끼는 것은 원환적 세계의 유지가 불가능하다는 사실을 예민하
게 주시한 결과이다. 이때 상실은 주체가 살아가고 있는 세계 일부의 파
손만을 뜻하지 않는다. 그것은 세계 전체의 훼손이다. 악셀로스(C. Axelos)
의 표현처럼 서정적 "세계는 그 자체가 존재이자 무화(無化, être-néant),
전체이자 전무(全無, tout-rien)이기에 우리를 포함하는가 하면 우리를 무
화시킨다."[16] 바로 이 지점에서 시적 존재론과 관련하여 일종의 역설적
상황에 직면한다. 세계를 잃어버렸다고 가정하는 주체는 결국 그 스스로
의 존재를 정립할 수 있는 최소 조건 또한 상실해버린다. 분명 이것은
모순적 진술이다. 그러나 전체이면서 동시에 전무라는 모순적 상황을 타
개하기 위해 유발된 작은 홈, 즉 내면이라는 보이지 않는 지평 구조에
의해 비로소 시는 삼차원의 깊이를 얻고, 나아가 부재의 현존이라는 논
리적 모순으로부터 탈출할 수 있는 통로를 마련한다.[17] 이른바 우울의
정념을 가둘 수 있는 주체의 자의식이 바로 그것이다.[18]

---

16 C. Axelos, *Horizons du monde*, Minuit, 1974, p.65. 미셸 콜로, 『현대시와 지평
　　구조』, 정선아 옮김, 문학과지성사, 2003에서 재인용.
17 이러한 특성은 근대의 서정시가 왜 독일의 낭만주의 정신과 연결되는지를 잘 보여준다.
　　슐레겔(F. Schlegel)에 따르면 낭만주의 시학이 지니는 근본정신은 '자아'와 '세계'의
　　확실성을 보증할 수 있는 최종 심급이 없다는 사실을 인지하는 것이다. 존재의 기반을
　　상정하지 않는 이러한 태도(Anti-foundationalism)는 특히 자기의식의 과정에서 더욱
　　극적으로 표출된다. 자기 표상의 헛됨에 대한 인식은 다시 그 헛됨을 인식한 자아에게도
　　적용되거니와, 슐레겔은 이 같은 자기의식의 불완전성으로 말미암아, 예술이 조성하는
　　세계에 대한 표상과 자기 표상 사이에서는 그저 끝없는 대립적인 분열만이 나타날 수밖
　　에 없다고 보았는데, 그러한 구조를 지칭하는 이름이 '아이러니(Irony)'이다. 이에 대해
　　서는 Elizabeth Millán-Zaibert, *Friedrich Schlegel and the Emergence of Romantic
　　Philosophy*, State University of New York Press, 2007, pp.159~174 참조.
18 이러한 메커니즘은 현대시에서 시적 주체의 정서는 항존하는 부재와 지속적으로 관

이는 위 시에서 떠난 것이 왜 '나'여야만 했는지, 그리고 파괴의 사태
가 '나'가 부재하고 있는 상황에서 신속하게 이루어질 수밖에 없었는지
를 설명해준다. 이러한 사실이 사실상 암시적으로 알려주고 있는 것은
시적 주체가 파괴된 세계와 전혀 무관하지만(왜냐하면 그는 부재하고 있었
으니까) 바로 이 무관성으로 인해 더욱 밀접한 관계를 형성할 수밖에 없
다는 심리적 역설이다. 왜냐하면 모든 현실적 지반이 사라진 곳에 남는
것은 우울에 매몰되어 있는 시적 화자 자신뿐이기 때문이다. 친숙한 것
들이 사라진 폐허에 '나'는 홀로 남겨져 있다. 그리고 부재를 초래한 원
인 또한 부재한다. 철저하게 은폐되어 있는 원인. 그러나 '부재 원인'은
파괴된 세계에 살아남은 자에게 필연적으로 수반되는 죄의식과 수치처
럼, 슬픔의 정서와 함께 모종의 책임 의식을 자아에게 집중시키는 방식
으로 스스로를 증명한다.[19] 우울증과 결합한 부끄러움이 자기 의식적인

계를 맺는다는 것, 나아가 이러한 관계성으로 인해 비로소 서정시의 근대적 주체가
취하는 독특한 포즈가 도출된다는 보편적 사실과 관련되어 있다. 아울러 이는 감각을
통어하는 정서적 주체가 단순히 스스로의 기분을 표출시키는 지점에서 멈추지 않는다
는 말과도 통한다. 현대시가 제작자의 정념을 직간접적으로 분출시키기 위한 감정 도
구에 국한되지 않기 위해 시는 그 자체로 읽는 이의 의식과 반향할 수 있는 또 하나의
독자적인 세계상을 건설해야 한다. 바꿔 말해, 정서의 자율적 구가라는 '한국적 서정'
이 유포시킨 시적 낭만주의의 이념형과 달리 서양 문학에서 서정시의 형성은 철저하게
세계에 대한 인식과 자기에 대한 인식에 의해 매개된다. "서양 문학에 있어서, '서정적
취향'의 궁극적인 종착역은 '내면'이다. 즉 내면의 깊이를 획득함으로써 서정적 주체는
단절의 의식을 다스리고, 상상적으로 조형된 초월적 세계를 자신의 내면에 구축하게
된다는 것이다. 그 점에서 근대인은 서정적 주체에 와서 세계와 평면적으로 대치하고
있는 2차원적 존재로부터 세계, 외면, 내면을 가진 3차원적 존재로 변신하게 된다고
말할 수 있을 것이다." (정명교, 「한국현대시에서 서정성의 확대가 일어나기까지」, 『한
국시학연구』 16호, 한국시학회, 2005, 75쪽.) 요컨대 강한 정념 안에 함몰되어 있을
것이 아니라 이 감정을 다시 인식할 수 있는 지평, 즉 자신이 어떤 느낌에 처해 있는지
를 조망할 수 있는 주체의 또 다른 인식론적 토대를 서정시는 요청해야 한다.

19 스스로의 행위와 무관하게 살아남은 자가 필연적으로 목도하게 되는 죄의식과 이 죄
의식이 주체 형성에 어떻게 기여하는지에 대해서는 Giorgio Agamben, *Remnants of*

속성을 띠는 이유가 여기에 있다. "부끄러움을 알지 못했"던 과거와 달리 강한 수치심에 시달리는 폐허 위의 주체는, 부재하는 큰 타자의 시선을 느끼는 중이다.[20]

이처럼 이국에서 백석이 직면한 만주는 새로운 삶을 향한 동경도 이상적 낙원에 대한 비전도 불러일으키지 못한다. 물론 「수박씨, 호박씨」나 「귀농」처럼 만주 이주 이전의 시적 세계관과 유사해 보이는 목가적이고 풍속적인 시편들도 없지 않지만, 우리가 주목하는 것은 어떤 일말의 아우라(aura)도 없는 벌거벗은 자연 상태를 응시하는 시인의 메타적 시선이다.

> 나는 支那나라사람들과 가치 묵욕을 한다
> 무슨 殷이며 商이며 越이며하는 나라사람들의 후손들과 가치
> 한물통안에 들어 묵욕을 한다
> 서로 나라가 달은 사람인데
> 다들 쪽발가벗고 가치 물에 몸을 녹이고 있는것은
> 대대로 조상도 서로 모르고 말도 제각금 틀리고 먹고입는 것도 모두 달은데
> 이렇게 발가들벗고 한물에 몸을 씻는것은
> 생각하면 쓸쓸한 일이다
> 이 딴나라사람들이 모두 니마들이 번번하니 넓고 눈은 컴컴하니 흐리고
> 그리고 길줏한 다리에 모두 민숭민숭 하니 다리털이 없는것이
> 이것이 나는 웨 작고 슬퍼지는 것일까
> 그런데 저기 나무판장에 반쯤 나가누어서

Auschwitz : *The Witness and the Archive*, Zone Books, 2000, pp.87~135 참조.
20 큰 타자의 시선을 두려워하는 주체의 정서를 수치와 죄의식으로 분석한 것으로는 다음을 참조. Jacques Lacan, *The Power of the Impossible in The Seminar of Jacques Lacan Book XVII : The Other Side of Psychoanalysis*, W.W. Norton & Company, 2007, p.180.

> 나주볓을 한없이 바라보며 혼자 무엇을 즐기는듯한 목이 긴 사람은
> 陶淵明은 저러한 사람이었을것이고
>
> ─「澡堂에서」 부분

중국의 여러 지방 사람들과 "한 물통 안에 들어 목욕"을 하는 장면을 응시하면서 백석은 어떤 총체적의 이미지를 떠올리지 못한다. 오히려 그는 그러한 광경을 "생각하면 쓸쓸한 일"이라 고백하는데, 이 쓸쓸함의 발현에 대해 시적 화자 자신도 의문을 지니고 있다는 점이 특기할만하다. 물론 표면적으로는 "니마들이 번번하니 넓고 눈은 컴컴하니 흐리고/그리고 길줏한 다리에 모두 민숭민숭하니 다리털이 없는 것"과 같은 그로테스크한 이미지들이 제시되기는 하였으나, "이것이 나는 왜 자꼬 슬퍼지는 것일까"라는 진술은 시인이 겪고 있는 슬픔의 정서가 목욕을 하고 있는 객관적 타자들로부터 직접적으로 유발되지 않는다는 것을 암시하고 있다. 그들은 시적 화자의 삶에 특정한 매개 의식 없이는 위협이 되지 못하는 무의미한 존재들에 지나지 않을 것이다. 그럼에도 불구하고 시인이 이들로부터 쓸쓸함을 느끼는 이유는 무엇인가? 백석은 이 슬픔을 탐문하기 시작한다. 아니, 그의 슬픔이 시인의 '생각'을 유발한다고 해야 할 것이다.

"그런데"라는 접속사는 사유의 비약적 흐름을 효과적으로 제시하면서, 시적 대상과의 거리를 표현한다. 위 시에서 시적 화자의 육체가 놓여 있는 실제적 공간이 "한 물통 안"인 반면, 사람들이 목욕하는 장면을 응시하는 시선 구도 속에서 화자의 정신은 은연중에 스스로를 다른 공간으로 분리시켜버린다. "생각하면 쓸쓸한 일"이라고 했거니와 쓸쓸함의 정조는 이러한 생각이 지속적으로 작동하는 과정에서, 그러니까 고독한 내향적 지평 위로 이동하는 과정에서 시적 자아가 일으키는 정념의 파고인 셈이다.

그러므로 시적 주체가 표면적으로 바라보고 있는 것은 "支那나라 사

람들"이지만, 그가 실질적으로 주시하고 있는 대상은 그들이 아니다. 그
렇다면 무엇을 바라보고 있는가? 시적 화자 자신의 부재를, 다시 말해
객관적 세계에 마치 흔적처럼 놓여 있는 주체의 빈자리를 응시하는 것이
다. 아울러 그는 자신의 처지를 동일시시킬 수 있는 객관적 상관물로서
의 '도연명'을 바라본다. "나주볕을 한없이 바라보며 혼자 무엇을 즐기는
듯한 목이 긴 사람"의 이미지는 그러한 맥락에서 고독 속에 놓여 있는
백석의 우울증적 자화상을, 나아가 쓸쓸하게 개인성의 심연으로 침잠해
들어가는 근대적 시인의 표지로 읽힐 수 있을 것이다.

그런가 하면, "알레고리는 멜랑콜리커(Melancholiker)의 수난의 길에 놓
인 정거장"[21]이라는 벤야민의 지적은 의미심장하다. 그는 세계의 부재를
견디기 위한 우울증적 언어로 '상징'과 구별되는 '알레고리'에 주목하며,
그것이 폐허로서의 근대를 드러내는 효과적인 방법일 수 있다고 강조한
다. '기호=숨은 의미'라는 등식이 성립하지 못한 기호적 난맥의 세계에
서 전경화되는 것은 기호들 간의 파편적인 관계망이다. 시 속의 낱말들
과 비유는, 그리고 시행들은 시적 화자가 겨냥하는 총체성의 세계와 등
가 관계를 이루지 못하고, 그저 언어와 언어들의 끝없는 파상적(波狀的)
움직임으로 부각될 뿐이다. "알레고리에서 중요한 것은 기호들 간의 관
계이다. 여기서 각각의 기호들이 어떤 의미들을 지시하는가는 둘째가는
관심사이다"[22]라는 폴 드 만의 지적처럼 세계의 이미지들은 조각조각 산
재되어 있으며, 이 산재한 것들끼리의 내적인 거리 사이에서 어떤 화학
적 반응이 일어나고 마침내, 어떤 부정적인 방식의 총체성이, 그러니까

21   발터 벤야민, 『보들레르의 작품에 나타난 제 2제정기의 파리』, 김영옥·황현산 옮김,
     길, 2010, 263쪽.
22   Paul de Man, "The Rhetoric of Temporality", *Blindness and Insight*, University
     of minnesota Press, Minneapolis, 1983, p.207.

음화된 방식의 총체성이 암시될 수 있다. 백석의 후기 시편들에서 이러한 알레고리의 초기적 형태를 살펴보는 것이 어려운 일은 아니다. 예컨대 "殷이며 商이며 越이며 齊이며"라는 개체들의 반복적이고 연속된 투사는 위 시의 대상들의 공통적인 연대감을 강조하지 못하고, 오히려 이들 사이의 이질적이고 비동일적인 관계를 표출시키는 기능을 하는 것처럼 보인다. "나는 조금 무서웁고 외로워진다"라는 직접적인 언술에서 드러나는 것처럼, 이 열거된 존재들 안에서 오히려 시의 주체는 심적 거리감만을 느낄 뿐이다. 물론 백석의 시편들 속에서 나열과 반복의 기법은 그 이전부터 발견되던 것이다. 그러나 이전의 시편들에서 열거법이 사용될 때, 각각의 시어들이 배치되는 구조적 양태는 일종의 이상적 원형을 '상징'하는 효과를 불러일으켰다는 점에서 차이가 있다. 이를테면 「모닥불」의 다음과 같은 대목

재당도 초시도 門長늙은이도 더부살이 아이도 새사위도 갓사둔도 나그네도 주인도 할아버지도 손자도 붓장사도 땜쟁이도 큰개도 강아지도 모두 모닥불을 쪼인다

에서 시적 대상들은 '모닥불'이라는 하나의 구심점을 중심으로 연쇄적인 사슬을 형성하면서 총체성을 구현하는 것처럼 보인다. 이에 반해 후기 시편들에서 나타나는 기표들의 병치 현상은 모닥불과 같은 '구심점'이 삭제된 상태에서 일어나는 것이기에, 저마다의 개별적인 관계망을 형성하는 데 그칠 뿐이다. 구심점의 부재 속에서 맺어지는 이질적인 것들의 반향 관계는 초월적/이상적 총체성을 더 이상 재현할 수 없다는, 파탄적 세계 인식을 암시한다는 점에서 알레고리적이다.

이처럼 우울증에 기반을 둔 자기 의식은 "흰 바람벽"에서 보았던 두

가지의 영상의 형식으로 더욱 분명하게 가시화 된다.

> 그런데 또 이즈막하야 어늬사이엔가
> 이 힌 바람벽엔
> 내 쓸쓸한 얼골을 쳐다보며
> 이러한 글자들이 지나간다
> 나는 이 세상에서 가난하고 외롭고 높고 쓸쓸하니 살어가도록 태어났다
> 그리고 이 세상을 살어가는데
> 내 가슴은 너무도 많이 뜨거운것으로 호젓한것으로 사랑으로 슬픔으로 가득찬다
> 그리고 이번에는 나를 위로하는 듯이 나를 울력하는듯이
> 눈질을 하며 주먹질을하며 이런 글자들이 지나간다
> 하눌이 이세상을 내일 적에 그가 가장 귀해하고 사랑하는것들은 모두 가난하고 외롭고 높고 쓸쓸하니 그리고 언제나 넘치는 사랑과 슬픔속에 살도록 만드신것이다
> 초생달과 바구지꽃과 짝새와 당나귀가 그러하듯이
> 그리고 또「프랑시쓰 쨈」과 陶淵明과「라이넬 마리아 릴케」가 그러하듯이
> ―「힌 바람벽이 있어」 부분

시적 화자에게 '힌 바람벽'은 스스로의 내면 풍경을 투사시킬 수 있게 만드는 하나의 캔버스이면서 동시에 스스로의 내적 감정을 시적 화자에게 되비쳐주는 '거울'이다. 그것이 거울이라는 것은 이 지점으로부터 시적 화자가 스스로의 감정을 조망할 수 있는 메타적 지평을 얻는다는 뜻이다.

앞서 지적한 것처럼 이러한 인식론적 주추가 근대적 서정시가 3차원적 재편을 위해 요청된 내면의 필요조건이라면, 이 자기 의식적 지평이 상실과 접속할 때, 그것은 시적 화자로 하여금 영원한 배회를 추동하는 슬픔의 단계(우울증)로 비약한다. 이를 직접적으로 보여주는 대목이 바로

"하눌이 이 세상을 내일 적에 그가 가장 귀해하고 사랑하는 것들은 모두/
가난하고 외롭고 높고 쓸쓸하니 그리고 언제나 넘치는 사랑과 슬픔 속에
살도록 만드신 것이다"라는 시행이다. 이는 백석의 시편들로부터 운명론
적인 세계관을 읽어낼 수 있는 한 계기일 수 있다. 그러나 운명이라는
말은 시의 주체가 주어진 삶을 그대로 살아가야 한다는 순응적인, 혹은
반근대적인 세계관을 내면화하고 있다고 오해될 소지가 있다. 우리가 백
석의 시편들에 드리워져 있는 상실의 선험성을 이해하기 위해서는 이러
한 오해로부터 벗어나야 한다. 왜냐하면 그가 자각하고 있는 상실의 슬
픔은 초월적(transcendent) 존재로부터 수동적으로 부여받은, 어떤 인과
론의 결과가 아니라 사후적으로 주체에 의해 능동적으로 좌표 설정된
초월론적(transcendental) 계기에 가깝기 때문이다.[23] 즉 쓸쓸함과 외로움
그리고 슬픔의 정서는 실제적인 상실에서 비롯되는 것이 아니라, 상실을
자각할 수 있는 능력, 이른바 부재를 상실의 형식으로 전회시킬 수 있는
능력에 의해 내면화 되는 것이다. 흥미롭게도 위 시의 마지막 행에서 백
석이 언급한 릴케는『두우모의 비가』에서 다음과 같이 쓴다. "영웅은 존
속한다. 영웅의 추락은 단지 존재하기 위한 핑계일 뿐"(「제1곡」) 마찬가지
로 백석에게 있어서 상실의 사태가 발생하는 과정에서도 여전히 세계와
주체는 비가시적으로, 더 강력하게 존속하고 있는 중이다. 이들의 부재

---

23 초월과 초월론의 구분은 칸트에 의해 이루어졌다. 주지하다시피 칸트의 주체는 일종
의 '텅 빈 형식'(empty form)이다. 칸트가『순수이성비판』으로부터 자신에 대한 표상
을 동반하지 않으면서도, 다른 대상들의 표상을 가능케 하는 어떤 직관적 형식으로서
의 주체를 설정하였기 때문이다. 그러한 맥락에서『순수이성비판』에서의 칸트의 주체
는 어떤 실체적 형상을 보장 받지 못한 상태에서도 오히려 감각의 종합(synthesis)을
수행하는 일종의 초월론적 기관이라 할 수 있는 것이다. 라쿠-라바르트와 낭시는 이러
한 초월론적 위상학에 대한 칸트의 경도에서부터 실상 주체 부재 상황이 더욱 전경화
되었으며, 이 전경화된 진공 상태를 해결하는 과정에서 독일 관념론과 낭만주의의 분
기점이 발생한다고 보았다.

는 더 생생한 현존, 즉 현존하는 부재를 위한 알리바이인지도 모른다. 만주에서 백석이 폐허와 함께 '시인'을 새삼 발견한 것은 우연이 아니다.

3. 백석의 해방 공간 – 체념의 원리와 자기애의 감각

1942년 신경에서 안동으로 이주한 백석은 「머리카락」을 마지막으로 발표한 이후 돌연 잠적해버린다. 해방 이후 「산」을 발표하기까지 5년간의 시적 행보가 사실상 묘연한 셈이다. 그저, 해방 이후 고향 정주로 돌아왔다가 다시 평양으로 가서 조만식의 비서로 일했다는 사실, 그리고 정주로 귀환하는 길에 잠시 신의주에 머물렀다는 사실만 알려져 있을 뿐이다. 해방 이후 발표된 작품들 역시 백석의 적극적인 의지에 의해 게재된 것인지, 아니면 "시인에겐 묻지 않고 감히 발표"했다는 허준의 부기처럼 철저하게 타의에 의한 것인지 분명하지 않으며 창작 시점 역시 명확하지 않다. 오랫동안 침묵을 지켜왔던 그의 심경 또한 의문스럽기는 마찬가지다. 만주에서 실제 고향으로 귀환한 경로를 택했던 그에게 해방된 조선 안에서의 고향 정주는 어떤 모습으로 비쳐졌을까. 만주를 떠나 고향으로 되돌아온 백석은, 과연 평화를 찾았을까.

> 정주 동림 구십여리 긴긴 하로 길에
> 산에 오면 산 소리 벌에 오면 벌 소리
> 적막강산에 나는 있노라
>
> ―「적막강산」 부분

> 나는 이 마을에 태어나기가 잘못이다
> 마을은 맨천 구신이 돼서

나는 무서워 오력을 펼수 없다

(중략)

아아 말 마라 내 발뒤축에는 오나가나 묻어 다니는 달걀구신
마을은 온데간데 구신이 돼서 나는 아무데도 갈수 없다
                              —「마을은 맨천 구신이 돼서」

정주로 돌아온 백석이 마주한 것은 완전한 침묵, 죽음의 그림자가 드리워져 있는 폐허가 된 마을이다. 폐허 속에서 '나'는 고향을 무서워하며 자신의 기원을 부정하고("나는 이 마을에 태어나기가 잘못이다") 싶어 하는데, 사실상 과거는 기억되고 그리워해야 할 대상으로 형식화되거나 연기되지 못하고 오히려 현실화된다. 현재화 된 폐허는 우울증적 자기애를 위한 무대를 더 이상 제공하지 못한다. 이것을 말의 바른 의미에서의 성장이라고 할 수 있을까?

공교롭게도 백석 시 가운데 "한국시가 낳은 가장 아름다운 시 중의 하나"[24]이자 "페시미즘의 절창"[25]으로 일컬어지는 「남신의주유동박시봉방」은 만주도, 경성도, 고향인 정주도 아닌 신의주에서, 만주와 조선의 경계라고 할 수 있는 중간 지대에서 귀환 도중에 씌어진다.

어느 사이에 나는 아내도 없고, 또,
아내와 같이 살던 집도 없어지고,
그리고 살뜰한 부모며 동생들과도 멀리 떨어져서,
그 어느 바람 세인 쓸쓸한 거리 끝에 헤메이었다.

24 김윤식, 김현, 『한국문학사』, 민음사, 1973, 218~219쪽.
25 유종호, 「한국의 페시미즘」, 『현실주의 상상력』, 나남, 1991.

　　바로 날도 저물어서,

　　바람은 더욱 세게 불고, 추위는 점점 더해 오는데,

　　나는 어느 목수네 집 헌 샅을 깐,

　　한 방에 들어서 쥔을 붙이었다.

　　이리하여 나는 이 습내 나는 춥고, 누긋한 방에서,

　　낮이나 밤이나 나는 나 혼자도 너무 많은 것같이 생각하며,

　　딜옹배기에 북덕불이라도 담겨 오면,

　　이것을 안고 손을 쬐며 재우에 뜻없이 글자를 쓰기도 하며,

　　또 문밖에 나가디두 않구 자리에 누어서,

　　머리에 손깍지 벼개를 하고 굴기도 하면서,

　　나는 내 슬픔이며 어리석음이며를 소처럼 연하여 쌔김질하는 것이었다.

　　내 가슴이 꽉 메어 올 적이며,

　　내 눈에 뜨거운 것이 핑 괴일 적이며,

　　또 내 스스로 화끈 낯이 붉도록 부끄러울 적이며,

　　나는 내 슬픔과 어리석음에 눌리어 죽을 수밖에 없는 것을 느끼는 것이었다.

　　그러나 잠시 뒤에 나는 고개를 들어,

　　허연 문창을 바라보든가 또 눈을 떠서 높은 턴정을 쳐다보는 것인데,

　　이 때 나는 내 뜻이며 힘으로, 나를 이끌어 가는 것이 힘든 일인 것을 생각하고,

　　이것들보다 더 크고, 높은 것이 있어서, 나를 마음대로 굴려 가는 것을 생각하는 것인데,

　　이렇게하여 여러 날이 지나는 동안에,

　　내 어지러운 마음에는 슬픔이며, 한탄이며, 가라앉을 것은 차츰 앙금이 되어 가라앉고,

　　외로운 생각만이 드는 때 쯤 해서는,

　　　　　　　　　　　　　　　　　　　　－「남신의주유동박시봉방」 부분

신의주의 한 좁은 방에 유폐되어 있는 '나'는 자신의 곤궁한 처지가

불러일으키는 슬픔을 곱씹으며 "슬픔과 어리석음에 눌리어 죽을 수밖에 없는" 고통을 느끼는 중이다. 시인의 방은 점차적으로 심화되어가는 불행과 비참한 처지를 "너무 많은 것같이 생각"하게 만드는, 우울증자의 심리적 시공간을 대변하고 있는 것처럼 읽힌다. 아내와 가족, 그리고 집의 부재를 언급하며 역설적으로 '부재의 부재'를 연기시키는 백석의 우울한 정신은 '그러나' 예기치 못한 방식으로, 새로운 국면을 맞는다. "그러나"라는 접속어를 매개로 비약적으로 전개되는 대담한 사유는 그래서 흥미롭다. "이때 나는 내 뜻이며 힘으로, 나를 이끌어 가는 것이 힘든 일인 것을 생각하고,/이것들보다 더 크고, 높은 것이 있어서, 나를 마음대로 굴려 가는 것을 생각하는 것인데." 이것은 자신의 비참함을 무기력하게 승인하는 운명론자의 의식에 불과할까. "그러나", "페시미즘의 절창"이라는 유종호의 지적과 달리, 이 문장에는 비관주의로 충분히 설명되지 않는 평온함이 함축되어 있다. 그런 맥락에서 그의 시적 자의식은 말년의 루소가 『고독한 산책자의 몽상』에서 보여준, '체념'(se résigner)에서 시작되는 자기 탐구의 여정에 비견될 수 있을 것이다.

> 내 모든 노력이 아무 쓸모 없다는 것을 깨닫고 한없이 번민에 시달리던 나는 내가 할 수 있는 마지막 결심, 즉 필연에 더 이상 저항하지 말고 내 운명에 순응해야겠다는 결심을 했다. 그리고 그러한 체념이 내게 가져다준─힘들고 보람없는 저항 속에서 끊임없이 시도해온 그 고역 속에서는 찾을 수 없는─마음의 평정을 통해 나는 그 동안 내가 겪어온 모든 고생에 대한 보상을 받았다.[26]

온갖 미지의 공포에 대한 불안과 희망에 대한 기대에서 벗어나 더 이상

---

26 장─자크 루소, 『고독한 산책자의 몽상』, 김중현 옮김, 한길사, 2007, 25쪽.

악화될 수 없는 상황을 내가 하루하루 잘 견뎌내기 위해서는 오로지 한 가
지 습관, 곧 체념으로 충분하다. 나의 체념으로 그들의 감정은 계속 둔화되
어 그 감정이 더 이상 활기를 띠게 할 방도를 찾지 못하고 있다. 바로 그것
이 증오 섞인 언행이란 언행을 모두 동원하여 끊임없이 나를 괴롭혀온 사
람들이 내게 베풀어준 은혜였다.[27]

여기서 체념이란 억견들로 이루어진 세계에서 도피해 은둔하는 것을
가리킨다. 루소에게 있어 체념의 원리는 타자와의 배타적 비교를 통해
얻는 '이기심'(amour-propre)에서 벗어나 대상화와 불평등에 기초하지
않는 순수한 '자기애'(amour de soi)의 존재 양식에 주목하게 한다.[28] 사회
와의 불화를 해결하려는 "내 모든 노력이 아무 쓸모 없다"는 것을 수용하
고, 필연에 복종하려는 체념적 결심은 자기편애적 나르시시즘을 소멸시
키며 결과적으로 내적 평온 상태라는 "고생에 대한 보상"을 제공해준다.
하지만 여기서 간과하지 말아야 할 것은 불행과 고독의 어떤 역설이 작
동한다는 사실이다. 그가 자기를 향한 이기적 애착으로부터 벗어나 순수
한 자기애에 진입할 수 있는 것은 자기에 대한 편애가 불가능할 정도의
불행 위에서이다. 그 어떤 희망도 잔존시키지 않는, 고독과 불행의 최대
치. 이처럼 체념이 하나의 실존적 태도이자 원리로 거듭나기 위해 자아
는 극단적 불행까지도 마다하지 않아야 한다. 그가 체념할 수 있는 것은
그가 진정으로 불행하고 고독하기 때문이다. 체념은 그들뿐만 아니라
"모든 것에서 떨어져 나온" 절대적 고독의 효과이자 이전의 시도들과 다
른 방법의 전제다. 그러한 고독의 효과를 루소는 자연인이 느낄 수 있는

---

27 위의 책, 27쪽.
28 아래에서 서술되는 루소적 체념의 원리에 대해서는 김영욱, 「혼자서, 마지막으로 한
    번 더 : 루소, 『고독한 산책자의 몽상』」, 『문학과사회』 여름호, 2017을 참조.

내면의 '존재 감각'(sentiment de l'existence)이라는 말로 환원하곤 했다. 자기편애에 물들지 않은 의식이 누릴 수 있는 최고의 쾌락으로서 존재감각은 외딴 별에 홀로 남겨진 주체가 감각의 형태로 스스로를 감지하는 순간 얻을 수 있는 최종적 기쁨의 형태이다. 요컨대 불행과 고독은 시인을 정당화하는 낭만주의적 도피의 징표가 아니라, 자기 탐구를 수행하기 위한 형식과 원리이다.

물론 체념과 고독의 안정화를 가능케 한 것은 그의 심화된 불행이다. 그리하여 슬픔과 한탄이 차츰 앙금이 되어 가라앉고 루소적인 의미에서의 말년의 절대 고독에 진입한 화자의 의식은 새로운 감각 지평에 들어서면서, 우울증자의 자기편애적 나르시시즘을 소멸시키고 또 다른 형태의 자기 의식적 자기애를 형성화한다. 「남신의주유동박시봉방」의 아름다움은 바로 이 "그러나"를 매개로 이루어지는 드라마틱한 전개와 성장의 감각에서 비롯되고 있다고 해야 한다.

> 더러 나줏손에 쌀랑쌀랑 싸락눈이 와서 문창을 치기도 하는 때도 있는데,
> 나는 이런 저녁에는 화로를 더욱 다가 끼며, 무릎을 꿇어 보며,
> 어니 먼 산 뒷옆에 바우 섶에 따로 외로이 서서,
> 어두워 오는데 하이야니 눈을 맞을, 그 마른 잎새에는,
> 쌀랑쌀랑 소리도 나며 눈을 맞을,
> 그 드물다는 굳고 정한 갈매나무라는 나무를 생각하는 것이었다.

위 대목에 이르러 슬픔과 쓸쓸함이라는 우울증적 감정과 회상은 뒤로 물러나고, 대신 "싸락눈"이 내리는 "쌀랑쌀랑" 소리와 "화로"의 온기를 느끼는 주체의 감각이 전경화된다. 이 감각으로 가득한 장면 속에 회상적 기억과 관념이 개입할 여지는 없다. 체념 속에 격리된 나는 죽음까지도 예감("죽을 수밖에 없는 것을 느끼는 것")한다. 그러나 죽음에 대한 의식

속에서 '나'(시인의 자의식)는 점차 희미해지고 사라지지만, 사라지는 것은 자기편애에 의해 만들어진 우울한 자아일 뿐 자기애의 운동으로서의 '나'의 감각은 남는다. 고통의 최대치에서 발견하는 무위의 평화라는 역설, 나의 소멸을 통한 나의 회생. 「남신의주유동박시봉방」은 우울증적 자기편애에서 벗어나 마침내 순수 감각적 자기애에 도달했던 백석의 극히 이례적인 자기 고백이자, 고독한 글쓰기이다. "모든 것은 마치 존재 감정이 자기와 세상에 대해 깊은 관심을 기울인 데 대한 보상이 아니라, 이와는 반대로 자기와 세상을 망각함으로써 얻게 되는 기적 같은 결과처럼 나타나기라도 한 듯이 일어난다. 가장 큰 쾌감과 가장 높은 지혜는 가장 피상적인 '가상'에 매혹되어버리는 데 있다."[29]

그렇다면 이것은 상상적 자연 상태, 즉 유토피아로의 완전한 도피를 의미하는 것일까. "어니 먼"이라는 가상의 시공간에 있는 갈매나무는 유토피아에 대한 상상을 함축할 여지가 없지 않다. 유토피아(utopia)가 기본적으로 존재하지 않는(u) 장소(topos)를 뜻한다면, 백석이 상상하는 갈매나무가 있는 공간은 역사적 시공간으로부터 이탈해 있는 비현실적인 공간의 뉘앙스를 띠고 있는 것 역시 부인하기 힘들다. 다만, 그것은 더 이상 상실의 형식으로 구현되는 상상적 태반도, 부재의 형식으로 은폐되어 있는 폐허도, 혹은 고향으로 대변되는 유토피아적 세계도 직접적으로 의미하지 않는다는 것을 기억하자. 그런 점에서 "갈매나무라는 나무"는 상징적이라기보다는 알레고리적이다. 가령, 「흰 바람벽이 있어」에서 백석의 시적 자의식이 선명한 에크리튀르적 장면으로 상연되고 '프랑시쓰 쨈'과 '도연명', 그리고 '릴케'라는 상징적 이상 자아(ideal ego)를 향한 상상적 동일시로 표현되는 것과 달리 「남신의주유동박시봉방」에서의 시적

---

29   장 스타로뱅스키, 『장 자크 루소, 투명성과 장애물』, 이충훈 옮김, 아카넷, 2012, 508쪽.

자의식의 성격은 조금 달라 보인다. 전자에서의 "흰 바람벽"이 시인을 되비쳐주는 메타적(우울증적) 거울로 작용했다면, 후자에서의 "갈매나무라는 나무"는 그와 같은 동일시를 빗겨가게 하는 비현실적 거울로 작동한다. 갈매나무라는 이미지와 시인 사이에 절대적 결합 관계가 형성되지 않는 이유도 거기에 있다. "알레고리는 그 파편적 성질을 이용하여 현실의 고리가 거의 끊어진 자리에서 미래의 한 점을 향해 정신을 투기하고, 논리적으로 현실의 조건이 아직 성숙하지 않은 자리에서 그 현실의 질적 변화를 전망한다."[30] 갈매나무는 백석이 겪고 있는 가난한 현실을 되비쳐주지만 그것을 무마하기 위한 신화적 세계에의 갈망을 피력하지 않고, 오히려 시인이 놓여 있는 자리(해방 공간)를 강조하는 방식으로 다른 전망을 암시한다는 점에서 알레고리적이다.

나아가 시적 이력의 층위로 확장했을 때, 이것이 분단 전 발표된 백석의 마지막 시 텍스트라는 사실 또한 의미심장하기는 마찬가지이다. 「남신의주유동박시봉방」은 만주를 거쳐 마침내 신의주라는 경계의 공간(헤테로토피아)에 도달하게 된 그의 시적 여정의 근대적 성격을 사후적으로 조망하게 하는 알레고리적 거울처럼 읽힐 수 있기 때문이다. 그리고 백석은 미래라는 유토피아적 전망을 향한 속도전에 동참할 것을 강요하는 북에 그대로 남는 예기치 못한 선택을 하면서, 아이러니하게도 그 거울의 혼종적 성격을 더욱 고조시킨다. 전망을 둘러싼 서로 다른 두 이데올로기가 충돌하는 경계선 사이, 그것이 백석이 오늘날까지 남아 있는 알레고리적 장소의 의미일 것이다.

---

30 황현산, 「불모의 현실과 너그러운 말」, 『잘 표현된 불행』, 문예중앙, 2012, 72쪽.

유토피아들과 절대적으로 다른 이 배치들, 즉 헤테로토피아들 사이에는
아마도 거울이라는, 어떤 혼합된, 중간의 경험이 있다고 생각한다. 요컨대
거울, 그것은 유토피아이다. 장소 없는 장소이기 때문이다. 거울 안에서
나는 내가 없는 곳에 있는 나를 본다. (중략) 하지만 거울이 실제로 존재하
는 한, 그리고 내가 차지하는 자리에 대해 그것이 일종의 재귀 효과를 지니
는 한 그것은 헤테로토피아이다. 바로 거울에서부터 나는 내가 있는 자리
에 없는 나 자신을 발견한다. 내가 나를 거기서 보기 때문이다.[31]

31 미셸 푸코, 『헤테로토피아』, 이상길 옮김, 문학과지성사, 2014, 48~49쪽.

『오랑캐꽃』의 이용악과 해방기 연구

해방기 자기비판담론에서 자율적 예술의 사회성과 정치성

양순모

1. 서론

본고는 해방기 '당대'의 시인으로서 이용악 및 '그'의 작품 읽기가 아닌, 작품들(시쓰기)에 근거하여 '이용악'과 '해방기'를 살펴보고자 한다. 오늘날 새로이 요청될『오랑캐꽃』다시 읽기는 기존의『오랑캐꽃』독해를 방향 지었던 해방기와 이용악에 대한 정지(停止/整地) 작업에서 출발한다. 이를 위해 해방기를 구성하는 주요 담론으로서 '자기비판담론'을 재검토하고, 재검토된 자장 안에서의 이용악을 살펴봄으로써, 해방기라는 '당대' 및 당대의 '지식인-시민'으로부터 벗어나는(/해체하는) '보편'과 '예술 작품'으로서『오랑캐꽃』읽기를 마련하고자 한다.

기존의 연구들은 해방기를 구성하는 주요 담론으로서 '자기비판담론'에 대해, 결국 무책임하게 방기해버리고만, 즉 응답 실패로서의 질문으로 규정짓는다. 나아가 위의 규정에 의거, 자기비판담론에 어느 정도까지 응답하고 있는지에 따라 당대 작가를 차등적으로 평가하기도 한다. 해방기 이용악에 대한 유력한 최근의 접근들 역시 위의 '규정' 및 '평가'의 틀을 수행하고 있다. 해방기 자기비판담론은 '일제 말'-'해방기'-'월북 이후' 각각 구별되는 이용악의 문학적 양상에 대한 일관적 설명을 시도하기 위해 주요한 연구대상으로 상정되고 있는 것이다.

그러나 자기비판담론에 대한 기존의 논의는 사회─공동체의 정초 및 유지에 있어 자기비판담론의 불가피성, 즉 필수적인 기능적 측면에 대해서는 거의 다루고 있지 않을 뿐 아니라, 개인적 차원에서 자기비판담론이 갖는 아포리아성, 즉 예술적 승화가 아닌 이상 결코 해소되기 어려운 증상적 측면을 다소간 간과하고 있다.

기존의 해방기 및 해방기 이용악에 대한 연구들을 긍정적으로 추수하자면, 망각해서는 안 될 질문 및 본보기로서 한 인물의 수신이겠지만, 그러나 대개의 그 과정에서 예술의 상대적 자율성은 침해되고, 이로써 이용악과 『오랑캐꽃』 해석은 지식인─시민의 산문적 개진으로 기울게 된다. 기존의 논의는 작품 그 자체보다 시대와 그에 대한 작가의 응전을 강조하는 가운데, 이용악의 친일 이력 및 해방기 적극적인 좌파 정치 활동 이력을 작품 해석에 있어 매우 중요한 변수로 상정하고 있다. 그렇게 작가의 이력들은 각각 연구자마다의 '해방기 ─ 자기비판담론'이라는 주형틀에 의해 재조합되어 통일성 있는 자아 '이용악'을 구성하고, 작품들은 그러한 통일성을 향한 과정 및 결과의 산물로서 이해되고 있다.

그러므로 본고는 이용악의 이력을 배치하는 해방기의 자기비판담론으로 돌아가, 그 담론의 새로운 역할 및 특성을 점검함으로써, 이용악과 『오랑캐꽃』을 지식인의 산문적 개진만이 아닌, 시인의 예술작품으로 논증하고, 나아가 해방기라는 시공간이 우리에게 어떤 방식으로 새롭게 재전유될 수 있는지를 환기하고자 한다.

2. 해방기와 자기비판담론
: 자기비판담론의 불가피함과 불가능함

> 임화 : 새로운 조선 문학의 정신적 출발점의 하나로서 자기 비판의 문제
> 는 제기되어야 한다고 생각합니다. … 우리는 모두 겸허하게 이 아무도 모
> 르는 마음 속의 '비밀'을 솔직히 터 펴놓는 것으로 자기 비판의 출발점을
> 삼아야 한다고 생각합니다. … 이것이 양심의 용기라고 생각합니다.
> 일동 : 동감입니다.[1]

해방기라는 시공간 및 작가들을 규정, 접근하는 방법 중 하나로서 당
대 유력한 담론인 '자기비판담론'은 여러 연구자들에 의해 검토된 바 있
다. 90년대 축적된 자기비판담론에 대한 선행연구들을 검토, 발전시키
는 구재진에 따르면[2] 그는 해방기 대표적인 소설로서 이태준의 「해방전
후」를 검토하며, "진정한 의미의 자기성찰과 비판은 가능하지 않았던
것"으로 이태준을 평가한다. 그리고 이태준의 한계가 "미래에의 열망이
모든 것을 압도하는 해방직후의 시대적 상황"을 단적으로 드러내고 있다
며, 자기비판담론이 불가능한 시대로 해방기를 규정하고 있다.

이양숙[3]은 "자기 비판은 이 시기(해방기)를 가장 잘 설명할 수 있는 기
억의 지점"이라 언급, 연구대상을 확대하여 '자기비판담론'을 주요하게
제기한 '조선문학가동맹'의 "집단적 정체성" 문제를 탐구한다. 위 논문은
해방기 문인들 사이의 "주도권 싸움"의 상황을 강조함으로써 당대 문인

---

1 임화 외, 「문학자의 자기비판」, 『인민문학』 창간호, 1946.2. (김남천, 『김남천 전집
   II』, 정호웅·손정수 엮음, 도서출판 박이정, 2000, 515~516쪽에 재수록).
2 구재진, 「〈해방전후〉의 기억과 망각 – 탈식민의 서사전략」, 『한중인문학연구』 17집,
   한중인문학회, 2006.
3 이양숙, 「해방기 문학비평에 나타난 '기억'의 정치학」, 『현대문학연구』 28권, 한국현
   대문학회, 2009.

들은 "문인으로서 본질적으로 점검해야 할 '자기비판'의 문제조차 정치적인 관점으로 접근"하였으며 또한 "자기비판의 문제를 새로운 국가 건설이라는 미래에 대한 정열로 치환함으로써 문제 자체를 무화시"켰다고 밝히고 있다. 요컨대 자기비판담론은 "고백(참회)하는 주체가 윤리성을 선점하기 위한 정치학"으로 변질된 것이다.

오태영[4]은 위와 같은 정치적 "치환" 및 변질을 가능케 했던 구체적인 계기에 대해 자기 테크놀로지라는 장치를 도입하며, "해방기라고 하는 특정 시기 자체가 한 개인으로 하여금 기억의 전략적 감추기를 통한 (자기비판문제에 있어 : 인용자) 자기기만을 가능케 했다"는 점을 논증, 해방기 서사 문학을 "자기의 정치학", 즉 새로운 국가 건설에 적합한 '나'를 재구축하기 위한 기획으로 정리하고 있다.[5]

해방기와 당대의 비평 및 서사문학에서의 문학가들의 양태를 분석하는 위의 논문들을 종합하면 다음과 같다. 해방기 '자기비판'의 문제는 문

---

4 오태영, 「해방과 기억의 정치학-해방기 기억 서사 연구」, 『한국문학연구』 39집, 동국대학교 한국문학연구소, 2010.

5 그 외에도 유석환은 "해소되지 않았던 자기비판의 과제가 권력투쟁 과정에서 많은 이들에게, 특히 한반도 '안'에서 해방을 경험했던 작가들에게 아킬레스건"이 되었음을 지적하며 한반도 안의 문학가들이 스스로를 정당화하기 위해 한반도 '밖', 무장투쟁의 서사를 배제했다고 주장함으로써, 자기비판의 과제가 실패했을 뿐 아니라 그것이 권력투쟁의 도구로 이용되었음을 밝히고 있다. (유석환, 「한반도의 안과 밖, 해방의 서사들」, 『상허학보』 29호, 상허학회, 2010) 또한 후속 연구에서 구재진은 '윤리'와 '정치'를 구분하여, 그 불가피한 긴밀성으로 해방기를 규정하고, "자기비판 소설 가운데서 진정한 의미의 '윤리'의 모습을 발견하기(는) 어려운 것"으로, 그것이 대체로 "일제 말기 자신의 행위를 합리화시키"는 "자기옹호로 귀결"됨을 밝히고 있고 있다. 다른 한편 「도정」 분석을 통해, 이와 구분되는 "절대적인 반성", "진정한 반성" "자유와 책임의 윤리"의 가능성을 기술하는데, 그러나 '양심'을 기준으로하는 극단적 반성행위가 '공산당'과 같은 이념 및 공동체 없이 독립적이고 자율적 윤리적 주체를 정립할 수 있는지에 대해서는 논쟁적이다. (구재진, 「해방 직후 자기비판소설의 윤리성과 정치성」, 『비교문학』 47집, 한국비교문학회, 2009)

학가 및 그 시대의 근본적인 문제임에도 불구하고, 충분히 숙고되지 않은 채 국가 건설이라는 실천적이고 정치적인 차원으로 넘어갔다. 그 결과 해방기 자기비판담론은 지식인의 친일 행적의 속죄를 위한 하나의 장치였을 뿐 아니라, 나아가 새로운 사회에서 자신의 주도권을 공고화하기 위한 전략으로 규정된다. 정리하자면 자기비판담론을 통해 구성된 해방기는 '자기기만'의 시대로, 그 당대의 문학은 정치와의 긴밀한 연계 속에서 통치의 도구이자 장치로 복무한다.

　그러나 위와 같은 규정에는 해방기 당대 근대국민국가 건설의 불가피성 및 당위성에 대한 조금 더 조심스러운 접근이 보태져야 한다. 베스트팔렌 체제 이후 국가 건설이라는 과제는 탈식민 조선 민족의 입장에서, 공동체의 정초 및 생존권, 인권을 보장하는, 일종의 절대적 과제이기 때문이며, 국가-공동체의 건설이 이루어지지 않는 이상, 그 어떤 문학할 자유도 보장되지 않기 때문이다.[6] 요컨대 "미래에의 열망이 모든 것을 압도하는 해방직후의 시대적 상황"은 단순히 열망과 희망의 차원이 아닌, 생존권 및 인권, 나아가 문학인의 문학할 최소한의 자유의 조건 차원에서 논의되어야 하는 것이다.[7][8] 더불어 무엇보다 고려되어야 할 것은 자기비판담론

6　"국적박탈은 전체주의 정치의 강력한 무기가 되었고, 국가적으로 보장된 권리를 상실한 사람들에게 인권을 보장해주지 못하는 유럽 국민국가의 헌법적 무능력 때문에 … 박해자들이 지구의 쓰레기라 부르며 추방한 사람들은 곳곳에서 지구의 쓰레기로 받아들여졌다." (한나 아렌트, 『전체주의의 기원 1』, 이진우·박미애 옮김, 한길사, 2006, 492쪽) 이와 같은 아렌트의 설명에 따르면, 요컨대 근대국민국가 체제의 현실 속에서 국가의 부재는 인권 보장의 실패로 귀결된다. 이는 부정적이며 한계적인 현실이지만, (이를 극복하기 위해서라도) 여기서 출발해야 한다. 덧붙여 "사회(따위는)는 없다"라는 대처의 선언 이후, 신자유주의 상황에서 문학 행위의 어려움을 상기할 필요가 있겠다.

7　해방기 당대의 아노미적 사회상에 대해 덧붙이자면 다음과 같다. "해방 직후 절도나 강도, 살인 등의 죄목으로 수감되는 죄수의 수도 해방 직전에 비해 두 배 가량 늘었다. … 미군정이 쌀의 수급을 시장 기능에 맡기자마자 시중에서는 '풍년 기근'이라는 의도하지 않은 결과가 나타났다. 풍년에도 불구하고 시울을 위시한 도시에서 쌀을 구경하

이 탈식민 조선, 해방기 고유의 문제만이 아닌, 국가 건설 및 통치 구조와
관련하여 모든 역사에서 발견되는 보편적인 문제–장치였다는 사실이다.

고대 이집트 정치를 연구하는 얀 아스만에 따르면, 역사라는 '기억'의
행위는 법적 '강제' 및 '명령'에 의해 창출된 '세계' 및 '믿음'을 전제로
하였을 때만이 가능하다. 그러나 그러한 강제만으로는 공동체가 결코 형
성, 유지될 수 없는 것으로, 강제와 더불어 어떤 보상체계가 구비되어야
한다. 그 가운데 죄의식과 속죄의식(ceremony)은 처벌과 보상이라는 상
벌체계에 있어 핵심적인 내용으로 기능한다. 그리고 국가는 위와 같은
죄의식–속죄의 체계를 국가 기관화함으로써 국가의 안전과 보전을 달성
한다.[9] 이러한 논의는 근대 초 스피노자의 『신학정치론』[10]과 이를 오늘
날의 문제로 재전유하는 에티엔 발리바르[11]의 논의에서 재차 발견된다.

기가 어려워진 것이다. 이에 미군정 당국은 한 달도 못 가 국가적 비상 사태를 선언했
고… 남한 사회는"투기와 매점매석, 밀매, 과소비, 인플레이션, 그리고 기아에 따른 난
장판"이 되었다고 기록했다. … 마침내 1946년 가을, 혁명에 가까운 농민 봉기가 … 그
해 연말까지 전국으로 확산되었다." (전상인, 「해방 공간의 사회사」, 박지향·김철·김
일영·이영훈 편, 『해방 전후사의 재인식 2』, 책세상, 2006, 151~164쪽)

8 "일종의 절대적 과제"라는 표현이 불러일으킬 오해를 줄여보자면, 본고는 '국가' 이후
의 공동체를 상상하고 달성해가는 도정에 찬성하며, 다만 이를 실현하는 방법에 있어
'국가 이전'의 것이 아닌, 국가와 더불어 국가 안에서 국가를 부정하며 나아가는 것이어
야 한다는 변증법적 입장을 견지한다.

9 "(Historical) acton takes place within a legally structured space. … the memory
(is) linked to longterm covenants and to the acceptance of binding agreements
and laws. The obligation … through sate-organized communities also applied
to the future, and together with the resultant area of action, they formed the
"world" and also the socially conceived time in which remembered history took
place.… historical memory, as it originated in Ancient East, is connected to
guilt and an awareness of guilt arising from the breaking of oaths and contracts."
(Jan Assmann, "The Birth of History from the Spirit of the Law", *Cultural
Memory and Early Civilization*, Cambridge University Press, 2011, pp.207~231)

10 B. 스피노자, 『신학정치론』, 황태연 옮김, 비홍출판사, 2013, 255~271쪽.

요컨대 스피노자를 따라 발리바르는 모세의 신정국가라는, 종교(초월성)를 위시한 강제적인 공동체의 정초 및 그에 기반한 신적–도덕 통치가 군주정과 귀족정, 민주정의 기원으로서 존재하고 있음을, 나아가 그 유산은 '민족주의'를 중심으로, "근대 정치 사회"에 여전히 현재적인, 즉 "모든 현실 국가에서 발견할 수"있음을 논증하고 있다.[12]

　사회의 형성은 단지 적들로부터의 안전을 위해서 뿐 아니라 효과적인 경제조직을 위해서도 유리한 것이고, **절대적으로 필요하기조차 한 것이다.** 만일 사람들이 상호원조를 제공하지 않는다면, 그들은 가능한 최대의 범위까지 자신들을 지탱하고 보존하기 위한 기량과 시간을 갖지 못할 것이다. … 그런데 만일 인간이 진정한 이성이 명한 것만을 욕구하도록 본성적으로 **구성되어 있다면, 사회는 어떠한 법도 필요로 하지 않을 것이다.** … 그러나 인간의 본성은 아주 다르게 구성되어 있다. 모든 사람은, 진실로, 자신의 이익을 추구하지만, 결코 건전한 이성의 지령에 따라서 그리하는 게 아니다. 왜냐하면 그들이 추구하고 유익한 것으로 판단하는 대부분의 목표들은 오로지 세속적인 욕망에 의해서만 결정되며 그들은 미래나 다른 중요사항을 고려하지 않는 자신의 감정들에 의해 휘둘리기 때문이다. 그런고로 사

11　에티엔 발리바르, 『스피노자와 정치』, 진태원 옮김, 그린비, 2005, 70~78쪽.

12　위와 같은 인식은 상식적인 차원으로 논의될 수 있으나 동시에 어떤 낯섦과 불편함을 야기한다. 이는 우리가 자유주의적 사회계약론에 익숙한 탓이 크다. 개인의 천부인권과 같은 낭만적 자연권, 인권 개념에 입각한 '자유'개념은 천부적 자유(자연권)를 본래적으로 소유한 개인이 그가 소유한 자연권을 국가에 기꺼이 이양함으로써 자연상태에서 벗어난다는 점을 강조한다. 이러한 자유 개념은 자연권 이양 이후, 계약한 사회 상태에서도 국가를 감시하고 국가에 참여할 권리가 있다는 '개인' 중심의 자유주의적 정치 철학의 전통으로 이어진다. 그러나 문제는 이와 같은 낭만적인 '자유' 개념에 입각한 자유주의 정치 철학 이데올로기가 오늘날 도처에서 발견되는 사회의 자연상태적 불완전성을 충분히 해소할 수 없다는 점이다. 이를테면, 사회 문제 해결에 있어 모호한 인권에 호소하는 식의 주장은, 효과의 차원에서 도덕적 언설에 그치기 십상이다. 이와 관련해서는, 진태원, 「『신학정치론』에서 홉스 사회계약론의 수용과 변용 – 스피노자 정치학에서 사회계약론의 해체 I」, 『철학사상』 19호, 서울대학교 철학사상연구소, 2004 참고.

> 회는 정부 및 강제 없이, 따라서 사람들의 강한 욕망과 제멋대로인 충동을
> 통제하고 억제하기 위한 법이 없이는 존속할 수 없다.[13]

국가 및 공동체의 정초에 있어 '강제력'은 필수적인데, 그 강제력은
단순한 물리적 강제력만이 아닌, 참여하는 사람들을 '공포'(불이익)와 '더
큰 이익'을 통해 설득시킬 수 있는 온건한 강제력이어야 한다. 자기비판
은 위와 같은 온건한 강제력을 원활하게 작동시킬 수 있는 하나의 장치
로서, '양심'의 역할을 최고주권자-신에게 위탁하여 신-국가가 죄의식
의 처벌 및 보상을 가능케 한다.[14] 이처럼 '양심'의 문제는 국가-공동체
의 정초에 필연적인 장치로 도입된다.

그러므로 해방기 자기비판담론은 적극적으로 내면화된 죄의식-처벌,
보상 체계의 한 형태로, 대중(multitudo)들의 "강한 욕망과 제멋대로인
충동을 통제하고 억제하기 위한 법"을 정초하고, 근대국민국가와 사회(공
동체)를 온건하게 유지하기 위한 필수적인 장치인 것이다. 정리하자면 자
기비판담론은 인권과 생존권 차원의 근대국민국가 건설에 우선적으로 요
청되는 필수적인 장치였던 셈이며, 그러므로 해방기 자기비판담론에 대
해 개인의 전략적 활용 및 환원에 의한 기만적 담론이라는 기존의 부정적
판단은 정정될 필요가 있다.

---

13 B. 스피노자, 앞의 책, 97쪽.
14 "지금까지 학자들은 맹세라는 제도를 … 거짓맹세를 처벌함으로써 맹세의 효력을 보
증하기 위해 개입하는 신적인 힘 또는 '종교적인 힘'들과 관련시켜 설명해왔다.… (교회
는) 맹세와 저주를 특수한 법적 제도들로 전문화(하였다.)"(조르조 아감벤, 『언어의 성
사』, 정문영 옮김, 새물결, 2012, 136~137쪽) 이와 같이 초월성을 국가가 전유함으로
써 진행되는 처벌-보상적 통치체계 및 그에 기반한 법 체계는 민주주의의 관점에서
매우 문제적으로 비춰진다.

　　자아 이상이 우리가 인간의 고차원적 성격에 대해서 걸 수 있는 모든 기대에 부응한다는 것을 보여 주기는 쉬운 일이다. … 자아가 자신의 이상에 미치지 못한다고 선언하는 자기 판단은 신자가 그의 열망 속에서 호소하는 **종교적 겸손감**을 낳게 한다. … 〈양심〉의 요구와 자아의 실제적 수행 사이의 긴장은 〈죄의식〉으로 경험된다. 사회적 감정은 다른 사람들과 같은 자아 이상을 갖고 있다는 것을 바탕으로 한 그들과의 동일시에 의존하고 있다. … 사회적 감정은 그 당시 젊은 세대의 구성원들 사이에 남아 있던 **경쟁 심리를 극복하기 위한 필요성에서 나온 것이다.** … 오늘날도 한 개인의 사회적 감정은 그의 형제 자매들에 대한 시기적 경쟁심 위에 세워진 상부 구조로서 나타나곤 한다. 적개심은 충족될 수 없으므로 **경쟁 대상자들과의 동일시가 발생한다.**[15]

　더불어 자기비판담론은 공동체의 보전에 있어 다른 긍정적 기능들을 수행하는데, 이를테면 당시 공산주의로 대표되는 이념이라는 자아 이상(초자아)은, 개인(자아)들의 죄의식에 기반한 '사회적 감정'으로서, 경쟁과 질투를 억압하고 개인들을 국가-사회 속으로 통일하고 있다. 이러한 갈등의 조정 기능은 '시민인륜의 정치'로서 공동체(동일성) 내부의 차이와 갈등을 반폭력적으로 조정함으로써 오늘날 해방의 정치(정체성 정치) 및 변혁의 정치(마르크스주의)의 조건으로 작동한다.[16]

15　지그문트 프로이트, 「자아와 이드」, 『정신분석학의 근본개념』, 박찬부 옮김, 열린책들, 2003, 378~379쪽.
16　문학의 정치성과 관련한 논쟁에서 항상 문제적인 지점은 바로 서술어로서 '정치'라는 개념이었는데 본고는 에티엔 발리바르의 「정치의 세 개념」을 기준으로 '정치들'의 의미를 규정한다. 그 중 본고가 집중하는 '정치'는 '시민인륜의 정치'로 이는 해방기 – 자기비판담론이 제기하는 아포리아와 상통한다. '시민인륜의 정치'에 대한 설명을 덧붙이자면 다음과 같다. "정치가 총체적인 동일화와 부유하는 동일화의 불가능한 한계들 사이에서 동일화들의 갈등을 해결하는 한에서 그러한 정치를 시민인륜이라고 부를 것이다. 이러한 의미의 시민인륜은 확실히 모든 폭력을 제거하는 정치는 아니지만, 그것은 정치(해

이처럼 자기비판담론은 공동체의 정초 뿐 아니라, 그것의 유지 존속 및 발전의 주요한 장치로서 작동한다. 요컨대 자기비판담론은 공동체의 방향에 대한 사안, 즉 그 내용 및 진정성과는 무관하게, 자기비판담론 그 자체가 '정치체'(政治體)의 형성 및 보존에 필수적인 것이다.

> 정상적인, 의식적인 죄의식(양심)에 대한 해석은 아무런 어려움을 제기 하지 않는다. 그것은 **자아와 자아 이상(초자아) 사이의 긴장에 바탕을 두고 있으며 자아의 비판 세력에 의해서 자아에 내려진 유죄 판결의 표현**이다. … 두 개의 대단히 흔한 질병(**강박 신경증과 우울증 : 인용자)의 경우는 죄 의식이 강력하게 의식되어 있는데**, 이때 **자아 이상이 특별히 가혹하게 작 용하고 자아에 대해서 잔인하게 날뛰는 경우**가 허다하다. … 〈무의식적〉 죄의식이 사람들을 범죄자로 바꾸어 놓을 수 있다는 발견은 놀라운 일이 다. 그러나 그것은 의심할 나위 없는 사실이다. 많은 범죄자들에게, 특히 젊은 층의 경우, 범죄 이전에 존재했던 매우 강력한 죄의식을 탐지해 낼 수 있다. 그러므로 그 **죄의식은 범죄의 결과가 아니라 동기인 것**이다.[17]

> 우리는 히브리 인민의 **이 놀라운 연대**(신정에 의한 공동체 형성 : 인용 자)가 치러야 하는 대가를 접하게 된다. … **신에 대한 공포와 불경에 대한 강박적인 공포라는 가장 참기 어려운 형태의 공포의 문화**(에서)… 연대가

방, 변혁)를 위한 (공적, 사적) 공간을 부여하고 폭력 그 자체의 역사화를 허용하는 방식 으로 동일화의 극단성들 사이를 벌려 놓는다." (에티엔 발리바르, 「정치의 세 개념」, 『대중들의 공포』, 최원 옮김, 도서출판b, 64~65쪽) "동일성 … 이 영역에 자연성이란 없고 동일화의 과정, 또는 항상 이미 주어진 관개인적 "공동체"와의 관계 속에서 유사성 과 상징적 소명(召命)이라는 보완적인 수단에 따라 역사 속에서 인간적 개인성의 형태들 을 생산하는 과정이 있(다.)" (에티엔 발리바르, 「모호한 동일성들」, 위의 책, 442~443쪽) 시민인륜의 정치는 불가피한 폭력과 배제를 양산하는 끝없는 "동일화의 과정"에 개입하 는 '정치'로서, 본고는 해방기 - 자기비판담론의 아포리아(공동체의 보존 문제)에서 출 발하는 시인 및 시의 모색은 위와 같은 시민인륜의 정치에 해당한다고 전제한다.
17 지그문트 프로이트, 앞의 글, 395~398쪽.

개인들의 동일시/정체화에 의존하게 될 때, 그것은 자신의 대립물로, 곧 위험에 가득 찬 고독으로 변화한다. 각 개인은 매 순간마다 신의 판단을 두려워하면서 이러한 불안을 타자에게 투사하며, 그가 공동체에 신의 분노를 야기시키지나 않을까 의심하면서 그의 행동을 감시한다. 각자는 결국 다른 사람을 잠재적인 '내부의 적'으로 간주하게 된다. 이렇게 되면 '신학적 증오'는 의견들과 야심들이 낳는 모든 갈등을 일으킬 수 있으며, 이 갈등이 화해될 수 없게 만든다.[18]

그러나 자기비판담론이라는 장치는 역설적으로 공동체의 보존의 문제에 있어 심각한 결점을 내장하고 있다. 어떤 조정도 없다면, 개인(자아)과 이념(초자아) 사이에서 발생하는 죄의식은, 개인적 수준에서 정신질환과 같은 증상과 범죄로 이어지며, 사회적 수준에서 공동체의 와해, 즉 끝없는 '내전'을 피할 길이 없다. 그렇다면 여기서 어떤 딜레마가 작동하고 있음을 확인할 수 있다. '자기비판'-'죄의식'-'속죄'-'처벌'-'보상'과 같은 일련의 통치 양식은 개인의 생존 및 자유를 위한 국가-공동체의 정초 및 유지에 필수적이지만, 개인은 위와 같은 통치 속에서 감당하기 어려운 정신적 고통을 겪고, "신학적 증오"에 따라 국가-공동체는 와해된다.

그러므로 해방기-자기비판담론은 필수적이지만 동시에 불가능한 질문으로 접근될 필요가 있다. 지금까지 본고의 논의에 따르면 인민의 생존 및 인권이 달린 국가-공동체의 정초 문제에 있어 자기비판담론은 화급하게 요청되는 장치이지만, 이후에도 자기비판담론이 계속해서 유지된다면 궁극적으로 애초의 목적을 배반하는 결과를 낳게 된다. 그리고 당대의 민감한 문인이라면 위와 같은 딜레마 속에서 스스로를 위치시키지 않을 수 없는데, 양심의 수준에서 수행되는 자기비판의 결과는 대개

---

18 에티엔 발리바르, 『스피노자와 정치』, 75~76쪽.

개인적 차원에서 증상으로, 나아가 공동체 차원에서의 불가능성의 감지
로 이어지기 때문이다.[19]

> 그러니까 모처럼 얻은 자유를 완전 독립에까지 국제적으로 보장되는 길을
> 택할 수밖에 없다는 것, 이왕조의 대한이 독립전쟁을 해서 이긴 것이 아닌
> 이상, '대한' '대한' 하고 전제제국 시대의 회고감으로 민중을 현혹시키는
> 것은 **조선 민족을 현실적으로 행복되게 지도하는 태도**가 아니라는 것…[20]

사안의 화급성 및 딜레마적 상황을 전제한다면, 이태준의 진술은 자기
비판담론의 기만적 전유 및 합리화라는 관점에서 평가되기보다는, 딜레
마 속에서 우선적으로 선택한, 즉 불가피한 국가-공동체의 정초라는 선
택으로 이해될 수 있다. "전제 제국 시대", 피식민 경험밖에는 없는 남루한
대중(vulgus)인 조선 민족을 "현실적으로 행복되게 지도하는 태도"의 차원
에서 접근하는 것이다. 그러므로 위와 같은 문학인의 태도에 대한 평가는
공동체의 정초를 위한 결정 그 자체만으로 논의되기보다, 공동체의 정초
이후의 문제, 즉 자기비판담론이 야기할 개인 및 공동체의 파괴 문제와
함께 논의되었을 때 보다 정당한 평가가 될 수 있겠다. 요컨대 자기비판담
론이라는 딜레마적 상황에 대한 문학적 모색의 존재 여부 및 그 방법에
따라 당대 문학가 및 문학 작품을 재평가해볼 수 있는 것이다.[21]

---

19   대표적으로 최인훈 소설에서 등장하는, 어린 시절 강요된 '자아비판' 장면은, 이후
   작가의 트라우마로 작동하여 공동체와 자아 사이의 관계의 불가능성("난민의식")을 야
   기하고, 이를 극복하는 문학적 모험을 작동시킨다. 이와 관련해서는 김주연, 「체제변
   화 속의 기억과 문학」, 『황해문화』 3호, 새문화재단, 1994; 방민호, 「최인훈의 『화두』
   와 조명희의 「낙동강」」, 『서정시학』 24권 4호, 서정시학, 2014 참조.

20   이태준, 「해방 전후」, 『이태준 전집 3』, 소명출판, 2015, 308쪽.

21   자기비판담론은 문학가들이 피식민 조선 민족을 외면한 친일 이력을 주요 비판 대상
   으로 삼는 것으로, 이는 '나'의 보존을 위해 민족 공동체 개개의 권리와 자유를 탈취한

딜레마에 대한 순차적 해결 방법일 이태준의 방법에 따르면, 우선 문학가들은 공동체를 구축하기 위한 정치적 "십자가"[22]를 질 수밖에 없다. 그리고 이후, 공동체의 딜레마를 상대하는 문학의 정치-모험을 수행함으로써 기존의 미봉책으로서의 '역사'를 반성하게 하는 문학적 실천을 통해 다른 역사를 환기해야 한다. 즉 해방기 문학가들은 이를테면 「해방 전후」의 김직원과 같은 당대인들 및 현대의 연구자들에게까지 지탄을 받는 그 오욕의 십자가를 지고서 골고다 언덕에 이르러야 하고, 이후 '죽음'과 '부활'의 사건을 통해, 즉 예술작품을 통해 우리에게까지 이를 수 있어야 한다.

그러므로 위와 같은 해방기-자기비판담론의 구도에서 우리는 이용악의 시적 실천을 두 방향에서 살펴볼 수 있겠다. 하나는 시민이자 지식인으로서 이용악에 의한, 개인과 공동체의 생존을 위해 국가 건설 및 유지에 전념하는 태도로, 일련의 "선전과 선동에 국한된 도구적 시-쓰기"[23]가 이에 해당할 것이다. 다른 하나는 예술가 이용악에 의한 예술적 실천으로서, 불가능성(타자성)을 외부로 투사하는 것이 아닌, 이를 상대하고 되살아 내는 태도[24]로, 이른바 다소간 난해한 서정적 시편들이 이에 해당할 것이다. 그리고 본고는 일제 말에 쓰이고 해방기에 출간된 『오랑캐꽃』을 후자의 태도로 살펴봄으로써, 예술가로서 이용악 및 딜레마적

행적이었다. 그러므로 자기비판담론을 수행하는 주체라면 민족 공동체가 최소한의 생존권 및 인권을 다시금 박탈당할 수 있는 급박한 상황과 이후 공동체가 맞이할 딜레마에 대해 외면할 수 없다.

22 이태준, 앞의 책, 309쪽.
23 이현승, 「이용악 시 연구의 제문제와 극복 방안」, 『한국문학이론과 비평』 62호, 한국문학이론과 비평학회, 2014, 257쪽.
24 "문학은 '거지 있음'을 자신의 사건으로 되삶으로써, 존재한다. 문학은 그 '되삶'의 생산이다." (강계숙, 「'시의 정치성'을 말할 때 물어야 할 것들」, 『우울의 빛』, 문학과지성사, 2013, 169~170쪽)

해방기에 응전하는 시(예술작품)의 '정치'를 구체화하고자 한다.

3. 『오랑캐꽃』의 이용악 : 불화하는 서정시(인)

해방기 이용악의 시작활동과 관련해서 적지 않은 연구가 축적되어왔다. 강호정[25]은 이용악의 시작 활동을 "생활인"의 "소시민성"을 극복하는 과정, 즉 "현실변혁을 위한 투사"로 변모해가는 도정으로 보고 있으며, "서정성을 버리고 현실 변혁에 참여하겠다는 의지를 드러내는 것 역시 해방기라는 시대가 낳은 하나의 현상"이라며 해방기를 규정하고 있다. 이경수[26]는 보다 종합적으로, "일제 말과 월북 이후의 이용악을 연속성을 가지고 이해"하는 맥락에서, '해방기 이용악'의 시적활동을 "시적 선택"으로 살펴보는데, "식민지 말기의 행보에 대한 일말의 부채감", 즉 친일과 칩거 사이의 방황과 양심적 가책은 해방기 이용악을 치열한 "거리의 시인"으로 거듭나게 했다고 주장한다. 마지막으로 한아진[27]은 본고와 동일하게 자기비판담론에 주목하지만, 해방기 작가의 정치적(실천적) 행적과 시적 변모 사이의 유의미한 관계를 논증함으로써, 자기비판담론을 당대 작가 이용악의 '윤리성', 즉 "소시민성을 극복할 수 있는 진정성"의 주체 마련을 위한 과정으로 해석한다.

선행연구의 흐름을 종합하면, '해방기의 이용악'은 양심적 가책을 야

---

25 강호정, 「해방기 시에 나타난 시와 시인의 위상」, 『한국시학연구』 33호, 한국시학회, 2012.

26 이경수, 「식민지 말기와 해방기의 이용악의 시적 선택」, 『근대서지』 12호, 근대서지학회, 2015.

27 한아진, 「해방기 이용악의 자기비판과 시적 변모」, 『한국현대문학연구』 46호, 한국현대문학회, 2015.

기하는 일제 말의 행적과 월북이라는 선택 사이에 위치 지어지며, 이로
써 해방기 이용악의 작품은 죄의식을 씻고 윤리적 주체로 혹은 정치적
투사로 나아가는 변모의 과정적 산물로 독해된다. 각각의 연구는 정교한
논증을 통해 충분한 설득력을 갖고 있으나, 문제는 시편들을, 특히 예술
작품으로서 『오랑캐꽃』의 서정시들을 '해방기-이용악'의 시편들로, 즉
당대에 속박된 시인의 정황과 의도의 반영만으로 해석하고 있다는 것이
다. 요컨대 이용악의 실제 정치적 이력들이 시편 해석의 결정적인 원인
으로 설명되는 것이 문제적이다.[28] 나아가 기존 연구 경향을 따르면, 윤
리적이든 정치적이든, 해방기 및 월북 이후 당대와 불화하는 이용악은
소멸되고 당대에 긍정적이며 이에 적극적으로 호응하는 이용악과 그 작
품들을 얻을 뿐이다.[29] 이곳에서 근대 예술의 발본적 '불화'를 찾아보기

---

28 "미학 외적인 객관적 상황에 대한 진정한 예술 작품의 입장은 그 객관적 상황이 생산
과정에도 개입하였다는 데에서 찾는 것은 별로 적합하지 못하다. 예술 작품은 자체로
서 그러한 객관적 상황에 등을 돌림으로써 대처하는 하나의 반응 방식이다. … 어떠한
예술도 전제 조건이 없는 경우는 없다. 또한 그와 같은 전제 조건들을 예술에서 제거하
는 일도 불가능하다. 그러나 예술을 그러한 전제조건으로부터 필연적인 것으로서 추론
하는 일은 있을 수 없다."(테오도르 W. 아도르노, 『미학 이론』, 홍승용 옮김, 문학과지
성사, 1984, 282쪽)

29 예술은 당대와 불화함으로써 항상 '미래'에 존재한다는 릴케의 예술론을 참고하면 다
음과 같다. "어쩌면 항상 그러했을 것이다. 어쩌면 항상 한 시대와 위대한 예술 사이에
는, 거기서 생겨난 광활한 낯선 지역이 있었을 것이다. 어쩌면 항상 예술작품들은 오늘
날에도 그런 것처럼 그렇게 고독했을 것이다. … 왜냐하면 모든 다른 사물과 구별되는
것은 예술작품이 바로 미래의 사물이라는 상황 때문이다." (라이너 마리아 릴케, 「예술
작품」, 『릴케 전집 11 : 예술론(1893~1905)』, 장혜순 옮김, 책세상, 2001, 383쪽) "경
건한 사람이 "그는 존재한다"라고 말하면, 슬퍼하는 사람은 "그는 존재했다"라고 느끼
고 예술가는 "그는 존재할 것이다"라며 미소 짓는다. 예술가의 믿음은 믿음 이상의 무
엇이다. 왜냐하면 예술가 스스로 이런 신에 종사하기 때문이다. 신이 모든 힘과 모든
이름으로 장식되어 드디어 후대의 증손자 속에서 완성하기 위해, 예술가는 어떤 관조,
어떤 인식을 통해서 나 자신의 조용한 기쁨 곳곳에서 신에게 힘과 이름을 부여한다.
그것은 예술가의 의무다." (라이너 마리아 릴케, 「예술론」, 위의 책, 167쪽)

란 어렵다. 이는 각각 작품의 자율성과 시인의 자율성을 침해하는 것으로, 결과적으로 시편의 산문화이자 예술가 시인을 계몽적 지식인으로 환원시키는 셈이다. 월북 및 공산주의라는 이념의 선택이 반드시 위와 같은 결론으로 귀결될 이유는 없다.

본고는 2장에서 해방기-자기비판담론을 오늘날에도 유효한 정치체의 보편적 아포리아로 재전유함으로써, 이에 대응하는 두 가지 태도를 즉, 국가-공동체를 정초하는 적극적인 지식인의 태도와 더불어 자기비판담론의 파괴성을 자각하고 이를 지양하기 위해 문학적 모색을 수행하는 예술가의 태도를 살펴본 바 있다. 이에 덧붙여 선행연구들과 보다 구분되는 지점을 주장하자면, 국가-공동체의 건설 및 보존 단계에서 위의 두 태도는 부정적인 분열로 인식됨에 따라 반드시 통일로 이어져야할 필요가 없으며[30], 모순적인 두 태도 모두를, 특히 후자의 태도를 끝까지 고수하였을 때만이, 오늘날에도 유효할 문학의 사회성과 정치성[31] 획득

---

[30] "(지양이란) 단순한 지성적인 이것인가 저것인가를 넘어서는 방법론, 결국 변증법의 원리(로서)… 어떤 개념의 한계와 결함을 명시하고…(그 결함들이) 전부 버려지는 것이 아니라 '구별'이라는 '개념'을 포함한 '동일성', 즉 '근거'라는 고차적인 '개념'에서 동시에 '보존'되는 것"(다카야마 마모루, 「지양」, 『헤겔사전』, 이신철 옮김, 도서출판b, 2009, 391~392쪽)으로, 지양은 결코 단순 배제가 아닌, 부정적인 것의 발견 및 이것과의 (끝없는) 대결을 통해 보다 '구체적'이고, '전체적인 것'을 향해 가는 방법론이다. 인물을 목적론(연속성 및 발전)의 차원에서 살펴보는 것 자체가 부정될 필요는 없으나, 그것이 A→B와 같은 급속한 변화, 선택이 아닌, (부정)변증법적 변모로 이해하는 것이, 즉 반복적인 재대결로 인식하는 것이 오늘날에 유사한 문제를 품고 있다고 가정된 그 인물을 비추어봄에 있어 보다 생산적일 것이다.

[31] 본고는 문학의 윤리성을 강조하는 '정치성' 뿐 아니라 공동체 및 그것의 관계양상을 중시하는 '사회성'을 강조하는 다음과 같은 문장을 따른다. "사회적 지평은 개인들이 저마다 자신의 주관적 윤리에 집착하는 한 열리지 않는다. 왜냐하면 사회란 개인들의 '관계'이기 때문이다. 그 관계가 합당해야 하는 것이다."(정과리, 「문학의 사회적 지평을 열어야 할 때」, 『1980년대의 북극꽃들아, 뿔고둥을 불어라』, 문학과지성사, 2014, 35쪽) 그동안의 사회성은 급진적 정치성의 발현을 가로막는, 일종의 '복지국가'와 같

이 가능할 것이다. 그렇다면 위와 같은 구도에서 『오랑캐꽃』의 주요 시편들을 살펴보자.

> −긴 세월을 오랑캐와의 싸움에 살았다는 우리의 머언 조상들이 너를 불러 '오랑캐꽃'이라 했으니 어찌 보면 너의 뒷모양이 머리태를 드리인 오랑캐의 뒷머리와도 같은 까닭이라 전한다 −
>
> 아낙도 우두머리도 돌볼 새 없이 갔단다/도래샘도 띳집도 버리고 강 건너로 쫓겨갔단다/고려 장군님 무지 무지 쳐들어와/오랑캐는 가랑잎처럼 굴러갔단다//구름이 모여 골짝 골짝을 구름이 흘러/백년이 몇 백 년이 뒤를 이어 흘러갔나//너는 오랑캐의 피 한 방울 받지 않았건만/오랑캐꽃/너는 돌가마도 털메투리도 모르는 오랑캐꽃/두 팔로 햇빛을 막아줄게/울어 보렴 목 놓아 울어나 보렴 오랑캐꽃
>
> −「오랑캐꽃」 전문[32]

다만 본고는 「오랑캐꽃」에 바로 접근하기 이전에 『오랑캐꽃』을 감명 깊게 읽은 한 소설가의 오래된 감상을 참고하고자 한다.[33]

수정주의의 하나로 인식되어, 넓게는 '안전', '통치' 등과 같은 다소간 부정적 개념들과 함께 묶여왔으나, 본고는 끝없이 갱신되어야할 참된 '자유'와 관련하여 위와 같은 '사회성'이 반드시 전제되어야 하며 그것(사회)의 구체적 양상 및 구조에 대한 비판적 규정이 '정치'와 '자유'로 이어질 수 있음을 주장한다. 그러므로 본고는 공동체−사회 건설에 적극적으로 참여함과 동시에 그러한 공동체−사회 구성 이념에 근본적으로 불화하는 태도를 견지하는 해방기 이용악의 시적 실천은 사회성과 정치성을 모두를 고려하는 방식으로 수행되었다고 주장한다.

32 이용악, 「오랑캐꽃」(『오랑캐꽃』, 아문각, 1947), 『이용악 전집』, 곽효환·이경수·이현승 엮음, 소명출판, 2015, 494쪽. (본고에서 인용하는 이용악의 시편들은 위의 전집을 따른다.)

33 『오랑캐꽃』의 대표적 시편인 「오랑캐꽃」과 관련한 최근의 유의미한 해석으로는 "타자−오랑캐, 이 오랑캐(꽃)−되기를 적극 수행함"으로써 일제의 "신체제론−동양담론−전쟁

오늘 또 한 개의 거울을 발견한다. 『오랑캐꽃』 이용악. 만나보지 못한 사람들이 이렇게 가깝다는 소식. 가깝게 느끼는 조건이 그들이 자기가 살고 있는 사회의 본질을 알기를 그르치지 않았다는 그 사실이다. 그들의 글을 점잖게 만들고 있는 그 조건이다. 자신들이 노예임을 알고 있다는 것. 그 앎이 그들의 글을 사람다움의 소식으로 만들고 있다. 사람은 나고 늙어가고, 병들고, 죽는다. 봄, 여름, 가을, 겨울, 비가 오고 눈이 오고, 꽃이 피고 열매가 익고. 사랑하고 결혼하며, 아이를 낳고, 만나고 헤어진다. 이것이 인생의 기본 가락이다. 적이 우리 땅을 점령하건 말건, 성군과 애국자가 정치를 하건 말건 여전히 진행되는 삶의 모습이다. 그런데도 식민지체제 아래에서의 선배들에게는 우리 땅이 적군의 총칼 아래 놓였다는 감각에 눈을 감고서는 꽃도 꽃이 아니며, 열매도 열매가 아니었다. … 이 사실을 없는 것처럼 여기고 이러저러하게 비켜가면서 부른 노래는, 결국 노래가 되지 못하고 만다는 것을 구보나 이용악은 잊어버릴 수 없었다.[34]

위의 감상에 따르면, 이용악은 이중의 노예임을 알 수 있다. 즉 "인생의 기본가락"으로서 "세월"의 노예이자, 동시에 "식민지체제"로서 "역사"의 노예이다. 대개 일반적으로 후자의 노예 됨만을 고려하기 쉬운데, 이는 이용악의 시편을 '식민지기' 혹은 '해방기'라는 특수한 시대에 고립시키고 만다. 이로써 '역사'의 다른 중요한 측면[35], 즉 자연이라는 사태─세

하는 주체에 포섭"되지 않을 수 있었다는 해석(정우택, 「전시체제기 이용악 시의 위치」, 『한국시학연구』 41호, 한국시학회, 2014) 및 이용악의 시쓰기를 "민중에 대한 애도를 수행하는 상징적이고 의식적인 행위"로 파악, 이와 같은 "애도" 및 "표상화"(민중→오랑캐꽃)의 수행을 통해 "식민지 현실을 견딜 수" 있었으며 이후 사회주의적 이데올로기 주체가 될 수 있었다고 주장하는 해석이 있다.(차성환, 「이용악 시에 나타난 식민지 민중 표상 연구─『오랑캐꽃』을 중심으로」, 『우리말글』 67호, 우리말글학회, 2015) 그러나 '되기'의 시쓰기는 선언이상으로 나아가기 어려우며, "핍박받는 민중 혹은 인민을 위한다는 확실한 명분"을 통해 "주체의 불안을 은폐"하는 시쓰기는, 시인의 자율성을 발견하지 못하고, 기만적 지식인에 환원된 시인의 모습을 질타하는 것에 다름 아니겠다.
34   최인훈, 『화두 2』, 문학과지성사, 2008, 57~58쪽.

월(타자성, 규정 불가능성)로부터 '희망'을 만들어내며 이를 견디어감으로
써 점차 문명화하는 보편사적 측면을 상실하게 된다. 더불어 역사-문명
(계몽)을 다시금 계몽하는 예술[36]의 역할이 위치할 자리를 축소시킨다.
이러한 감상을 토대로 「오랑캐꽃」을 살펴보면 다음과 같다.

「오랑캐꽃」에서 오랑캐꽃은 각각 1연과 2연에서 '역사'와 '세월'의 노
예로서 존재한다. 그리고 3연 도입부에서 알 수 있는 바, '역사'는 어떤
'꽃'에 '오랑캐 꽃'이라는 이름을 붙여주는 방식으로, 즉 '세월'의 노예를
다시금 역사의 노예로 만듦으로써, 궁극적으로 '세월'을 상대하고 있다.
역사는 오랑캐와는 전혀 상관없는 특정 개체에 어떤 소속과 경계, 배제
를 설정함으로써 나름의 역사를 이어가는 것이다. 그러므로 화자가 '두
팔로 막아주는' 따가운 '햇빛'은 세월의 지배일 뿐 아니라 동시에 기존
역사의 지배일 것이며, 「오랑캐꽃」은 세월과 역사 모두에 파괴된 노예적

---

35 "의지가 외부로 나타난 현상이 인간 행위이며, 그것은 여타의 자연적 사실들과 마찬
가지로 일반적인 자연의 법칙에 따라 규정된다. 역사는 이러한 현상들을 설명하는 것
이며… 자연은 흡사 다음과 같은 것을 의도한 것 같이 보인다. 즉 만일 인간이 가장
조야한 상태로부터 언젠가는 가장 정교한 기술의 발달과 사고방식의 내적인 완전성에
까지 도달하게 된다면 … 이러한 공로는 전적으로 인간 자신의 것이며 단지 자기 자신
의 힘으로만 이룩한 것이 되도록 자연이 의도한 것 같이 말이다. 그리고 이러한 사실은
마치 자연이 인간의 안녕보다는 인간의 이성적인 지존에 중점을 두고 있는 것처럼 보
이게 한다. 왜냐하면 인간사의 이러한 과정은 인간들의 무수한 고난을 요구하는 것이
기 때문이다. 그러나 자연에는 인간에의 안녕을 보장해 줄 수 있는 것은 아무것도 없는
것 같다. 오히려 자연은 인간으로 하여금 자신의 삶과 안녕을 추구하게 함으로써 그만
큼 자신을 값어치 있는 인간으로 만드는 것 같다. 이것과 함께 항상 이상하게 여겨지는
것은 다음과 같은 사실이다. 즉, 앞 세대 사람들은 단지 다음 세대 사람들을 위해서
고생을 하며… 즉 어떤 유의 동물이 이성을 가지고, 이성적 존재의 유에 대해 각 개별
자들은 모두 죽지만 그 유만은 불멸함으로써 그들의 소질을 완전하게 계발한다고 가정
한다면, 그것은 또한 동시에 필연적이기도 하다."(임마누엘 칸트, 「세계 시민적 관점
에서 본 보편사의 이념」, 『칸트의 역사철학』, 이한구 편역, 서광사, 2009, 23~29쪽)
36 "지배를 하는 정신은 예술의 도구이지, 예술의 목적이 아니다."(테오도르 W. 아도르
노, 앞의 책, 127쪽)

삶에 대한 비가(悲歌)가 아닐 수 없다.

울음이 가능한 그 공간, 시인이 온몸으로 상대하여 만들어낸 그늘에서 '독자'는 기꺼이 울 수 있다. 그렇게 시인과 독자는 무모하고 맹목적인 역사에의 참여(협력 혹은 저항) 이전에, 그늘이라는 시적 공간에서 "맥없이 무릎 꿇"[37]고 힘껏 슬퍼함으로써 도착적인 방식으로 역사와 세월을 살아가는 것[38]을 회피[39]해내고 있다. 이처럼 『오랑캐꽃』에서 발견되는 이중의 '노예'임에 대한 통렬한 인정 및 비극적 수용은 패배를 모른 채 맹목적으로 세월과 투쟁하는 여타 기존의 '역사'와는 구분되는 시적 실천을 예고한다. 시인은 역사를 정지시키고 역사를 반성하게 한다.

> 모든 것이 잠잠히 끝난/다음에도/당신의 벗이라야 할 것이//솟아오르는 빛과 빛과 몸을 부비면/한결같이 일어설 푸른 비늘과 같은/아름다움/가슴마다 피어//싸움이요/우리 당신의 이름을 빌어/미움을 물리치는 것이요
> —「불」 전문[40]

이어지는 「불」에서는 "모든 것이 잠잠히 끝난/다음에도" "싸움"의 상대인 "당신"을 "벗"으로 삼아, "당신의 이름을 빌어/미움을 물리"치고 있다. 싸움의 대상은 노예의 주인으로서 '세월'과 이를 상대하고 있는 기존

---

37 최인훈, 앞의 책, 51쪽.

38 결여의 상처에 충분히 애도하지 못하고 이를 대체할 초월성을 외부화하는 '역사'의 사례(근대초극론)와 관련해서는 조강석, 「도착적 보편과 마주선 특수자의 요청 : 김기림의 경우」, 『한국학연구』 27호, 인하대학교 한국학연구소, 2012 참고.

39 이러한 회피는 일종의 "도피문학"으로 규정될 수 있으나 "현실도피와 총체성의 인지 상실에 따른 세계의 단편적 파악의 소치라기보다 삶의 실존적 내면적 경험에 대한 새로운 충실성의 산물"로 평가됨이 보다 적합할 것이다. (유종호, 「체제 밖에서 체제 안으로 — 『오랑캐꽃』과 그후의 이용악」, 『다시 읽는 한국시인』, 문학동네, 2002, 210쪽)

40 이용악, 「불」, 앞의 책, 495쪽.

의 '역사' 모두일 수 있겠으나, "당신의 이름을 빌어"라는 표현을 통해
이를 구분할 수 있겠다. 즉 이름이라는 명명행위의 인간적 차원을 고려
한다면, '당신의 이름'은 세월을 상대하는 기존의 '역사'이겠으며, 앞서
의 '벗'으로서 당신은 '세월'인 셈이다.

그리고 시인은 당신의 이름, 즉 기존의 역사를 빌어 당신, 세월과 몸
을 부비며 스스로를 불사름으로써 당신에게 당신의 '아름다움'을 돌려주
고 있다. 분명 '미움'이었을 당신과의 관계 및 그 미움을 (막지 못하고) 야
기한 당신의 이름―언어(기존의 역사)는 시인과의 연소 과정을 통해 아름
다움으로 거듭난다. 2연에서 "솟아오르는 빛"과 몸을 부비는 것이 아닌
"빛과 빛과 몸을 부비"는 이유는 이처럼 시인이 '당신'과 '당신의 이름'
모두와 몸을 부비기 때문일 것이다.

그렇게 시인은 "모든 것이 잠잠히 끝난" 상태를 도모한다. 시편의 강
렬하고 서정적인 '불'의 이미지는 이처럼 '정화'(카타르시스)의 불이다. 싸
움의 대상이자 미움의 관계인 당신뿐만 아니라 시인에 의해 빌려진 당신
의 이름 역시 정화한다. 기존의 당신과의 불화를 야기한 미봉책으로서
당신의 이름―역사는 아름다움 앞에서 반성하며 새로운 이름으로 갱신된
다. 결과적으로 시인의 시작(詩作)행위는 세월이라는 당신과 조화로운
관계, 모든 것이 잠잠한 상태를 회복하게 된다.

그런데 위 시편의 구조는 "미움을 물리치는 것이요"라는 종결 이후에
다시 "모든 것이 잠잠히 끝난/다음에도/당신의 벗"이기를 멈추지 않는
다. 이는 시인과 독자가 "잠잠함에 머무는 상태"에 머물지 못하게 하고
세월의 끝없는 상대자가 되게끔 하는데, 잠잠한 그 상태는 세월의 또 다
른 노예상태를 피할 수 없기 때문일 것이다.

이로써 '불'은 정화의 불을 넘어 화전의 불, 세월이라는 타자적 자연
속에서 영원한 화전민으로서의 우리―역사의 불가피성을 말해준다. 「불」

은 시작과 끝이 맞물리며 계속해서 작동하는 정화와 화전의 불로서, 이는 시인의 계속되는 '불화'와 그 지양의 여정을 암시하는 시론(詩論)적 시로 독해할 수 있겠다. 덧붙일 것이라면, 정화와 화전의 방식, 즉 그러한 힘겨운 거주를 가능케 하는 비밀은 "푸른 비늘"과 같은 '아름다움'이어야 할 것이고, 그 아름다움은 진정 '홀로' 있을 때 가능한 무엇, 고독한 모험의 도정에서 발견되는 무엇이 아닐 수 없다.

손뼉 칩시다 정을 다하여/우리 손뼉 칩시다//노새나 나귀를 타고/방울소리며 갈꽃을 새소리며 달무리를/즐기려 가는 것은 아니올시다//청기와 푸른 등을 밟고 서서/웃음 지으십시오/아해들은 한결같이 손을 저으며/멀어지는 나의 뒷모양 물결치는 어깨를/눈부시게 바라보아요//누구나 한번은 자랑하고 싶은/모든 사람의 고향과/나의 길은 황홀한 꿈속에 요요히 빛나는 것//손뼉 칩시다 정을 다하여/우리 손뼉 칩시다

-「노래 끝나면」전문[41]

몇 천 년 지난 뒤 깨어났음이뇨/나의 밑 다시 나의 밑 잠자는 혼을/새로이 어깨를 일으키는 것/나요/불길이요//쌓여 쌓여서 훈훈히 썩은 나뭇잎들을 헤치며/저리 환하게 열린 곳을 뜻함은/세월이 끝나던 날/오히려 높디높았을 나의 하늘이 남아 있기 때문에//내 거니는 자욱마다 새로운 풀폭하도 푸르러/뒤돌아 누구의 이름을 부르료/이제 벌판을 가는 것/바람도 비도 눈보라도 지나가버린 벌판을/이렇게 많은 단 하나에의 길을 가는 것/나요/끝나지 않는 세월이요

-「벌판을 가는 것」전문[42]

---

41   이용악, 「노래 끝나면」, 앞의 책, 496쪽.
42   이용악, 「벌판을 가는 것」, 앞의 책, 497쪽.

"아해들"의 손뼉 노래에 맞춰, 존재하지 않는, 그러나 존재할 "고향"을 향해 홀로 떠나는 이의 길은 "황홀한 꿈속에 요요히 빛"난다.(「노래 끝나면」) 그렇게 "세월이 끝나던 날/오히려 높디높았을 나의 하늘이 남아 있"음을 확신하고 모험하는 시인의 길은 "거니는 자욱마다 새로운 풀폭 하도 푸르"르다.(「벌판을 가는 것」) 그런데 주의 깊게 살펴보아야할 것은 「벌판을 가는 것」 마지막 연에서 진술되는, "벌판을 가는" 도정 그 자체가 '나'가 되고 '세월'이 된다는 시구이다.

여기서의 '나', 홀로됨은, 아름다움을 발견해냄으로써 (기존의 역사를 빌려) 역사를 정지시키고 반성하게 하는 시적 실천의 도정을 이어가는 주체가 된다. 물론 그러한 '나'는 세월과 기존 역사−언어에 불화하며 이를 불사르는 주체이지만 그럼에도 여전히 '세월'과 '역사'의 지배 아래 놓여 있음을 부정할 수 없다. 시인 역시 인간이기 때문이다. 요컨대 '나'는 당신이라는 벗과 당신의 이름 없이 '나'일 수 없는 것이다. 그런데 위의 마지막 시구에 따르면 '나'의 그러한 끝없는 모험의 도정 그 자체가 끝나지 않는 세월과 일치하게 되는데, 이를 풀이해보자면, 불가피한 '나'라는 인간, 역사적 주체가 끝없는 도정 속에서 세월과의 불일치만이 아닌, 세월 그 자체가 될 수 있음으로 독해할 수 있다.

이러한 일원론은 영원한 세월과의 불화와 같은 비극적 세계관만이 아닌, 시적−역사의 실천 속에서 세월과의 모종의 조율과 같은, 도래할 유토피아적 상태를 전제하고 있는 것처럼 보인다. 그러나 '나'의 계속되는 시적 모험이 '세월'과 일치한다는 시구는 단순히 도래할 유토피아를 상정하는 것이라기보다, 스스로가 세월의 '전형'[43]이 될 수 있음으로 독해

<hr>

43 "자연은 예술을 통해 인간의 전형이 된다는 것이다. (그러나) 이와 반대되는 것이 진정 참된 명제이다. 즉 인간은 예술을 통해 자연의 전형이 된다."(아우구스트 슐레겔, 「문학과 예술에 대한 강의」, 필립 라쿠−라바르트, 장−뤽낭시 편, 『문학적 절대』, 홍사

해야할 것이다. 즉 지배자로서 세월의 끝없는 생성성, 형성하는 힘 그 자체가 시인의 정화와 화전 속에서 체현되는 것이다. 내용적으로는 시인 홀로 당신이라는 벗 및 당신의 이름과 계속해서 대결할 지라도, 그러한 끝없는 대결에 의한 파괴와 환기가 '나'를 '세월'과 동일하게 "끝나지 않는"것으로 만들어주는 것이다.

『오랑캐꽃』에 수록된 몇 편의 시편들을 살펴보며 정리할 수 있는 바, 「오랑캐꽃」에서 시작된 '정화'(카타르시스)의 작업은 「불」에 이르러 '화전'의 작업으로 이어진다. 「노래 끝나면」은 그 작업이 철저히 시인 홀로의 작업임을, 즉 불화와 모험의 작업을 통해 '아름다움'을 산출하는 것임을 알려주며 「벌판을 가는 것」에 이르러 그러한 끝없는 불화와 모험이 '세월'과 '역사'의 노예에서 벗어나 '세월' 그 자체로서 '(시적)역사'–인간이 될 수 있음을 보여준다. 이와 같은 『오랑캐꽃』 읽기는 서정적 예술의 정의에 부합하는 것으로[44] 이용악을 "현실주의의 발전 없는 반복"[45]이 아닌 서정 시인이라는 급진적 예술가로 인식하게 한다.

현 옮김, 그린비, 2014, 526쪽) 위와 같은 초기 독일낭만주의의 시론에 따르면, 인간은 '세월'로서 자연에 대한 미메시스적-예술적 모방을 통해 자연의 '전형'으로, 즉 끝없이 "형성하는 힘"의 주체로 거듭날 수 있으며, 이는 궁극적으로 '인간성의 도야'와 같은 정치의 영역으로 전이된다. 이와 관련해서는 다음의 문장을 참고. "칸트에게서 나타나는 주체 문제의 완화는 주체의 '표현' 속에서 다음의 세 가지 차원에서 일어나게 되었다. 첫째, 예술 작품의 미를 통해(즉, 자유와 도덕성을 비유적으로 나타내는 능력이 있는 '상들Bilder'을 형성하는 가운데), 둘째, 자연이나 자연 속의 삶에 내재하는 '형성하는 힘bildende Kraft'을 통해(즉, 유기체의 형성을 통해), 그리고 마지막으로 '인간성의 도야Bildung'를 통해(즉, 역사와 문화의 개념 아래 우리가 간직하고 있는 것을 통해) 이루어졌던 것이다.(필립 라쿠-라바르트, 장-뤽낭시, 「체계-주체」, 『문학적 절대』, 위의 책, 57쪽)

44 정명교, 「한국 현대시에서 서정성의 확대가 일어나기까지」, 『한국시학연구』 16호, 한국시학회, 2006, 55쪽.

45 이현승, 앞의 글, 263쪽.

4. 『오랑캐꽃』의 해방기 : 서정시의 사회성과 정치성

그렇다면 이제 이와 같은 서정적 예술의 관점을 견지한 채, 직접적으로 정치적이고 역사적인 참여로 분류되어왔던, 해방기에 작성된 대표적인 시편들을 재전유해보자. 본고의 구도에 따르면, 정치적 시를 국가-공동체 정초를 위한 선전, 선동의 산문으로 분류할 수 있겠으나, 선전적 산문으로만 치부하기에는 아쉬운 작품들이 수다하게 존재한다. 뿐만 아니라 이와 같은 시편들 속에서 해방기 – 자기비판담론의 아포리아로서 '공동체의 존속' 문제에 대한 보다 구체적이고 내밀한 '시의 정치'의 작동 양상을 살펴볼 수 있다.[46]

> 이빨 자욱 하얗게 홈 간 빨뿌리와 담뱃재 소복한 왜접시와 인젠 불살라도 좋은 몇 권의 책이 놓여 있는 거울 속에 너는 있어라//성미 어진 나의 친구는 고오고리를 좋아하는 소설가 몹시도 시장하고 눈은 내리던 밤 서로 웃으며 고오고리의 나라를 이야기하면서 소시민 소시민이라고 써놓은 얼룩진 벽에 벗어버린 검은 모자와 귀걸이가 걸려 있는 거울 속에 너는 있어라//그리웠던 그리웠던 구름 속 푸른 하늘은 우리 것이라 그리웠던 그리웠던 메에데에의 노래는 우리 것이라//어느 동무들이 희망과 초조와 떨리는 손으로 주워 모은 활자들이냐 아무렇게나 쌓아 놓은 신문지 우에 독한 약봉지와 한 자루 칼이 놓여 있는 거울 속에 너는 있어라
>
> -「오월에의 노래」 전문[47]

이를테면 위의 시편과 관련하여, "문맹의 민족적, 계급적, 문학적 자

---

46 본 장에서 살펴볼 시편들은 『이용악집』에 수록된 시편들이지만, 이를 『오랑캐꽃』에서 유지되는 서정적 예술성이 연장, 보존되는 변증법적 지양으로 살펴보고자 하기에, 본 장의 소제목을 '『오랑캐꽃』의 해방기'로 기술하기로 한다.

47 이용악, 「오월에의 노래」(『현대시인전집1. 이용악집』, 동지사, 1949), 앞의 책, 531쪽.

기비판의 요청에 대한 시인의 응답인 동시에 시인 스스로 친일과 소시민성에 대해 반성하는, 양심과의 대면과정이었다고 볼 수 있다."[48]와 같은 평가 역시 가능할 수 있겠으나, 그러한 해석 속에서 『오랑캐꽃』의 자율적 예술성을 발견하기란 어렵다. 그리고 예술적 모험이 부재한 태도는 해방기 – 자기비판담론의 아포리아에 있어 오늘날 생산적인 인식의 방향을 제공하기 어렵다. 「오월에의 노래」를 『오랑캐꽃』의 연장에서 읽으면 다음과 같다.

「오월에의 노래」의 여러 소재들은 크게 '거울 속'(1, 2, 4연)과 '거울 밖'(3연)에 존재하는 것들로 구분된다. 먼저 1, 2연의 '거울 속'에 존재하는 것들을 살펴보자면 공통적으로 모두 '나' 개인의 것과 관련된 것이다. "왜접시"와 "몇 권의 책", "소시민"적 삶의 단편들은 일제 강점기 자기비판의 대상으로서 '나'의 모습으로 보인다. 그러나 그 '나'가 『오랑캐꽃』의 연속이자 지양이라면, '나'는 사회주의라는 기준에 의해 규정되는, 비겁한 일상만을 살아낸 소시민적 삶이라는 해석과 동일한 정도로, 시적 모험 속에서 도출되는 끝없이 불사르던 '나', 세월의 벗이자 "끝나지 않는 세월" 그 자체인 '나'이어야 한다. 그러므로 1, 2연은 '거울 속'이라는 공간에 존재하는 부정적인 과거를 보여주며 그곳에 '너'가 있어야 함을 반복적으로 기술함으로써, 『오랑캐꽃』에서 발견되는 정화와 화전의 주체로서 '너'는 부정적인 과거 및 대상들에 대해 거울 속에서 불화하고 정화하며 계속해서 화전할 것이 예상된다. 그렇다면 위와 같이 "거울 속에 (서정적 시인)너는 있어라"는 반복적 시구를 따른다면, 거울을 경계로 구분되는 '안'과 '밖'은 다음과 같이 가정할 수 있겠다. 즉 거울 밖은 '우리'로서 표현되는 현실–역사이며 반면에 거울 속은 '나'에 의해 거울 밖

---

48 한아진, 앞의 글, 221~222쪽.

현실-역사를 정화, 화전하는 하나의 문학적 실험실인 셈이다.

3연은 거울 밖에 존재하는 것으로서 현실 역사를 진술하는데, 마치 구름이 걷히며 도래하는 "푸른 하늘"처럼 "그리웠던 그리웠던 메에데에의 노래"가, '우리'의 것으로 존재한다. 그런데 여기서 주의할 것은 우리의 것이 '메에데에'가 아닌 '메에데에의 노래', 의식(ceremony)으로서 '노래'라는 것이며, 더불어 '나'가 아닌 '우리'의 영역으로 시적 주체, 장이 전환되었다는 것이다. 『오랑캐꽃』에서 "누구나 한번은 자랑하고 싶은/ (그리움의 대상으로서) 모든 사람(각각 개인)의 고향"이 '우리'라는 공동체의 "그리웠던 메에데에"로 전환하여, 이것이 마치 당장에 실현된(될) 무엇과 같은 주술적 표현으로 읽히지만, 그러나 그리움의 대상은 정확히 '메에데에의 노래'로, 즉 공동체의 이념으로서 메에데에를 기리는 '의식'으로서 '노래'가 '우리'의 것이어야 한다고 해석되어야 한다.

시인이 표현한 바, '거울 밖' 현실-역사에서 '메에데에의 노래'를 '우리'의 것'이라' 수행하는 정치적 행위-역사는, 메에데에-공산주의라는 이념을 우리 것'이라' 선언하며 이를 수행적으로 현실화-역사화하는 것이 아니다. 이처럼 「오월에의 노래」는 '거울 밖'과 관련하여, '메에데에'가 아닌 '메에데에의 노래'를 선택함으로써, 불가능할 이념-신을 실현시키지 않고 유보시키며, 그것의 도래와 동시에 지연을 유도하는 '노래-종교적 의식'이 '우리' 새로운 공동체의 방법이어야 함을 밝히고 있다. 완전한 이념의 실현으로서 공동체란 불가능하며 이를 향한 과정 및 혹여나 있을 환상적 결과, 그곳에서 개인의 자유는 소멸되기 때문이다. 그런데 시인은 거기에 그치지 않고 다시 거울 속으로 들어간다. 그 '노래' 역시 계속해서 갱신되어야하기 때문이다.

4연의 화자는 거울 속에서, 공동체의 정초를 위한 "어느 동무들이 희망과 초조와 떨리는 손으로 주워 모은 활자들"-"신문지" 위에 "독한 약

봉지"와 "한자루 칼"을 놓고 있다. 그리고 서정적 주체인 '나'가 그곳에
함께 한다. 그러므로 아마도 시인에게 있어 노래의 동력이자 혹은 노래
자체를 상징하는 "독한 약봉지"와 "한자루 칼"은 서정적 주체인 '나'에
의해 다시 소화(燒火) 되어야 될 '역사'에 다름 아니다. 독한 약봉지와 한
자루 칼이 공동체 정초를 위한 신문지들 위에 오름으로써 어떤 화급한
문제의 해결책(의지적 참여)으로 상정되는 듯싶으나, 중요한 것은 그것들
이 거울 밖이 아닌 '거울 속'에 존재하는 것이라는 점이며 그러므로 위의
두 상징물은 거울 속 서정적인 '나'에 의해 정화되고, 화전될 역사—현실
(의 도구)라는 점이다.

　그러므로 거울 밖과 거울 속의 구분 및 서정적 주체가 존재하는 장소
를 통해 알 수 있는 바, 4연은 3연에서의 거울 밖을 다시 거울 속으로
불러들임으로써, 거울 밖 현실—역사의 노래를 정화, 화전한다. 시인 이
용악은 '시적 실천'이라는 부단한 역사 행위를 통해서 공동체의 아포리
아를 세월에 조율시키고 있는 것이다.

　다소 복잡한 논의를 간명히 정리하자면, 현실—역사를 대체, 해체하는
거울 속 시적 모험—역사는 「불」에서와 마찬가지로 정화와 화전의 도정
이지만, 구체적으로 그 역사—세월의 대상은 공동체의 정초와 관련된 이
념으로서 '공산주의'로 지목된다. 그리고 해방기 '노래—시'는 공산주의
와 같은 당대의 역사와 관련하여 어떻게 존재해야 하는지를 보여주고
있다. 요컨대 이용악의 시적 모험은, 세월을 상대하는 가장 강력한 '역
사'의 흐름으로서 '공산주의'를 상대[49]함으로써, 스스로 세월(끝나지 않는

49　이와 관련해서는 2000년대 후반부터 2010년대 초반까지 한국문단의 논쟁거리였던
'문학의 정치성' 논쟁에 대한 진은영의 회고와 상통하는 측면이 있다. 즉 진은영이 제
기한 문학의 정치성 테제는, 사회적인 것과 같은 (자율적 예술의) 타자를 예술이 다시
금 상대해야 할 대상으로 상정함으로써, 자율적인 예술의 자기 쇄신을, 즉 폐쇄적일

세월-끝나지 않는 시적 모험)이 되고자 한다고 읽어낼 수 있다.

> 눈내려/아득한 나라까지도 내다보이는 밤이면/내사야 혼자서 울었다//
> 나의 피에도 머물지 못한 나의 영혼은/탄타로스여/너의 못 가에서 길이 목
> 마르고//별 아래/숱한 별 아래//웃어 보리라 이제/헛되이 웃음지어도 밤마
> 다 붉은 얼굴엔/바다와 바다가 물결치리라
>
> —「별 아래」 전문[50]

> 메레토스여 검은 피를 받은 이/밤이면 밤마다/내 초조로이 돌아가는 좁은
> 길이올시다//술잔을 빨면 모든 영혼을 가벼이 물리칠 수 있었으나/나중에
> 내 돌아가는 곳은/허깨비의 집이올시다 캄캄한 방이올시다/거기 당신의 쩨
> 우스와 함께 가두었습니다/당신이 엿보고 싶은 가지가지의 나의 죄를//그러
> 나 어서 물러가십시오/푸른 정녕코 푸르른 하늘이 나를 섬기는 날/당신을
> 찾아/여러 강물을 건너가겠습니다/자랑도 눈물도 없이 건너가겠습니다
>
> —「밤이면 밤마다」 부분[51]

수 있을 예술의 자율성의 갱신을 유도한다는 것이다. 이와 같은 예술의 변증법적 갱신
은 결과적으로 해방기 이용악의 시적 실천이 공산주의를 상대함으로써 서정성의 갱신
을 실험하는 행위일 수도 있음을 보여준다. "진은영 : 굳이 다시 문학의 장에서 정치적
문제를 고민하게 된 건, 나를 비롯해 미학적 아방가르드를 추구해온 젊은 작가들에게
일종의 자기쇄신이 필요한 시점이 아닌가 하는 생각이 들었기 때문이다. 초현실주의자
들이 선언문의 형식으로 초현실주의의 자기순응에 대해 내적 비판을 가했듯이 말이다.
지난 10년간 많은 미학적 실험이 감행되었고, 문학이 특정 사태에 개입해 누군가를
교화해야 한다는 강박으로부터도 자유로워졌다. 그런 순간에 정치적 현실이 10년 이전
으로 퇴행했으니 현실에 반응하는 시인의 미학적, 정치적 태도도 다시 새롭게 모색돼
야 한다는 생각이었다. … 난 시민과 시인의 구분보다는 '시인과 비시인', '시민과 비시
민'의 변증법에 더 관심을 기울여야 한다고 본다. 이런 일은 시인이 하는 것이고, 저런
일은 시인이 해서는 안 된다는 구분. 그런데 역사상 가장 시적인 작업은 늘 비시적인
것들로 도약해서 그것을 시적인 것으로 만드는 계기들을 갖고 있었다."(진은영, 박수
연, 황현산 대담, 〈시민(市民)들이 시쓰는 시민(詩民)이 됐으면 좋겠다〉, 『한겨레21』,
2012년 8월 3일)

50 이용악, 「별 아래」, 앞의 책, 565쪽.

계속해서 '공산주의'라는 당대의 역사를 구체적으로 어떻게 상대하고 있는지와 관련한 시편들을 살펴보자. 기존에 해방기 "비관주의적 시정신"의 극복으로서 "서양고전"의 차용으로 읽혀왔던 시편들[52]은 마찬가지로 죄의식과 방황을 종결짓고 역사적 투쟁의 주체로 나아가는 이용악을 설명하는데 일조하고 있었다. 충분히 설득력 있는 진술들이나 본고의 구도에 따라 『오랑캐꽃』의 연속이자, 구체적인 역사로서 공산주의 이념을 상대하는 독법으로 위의 시편들을 살펴보자면 다음과 같다.

「별아래」의 시적 화자는 [신-자연-세월]의 사랑을 받았으나 그들의 권위에 도전하여 영원한 굶주림의 형벌을 받은 "탄타로스"를 등장시키고, 또한 「밤이면 밤마다」에서는 소크라테스를 "청년들에게 좋지 못한 영향을 끼치고, 나라가 인정하는 신들을 부정하였을 뿐 아니라, 색다른 신('문학적 절대'라는 신 : 인용자)을 섬기기 때문에 죄인"[53]으로 고발하는 "메레토스"를 등장시킨다. 이들은 신화적-역사적 인물들로서 해방기 당대의 역사적 실천, 즉 공산주의 이념의 상징물로 독해될 수 있다. 공산주의는 '인간'에 의해 실행되는 이념이며 더불어 '개인'과 '종교'를 허락하지 않는 이념이기 때문이다. 그리고 각각의 시편은 이를 상대하고 정화, 화전하는 불의 시쓰기로 해석 가능하다.

---

51 이용악, 「밤이면 밤마다」, 앞의 책, 578쪽.

52 박민영은 해방기 출간된 『오랑캐꽃』을 비롯해 당시 쓰인 서정적 작품에 대해 "서사성은 약화되고 서정성이 강화되는 양상"과 관련하여, 이를 기존의 "비관주의적 시정신"만으로 규정하기보다, "서양고전과의 상호텍스트성"(신화적 인물의 차용)을 통하여 "파탄의 지경에 이르렀던 시의식"이 "이념의 정체성을 확립"하는 과정으로 독해하고 있다. 이처럼 기존의 논의들은 해방기 방황하고 모험하는 이용악의 불화와 관련하여 이를 투사적 정체성 성립의 도정으로 환원시켜 해석하고 있다. (박민영, 「이용악 시에 나타난 상호텍스트성의 의미」, 『한국문예비평연구』 45호, 한국현대비평학회, 2014)

53 플라톤, 『소크라테스의 변명』, 최현 옮김, 집문당, 2008, 23쪽.(박민영, 위의 글, 195~196쪽에서 재인용)

탄타로스의 길은 마른 못과 같으며, 메레토스는 '나'의 "좁은 길"을 추구하는 존재이다. 그러나 탄타로스의 길은 "내사야 혼자서" 흘린 눈물(정화)들에 의해 채워져 바닷길이 될 것이며, 또한 이를 위해서라도, '나'의 길은 메레토스의 길과 끝까지 구분되는 방식("어서 물러가십시오")으로, 항상 어떤 거리가 유지되어야 한다. "당신이 엿보고 싶은 가지가지의 나의 죄"가 "당신의 쩨우스"와 함께 존재하더라도, 그것은 공동체-역사에 의해 좌우되는 것이 아니라 오롯이 시인인 '나'의 길에 의해 결정되는 것으로, 그 길은 정화와 화전의 길, 시작(詩作)의 길이 아닐 수 없다. 이처럼 시인은 당대 역사, 이념에 부응하는 주체로 거듭나는 것이 아닌, 당대 역사, 이념에 불화함을 통해서만 세월을 상대하는 또 다른 방법을 획득해나가는 것이다.

> 자유의 적 꼬레이어를 물리치고저/끝끝내 호올로 일어선 다뷔데는 소년이었다/손아귀에 감기는 단 한 개의 돌멩이와/팔맷줄 둘러메고/원수를 향해 사나운 짐승처럼 내달린/다뷔데는 이스라엘의 소년이었다//나라에 또다시 슬픔이 있어/…/동포끼리 올찮은 피가 흘러/제마다의 가슴에 또다시 쏟아져 내리는/어둠을 헤치며/생각하는 것은 다만 다뷔데//이미 아무 것도 갖지 못한 우리/일제히 시장한 허리를 졸라 맨 여러 가지의/띠를 풀어 탄탄히 돌을 감자/나아가자 원수를 향해 우리 나아가자
> 　　　　　　　　　　　　　　－「나라에 슬픔 있을 때」 부분[54]

선동적 시쓰기의 사례로 독해되던 「나라의 슬픔이 있을 때」의 경우에도, "끝끝내 호올로 일어선 다뷔데"라는 구절에 유의한다면, 해석이 보다 풍부해질 수 있다. 즉 "이스라엘의 소년" 다뷔데는 공동체의 다뷔데

---

54 이용악, 「나라에 슬픔이 있을 때」, 앞의 책, 539쪽.

임과 동시에 공동체라는 아포리아에 있어 각각의 인민들 모두가 그저 "다뷔데"가 아닌, "호올로 일어선 다뷔데"여야 함을 기술하고 있다.

물론 단적으로 「나라에 슬픔이 있을 때」는 인민의 적인 부르주아를 향해 돌을 던지라는 선동의 시일 수 있겠다. 그러나 동시에 "동포끼리 올찮은 피가 흘러/제마다의 가슴에 또다시 쏟아져내리는/어둠"같은 상황에서, "자유의 적 꼬레이어"가 명확하게 지시되지 않은 가운데, "동포끼리 올찮은 피"를 흘리게 하는 그 자유의 적은 정확히 공산주의 이념 역시도 해당될 수 있다. 그렇게 시편은 "돌맹이"를 든 "호올로 일어선 다뷔데"(개인)를 형상화함으로써, 공동체의 와해를 야기하는 '원수'로서 역사(이념)에도 돌을 던져야 한다고 말한다고 해석할 수 있다. 인민들이 주권자로서 "호올로 일어선" 주체가 되지 못하고, 강압적이고 외부적인 '이념'-역사에 의해 동원되고 통치된다면, 앞서 2장에서 살펴본 '끝없는 내전으로서' 공동체의 와해("동포끼리 올찮은 피")는 불가피하기 때문이다.

요컨대 위 시편은 공동체를 정초하게끔 하는 역사-공산주의를 예찬하고 이에 민중을 선동하는 시편이면서, 동시에 그러한 통치만으로는 공동체와 '나'가 존속할 수 없음을 깨달은 자의 시편으로 해석될 수 있다. 이처럼 『오랑캐꽃』의 연속이자 지양으로서 해방기의 시편들을 살펴보자면, 지금까지의 해석에서 놓치고 있던 시편의 예술적 자율성 및 당대의 아포리아에 예술적으로 응전하는 시인 이용악의 모습을 확인할 수 있겠다. 그렇다면 이제 마지막으로 「다시 오월에의 노래」를 살펴보자.

  -반동 테롤에 쓰러진 최재록군의 상여를 보내면서-

    쏟아지라 오월이어 푸르른 하늘이어 막우 쏟아저 내리라//오늘도 젊은 이의 상여는 훨 훨 날리는 앙장도 없이 대대로 마지막길엔 덮어 보내야 덜 슬프던 개우도 제처바리고 다만 조선민주청년동맹 기빨로 가슴을 싸고 민주청년들 어깨에 메여 영원한 청춘 속을 어찌하야 항쟁의 노래 하마듸도 애곡도 없이 지나가는 거리에//실상 너무나 많은 동무 들을 보내었구나 "쌀을 달라" 일제히 기관차를 멈추고 농성한 기관구에서 영등포에서 대구 나 광주 같은데서 옥에서 밭고랑에서 남대문 턱에서 그리고 저 시체는 문 수암 가차이 낭떠러진 바위틈에서//그러나 누가 울긴들 했느냐 낫과 호미 와 갈쿠리와 삽과 괭이와 불이라 불이라 불이라 에미네도 애비도 자식놈 도⋯⋯"정권을 인민위 원회에 넘기라" 한결같이 이러선 시월은 자랑이기 에 이름 없이 간 너무나 많은 동무들로하야 더욱 자랑인시월은 이름 없이 간 모든 동무들의 이름이기에 시월은 날마다 가슴마다 피어 함께 숨쉬는 인민의 준엄한 뜻이기에 뭉게치는 먹구름 속 한 점 트인 푸른하늘은 너의 길이라 이고장 인민들이 피뿌리며 너를 부르며 부디치고 부디쳐뚫리는 너 의 길이라//쏟아지라 오월이어 두터운 벽과 벽 사이 먼지 없는 회관에 껌 우테테한 유리창으로 노여운 눈들이 똑바루 내려다보는 거리에 푸르른 하 늘이어 막우 쏟아저내리라

─「다시 오월에의 노래」 전문[55]

「오월에의 노래」의 후속으로 읽히는 위의 시는 기존에 "인민항쟁의 정 신을 상기시키고 투쟁의지를 고취시키"는 시편으로, "(「오월에의 노래」)의 성찰적 주체에서 투쟁적 주체로, 개인의 내면의 문제에서 역사적 사건과 현실의 문제로, 양심과의 대면에서 동료의 죽음과의 대면으로 시적 주체 의 양상과 내용이 변화한 것"[56]으로 분석된다. 그러나 시인에게 "현실"─ "역사"는 오직 시인의 시적 모험에 의해 갱신되어야 할 그것으로, 위의 설명에 따르면, 「다시 오월에의 노래」는 더이상 자율적 예술 작품이 아 닌, 인민─이념─역사에 투신한 지식인─시민의 것으로만 읽힐 따름이다.

55 이용악, 「다시 오월에의 노래」(『文學』, 1947.7), 앞의 책, 339쪽.
56 한아진, 앞의 글, 236쪽.

그러나 역사–공산주의 이념의 길에서 죽고만 한 청년을 애도하는 위 시편은, 진정 애도의 글이라면, 선동 이전에 깊은 슬픔의 시로 읽혀야 한다. 그리고 그 깊은 슬픔은 상실한 대상을 위한 홀로된 '나'의 노래에서 나오는 것으로, 그 노래의 정치적 효과는 선동만이 아닌, 슬픔의 전염으로부터 추론될 필요가 있다.

"쏟아지라 오월이어 푸르른 하늘이어 막우 쏟아저 내리라"와 같은 격한 감정에서 출발하는 「다시 오월에의 노래」는 그 격한 감정의 긴장에서 알 수 있듯, 「오월에의 노래」처럼 다소간 정돈된 시편과는 분명한 차이가 있다. 그러나 그 긴장감과 정념의 표출은 시적 형상화의 실패로만 접근되기 보다는, 역사–현실의 정화 과정에서의 어려움, 즉 노예가 억울한 죽음들 앞에서 직면한 세월과 역사의 잔인성(타자성)에 따른 불가피성으로도 접근할 수 있다.

덧붙여 이러한 어려움은 시인의 예민한 감수성이라는 맥락과 동시에, 역사–이념의 노예로 살아가는 무수한 인민의 봉기들(9월 총파업, 10월 항쟁)의 실패[57]의 맥락에서 살펴볼 필요가 있다. 즉 인민의 항쟁 이후 대대적인 미군정의 탄압으로 공동체의 정초를 위한 이념–역사에 대한 회의와 공포 속에서 인민들은 무신론적 상실감과 회의감을 겪기 마련인데, 이는 국가–공동체의 정초 자체를 위협하는 상황이기 때문이다. 그리고

---

57 노동조합의 역사에서 해방기는 "승자독식의 시기"로 규정된다. 45년 11월 조선노동조합전국평의회(전평)로 집결한 서울에서의 전국규모의 노동운동은 46년 9월 총파업을 시작으로 노동자–민중 단위의 범민족적 10월항쟁으로 발전하는데, "냉전적 반공적 자유주의 이외에는 다른 이념의 생존이 불가능했던 불구화된 이념지형"에 따라 전평은 사실상 무력해지고 '대한노총'이라는 반공적 어용적 노동조합이 남한을 지배하게 된다. 그리고 이러한 역사적 사실은 현재 노동(조합)운동의 기원으로서 그 계보의 첫 자락에 놓이고 있다. 이와 관련해서는 다음을 참고. 이상호, 『민주노동조합운동의 위기와 혁신에 대한 연구자료집』, 금속노조 노동연구원, 2009, 2~40쪽.

이러한 상황은 궁극적으로 시적 실천의 역사를 포함하여 '역사' 그 자체가 불가능해지는 조건이다. 그러므로 「다시 오월에의 노래」는 서정적 예술 작품임과 동시에 위태로워진 해방기 본격적인 국가-공동체의 정초 작업 모두에 기여하는 수행으로 살펴보아야 한다.

"쏟아지라… 쏟아저 내리라"의 첫 행과 "쏟아지라… 막우 쏟아저내리라"의 마지막 행 사이에 위치한 한 청년의 죽음과 그 청년의 죽음이 환기시킨 지난 이념-역사의 도정들은 동시에 세월의 '도처'에서 발견되는 '죽음(들)'이며, 이는 "푸르른 하늘"과 대조적인 그러나 그만큼 무한해 보이는 "낭떠러진 바위틈"이라는 이미지로 형상화 되고 있다. 그런데 이런 죽음은 한편으로 절망적 슬픔으로 향하게 하지만 동시에 "푸르른 하늘"을 더욱더 갈망하게 하여, 그 슬픔을 상대(시적 형상화)하게끔 한다.

2~4연을 거치며 역사의 도정에서 죽어간 청년은 마찬가지로 죽어간 인민들을 대표하여 '이름'이 되고, '역사' 그 자체가 된다. 애도의 대상으로서 '그(의 죽음)'는 "푸른하늘"로 향하는 길로서 '역사' 그 자체가 되는 것이다. 그렇다면 시의 화자는 '그=역사'화 시킴으로써, 그의 죽음에 대한 죄책감과 숭고함에 의한 공동체의 결속을 다지는 동시에, 그러한 역사가 죽음 자체임을 적시하며(그=역사=죽음), 역사의 불가능성 및 그 앞에서의 주체하기 어려운 슬픔을 환기하고 있는 것이다. 그러므로 첫 행과 마지막 행의 간절한 주술적 진술은 결속의 장치이자, 동시에 역사의 비극성과 불가능성을 환기하고 이에 대해 기꺼이 슬퍼할 수 있게 한다.[58] 이처럼

---

58 비극성의 정치적 생산성과 관련해서는 다음의 글을 참고. "관객은 비극에서 무엇을 긍정하는가? 죄 짓는 행위로부터 발생한 결과가 부적절하고 가공할 만큼 크다는 것이 관객에게는 부당한 요구로 나타난다. 비극의 긍정은 이러한 부당한 요구를 극복하는 것이다. 그것은 진정한 합일의 특징을 갖는다. 비극적 불행의 그러한 과도함에서 경험되는 것은 진정한 공동의 것이다. 관객은 운명의 힘에 직면해서 자기 자신과 자신의 유한한 존재를 인식한다. 위인들이 겪는 것은 전형적인 의미를 갖는다. 비극적 비애를

"예술은 슬픔이 아니라 (슬픔의 : 인용자) 묘사와 감상의 기쁨이며, 고통이 아니라 고통을 푸념하는 표현의 기쁨"[59]으로, 시인은 공동체의 아포리아를 상대해가며, '나'의 모험을 생성시키며 공동체의 와해를 지연시킨다.[60]

동의하는 것은 비극의 과정 그 자체, 또는 영웅을 덮치는 운명의 정당성을 두고 하는 말이 아니라, 모든 사람에게 유효한 일종의 형이상학적 존재질서를 말하는 것이다. '그렇구나'라고 깨닫는 것은 다른 사람과 함께 사로잡혀 있던 미망에서 깨어나 되돌아온 일종의 자기인식이다. 비극의 긍정은 의미의 연속성에 의한 통찰이다. 관객은 스스로 이 의미 연속성으로 복귀하는 것이다." (한스게오르크 가다머, 『진리와 방법 1』, 이길우 외 옮김, 문학동네, 2012, 188쪽)

59 최인훈, 앞의 책, 61쪽.

60 4장의 부제에 대한 설명을 보충하자면 다음과 같다. 해방기 이용악의 시쓰기는 요컨대 국민국가-사회의 형성에의 일조와 더불어 그러한 사회의 불가능성을 고지하는 시쓰기이다. 그런데 이러한 불가능성의 고지는 기존의 사회 즉, 개인을 억압(죄의식-속죄-처벌, 보상)하는 방식으로서의 사회가 아닌 다른 사회성(개인들 사이의 관계 양상)을 이룩하는데 일조한다. 앞서 살펴보았듯이, 시인의 애도로서의 시쓰기와 제사의 공간에 초대된 독자의 시읽기는, 궁극적으로 작가와 독자 모두가 스스로 세월의 노예임을 인정하게 한다. 그런데 그러한 '인정'은 그동안 외면하고 억압했던 불가능성을 다시금 목도하고, 이를 힘껏 슬퍼함으로써만 가능한 것으로, 불가능성과의 만남에 수반되는 슬픔을 외면하거나 기만하지 않는 슬퍼하기의 행위 속에서만 그러한 통렬한 인정이 이루어질 수 있다. 그리고 이러한 슬퍼함의 행위는 시인과 같은 능동적인 예술의 모색 이전에, 슬퍼함을 수행하는 사람들 사이의 수동적인 감정적 연대체-공동체를 형성시킨다. 이때 공동체로의 묶임에는 공통의 목적과 대의가 있기 보다는 저마다의 고통과 슬픔이 있을 뿐이지만, 그러한 고통과 슬픔을 야기한 세월의 불가능성이 이들을 일종의 인간이라는 '유'적 운명의 공동체로 묶어준다. 이처럼 불가능성을 상대하는 서정시인은 불가능할 애도를 기꺼이 수행함으로써 독자와 더불어 슬픔의 연대체를 형성한다. 위와 같은 공동체는 비록 수동적인 정념에 이들을 묶어 놓음으로써 이후 자기파괴와 같은 원한감정의 발현으로 이어질 수 있겠으나, 기존의 역사-미망으로부터 깨어날 수 있다는 점에서, 그리고 슬퍼함-울음이라는 정화의 기쁨에 의해서 어떤 가능성을 예비한다. 즉, 슬픔의 표현으로서의 시와 그것을 읽는 자 안에서의 울림은, 위와 같은 슬픔의 공동체를 형성함과 동시에, '능동적인 기쁨'으로 이어질 수 있는 것이다. 불가능을 불가능이라고 표현, 규정하는 행위는 불가능을 기만적으로 상대하던 기존 역사의 폭력을 반복하지 않게 하는 능동성과 더불어, 삶을 사회 공학적으로 통제될 수 있는 균질적인 삶이 아닌, '불가능성을 상수로 두는 균열적인 삶'(정치적인 것)으로 인식하게 함으로써, 새로운 역사의 모색을 능동적으로 수행(정치)하지 않을 수 없도록 촉구하기 때

5. 결론

본고는 기존의 해방기 – 자기비판담론을 보편적인 정치철학의 아포리아 차원으로 재전유함으로써 자기비판담론의 불가피성 및 그것의 불가능성을 논증하였다. 그리고 그러한 담론-시대 속에서 담론을 적극적으로 수행하면서 동시에 이에 불화하는 이중적 태도로서 지식인이자 시인의 산문적, 시적 응전을 살펴보았다. 기존의 논의가 대체로 통합된 자아 이용악의 변모를 논증하기 위해 산문-시 사이의 통합을 시도, 결국 다소간 산문화된 시편 해석을 낳았다면, 본고는 위의 두 태도가 해방기 – 자기비판담론의 불가피성이 낳는 아포리아를 상대하는 과정에서, 공존 가능할 뿐 아니라 기존의 해석을 보다 풍부한 차원으로 끌어올릴 수 있음을 논증하였다. 더불어 이러한 해석은 두 차원의 독자(역사가 통합해야할 인민/역사의 주체로서 지식인)를 겨냥할 수 있게 하며, 더 정확히는 한 개인 내부에 공존할 두 태도 모두를 자극할 수 있게 한다.[61]

문이다. 요컨대 서정시는 애도의 공동체를 만들며 어떤 사회성을 획득하고, 불가능할 애도를 반복 수행함으로써 정치성을 획득한다.

61 이를테면, 모세의 신정국가를 살펴보는 스피노자의 경우, 오랜 이집트에서의 노예 생활에 길들여진 히브리 인민들을, "단지 힘에 의해서만 강제될 수 없는 사람들의 완고한 본성"(B.스피노자, 앞의 책, 99쪽)으로 규정하고 있다. 이는 오랜 해방기 탈식민 조선 인민들에게도 해당되는 것으로 이와 관련한 스피노자의 해결은 참조할만하다. 공동체를 건설하기 어려운 사정(인민의 노예성 및 그에 상응하는 완고함)을 심각히 고려한 스피노자는 독단적인 신학(종교) 비판을 목적으로 저술한 저서 속에서도, 공동체의 정초 및 통치를 위한 종교의 자율성과 독단성(dogmatism)을 긍정하고 있는 모순적 서술을 감행하고 있는데, 그만큼 국가 및 사회의 형성, 즉 다중의 통제와 통합은 철학자 스피노자에게, 철학할 자유의 근본적인, 냉혹한 조건이다. 그러나 스피노자는 위와 같은 통치에 머물지 않고, 대중(multitude)과 교양인(sensible men)을 구분하여 각각 '종교(성경)'와 '철학'을 통해 '안전' 및 '자유'에의 도정에 이르게 하며, 궁극적으로 둘 사이의 생산적 '교통'을 도모한다. 이와 관련해서는 Carlos Fraenkel, "Spinoza on Miracles and the Truth of the Bible", *Journal of the History of Ideas*, Volume

『오랑캐꽃』의 이용악과 해방기를 추수해보자면 요컨대 다음과 같다. 역사와 세월의 노예임을 인정하며 동시에 이와 끝없이 불화하는 서정적 자아의 시적 모험은, 끝나지 않는 세월의 벗뙴을 통해 궁극적으로 끝나지 않는 세월 그 자체가 된다. 그러한 서정적 자아 이용악에게 해방기 – 자기비판담론은 불가피한 것이자 동시에 불가능한 것이지만, 다만 이는 시적 모험과 되삶의 대상으로 전환되어 오직 고통스러울 세월과 역사 아래의 삶을 견디어 나가게 해주며 다른 삶을 환기하고 꿈꾸게 하는 노래와 희망의 재료로 존재할 수 있게 된다. 그러므로 해방기 – 자기비판 담론과 이용악을 들추어보는 오늘날의 독자들은, 오늘날이라는 현재 역시 그러한 재료로서 존재할 수 있도록, 세계에 대한 거듭되는 규정 행위와 더불어 이후 마주치는 아포리아에 대한 시적 모색의 자율성을 존중해야 할 것이다.

---

74 Number 4, University of Pennsylvania Press, 2013, pp.643~658 참고.

기억·정치이념과 몸의 정체성

해방기 이용악의 시 세계를 중심으로

조영추

1. 들어가며

이용악의 시가 식민지기 국내외 유이민들의 비극적 삶의 한 전형을 보여준다는 것은 많은 논자들에 의해 공인된 사실이다. 그는 유년 시절부터 "放浪하는 아비 어미의 등곬에서 시달리며 무서운 國境 넘어 우라지오 바다며 아라사 벌판을 달리는 이즈보즈의 마차에 트로이카에 흔들리어서 가"[1]면서 살아온 유이민이다. 궁핍한 생활로 인해 타향으로 떠돌면서 살 길을 간신히 찾던 유이민으로서의 삶은 이용악 시의 중요한 소재로 활용되고 있을 뿐만 아니라, 그가 외부 세계를 체험하고 시를 쓰는 방식에도 지대한 영향을 끼친다. 이용악의 동향 후배 시인인 유정에 의하면 이용악은 "길을 걸어다니면서, 전차(電車)나 버스를 타고 손잡이 잡고 흔들거려 가면서"[2] 시를 썼다고 한다. 이용악의 시적 구상은 항상 몸의 이동과 그에 따른 주변 환경의 변화에 의해 촉발되고, 이동 과정의 진행에 따라 시의

---

1 이수형, 「용악과 용악의 예술에 대하여」, 『현대시인전집 1. 이용악집』, 동지사, 1949, 160쪽.

2 유정, 「암울한 시대를 비춘 외로운 시혼 – 향토의 시인 이용악의 초상」, 『이용악 시전집』, 윤영천 편, 창작과비평사, 1988, 188쪽.

내적 구성이 구체화 된다고 볼 수 있다. 요컨대, 유이민의 삶은 이용악의
정체성을 대변해줄 뿐만 아니라, 그의 시 작품의 주요 소재가 되고 있으며
또 시를 쓰는 방식 자체를 이루고 있는 것이다. 이러한 이용악의 시적
특성이 해방을 맞이한 새로운 역사 공간에서도 지속적으로 작동하고 있는
지, 아니면 소멸되고 마는지를 살펴볼 필요가 있다.

　이용악은 식민 당국의 극심해진 탄압 때문에 1943년부터 고향 경성에
서 거의 2년 간 칩거하며 절필했지만, 해방을 맞이하여 다시 서울로 돌아
와 창작활동을 재개할 뿐만 아니라 좌익 단체 조선문학가동맹(문맹)에 가
입하여 적극적으로 대중문화활동에 투신하기도 한다. 이 시기에 그는 낙
향하기 전에 미처 출판하지 못했던 『오랑캐꽃』(아문각, 1947.4.20)을 다시
엮어 펴내기도 하고, 해방기 시작품과 과거 작품들을 같이 수록한 시 선집
『현대시인전집 1. 이용악집』(동지사, 1949.1.25)을 출판하기도 한다. 그중
에서 해방기에 창작된 작품의 수는 그리 많지 않은 편이다. 기존에 정리된
자료에 의하면, 1945년부터 1950년 월북 전까지 이용악은 총 19편의 시를
창작했으며 그중 확인 가능한 작품은 총 18편이다.[3] 이 작품들은 주로
1945년 8·15부터 1947년까지 쓰인 것으로 보인다.

　이들 해방기 시작들은 소재에 따라 주로 두 가지로 분류될 수 있다.

3　한아진과 곽효환의 연구에 따르면, 해방기 이용악이 창작한 시는 총 18편인데 그중
　원문이 확인 가능한 작품은 총 17편이다. 이 외, 이경수에 의해 1945년 12월 20일『중앙
　순보』에 게재된 「물러가는 벽」이라는 작품이 새로 발굴·보완된다. 이에 본고는 이 세
　편 논문에서 정리된 총 18편의 작품연보와 원문을 참조하여 해방기 이용악의 시 세계를
　분석하고자 한다. 이러한 시작품들을 연도별로 정리하자면, 1945년에 총 6편, 1946년에
　총 7편, 1947년에 총 5편으로 이루어진다. 구체적인 작품 목록은 한아진, 「해방기 이용
　악의 자기비판과 시적 변모」, 『한국현대문학연구』 46, 한국현대문학회, 2015, 201~
　202쪽 각주 19번; 곽효환, 「해방기 이용악 시 연구」, 『한국시학연구』 41, 한국시학회,
　2014, 75~76쪽; 이경수, 「식민지 말기와 해방기의 이용악의 시적 선택」, 『근대서지』
　12, 근대서지학회, 2015, 380~381쪽 각주 20번에서 볼 수 있다.

하나는 이용악이 일관되게 주목한 유이민의 삶의 현실에 관한 것이며, 다른 하나는 1946년 9월 총파업과 문화공작대 지방 선전 활동 등 정치적 행보와 관련된 것이다. 해방기 이용악 시에 대한 기존 연구는 대체로 이 두 가지 유형 중에 어느 하나에 중점을 두어 분석하는 방식으로 전개되었으며, 이 두 가지 유형을 종합적으로 살펴봄으로써 그들의 관계를 규명하는 연구는 아직까지 없다고 볼 수 있다. 곽효환(2014)은 해방과 분단이라는 배경 속에서 형성된 이용악의 시 세계를 구체적으로 분석하지만, 소재의 구별을 두지 않고 이용악의 현실 참여 인식의 점진적 고조 양상을 강조하는 데에 주력한다.[4] 한아진(2015)의 연구는 주로 이용악의 문맹 및 남로당 활동 행적에 대한 엄밀한 실증적 조사를 기반으로 하여 정치 활동에 밀접하게 대응하는 시적 변모 양상을 살펴보고 있는데, 이런 맥락에서 해방 직후에 쓰인 유이민 시는 시인의 '민족적 중간파 입장'을 드러내는 것으로 해석된다.[5] 박용찬(1990)과 최명표(2007)는 해방기의 유이민 시를 다루지만, 주로 '이야기 시'의 형태와 귀향이민의 삶이라는 소재에 천착하는 이용악의 시적 한계를 지적하는 데에 목적을 둔다.[6] 박윤우(2010), 염문정(2013), 박옥실(2014)의 연구는 각각 과거의 재현, 고향 상실, 주체의 변모 양상 등에 주목하면서 유이민 시의 일부를 분석하는데, 이는 유이민 시의 '리얼리즘'적 성격을 강조하는 기존의 틀에서 벗어나지 못하고 있다.[7] 요컨대 기존 연구는 식민지기 이용악의 시적 특성의

4 곽효환, 「해방기 이용악 시 연구」, 『한국시학연구』 41, 한국시학회, 2014.
5 한아진, 「해방기 이용악의 자기비판과 시적 변모」, 『한국현대문학연구』 46, 한국현대문학회, 2015; 「해방기 이용악의 남로당 활동과 의미」, 『코기토』 78, 부산대학교 인문학연구소, 2015.
6 박용찬, 「해방직후 이용악 시의 전개과정 연구」, 『국어교육연구』 22, 국어교육학회, 1990; 최명표, 「해방기 이용악의 시세계」, 『한국언어문학』 63, 한국언어문학회, 2007.
7 박윤우는 「하늘만 곱구나」라는 시를 전형으로 이용악의 해방기 시는 일종의 '귀환의

연장으로 해방기 이용악의 유이민 시와 그 한계를 조망하며, 해방공간의 민족의 비참한 현실을 반영하고 있다는 점에서 그 의미를 찾는다. 그러나 해방이라는 새로운 역사 공간에서 이용악이 지속적으로 유이민의 삶을 시적대상으로 삼은 이유가 무엇이며, 이는 단지 식민지기의 시적 특성을 고수함에 지나지 않는 것인가에 대한 보다 본질적인 질문이 선행되어야 할 것이다. 또한 이러한 유이민 시들이 해방이라는 새로운 역사 공간에서 어떠한 의미를 가지는지, 또 시인이 그 이후 창작한 좌익 정치이념에 동조하는 시들과 어떤 연동(連動)관계를 형성하고 있는지 등의 문제들을 재검토해야 할 것이다. 이러한 작업을 통해서 해방공간의 이용악의 시 세계에서 기억과 정치이념 간의 연속성과 균열, 그리고 상호 작용의 양상을 구체적으로 파악할 수 있을 것으로 기대한다.

따라서 본고는 해방기 이용악의 시 세계에 대한 분석을 통하여 해방공간에서 유이민 시와 정치이념 시의 관계를 규명하고자 한다. 해방기에 이용악이 쓴 유이민 시들은 단순히 핍박받는 하층민의 비극적 현실을 드러내는 것이 아니라, 일종의 개인적이자 집단적인 기억으로서의 유이민적 체험을 담지하는 것이었다. 해방 후 유이민은 귀국과 더불어 유이민이라는 현실적인 그리고 정서적인 정체성 혹은 상황에서 벗어나 민족이라는 보다 큰 정체성으로 회귀하는 것이 그 스스로의 소망이자 순리였

노래'로서 과거의 기억을 현실을 통하여 재현하여 드러낸다고 주장하고, 염문정은 고향 상실과 거주공간의 부재라는 논제에 입각하여 이용악의 해방기 유이민 시를 분석한다. 박옥실은 이용악의 해방기 시를 통하여 시대 현실에 대한 희망과 소망을 간직하던 주체가 극한 이념적 대립 상황의 영향으로 분노와 저항의 주체로 전환하는 시적 주체의 변모양상을 살펴본다. 박윤우, 「해방기 한국시에 나타난 역사의 기억과 재현 : 이용악과 오장환의 시를 중심으로」, 한국현대문학회 학술발표회자료집, 한국현대문학회, 2010.6; 염문정, 「관전사(貫戰史)의 관점으로 본 전쟁과 전후(戰後)의 삶 : 이용악 시를 중심으로」, 『동남어문논집』 35, 동남어문학회, 2013; 박옥실, 「이용악 시 주체의 변모양상 연구 – 해방기를 중심으로」, 『어문논총』 62, 한국문학언어학회, 2014.

다. 그러나 미·소 군정의 양립된 이념 통제와 배재에 의해 해방 후 많은 사람들은 공인되고 통일된 '민족 정체성'으로의 회귀에 실패하고 만다. 때문에 시인은 스스로 유이민으로 남아, 계속하여 유이민으로서의 존재적 현실을 드러냄으로써 비로소 발화의 위치와 입지를 고수할 수 있게 된다. 또한 이런 아이덴티티 전환의 난항과 위기를 극복하기 위하여 좌익 정치이념에 힘입어 새로운 몸을 표상함으로써 새로운 투쟁 주체를 시적 언어로 구축하고자 한다. 그러나 격해진 남북 간의 좌우대립과 남한 단정의 수립으로 인해 좌절을 경험한 이용악은 이후 정치 이념을 두드러지게 표명하기보다는, 유이민 삶이나 과거 시절에 대한 노스탤지어적 감정에 기대어 시를 창작한다. 결국, 해방기에 쓰인 유이민 시는 민족 현실 재현의 측면에서 의미가 있을 뿐만 아니라, 일종의 기억의 메커니즘으로 전환·작동되어 이용악의 시 세계의 변화를 이끌어가며 지탱해주는 데에도 중요한 역할을 발휘한다.

2. 해방과 유이민 정체성에 대한 재인식

2.1. 유이민의 삶에 대한 새로운 접근

1948년 8월 15일 일본이 '무조건 항복'을 선언함에 따라 조선은 36년간의 식민지 지배에서 벗어나 해방을 맞이하게 된다. 이러한 중대한 역사적 전환점을 마주한 이용악은 시인으로서 이 현실에 어떻게 대응하였던 것일까. "八·一五를 맞이하여도 남들과 같이 興奮치 않았고, 새삼스럽게 서둘지도 않았다. 이것은 李詩人으로선 當然할일었는지 모르나 李庸岳氏는 그냥 낡은 形式의 詩를 固持하는 保守的詩人으로 알려지는 結果를 가져오게하였다."[8] 시인 김광현의 회고를 통해 이용악은 해방에 대한 기쁨과 열정을 특별히 표현하지 않은 채 옛날의 창작 수법과 습관을 그대로 유지하여 시를 창작했음을 볼 수가 있다. 이는 보수적인 대응 자세로 해석되기도 하지만, 아직 혼란스러운 해방공간을 묘사하기에 적절한 새로운 시적 표현을 찾기 어려워 기존의 방식이 요청될 수밖에 없었던 것으로 이해해도 무방할 것이다. 폴란드 시인 체슬라브 밀로즈는 나치 시대의 시인들이 커다란 충격을 가하는 역사 사건을 대면하여 취한자세에 대해 언급한 바가 있는데, "만약 현실이 어떠한 명명 방식으로도 설명되지 못한다면 시인은 우회적인 방식으로 접근할 수밖에 없으며, 이는 왕왕 한 사람의 주관성을 통하여 그것을 반영하게 된다."[9] 마찬가지로 이용악이 해방 초기에 창작한 시들을 살펴보면 이러한 접근 방식을 발견할 수 있다. 구체적으로 말하자면, 그는 상경이라는 개인 체험과 과거 유이민으로서의 삶에 대한 주관적인 기억에 의거하여 간접적으로 해방의 현실과 자신의 감정을 노출하고 있다. 시「우리의 거리」[10]에서는 "여러 해 만에 서울로 떠나가는" "아들"이 "어머니"와 함께 길거리에 지나가는, 해방을 경축하는 행렬을 보면서 과거의 떠돌이 삶과 타향에서 객사한 아버지를 회상하는 모습을 묘사한다. "좋은 하늘 못 보고 타향서 돌아가신 아버지"와는 달리 시적 화자는 폐허 위에 서서 만세를 부르며 희망에 벅찬 미래를 만난다. 이는 가족사를 회상함으로써 시적 화자에게 있어 해방의 가장 직접적인 영향이 어떤 것인지를 보여주는 것인데, 시적 화자는 더 이상 부모 세대처럼 떠돌이 생활을 하지 않고 신생활을 동경

---

8 김광현, 「내가 본 시인 – 정지용, 이용악」, 『민성』 제9·10호, 1948.10, 72쪽.

9 "······ once reality surpasses any means of naming it, it can be attacked only in a roundabout way, as it is reflected in somebody's subjectivity."
Czeslaw Milosz, *The Witness of Poetry (The Charles Eliot Norton Lectures 1981–1982)*, Harvard University Press, 1983, p.93.

10 곽효환·이경수·이현승 편, 『이용악 전집』, 소명출판, 2015, 125~126쪽.

할 수 있는 주체가 되었음을 암시하고 있다. 그러나 정작 열차를 타고 서울로 상경하는 길에서 시인의 심경은 큰 변화를 겪게 된다. 「하나씩의 별」은 겨울밤에 시적 화자가 유이민들과 같이 화물열차를 타고 귀향길에 오르는 모습을 드러낸다.

> 무엇을 실었느냐 화물열차의
> 검은 문들은 탄탄히 잠겨졌다
> 바람 속을 달리는 화물열차의 지붕 우에
> 우리 제각기 들어누워
> 한결 같이 쳐다보는 하나씩의 별
>
> 두만강 저쪽에서 온다는 사람들과
> 쟈무스에서 온다는 사람들과
> 험한 땅에서 험한 변 치르고
> 눈보라 치기 전에 고향으로 돌아 간다는
> 남도 사람들과
> 북어 쪼가리 초담배 밀가루 떡이랑
> 나눠서 요기하며 내사 서울이 그리워
> 고향과는 딴 방향으로 흔들려 간다
>
> 푸르른 바다와 거리 거리를
> 서름 많은 이민열차의 흐린 창으로
> 그저 서러이 내다보던 골짝 골짝을
> 갈 때와 마찬가지로
> 헐벗은채 돌아 오는 이 사람들과
> 마찬가지로 헐벗은 나요
> 나라에 기쁜 일 많아
> 울지를 못하는 함경도 사내

> 총을 안고 뽈가의 노래를 불르던
> 슬라브의 늙은 병정은 잠이 들었나
> 바람 속을 달리는 화물열차의 지붕 우에
> 우리 제각기 들어누워
> 한결 같이 쳐다보는 하나씩의 별

> −1945년−
> −「하나씩의 별」[11]

시적 화자는 시베리아나 만주 등지에서 몰려오는 유이민들과 화물열차 지붕 위에 누워 하나씩의 별을 쳐다본다. 그러나 귀향의 기쁨과 기대감이 표현되기보다, 이 귀향 여정에 잠복해 있는 위험과 불확실성이 부각되고 있다. 우선, 이들은 화물열차 지붕 위에 타고 있는데, 검은 문들이 굳게 닫혀 있는 열차 공간 안에서 열차가 "무엇을 실었느냐"에 대해 알지 못한다. 역사의 차바퀴는 미래를 향해 밤낮으로 달려가지만 그들은 이 열차 '안에서' 스스로의 자리를 찾은 주인공이 아니라 우연히 덧실린 물자처럼 지붕 위에 실려 가고 있을 뿐이다. 그리고 열차 지붕 위에서 추운 바람을 직접 맞는 고통을 견뎌야만 하는 가운데, 가급적 일찍 고향으로 돌아가고 싶은 그들의 마음보다는 눈보라치는 겨울 날씨를 피하고 싶은 단순한 육체적 욕구가 우선인지도 모른다. 유이민들처럼 궁핍한 처지인 시적 화자는 예전과 비슷한 비참한 삶의 현실을 직접 목격하고 체험하여 서럽고 슬프며, 한편으로는 "나라에 기쁜 일 많"음을 상기하면서 울고 싶은 감정을 억누르고 만다. 이러한 모순된 감정들이 서로 엇갈리는 과정에서 시인의 마음에는 현실에 대한 무력감과 불안감이 생겨나게 된다. 무기를 안고 있던 소련 병정이 잠에 들고 만 깊은 밤에 시적 화자와 유이민들은 각자

---

11   곽효환·이경수·이현승 편, 위의 책, 127~128쪽.

하늘에 떠 있는 하나씩의 별을 쳐다보며 그 것을 위안삼아 불안과 서러움, 그리고 미래에 대한 무력감을 완화시킨다. 혼돈의 해방 정국에 휩쓸린 그들에게 별은 일종의 항구성에 대한 기대와 안정감을 안겨 줄 수 있는 자연물인데, 이는 유이민들이 떠돌이 삶을 사는 과정에 항상 별을 쳐다봄으로써 자신의 위치와 향방을 정하고 마음의 위안을 찾던 삶의 습관으로부터 형성된 몸에 배인 행위라고 할 수 있을 것이다. 각자 쳐다보는 별의 위치와 의미는 다를 수도 있지만, 수많은 미지수로 이루어진 어둠의 해방 정국 속에서 시적 화자를 비롯한 유이민들은 그 하나씩의 별을 통해서만 자기 존재의 확실성을 획득하고 있는 것이다.

유이민 삶에 대한 회고를 통해 이용악은 해방의 의미, 즉 유이민들이 더 이상 식민지기 윗세대처럼 비참한 떠돌이 생활을 하지 않을 수도 있다는 가능성을 확인한다. 그러나 정작 서울이라는 "우렁찬 건국의 대공사장"[12]에 뛰어들기로 결심하여 상경하는 길에 그는 귀향민들의 실제 모습과 정국의 불투명한 현실과 앞날을 인식하게 된다. 이처럼 유이민 삶에 대한 기억은 이용악이 미지의 해방공간을 재인식하고 탐색하는 데에 '하나씩의 별'과 같은 역할을 해준다. 유이민의 위치를 지키는 것은 가치와 이념의 혼돈 속에서 향방을 잡기 위해 이용악이 취한 시적 자세로서, 앞으로의 해방·분단 현실을 인식하는 토대로 기능하게 된다.

2.2. 이념 대립과 유이민 기억의 무효화

"해방이 되었으나 총독부에 태극기가 게양된 적은 하루도 없었고, 일장기가 내려진 후 바로 성조기가 올라갔다."[13] 해방 정국은 미·소 군정

---

12 이수형, 위의 글, 165쪽.
13 이완범, 「해방 직후 국내 정치 세력과 미국의 관계, 1945~1948」, 『해방 전후사의

의 개입으로 인해 점차 복잡해지고 한국은 민족 내부의 힘으로 주권을
쟁취하지 못하는 궁지에 빠진다. 이러한 상황에서 군사분계선으로서 정
해진 38선은 점점 남북 분단의 경계선으로 바뀌어 한반도의 분단은 고착
화된다. 이용악의 시 「38도에서」는 분계선에 막혀서 남쪽으로 들어오지
못하는 유이민들의 처지를 묘사함으로써 분단이 초래한 현실을 명시적
으로 보여준다.

> 누가 우리의가슴에 함부로 금을 그어 강물이
> 검푸른 강물이 구비처 흐르느냐
> 모두들 국경이라고 부르는 삼십팔도에 날은
> 저무러 구름이 뭉여
>
> 물리치면 산 산 흩어졌다도
> 몇번이고 다시 뭉쳐선
> 고향으로 통하는 단 하나의 길
> 철○를 ○○해
> ○를 향해
> 떼를 지어 나아가는
> 피난민들의 행렬
>
> ─야폰스키가 아니요 우리는
> 거린채요 거리인채
> 한달두 더걸려 만주서 왔단다
> 땀으로 피로 지은 벼도 수수도
> 죄다 바리고 쫓겨서 왔단다

재인식 2』, 박지향·김철·김일영·이영훈 엮음, 책세상, 2006, 70쪽.

이사람들의 눈 좀 보라요
이사람들의 입술 좀 보라요

-야폰스키가 아니요 우리는
거린채요 거리인채

그러나 또다시 화약이 튀어
제마다의 귀뿌리를 총알이 스처
또다시 흩어지는 피난민들의 행렬

나는 지금
표도 팔지 않는 낡은 정거장과
꼼민탄트와 인민위원회와
새로 생긴 주막들이 모아 앉은
죄그마한 거리 가까운 언덕길에서
시장끼에 흐려가는 하놀을 우러러
바삐 와야할 밤을 기대려

모두들 국경이라고 부르는 삼십팔도에
어둠이 내리면 강물에 들어서자
정갱이로 허리로 배꿉으로 목아지로
막우 헤치고 나아가자
우리의 가슴에 함부로 금을 그어
구비처 흐르는 강물을 헤치자

-「38도에서」[14]

14 곽효환·이경수·이현승 편, 위의 책, 335~336쪽.

유이민들에게 남북 분단이 초래한 가장 직접적인 영향은 그들이 "고향으로 통하는 단 하나의 길"을 통해 남쪽으로 귀환할 수 없게 된 것이었다. 소련군에게 러시아말로 자신이 일본인이 아니라 조선인임을 설명하고, 과거의 힘든 생활 이력을 예로 들어 감정에 호소를 하고, 다시 자신의 외모 특징을 증거로 해명을 거듭하나 결국 소용이 없으며, 만약 이러한 상황에서도 이들이 기어이 38선을 넘는다면 총알이 뒤따를 수밖에 없다. 유이민으로서의 경력과 기억들은 더 이상 이들의 정체성을 입증할 수 없으며 이들은 단지 하나의 부질없는 육체적 존재로만 남아 미·소 이데올로기에 의해 분계선 밖으로 무차별하게 추방될 뿐이다. 그러나 시의 뒷부분에는 이러한 현실을 참고 묵인하기보다 이에 반항하고자 하는 시적 주체의 목소리가 드러난다. 한아진이 지적하듯이, "이용악 시의 시적 주체는 「38도에서」를 기점으로 서서히 투쟁적 주체로서 변화해 간"[15]다. 여기서 좀 더 나아가자면 시적 주체의 이러한 투쟁 의식이 어디서 기인하는가라는 문제를 제기할 수 있다. 이용악이 당시 좌익 단체인 조선문학건설본부의 일원으로 활동하고 있었음에도 시에서 소련군의 폭행을 고발하는 것을 보면, 그의 '정치적' 태도는 김동석과 한아진이 지적하듯이 이북의 사회주의 체제의 이념을 기반으로 하는 "정세판단에서 나온 것이라기보다는 식민지시기에 체험한 민족적 상황과 감정에 기반한 입장"[16]이었던 것으로 보인다. 그런데 여기에서 '감정'을 어떻게 읽을지가 중요하다. 기존 연구는 이 시가 '반소련'의 명확한 정치 이념에 의해 쓰인 것이라기보다 시인 본인의 섣부른 정세판단과 일시적으로 흥분한 감정의 소산에 더 가깝다고 비판한다. 그러나 이 시의 투쟁의식이 확고한

---

15   한아진, 「해방기 이용악의 자기비판과 시적 변모」, 『한국현대문학연구』 46, 한국현대문학회, 2015, 211쪽.

16   한아진, 위의 글, 210쪽.

정치 이념에 의해 촉발되는 것이 아니라는 판단에는 동의하지만, '정세에 쉽게 좌우되는 감정'으로부터 '충동적으로' 발생한 것이라는 해석은 좀 더 숙고를 필요로 한다.

이 시에서 시인이 비판하고자 하는 대상은 폭력을 함부로 행사하는 소련군만이 아니라 38선을 국경이라고 부르는 "모두들"이다. "우리의 가슴에 함부로 금을 긋"는 가해자의 야만성과 폭력성은 두말할 필요가 없지만 38선을 '국경'으로 부르고 인정하는, 외세와 공범이나 다름없는 민족 내부적 인식이 시인을 더 분개하게 만드는 것이다. 시에서 지배 권력이 이데올로기에 힘입어 38선이라는 한낱 위도를 기정 사실화된 국경선처럼 포장하고 제도화시키며 또 그것을 이용하여 기존의 역사와 기억을 임의로 말살하고 고쳐 쓰고 있음을 유이민의 처지를 통하여 확인해주고 있다. 한때 이용악의 자기 정체성을 지탱해주었던 유이민의 삶에 대한 기억들이 이제는 모두 무효화되고 있으며, 유이민 개개인은 지배 권력의 시선 밖으로 추방되는 무용지물에 불과하게 되었다. 자신의 역사와 기억이 더 이상 인정받고 존중되지 않는 상황에서 시적 화자가 할 수 있는 일은 실은 유이민의 정체성을 언어나 기억이나 외모 특징 등으로 노출하는 것이 아니었다. 그것은 오히려 귀뿌리를 스치는 소련군의 총알만을 불러올 뿐이기 때문이다. 그보다는 시에서 밤의 어둠으로 자신의 얼굴을 지우고 "정강이로 허리로 배꼽으로 모가지로" 강물을 "마구 헤치고 나아가"서 38선을 돌파할 것이 호소된다. 이는 '조작된' 소위 국경의 권위를 무너뜨리는 하나의 퍼포먼스에 가깝다.

이 시에 드러난 시인의 투쟁의식은 단순히 분단 체제 아래 귀향길이 막힌 유이민들의 비참한 처지를 보고 생기는 분노나 외세 소련군에 대한 적개심에서 우러나오는 것이 아니다. 이는 유이민 체험을 비롯한 민족과 개인의 역사와 기억이 더 이상 개개인의 정체성을 확인해 주고 나라의

주인으로서의 자격을 입증해 주지 못하는 현실에 대한 통찰과 아픔에서
비롯하는 것이다. 이후 1945년 12월에 창작된 시 「나라에 슬픔 있을 때」
는 '다윗과 골리앗 이야기'를 차용하여 이러한 투쟁 의식을 좀 더 구상화
하려는 시적 태도를 보여준다.

> 자유의 적 꼬레이어를 물리치고져
> 끝끝내 호올로 일어선 다뷔데는 소년이었다
> 손아귀에 감기는 단 한개의 돌맹이와
> 팔맷줄 둘러 메고
> 원수를 향해 사나운 짐승 처럼 내달린
> 다뷔데는 이스라엘의 소년이었다
>
> (중략)
> 숨은 골목 어디선가 성낸 사람들
> 동포 끼리 옳잖은 피가 흘러
> 제마다의 가슴에 또다시 쏟아져 내리는
> 어둠을 헤치며
> 생각는 것은 다만 다뷔데
>
> 이미 아무것도 갖지 못한 우리
> 일제히 시장한 허리를 졸라 맨 여러 가지의
> 띄를 풀어 탄탄히 돌을 감자
> 나아가자 원수를 향해 우리 나아가자
> 단 하나씩의 돌맹일지라도 틀림 없는
> 꼬레이어의 이마에 던지자
>
> > -1945년 12월-
> > -「나라에 슬픔 있을 때」 부분[17]

시적 화자는 "성낸 사람들", "동포"에게 이슬라엘 소년 다뷔데(다윗-필자)처럼 "자유의 적 꼬레이어(골리앗-필자)"를 향해 돌멩이를 던져 물리치자고 독려한다. 이 시는 비록 투쟁 대상이 자유의 적 꼬레이어로 비유되어 적의 실체는 분명하지 않으나 투쟁 주체인 동포, 띠를 풀어 탄탄히 돌을 감고 적의 이마에 돌을 던지는 투쟁 방식 등을 일일이 성경의 알레고리적 요소와 서사에 따라 설정하고 있다. 물론 이 시는 시적 화자의 반항의식을 선명하게 드러내고 있지만, "시적 변화로 이어질 만큼 근본적인 정치적 변화가 진전되지 않은 상황에서 이념이나 투쟁의지만을 '표명'하는 데서 오는 생경함"[18]도 같이 동반한다.

그러나 이 시에서 이전의 시들에서 볼 수 없던 새로운 시도가 나타나고 있음을 간과할 수 없다. 그것은 바로 익숙한 유이민 주체를 부각시키지 않고 새로운 투쟁 주체를 구상하는 시적 묘사다. 이용악은 물리쳐야 할 투쟁 대상을 "자유의 적 꼬레이어"로 막연하게 그려내는 반면에, 투쟁 주체는 소년 "다뷔데"를 그대로 차용하는 데에 그치지 않고 "사나운 짐승처럼 내달린 다뷔데"로 표현되는 "우리"로 확장한다. 박민영은 다윗 소년을 '사나운 짐승'에 비유하는 시적 표상에 주의를 기울이는데, 식민지기에 이용악 시에 자주 나타났던 병든 동물의 표상과 대비하여 해방을 맞은 이용악은 과거의 문약하고 퇴폐적인 자아를 극복하고 "거리로 나서며 다윗처럼 '사나운 짐승'이 되기를 원했을 것"이라고 보고 있다.[19] 그러나 앞에 분석한 해방 직후의 이용악 시들에 나타나는 시적 주체의 이미지와 연관시켜 해석하면 시적 주체의 변모 양상을 다르게 발견할 수도 있다.

17 곽효환·이경수·이현승 편, 위의 책, 131~132쪽.
18 한아진, 위의 글, 214쪽.
19 박민영, 「이용악 시에 나타난 상호텍스트성의 의미 – 일제 말에서 해방기 시를 중심으로」, 『한국문예비평연구』 45, 한국현대문예비평학회, 2014, 209쪽.

즉 시적 주체가 유이민 가족의 후대(後代)나 함경도 출신의 사나이 등 사회적 속성과 개인·집단적 역사로 구축된 '윤리적 인간'으로부터 강한 동물성을 지니는 '생물학적 신체'로 환원되는 시적 변화가 보이는 것이다.

후술하겠지만, 1946년 후반기부터 시인 자신이 적극적으로 참여한 좌파 정치 활동을 소재로 쓴 시들에는 표정이나 몸짓 등 신체 표상을 통하여 투쟁 주체를 부각하고자 한 시적 의도가 집약적으로 드러난다. 이런 측면에서 보면, 시「나라에 슬픔 있을 때」는 이용악의 그 이후 시적 방향을 단적으로 제시한다고 할 수 있다. 이는 이 시가 시인의 투쟁 의식을 표출하고 있기 때문이 아니라, 이념 대립이 격화된 현실에서 시적 주체의 윤리성을 강조하는 데에 그치지 않고 몸의 동물성에 주목하여 시의 내적 변화를 이루어 내고자 하는 새로운 시적 의도를 보이고 있기 때문이다. 기억으로 구축된 윤리적인 주체와 정치 이념의 변화에 따른 몸으로서의 투쟁 주체는「오월에의 노래」에 이르러서는 동전의 양면처럼 병치되어 해방기 이용악 시 세계의 새로운 특징으로 나타나게 된다.

3. 정치이념과 기억의 병행

1946년 7월에 이용악은 문맹의 기관지인『문학』창간호에 시「오월에의 노래」를 발표한다. 이 시는 1947년 4월에 문맹의 "1946년도 해방기념 조선문학상" 시 부문 후보에 오르기도 한다. 비록 당시 심사위원단은 이 시에 대해 "作者의 內部가운데 成長하고 있는 詩的眞實의 統一된 形象化를 沮害하고 있는 遊離된 형식이 존재한"[20]다고 평가하면서 결국 오장환

---

20 조선문학가동맹 1946년도 문학상 심사위원회,「1946년도 문학상 심사 경과 및 결정 이유」,『문학』3, 1947, 55쪽.

의 시집 『병든 서울』에 문학상을 수여하지만, 현재 많은 연구자들은 이 시에서 시작하여 해방기 이용악의 시적 변화와 이념적 변화가 본격적으로 이루어지기 시작하였다고 판단하면서 그 중요성을 강조하고 있다. 즉 이 시는 "문맹의 민족적·계급적·문학적 자기비판의 요청에 대한 시인의 응답인 동시에 시인 스스로 친일과 소시민성에 대해 반성하는, 양심과의 대면과정"[21]인 것이다. 아울러, 시인에게 있어서도 이 시는 "半年이란 긴 時日과 無慮 五·六百枚의 原稿紙를 消費하는 苦心에 苦心을 거듭하여 비로소 이루어진것이라"[22]는 고백에서 보다시피 각별한 의미를 가진다. 그러나 이처럼 고심 끝에 쓰인 시는 사실 명확한 의지를 드러내기보다 모호하고 해석의 여지가 많은 시적 표상들을 많이 사용하여 시적 주체의 모순된 모습을 부각한다. "나는 여러 層階의 友人으로부터 오월에의 노래에 있는 『독한 약봉지와 한자루 칼이 놓여 있는 거울 속에 너는 있어라』라는 것은 무슨 뜻인가? 라는等의 質問을 받아 적지않은 難境에 빠지었었다"[23]는 시인 김광현의 회고는 이를 입증하기도 한다.

먼저 이 시의 첫 두 연을 보자.

잇발 자욱 하양게 홈 간 빨뿌리와 담뱃재 소복한 왜접시와 인젠 불 살러도 좋은 몇 권의 책이 놓여 있는 거울 속에 너는 있어라

성미 어진 나의 친구는 고오고리를 좋아 하는 소설가 몹시도 시장하고 눈은 내리던 밤 서로 웃으며 고오고리의 나라를 이야기하면서 소시민 소시민이라고 써놓은 얼룩진 벽에 벗어버린 검은 모자와 귀걸이가 걸려 있는

21 한아진, 위의 글, 221~222쪽.
22 김광현, 위의 글, 73쪽.
23 김광현, 위의 글, 73쪽.

거울 속에 너는 있어라

-「오월에의 노래」 부분[24]

시인은 "너"를 무엇이라 설정하기보다 항상 과거와 현재 사이에 놓여 있는 "너"의 위치에 대해 강조한다. 시에서 시적 화자가 사용한 물건들은 실은 몸의 연장으로서 시적 화자를 대변할 수 있다. 시인은 이러한 사물들을 매개로 하여 과거와 현재, 심지어 미래의 여러 모습들을 거울이라는 국한된 공간에 집어넣고 나열함으로써 자아의 다중적인 모습들이 서로 어긋나고 공존하는 내적 풍경을 노출시킨다. 이용악에게 있어서 반 년 동안 내내 고심하면서 직면해야 했던 '자기비판'의 과제는, 유이민으로서의 고된 삶과 식민 지배를 받던 자로서의 욕된 생활을 포함한 과거 삶의 기억들을 모두 '청산'하고 좌파 정치이념에 따라 새로운 자신을 재생시키는 것이 아니라, 과거의 모든 기억을 소화하고 짊어지면서 동시에 현재의 자신을 개선하고 미달의 이상적인 미래로 나아가는 것이었다. 시의 마지막 두 연에서 보듯이, 그리웠던 "푸른 하늘"과 "메이데의 노래"는 "우리 것이라"는 선언과 이상이 신문에 활자화되어 널리 전파되는 치열한 시국 속에서도 시적 화자는 이중적인 모습 사이에 존재하고 있다.

그리웠던 그리웠던 구름 속 푸른 하늘은 우리 것이라 그리웠던 그리웠던 메에데에의 노래는 우리 것이라

어느 동무들이 희망과 초조와 떨리는 손으로 주워 모은 활자들이냐 아무렇게나 쌓아 놓은 신문지 우에 독한 약봉지와 한 자루 칼이 놓여 있는 거울

24 곽효환·이경수·이현승 편, 위의 책, 123쪽.

　　속에 너는 있어라

−1946년−

−「오월에의 노래」 부분

　"독한 약봉지"와 "한 자루 칼"이라는 시적 표상에 대해 논자들의 구체적인 해석은 다양하지만, 대체로 전자는 시적 주체의 과거의 문약한 모습으로, 후자는 시적 화자가 거듭나고자 하는 강인한 이미지로 읽어내는 구도에 한정된다. 특히 이용악이 1946년 2월에 전국문학자대회에 참가하여 쓴 글에 "우리의 文學實踐이 眞實로 民族全員의 利益을 尊重해서의 武器가 될 수 있을 때에만 그 意義가 클 것이다"[25]는 선언을 고려하면, "한 자루 칼"이 이용악 스스로 이행하고자 하는 자기비판과 문학실천의 절실함과 단호함을 상징하고 있음을 알 수 있다. 그러나 기존 해석들의 해석 방법을 따를 경우, "독한 약봉지"나 "한 자루 칼"이 대변하는 진정한 의미가 무엇인지, 그리고 시적 화자가 둘 중 어느 방향을 선택하게 되는지 등의 문제에만 분석의 중점을 두게 될 수 있다. "독한 약봉지"가 나약하고 소극적인 몸의 환유일 수도 있고 병든 몸을 치료하는 강한 치유력도 상징할 수 있듯이, "한 자루 칼"도 강인함과 육체성을 상기하는 사물로도 자신과 타인을 가해하는 위험한 무기로도 볼 수도 있다. 해석의 목적에 따라 이러한 시적 표상들의 의미가 달라지며 서로 상반되는 이미지들이 한 실체에 공존할 수도 있다. 그러므로 중요한 것은 모호한 시어의 확실한 의미를 규명하는 일이 아니라, 그러한 다의성과 모순성을 드러내려고 하는 시인의 태도와 창작 실천이 당시 극해진 이념 대립에 있어서 무엇을 의미하는지를 탐구하는 것이다. 시인이 문맹에 가입하여

25　이용악, 「전국문학자대회인상기」(『대조』, 1946.7), 곽효환·이경수·이현승 편, 위의 책, 856쪽.

좌익단체에 합류한 시점에서도 이러한 시어의 모호성과 다의성을 고수
한 시적 자세는 당시 문맹 심사위원단의 입장에서는 "낡은 형식"[26]으로
취급되었지만, 이는 시인 자신이 정치이념에 완전히 종속되지 않음으로
써 시 세계의 자주성을 지키는 한편 현실과 거리를 두고 시의 내적 정치
성을 유지하고자 한 시적 의도라고 해도 무방할 것이다.

과거 기억들로 구축된 '낡은 자신'과 현실 좌익 정치이념이 요구하는
'새로운 자신'이 겹쳐있는 이중적 시적 주체는 1946년 하반기 이후의 이
용악 시 세계에 거듭 나타난다. 「오월에의 노래」는 이 시기에 이용악 시
의 이중적 기조를 미리 마련해 주는 역할을 한다고 볼 수 있다.

3.1. 투쟁 주체의 몸과 정치적 기호화

이용악은 어떻게 좌익 정치이념에 부합하는 새로운 시적 주체를 구축
하고 표출하였는가. 1946년 하반기부터 1950년 월북 전까지 창작된 10
편의 시 중에서 5편은 문맹의 문화대중운동이나 인민항쟁 현장을 직접
다루고 있다. 이 시기 이용악의 정치적 행보와 밀접하게 관련되어 있는
이 시들에서 이전의 시들에는 없던 새로운 시적 특징을 발견할 수 있는
데, ㄱ. "시적 공간이 내면에서 거리로 이동한"다는 점, ㄴ. "분노에 가득
찬 시적 주체가 등장한"다는 점, ㄷ. 시어의 측면에서, "구보, 회남과 같
은 실제 인물들의 이름이 시어로서 사용되고" "조국"이나 "인민의 나라"
등 이념어도 나타난다는[27] 점이 그것이다. 그러나 시적 공간의 변화나
시적 주체의 계급적 입장과 정서 등 새로운 요소들은 이용악 시와 정치
이념 간의 관련성을 제시하고 있지만, 표면적이고 단순한 외적 변화를

---

26 조선문학가동맹 1946년도 문학상 심사위원회, 위의 글, 55쪽.
27 한아진, 위의 글, 225~226쪽.

보여줄 뿐 정치 이념의 영향으로 인해 스스로 작동되는 이용악 시의 내
적 변모를 제시해 주지는 않는다. 이 시기 이용악의 시작품들은 단순히
리얼리즘적인 시각에서 항쟁 현장을 피상적으로 재현하고 기록하는 것
이 아니라, 정치적 이념을 표상할 수 있는 상징적인 기호로서의 몸을 시
적 언어로 구상화하는 것을 시적 동력으로 삼고 있다. 시인은 해방 초기
에 쓴 「나라에 슬픔 있을 때」에서 알레고리적 인물 다윗을 빗대어 사나
운 짐승과 같은 소년이라는 투쟁 주체를 그린 바가 있는데, 대중화운동
의 고조기에 이르러 시인은 자신의 정치 활동 경험을 토대로 하여 얼굴
표정, 동작, 소리, 시선, 체형, 신체 부위 등 세부적인 면에서 진일보된
형태로 시적 투쟁 주체를 명백하게 부각시킨다.

　　불빛 노을 함빡 갈앉은 눈이라 노한 노한 눈들이라

　　죄다 바서진 창으로 추위가 다가 서는데 몇번째인가 어찌 하여 우리는
또 밀려나가야 하는 우리의 회관에서

　　더러는 어디루 갔나 다시 황막한 벌판을 안고 숨어서 쳐다보는 푸르른
하늘이며 밤마다 별 마다에 가슴 맥히어 차라리 울지도 못할 옳은 사람들
정녕 어디서 움트는 조국을 그리는 것일까

　　폭풍이어 일어서는것 폭풍이어 폭풍이어 불낄처럼 일어서는 것

　　구보랑 회남이랑 홍구랑 영석이랑 우리 그대들과 함께 정들인 낡은 걸상
이며 책상을 둘러메고 지나간 데모에 휘날리던 깃발까지도 소중히 감아들
고 지금 저무는 서울 거리에 갈 곳 없이 나서련다

　　내사 아마 퍽도 약한 시인이길래 부끄러이 낯을 돌리고 그저 울음이 복

바치는 것일까

  불빛 노을 함빡 갈앉은 눈이라 노한 노한 눈들이라

-1946년-

-「노한 눈들」[28]

  1946년 11월 『서울신문』에 발표된 「노한 눈들」은 시적 화자가 추운 날씨에 탄압 세력에 의해 "구보랑 회남이랑 홍구랑 영석" 등 문맹 성원들과 함께 "우리의 회관"에서 또 다시 쫓겨나 서울 거리에 나설 수밖에 없는 상황을 그리고 있다. 시의 첫 행과 마지막 행에서는 불빛 노을처럼 가라앉은 노한 눈들이라는 시적 표상이 반복적으로 나타나는데, 이는 투쟁자들의 고조하는 정열과 분노가 폭풍과 불길처럼 만연하는 모습을 보여주고 있다. 사실 첫 행이 마지막 행에서 반복되어 나타나는 구조는 그 뒤에 창작된 「빗발 속에서」, 「기관구에서」, 「다시 오월에의 노래」 등 3편의 시에서도 발견된다. 이는 투쟁 현장과 인물 표정을 거듭 재현·강조하기보다, 수행적인 언어를 반복하는 작업을 통하여 새로운 정치 현실과 투쟁 주체를 창조하기 위해서임을 볼 수 있다. "시는 흔적 없이 사라질 수 있을 터이지만, 그것은 또한 기억 속에 흔적을 남기면서 반복되는 행위를 유발할 수 있다. 그러한 수행성은 오직 단 한 번 이루어지는 일회적 행위가 아니라 반복적 행위로서, 이러한 반복행위가 형식에 생명력을 부여한다."[29] 시인은 시의 첫 행과 마지막 행에서 반복된 수행적인 발화를 통하여 정치적 투쟁 의지와 행위를 실천하며 동시에 시의 독자로 하여금 그러한 의지와 행동에 참여하도록 유발함으로써 시의 정치적 효과를 확

28 곽효환·이경수·이현승 편, 위의 책, 124쪽.

29 조너선 컬러, 『문학이론』, 조규형 옮김, 고유서가, 2016, 191쪽.

대하는 것이다.

시인은 수행적인 언어를 통하여 투쟁 주체를 형성하려 시도하지만 그 형성 과정에서 일어나는 몸의 신체적 어긋남도 예리하게 포착한다. 시의 마지막에서 두 번째 행은 시의 전체적인 내용과 투쟁 현장의 고조한 분위기에 걸맞지 않게 시적 주체의 나약함과 집단 감정으로부터 이탈하는 정서를 묘사한다. 항쟁 운동에서 거듭 좌절을 겪었지만 가슴 막혀 울지 못하며 노한 눈빛으로 자신의 투쟁 의지를 표출하는 성원들의 강인한 모습과 달리, 시적 화자는 "부끄러이 낯을 돌리고 그저 울음이 복받치"고 자신의 감정을 통제하지 못한다. 화자는 아마 자신이 "퍽도 약한 시인"이기에 남들처럼 투쟁자로서 있어야 하는 감정과 얼굴 표정을 가지지 못한다고 자기비판한다. 시인은 비록 직접 항쟁 운동에 나서고 좌익 정치이념에도 상당 정도 동조하고 있지만, 실상 대중과 함께 현장에 있을 때는 의식과 몸 사이에 괴리가 발생한다. 시인의 몸은 아직 투쟁자의 몸, 정치이념에 부응하는 몸으로 전환하여 반응하지 못하였기에, 시적 화자는 "낯을 돌리"고 투쟁 행렬의 집단적 모습에서 자신의 얼굴을 제외시키고자 한다. 이 시는 시인으로서의 몸, 즉 개인의 역사·기억으로 구축된 몸이 정치이념 및 투쟁 운동에 의해 요구된 몸들 속에 완전히 스며들지 못하고 시인의 개인 기억과 집단 정치이념 사이의, 행동과 감정 사이의 어긋남과 모순을 드러내고 있음을 보여주고 있다.

그러나 정치 활동에 깊이 개입함에 따라 시인의 몸은 점차 변별적 특징을 상실하고 대중의 몸들 속에 동화되는 것으로 나타난다. 1947년 2월 『문학』 인민항쟁 특집호에 실린 9월 총파업을 묘사한 「기관구에서 – 남조선 철도파업단에 드리는 노래」와 "문화를 인민 속으로"라는 취지 아래 전개한 문화공작대 지방 선전 활동을 다룬 「빗발 속에서」를 보자.

피빨이 섰다 집 마다 집웅 위 저리 산 마다 산머리 우에 헐벗고 굶주린
사람들의 피빨이 섰다

(중략)

피로서 무르리라 우리의 것을 우리에게 돌리라고 요구했을 뿐이다 생명
의 마지막 끄나푸리를 요구했을 뿐이다.

(중략)

며츨째이냐 농성한 기관구 테두리를 직히고 선 전사들이어 불 꺼진 기관
차를 끼고 옳소 옳소 외치며 박수하는 똑같이 기름 배인 검은 손들이어 교
대시간이 오면 두 눈 부릅뜨고 일선으로 나아갈 전사 함마며 핏켙을 탄탄
히 쥔 채 철ㅅ길을 베고 곤히 잠든 동무들이어

피빨이 섰다 집 마다 집웅 위 저리 산 마다 산머리 우에 억울한 모든
사람들이 우리의 승리를 약속하는 피빨이 섰다

(一九四六年九月)

-「기관구에서 - 남조선 철도파업단에 드리는 노래」 부분[30]

대회는 끝났다 줄기찬 빗발이어 빗발치는 생명이라

문화공작대로 갔다가 춘천에서 강능서 돌팔매를 맞고 돌아 온 젊은 시인
상훈도 진식이도 기운 좋구나 우리 모다 깍지 끼고 산마루를 차고 돌며 목
놓아 부르는 것 싸움의 노래

흩어지는게 아니라 어둠 속 일어서는 조국이 있어 어둠을 밀고 일어선
어깨들은 어깨 마다 미움을 물리치기에 천 만 채찍을 참아 왔거니

---

30 곽효환·이경수·이현승 편, 위의 책, 337~338쪽.

모다 억울한 사람 속에서 자유를 부르짖는 고함소리와 한결 같이 일어나
는 박수 속에서 몇번이고 그저 눈시울이 뜨거웠을 아내는 젖멕이를 업고
지금쯤 어딜루 해서 산길을 내려가는 것일까

대회는 끝났다 줄기찬 빗발이어 승리가 약속된 제마다의 가슴엔 언제까
지나 싸움의 노래를 남기고

-1947년 7월 27일-
-「빗발 속에서」[31]

이용악이 몸의 표상으로 자기의 주관적인 감정과 느낌을 표출한 것은
해방기부터 시작된 것은 아니다. 정우택이 지적하였듯이, 식민지기에
창작된 시들에서도 이용악은 "고통과 좌절과 고난을 '등'에 가해지는 무
게로 감각"[32]하는 특징이 보인다. 그러나 해방기에 이르러 정치 활동을
다룬 시들에서 시적 주체의 몸은 압박을 감내하거나 통제 받는 약한 육
체가 아니라, 능동적으로 탄압 세력을 전복시키는 생명력이 강인한 육체
가 된다. 위의 두 시가 보여주듯이, 시적 투쟁 주체는 이미 좌익 정치이
념의 구현자 역할을 충분히 담당할 수 있는 '전사'로 승격하게 된다. 그
들의 표정과 말, 몸짓 등은 투쟁 행동의 자세를 보여줄 뿐만 아니라, "헐
벗고 굶주린 사람들"과 "억울한 모든 사람"들에게 "우리의 승리"를 약속
해주는 징표이기도 하다. 언제나 가슴에 남는 싸움의 노래, 일제히 부르
짖는 고함 소리, 한결같이 일어나는 박수 소리는 대중의 감정을 선동하
며, 핏발이 설만큼 분노하고 피곤한 눈과 기름때가 밴 검은 손 등 세부적
신체 부위의 묘사도 항쟁 현장에 나가는 노동계급의 전형적 모습을 생생

---

31 곽효환·이경수·이현승 편, 위의 책, 175쪽.

32 정우택, 「전시체제기 이용악 시의 위치(position) - 『오랑캐꽃』을 중심으로」, 『한국시
    학연구』 41, 한국시학회, 2014, 140쪽.

하게 전달한다. "미움을 물리치기에 천 만 채찍을 참아 온" 몸들은 이제 일제히 어둠 속에서 일어서서 "빗발치는 생명"처럼 저항의 힘을 발산한다. 요컨대, 시인은 극한에 이른 몸의 생리적 모습을 집약적으로 묘사함으로써 몸을 지탱하고 통제하는 정치이념의 힘이 극에 이르렀음을 역으로 보여주고 있는 것이다.

이러한 시각에서 볼 때, 투쟁 과정에서 희생된 자들의 몸의 표상은 더욱 정치이념의 심화를 추동하는 효과를 낳는다. 시 「다시 오월에의 노래 – 반동 테롤에 쓰러진 崔在祿君의 상여를 보내면서」의 부제목이 제시하듯이, 이 시는 위에 살펴본 시처럼 투쟁 주체의 강인한 모습을 그리는 것과 반대로 우익 반동 테러에 의해 사망한 투쟁자의 장례 행렬을 포착하고 있다.

쏟아지라 오월이어 푸르른 하늘이어 막우 쏟아저 내리라

오늘도 젊은이의 상여는 휠 휠 날리는 앙장도 없이 대대로 마지막길엔 덮어 보내야 덜슬프던 개우도 제처바리고 다만 조선민주청년동맹 기빨로 가슴을 싸고 민주청년들 어깨에 메여 영원한 청춘 속을 어찌하야 항쟁의 노래 하마듸도 애곡도 없이 지나가는 거리에

실상 너무나 많은 동무 들을 보내었구나 "쌀을 달라" 일제히 기관차를 멈추고 농성한 기관구에서 영등포에서 대구나 광주 같은데서 옥에서 밭고랑에서 남대문 턱에서 그리고 저 시체는 문수암 가차이 낭떠러진 바위틈에서
　　　　　　　　　　　　－「다시 오월에의 노래 – 반동 테롤에 쓰러진 崔在祿君의 상여를
보내면서」 부분[33]

33　곽효환·이경수·이현승 편, 위의 책, 339~340쪽.

먼저 시의 1연에서 3연까지의 내용을 보면, 시적 화자는 오월에 용산구 민주청년동맹위원장 최재록의 장례 행렬을 보면서 그동안 인민항쟁 과정에서 희생당한 젊은 동료들의 모습을 회상한다. 2연에서 동무들이 사망한 장소를 각각 나열하여 희생자들의 죽음의 개별성을 보여주기도 하지만, 무엇보다 중요한 것은 그들의 죽음은 정치이념의 명분 아래 보편적이고 획일한 의미를 지니게 된다는 점이다. 그들의 장례식은 앙장과 개우가 상징하는 일반적인 죽음의 의례를 치르지 않고 "조선민주청년동맹 기빨로 가슴을 싸고 민주청년들 어깨에 메여 영원한 청춘 속"으로 나아간다. 시의 마지막 두 연은 정치이념이 수여하는 죽음의 영광을 격정적 어조로 진술한다.

그러나 누가 울긴들 했느냐 낫과 호미와 갈쿠리와 삽과 괭이와 불이라 불이라 불이라 에미네도 애비도 자식놈도……"정권을 인민위 원회에 넘기라" 한결같이 이러선 시월은 자랑이기에 이름 없이 간 너무나 많은 동무들로하야 더욱 자랑인시월은 이름 없이 간 모든 동무들의 이름이기에 시월은 날마다 가슴마다 피어 함께 숨쉬는 인민의 준엄한 뜻이기에 뭉게치는 먹구름 속 한 점 트인 푸른하늘은 너의 길이라 이고장 인민들이 피뿌리며 너를 불르며 부디치고 부디처뚫리는 너의 길이라

쏟아지라 오월이어 두터운 벽과 벽 사이 먼지 없는 회관에 껌우테테한 유리창으로 노여운 눈들이 똑바루 내려다보는 거리에 푸르른 하늘이어 막우 쏟아저내리라

(一九四七年四月)
─「다시 오월에의 노래 ─ 반동 테롤에 쓰러진 崔在祿君의 상여를 보내면서」 부분

"그러나 누가 울긴들 했느냐", 4연의 첫 시구는 앞의 세 연에서 구축된 슬픈 분위기를 일소한다. 항쟁 운동의 생존자로서 시적 화자는 투쟁 집단과 정치이념이 요구하는 얼굴과 감정을 작동시켜 자신의 개인적 감정을 통제하고 은닉한다. "이름 없이 간 너무나 많은 동무들"의 죽음은 인민 항쟁운동과 인민위원회의 정당성과 중요한 의미를 확보시켜 준다. 육체적인 몸은 비록 사라지고 말지만 투쟁을 위한 죽음이라는 대의와 명분이 정치이념에 의해 지속적으로 신성화되어 투쟁의 리비도를 분출하고 재생산한다. 이렇듯, 이러한 시들은 정치 사건과 결부된 몸의 표상들을, 즉 육체의 강한 생명력과 육체의 사망까지를 정치이념의 규제에 포섭시켜 아이콘화한 투쟁자의 모습을 등장시킨다.

3.2. 노스탤지어적 주체의 소망과 현실의 부조화

위에서 보듯이, 정치이념에 합류하면서 이용악의 시 세계는 그에 걸맞은 모습으로 변모되는 양상이 나타난다. 그러나 선동적 어조와 노골적인 정치 의사가 깃든 시 작품들을 제외하고 이 시기에 창작된 이용악의 다른 5편의 시들은 상이한 색채를 띠고 있다. 이는 시인의 다른 한 면, 즉 기억에 의해 형상된 자아의 힘이 여전히 정치이념의 물결 아래에서 저류처럼 작동하고 있기 때문일 것이다. 유이민의 삶에 대한 기억은 비록 외부 정치적 환경에서는 도외시되지만 시인의 시 세계에서는 지속적으로 힘을 발휘한다. 그것은 일종의 노스탤지어로서 시인의 개인적 감정을 표출하는 매개물로 등장하는 한편, 시인의 정치적 이상과 포부를 드러내기도 한다.

일찍이 1946년 2월 『생활문화』에 실린 「월계는 피어 – 선 진수 동무의 영전에」라는 시와 위에서 살펴본 「다시 오월에의 노래」는 모두 투쟁

과정에서 희생된 동료를 위해 쓰인 추모시다. 그러나 전자는 개인적인
감정을 표출하여 동무의 죽음을 애도하는 사적인 모습을 보여준다는 점
에서, 정치 사업의 대의에 따라 죽음을 신성화하는 후자의 시적 태도와
매우 선명하게 구별된다.

> 숨 가빠 처다보는 하늘에
> 먹구름 뭉게치는 그러한 때에도
> 너와 나와 너와 나와
> 마음 속 월계는 함빡 피어
>
> (중략)
> 산성을 돌아
> 쌓이고 쌓인 슬픔을 돌아
> 너의 상여는 아득한 옛으로
> 돌아 가는 화려한 날에
>
> > −1946년−
> > −「월계는 피어 − 선 진수 동무의 영전에」 부분[34]

　시적 화자는 상대와의 관계를 그저 '너'와 '나'라는 한 개인을 호명하
는 방식으로 지칭하며, 불안정하고 암담한 정세 속에서도 마음속에서 함
께 꽃을 피울 수 있는 아름다움에 대한 공유를 보여주고 있다. 사망한
동료의 상여가 "산성을 돌아/쌓이고 쌓인 슬픔을 돌아" "아득한 옛으로"
돌아갈 것이라 믿기 때문에, 장례 행렬이 출발하는 오늘은 "화려한 날"
이 된다. 사망한 동료의 안식처는 「다시 오월에의 노래」에서 묘사하는
것처럼 정치이념이 구상하고 약속해준 "영원의 청춘"이 아니라 익숙하고

34　곽효환·이경수·이현승 편, 위의 책, 133쪽.

추억이 담긴 아득한 과거다. 여기서 죽은 몸은 정치이념의 의해 코드화
되고 획일화된 정치적 기호가 아니라 과거와 고향에 대한 노스탤지어적
인 감정이 담긴 한 개인의 삶을 의미한다.

　다른 한편, 살아있는 자에게 있어서도 과거의 평범한 생활 경험은 시
대의 격류와 거리를 둔 안정감과 위로를 줄 수 있는 힘이 된다. "비웃이
타는 데서/타래곱과 도루모기와/피 터진 닭의 볏 찌르르 타는/아스라한
연기 속에서/목이랑 껴안고/웃음으로 웃음으로 헤어져야/마음 편쿠나/
슬픈 사람들 끼리."시 「슬픈 사람들 끼리」[35]에서처럼, 슬픈 사람들의 마
음을 달래줄 수 있는 것은 단지 옛날처럼 같이 식사하고 웃고 이야기하
는 일상의 경험이다. 시에서는 사람들이 한데 모이는 장면이 나오지만
힘을 합쳐서 투쟁하는 모습은 전혀 찾아볼 수 없으며, 그들은 다만 휴식
과 치유를 기대하는 몸들의 집합으로 나타난다.

　이용악은 1947년 8월에 오장환의 권유로 남로당에 입당한 후 갈수록
창작 활동이 줄어드나 1948년 새해를 맞이하면서 「소원」과 「새해에」라
는 두 편의 시를 발표한다. 이 두 편의 단시는 역시 과거의 삶에 대한
회상을 다루고 있다.

나라여 어서 서라 우리 큰놈이 늘 보구픈 아저씨 유정이도 나와서 토장ㅅ국 나눠 마시게 나라여 어서 서라 꿈치가 드러난채 휘정 휘정 다니다도 밤마다 잠자리발 가 없는 가난한 시인 산운이도	이가 시리다 이가 시리다 두 발 모두어 서 있는 이 자리가 이대로 나의 조국이거든 설이사 와도 그만 가도 그만인 헐벗은 이 사람들이 이대로

35 곽효환·이경수·이현승 편, 위의 책, 166쪽.

맘놓고 좋은 글 쓸수 있게
나라여 어서 서라
그리운 이들 너무 많구나
목이랑 껴안ㅅ고
한번이사우러도 보게
　좋은 나라여 어서 서라

－「소원」[36]

나의 형제거든

말하라 세월이어
이제
그대의 말을 똑바루 하라

－「새해에」[37]

이 두 시는 짧은 편폭으로 민족 통일 국가 건립에 대한 시적 화자의 전망을 제시한다. 시에서 통일된 나라에 대한 구상은 주로 옛날처럼 그리운 친구들과 다시 한자리에 모이기를 희망하는 마음에 비추어 구체화된다. 여기서 '나라'는 친구 유정과 같이 토장국을 나눠 먹거나, 젊은 시인들이 마음 놓고 창작할 수 있거나, 서로 목이랑 껴안고 울고 싶은 감정을 제대로 풀 수 있는, 즉 물질적·정신적인 안정감을 보장해 줄 수 있는 장소로 간주된다. 더 이상 미소공위에 의해 나라의 국토를 규정할 것 없이 시적 화자의 "두발 모두어 서 있는" 공간은 바로 조국이라고 말하면서, 화자는 "헐벗은 이 사람들이 이대로 나의 형제"라며 민족 주체성이 확보되기를 간절히 기원한다. 여기서 시인은 그 이전처럼 정치이념을 노골적으로 표현하지 않고 몸에 새겨진 과거의 기억으로 자신의 정치적 소망을 표명한다. 과거의 대한 노스탤지어적 감정은 단지 예전 삶을 그리워하는 것만을 의미하지 않고, 미래에 대한 전망을 같이 제시함으로써 미래 지향성도 지닌다. 이처럼 이용악의 시에서 개인의 과거 추억은 현재에 개입함으로써 다시금 활력을 발휘하는 능동적인 면을 가진다.

36　곽효환·이경수·이현승 편, 위의 책, 341쪽.
37　곽효환·이경수·이현승 편, 위의 책, 342쪽.

그러나 문제는 누가 시적 화자의 소원과 주장의 정당성을 인정하고 그 것이 이루어질 수 있도록 하여 주느냐 하는 것이다. "말하라 세월이여/이 제/그대의 말을 똑바루 하라"는 시구에서 보듯이 화자는 말이 없는 '세 월'에 그 판정을 요청하기도 한다. 시인은 과거에 대한 노스탤지어적인 감정 속에서 격동하는 참담한 현실에 대한 상실감과 무력감을 느끼면서, 간혹 혼돈의 시국과 관련 없이 언제나 온전한 질서 속 있는 그대로 나타 나는 자연물들의 모습에 시선을 돌리기도 한다. 시「하늘만 곱구나」와 「흙」은 그러한 예가 된다.

집도 많은 집도 많은 남대문 턱 움속에서 두손 오구려 혹 혹 입김 불며 이따금씩 쳐다보는 하늘이사 아마 하늘이기 혼자만 곱구나

거북네는 만주서 왔단다 두터운 얼음짱과 거센 바람 속을 세월은 흘러 거북이는 만주서 나고 할배는 만주에 묻히고 세월이 무심 챦아 봄을 본다 고 쫓겨서 울면서 가던 길 돌아 왔단다

띠팡을 떠날 때 강을 건늘 때 조선으로 돌아 가면 빼앗겼던 땅에서 농사 지으며 가 갸 거 겨 배운다더니 조선으로 돌아 와도 집도 고향도 없고

거북이는 배추꼬리를 씹으며 달디 달구나 배추꼬리를 씹으며 꺼므테테한 아배의 얼굴을 바라보면서 배추꼬리를 씹으며 거북이는 무엇을 생각하누

첫 눈 이미 내리고 이윽고 새해가 온다는데 집도 많은 집도 많은 남대문 턱 움속에서 이따금씩 쳐다보는 하늘이사 아마 하늘이기 혼자만 곱구나
-1946년 12월 전재동포 구제 「시의 밤」 낭독시-
-「하늘만 곱구나」[38]

38 곽효환·이경수·이현승 편, 위의 책, 130쪽.

「하늘만 곱구나」는 1946년 12월 전재동포 구제활동에서 낭독된 시인데 1948년 1월에 와서야 「개벽」에 실리게 된다. 이 시는 역시 유이민의 운명을 통해 해방기의 사회 현실을 반영한다. 거북이네는 기존 만주에서의 삶의 터전을 다 버리고 "가던 길"을 돌아왔는데 집도 없고 고향도 없어 비참한 삶의 처지가 그대로 유지된다. "배추꼬리를 씹으며 달디 달구나 배추꼬리를 씹으며 꺼므테테한 아배의 얼굴을 바라보면서 배추꼬리를 씹으며 거북이는 무엇을 생각하누"라는 시구처럼 해방에 대한 상상과 실제 현실 사이의 현격한 격차를 두고 거북이는 혼란스럽고 착잡한 생각에 빠지고 만다. 거북이의 몸은 기계적으로 배추꼬리를 먹기만 하고 현실에서 자기가 처해 있는 국면을 헤아리지 못하여 삶의 방향을 잃어버린다. 거북이의 시선에 따르면 앞에 보이는 것은 그저 "집도 많은 남대문턱"이라는 빈곤하고 초라한 삶의 현장이다. 시적 화자는 그러한 시선을 벗어나 머리를 들어 하늘을 바라보는데, 그가 발견하는 것은 하늘의 아름다움이다. "하늘이사 아마 하늘이기 혼자만 곱구나"에서 주의해야 할 것은 시적 화자의 눈에 비친 하늘은 단지 객관적인 자연물이기에 아름다운 것이 아니라, "혼자만"이라는 형용사가 규정해주듯이 의인화되어 그 아름다움의 냉혹함과 괴리감을 표출하는 것이다. 이러한 괴리감은 하늘 자체가 지니는 고유한 특성이 아니라, 평온한 자연의 모습과 불안정하고 궁핍한 현실 국면의 부조화에서 생기는 것이다.

애비도 종 할애비도 종 한뉘 허리 굽히고 드나들던 토막 기울이진 흙벽에 쭝구리고 기대앉은 저 아이는 발가숭이 발가숭이 아이의 살결은 흙인 듯 검붉다

(중략)

> 잠 자듯 어슴프레히 저놈의 소가 항시 바라보는것은 하늘이 높디 높다란
> 푸른 하늘이 아니라 번질러 놓은 수레바퀴가 아니라 흙이다 검붉은 흙이다
>
> ―「흙」 부분[39]

「흙」이라는 시에 나타나는 시적 주체는 누대로 종으로 살던 부모의
자식으로 태어나, 아직 사회적이나 문화적 영향을 받지 않은 빌거벗은
아이인 바, 그는 신생의 원시적인 몸을 가졌을 뿐이다. 아기는 소와 같아
서, 그의 눈에 들어오는 것은 "높디 높다란 푸른 하늘"이라는 동경의 대
상도 아니고, 수레바퀴가 상징하는 노동가치도 아닌, "검붉은 흙"이라는
단지 사물이나 환경 그 자체. 시인은 사물과 자연물의 원시적이고 항
시적인 모습을 응시함으로써 마음의 안정감과 평온함을 얻어내기보다,
노스탤지어 감정의 유혹을 이겨내고 자연물의 온전한 모습이 지니는 온
전치 못한 현실과의 괴리감을 표출함으로써 노스탤지어 감정이 생기는
이유, 즉 정치적 현실의 부조화를 한층 더 반증한다고 볼 수 있다.

4. 나오며

위에서 살펴보았듯이, 해방기 이용악의 시 세계는 기억과 정치이념의
이중적 작용에 의해 형성되고 있다. 해방기 초기에는 유이민의 삶과 기
억이 해방기 현실에 대한 일종의 접근 방식으로 작용하여 시인이 불투명
하고 혼돈된 해방 현실을 짚어보고 파악하는 데에 도움이 된다. 미·소
이념 대립이 극심해지면서 분단이 고착화된 현실 세계에서 이러한 유이
민으로서의 삶의 기억은 더 이상 시인을 비롯한 수많은 유이민들의 '정

---

39 곽효환·이경수·이현승 편, 위의 책, 134쪽.

체성'을 대변하지 못하고 무효화되지만, 시인은 정치이념에 힘입어 수행적인 언어로 새로운 투쟁 주체를 창조하려고 노력한다. 이용악은 좌익 정치 활동에 적극적으로 투신하여 투쟁 현장과 투쟁 주체를 구축하는 시작품을 쓰는 데에 힘쓰면서, 동시에 과거에 대한 노스텔지어적인 상상에 의해 그간 이념 대립 아래서 억눌리어 왔던 개인적 감정과 정치적인 소망을 표현하기도 한다. 이는 한 개인과 집단의 기억은 이념 대립이 지배적인 외부 세계에서는 추방되지만 이용악의 시 세계에서는 여전히 안전하게 작동하고 있으며 나름의 내적인 자율성을 보유하고 있다는 것을 보여준다. 그런 의미에서 기억은 해방기 이용악의 시 세계를 일관하는 내적 동력으로 보인다. 이처럼 자신의 일관된 시적 특성과 과거 삶의 기억을 지속적으로 발전시킨 것은 어떤 의미에서는 당시 좌익 문인들이 평가했던 것처럼 "낡은 형식"을 고수하는 시적 자세라고 할 수도 있다. 그러나 그가 처해 있던 격동하는 정치적 상황과 치열한 이념 대립의 시대를 고려하면, 이용악의 이러한 창작 자세는 그로 하여금 사회적 현실 상황과 자기의 삶에 대하여 독립적인 판단을 내리고 자신이 원하는 시적 세계를 지속적으로 추구하게 하는 내적인 중심축이었다고 해도 과언이 아닐 것이다.

'이념'과 '시'의 이율배반과
월북 시인 오장환

홍성희

1. '월북 문인'이라는 굴레와 오장환

혹(或)말하기를 북조선(北朝鮮)에는 인민위원회(人民委員會)가있어 인민정권(人民政權)의수립(樹立)을 보았다고 말하는이도있고 책임(責任)있는 단체(團體)가 어떤 발표문(發表文)에 그런문구(文句)를나열(羅列)한일도 있었으나, 이는 인식부족(認識不足)이다, 북조선(北朝鮮)에도 점령군사령관 책임하(占領軍司令官責任下)에 모든행정(行政)이 집행(執行)되고있는 엄연(嚴然)한 군정(軍政)임에는 국제공법상(國際公法上)으로 남조선(南朝鮮)이나 조금도 다를것이 없는것이다.[1]

거리에서 또는 누구에게서든지 이북말이라면 하나도 쌔지안코 들엇스나 다-귀ㅅ맛은 조치안엇다. 삼팔선을 넘다 들키면 당장 총살이라든가 강도가 무수이 잇다든가 쏘련군이 사령부로 쓸고 간다든가 이러한 귀에 거슬리는 구구한 말들은 오히려 나에게 조전의 흥미로만 들렷다.[2]

---

1 洪鐘仁, 「革命意識의昂揚」, 『新天地』 1권 7호, 1946.8.
2 吳蘇白, 「三八線遭難記」, 『新天地』 2권 3호, 1947.3.4.

1945년 해방 직후 38선이 책정된 이래 '남조선'과 '북조선'은 '이국(異國) 아닌 이국'으로서 서로를 '소문'의 형태로 경험하고 있었다. 위의 인용문들은 각각 복잡한 대내외적 정치 투쟁이 벌어지고 있던 1946년과 1947년 남조선의 지식인들에게 '북조선' 혹은 '이북'의 형상이 어떠한 소문의 서사들을 통해 구축되고 있었는가를 보여준다. 유토피아와 디스토피아가 겹쳐지는 '북조선' 형상의 어디까지가 사실이냐는, '북조선'을 직접 혹은 간접적으로 경험한다 할지라도 확정적으로 판정하기 어려운 것이었다. 그들이 보는 것과 경험하는 것은 이미 소문이 주조한 틀을 경유하는 것일 수밖에 없었을 뿐만 아니라, 직·간접적 '경험'의 폭 자체가 제한적일 수밖에 없었기 때문이다. 그렇기 때문에 해방 공간에 떠돌고 있던 소문을 근거로 한 북조선의 형상이 어떤 방식으로, 어느 정도까지 '상상적인' 것이었는지, 또 그것이 얼마큼 강력하게 지식인들의 정치적 실천과 선택에 영향을 미칠 수 있었는지를 판단하는 것은 쉽지 않은 일이다. '월북'이라는 정치적 '선택'[3]을 어떻게 이해할 것인가 하는 문제는 그러므로, 생각보다 많은 결들을 내포하고 있는 복잡한 문제일지 모른다.

해방기 월북 문인들에 대한 연구들은 바로 이 '복잡함' 때문에 역설적으로 다소 단순한 구도를 적용하는 독해를 반복해왔다. 특히 남조선에 소재지를 두고 있던 문인들의 '월북'이라는 선택은 해방 공간의 좌우 이념 대립의 틀을 통해서만 독해되었다. 그들의 월북은 이념에 '낭만주의적으로 경도'되어 결정되었거나 남조선에서 좌익 탄압이 극심해지던 때에 집단적 도피로서 이루어졌을 것이라는 해석이 대표적이었다. 이러한

3 월북이 반드시 '정치적' 선택이었던 것은 아니다. 단적으로 연극인의 월북과 '연극' 자체의 월북을 겹쳐 읽고 있는 이승희의 논문은, 월북이라는 선택의 배경에 얼마나 많은 문제들이 다층적으로 얽혀있었는가를 보여준다. 이승희, 「연극/인의 월북 : 전시체제의 잉여, 냉전의 체제화」, 『大東文化硏究』 88집, 성균관대학교 대동문화연구원, 2014.12.

해석은 해방 공간의 정치적이고 문화론적인 대립에 대한 기록들과 조선 문학가동맹을 중심으로 한 좌익 문인들의 문학적, 정치적 활동 기록 등을 통해 충분히 뒷받침될 수 있는 것이지만, 월북을 '이념'이라는 단일한 틀을 통해 읽어낼 수 있는 하나의 '집단적' 현상으로 규정한다는 점에서 문제를 가진다. 최근에는 이러한 비판적 사유를 기반으로 하여, 맹목적 이념 추구라는 틀보다 실상은 더 복잡한 내적인 사정들을 가지고 있던 월북 문인들의 정치적이고 문학적인 '선택'을 이해하고자 하는 연구들[4] 이 생산되어 왔다. 그간 '당의 소리'로 읽혀온 '월북 문인'들의 월북 전후 작품들과 활동들이 '이념 대립'에 대한 분석을 이미 항상 초과하고 있는 것으로서 보다 세밀하게 탐사되고 있는 것이다. 이러한 새로운 동향은 월북 문인들의 문학적 세계 속에 기입되어 있을지도 모를, 다시 말해 해방 공간의 '이념'과 '월북'이라는 '선택'이 '혁명적 낭만주의'의 표면 너머에 간직하고 있을지 모를 어떤 심연을 암시해준다.

'월북 시인' 가운데 한 명인 오장환의 '월북'이라는 선택은 그러나 아직까지 심도 있게 연구되지 못했다. 오장환에 대한 기존의 연구들[5]은 우선 시인이 처해있던 '해방 공간'이라는 상황의 보편적 특성을 먼저 살핀 후 그러한 보편의 구조 안에서 오장환의 시 또는 산문의 위치를 규명하

---

4 류진희, 「월북 여성작가 지하련과 이선희의 해방직후 – 소설 「창」, 「도정」을 중심으로」, 『상허학보』 38집, 상허학회, 2013.6; 문인에 국한되지는 않지만 해방기 '지식인'의 월북 문제를 포괄적으로 다루고 있는 이준식, 「지식인의 월북과 남북 국어학계의 재편 – 언어 정책을 중심으로」, 『東方學志』 168집, 연세대학교 국학연구원, 2014.12; 김준현, 「해방 기 이태준과 그의 월북」, 『서정시학』 25권 4호, 서정시학, 2015.11.
5 곽명숙, 「해방기 한국 시의 미학과 윤리 – 오장환과 설정식을 중심으로」, 『한국시학연 구』 33호, 한국시학회, 2012.4; 남기혁, 「해방기 시에 나타난 윤리의식과 국가의 문제 – 오장환과 서정주의 해방기 시에 대한 비교를 중심으로」, 『어문론총』 56호, 한국문학언 어학회, 2012.6; 임지연, 「오장환 시에 나타난 '병든 몸'의 의미와 윤리적 신체성」, 『비 평문학』 46호, 한국비평문학회, 2012.12.

고자 했다. 해방 공간을 지배하고 있는 거대 담론으로서 '국가 건설 담
론'이나 '공동체 담론' 등이 지목되는 가운데, 해방기 오장환의 행보는
윤리적으로 또는 신체적으로 과거의 자신과 '결별'함으로써 새로운 시대
의 새로운 주체로 거듭나고자 하는 의지의 실천으로 독해되었다. 다른
한편에서는 특히 산문에 집중하여 오장환이 이념에 경도된 '윤리적 심판
관'으로서 세계를 선악의 이분법으로 판단하고 마는 '집단적 윤리'의 대
변자로 전락했다고 읽어내기도 하였다. 해방 공간의 담론 구조를 먼저
파악한 후 개별 작가를 조망하는 이러한 방법론은 그러나 '우익'과 '좌익'
의 '진영 싸움'으로 논의를 단순화하고 각 '진영'의 논리 틀을 적용하여
개별 작가와 작품의 의미를 한정지을 수 있는 위험을 담지하고 있었다.
　이러한 연구 경향을 비판하면서 김지선[6]은 오장환이라는 주체의 내면
적 갈등의 양상을 먼저 살피고 그것이 어떻게 바깥의 상황과 '얽혀' 있었
는지를 보고자 했다. 오장환이라는 개인을 시대 흐름의 '일부'로 읽기보
다 적극적으로 시대와 '마주'하는 개인으로서 발견하고자 한 이러한 작
업은 기존 연구들의 근본적인 한계를 극복하고 새로운 국면을 제시한
의미 있는 작업이다. 그러나 방황하는 주체의 '죄의식'이 가지고 있는 윤
리성이 어떻게 시인의 '월북'이라는 선택과 북조선에서의 '고민 없는 행
동 강령의 실천'으로 연결될 수 있었는지를 해명하지는 못했다. 오장환
의 초기 시에서부터 후기 시까지를 관통하는 내적 논리로 '영원성'에 대
한 욕망을 발견하고 있는 박진희[7]의 논문 역시, 해방 공간의 공적 논리로
부터가 아니라 시인의 시에서 드러나는 개인의 욕망 구조로부터 해방기

6　김지선, 「오장환의 '윤리의식' 연구」, 『인문논총』 32집, 경남대학교 인문과학연구소,
　2013.10.
7　박진희, 「오장환 시의 근원에 대한 욕망과 '슬픔'의 정서」, 『개신어문연구』 36집, 개
　신어문학회, 2012.12.

오장환의 정치적 선택에 관해 설명할 근거를 찾고 있다는 점에서 의미가
있지만, '슬픈' 타자들과의 '연대 의식'이 어떻게 월북 이후 후기 시들을
설명할 수 있는지를 밝히지 못하고 있다는 점에서 한계를 가진다. 박민
규의 논문[8]의 경우에는, 오장환의 시가 '옛 고향'과 '새 고향' 사이에서
길항하는 양태를 세밀하게 좇아가면서 그의 정치적, 문학적 변화를 해설
하고자 시도하고 있지만, 월북 이후 그의 '문학적 수명은 다했다'고 판정
하는 가운데 결과적으로 시인의 후기 시를 세밀하게 독해하기를 전면
거부해버리고 마는 모습을 보인다.[9]

　오장환의 문학적 실천을 '좌익'이라는 '집단'의 이념적, 실천적 틀을
경유하여 독해하는 방식과 한 개인 주체인 시인의 내면을 읽어내는 과정
에서 '월북'이라는 정치적 선택을 배타적으로 분리해내는 방식은 공통적
으로 문제적이다. 적용 범위는 다를지언정 '이념'의 이름하에 '시인'의 이
름이 완전하게 지워질 수 있다고 전제하고 있기 때문이다. 이념 주체의
목소리가 곧 이념의 목소리 그 자체일 수 있다고 가정하는 데에는 '이념'의
맹목적 힘에 대한 오히려 우리 자신의 맹목적인 편견이 개입되어 있다.
특정한 이념이 개인에 대하여 가지는 힘이 있다면 그것은 이념이 어떤
방식으로 실천되고 그 실천 속에서 개인이 어떻게 스스로 위치하게 되느

8 박민규, 「오장환 후기시와 고향의 동력 – 옛 고향의 가능성과 새 고향의 불가능성」,
　 『한국시학연구』 46호, 한국시학회, 2016.5.
9 제목이 명시하는바 '오장환 후기시'에 대한 이 연구가 월북 이후의 시를 굳이 포함하
　 지 않고 있다는 점은, 해방 이후 오장환의 시에 대한 최근 연구들의 공통적인 한계점을
　 대표하여 보여준다. 월북 이후의 시들은 논의에서 배제되거나 아니면 이전의 시들과
　 명백히 단절되는 독립된 연구 대상으로 다루어진다. 박윤우, 「오장환 시집『붉은 기』
　 에 나타난 혁명적 낭만주의에 관한 고찰」, 『한중인문학연구』 40집, 한중인문학회,
　 2013.8; 조현아, 「오장환 시의 공간과 분열의 문제」, 『한국시학연구』 41호, 한국시학
　 회, 2014.12; 한세정, 「해방기 오장환 시에 나타난 예세닌 시의 수용 양상 연구」, 『한
　 국시학연구』 44호, 한국시학회, 2015.12. 등 참고.

냐에 따라 논의되어야 할 문제이지, 이념 자체의 절대적 속성으로 간주되어서는 안 된다. 해방 공간의 사회주의와 그 이념을 좇던 문인들의 정치적 선택, 그리고 그 정치적 선택과의 관계 속에서 그들의 문학적 선택의 문제가 하나하나 세밀하게, 문인들 '개인'의 내면의 흔적을 기반으로 하여 독해되지 않는다면, '월북 문인'을 대하는 태도는 '냉전'의 사유 구도를 여전히 넘어서지 못하는 방식으로 자기 증식할 뿐일 것이다.

그런 의미에서 본고는 시인 오장환에게 있어 '내면'과 '이념' 그리고 '세계'가 어떻게 겹쳐지는 동시에 서로 어긋나고 있었는가에 주목하여, '시인으로서의 부채의식'이 월북 이후까지를 포함하여 그의 문학 전반을 관통하면서 어떻게 작동하고 있었는가를 밝히고자 한다. 이 작업은 좌익 이념을 존재론적 근간으로 하는 시인에게 있어 '문학'과 '정치'란 무엇이었는지, 그 가운데 '이념'은 어떻게 작동하고 있었으며 이념의 주체로서 동시에 '시인'으로서 자기 자신은 무엇'이어야 한다'고 생각했는지, 그 당위를 마련해 가는 과정에 어떤 고뇌가 있었고 그 고뇌의 끝에 그가 마주한 기로와 '선택'은 어떤 것이었는지에 대한 탐구를 포함한다. 이 글의 궁극적인 목표는 오장환의 '월북'이라는 선택과 그 이후의 문학을 '단절'과 '실패'로 단정하거나 좌익 체제의 구미에 맞는 '혁명적 낭만주의'의 목소리, 즉 '당의 소리'로 온전히 환원하는 방식에 대해 의문을 제기함으로써, 이념의 목소리인 듯 들리는 것 속에서 이념과 끊임없이 경합하기를 그치지 않는 '시인'의 존재를 식별해내는 것이다.

2. 따따구리와 썩은 나무의 동시성 : '시'라는 '죄'에 관하여

조선시단을 사수한 월계관은 상아탑파 시인 지용의 머리에 얹어놔야 하

지만 스스로 맑고 탁류 속에 있으면서 탁류를 노래한 시인으로는 장환을
엄지손가락 꼽아야 할 것이다.[10]

위의 인용문은 1946년 시인이자 평론가인 김동석이 오장환에 대하여
내린 평가이다. 오장환의 해방 이전 시들과 해방 직후 발표된 시들을 대
상으로 하여 쓰인 이 글은, 세계를 '탁류'로서 인식하고 그것을 시로 노
래하는 가운데에도 '스스로 맑음'을 유지했던 시인으로 오장환을 손꼽고
있다. '탁류'로부터 멀리 떨어짐으로써 '월계관'을 사수할 수 있었던 정
지용과의 비교 속에서 '탁류 속에 있으면서 탁류를 노래한 시인' 오장환
의 '맑음'은 무엇을 의미할까. 오장환의 시를 채우고 있는 것은 식민 자
본주의의 폐해가 고스란히 드러나고 있는 도시의 골목길과 매춘이 이루
어지는 '사적 공간'에서부터 장사치와 모리배와 '깽'들이 가득한 해방 후
서울의 거리까지 '탁류'의 조목조목들이었으며, 그런 그에게서 김동석이
본 '맑음'이란 그러므로 '순백'과 '투명'의 '맑음'은 아니었다. 오히려 그
것은 스스로를 '탁류'를 따라 흐르는 '찌꺼기'로 발견하면서, 그러나 '탁
류' 자체가 되어 버리지는 않으면서 그것을 '노래'하고자 하는 그 긴장의
상태가 보여주는 정신을 가리키는 것이었을 테다. 김동석은 같은 글에서
이 '맑음'이 기실 얼마나 '어려운 노릇'인가 탄식한다. 오장환 시를, 그의
정치적이고 문학적인 선택을 이해할 단서는 바로 이 '어려움'에 있다. 그
리고 그 '어려움'은 "시인으로서 사회주의자가 된다"는 "불가능에 가까운
일"[11]을 밀어붙이면서 그가 겪어야 했던 고뇌와 불안, 번뇌, 그리고 '선

---

10   김동석, 「탁류의 음악 ─ 오장환吳章煥론」(『민성』, 1946.5~6), 『김동석 비평 선집』,
      현대문학, 2010, 61쪽.

11   "역자도 이 시집 끝에 「에세닌에 관하여」라는 후기를 쓸 때 "공식적이요 기계적이며
      공리적인 관념적 사회주의자들"을 타기하기는 했지만 시인이 시인으로서 사회주의자가
      된다는 것은 불가능에 가까운 일이다. 에세닌의 고민도 여기에 있었다. (…) 시방 조선에

택'에 대한 '책임'의 무게로 연결된다.

　오장환은 1933년 문단에 등장하여 1937년『성벽(城壁)』을, 1939년『헌사(獻詞)』를 발간하면서 식민지기 문단에서 입지를 굳혔다. 지병인 신장병 때문에 병원에서 해방을 맞은 직후, 환희와 혼란, 환멸과 우려 등을 시로 기록해 나가고 있던 그는 1945년 11월 시를 연달아 지면에 발표하면서 해방 공간의 문단에 다시 등장한다. 이때 발표된 「깽」, 「연합군입성(聯合軍入城) 환영(歡迎)의 노래」, 「지도자(指導者)」 등의 시는 이전의 오장환에게서는 보기 어려웠던, 정치적인 메시지가 직접적으로 드러나는 언어들로 가득했다. 이 시기 이미 오장환은 '좌익' 진영의 움직임에 몸과 마음을 가까이 하고 있었던 것으로 보인다. "우리의 당면한 긴급문제는 우리 동맹(同盟)[12]의 대외적인 선언 강령보다도 성명서보다도 우리 동맹 안에 있는 멋 모르고 덤비는 형식주의자(결과에 있어서) 또는 가장 엄숙한 생활 투쟁 속에서 노력을 게을리하여 저절로 되는 형식주의자(결과에 있어서)들의 청산이다"[13]라며 '축사'하기에 바쁜 좌익 문인들과 '형식'에만 치우친 우익 문인들을 동시에 비판하면서, 1946년 2월 오장환은 조선문학가동맹에 참여하여 시(詩)부위원, 서울시지부 사업부원, 문학대중화운동위원회

　서 에세닌과 같은 시대적인 자아의 모순 갈등을 체험하지 않고 시인으로 자처하는 사람이 있다면 민족과 보조를 같이하지 않으려는 반동적 또는 상아탑적 시인이거나 불연이면 너무나 안이한 좌익시인일 것이다." 김동석, 「시와 혁명 – 오장환 역『에세닌시집』을 읽고」(『예술과 생활』, 1947.6.10), 『김동석 비평 선집』, 현대문학, 2010, 220~221쪽.
12　조선문학건설중앙협의회(1945.8.18. 발족)와 조선프롤레타리아문학동맹(1945.9.17. 발족)이 통합된 조선문학동맹(1945.12.13. 발족)을 가리키는 것으로 보인다. 조선문학동맹은 1946년 2월 9일 제1회 전국문학자대회에서 명칭을 '조선문학가동맹'으로 개칭한다. 「조선 문학가동맹 운동사업 개황보고」(『문학』 창간호, 1946.7), 『解放空間의 批評文學 2』, 송기한·김외곤 편, 태학사, 1991, 23쪽.
13　오장환, 「시단의 회고와 전망」(『중앙신문』, 1945.12.28), 『오장환 전집』, 국학자료원, 2003, 590쪽.

위원으로 활동하기 시작한다.[14]

  그러나 그의 '문학적' 행보와 '정치적' 행보는 완전히 겹쳐지고 있지는 않았던 것으로 보인다. "문학에 의한 민주주의 정신의 앙양"과 "문학에 의한 과학적 계몽활동"을 대표적인 '사업'으로 삼고 있던 조선문학가동 맹[15]에서 활동하는 와중에 그가 해방 공간에서 발간한 첫 단행본 시집은

---

14 오장환은 '시부(詩部) 위원'으로서 각종 기획과 행사에 참여하고 낭독회에서 「한술의 밥을 위(爲)하여 – 국치기념일(國恥記念日)을 당(當)하며」(『우리 문학(文學)』, 1947.3), 「승리(勝利)의 날」(『나 사는 곳』, 1947.6. '1947년 5월 1일 남산 모임에서' 낭독한 것이라 고 시 말미에 적혀있다.) 등 정치적 메시지를 강하게 담고 있는 시들을 낭독하기도 하며, '문화공작대' 제1대의 중심인물로서 문화운동에 앞장서기도 한다. 특히 문화공작 대 활동에 관하여 그는 월북 이후 「남조선의 문화예술」이라는 글을 발표한다. 오장환, 「남조선의 문화예술」(『조선인민출판사』, 1948.7), 『오장환 전집』, 국학자료원, 2003, 614~671쪽 참고.

15 조선문학가동맹 규약(초안)을 보면 조선문학가동맹은 "진보적 민족문학의 건설" 뿐만 아니라 "일본제국주의 잔재의 소탕, 봉건주의 잔재의 소탕, 국수주의 배격" 등을 강령 으로 하여 "강령의 실현을 위한 창조적 실천적 임무를 수행함"을 목적으로 하고 있다. 이 목적을 달성하기 위해 어떤 사업을 실시할 것인지 역시 제시되고 있는데, 그 첫 번째와 두 번째가 "문학에 의한 민주주의 정신의 앙양"과 "문학에 의한 과학적 계몽활 동"이다. (「해방공간의 주요 문학단체」, 『解放空間의 批評文學 3』, 송기한·김외곤 편, 태학사, 1991, 335~341쪽) 여기에서 드러나는 '계몽'의 태도는 그러나 특정한 무엇으 로 규정해내기 어렵다. '인민'과 '계급'에 대한 첨예한 논의들 사이에서 '계몽'에 대한 요구는 다양한 결들을 가지고 있었기 때문이다. '인민'을 골자로 하는 조선문학건설중 앙협의회와 '계급'을 골자로 하는 조선프롤레타리아문학동맹이 통합되던 즈음 한설야 의 다음과 같은 진술은 좌익 이념 가운데 '문학'의 역할과 위치에 대한 당대의 고민을 보여준다. "창작과 실천을 구별하는 것도 중요한 것이지만 문학활동이란 것도 극히 중 요합니다. 문학활동의 대상은 독자입니다. 문학인 자체만으로 할 수 없는 일입니다. 그 대중독자 속에는 문학적 분위기가 생기도록 해야 합니다. 노동자는 막연하나마 희 망을 갖고 있습니다. 문학활동이란 그 작용을 받는 대중 속에서 가치가 드러나와야 합니다. 작가와 독자가 서로 부닥치는 데 작품행동이 시작됩니다. 문학가동맹이란 이 름도 여기서 재고할 필요가 있게 되는 것입니다."(「조선문학의 지향 – 문인 좌담회 속 기록」(1945.12.12. 『예술』 3호, 1946.1), 『解放空間의 批評文學 1』, 송기한·김외곤 편, 태학사, 1991, 136~137쪽) 이러한 고민은 이후 조선문학가동맹의 활동 전반을 관 통하고 있었다. 이에 관해서는 박민규, 「조선문학가동맹 '詩部'의 시 대중화 운동과 시

번역 시집『에세-닌시집(詩集)』(1946.5)으로, "마련은 되었다 여러 사람들의 뒤를 따러 나도 가리라/온 정신을 시월(十月)과 오월(五月)로 도리키자/그러나 사랑하는 리라 나의 풍금(風琴)만은……"이라며 '러시아라는 단적(端的)인 이름'과 '시인의 온 정신'을 일치시키지 못해 번뇌하는 예세닌의 시를 소개하고 있었다. 곧이어 해방 이후 '일기처럼' 쓴 시들을 모은『병든 서울』(1946.7)을 간행하지만, 이 시집에서 그는 "이 땅에 처음으로 발을 디디는 연합군(聯合軍)이어!/정의(正義)는, 아 정의(正義)는 아즉도 우리들의 동지(同志)로구나."라는 무조건적 낙관과 "그리하야 그들은 그들의 번창해질 장사를 위하야/"한국(韓國)"이니 "건설(建設)"이니 "청년(靑年)"이니/"민주(民主)"니 하는 간판을 더욱 크게 내건다" 같은 냉담한 풍자, "우리들 배자운 싸홈 가운데/뜨거히 닫는 힘찬 손이어!" 하고 외치게 하는 결속감과 "아 무엇이 작고만 겸연쩍은가/(…)/그의 성품/너무나 맑고 차워/내 마음 내 입성에 젖지 않어라."와 같은 '소시민적' 자괴감과 소외감을 '병든 서울'이라는 하나의 이름 아래 엮고 있었다. 이듬해 1월에는 1937년 발간했던 첫 시집『성벽(城壁)』을 증보하여 재판하면서 "나는 힘없는 분노(憤怒)와 절망(絕望)을 묻어버린다."라는 식민지 지식인의 무기력한 진술을 굳이 되불러올 뿐만 아니라, 그 '타태(惰怠)'가 지속되던 식민지 말기 미처 발표하지 못했던 시들을 엮어『나 사는 곳』(1947.6)까지 발간한다.[16] 그러면서도 그는 그 맨 앞에 '오늘의 나 사는 곳을 알리'기 위해 "테로와/간계와/음모와/온갖 억울을 물리치고/날이 가면 갈수록/더욱 커지는/눈뜨는 동

론」,『한국시학연구』, 33호, 한국시학회, 2012.4 참고.

16 선행 연구들은 공통적으로 시가 쓰인 시기만 보았을 때『나 사는 곳』의 시편들이『병든 서울』의 시편보다 앞선다고 하여『나 사는 곳』의 발간이라는 '기획'이 함의하고 있는 것들에 대해 살피지 않았다. 두 시집의 발간 사이에『성벽』을 증보하여 재판한 것에 대해서도 진지하게 살피고 있지 않다.

무들을 합하여/우리는 오늘 여기에 치민다.”고 말하는 시 한 편을 배치하면서, 이 시집이 “‘내’가 ‘우리’로 바뀌는 사다리”[17]로 읽히기를 바란다고 적는다. 해방 이전과 이후를 오가며 여러 목소리들을 겹쳐 내고 있는 이 모든 문학적 기획 이후, 1947년 12월 그는 월북한다.

월북 이전까지 해방 공간에서 오장환의 행보가 보여주는 특징은, 정치적 메시지로 가득한 시들과 자괴와 슬픔이 묻어나는 시들을 동시에 발표하고, 게다가 ‘절망와 무기력’으로 가득한 ‘과거’의 시들을 재판하거나 새로 엮어 발간하기까지 하면서, 과거와 현재를, 그리고 하나의 현재와 또다른 현재의 모습을 적극적으로 겹쳐놓고 있었다는 점이다. 그 ‘겹침’은 사회주의에 대한 신념을 전면화하고자 하는 협의의 정치적 주체와 이념만으로 모든 것이 해명될 수 없는 현실을 살아내는 광의의 정치적 주체의 문학적 포개짐이었다. 오장환의 ‘정치적 위치’는 새로운 조선을 어떻게 건설해 갈 것이며 그 가운데 문학은 어떻게 발전해갈 것인가에 있어 조선문학가동맹의 문제의식의 ‘내부’에 놓여있었지만, 동시에 그의 ‘문학’ 자체는 정치적 집단의 ‘규약’으로는 온전히 환원될 수 없는 ‘정치적’ 지점들을 계속해서 드러내고 있었던 것이다. 그 가운데 정치적이면서 문학적인 실천은 ‘겹쳐짐’에 대한 가정을 가능하게 하는 근본적 ‘어긋남’을 거듭 환기하고 있었다.

그러나 그것은 ‘해방’과 ‘건설’이라는 해방 공간의 상황에 처한 좌익 지식인/문인이 보여주는 ‘혼란’의 양태이거나 ‘윤리적’ 태도에 그치는 것은 아니었다. ‘겹쳐져야 할 것들이 이미 어긋나 있다’는 감각은 오히려 애초부터, 타자들과 함께 머무는 시공간 속에서 경험적 시차(時差/視差)

17   오장환, 「‘나 사는 곳’의 시절」(『나 사는 곳』, 1947.6), 『오장환 전집』, 국학자료원, 2003, 728쪽.

를 발생시키고 그것을 언어화하는 작업 자체로서 오장환의 '시 쓰기'를 추동하고 있었다. 오장환의 시에서 반복해서 문제가 되는 세계-나-고향의 관계 구도는 바로 이 '시차'를 중심으로 하여 이해될 수 있으며, 그의 '시 쓰기'가 가지는 수행적 의미와 '월북'이라는 정치적이고도 문학적인 선택 또한 '시차'의 작동과 관련된다.

2.1. 공범(共犯)되기 : 세계-나-고향의 시차(時差)적 중첩

특정한 시공간을 모든 동시적이고 상호참조적인 가능성들이 공존하는 매질(媒質)이라고 생각했을 때, '가능성'을 지시 가능하게 하는 '차이' 자체는 시차적으로 경험된다. 이때 '시차'는 '시선의 차이視差'이면서 동시에 '시간적 간격時差'이다. 슬라보예 지젝은 『시차적 관점』에서 하나의 '동일한' 대상 혹은 시공간적 단위(특정 '시대'나 '국가', '사회', '정치·문화 체제' 등) 속에서 작동하고 있는 이율배반적인 시점(視點)들 사이의 차이에 주목하면서, 그 해소될 수 없는 긴장 자체에 관해 '시차(視差, parallax gap)'라는 용어로 이야기하고자 한다. '시선'에 주목하는 지젝에게 '시차적 관점'은 "전략적인 정치·철학적 결정(a strategic politico-philosophical decision)"의 일환으로, "하나의 자기-동일성을 가진 실체적 집단이 다른 집단과 교전하는 논리"가 아니라 "모든 특정 집단들을 가로지르는 적대의 논리(the logic of an antagonism that cuts diagonally across all particular groups)"를 기반으로 하여 "사도 바울과 같이 행동해야만 한다"는 정치철학적 '태도'를 강조하는 것이다.[18]

---

18 슬라보예 지젝, 『시차적 관점』, 김서영 옮김, 마티, 2009, 19쪽, 24쪽; Žižek, Slavoj. *The Parallax View*. MIT Press, 2006, p.7, p.9.

이러한 의미의 지젝식 '시차(視差)'는 데리다의 '차연(différance)'이 보여주는 '시차(時差)'적 사유에 빚지고 있다. 데리다의 일련의 연구들은 철학적이고 문학적인 '동일성'들을 '시차(時差)'의 감각을 통해 '다시 읽는' 작업으로서, 본고의 논의에 중요한 참조점이 된다.[19] 지젝의 시차(視差)가 이미 구축된 동일성들의 한복판을 비스듬하게 잘라내는/가로지르는("cut diagonally across") 인식론적 전략으로서 '적대'를 말한다면, 데리다의 시차(時差)적 사유는, 견고히 구축된 것으로 보이는 동일성들이 실상은 이율배반의 작동을 그 신체에 새기고 있다는 것, 즉 '동일성'이되 '동일성'일 수 없는 불가능한 상태 자체라는 것을 '경험'하는 데에 방점을 둠으로써 존재적 자기 갱신으로서의 '환대'에 관해 말한다.[20] 예컨대 동

---

19 특히 Derrida, Jacques. "Psyche : Invention of the Other." *Psyche : Invention of the Other Volume I*. Trans. Porter, Catherine. Stanford : Stanford University Press, 2007. 1-47. Print; Wortham, Simon M. "Resistances-after Derrida after Freud." *Mosaic : a journal for the interdisciplinary study of literature*. vol.44, no.4, 2011, pp.51~60 참고.

20 최근 다양한 공상과학 영화들이 '시차(時差)'가 어떻게 이율배반적인 '차이'들의 동시성을 상상 가능하게 하는지를 보여준 바 있다. 쉬운 예로 영화 〈매트릭스〉에서 '네오'가 상징적으로 보여주는 시스템 내부의 '틈'의 작동방식은 주목할 만하다. '네오'가 다른 모든 이들과 구별되는 '그'일 수 있는 것은 그가 매트릭스라는 '공간'을 다르게 '인식'했기 때문만이 아니라 그 '공간성'을 다르게 '경험'했기 때문이며, 그 경험의 차이는 이 공간성을 매개로 하고 있는 '시간성' 자체를 전혀 다르게 상상하는 데에서 비롯된 것이다. 매트릭스의 '시간'을 하나의 '시간성'일 뿐인 것으로 경험함으로써 직선의 '시간적 경험'을 구부러진 '시간성의 경험'으로 전환시키고 경험의 관성적 틀을 넘어서는 시간성을 상상하는 순간 '그'는 총알을 피하며 '더 빠르게' 움직일 수 있게 될 뿐만 아니라 발사되어 날아오고 있는 총알을 손짓 하나로 멈추게 만들며 공간의 질서 자체를 전혀 새로운 상태로 전환시킬 수 있게 된다. '더 빠르게' 움직이는 것이 주어진 시공간 속에서 '주체'의 위상이 달라지는 것을 의미한다면, 주어진 질서로서의 시공간을 무력화하는 것은 시공간과 주체가 '차이'의 상태를 이행하는 실천 자체가 되는 것을 의미한다. 이때 주체의 모든 가능성들은 서로 겹쳐져 '차이' 그 자체로서의 시공간을 형성하며, '차이'로서의 시공간은 주체의 모든 가능성들이 펼쳐질 수 있는 완전하게 열려 있는 '잠정적 구조'가 된다. 그리하여 네오는 매트릭스의 세계를 붕괴시키는 자가 아니라

일성을 가정하는 개념으로서 '날짜'는 날짜라는 '시스템' 속에 중첩되는 모든 동일한 날짜들의 시차(時差)로서 작동하고, '은유'는 완성되는 순간 은유의 전제가 되는 '존재'들을 철회시킴으로써 자기 이화(異化)라는 시차(時差) 속에서 스스로 철회된다. 같은 방식으로 '기원'은 그 호명이 발생하는 순간에 시차(時差)적으로 의존하는 한에서만 '기원'으로 작동한다. 이 '시차(時差)'적 '차연'으로서의 '차이'는 '동일성'의 (불)가능성으로 '경험'되며, 그러한 경험은 동일성의 체계를 '붕괴'시키는 것이 아니라 오히려 그것이 무한히 갱신될 '환대'의 자리를 마련할 수 있음을 상상하게 한다. 이율배반은 시선들 '사이'에서 작동하는 것이기 이전에 '경험'으로서의 '시선'들 속에서 이미-항상 발생하고 있는 것이다. 그런 의미에서 시차(視差)는 언제나 시차(時差)를 경유한다.

이율배반의 '경험' 자체로서 '시차(時差)'와 그것이 추동하는 '환대'는 '시인으로서 사회주의가자 되기'를 선택한 오장환의 시에서 감각되는 주요한 요소이다. 1937년 발간된 첫 시집『성벽』에 실린 시들 가운데 특히 「황혼」은 오장환의 시차(時差)적 감각이 시인 자신의 정치-문학적 위치를 마련하는 작업과 어떠한 방식으로 관련되어 있었는지를 보여주는 시로, 그의 시세계에 대해 이야기하기에 앞서 세밀한 독해를 요한다.

> 직업소개(職業紹介)에는 실업자(失業者)들이 일터와 같이 출동(出動)하였다. 아모 일도 안하면 일할 때보다는 야위어진다. 검푸른 황혼(黃昏)은 언덕 알로 깔리어오고 가로수(街路樹)와 절망(絶望)과 같은 나의 기-ㄴ 그림자는 군집(群集)의 대하(大河)에 짓밟히었다.

그것의 존재 구조를 끊임없이 '붕괴 가능한' 것으로 작동시키는 틈으로서 존재하게 되며, 틈으로서 그는 또 다른 '그'를 향해 말을 거는 자가 된다.

바보와 같이 거물어지는 하늘을 보며 나는 나의 키보다 얕은 가로수(街路樹)에 기대어 섰다. 병(病)든 나에게도 고향(故鄕)은 있다. 근육(筋肉)이 풀릴 때 고향(故鄕)은 실마리처럼 풀려나온다. 나는 젊음의 자랑과 희망(希望)을, 나의 무거운 절망(絕望)의 그림자와 함께, 뭇사람의 우슴과 발ㅅ길에 채우고 밟히며 스미어오는 황혼(黃昏)에 마껴버린다.

제 집을 향(向)하는 많은 군중(群衆)들은 시끄러히 떠들며, 부산―히 어둠 속으로 흐터저버리고. 나는 공복(空腹)의 가는 눈을 떠, 히미한 노등(路燈)을 본다. 띄엄띄엄 서 있는 포도(鋪道) 우에 잎새 없는 가로수(街路樹)도 나와 같이 공허(空虛)하고나.

고향(故鄕)이어! 황혼(黃昏)의 저자에서 나는 아릿다운 너의 기억(記憶)을 찾어 나의 마음을 전서구(傳書鳩)와 같이 날려보낸다. 정(情)든 고삿. 썩은 울타리. 늙은 아베의 하―얀 상투에는 몇 나절의 때묻은 회상(回想)이 맺어있는가. 욱어진 송림(松林)속으로 곱―게 보이는 고향(故鄕)이어! 병(病)든 학(鶴)이었다. 너는 날마다 야위어가는……

어듸를 가도 사람보다 일 잘하는 기계(機械)는 나날이 늘어나가고, 나는 병(病)든 사나이. 야윈 손을 들어 오래ㅅ동안 타태(隋怠)와, 무기력(無氣力)을 극진히 어루맞었다. 어두어지는 황혼(黃昏) 속에서, 아모도 보는 이 없는, 보이지안는 황혼(黃昏) 속에서, 나는 힘없이 분노(憤怒)와 희망(希望)을 묻어버린다.

―「황혼(黃昏)」[21] 전문

이 시의 화자는 시의 처음부터 끝까지 '직업소개(서)' 앞 가로수에 기대어 선 채로 공간 이동을 하지 않는다. 그럼에도 불구하고 이 시는 어떤

---

21   오장환, 「黃昏」(『城壁』, 1937.7), 『오장환 전집』, 국학자료원, 2003, 22~23쪽.

종류의 이동을 계속해서 발생시키고 있는데, 그것은 시선의 이동인 동시에 시간의 이동이다. 오장환은 어두워가는 직업소개서 앞 포장도로라는 하나의 단일한 시공간 속에서 세 개의 시차(時差/視差)를 발생시킨다. 첫째는 화자가 위치하고 있는 현실 그 자체의 시간으로, 직업소개서에 일터와 같이 출동해 있다 시끄러이 떠들며 제 집으로 향하는 '실업자'들, 그들로 대표되는 '뭇사람'의 '시간'이다. 화자는 이들 '군중'의 '시간' 내부에 물리적으로 위치하고 있지만, '그들'과 공유하지 않는 다른 시간성을 꾸리기 시작한다. 그 작업을 매개하는 것은 화자의 '시선'이다. '검푸른 황혼'이 깔리어오는 가운데 화자는 '뭇사람의 웃음과 발길'을 함께하기보다 자신의 '키보다 얕은 가로수에 기대어' 군중의 시간을, 그 시간이 처해있는 배경을 바라보기를 택한다.

'잎새 없는 가로수' 마냥 가늘게 존재할 뿐인 화자의 '눈'은 세계를 자신의 몸 안으로 집어삼킴으로써 소화해내려는 욕망을 거의 가지고 있지 않다. 그 눈은 다만 '띄엄띄엄' '희미하게' 서있을 따름인 가로수와 가로등처럼, 세계의 내부에, 그러나 그로부터 한발자국 물러난 지점에 자신의 좌표를 마련하는 눈이다. 하지만 '공복의 가는 시선'이라는 존재적 거리를 확보하고 '공허'의 시간성을 획득하는 작업이 '군중'으로부터 자신을 분리해내어 폐쇄적 자기−시공간으로 숨어들기를 택하는 것은 아니다. 오히려 이 '시선'은 '나'의 절망의 무게만큼이나 길게 늘어지는 '그림자'와 '젊음의 자랑과 희망'이 동시에 '뭇사람의 웃음과 발길에 채이고 밟히'게 하는 시선으로서, '군중'으로부터 떨어져 나오려는 '나'를 도리어 그들의 생의 모든 움직임('웃음과 발길')에 겹겹이 묶는다. 시선을 매개로 하여 발생하는 분리와 결속의 시차(時差)적 감각 속에서 '군중'의 세계와 '나'의 내면은 완전하게 분리되지 않은 채 겹쳐져 있다. 세계를 바라보는 독립된 시선의 주체가 되는 것이 오히려 세계와 영원히 분리될 수 없음을 끊임없이 경험하게 한다는 이 이율배반 속에서 화자는 흥미롭게도 '근육이 풀리고', 그 가운데 '고향이 실마리처럼 풀려나'온다.

> 고향(故鄕)이어! 황혼(黃昏)의 저자에서 나는 아릿다운 너의 기억(記憶)을 찾어 나의 마음을 전서구(傳書鳩)와 같이 날려보낸다. 정(情)든 고삿. 썩은 울타리. 늙은 아베의 하一얀 상투에는 몇 나절의 때묻은 회상(回想)이 맺어있는가. 욱어진 송림(松林)속으로 곱一게 보이는 고향(故鄕)이어! 병(病)든 학(鶴)이었다. 너는 날마다 야위어가는……

'아릿다운 기억'의 방식으로서 '고향'은, '현실'에 서 있는 '육체'의 감각이 희미해지고 '근육이 풀리는' 때에, 물리적 사실로서 존재하지 않는 '실마리'의 형태로 '풀려나온다.' 그 '아릿다움'은 '군집'을 바라보는 시선을 매개로 하여 발생한 이율배반적 시간성에서 이제는 '군중'의 시간성과는 전적으로 단절된 제3의 시간성을 발동시키고자 한다. 그러나 '풀려나온다'는 표현은 주목을 요한다. '고향'은 어떤 분리된 이상적 '공간'으로서 주어지지 못하고, '풀려나오는' 동태(動態)로서만 감각된다. 공간으로서의 고향은 그것에 대한 화자의 욕망의 전신인 '전서구'가 어딘가에 '도착'할 때에 비로소 구성될 것으로 남겨져 있다. 그 불특정한 어느 시점까지 화자는 '아릿다운 너의 기억'을 '찾으며' 때묻은 회상의 구성물들, '정(情)든 고삿. 썩은 울타리. 늙은 아베의 하一얀 상투' 등이 '우거진 송림'을 뒤적거려야 할 뿐이다. '잎새 없는' 지금 여기의 '가로수'와 달리 이 '송림'은 풍성하게 '우거져' 있는 듯 보이지만, 그 가운데 결국 그가 마주하는 것은 '우거진 송림이 있고 그 속에서 고운 고향이 보인다'고 가정하고 있는 자기 자신일 따름이다. '고향'을 보고자하는 시선을 마련하여도, 그 시선에 의해 '풀려나오'던 고향은 분리된 '공간'으로 정립되지 못한다. 그것은 다만 돌연 '날마다 야위어가는 병든 학'의 형상으로 전환될 뿐이다. 이는

'군중'으로부터 분리되고자 하는 욕망과 '아릿다운 기억'에 대한 열망은 결국 앙상하고 '가는' 시선 자체로서, '고향'이 시선 이전에 이미 '있기'를 바라는, 병든 화자의 병든 욕망의 구조일 뿐이기 때문이다.

'고향'을 찾고자 하는 '가는 시선'[22]은 포기되거나 부정되지는 않지만 목적을 달성하지도 못한다. '지금 여기'와의 분리를 꿈꾸는 그 시선 자체가 '병들어 있음'이라는 양태로 '고향'과 지금 여기의 '나'를 연결하고, '야위어감'이라는 양태로 '고향'과 '실업자들'을 연결함으로써, 화자의 '공허'를 흔들게 될 따름이다. 자신의 환상 구조의 무기력을 직면하는 화자는 '어디를 가도 사람보다 일 잘 하는 기계가 나날이 늘어가는' 현실에 아무런 충격도 주지 못한 채, '타태와 무기력을 극진히 어루만지며' 자신의 '공허'에 대한 공허감을 마주해야만 한다. 그렇게 이 시는 자신의 실패와 '병듦'에 대한 '분노'를 '힘없이' 땅 속에 묻는다는 진술로 마무리된다.

그렇다면 묻어버린 '분노'와 '희망'은 사라져버리는가. 이 시기 오장환의 시들은 한 편 한 편 위의 「황혼」처럼 무기력한 절망으로 귀결된다. 그러나 주목해야 할 것은, 그 예견된 귀결을 오장환이 끊임없이 반복한다는 것이다. 1930년대 도시와 항구를 풍경으로 오장환의 시선이 마련하는 프레임 속에는 신사(紳士), 기녀(妓女), 늙은 선원(船員), 선부(船夫), 매음부(賣淫婦), 시인(詩人), 윤락(倫落)된 자식(子息), 시골영감, 좀도적(盜賊), 거

---

22 오장환의 '고향'에 대한 이러한 분석은 초기부터 후기에 이르는 그의 시 세계를 관통하고 있는 '고향' 감각 전반에 대한 분석으로 연결된다. 기존 연구들이 '고향'을 '여기 아닌 곳'으로서의 '이상향'으로 독해해온 것은 본고의 분석 역시 일면 긍정하는 바이지만, 본고가 차별적으로 주목하는 것은 '이상향'으로서 불러오고자하는 '고향'이 정작 그 호명 이후에 어떤 방식으로 작동하게 되며 그것을 화자가 어떤 방식으로 마주하고 있는가이다. 이러한 문제는 시의 표면에 명확하게 드러나는 '고향'을 불러들이는 '태도'와 고향의 '형상'을 살피는 일보다 더 심층적이고 덜 직접적인 면면들에 대한 분석을 요한다. 이에 대한 보다 상세한 논의는 후일을 기약한다.

지, 청인(淸人) 그리고 거리를 오가는 '사람들'이 등장한다. 이 인물들에게서 오장환이 보는 것은, 현실로부터의 도피처로 마련되는 환락의 공간과 그 공간을 현실로 두고 살아가는 이들의 파충류(爬蟲類)처럼 싸늘한 육체, 그들이 찾아내는 또 다른 종류의 환락, 그리고 결국은 체온을 잃어가는 삶들에 대한 정당화가 이루어지는 악순환의 굴레이다.

그것 안에 담긴 서사에 대한 예리한 포착의 측면에서 시인의 시선은 날카롭고 냉소적이기도 하지만, 시인은 그 풍경과 인물들에 대해 결코 일방적으로 계몽적인 태도를 취하지 않는다. 오히려 그들과 하등 다를 것 없이 여인과 아편을 탐하는 자로서 '그들'과 자기 자신을 겹쳐 바라보고 그 속에서 도피처로서의 '고향'의 '무기력'과 '타태'를 거듭 발견함으로써, 오장환은 '묻어버린' 분노와 희망을 강박적으로 되불러온다. 분노와 희망은 힘없이 '묻혔기' 때문에 아무런 힘을 발휘하지 못하지만, 적어도 그대로 사라져버리지 않은 채 계속해서 시로 '쓰임'으로 인하여 "아무도 보는 이 없는, 보이지 않는 황혼 속에서" 가로등처럼 서 있는 '나'를 지탱한다. 그리고 동시에 '나는 병든 사나이'라는 자기진술을 종용하는 무덤이자 뿌리가 되어, 세계와 '내'가 중첩되는 이 '황혼'의 틈(void)이 된다. 오장환의 '절망'과 '무기력'의 시 쓰기는 그 행위의 반복성에 의해 그 자체로 스스로의 '절망'과 '무기력'을 최종적으로 완료해내지 못하는 것이다.

때문에 세계와 '나'는 서로에게서 분리된 채로 정당할 수 없다. 시궁창의 세계 바깥을 상상하는 욕망과 그 필연적 실패의 흔적을 매개로 하여 '세계'와 '나'는 동시에 병들어 있다. 그리하여 "어디를 가도 사람보다 일 잘하는 기계(機械)는 나날이 늘어나가고, 나는 병(病)든 사나이."와 같이 '세계'와 '나'의 사태는 하나의 마침표 안에 묶인다. 세계의 병듦으로부터 분리되고자 하는 열망이 거듭 실패하는 데에서 오는 절망과 분노라는 '감정' 때문에, 이 동시적 '병듦'은 망각될 수조차 없다. 오장환의 시에서 결코 포기되지 않는 '고향'의 시간성은 역설적으로 이 병든 '나-세계'의 '시간'을 더욱 처절하게 감각하고 절망하게 만들 따름이다. 그렇게 절망의 뒤편, 절망의 외부로 향하고자 하는 힘은 언제나 절망 그 한 가운데로 회귀하고, 이 시차(時差)적 운동 가운데 세계와 나와 이상적 가능성으로서의 고향의 '관계'는 끊임없이 재사유될 것을 요구받는다.

그 '관계'란 '공범'들 사이에서 발생하는 긴장 자체이다. 일 하지 않아 야위어가는 실업자들을 만들어내는 세계는 주체를 절망과 엉뚱한 욕망에 휩쓸려 더욱 병들게 만든다. 병든 주체는 그 도피적 태도를 통해 세계의 폭력을 용인하고 그것에 동참한다. 도피를 완수하지 못한 상태의 병든 고향은 주체의 내면을 더욱 병들게 할 뿐만 아니라, 도착적인 욕망을 재생산함으로써 세계의 병듦을 심화시킨다. 세계와 주체가 병들수록 고향의 상상적 기능 역시 강화되어 '고향'이라는 욕망 구조의 근본적 병듦과 그 효과 역시 극대화된다. 이러한 악순환 속에서 세계, 주체, 그리고 야위어가는 것으로서의 고향은 모두 동시에 병들어 있고, 동시에 절망이며, 따라서 동시에 반성되어야만 하는 것으로 얽혀있다.

자기 자신을 포함한 모든 절망하는 자, '고향'을 꿈꾸는 자가 서로에 대한 죄인이자 이 '황혼'의 '병듦'의 공범이라는 감각은 오장환이 식민지기 '탁류'를 바라보는 시선, 그 가운데 인물이나 광경을 포착하는 방식, 포착한 것을 구성해내는 언어적 태도의 근간을 이루고 있다. 이 감각은 세계와 모든 '나'들과 그들의 모든 '고향'들의 병듦에 대한 책임의식이자 부채의식으로 작동한다. 이 부채의식이야말로 부정적 세계와 무기력한 주체와 실패하는 고향이 동시적으로 작동하는 구조를 꿰뚫어보고자 하는 정직한 '시선'이다. 오장환에게 있어 '시 쓰기'는 바로 이 '부채의식'을 스스로 마주하고자 하는 의지의 실천이었다. 시 속에서 오장환은 '병든 나무'이자 '병든 나무의 뇌수를 쪼는 딱따구리'이고자 했으며[23], 그의 시 쓰기는 이 동시성을 최대치로 밀어붙이는 작업으로서 이행(履行)되고 있었다. 세계와 자신을 동시에 비난하고 또 동시에 이해해야 하는 이 모순적 태도가 어떻게 가능했던 것일까. 이 고된 작업으로서 '시 쓰기'는 '시인'으로서의 자신에 대한 모종의 원죄의식을 마주하는 일과 관계되어 있었다.

2.2. 결정 불가능성 : '사탄'의 눈을 가진 '시인'

당신이요 충충한 아구리에 까만 열매를 물고 이브의 뒤를 따른 것은 그대 사탄이요.

차듸찬 몸으로 친친이 날 감어주시오. 나요. 카인의 말예(末裔)요. 병(病)든 시인(詩人)이요. 벌(罰)이요. 아버지도 어머니도 능금을 따먹고 날 낳었소.

기생충(寄生蟲)이요. 추억(追憶)이요. 독(毒)한 버섯들이요.

다릿-한 꿈이요. 번뇌요. 아름다운 뉘우침이요.

손발조차 가는 몸에 숨기고, 내 뒤를 쫓는 것은 그대 안이요. 두엄 자리에 반사(半死)한 점성사(占星師), 나의 예감(豫感)이요. 당신이요.

견딜 수 없는 것은 낼룽대는 혓바닥이요 서릿발 같은 면도(面刀)ㅅ날이요.

괴로움이요. 괴로움이요. 피 흐르는 시인(詩人)에게 이지(理智)의 푸리즘은 현기(眩氣)로웁소

어른거리는 무지개 속에, 손꾸락을 보시오. 주먹을 보시오.

남ㅅ 빗이요-빨갱이요. 잿빗이요. 잿빗이요. 빨갱이요.

-「불길(不吉)한 노래」[24] 부분

23 오장환, 「毒草」(『城壁』, 1937.7), 『오장환 전집』, 국학자료원, 2003, 30쪽.
24 오장환, 「不吉한 노래」(『獻詞』, 1939.7), 『오장환 전집』, 국학자료원, 2003, 66~67쪽.

　기독교적 원죄의식을 기반으로 하여 이어지고 있는 위의 시에서 화자는 '이브'의 죄로부터 비롯되어 '카인'의 죄로, '아버지와 어머니'의 죄로 이어지는 죄의 굴레 속에 자신을 위치시킨다. 그는 죄 지은 자이자 벌 받는 자이다. 그의 생은 이미—항상 죄의 흔적이며, 생은 그 자체로 벌이다. 여기에서 중요한 것은, 그가 죄이자 벌로서 스스로를 호명할 때에 그 자신은 곧바로 '병든 시인'이라는 것이다. 그는 '병든 시인'으로서 죄이고, '병든 시인'으로서 벌이다. '병듦'과 '(이미—항상)시인임'은 어째서 죄의 흔적이고 어떻게 벌일 수 있을까. 그것은 '뭇사람'들과 마찬가지로 기생충과 추억과 독한 버섯들을 키우며 단 꿈에 젖어 살기 때문이기도, 그에 대해 번뇌하며 '아름다운 뉘우침'에 도달하고도 스스로 '충충한 아구리에 까만 열매를 물고' 자신의 뒤를 쫓는 '사탄'이기 때문이기도 하지만, 자신의 낼룽대는 혓바닥에 스스로 면도날을 들이대야 하는 괴로움 가운데에도 '하나의 색깔'이 되지 못하는 '시인'의 '피'와 '손가락'과 '주먹' 때문이다.

　자신을 죄로 이끄는 사탄이 곧 자신임을 '깨달은' 자는 자신의 '피'를 씻고자 해야 하고, '이지'를 통해 자신을, 그리고 세계를 '바로' 보는 단계로 나아가야 한다. 그러나 '오장환'에게 '이지'는 '바른' 것만을 골라 보여줄 수 있는 투명하거나 단색인 무엇이 아니라 '프리즘'이어서, 그것은 얼핏 아름다운 '무지개'를 어른거리게 하지만 실은 '시인'의 눈을 교란시켜 그 자신의 신체의 '색깔'이 무엇인지조차 말하지 못하게 만든다. 프리즘을 통해 볼 때 시인의 손가락과 주먹은 남빛이기도, 붉은빛이기도, 잿빛이기도 하며, 이 가운데 무엇이 '정말' 그 신체의 색깔인지를 '결정'하지 않는 것이 역설적으로 '시인'의 '이지'로 작동한다. 그리하여 '피흐르는 시인'은 자신의 피 색이 붉은지 사탄처럼 검은지도 결정하지 않는다. '검은 색'을 식별해내고 추방해냄으로써 순수하게 '붉은 색'을 가정하는 것은 '시인'에게는 불가능한 일이다. 이 결정 불가능성, 결정의 연기(延

期)는 그러므로 '시인'을 언제나 '병들어 있는' 자, 그리고 언제나 '사탄'
인 자로 만든다. 오장환의 '시인'으로서의 죄의식은 여기에 있다. 그러나
결정하지 못하는 것이 왜 죄여야만 하는가?

> 오랜 동안 육체노동과 지적 노동의 분리 분업은 불선(不善)한 인간들에
> 게 그 약점을 이용당하였고 내종에는 그것이 습관화하여 이용하는 것이 잘
> 난 것처럼 여겨졌었다. 물론 그 영향으로 소위 문단이란 것도 그러한 방향
> 으로 쏠리고 또 그것이 절대의 세력까지 잡았던 것은 속일 수 없는 사실이
> 다. (…) 인간의 사회란 각자의 편의를 위한 집단생활인 것인데 어찌하여
> 인간들은 자기의 의무를 이행치 않는가! 그리고 대체의 인간(그 당시 당시)
> 지배자들은 인간을 위한 즉 자기가 집단생활을 하는 의무상의 행동을 잊어
> 버렸나! 그것은 결국 우리의 눈앞에 이기(利己)의 근성이 떠나지를 않았기
> 때문이었다. (…) 나는 이 기회에 말하고 싶다. 이때까지의 나는 절망과 심
> 연(深淵)의 구렁에서 벗어나지 못하고 뜻 모를 비명을 부르짖는 청년이었
> 다고. 하나 나는 다시 희망을 갖는다. 그것은 내가 나의 습관 속에서 벗어
> 나 참으로 인간의 의무를 알았기 때문이다. 나는 이제부터라도 기꺼이 인
> 간의 의무를 이행하기에 노력하겠다. 내가 이제부터 쓰려는 문학은 나의
> 의무를 위한 문학이다. 나에게 있어서는 이것이 진정한 신문학이라고 생각
> 되고 또 이 길을 밟으려 한다.
>
> ─「문단의 파괴와 참다운 신문학」[25]

첫 시집이 나오기 전부터 오장환은 사회주의 이념의 맥락에서 세계의
구조를 바라보고 있었고, 그 안에서 윤리적인 '인간'은, 그리고 '인간'으
로서의 '시인'은 어디를 향해 나아가야 하는지에 대한 '지향성'을 가지고
있었다. 만일 그의 '죄의식'이 절망하기를 그만두고 '의무를 위한 문학'

---

25   오장환, 「문단의 파괴와 참다운 신문학」(『조선일보』, 1937.1.28~29), 『오장환 전집』,
　　　국학자료원, 2003, 608~613쪽.

을 하겠다는 이러한 '지향'을 실천해내지 못하는 실패한 주체로서의 자의식으로부터 비롯된 것이라면, 그것은 자기반성과 쇄신을 거쳐 '해결할 수 있는' 죄의식일 따름이었을 것이다. 그러나 오장환이 가지고 있는 '죄의식'은 어떤 실천으로도 완전하게 탕감될 수 없는 영원한 '부채의식'으로서 '원죄의식'이었다. '사회주의 지식인'이 아니라 '사회주의 시인'으로서 오장환에게 '시인'이 그 자체로 '죄'이고 '벌'인 이유는, 자기 목표의 이행 불가능성 때문이 아니라, 오히려 자신이 무엇을 이행해야할지 단 하나의 단호한 결정을 내리는 것의 불가능성 가운데 헤매고 있을 때 발생하는 구체적인 죽음들과 구체적인 삶의 비참들에 대한 '시인'의 '태만' 때문이었다.[26]

그는 「수부(首府)」(『浪漫』, 1936.11), 「해수(海獸)」(『성벽(城壁)』, 1937.7), 「황무지(荒蕪地)」(『자오선(子午線)』, 1937.11) 등에서 도시의 공장촌, 항구, 광산에서 병이 들고 목숨을 잃은 사람들의 훼손된 신체와 이승과 저승 어디에도 속하지 못하는 유령들을 기록한다. 이 기록 행위는 두 가지 욕망에 의해 추동된다. 하나는 식민지의 자본주의 구조 속에서 끊임없이 희생당하면서 이름조차 남기지 못하는 존재들을 '죽음'과 '희생' 자체로 되불러옴으로써 '지금 여기'를 지양해야만 할 이유를 각인하고자 하는 것이고, 다른 하나는 그들의 상여를 스스로 짊어지고 슬퍼하는 애도 행위를 통해 희생된 넋들을 고이 보내주고자 하는 것이다.[27] 보냄과 보내지 않음을 동시에 이행하고 있는 이 시편들은 이율배반적일지언정 그들을 향해, 그들을 위해 노래해야 한다는 '의무'를 마주하고 있었다. 그리고 그 '의무'는 이제 애도 행위를

---

26 "슬프다. 이것이 지향없는 사람의 원병(原病)이 아니고 생활하지 않는 사람의 원죄가 아니냐." 오장환, 「팔등잡문(八等雜文)」(『조선일보』, 1940.7.20~25), 『오장환 전집』, 국학자료원, 2003, 709쪽.

27 『獻詞』의 시편들은 '애도'를 완수하고자 하는 태도로 가득하다.

넘어서 애도를 발생시키는 세계의 구조 자체에 대한 저항을 이행하기를
요구하고 있었다. 이 '새로운 노래'를 위해 그가 치열하게 해야 할 일은
무기력한 '비애'와 자신의 '병든 역사'를 보내고[28] 궁극적으로 '나'를 버리는
일이었다. 그것은 '생활하는' 타자들에 대한 '의무'를 이행해야 한다는 사회
주의적 '이념'에 더 큰 무게를 실어주는 것을 의미했다.

> 나의 지대(至大)함은 운성(隕星)과 함께 타버리엇다.
>
> 아즉도 나의 목숨은 나의 곁을 떠나지 않고/언제인가 그 언제인가/허공
> (虛空)을 스치는 별납과 같이/나의 영광(榮光)은 사라젓노라
>
> 내 노래를 들으며 오지 않으랴느냐/늬는 귀기우리려 아니하여도/딱따구
> 리 썩은 고목(枯木)을 쪼읏는 밤에 나는 한 거름 네 앞헤 가마
>
> 표정(表情)없이 타오르는 인광(燐光)이여!/발길에 채는 것은 무거운 묘
> 비(墓碑)와 담담(淡淡)한 상심(傷心)
>
> 천변(川邊) 가차히 가마구떼는 왜 저리 우나/오늘밤 아-오늘밤에는 어
> 듸쯤 먼 곳에서/물에 뜬 송장이 떠나오려나
>
> —「무인도(無人島)」[29] 전문

그러나 여기서 시작되는 것은 질문이었다. "전신상흔(全身傷痕)의 알몸
뚱이로 우리들이 바야흐로 당하려는 시의 세계는 어떠한 방향일거냐."[30]

---

28 오장환, 「The Last Train」(『批判』, 1938.4, 『獻詞』, 1939.7), 『오장환 전집』, 국학자
료원, 2003, 52쪽.

29 오장환, 「無人島」(『靑色紙』, 1939.2, 『獻詞』, 1939.7), 『오장환 전집』, 국학자료원,
2003, 53쪽.

문제는 지양(止揚)할 것이 있는데 지향(志向)할 것을 확정할 줄 모르는 '방
황하는 시정신'이었다. 시는 어떻게 '나의 노래'인 동시에 '우리의 노래'일
수 있을 것인가, 이미 발생해버린 죽음들을 '상여'에 실어 보내며 함께
'우는' 것 외에 어떤 것을 시는 할 수 있어야 할 것인가. 오래도록 그의
이념적 배경을 형성하고 있던 질문이 마침내 '시인'에게 '정당한' 것으로
주어졌을 때, 오장환의 '시 정신'에 '정당한' '답'을 제시해줄 수 있는 것은
시인의 내부에도 외부에도 없었다. 이념은 질문과 함께 '답'을 주는 듯
했지만 시인의 정체성은 그 '이념적' 질문 자체로 인해 위기에 처해있었다.
그 가운데 오장환의 비애에 찬 '애도'는 아무 것도 결정내리지 못한 채로
'지양'해야 할 세계의 지속에 '참여'하고 있었고, 세계의 병듦에 그는 '시
인'으로서 공범이었다. 깨달았으나 무엇을 해야 할지 모르는 자, 어떤
것도 쉽게 단정 짓지 않는 윤리 때문에 오히려 '윤리'의 도래를 지연시키는
자로서 '시인'은 스스로 '병든 시인'으로서 '병든 세계'의 동조자였다.

따라서 그의 '시 쓰기'는 애도 행위로서 자기 합리화의 표정을 띠고
있을 때조차도 '시인'의 원죄와 부채의식을 고발하는 자기 배반의 행위
였고, '우리'로서 만나야 할 '나'와 '세계'가 합일되지 못한 채로 겹쳐져만
있는 이 '무기력'의 구조에 틈을 내야한다는 내적 필요를 짊어진 채 끊임
없이 자기 갱신을 도모하는 고투(苦鬪)였다. '시인'과 '시', '시 쓰기'가 이
처럼 이미—항상 죄이자, 벌이자, 희망인 가운데 결정 불가능한 질문의
형태로 '시인'은 계속해서 병든 채로 세계의 모든 삶과 죽음들에 대한
원죄의식을 곱씹고 있었다. 그 가운데 찾아온 '해방'에 의해 이 '원죄의
식'과 '부채의식'은 새로운 국면을 맞이한다.

---

30 오장환, 「방황하는 시정신」(『인문평론』, 1940.2), 『오장환 전집』, 국학자료원, 2003,
602쪽.

3. 한 사람의 셸요샤를 위하여 : '시인-동무'의 (불)가능성

해방 이후 첫 단행본으로 번역 시집 『에세-닌 시집』(1946.5)을 발간하면
서, 그 서문[31]에서 오장환은 해방 직후 '못배길 용솟음'과 '당황'이 동시에
찾아왔다고 말한다. '하루 사이에 세상을 보는 눈은 달라졌'지만 여전히
'이 눈앞에 나타나는 사물에 똑바른 처결을 내릴 방도(方途)'는 주어지지
않았다. 그러나 무언가 마땅히 하고자 하지만 무엇을 해야 할지 모르는
상황에 대해 오장환은 해방 이전과는 다른 방식으로 진술한다. "이것(시인
이 예세닌 시에 담긴 슬픔에만 공감해온 까닭-인용자)은 무척 어려운 문제 같아
도 기실 알고 보면 간단한 것이다. 요는 세상을 어떻게 보느냐에 있다.
정지한 형태로서 보느냐, 그렇지 않으면 끝없는 발전의 형태로서 보느냐
에 있다."[32] 오장환에게 해방은 절망과 무기력의 세계를 '정지하지 않는
세계', '끝없이 발전하는 세계'로 전환시키는 거대한 틈으로 기능했다.
이 틈으로부터 그는 '성실'[33]이라는 가치를 새롭게 발견해내고 그를 기반
으로 하여 "어떠한 일이라도 해야만 한다"는 희망 혹은 당위를 세우고자
한다. 앞서 지적한 것처럼 오장환이 「깽」, 「연합군입성(聯合軍入城) 환영(歡
迎)의 노래」, 「지도자(指導者)」 등 정치적 메시지로 가득한 시들로 해방
공간의 문학 장에 등장하기를 택한 것은 이러한 '발전적' 기획의 일환이었

---

31 오장환, 「에세-닌에 관하여」(1946.2.17, 『에세-닌 시집』, 1946.5), 『오장환 전집』,
    국학자료원, 2003, 555~567쪽.

32 오장환, 「에세-닌에 관하여」(1946.2.17, 『에세-닌 시집』, 1946.5), 『오장환 전집』,
    국학자료원, 2003, 560쪽.

33 해방 이후 처음으로 발표한 평문에서 오장환은 "전에도 없고 후에도 없을 우리 민족
    의 혼란기"에 시인들은 "자기의 성실을 심판 받아야 옳"을 것이라 말하며 '성실'을 하나
    의 척도로서 제시하고 있다. 오장환, 「시단의 회고와 전망」(『중앙신문』, 1945.12.28),
    『오장환 전집』, 국학자료원, 2003, 589~591쪽. 「에세-닌에 관하여」를 포함하여 이후
    산문들에서 '성실'은 지속적으로 언급된다.

던 것으로 보인다.

역설적인 것은, 예세닌을 '정지한 형태로 세계를 바라본' 시인으로 규정하여 부정함으로써 그 자신은 '끝없이 발전하는 세계의 시인'이 될 것을 다짐하고 있는 가운데, 그를 아껴 마지않았던 과거 자신의 '나약함'을 날것 그대로 드러내 보이는 예세닌의 14편의 시를 해방 공간의 자기 자신에게 그리고 독자에게 가장 먼저 권하고 있었다는 것이다. 일 년 후 『나 사는 곳』의 기획과도 연관 있는 것으로 보이는 이 '기획'은 일면, 예세닌의 시들을 반면교사(反面敎師)의 예시로 보여줌으로써 그 자신을 포함한 독자로 하여금 '정지'와 '나약함'을 경계하라 가르치고 있는 계몽적 기획의 인상을 풍긴다. 그러나 시집으로 발간된 시기는 늦지만 이 번역 시집이 발간되기 전에 쓰인 『병든 서울』의 시편들은 『에세-닌 시집』 발간에 대해 '계몽'이 아닌 다른 해석이 가능함을 보여준다. 이 시편들에서 오장환은 여전히, 누군가를 비판함으로써 자신을 '결백한' 자로 정립하거나 자기 확신을 토대로 타인에게 '답'을 제공하는 데에 성공하지 못하고 있기 때문이다.[34]

3.1. 다시, 원죄(原罪) : '성실'의 윤리와 앵무새-시인

해방 다음날인 1945년 8월 16일에 쓰인 시부터 시간 순서대로 엮여 있는 『병든 서울』의 전반부에 실린 시들은 혼란스러운 해방 공간에서 벌어지는 매일의 사건과 그것을 감각하는 시인의 감정, 그리고 그 둘을 매개하는 이념이 서로 합일되어가는 과정을 보여주고 있다. 이 합일을 추

---

34 오장환의 이러한 태도와 해방 공간의 '자기비판' 담론과의 관련성을 세밀하게 검토해 보면 해방기 오장환의 행보와 그의 '시인'으로서의 '원죄의식'을 더 다채롭고 깊이 있게 이해하는 데에 도움이 될 것이라 생각한다. 이는 추후의 과제로 남겨둔다.

동하는 것은 동질성을 보장하는 언어들이었다. 한동안 오장환은 '우리', '겨레', '벗', '동지' 등의 언어를 주저 없이 사용하며, "내 눈깔을 뽑아버리"고 "내 쐴개를 잡어떼어 길거리에 팽개치"려는 가운데 "우리 모든 인민의 이름"으로 흡수되고자 하는 격정[35]을 그대로 표현해낸다. '그것이 가능한가', '그것이 정당한가'와 같은 오래된 고민의 틀을 경유하지 않아 어긋날 여지가 소거된 상태에서 '세계'와 '나'는 더 이상 어긋난 채로 '겹쳐지는' 것이 아니라 아주 '일치하는' 것이 된다. 그렇게 '나의 노래'로서 '시'는 그 자체로 "모도다 합하여 부르는"[36] '우리의 노래'로 고양된다.

그러나 시집의 중반에 이르러서부터는 명확한 계기가 무엇인지 드러나지 않은 채 전혀 다른 분위기의 시들이 이어진다.[37] '나'는 다시 '그들'을 바라보는 시선을 발생시킬 만큼의 거리를 만들어내고, '우리'는 서로 다른 층위의 인물군(群)으로 다시 쪼개어진다. '동무'가 "우리 온몸에 굵게 흐르는 정맥(靜脈)의 느리고 더러운 찌꺽이들"과 "눈에 보이지 않는 수많은 우리의 백혈구(白血球)"로 나뉘는 가운데 '나'는 다시 그들 모두와 변별되는 위치에 자리한다.

---

35 오장환, 「病든 서울」(1945.9.27, 『象牙塔』, 1945.12, 『병든 서울』, 1946.7), 『오장환 전집』, 국학자료원, 2003, 135쪽.

36 오장환, 「ГИМН」(1945.12.2, 『文學』, 1946.7, 『병든 서울』, 1946.7), 『오장환 전집』, 국학자료원, 2003, 147쪽.

37 「延安서 오는 동무 沈에게」(1945.12.13)와 「이 歲月도 헛되이」(1945.12.24) 사이에서 이 격차가 발생하고 있다. 1945년 12월 16일에서 25일까지 있었던 모스크바 3상회의가 그 계기일 가능성이 있다. 모스크바 협정 내용이 발표되고 보도된 것은 12월 27일이지만, 12월 24일 『동아일보』 기사를 보면 조선이 남북으로 분할통치 될지 모른다는 등의 불안이 회의 기간 내내 이미 널리 퍼지고 있었던 것 같다. 「米蘇撤兵이先決條件」, 『동아일보』, 1945.12.24. 참고. 이 전환이 처음 드러난 시 「이 歲月도 헛되이」가 '삼십팔도라는 술집'을 배경으로 삼고 있다는 점도 중요하게 보인다.

아, 이세월도 헛되이 물러서는가

삼십팔도(三十八度)라는 술집이 있다. /낙원(樂園)이라는 카페가 있다. /춤추는 연놈이나 술 마시는 것들은/모두다 피흐르는 비수를 손아귀에 쥐고 뛰는 것이다. /젊은 사내가 있다. /새로 나선 장사치가 있다. /예전부터 싸홈으로 먹고사는 무지한 놈들이 있다. /내 나라의 심장 속/내 나라의 수채물구녕/이 서울 한복판에/밤을 도와 기승히 날뛰는 무리가 잇다. /다만 남에게 지나는 몸채를 가지고/이 지금 내 나라의 커다란 부정(不正)을 못견듸게 느끼나/이것을 똑바른 이성으로 캐내지 못하야/씨근거리는 젊은 사내의 가슴과/내둥 양심껏 살량으로 참고 참다가/이제는 할 수 없이 사느냐 죽느냐의 막다른 곳에서/다시 장사길로 나간 소시민의/반항하는 춤맵시와/그리고/값싼 허영심에 뻗어 갔거나/여러 식구를 먹이겠다는 생활고(生活苦)에 뛰쳐났거나/진하게 개어붙인 분가루와 루-쥬에/모든 표정을 숨기고/다만 상대방(相對方)의 표정(表情)을 쫓는 뱀의 눈같이 싸늘한 여급(女給)의 눈초리/담뇨때기로 외투를 해입은 자가 있다. /담뇨때기로 만또를 해두른 놈이 있다. /또 어떤 놈은/권총을 히뜩히뜩 비최는 자(者)도 있다. /이런 곳에서 목을 매는 중학생(中學生)이 있다. /아 그러나/이제부터 얼마가 지나지 않은/해방의 날!/그 즉시는 이들도, /설흔여섯 해 만에 스물여섯 해 만에/아니 몇살 만이라도 좋다. /이 세상에 나 처음으로 쥐어보는 내 나라의 기빨에/어쩔 줄 모르고 울면서 춤추든/그리고 밝고 굳세인 새날을 맹서하든 사람들이 아니냐. /아 이 서울/내 나라의 심장부(心臟部), 내 나라의 똥수깐, /남(南)녘에서 오는 벗이어!/북(北)쪽에서 오는 벗이어!/제 고향에서 살지 못하고 쫓겨오는 벗이어!/또는/이곳이 궁금하야 견디지 못하고 허턱 찾어오는 동무여!/우리 온 몸에 굵게 흐르는 정맥(靜脈)의/느리고 더러운 찌꺽이들이어!/너는 내 나라의 심장부(心臟部), 우리의 모든 티검불을 걸으는 염통 속에도/눈에 보이지 않는 수만은 우리의 백혈구(白血球)를 만나지 아니했느냐.

아, 그리고 이 세월도 속절없이 물러서느냐.
                              -「이 세월(歲月)도 헛되이」[38] 전문

병든 '눈'을 뽑아버림으로써 그 스스로 '우리'라는 합일된 집단을 가능하게 만들어내고자 했던 열정이 다시금 '그들'을 바라보는 시선을 획득하는 절망으로 급격히 전환된 원인은 '백혈구'이다. 위의 시에서 오장환이 오랜 시간을 들여 들여다보고 있는 것은 '소시민'들이며, 이 시선은 심정적인 공감으로까지 이어지고 있다. 화자 자신으로서 오장환은 장사치와 싸움꾼과 여급과 소시민 등이 가득한 '삼심팔도(三十八度)라는 술집'의 '내부'에 위치할 뿐만 아니라, "다만 남에게 지나는 몸채를 가지고/이지금 내 나라의 커다란 부정(不正)을 못견듸게 느끼나/이것을 똑바른 이성으로 캐내지 못하야/씨근거리는 젊은 사내의 가슴"[39]에서 자기 자신의 모습을 보는 것을 거부하지 않는다. '해방의 날' '밝고 굳세인 새날을 맹세하던' 이들은 세계의 부정 앞에서, 그리고 '사느냐 죽느냐'의 '막다른 곳'에 내몰리어 이전의 맹세를 잊어버리거나 포기한다. "아, 이세월도 헛되이 물러서는가" 라며 탄식하는 시인의 태도는 '소시민'들의 무기력한 모습에 대한 것인 듯 보이지만 실은 해방 후 세계와 자신의 '맹세'에 대한 절망과 그 '절망'에 대한 자괴를 드러내고 있다. 화자는 다시 '공범'으로서의 절망과 무기력을 마주하는 것이다.

그러나 그의 시선 속에 포착되는 이들이 지금 이곳의 병듦을 승인하고 그것에 동참하는 '느리고 더러운 찌꺼기'로 인식되는 순간, 즉 그들과 스스로를 분리해내는 순간, 시인은 그들의 앞에 '우리의 백혈구'를 세워야 할 '의무'를 짊어진 자로서, "밝고 굳세인 새날을 맹서"하기를 멈추지 않아야 하는 자로서 스스로 먼저 각성하고자 한다. 그러나 '소시민'이 아닌, 시인 자신을 포함한 모든 '소시민'들과 차별되는 정도로 명백하게 '새날'을

---

38   오장환, 「이 세월(歲月)도 헛되이」(1945.12.24, 『병(病)든 서울』, 1947.7), 『오장환 전집』, 국학자료원, 2003, 153~155쪽.

39   위의 시, 153쪽.

위한 행보의 최전방에 서 있는 '백혈구'들의 존재는 오히려 시인의 자기긍
정을 더욱 어렵게 만든다.

눈발은 세차게 나리다가도/금시에 어지러이 허트러지고/내 겸연쩍은 마
음이/공청(共靑)으로 가는 길

동무들은 벌서부터 기다릴텐데/어두운 방에는 불이 켜지고/굳은 열의에
불타는 동무들은/나같은 친구조차/믿음으로 기다릴텐데

아 무엇이 작고만 겸연쩍은가/지난날의 부질없음/이 지금의 약한 마음/
그래도 동무들은/너그러히 기다리는데……

눈발은 펑펑 나리다가도/금시에 어지러히 허트러지고/그의 성품/너무
나 맑고 차워/내 마음 내 입성에 젖지 않어라.
　　　　　　　　　　　　　　　　　　　　－「공청(共靑)으로 가는 길」[40] 전문

이 시에서 화자의 마음을 '겸연쩍게' 만드는 것은 '굳은 열의에 불타는
동무들'을 자신의 정당함을 평가할 기준으로 삼고 있는 화자의 태도이
다. '생활하는 사람들'의 구체적 삶과 죽음에 대한 부채의식을 '시인'의
'원죄'로 가지고 있던 오장환에게 '생활하지 않는 죄'마저도 '발전'의 방
향 속에서 긍정해주던 '해방'은, 더 적극적으로 '발전'하는 이들의 투쟁
적 '생활' 앞에서 다시 원죄의식의 굴레를 '시인'에게 씌운다. 그리고 그
들의 '생활'이 또 다른 구체적 죽음으로 경험[41]되었을 때, '시인'은 지양

40　오장환, 「共靑으로 가는 길」(1946.1.7, 『病든 서울』, 1947.7), 『오장환 전집』, 국학자
　　료원, 2003, 156~157쪽.
41　1946년 1월 19일 학병동맹사건이 발생한다. 경찰의 총격에 3명의 학병이 희생된다.
　　오장환은 희생자 중 박진동(朴晉東)을 기리는 시를 쓰고 이후에 『병든 서울』에 포함시

해야 할 세계와 지향해야 할 최대치의 '생활' 사이에서 다시 '어떻게 존
재해야 하는가'를 묻는다. 이 물음에 대해 그가 찾아내는 대답은, '투쟁'
의 '생활'의 역사 속에 '이미-항상 늦은 자'로서 자신을 기입해 넣음으로
써 그러한 '생활'과의 '어긋남'을 전면적으로 '인정'하는 것, 그로써 그
'원죄'로부터 다시 나아가고자 하는 의지를 드러내는 것이었다.

기미(己未)년 만세/나도 소리높여 만세를 부르고 싶었다./아니 숭내라
도 내이고 싶었다./그러나 나는 그 전해에 났기 때문에/어린애 본능(本能)
으로 울기만 하였다./여기서 시작한 것이 나의 울음이다.

광주(光州)학생사건 때/나도 두 가슴 헤치고 여러 사람을/따르고 싶었
다./그러나 그때의 나는/중등학교 입학시험에 미끄러저/그냥 시골구석에
서 "한문"을 배울 때였다./타고난 불운(不運)이 여기서 시작한 것이다.

그 뒤에 나는/동경(東京)에서 신문배달을 하였다./그리하야 붉은 동무
와/나날이 싸우면서도/그 친구 말리는 붉은 시(詩)를 썼다./그러나/이 때
도 늦인 때였다./벌서 옳은 생각도 한철의 유행(流行)되는 옷감과 같이/철
이 지났다./그래서 내가 우니까/그때엔 모두다 귀를 기우렸다./여기서 시
작한 것이 나의 울음이다.

팔월(八月) 십오일(十五日)/그 울음이 내처 따러왔다./빛나야 할 앞날을
위하야/모든 것/나에게 지난 일을 도리키게 한다./그러나 나에게 울음뿐이
다./몇 사람 귀기우리는 데에 팔리어/나는 울음을 일삼어 왔다./그리하야
나는 또 늦었다./나의 갈 길,/우리들의 가는 길,/그것이 무엇인 줄도 안
다./그러나 어떻게? 하는 물음에 나의 대답은 또 늦었다.

킨다. 이 시가 쓰인 날짜는 사건 발생일인 1946년 1월 19일로 기록되어 있다.

아 나에게 조금만치의 성실(誠實)이 있다면/내 등에 마소와 같이 길마를 지우라./먼저 가는 동무들이어,/밝고 밝은 언행(言行)의 채찍으로./마소와 같은 나의 걸음을 **빠르게** 하라.

－「나의 길－三·一紀念의 날을 맞으며」[42] 전문

　구체적인 날짜와 사건의 고유명사는 '세계'와 '나'의 만남을 가능하게 하는 매개로 기능한다. 오장환이 '3·1 기념'이라는 명분 속에서 '기미년 만세', '광주학생사건', '붉은 싸움', '팔월 십오일'이라는 구체성에 자신을 기입해 넣고 있는, 혹은 그 안에서 어떻게든 자신을 발견해내려 하고 있는 이 시적 작업은, 출생, 소시민적 삶은 물론 '붉은 시'마저도 세계와 어긋나버린 '시인'으로서 그럼에도 불구하고 '세계'와 맞닿아 있겠다는 의지의 표명이다. 시인은 '인간'으로서도 '시인'으로서도 언제나 '이미 늦은' 자이지만, 그리하여 그의 '울음'은 애도의 울음일 수밖에 없지만, 위의 시는 그것을 애달파 하는 것으로 그치지 않고 '마소와 같은 나의 걸음을 빠르게 하라'는 미래적 요청으로 나아간다. 이 의지는 "몇 사람 귀기 우리는 데에 팔리어/나는 울음을 일삼어 왔다."는 담담한 자기비하와 "나의 갈 길,/우리들의 가는 길,/그것이 무엇인 줄도 안다./그러나 어떻게? 하는 물음에 나의 대답은 또 늦었다."는 단정적 판단으로부터, 다시 출발하고 있는 것이다.

　이러한 비하와 단정적 진술은 이전까지의 자신의 생을 전면적으로 인정하는 방식으로 완전하게 부정한다는 점에서 문제적이다. '또 늦은' 자로서의 원죄를 오장환은 이제 자신의 시 쓰기를 추동하는 동력으로 삼고자 하지 않는다. 오히려 그 원죄와의 단절을 시도하는 가운데 그 부채의

42　오장환, 「나의 길－三一紀念의 날을 맞으며」(1946.2.24, 『民聲』, 1946.4, 『病든 서울』, 1946.7), 『오장환 전집』, 국학자료원, 2003, 164~166쪽.

식을 해결할 방도로 '먼저 가는 동무들'의 '성실'의 윤리를 가져옴으로써 그는 전혀 다른 윤리의 세계로 자신의 '시'를 밀고 나가고자 함을 은연중에 선언한다. 그러나 해방기의 '성실'의 윤리가 이전까지의 '어긋난 채 겹쳐짐'의 윤리와 근본적으로 다른 지점은, 후자가 '시인' 자신이 오롯이 감당해야 할 것이기 때문에 '시인'을 끊임없이 갱신시키는 동력이었다면, 새로운 윤리로서 전자는 '먼저 가는 동무들'을 기준으로 삼고 그들의 '밝고 밝은 언행의 채찍'에 의해서 추동되기를 기대하는 의존적 주체의 것으로서 '시인'을 '세계'의 법칙에 종속되어 스스로 갱신하지 못하는 존재로 전환시킨다는 데에 있다. '성실'하지 못한 문인들에게서 '시인'의 자격을 박탈하거나 자신이 '성실'한 주체들보다 뒤쳐졌다는 사실을 전면화하는 언술들은 그래서 문제적으로 읽힌다. 그러나 정말 '문제적'인 것은 해방 공간에서 오장환은 이 두 윤리 가운데 어느 하나를 확고히 선택하지 못해 이율배반적으로 겹쳐놓은 채로 자신의 '시'를 실천해 나간 것으로 보인다는 점이다.

해방 전 자신이 예세닌을 아껴마지 않았음을 회고하는 글에서 그가 예세닌의 폐쇄적 사유 방식과 그 나약함을 비판하면서도 동시에 끝내 그를 구하지 못한 "공식적이요 기계적이며 공리적인 관념론적인 사회주의자들"을 힐난하는 데에는, 이념이라는 거대한 이름으로 '한 사람의 예세닌'의 기대와 희망을 꺾어버려서는 안 된다는 생각이 전제되어 있다. "나는 제군들의 앵무새가 아니다/나는 한 사람의 시인이다"[43]라는 예세닌의 시구는 무조건 비판 받아야 할 것이 아니라 오히려 '형식화된 이념'으로부터 '구해야 할 것', '지켜야 할 것'으로서 번역되고 있었던 것이다.

---

43 세르게이 예세닌, 「나는 내 재능(才能)에」(『에세-닌 시집』, 오장환 역, 1946.5), 『오장환 전집』, 국학자료원, 2003, 486쪽.

그런 의미에서 오장환은 『에세-닌 시집』의 서문에서 "우리는 한 사람의 셀요샤조차 구하지를 못하였다. 앞으로 그의 뒤를 따르는 수많은 청년들을 위하여는 무슨 일이라도 하지 않으면 안된다"[44]는 '루나찰스끼'의 말을 두 번 반복하여 인용하고 있다.

'앞서가는 동무들의 채찍'이 인도할 완성된 지점으로서의 '이념' 앞에서 충분히 '성실'하지 못하다는, 그리고 그 '불성실'은 바로 그가 '시인'이라는 사실과 관련되어 있다는 이전과는 또다른 '원죄의식'을 마주하게 된 오장환에게 예세닌의 시는, 그럼에도 불구하고 '시인'이라면 남의 '성실'이 아니라 "이 가슴에 넘치는 사랑"과 "이 가슴에 넘치는 바른 뜻"[45]을 스스로 감당해야 한다는 것을 되새겨 주는 힘이 되었던 것은 아닐까. 『병든 서울』에 이어 1947년 1월 자신의 첫 시집인 『성벽』을 증보·재판한 것 역시 이러한 맥락에서 이해할 수 있을 것이다. 자신이 그토록 '절망'했던 시절을 지금 여기의 '성실'해야 할 시절 위에 거듭 겹쳐놓음으로써 오장환은 '시인'으로서 '이지의 프리즘'을 지니기를 포기하지 않았던 것이다. 그런 의미에서 월북 이전에 시인이 마지막으로 펴낸 시집 『나 사는 곳』(1947.6)과 그 발간을 전후한 그의 활동은 흥미롭고도 의미심장하다.

3.2. '자아의 형벌' : 괄호 치는 손과 괄호 쳐지는 이름

오장환은 1946년 3월 12일자 시를 마지막으로 하여 『병든 서울』(1946. 7)을 발간하고, 그 이후로도 꾸준히 시를 써서 발표한다. 이들 시에서

---

44   오장환, 「에세-닌에 관하여」(1946.2.17, 『에세-닌 시집』, 오장환 역, 1946.5), 『오장환 전집』, 국학자료원, 2003, 567쪽.

45   오장환, 「어머니 서울에 오시다」(1946.3.12, 『病든 서울』, 1946.7), 『오장환 전집』, 국학자료원, 2003, 169쪽.

시인은 어머니가 계신 농촌으로 내려가 "눈 가린 마차말이 그저 앞으로
달리듯" 일만 하고 있는 동리 사람들을 보며 여기에서 '무엇을 해야 할
것인가'를 묻기도 하고[46], 정당한 요구를 위해 몸을 던지는 이들을 보며
'강철같은 규율, 열화같은 의지'가 '내 가슴에 끝없는 내 것으로' 될 수
있게 해달라 요청하기도 하며[47], '만 사람의 소리없는 아우성'을 위해 밤
새 동무와 벽보를 붙이기도 한다.[48] 그러나 이들 시들은 시집으로 엮이지
않고, 오히려 『헌사』(1939.7) 발간 이후 지면에 발표되었거나 아예 지면
을 얻지 못했던 식민지기 시들이 몇 편의 해방 후 시편들과 함께 엮여
『나 사는 곳』으로 출간된다. 발표 시기와 무관하게 이 시집에 실린 시들
은 이전에 발간된 시집들에서도 볼 수 있었던 '시인'의 고민을 공통적으
로 읊조리고 있다. 시인이 홀로 우뚝 서, 무엇을 향해서인지 모를지라도
끊임없이 '두 팔을 젓'다가, 어느 사이 자신의 '꿈'과 '향기'를 잃어가는
것, 그렇게 '이냥 흘러만 가'버리는 것에 대한 슬픈 염려가 그 고민의 핵
이다. 결은 미세하게 다를지언정 그 근간은 해방 전과 후에 크게 차이가
없는 것으로 보인다.

> 1) 내가 바란 것은 오로지 다스한 사랑 -「山峽의 노래」(『人文評論』,
>   1940.1)
> 2) 성돌에 앉어/우리 다만/구름과 눈물을 노래하려나 -「구름과 눈물의
>   노래」(『文章』, 1940.3)
> 3) 떠나려 가잔다. 떠나려 가느냐. -「江물을 따러」(『人文評論』, 1940.8)

---

46 오장환, 「어머니의 품에서 - 歸鄕日記」(『新天地』, 1946.11), 『오장환 전집』, 국학자
료원, 2003, 309~311쪽.
47 오장환, 「어린 동생에게」(1946.7, 『百濟』, 1947.2), 『오장환 전집』, 국학자료원, 2003,
319~322쪽.
48 오장환, 「壁報」(『百濟』, 1947.2), 『오장환 전집』, 국학자료원, 2003, 323~325쪽.

4) 탑이어, 머리 드는 탑신이어, 너 홀로 돌이어!/어나 곳에 두 팔을 젓
   는가 -「絕頂의 노래」(『春秋』, 1943.6)

5) 시인이어! 꿈꾸는 사람이어/너의 젊음은, 너의 바램은 어디로 갔느
   냐. -「鐘소리」(『象牙塔』, 1945.12)

6) 너의 굴리는 수레박휘 더욱 힘차고/나는 내 몸에 풍기는 향기조차 잊
   어왔고나 -「다시금 餘暇를……」(『藝術』, 1946.2)

7) 아 모든 것은 이냥 흘러만 가는가/내 노래에 저은 내 마음/내 입성에
   배인 내 몸매/다만 소리없는 힌나비로/자최없이 춤추며 사라질 것인
   가 -「장마철」(『新天地』, 1946.8)

그런데 이 시집의 가장 앞과 가장 뒤에 놓인 두 시편은 이들 시편들과
사뭇 다르다. 우선 마지막 시 「FINALE」은 '자최없이 춤추며 사라질 것
인가' 하는 막연한 염려 대신 완강한 이별의 상황을 만들어내고 있다.
'발밑에 넓고 서른 강물이 흐르는' 가운데 '경이'가 떠나고, '아름다웠던'
모든 것들은 그와 함께 비둘기가 되어, 혹은 학(鶴)처럼 떠나간다. 임을
보내며 화자는 "내 슬픔이 임종하노라. 내 보람. 임종하노라. 내 먼저
눈을 다 가린다."[49]고 토막 내어 말한다. '내 슬픔'과 '내 보람'은 '임'을
지칭하는 것이지만 동시에 임의 존재에 의해 가능했던 '나'의 내면을 가
리키기도 한다. 임의 떠남과 함께 자신의 내면이 '임종'한다고 말하는 단
호함에는 다른 어떠한 희망이나 회복의 가능성이 끼어들 틈이 없다. 화
자는 마지막 숨을 그러모으는 임보다 먼저 '눈을 다 가'려, '임종'하는 모
든 것들이 떠나가는 절대적 고독 속으로 들어간다. 제목이 '마무리'를 의
미하는 'FINALE'인 데다 시집의 '피날레'에 위치하고 있어 '임종'이라는
말의 무게는 극대화된다. 하지만 그 효과를 가장 크게 만드는 것은 바로

---

49 오장환, 「FINALE」(『朝鮮日報』, 1940.8.5, 『나 사는 곳』, 1947.6), 『오장환 전집』,
    국학자료원, 2003, 121쪽.

시집의 첫 번째 시 「승리(勝利)의 날」이다.

1947년 5월 1일 서울 남산에서 열린 메이데이 집회에서 낭독한 시인만큼, 「승리의 날」[50]은 호흡이 짧은 연설조로 '우리'의 피 흘리는 역사와 '불붙는 마음'의 정당성을 조목조목 서술해나간다. "삼월일일의,/유월십일의,/구월 총파업에서/시월항쟁의,/다시 오늘의,/모두가 흘린 피들"에 대한 분노를 매개로 하여 결성되는 '우리'는 '우리의 전평(조선노동조합전국평의회)'으로, '전평'을 초청해준 '세계노련(세계노동조합연맹)'으로 환원되어 올라감으로써, '큰 행길에서 실낫길까지도/아즉 우리의 것은 아닌' '온 서울'을 '내려다 볼' 위상을 획득한다. 그 가운데 화자는 '우리가 모였다', '우리는 오늘 여기에 치민다'라고 말하는 자로서 '우리'를 비로소 '우리'로 결집시키는 자이지만, 무게중심을 거듭 '수없이 흘리고 간 인민의 피들', '근로하는 인민'에게로 옮김으로써 '지도자'나 '선동가'의 위치에서는 벗어나려 하고 있다. 그렇게 스스로도 '우리'인 양 슬그머니 지워짐으로써 이 시에서 '시인'의 목소리는 '인민'의 목소리에 덮여 식별 불가능해진다.

'시인'으로서 자신의 '향기'를 어떻게 지켜야 할 것인가를 고민하는 목소리와 '인민'의 목소리로 환원되기를 마다하지 않는 목소리 사이의 간극을 어떻게 이해해야 할 것인가. 『나 사는 곳』의 시 배치는 여기에서 중요하게 지적되어야 한다. 식민 치하와 해방 공간에서 쓰인 시들을 굳이 연대기 순으로 배치하지 않고 뒤섞어 놓은 가운데, 가장 최근 집회에서 '낭독'한 시로 시집을 열고 모든 것의 '임종'을 절대적으로 수락하는 시로 시집을 닫는 그 구성에는 어떤 최종적 '귀결'에 대한 시인의 선언이 담겨 있는 듯하다. 그 선언의 정체는 시집의 서문[51]을 참고하여 추정해볼

50 오장환, 「勝利의 날」(『나 사는 곳』, 1947.6), 『오장환 전집』, 국학자료원, 2003, 75~79쪽.
51 오장환, 「나 사는 곳」의 시절」(『나 사는 곳』, 1947.6), 『오장환 전집』, 국학자료원,

수 있다. 오장환은 "지금의 '나 사는 곳'과 그때의 '나 사는 곳' 사이"에는 사회적으로만이 아니라 자신의 '개인의 정신상의 말할 수 없이 큰 변화와 그 거리'가 놓여있다고 말한다. 아울러 지난날의 '나 사는 곳'의 시편들은 "이 땅에 부딪치는 거치른 숨ㅅ결"과 그 당시의 "내면생활"을 가장 '정확하게' 기록한 것이었고, 그렇기 때문에 "정신까지는 썩지 않으려고 얼마나 발버둥 쳤는가"를 '알리는' 것으로 만족하던 것들이었는데, 이제는 이것들을 "어엿이 내놓으려고" 하는 것이라고 시집의 의미를 소개한다. '알리려' 하던 태도가 '부끄러운' 것이고 또 '안계(眼界)가 넓지 못했던' 것이면서 동시에 지금의 '어엿한' 태도의 근거일 수 있는 것은, 시인이 이미 전날의 '나 사는 곳'에서의 고민과 태도들과 이별할 마음의 준비를 마쳤기 때문이다.

해방 전이나 후나 시인의 내면에서 작동하고 있던 원죄의식은 자신이 어느 사이 외면하고 있는 삶과 죽음들에 대한 혹은 가장 치열하게 싸우고 있는 동무들에 대한 부채의식을 기반으로 하고 있었고, 그 가운데 이미─항상 '시인'인 자신은 '어떻게' '시'를 '해야' 할 것인가를 강박적으로 질문해야 했다. '시인'과 '시'는 그러므로 확정적인 어떤 것이 아닌 채로 추동되었고, 언제나 질문의 형태로 괴로워하거나 도래가능성을 보장받을 수 없는 '답' 혹은 '구원'을 기다리는 태도를 취하고 있었다. 그것이 그의 원죄의식을 더욱 해결 불가능한 것으로 만들었기에, 오장환은 '백혈구'와 '소시민' 사이에서 끊임없이 스스로를 부정함으로써 긍정하는 이율배반적 운동성 자체로 '시인'으로서의 자신을 지켜내고 있었다. 그러나 『나 사는 곳』 발간에 이르러 이제 그는 자신의 원죄를 짊어지는 방식을 달리하고자 한 것으로 보인다.

2003, 727~729쪽.

그것은 원죄 앞에 스스로 '벌' 받는 자로서 '우리'로 나아가고 '노래'를 '우리'의 것으로 부름으로써, '나'를 잠정적으로 묻어둔 채, '나의 노래'를 하지 않는 방식으로 '시인'이라는 '벌'을 이행(履行)는 것이다. '시인'으로 하여금 스스로 '시인'의 목소리를 괄호 치게 하는 이 '벌'은 '우리'에 대한 '의무'로부터 어긋나있는 '시인'의 원죄를 가장 투명하게 지시하는 동시에, 해결 불가능한 '원죄'를 '속죄하는 삶'이라는 미래적이고 실천적인 양태로 전환시킬 수 있는 가능성을 시인에게 마련해준다. 이미-항상 늦은 자로서 '시인'은 영원히 채권자 없는 채무 관계 속 채무자로 남겨질 것이지만, 적어도 그 존재적 조건에 처한 자의 마음의 빛, 부채 '의식'을 세계의 요구에 부응하는 참여'의식'으로 생산적으로 전환해 내려 하는 것이다. '시인'으로서 '우리'가 되는 방법을 고민하던 시간은 이제 '우리'로서 '시인'이 되는 새로운 시간으로 나아간다.

그러나, '우리'라는 이름 아래 '시인'의 존재는 드러나지 않지만, 혹은 「승리의 날」에서 그러한 것처럼 대변자도 계몽자고 아닌 '시인'은 '우리'를 위한 매개로서만 존재하지만, '시인'으로서 '나'는 '우리'로 완전히 흡수되어 들어가지 않는다. '시인'은 '나'로서 끊임없이 '우리'로 녹아들어버리지 않는 고유한 좌표를 꿈꿀 수밖에 없으며, 의도치 않게 '우리'를 등지고 세계의 '병듦'을 묵인하는 그 '꿈' 자체를 원죄로서 온몸에 새기고 있기 때문이다. 그가 '시인'[52]이기를 포기하지 않는 한, 즉 그가 비판해 마지않는, '한 사람의 셀요샤'를 죽음으로 내모는 '형식적 사회주의'의 무조건적

---

52   자신이 '시인'이라는 자의식은 월북 직전의 글에서도 분명하게 드러난다. "나는 어렸을 때부터 시인이었기 때문에 또 우리를 위하여 노래하고 간 여러 시인들의 노래를 통하여 나는 잘 알고 있었다."(오장환, 「시적 영감의 원천인 박헌영 선생」(『문화일보』, 1947.6.14), 『오장환 전집』, 국학자료원, 2003, 716쪽) 여기에서 '나'인 '시인'과 '우리를 위하여 노래하고 간' 자들로 호명되는 '시인들'은 의미상 결을 달리한다. '시인'은 이제 '나'와 '우리'를 겹쳐 가지고 있는 존재로 사유되는 것이다.

'추종자'로 '전향'하지 않는 한, 그 '원죄'는 어떠한 '속죄' 행위로도 해소되지 않으며, 오히려 그 행위 자체로 인해 더욱 명료하게 경험된다.

> 모심기에 비가 없으면 안 되듯이 우리대의 문화공작이 팍팍한 우리 인민들의 감정을 부드럽게 하고 다시 눈뜨는 그들로 하여 커다란 성장에 도움이 된다면 우리들의 소망은 이 밖에 또 무엇이 있을까? (…) 내가 3, 4인의 친구와 회장으로 갔을 때에 받은 박수와 나의 감상은 그때 동무 축에도 들지 않은 이 보잘 것 없는 소시민에게 어쩌면 저 많은 투사들은 이처럼 끊일 줄 모르는 박수를 주는 것인가 하는 감동과 충격이었다. 오늘 우리들 일행이 받은 박수도 나에게는 이와 같이 느끼어 갔다. 기쁘다 부끄럽다.
> —「굶주린 인민들과 대면」[53]

그러므로 '우리'의 것으로라도 그는 '시인'으로서 노래할 것이며, 그렇게 '죄'이자 '벌'이자 '희망'인 '시인'은 '우리' 가운데 괄호 쳐진 방식으로 존속할 것이다. 그렇게 오장환은 월북 전에 쓰인 마지막 시에서 '옥에서 머리를 깎이고 억울한 나날을 보내고 있는 동생'과 무자비한 총알의 표적이 되는 '동무들'과 '우리'의 '말라버린 강', '시뻘겋게 흙뭉텡이가 된 땅', '나날이 늘어가는 억울한 무덤'을 '시인'으로서 '절망'하고, 동시에

---

53 오장환, 「굶주린 인민들과 대면」(『문화일보』, 1947.7.10), 『오장환 전집』, 국학자료원, 2003, 718~719쪽. '우리'와 '우리의 노래'를 위한 오장환의 문화공작대 활동은 소시민적 '시인'으로서의 자신을 둘러싼 세계와 사람들에 대해 그가 가지고 있는 원죄의식, 부채의식을 계속해서 소생시킨다. 박헌영을 '시적 영감의 원천'으로 칭송하고 있는 정치적이고도 문학적인 포즈에서 역시, "우리의 노래는 무엇 때문에 울었고 나의 노래는 또한 누구를 위하여 울었느냐? 이러한 이를 기다려 울었고 이러한 이를 사모하여 운 것이 아니냐?"며 '죄'의 소급적 탕감을 꾀하고 있는 듯 보이지만, 이 시도가 궁극적으로 도달하고 있는 지점은 '박헌영'이라는 '백혈구' 앞에서 자신을 낮추어 '죄'를 고백하고 기꺼이 '벌'을 이행하고자 하는 태도이다. (오장환, 「시적 영감의 원천인 박헌영 선생」(『문화일보』, 1947.6.14), 『오장환 전집』, 국학자료원, 2003, 716~717쪽 참고)

이 '썩어빠진 시줄'에 새겨진 자신의 원죄를 타인의 입을 빌어 긍정하며, 그 긍정에서 '시인'의 '시꺼먼 손'으로 다시금 '우리'의 '생명의 새싹'과 '용기와 희망'을 이야기할 힘을 마련한다.

> 이놈아 이놈아/썩어빠진 시(詩)줄이나 쓴다고/내 고향 순량한 동무는/너를 덮어놓고 동무로 역이지 않느냐/그리하야 이 나는 우는 것이다./오 이 시꺼먼 손,/땀에 배인 때에 절은 입성의 냄새/나는 미리부터 둥굴고 싶은 감정이다.
> 흙이어!/고향의 봄이어!/그래도 너는 이속에 물이 오르고/동네집 기울어가는 울타리 밑에도/어굴한 무덤이 나날이 늘어가는/공동산에도/강파른 떼잔듸 속에서/흙이어!/너는 생명의 새싹을 보내주었고/벗이어! 너는 나에게 다시 한번 용기와 희망을 돋구어주었다.
> ─「봄에서」[54] 부분

오장환이라는 '시인'은 그 자신의 신념을 이루는 사회주의적 사유 체계 속에서 스스로 '죄'이자 '벌'이 되고, 그 '벌'로서의 삶을 어떻게 '시 쓰기'라는 실천으로 이행(履行)해낼 것인가라는 질문에 대해 '잠정적' 답으로서 사회주의적 '의무'에 대한 어떤 '선택'을 감당하고자 한다. 결국 처음부터 끝까지 오장환의 '정치적 선택'은 '문학적 선택'과 맞물려 있다. 그에게 '시'는 '인간의 의무'를 다해야 한다는 사회주의적 '이념'과 불가분의 관계에 있었고, 그럼에도 그는 '시인'으로서 '시'를 '이념'의 강령 하에 희생시키지 않는 것을 누구보다 중요하게 여겼으며, 동시에 자신의 '시'가 '옳은 것'을 향해 끊임없이 갱신될 수 있는 가능성을 스스로 마련하고자 했다. 이러한 여정을 밟아온 그에게 월북이라는 선택은 무엇을 의미하는 것이

---

54   오장환, 「봄에서」(『新天地』, 1947.8), 『오장환 전집』, 국학자료원, 2003, 330~333쪽.

었을까. 비판받아온 것처럼 오장환의 월북은 '이념에 대한 경도'나 '낭만
주의적 판단 착오'로서 '문학적 실패'를 곧바로 의미하는 것일까.

1947년 8월 좌익 총검거와 우익 집단의 테러에 의해 좌익 문화공작대
가 활동하기 어려운 환경이 되고, 오장환 역시도 좌익 탄압을 직접 경험
한 것으로 보인다.[55] 조선문학가동맹과 그 산하 문화공작대 활동에 그의
이름이 전면에 걸려있었던 만큼 검거를 완전히 피하기는 어려웠을 것이
고, 지병으로 몸이 좋지 않아 지하활동을 하거나 은둔하는 것마저도 쉬
운 일이 아니었을 것이다. 역시 문화공작대에서 활동하던 김동석, 이용
악 등이 1949년, 1950년까지 남조선에 남아있었던 것과 달리 오장환이
공공연한 탄압적 분위기 속에서 어머니까지 남기고 월북을 감행한 것은,
'이념적'이고 '낭만주의'적인 선택이었다기보다는 여러 여건상 불가피한
선택이었다고 보는 것이 더 합당해 보인다. 그러나 이유가 무엇이든, 그
것이 '불가피'한 것이었든 아니었든 월북은 오장환의 '선택'이었다. 월북
전에 마지막으로 남기고 간 글인 듯한 「자아의 형벌」이 바로 극단적 '선
택'의 문제를 다루고 있다는 점은 그래서 의미심장하다.

단 한번의 용단! 이 얼마나 피곤하고 가엾은 처지에 있는 사람의 처사이
냐. 그것이 더욱이 자기의 박약한 지조를 살리기 위한 지키기 위한 또는

55 월북 이후 북조선에서 발표한 「남조선의 문화예술」에서 오장환은 다음과 같이 진술
한다. "이 자들이 미친개와 같이 큰 거리로 싸다니는 남조선에서 해방 전부터 앓던 필
자는 신병을 치료할 대책조차 갖지 못한 채 1947년 8, 9월 선풍 속에서 다시 모진 테러
단의 밥이 되었다. 몇 해째 끄는 병중의 몸에 다시 온몸이 매에 맞아 먹구렁이 같이
부풀어올랐다. 그래도 마음먹고 약 한번을 바르기는커녕 하루하루의 잠자리를 애써
구하던 필자는 그 후 북조선에 와서 비로소 아무런 근심이 없는 입원생활을 하게 되었
다." 오장환, 「남조선의 문화예술」(『조선인민출판사』, 1948.7), 『오장환 전집』, 국학
자료원, 2003, 666쪽.

　　그렇지 않다면 각각(刻刻)으로 더러워지는 자기 자신을 그 더러움 속에서
건지기 위한 최후의 방법이었다면 사리(事理)의 시부(是否)는 밀어놓고라도
일말의 측은한 정을 금할 길은 없다. "자살은 자유주의자가 마지막으로 사용
할 수 있는 피난처"라고 일상에 존경하는 E형이 그 옛날 필자와의 대담 끝에
이런 말을 하여 그때의 나는 그를 대단히 매정한 사람이라고 원망까지 하였
지만, 지금까지도 저도 모르게 소시민을 고집하려는 나와 또 하나 바른 역사
의 궤도에서 자아를 지양하려는 나와의 거리는 다름 아닌 이것이다.

―「자아의 형벌」[56]

　　이 글에서 오장환이 계속해서 맴돌고 있는 것은 예세닌과 더불어 김소
월의 '자살'이라는 사건이다. 그러나 '자살'이 그에게 중요하게 읽히는
이유는 그 행위 자체의 속성 보다는 그러한 극단적 선택을 가능하게 하
는 정신적이고 존재적인 배경에 대한 공감 때문인 것으로 보인다. 김소
월의 '선택'은 그에게 '준열한 양심이 요구하는 지상명령', 즉 모든 것이
흔들려도 보전해야만 하는 자아의 핵(核)을 지키기 위하여 이루어진 것
으로 읽힌다. 그 자신이 소월을 비판하듯 그 '준열한 양심'이란 것이 '버
젓하고 떳떳해보이고자 하는 감정'이자 '떳떳함을 가장하는 패배정신'일
지언정, 그것 없이는 자기가 '자신'일 수 없다면, 옳고 그름의 판단을 떠
나 '자기 윤리'를 이행(履行)하는 것에 그는 근본적으로 공감하고 있는 것
이다. '자신을 지키는 선택'은 결과적으로 보면 세계를 외면한 이기적
'피난'이겠으나 그 선택을 이행하는 것만큼은 분명 어떤 의미 있는 '행위'
로 읽힌다. 그 가운데 오장환은 소시민적인 것을 투사적으로 수행해내는
이 이율배반을 하나의 가능한 실천적 '태도'로서 발견해내려 하고 있다.
　　그러한 맥락에서 그는 '자살은 자유주의자가 마지막으로 사용할 수 있

는 피난처'라는 비판이 바로 '아직까지도 소시민을 고집하려는 나와 바른 역사의 궤도에서 자아를 지양하려는 나' 사이의 '거리'라고 말한다. 명확히 전자에 대한 비판인 것을 오장환이 '매정함'이거나 '정당함' 둘 중 하나가 아니라 어떤 '거리'로 감각하는 이유는, 그에게 '자기 윤리'를 보전하는 일은 '바른 역사의 궤도'를 수호해내는 일보다 덜 중요하지 않으며, 그 역도 아니기 때문이다. 오장환에게 '나'와 '세계'는 동일한 정도로 중요하며, 어느 하나가 다른 하나를 버리게 만드는 것은 결코 '바른 궤도'일 수 없다. '한 사람의 셀요샤'의 기쁨을 꺾어버리지 않는 세계만이 관념주의적이고 형식주의적인 '정지' 상태로 고착되지 않을 수 있으며, 자아 역시 세계에 대한 '의무'를 짊어지고 나아갈 때에만 끊임없이 갱신될 수 있기 때문이다. 그러므로 그는 김소월이 세계와는 전혀 단절된 상태에서 자기 삶에 대한 '양심'만을 지키려 했다는 점은 비판하지만, 그 극단적 선택을 가능하게 한 자기 자신에 대한 윤리 의식만큼은 무게 있게 받아들이고자 한다.[57]

이는 결국 '나의 노래'에서 '우리의 노래'로 나아간 것으로 보이는 해방기 오장환에게 '나'를 지키는 일은 끝내 중요한 것이었음을 보여주는 것이 아닐까. '시인'으로서 오장환에게 중요한 것은 분명 '이념'에 있어 '형식주의자'가 되지 않는 '자기 윤리'와 '시'에 있어 '형식주의자'가 되지 않는 '세계에 대한 윤리' 가운데 어느 하나를 포기해버리지 않는 것이었고, 이 내적 긴장은 '우리의 노래'라는 매끄러운 표면 아래에서 여전히 소용돌이치고 있었을 것이다. 그렇다면 오장환에게 월북이라는 선택은 김소월의 선택을 반복하는 동시에 지양해내겠다는 의지의 구체적 실천

---

57 이 글은 예세닌에 대해서는 언급만 하고 지나가고 있지만, 소월에 대해 오장환이 동시적으로 가지고 있는 이 비판과 옹호의 태도는 이미 예세닌에 대한 태도에서도 드러난 것이었다.

이었는지 모른다. 자기 윤리를 지키되 세계에 대한 윤리를 저버리지 않는 것. 세계에 대한 '의무'를 이행하는 방식으로 '시인'으로 남는 것. 그것이 오장환에게는 '월북'을 의미했던 것은 아닐까. 만일 이 글의 이러한 독해가 타당한 것이라면, "나는 제군들의 앵무새가 아니다/나는 한 사람의 시인이다"[58]라는 예세닌의 시구는 오장환에게 있어서는 다음과 같이 다르게 반복되어야 할 것이었는지도 모른다. "나는 기꺼이 제군들의 앵무새가 되리라. 그러나 그럼에도 불구하고 나는 한 사람의 시인이다."

4. 결론을 대신하여 : '추종'과 '창조'에 관하여

오장환에게 월북이라는 선택은 양자택일적 물음, 곧 '남이냐 북이냐'도, '나의 노래이냐 우리의 노래이냐'도, '소시민이냐 투사냐'도 아닌, 양자택일의 불가능성을 선택할 수 있는 환경이 어디인가 라는 물음에 대한 '선택'이었을지 모른다. 즉 '시인' 오장환의 '월북'은 서로 일치하지 않지만 분리되지도 못하는 '정치적 이념'과 '문학적 신념'을 모두 보전하는 문제와 연관되어 있었을 것이라는 것이다. 서문에서 지적했듯 '북조선'이라는 공간이 실제로 '정치'와 '문학'이 합일이 아닌 방식으로 겹쳐져 있기를 바라는 '시인'에게 어떻게 상상되었는지, '월북'이라는 공간적 이동이 그에게 얼마큼 예리하게 '정치적'이고 '문학적'인 이동으로 예상될 수 있었는지를 판단하는 일은 쉽지 않다. 그리고 그 '선택'의 결과를 시인이 어떤 것으로 경험하고 어떻게 살아냈는지를 판정하는 일도, 북조선 체제의 문학에 대한 검열과 사상적 통제[59]가 어느 정도까지 문학인들에

---

58   세르게이 예세닌, 「나는 내 재능(才能)에」(『에세-닌 시집』, 오장환 역, 1946.5), 『오장환 전집』, 국학자료원, 2003, 486쪽.

게 영향을 미쳤는지를 일률적으로 판단할 수 없기 때문에 조심스럽게 접근되어야 할 문제이다.

월북 이후 북조선에서 발표된 오장환의 시편들이 대체로 '체제 순응적' 양상을 보이고 있다는 것은 의심할 여지가 없다. 그러나 월북을 선택할 때 그가 꿈꾸었던 것이 무엇이든 간에, 북조선에서의 그의 시들이 더이상 시인 자신의 흔적을 가지고 있지 않은 '체제'의 목소리일 뿐이며 따라서 시인은 '시인'이기를 포기했다'고 판정해버리는 데에 있어서는 더 조심스러운 태도를 보일 필요가 있다. 아주 드문 경우이기는 하지만 아래의 시는 '체제'의 목소리를 실천하고 있는 동안에도 완전하게 소거되어버릴 수 없었던 '시인'의 흔적을 조심스럽게 드러내 보여주고 있다는 점에서 눈에 띤다.

1
해종일을/급행차가 헤치고 가도/끝 안 나는/밀보리 이랑
이 풍경/내 고행과 너무 다르기/내 다시금/향수에 묻히노라

2
메마른 산등성이/붉은 흙산도/높이 일군 돌개밭으로/지금은 유월 유두 한창때/밀보리 우거졌을/나의 고향아!
그곳에/하늘 맑고 모래 흰/남쪽 반부는/어머니가 계신 곳
돌개밭 밀보리/새로 패는 고랑 밑에는/설익은 보리마저 훑어가는/원수를 기다려/총부리 겨누고 섰을 나의 형제들
각각으로 차(車)는/조국에 가까워 와도/아 나의 마음/어찌하여 이리도/

멀기만 한가

-「연가(連歌)」⁶⁰ 전문

  북조선에서 발표된 시들 가운데 특히 소련 기행 시편들을 엮은 오장환
의 마지막 시집『붉은 기』(1950.5)에서 시인의 시선은 항상 멀리에서 전
개되는 '풍경'을 향해있다. 화자는 비행기에서 혹은 달리는 기차 안에서
창밖 소련의 풍경을 보거나 열차에서 방금 내린 소련 병사들의 멀어져가
는 뒷모습을 보고, 혹은 방 안에서 창을 통해 멀리 있는 공장을 보며 그
곳에서 쏟아져 나오고 있을 활기찬 근로인들을 상상한다. 멀리 있는 대
상들에 직접 접촉하는 대신 그 거리를 화자의 감동이나 상상으로 채우는
방식으로 쓰인 시들이 이 시집에 가득하다. 심지어 거리를 거닐고 있거
나 폐쇄된 공간 안에 들어가 있을 때에도 오장환 특유의 이야깃거리를
포착하는 예리한 시선과 그것을 재구성하는 세심한 감정은 작동하지 않
는다. "모든 것은 가벼이 가벼이 춤추며 돌아가는 내 안계에 주마등으로
스치며 갈"⁶¹ 따름이며, 스쳐가는 모든 것들에 입혀지는 것은 "새 역사
찬란히 꽃 피어오르는 공산주의 행복의 동산"⁶², "위대한 나라 소비에
트"⁶³의 자유롭고 즐겁고 씩씩한 '분위기'이다. 그나마 오장환의 시선을
멈추게 만드는 것은 그가 늘 부채의식의 공간으로 삼았던 타자들의 구체
적 삶이 아니라, '사람'의 흔적이 오롯이 제거된 상징들, 표상들⁶⁴이다.

60 오장환, 「연가(連歌)」(『문학예술』, 1950.4, 『붉은 기』, 1950.5), 『오장환 전집』, 국학
    자료원, 2003, 216~217쪽.
61 오장환, 「고리키 문화공원에서 - 어린 동생에게」(1949.6, 『붉은 기』, 1950.5), 『오장
    환 전집』, 국학자료원, 2003, 254쪽.
62 오장환, 「붉은 기」(1949.2, 『붉은 기』, 1950.5), 『오장환 전집』, 국학자료원, 2003,
    176쪽.
63 오장환, 「비행기 위에서」(『문학예술』, 1949.6, 『붉은 기』, 1950.5), 『오장환 전집』,
    국학자료원, 2003, 191쪽.

비행기, 기차, 신문, 박물관, 문화공원 등 시선의 방향과 성격 자체를 제한하는 조건들 속에서 화자는 '제공'된 것들을 보고 들으며 나머지 부분은 익숙하고 안전한 상상들로 채워 넣는 데에 만족한다.[65] 그 가운데 표면화되는 '체험'과 '감동'은 경험 주체인 시인의 내면을 경유하지 못한 채 '소련을 방문한 북조선 지식인'이라는 정치적 '위상'의 문제와 곧장 연결될 따름으로, '시인'은 목소리의 주인이자 주체로 기능하지 않는다.

그러나 소련에서 북조선으로 돌아오는 비행기 안에서 쓴 듯한 위의 시「연가」에서 예외적으로, 시인의 시선은 자신의 내면을 더듬어 기억 속의 풍경을 구체적으로 살피고 그 안에 구체적인 인물들을 새겨 넣는다. '하늘 맑고 모래 흰 남쪽 반부'를 '어머니가 계신 곳'으로 '돌개밭 밀보리 새로 패는 고랑 밑'을 '설익은 보리마저 훑어가는 원수를 기다려 총부리를 겨누고 서는 나의 형제들'의 공간으로 그려내는 그 찰나의 작업에서 오장환의 세밀한 시선은 다시 힘을 얻는다. 월북 후 얼마 안 된 시점에 발표한 시「남포객사(南浦客舍)」에서 고인이 된 친구에 대한 기억들을 하나하나 풀어놓는 가운데에서도, 구체적인 삶들의 광경을 포착해내는 시인 고유의 힘이 발휘된다. '문학'이기보다는 수기에 가까운 글이지만, 놀라울 정도로 구체적인 기억들이 서술되고 있는 산문「남조선의 문학예술」에서도 마찬가지이다. 이들 시와 산문에서는 타인의 삶을 포

---

64 열거하자면, '붉은 기', '소련 깃발', '망치와 낫 높이 쳐들은 노동자와 농민의 조각들', '국기', '혁명의 기', '노동의 기', '정의의 깃발', '스탈린, 몰로토프 두 분의 초상과 말씀', '레닌 선생 그 조상', '레닌의 반신흉상', '희디흰 돌비석 두 그루', '김유천 거리', '크렘린 높은 시계탑' 등.

65 오장환이 소련을 바라보고 언어화하는 방식은 해방기 '방소사절단'이 소련을 보고 경험한 양상과 크게 다르지 않다. 방소사절단의 시선과 경험에 관해서는 임유경, 「'오빠꾼'과 '조선사절단', 그리고 모스크바의 추억 – 해방기 소련기행의 문화정치학」, 『상허학보』 27호, 상허학회, 2009.10. 참고.

착하여 음미하는 시선을 통해 그것들과 깊숙이 관계 맺거나 적어도 상상
적으로 그것을 회복해내고자 하는 시인의 태도가 읽힌다. 그때 그의 목
소리는 '체제'의 범위를 언뜻언뜻 초과한다.

　이 미세한 초과를 예민하게 포착하여 그로부터 '이념'과 '체제'에 순응
하는 자의 언술로 완전하게 환원되지 않는 '시인'의 흔적을 읽어내는 것
이 지나친 작업은 아닐 것이다. 그것이 '나'의 노래이든 '우리'의 노래이
든 혹은 '당'의 노래이든, '노래하기/시 쓰기'를 멈추지 않은 이미―항상
'시인'인 이들에게서 우리는 거듭 무언가를 새롭게 읽어내야 할 것이다.
시가 말하는 것 혹은 시가 표방하는 것을 넘어 시인 자신에게 있어 '시
쓰기'라는 행위 자체의 의미와 '시인'이라는 정체성의 의미까지를 헤아
려볼 때, 너무나 익숙한 '선'들을 넘어서 새로운 독해로 나아갈 수 있을
지 모른다. 이 글은 그런 의미에서 오장환이 문학과 이념을 분리하지도
합일시키지도 않은 상태에서 '시인'이 되었고 그런 '시인'으로 살고자 했
던 흔적을 뚜벅뚜벅 쫓아, '우리'와 '당'을 택하되 그 이름 안으로 흡수되
어 버리는 것은 선택하지 않았던 오장환을 발견해내고자 했다.

　　이러한 현상을 통하여 그 시인이 어떠한 감격과 정서와 충격을 느끼는
　　과정이 표현되지 못하고 다만 그 현상 자체를 그대로 적어낸다면 그것은
　　시인이 할 일이 아닐 것이다.
　　본래 유형화라는 것은 창조를 가져올 수 없는 기계적인 전달이다. 그러
　　면 시인들은 왜 이러한 수법을 쓰는가, 그것은 어느 것보다도 자기의 정시
　　를 다 듣지 않고 당장 적을 수 있기 때문이며 창조를 하기보다는 추종을
　　하는 것이기 때문이다. (…) 이 유형화라는 것은 비단 농촌시에만 있는 것
　　이 아니라 우리 생활면의 전체에 있는 것이다. 그러므로 이 같은 단점이
　　시작품에 나타나게 되면 그 작품은 개성이 없는 것이 되고 일상 생활면에
　　나타나면 그 사람은 주견이 없는 즉 비판정신이 박약한 사람으로 될 것은

물론이다.

−「토지개혁과 시」[66]

오장환이 월북 이후 발표한 유일한 평문 「토지개혁과 시」는 '월북' 시인 혹은 '좌익' 시인이 시를 쓸 때 쉬이 취하게 되는 태도에 대해 지적하고 있는 글이다. 북조선의 체제 하에서, 그것도 '토지개혁'과 관련된 시들에 관해 쓰이고 발표된 이 글은 놀랍게도 '시인의 어떠한 감격과 정서와 충격'을, '개성'과 '주견'과 '비판정신'을 강조하면서, '형식주의자'로서 시를 써서는 안 된다는 요지를 전달하고 있다. 그런데 이 글은 역설적으로 북조선 시인들의 시를 읽을 때 우리가 쉽게 전제하는 것이 무엇인지 역시 가리키고 있다. 우리가 사로잡혀있는 '형식주의'는 무엇이며 그로 인해 놓치고 있는 '창조'의 가능성들은 무엇인가라는 질문을 오장환이 우리에게 던져주고 있는 것이다. 월북 문인에 대한 해금 이후 삼십년이 지난 때, 그 한 시인에게서 '추종'이 아니라 '창조'를 읽어내는 것을 목표로 이 글은 쓰였다. 이 글의 욕심이 '월북 문인' 뿐만 아니라 '해방기'에 대한 어떤 새로운 '창조'를 가능하게 할 수 있을 것인가는 '월북 시인' 오장환에게서 출발한 질문들을 앞으로 어떻게 마주해가느냐에 달려있을 것이다.

---

66 오장환, 「토지개혁과 시」(『청년생활』, 1949.5), 『오장환 전집』, 국학자료원, 2003, 587~588쪽.

제2장

기투
: 문학의 물레로 나를 뽑아 둥지를 잣다

시인이란 기억 뒤의 한국문단 건설자

홍정선

1. 해방공간의 문단풍경과 김광섭

문학의 중심은 작품이며, 작가는 작품을 쓰는 사람이다. 그렇지만 작품을 쓰는 일에 못지 않게 정치적 활동을 주요하게 평가해야 할 예외적인 시기도 있다. 우리나라의 경우 민족의 진로와 명운이 걸려 있었던 시기라 할 수 있는, 8·15 해방으로부터 6·25전쟁이 끝날 때까지의 시기가 바로 그런 예외적인 경우이다. 우리가 이산(怡山) 김광섭(金珖燮)을 시인이라는 명칭과 함께 한국문단을 건설한 사람의 하나로 기억해야 하는 이유가 여기에 있다. 김광섭은 해방공간에서 대한민국 건국운동에 발맞추어 새로운 문단 건설작업에 매진한 중요한 인물의 한 사람이다.

해방기의 한국문단은 일제시대에 보여주었던 민족주의 문학과 프롤레타리아 문학의 대립적 흐름이 형태와 구성원을 재조정하여 다시 부활하고, 미군과 소련군의 진주로 상징되는 두 초강대국의 정치적 영향이 좌우의 대립을 더욱 조장시키는 상황 속에서 국가건설의 방향을 두고 문단헤게모니 투쟁에 휘말렸다. 약 4년간에 걸친 이 투쟁이 있은 후 남쪽의 대한민국 문단은 1949년 12월 9일 우익 문인들이 주도하는 「한국문학가협회(약칭 '문협')」라는 새로운 문단조직의 발족으로 귀결되었으며, 이후 한국문단은 이「한국문학가협회」조직을 만들어낸 젊은 세대가 주도하게 되었다. 김광섭은 이 새로운 젊은 세대, 다시 말해 새로운 문단 주체세력의 핵심인물이다. 1949년의「한국문학가협회」창립을 주도한 사람들은 1946년에「전조선문필가협회」를 만들었던 사람들과「조선청년문학가협회」를 만들었던 사람들이며, 김광섭이 전자의 대표적 인물이란 사실이 이 점을 잘 말해준다. 김광섭은 일제시대에 자신이 몸담았던 '해외문학파' 인물들을 중심으로「전조선문필가협회」를 만들어 좌익문단 견제에 앞장섬으로써 이후 한국문단을 다시 만들고 이끌어 가는 핵심인물로 부상할 수 있었던 것이다.

그렇다면 김광섭이 해방공간에서 이처럼 중요한 역할을 할 수 있었던 힘은 어디에서 나온 것일까? 그 힘은 다른 문인들이 가지지 못한, 3년 8개월에 투옥경력으로부터 나왔다. 김광섭은 당시 한 권의 시집을 낸 40세의 시인으로 문단의 원로도 명성이 드높았던 문인도 아니었다. 그렇지만 그에게는 일제치하에서 비협력 문인으로 살았다는 사실을 뚜렷이 입증해주는 투옥경력이 있었다. 모교인 중동학교 교사로 재직 중 학생들에게 민족의식을 고취시켰다는 이유로 1941년 2월에 체포되어 해방되기 9개월 전에 출옥했던 일은 해방공간에서 창작활동보다 훨씬 빛나는 이력으로 작용했다. 이 점은 해방문단에 가장 강력한 영향력을 행사하던 임화를 두고 김광섭이 "일제시대에 음으로 협력한 그로써 해방후 좌익문인 행세를 하려는데 우익문인이라는 레테르를 천하 문인들에게서 받게 됨이 억울하였던 것같이 지금도 기억된다"[1]고 말하는 사실에서 감지할 수 있다. 임화가 총독부의 임시 촉탁으로 잠시 일했던 것이 해방 문단에서 그의 치명적 약점으로 작용한 사실을 김광섭은 이렇게 지적하고 있는 것이다.

---

1 김광섭, 「해방 후의 문화운동 개관」, 『민성』 5권 8호, 1949.8, 78~79쪽.

1945년 해방이 되었을 때 한국문단은 좌우를 막론하고 온통 친일의 흔적으로 얼룩져 있었다. 이광수, 최남선, 김동인, 양주동, 김기진, 박영희, 백철, 최재서, 유치진, 유진오 등의 예에서 보듯 한국문학을 대표하는 원로와 중진들 대부분은 친일문제에 깊이 연루되어 있었다. 이를테면 일제치하에서 가장 영향력 있는 지식인이자 민족주의 문학의 상징적 인물이었던 이광수와 최남선, 일제와 대립의 각을 세웠던 프롤레타리아 문학을 처음 시작한 김기진과 박영희 등이 학병권유, 전선시찰 및 황군위문, 대동아전쟁 찬양 등의 행적으로 말미암아 해방문단에 얼굴을 내밀 수 없는 상태에 처해 있었던 것이다. 이런 당시의 모습을 두고 김광섭은 "총독부 기밀비를 받아 술을 사 먹"던 '황국문인'들이 해방 후 "참아 정치와 같이 떠들 수" 없게 된 처지에 놓이자 '문단의 경기(景氣)가 자못 소소(蕭蕭)한' 풍경이 벌어졌다고 말하고 있다.[2]

1945년 8월 15일 해방이 되었을 때 한국문단은 이와 같은 처지에 있었다. 따라서 친일의 상처를 곳곳에 지니고 있는 한국문단, 원로문인과 저명문인 대다수가 친일문제에 깊이 연루되어 있는 한국문단을 누가 어떤 방식으로 추스르고 이끌어서 우리 문단을 다시 건설할 것인가 하는 문제가 해방 직후의 문학계, '소소한 경기'를 연출할 수밖에 없는 문학계에서 초미의 관심사가 되었다.

2. 좌우 문단의 대립과 김광섭의 문단 건설 활동

해방공간에서 가장 먼저 활동을 개시한 사람은 일제시대에 프롤레타리아 문학의 마지막 서기장이었던 임화였다. 임화는 김남천, 이원조 등과

---

2 김광섭, 같은 글, 78쪽.

함께 해방 하루 후인 1945년 8월 16일에 친일문학단체인 「조선문인보국회」가 사용하던 한청빌딩을 재빨리 접수하여 「조선문학건설본부」라는 간판을 걸고 문단재건 활동에 돌입했다. 그리고는 진보적 민족문학의 건설을 목표로 내세웠다. 이 단체의 지도부는 임화와 김남천 등 프롤레타리아 문인이었지만 이들은 일제시대의 KAPF(「조선프롤레타리아 예술가동맹」)를 재건하고 싶어한 것이 아니라, 박헌영의 8월 테제에 발 맞추어, 전조선을 대표하는 새로운 문학단체를 만들고 싶어했기 때문에 '계급문학'의 이념을 뒤로 밀쳐놓고, 「조선문인보국회」 간부가 아닌 사람 모두에게 문호를 개방하면서 전국적으로 세력을 규합하기 시작했다. 김광섭이 일시적으로 「조선문학건설본부」에 이름을 올린 것은 이같은 사정과 관련이 있으며, 이태준, 이병기, 정지용 등 『문장』지 그룹이 이 단체의 열렬한 지지자로 변신한 것도 이같은 사정과 관련이 있다. 상당한 친일경력을 지닌 소설가 이태준이 이 단체의 주요인물로 변신한 후 「해방전후」라는 고백체 소설에서 "조선문화의 해방, 조선문화의 건설, 조선문화의 통일을 부르짖는 그들의 주장엔 한 군데도 의의를 품을 데가 없었다"라 써놓은 것이 무엇보다 그 사실을 잘 입증해 준다.

그런데 「조선문학건설본부」가 '진보적 민족문학의 건설'을 당면의 목표로 삼아 좌우를 망라한 세력규합을 시작한 것은 박헌영의 조선공산당 노선과 관계가 있었다. 주지하다시피 박헌영은 8월테제로 불리는, 1945년 8월 20일에 발표한 「현정세와 우리의 임무」라는 글에서 해방된 조선은 프롤레타리아 계급혁명 단계에 있는 것이 아니라 부르주아민주주의 혁명단계에 있다고 주장했다. 그러면서 이 단계에서 조선공산당이 취해야 할 노선으로 즉각적인 계급투쟁이 아니라 진보적인 여러 세력이 연합한 민족통일전선 구축을 제안했다. 그리고 조선공산당과 긴밀한 관계를 맺고 있던 임화는 8월테제를 접수하여 「현하의 정세와 문화운동의 당면

임무」를 발표하고, 계급성이 아니라 인민성을 주장했다. 또 박헌영의 남로당으로부터 확고한 지원을 받으면서 가장 큰 걸림돌이었던 이기영의 「프롤레타리아문학동맹」을 흡수하는데 성공함으로써 46년 2월에는 '전국문학자대회'를 개최하여 「조선문학가동맹」을 발족시켰다.[3]

　좌익 측의 이러한 발 빠른 움직임에 비해 우익 측의 움직임은 한동안 지리멸렬했다. 그것은 우익 측의 경우 지도력을 발휘할 수 있는 문인들이 프로문학 쪽에 비해 친일문제에 훨씬 깊이 연루되어 전면에 나서기 어려운 상황이었고, 해방직후의 정국을 기민하게 판단하고 대응할 인물들이 많지 않았으며, 조직과 운동에 대한 경험을 가진 사람들도 좌익 쪽에 비해 상대적으로 적었던 까닭이었다. 더구나 가시적으로 임화가 주도하는 「조선문학건설본부」가 빠르게 당당한 세력을 구축한 결과 이 단체에 참가하지 않은 많은 문인들이 관망적 태도를 취하는 모습을 보이게 된 것도 우익 측이 지리멸렬한 모습을 보이는데 일조했다.

　좌익 측에 대한 우익 측 최초의 대응은 1946년 9월 18일에 결성된 「중앙문화협회」이다. 박종화, 김영랑, 이하윤, 김광섭, 오종식, 김진섭, 이헌구 등이 모여서 만든 이 단체는 그런데 구성원 사이의 공감대나 결집력의 측면에서 대응적 조직이라 부를 수 없을 정도로 급조된 모임이었다. 김동리의 다음 말에서 읽을 수 있듯 이 조직은 아는 사람끼리의 서클에 지나지 않았다. "8·15 이후 자유진영 계열의 문인들이 처음으로 만든 것은 「중앙문화협회」다. 이름은 '중앙'에다 '문화'에다 '협회'하는 따위로 모두 큼직큼직한 것을 붙였지만, 실질적으로는 과거의 해외문학파에 소속되었던 일부회원들을 중심한 일개 클럽에 지나지 않았었다"[4] 이처럼

3 「조선문학가동맹」의 노선과 모습에 대한 자세한 내용은 조선문학가동맹 중앙집행위원회 서기국에서 1946에 펴낸 「건설기의 조선문학」을 참조할 것.
4 한국문인협회 편, 『해방문학 20년』, 정음사, 1966, 146쪽.

'해외문학파' 인사들을 중심으로 급조된 이 단체는 또 곽종원의 말에 따
르면 "그때까지만 해도 그렇게 치열한 투쟁단계에 들어갈 형편"[5]에 놓여
있지 않았다. 이처럼 1946년 하반기까지 좌익측 문인들의 적극적 활동
에 비해 우익측의 문인들의 활동은 상대적으로 위축되어 있었는데 가장
큰 이유는 임화의 「조선문학건설본부」가 받고 있는 폭넓은 지지와 드높
은 위세 때문이었다. 이 점은 이후 우익측의 핵심 중의 핵심으로 활동하
게 되는 김광섭과 조연현의 초기 행동에서 볼 수 있듯 우익 측의 상당수
인사들은 「조선문학건설본부」에 대한 기대를 버리지 못하고 있었던 사
실과도 밀접한 관련이 있다.

「중앙문화협회」의 핵심인물이라 할 수 있는 김광섭은 이 단체가 만들
어진 후에도—그것이 비록 명목상이었다 할지라도—「조선문학건설본부」
와 「프롤레타리아문학동맹」의 통합 교섭위원 및 외국문학분과 위원장으
로 이름을 올린 사실에서 알 수 있듯, 「조선문학건설본부」와의 관계를
깨끗이 청산하지 않았다. 김광섭이 「조선문학건설본부」와 관계를 확실
히 정리하여 이 조직에 대립적 모습을 보여주기 시작하는 것은 46년 2월
이 단체가 「조선문학가동맹」으로 변신하여 조선공산당과 함께하는 좌익
단체의 색채를 뚜렷하게 드러내기 시작하면서 부터이다.

김광섭은 46년 초부터 본격적으로 우익 문단을 건설하기 위한 활동을
시작하는데, 그 직접적 계기는 앞에서 말한 것처럼 「조선문학건설본부」
가 1946년 2월 8일과 9일 양일간에 걸쳐 '전국문학자대회'를 개최하고
「조선문학가동맹」으로 변신한 사건이었다. 이 대회에서 지도부는 박치
우의 보고를 통해 공식적으로 모든 회원들에게 미제국주의와 파시즘의
위협에 대응하기 위해, 우익의 신탁통치 반대를 분쇄하기 위해 「민주주

---

5   한국문인협회 편, 같은 책, 142쪽.

의 민족전선」에 적극 참여할 것을 요구했다. 그리고 임화, 김남천 등 핵심지도부는 조선공산당이 통일전선 전술의 일환으로 당의 외곽조직으로 만든 「민주주의 민족전선」에 참여하여 신탁통치 찬성운동에 발 벗고 나섰다. 이 같은 사건을 통해 「조선문학가동맹」의 방향과 노선을 확실히 파악한 김광섭은 좌익 측의 조직에 대응할 수 있는 우익 측의 문단건설에 본격적으로 매진하기 시작한 것이다.

이러한 상황변화 속에서 김광섭을 중심으로 한 '해외문학파'가 다시 핵심 역할을 맡으면서 좌익에 대응할 수 있는 단체다운 단체로 만들어낸 것이 「전조선문필가협회」이다. 46년 3월 13일에 결성된 이 단체를 통해 우익 문단은 비로소 좌익문단에 대응하는 조직체의 모습과 성격을 분명하게 갖추었으며, 이 점은 결성 시에 채택한 취지서와 강령 및 성명서에서 찾아 볼 수 있다. 김광섭이 취지서를 낭독하면서 '소파벌의 독재'도 '계급적 이기'도 용납되지 않을 것이라고 말한 것은 「조선문학가동맹」의 노선에 대한 비판이며, 강령에서 "민족자결과 국제공약에 준거하여 즉시 완전독립을 촉성하자"고 주장한 것은 좌익 측의 신탁통치 찬성에 대한 반대이고, 성명서에서 "동포의 간절한 희망에 부응하는" 진정한 민족문화 건설을 주장한 것은 좌익 측의 진보적인 민주주의 민족문화 건설 논리에 대한 반대이다.

「전조선문필가협회」의 출범에는 그러나 김광섭이 "공산계열의 정신적 침략에 대한 긴급한 방어였으니 (…) 미흡한 점이 있었다"고 자기비판적으로 회고한 것처럼 문제점이 적지 않았다. 이 단체는 조직과 회의진행 방식이 「조선문학가동맹」을 고스란히 모방하고 있는 것에서 드러나듯 황급히 대응체로 만들었다는 냄새가 역력했다. 또 「조선문학가동맹」이 조선공산당의 지원을 음양으로 받으며 대회를 치른 것처럼 민족진영 정치단체(이승만을 위원장으로 하는 민주의원 선전부)와 일부 언론의 적극적 요청과 지원 하에 결성되었기 때문에 이들이 비판하는 좌익측의 정치성 문제로부터 자신들 역시 자유롭지 못했다.

이처럼 정치적 긴박성 때문에 치밀한 준비없이 만들어진 「전조선문필가 협회」는 시작부터 재정 문제에 부딪혀 결성 이후 「조선문학가동맹」에 버금하는 활동을 전개할 수 없는 처지에 놓이고 말았다. 임화, 김남천, 이태준, 정지용 등 전국적 지명도를 자랑하는 인물들이 주도한 「조선문학가동맹」의 조직적 활동에 비해 김광섭, 이헌구, 이하윤, 이선근 등 '해외문학파'가 주축인 「전조선문필가협회」의 활동은 초라해 보였으며 실제로 이 조직이 보여준 산발적 대응은 치밀하지도 강력하지도 못했다. 오히려 「전조선문 필가협회」 결성식에 참여한 김동리, 조연현, 곽종원, 조지훈 등 소장파들이 이를 계기로 1개월 후에 전위대 격으로 조직한 「조선청년문학가협회」가 실제의 투쟁에서는 좀 더 효율적이고 앞섰다고 보아야 할 정도였다.[6] 후일 김동리와 조연현이 해방공간에서 "'클럽' 내지 '서클'적 성격을 지양한 자유 진영의 문학단체를 실현시킨" 것은 자신들이 만든 「조선청년문학가협회」이며 좌익단체와 제대로 투쟁한 것도 자신들이라 말하는 것은 이런 연유에서이다. 또 50년대 중반에 김광섭, 이헌구 등과 결별하여 서로 다른 문단 조직을 운영하게 되는 것도 이런 사정과도 일맥상통한다.

그렇지만 좌익 측에 비해 뒤늦게 비조직적으로 이루어진 「전조선문필가협회」 출범의 의미는 다음과 같은 점에서 찾을 수 있다. 이 단체의 출범은 첫째, 「조선문학가동맹」이 곧 한국문단은 아니라는 사실을 입증한 데에 커다란 의의가 있다. 이 단체가 '문인'을 넘어선 '문필가' 조직이란 점을 감안하더라도 「조선문학가동맹」 출범에 참석한 120여명의 작가들보다 더 많은 232명의 작가들이 「전조선문필가협회」 결성식에 참석한 것이

---

6   한국문인협회 편, 같은 책, 137~144쪽.

그 점을 분명히 말해준다. 둘째, 이 단체가 구심점이 되어 좌익의「조선문화단체총연맹」에 대응하는「전국문화단체총연합회(약칭 '문총')」를 47년 2월에 만들어냈다는 데에서 그 의의를 찾을 수 있다. 셋째, 49년 12월에 출범하는「한국문학가협회」의 모태가 되었다는 데에 그 중요성이 있다. 단독정부 수립 후 이 단체에 참가한 사람들을 중심으로 분열된 한국문단을 다시 통합된 조직으로 만들어낸 까닭이다.

1946년 초 우익 측의「전조선문필가협회」와「조선청년문학가협회」가 만들어지던 시점에서 볼 때 좌익 측은 분명히 우익 측보다 우월한 조직력과 인적자원과 대중적 인지도를 가지고 있었다. 그렇지만 미소공동위원회가 파행으로 치달으며 46년 말경부터 남북 분단이 가시화되기 시작하자 사정은 달라지기 시작했다. 공산당에 대한 검거를 피해 박헌영을 비롯한 조선공산당의 주요인물들이 월북하기 시작하자 구(舊) KAPF계의 인물들도 그 뒤를 따르기 시작했으며 지도부를 잃어버린「조선문학가동맹」은 46년 11월에 예정되어 있던 제2회 회의를 무기한 연기했다. 남은 사람들은 위축된 활동을 되살리고 탄압국면에 대처하기 위해 중앙집행위원회를 열어 위원장에 이병기, 위원으로 양주동·염상섭·조운·채만식·박아지·박태원·박노갑 등 비교적 좌익색채가 옅은 인물을 보선하고, '대중화'의 기치를 내걸었으나 급변하는 정치적 국면에 대처하기에는 역부족이었다.

해방공간에서 김광섭의 문단건설 작업은 1949년 12월 9일에 새로운 문단조직인「한국문학가협회」가 발족함으로써 일단 마무리 되었다. 당시 중견 문인의 위치에서「전조선문필가협회」를 만들어 좌익단체를 견제한 김광섭과 이헌구, 신예 문인의 위치에서「조선청년문학가협회」를 만들어 좌익 측과 이론투쟁을 벌인 김동리와 조연현 등이 이 단체의 창립을 주도했다. 이 사실을 두고 조연현은 좌우대립시기에 "대공문화전선

을 조직 지휘해온 문단의 투사들을"[7] 문단 주체세력이라고 지칭하면서
주체세력에 속한 사람으로 박종화, 이헌구, 김광섭, 오종식, 김영랑, 김
진섭, 김동리, 조지훈, 박목월, 곽종원, 김송, 서정주, 모윤숙, 유치진,
최태응, 설창수, 유동준, 임긍재, 홍구범, 이광래, 유치환, 박두진을 거
명하고 있다. 그의 이러한 언급에서 확인할 수 있는 것은 앞의 두 단체를
만든 사람들이 문단 주체세력이며, 이 두 단체의 구성원들이 대한민국
건국 후의 문단을 이끌어 나가게 되었다는 사실이다.

　대한민국이 건국하고「한국문학가협회」가 발족하면서 앞으로 한국문
단을 이끌어갈 문단 주체세력이 이처럼 좌익문단과의 투쟁경력을 바탕
으로 자연스럽게 형성되고 부각되었다. 그리고 이 주체세력의 구성원들
은 북한의 남침과 함께 서울에서 다시 활동을 개시한「조선문학가동맹」
문인들과 협력하지 않았었기 때문에 6·25 전쟁 후 좀 더 확고하게 그
위상을 굳힐 수 있었다. 그렇지만 당시 한국문단을 주도하게 된 이 주체
세력은 그 면면에서 볼 때 나이가 지나치게 젊었다. 친일의 문제로 저명
문인들이 자중하고 은거해야 하는 상황에서, 좌익문단에서 활동한 경력
때문에 비중있는 문인들이 문단 전면에 나설 수 없는 상황에서, 상당수
의 대표적 문인들이 월북해버린 상황에서, 이들은 20대 후반 혹은 30대
초반의 나이에 한국문단을 이끄는 사람으로 부상했다. 이들 중「전조선
문필가협회」를 주도한 김광섭, 이헌구 등은 그래도 40 가까운 중견문인
이었지만「조선청년문학가협회」를 주도한 김동리와 조연현은 20대 후
반과 30대 중반의 나이로 신인의 레테르를 채 떼어버리지 못한 사람들
이었다. 1954년에 시행된 예술원회원 선거를 계기로 한국문단이 기존의
「한국문학가협회」와 김광섭이 이끄는「한국자유문학자협회」로 분열된

7　조연현, 『내가 살아온 한국문단』, 현대문학사, 1968, 20쪽.

것은 이들 주체세력의 이러한 나이와도 관련이 있다.

1954년에 이루어진 예술원 회원 투표 결과 제1류 문학분야에서는 염상섭, 박종화, 김동리, 조연현, 유치환, 서정주, 윤백남이 당선되었다. 원로에 속하는 염상섭과 박종화를 제외한다면 주체세력의 두 축 중「조선청년문학가협회」의 핵심인물이 다수 당선된 반면「전조선문필가협회」의 핵심인물들은 배제되는 결과가 빚어진 것이다. 다시 말해「전조선문필가협회」발족 당시 신예 소장파에 지나지 않았던 조연현과 김동리가 몇 년 사이에 대한민국 문단의 핵심인물로 성장하여 예술원 회원으로 선출된 반면 대한민국 문단건설의 핵심 주도세력으로 문단의 지도부에 있었던 김광섭, 이헌구 등이 모두 배제된 것이다. 더구나 전후의 상황을 감안하더라도 영남쪽 문인들이 다수를 차지하고 이북 출신들이 탈락하는 모습을 보인 결과는 편파적이라는 인상을 주기에 충분했다.

김광섭은 이러한 사태에 직면하여 다시 문단의 전면에 나섰다. 대한민국 건국과 함께 대통령 공보비서관을 맡으면서 잠시 떠나 있었던 문단에 다시 복귀하여 해외문학파와「전조선문필가협회」의 인맥을 재규합하여 1955년에「한국자유문학자협회」를 만들고 그 위원장에 취임한 것이다. 한국문단의 정통성은「조선청년문학가협회」의 소장파들이 독선적으로 운영하는「한국문학가협회」에 있는 것이 아니라「중앙문화협회」로부터「전조선문필가협회」를 거쳐「한국자유문학자협회」에 이르는 자신들에게 있다고 자부하면서 김광섭은 50년대 후반 내내 이 단체를 이끌어 나가는데 심혈을 기울였다. 김광섭이 조연현의『현대문학』이 지닌 영향력을 간파하고 거기에 맞설 수 있는 기관지로『자유문학』을 간행하기 위해 노심초사하다가 뇌출혈로 쓰러진 것이 그 사실을 말해준다.

3. 김광섭이 시인으로 기억되는 이유

해방공간에서 한국문학의 건설이라는 막중한 책무를 자발적으로 떠맡았던 사람들 중 김동리와 조연현의 활동은 일찍부터 관심의 대상이 되어 비교적 소상히 밝혀졌지만, 두 사람의 역할에 버금가는 일을 한, 어떤 의미에서는 좀 더 큰 비중을 가졌던 김광섭의 활동상는 점차 잊혀져 왔는데 그것은 두 가지 이유 때문이다. 김동리와 조연현은 대한민국 건국 이후 자신들의 영향 하에 있던 잡지와 문단조직을 십분 활용해 수많은 후배문인들을 키워냄으로써 후대로 이어지는 기억의 연결고리를 확실하게 확보할 수 있었다. 반면에 김광섭은 정부 수립 후 문단을 떠나 관계로 진출했으며, 60년대에는 병마와 싸우느라 고립된 생활을 할 수 밖에 없었다. 또 김동리와 조연현은 학계의 국어국문학과 혹은 문예창작과에 오랫동안 재직하며 스승의 길을 따르는 다수의 제자를 확보했지만, 김광섭은 상대적으로 짧은 기간 동안 영문학과에 재직했기 때문에 김동리와 조연현에 버금가는 제자양성을 제대로 할 기회나 시간적 여유를 가지지 못했다. 그 결과 세월의 흐름 앞에서 한국문단 건설에 기여한 김광섭의 활동은 우리의 기억 속에서 축소되었다.

김광섭은 1945년으로부터 1960년에 이르기까지 한국문단을 만들고 이끌어간 가장 중요한 인물 중의 하나였다. 그럼에도 우리가 김광섭을 한국문단의 건설자라는 측면에서가 아니라 시인이라는 이름으로 기억하는 것은 무엇 때문일까? 그것은 김광섭이, 사람들이 「성북동 비둘기」의 시인으로 기억하는 사실에서 알 수 있듯, 중간의 문단정치 활동을 괄호칠 때, 시인으로 시작해서 시인으로 생애를 마감하는 모습으로 나타나기 때문일 것이다. 그리고 대부분의 시인들이 활동 초기에 가장 뛰어난 작품을 남기는 우리 문단의 일반적 관례와는 달리 만년에 병마에 시달리면서도 오히려 인생에 대한 달관과 원숙미를 보여주는, 훨씬 훌륭한 작품을 써냈기 때문일 것이다. 이런 점에서 고독과 고요를 동경하는 시인으로 출발한 그가 뇌출혈로 쓰러져 문단정치일선을 떠나 실존의 세계로 돌아올 수밖에 없게 된 사건은 역설적이게도 축복이 되었다.

해방기 시론의 보편주의 연구

김기림, 조지훈, 김동석의 시론을 중심으로

조강석

1. 복수의 보편주의와 실재를 향한 열망

보편론들이 각축하는 장은 보편적인가, 특수한가? 이 글은 해방기에 전개된 중요한 시론들을 검토하면서 이 질문에 답해보기 위한 것이다. 해방기의 많은 문학론들은 좌우를 막론하고 공히 보편론의 입장을 띠고 있다. 다시 말하자면 이 시기 문학론의 특징은, 실제로 당대의 구체적 정황 속에서 배태된 논의라 할지라도 문학을 보편적 맥락에서 규정하려는 욕망을 반영하고 있다는 것이다. 해방기의 다채로운 문학론들은 특수한 상황에서 당대의 구체적 요청에 응하는 것이었음에도 불구하고 종종 세계사적 요청에도 동시에 부응하는 것이라고 공표되었다. '계급의 이익' '당파성', '민족의 당면과제', '민족성' 등과 같은 어휘들이 이 시기 문학론에서 가장 빈번하게 나타났지만 그와 동시에, '세계사적 요청', '문학의 본질적 가치'와 같은 수사들 역시 좌우를 막론하고 문학론에 공통적으로 등장했다는 것도 사실이다.

이와 같은 현상에는 문학내적·외적 요인들이 복합적으로 작용했을 것이다. 그 가운데서도 우선적으로 꼽을 수 있는 것은 '세계성에 대한 욕망'과 그 연장선상에 놓인 '전후(戰後)' 의식이다. 해방기의 매체를 연구한

한 논자는 "해방기는 해방조선의 진로가 냉전적 세계체제의 규정 속에서 모색되어야 했고, 서구적 근대의 전유가 문화적 후진성을 극복하는 유력한 대안으로 부상하면서 세계성에 대한 욕망은 계층·세대·지역을 초월해 보편적 현상으로 자리를 잡은 바 있다"[1]고 설명했는데 이처럼 해방직후 당대의 정치·사회사적 맥락과 문화적 특수성의 문제를 세계사적 맥락 속에서 파악하고자 하는 태도는 해방을 '전후'로 인식하는 것과 밀접한 관련을 지닌다. 1945년 이후 많은 언론 매체는 '전후'라는 표현을 적극적으로 활용했다.[2] 해방이라는 표현이, 그것이 '도둑처럼 온 것'(함석헌)이며 뜻밖에 도래한, 혹은 외부로부터 불현듯 주어진 '지엽적' 사건이라는 의미론적 계기를 강하게 보유하고 있다면 '전후'라는 표현은 20세기의 세계사적 흐름과의 관련 속에서 이 사태를 능동적으로 조망하는 가운데 스스로의 입지를 마련해보려는 의도를 반영하는 것이라고 할 수 있다. 당대에 좌우를 막론하고 빈번하게 사용되었던 '코스모폴리탄'이라는 표현 역시 수동적으로 대응할 수밖에 없었던 일회적 사건으로서의 해방을 근대의 '파국' 이후 새롭게 열리는 세계사의 지평 속에서 사유함으로써 그 가운데에서 적극적으로 주체의 새로운 역할을 정립하고자 하는, 혹은 그와 같은 일이 가능하리라고 믿어 보는 쪽의 욕망을 반영한 것이다.

문학론에 한정지어 말해보자면, 예컨대, 8·15 이후 가장 발 빠르게

---

1   이봉범, 「잡지 《신천지》의 매체 전략과 문학」, 『한국문학연구』 39, 동국대학교 한국문학연구소, 2010.12, 256쪽. 이봉범은 여기서 "해방기의 매체들이 좌우를 불문하고 경쟁적으로 전후 세계질서의 동향과 관련한 사건사고를 보도했으며 서구사상과 문화를 직수입하여 번역 소개하기에 총력을 기울인다"(256쪽)고 설명하고 그 대표적 예로 《신천지》를 꼽고 있다.

2   이에 대해서는 박연희, 「전후, 실존, 시민 표상 – 청년 모더니스트 박인환을 중심으로」, 『한국문학연구』 34, 동국대학교 한국문학연구소, 2008. 참조. 여기서 박연희가 단적인 예로 들고 있는 것처럼 박인환이 1946년에 기획했던 문학행사의 제목이 '전후세계의 현대시의 동향과 새 시인소개'였다는 사실은 이런 점에서 볼 때 흥미롭다.

제출된 문학론 중 하나인 「현하의 정세와 문화운동의 당면임무」의 필자가 8·15 직후의 정세를 "제국주의적 기반으로부터의 이탈이 독자의 힘에 의하지 않고 전쟁종식에 수반한 결과이었다는 데서 초래된 사태"[3]라고 규정하고 그 한 달 뒤 이에 대한 문학적 대응 방법으로 "지방주의와 편협한 국수주의대신에 세계적인 의미의 민족문화"[4]라는 고답준론을 처방한 것은 이와 같은 양상을 단적으로 드러낸 것이라고 하겠다. 그런데 이와 같은 양상은 아마도 정치적 입장이나 세계관에 있어 임화와 가장 거리가 멀어 보이는 지점에 놓인 것으로 보이는 김동리의 태도에서도 공히 드러난다. 주지하듯, 김동리는 해방기에 "본령정계"의 휴머니즘 문학을 주장하며 소위 '제3기 휴머니즘론'을 전개한다. 또한 '제3기 휴머니즘론'은 곧바로 '제 3 휴머니즘론'으로 수정되며 종국엔 이 시기 김동리 문학론의 완결판인 '구경적 생의 형식'론에 이르게 되는데 별도의 논의가 필요하겠지만, 본고의 맥락에서 볼 때 이 과정 역시 수동적으로 대처할 수밖에 없었던 현실에 능동적으로 대응하고자 하는 욕망이 개진되는 과정으로 설명될 수 있다. 김동리는 고대 희랍과 히브리 사상, 르네상스 문화를 각각 제1기, 제2기 휴머니즘의 발현으로 규정하고 당대가 제3기 휴머니즘의 시기로서 '동서정신의 창조적 지양'을 정신적 원천으로 삼는 시기라고 설명한다. 나아가 제3기 휴머니즘이 민족문학이면서 동시에 세계문학의 지위를 확립하는데 "이 땅 순수문학정신의 전면적 지표가 있다"고 선언한다. 추후 제3기 휴머니즘론은 김병규와의 논쟁을 거치면서 제 3 휴머니즘론이라는 이념형으로 신속하게 전화되는데 통시적 관점을 공시적 관점으로 변환시

---

3   임화, 「현하의 정세와 문화운동의 당면임무」, 『문화전선』, 1945.11. 여기서는 하정일 편, 『임화 문화예술 전집 2』, 355쪽에서 인용.

4   임화, 「문화에 있어 봉건적 잔재와의 투쟁임무」, 『신문예』 창간호, 1945.12. 여기서는 위의 책, 385쪽에서 인용.

키는 이 과정은 그 실효적 속내가 무엇이었는가와는 별개로 특수한 처지에 놓인 보편을 이견을 제압하는 '능동적' 도구로 전환시키고자 하는 '세계적' 욕망을 반영한 것이라고 할 수 있겠다.

이 지면에서 임화와 김동리의 논의를 서두에 언급한 것은 해방기 좌우 문학론의 대립양상을 다시 세세히 따져보기 위함이 아니다. 다만, 상반된 입장에 놓인 대표적인 두 논자의 글을 예로 삼아 해방기에 '전후' 감각과 '세계성' 획득에 대한 욕망이 복수의 보편주의의 편람을 꾸리는 데 필요한 수평축과 수직축임을 보이고자 함이었다. 이처럼 해방기에 많은 논자들이 자신의 문학론에서 보편을 욕망한 것은 그 자체로 흥미롭다. 여기서는 이 시기에 단편적 구호에 그치거나 공소한 고담준론에 머물지 않고 체계적인 논리를 통해 시론을 전개한 대표적 논자들인 김기림, 조지훈, 김동석의 시론을 보편과 특수의 관계에 대한 태도의 차이를 통해 관계적으로 살펴봄으로써 해방기 시론의 면모를 구체적으로 들여다보고자 한다.

2. 실재의 정화작업과 보편의 구제 : 김기림의 경우 5

김기림은 1930년대 후반과 1940년대 초반, 서구적 근대의 종언이 회자되고 일본과 조선의 지식인들이 근대를 초극할 담론을 수립하는 데 골몰하는 바로 그 시점에 근대를 결산할 것을 요청한 바 있다.6 청산대신

---

5 이하에 전개된 김기림에 대한 논의의 요지는 「해방기 김기림의 의식 전회 연구 – 보편주의와 특수주의를 중심으로」(『현대문학의 연구』 49호, 2013.2)에서 제시한 바 있다. 여기에 이 논의를 요약적으로 제시하는 것은 이하에서 살펴볼 조지훈과 김동석의 논의를 보편주의라는 틀 속에서 관계적으로 조망하는 데 있어 필수적이기 때문이다.
6 "이 순간에 우리는 '오늘'이라는 것의 성격에 대하여 확고한 판단을 내리지는 못하고 있다. 그것을 벌써 새로운 시대의 진수식(進水式)으로 보고 경이는 벌써 시작된 듯이

결산을 요청함으로써 김기림은 동양적 특수자나 일본적(혹은 조선적) 개별자를 새로운 세계질서 수립에 요청되는 보편자로 승인하는 대신 현실태로서의 보편의 성립을 무한히 지연시키는 태도를 취할 수 있었다.[7] 그리고 김기림의 낙향에 따라 지연된 요청으로서의 보편자의 성립은 미제로 남을 수 있었다. 그런데 해방 직후 〈조선문학가동맹〉이 처음으로 행한 전국대회인 '조선문학자대회'(1946.2.18)에서 행한 강연문 「우리시의 방향」에서 김기림의 태도는 이와는 사뭇 달라져 있다. 여기에는 두 가지 중요한 문제의식이 담겨 있다. 그 하나는 당대 정세에 대한 '세계사적' 맥락의 독해이고 또 하나는 해방 이후 주체의 재건에 대한 것이다.

근대의 초극이 운위되던 시기에는 근대의 정산을 요청하던 이가 이제 근대의 "결정적 청산"을 요청하고 초근대인을 주체로 지목하는 것은 어떻게 설명 가능한가? 김기림은 1946년에 발표한 시에서 새로운 공화국이 "음산한 '근대'의 장렬(葬列)에서 빼앗은 기적"(「어린 공화국이여」(1946), 《신문예》)이라고 규정하고 있다. 애도의 종결은 이처럼 비로소 새로운 욕망의 체계를 작동시키는 법이다. 이 '초근대인'으로 상정된 주체의 과제는 민족단위의 새로운 공화국 건설이라는 구체적 사명을 완수하는 것에 그치는 것이 아니라 "근대의 장렬" 너머에 세계사적 보편을 새로 정립하는 것이다. 문제는 이것이 개별자와 보편자의 통일이냐 특수자와 보편자의 통일이냐 하는 것이다. 전자는 최상의 경우 보편적 개별자로 귀결되

말하는 사람도 있다. 그러나 한편으로 보면 **시작된 것은 실은 아직도 새로운 시대가 아니고 '근대'의 결산과정이나 아닐까.** 그렇다고 하며 지금 이 순간에 우리에게 던져진 긴급한 과제는 새 세계의 구상이기 전에 먼저 현명하고 정확한 결산이 아닐까 한다. **우리가 깊이 생각해야 할 중요한 점이 여기 숨어 있다고 나는 생각한다.**"(김기림, 「조선문학에의 반성」, 『인문평론』, 1940.10, 강조는 인용자)

7 그 양상과 의미에 대해서는 「도착적 보편과 마주선 특수자의 요청 – 김기림의 경우」(『한국학연구』 27집, 2012.6)에서 논한 바 있다.

지만 후자는, 근대초극론에서 보듯, 최악의 경우 다시 결여와 착오를 승인하지 않는 도착적 보편의 논리로 귀결될 수 있기 때문이다. 바로 그런 맥락에서 「우리시의 방향」의 두 번째 문제의식이 드러난다. 김기림은 "새 나라의 건설"은 "한 커-다란 민족의 통곡을 거쳐 말하자면 한 〈카타르시쓰〉를 거쳐 다시 한 번 순화되고 정화되어 낡은 시대의 독소와 악습을 모조리 떨어버린 뒤에" 이루어질 수 있다고 주장한다. 이처럼 '새 나라'는 순화되고 정화된 재건자에 의해 건설된다. 개인이되 민족의 일원이며 동시에 세계사적 대의를 수행하는 주체의 탄생은 근대에 대한 애도의 종결과 그에 따른 순화와 정화를 전제로 한다. 이 시기 김기림의 시와 산문에 자주 등장하는 "인민대중"은 바로 이런 방식으로 탄생한다. 이제 해방은 근대의 청산이라는 세계사적 요청에 부응해야 하는 시간의 사건인 한편 근대의 독소에 오염된 성원들을 세계사적 임무를 수행할 새로운 공동체의 인민대중[8]으로 '세례'시키는 장소적 의미로도 기능한다.

김기림에게 해방은 근대적 시공을 뛰어넘을 비가역적 계기이자 정화된 주체의 요람이었다. 흥미로운 것은 앞서 주체의 재건이 정화에 기초한 것이었듯이 여기서도 새나라 공동체 의식의 담지자인 인민의 탄생은 "반민족적인 요소를 제외한 연후에" 즉, 순화와 정화를 통해 가능하다는 것이다.[9] 바로 이 점이 해방 직후 김기림의 논리에 있어 또 다른 중요한

---

8   "김기림은 인민을 민족 내부의 한 계층보다 더 넓은 코스모폴리탄적 주체로까지 확장한 것이다." 박연희, 「해방기 '중간자' 문학의 이념과 표상 – 김기림의 민족 표상을 중심으로」, 『상허학보』 26집, 2009.6, 317쪽.

9   김기림이 1946년에 발표한 시집 『새노래』에 실린 시들 역시 바로 이런 의미에서의 인민대중에 대한 열망을 고스란히 반영한 것이라고 할 수 있다. 이 시집의 부제가 "새 날에 부치는 노래"이고 시집의 첫머리에 칼 샌드버그의 시를 번역해 싣고 있다는 것은 단적인 증거이다. 이 번역시의 첫머리는 이렇다. "나는 새 도시와 새 백성들을 노래하는걸세/(중략)/어저께는 지나간 바람결/서천에 진 낙일이네"

두 번째 국면이다. 근대의 초극이 운위될 때에는 근대에 대한 애도를 지연시키다가 근대의 초극론이 파산된 시점에 오히려 초근대인을 요청하는 이의 태도를 어떻게 볼 수 있을 것인가?

김기림이 이 시기 보여준 근대 청산의 의지는 오염되고 타락한 (근대의) 현실과 (그 너머에 있는) 순수한 실재라는 이분법에 기초하고 있다. 애도의 지연 속에서 주체가 새로운 욕망의 대상을 찾지 못하는 것과 달리 단호하게 종결된 애도는 욕망의 환유적 운동을 재개시키는데 이와 동시에 작동하기 시작하는 것이 바로 현실 너머에 있는 실재를 향한 열망이다. 그리고 알랭 바디우의 지적처럼 실재를 향한 열망은 항상 기만과 타락으로 가득차서 실재를 에워싸고 모호하게 만드는 구세계의 현실로부터 실재를 추출하려는 태도에서 기인한다.

알랭 바디우는 새로움에 대한 열망과 관련된 실재를 향한 열정을 두 가지 양태로 설명한 바 있다.[10] 그 첫째는 실재의 정화작업(purification)인데 이는 순수한 실재를 발견하는 데 장애물이 되는 현실을 제거하고 실재를 끊임없이 정화해나가는 작업이다. 쉽게 말하자면 현실의 불순물들을 제거해나가며 실재의 순분증명을 해보이려는 열망이 실재에 대한 정화의 열망이라고 할 수 있다.[11] 이 열망을 지탱하는 것은 정화를 통해 궁극적으로는 순결한 무엇인가가 남게 될 것이며 그때 새로운 어떤 것이 탄생하게 되리라는 무의식이다.[12]

실재를 향한 열망의 또 다른 노선은 공제의 방식(subtraction)이다. 이

---

10   알랭 바디우, 「하나는 스스로를 둘로 나눈다」, 『레닌 재장전』, 이은정 옮김, 마치, 2010, 38쪽.

11   그렇기 때문에 지젝은 정화의 열망이 스탈린적 폭력으로 귀결될 수 있음을 경고한 바 있다. 이에 대해서는 슬라보예 지젝, 『그들은 자기가 하는 일을 알지 못하나이다』, 박정수 옮김, 인간사랑, 2004, 100~104쪽 참조.

12   슬라보예 지젝, 같은 책, 96~97쪽 참조.

것은 일자적인 보편적 현실로부터 차이들을 추출해 내보이는 방식이다. 다시 말하자면 이는 현실을 구성하고 있는 차이들을 통해 현실과는 다른 방식으로 엄연히 존재하는 실재를 열망하는 방식이라고 할 수 있다. 그러니까, 정화의 작업이 "비본래적인 것의 파괴를 통한 기원의 복구"[13]와 관계 깊다면 공제의 방식은 "아직까지 존재해본 적 없는 어떤 것, 즉 진정한 창조"[14]와 관계된다. 흥미롭게도 바디우는 새로운 인간은 정화의 방식으로 복권되거나 공제의 방식으로 산출된다고 말하고 있다.[15]

김기림의 새나라에 대한 열망은 두 가지 계기를 품고 있다. 하나는 근대의 청산이고 두 번째는 반민족적 요소를 제거한 '순수한' 인민대중이라는 주체의 수립이다. 이것은 새로운 현실의 창조라기보다는 오히려 현실의 표백에 가깝다. 해방 직후 공동체와 새나라 건설을 지향하는 김기림의 실재에의 열망은 근대의 청산과 정화된 인민을 요청하는 창백한 보편주의로 귀결된다. 이 시기 그의 코스모폴리타니즘이 공소해보이는 까닭은 그것이 현실에 부기된 근대의 잔재를 멸균한 진공상태의 일자성에 가깝기 때문이다. 따라서 이런 맥락에서 그가 요청하는 인민대중 역시, "총체적이자 일체화된 정치체로서의 대문자 인민 Popolo"[16]에 가깝다. 대문자 인민은 건설의 주체일 수 있지만 동시에 언제든 동원의 대상으로 전락할 수 있다. 김기림의 시집 『새노래』가 새로운 인민의 형상을

---

13 알랭 바디우, 같은 글, 40쪽.
14 알랭 바디우, 같은 쪽.
15 알랭 바디우, 같은 글, 39~40쪽.
16 "우리가 인민이라고 부르는 것은 사실 단일한 주체가 아니라 오히려 대립하는 양극 사이를 오고가는 변증법적 진동이라고 할 수 있다. 한편에는 총체적이자 일체화된 정치체로서의 인민 Popolo(대문자)이 있고, 다른 한편에는 가난하고 배제된 자들의 부분적이자 파편화된 다수로서의 인민 popolo(소문자)이 있다." 조르조 아감벤, 『목적 없는 수단』, 김상운·양창렬 옮김, 도서출판 난장, 2009, 40쪽.

담고 있다고는 하지만 실감보다는 당위에 의존하고 있는 까닭도 이런 맥락에서 설명될 수 있을 것이다. 김기림은 근대의 청산과 새로운 인민 대중을 요청하자마자 정화의 함정에 노출될 수밖에 없었다.

3. 실재의 정화와 심미적 보편주의 : 조지훈의 경우

해방기 시론의 보편주의를 살펴보면서 김기림과 함께 실재의 정화 노선에서 함께 검토될 수 있는 것은, 시는 순수해야 하며 순수가 시의 정수라는 방식의 천편일률적인 토톨로지(tautology)만을 거듭하는 범박한 논의들과는 달리 비교적 체계적으로 '순수시론'을 전개한 조지훈이다.

(1)

바야흐로 산업혁명과 정치혁명을 이루려는 부흥기를 맞이한 우리는 문학에서도 과거 세계문화의 총체적 저수지 속에 들어 있다. 남의 경험을 자기이론화할 수 있는 인간의 승의(勝義)는 우리로 하여금 그리스와 중국의 제1클라식, 로마와 조선의 제2클라식 르네상스와, 일본의 제3클라식을 경과하여 **장래할 세계문화의 제4클라식의 주동적 각광을 받고 섰다.**[17]

(2)

그러면, 과학정신으로 일컬어지는 이른바 '근대'의 다음에 온 '현대'는

---

17 조지훈, 「고전주의의 현대적 의의 – 민족문학의 지향에 관한 노트」, 『문예』 제3호 (1949년 10월호). 여기서는 나남출판 『조지훈 전집 3 문학론』, 52쪽에서 인용. 이하 조지훈의 산문은 이 책에서 인용하되 원출처를 밝힌다. 단, 전집3에는 「고전주의의 현대적 의의 – 민족문학의 지향에 관한 노트」가 1949년 9월 10일, 『문예』 제4호에 발표된 것으로 되어 있으나 실제로 이 글은 1949년 10월호인 『문예』 제3호에 실려 있으므로 이를 바로잡는다.

무엇인가. 아무도 말할 사람이 없다. (중략) 그러면 생탄(生誕)할 현대, 생탄해야 할 현대는 이상(理想) 내용으로 어떠한 특징을 가질 것인가. 중세의 종교정신, 근대의 과학정신의 지양(止揚)으로서 혹은 예술정신이라 할 수도 있다. 또는 신학과 문학과 과학을 3대 기간(基幹)으로 하는 새로운 철학이 이에 대치될 수 있다고 할 수도 있다. <u>우리는 현대가 다만 휴머니즘의 고조기라는 것밖에 더 세언(細言)할 수가 없는 것이다.</u>[18]

앞서 김동리의 제3기 휴머니즘에 대해 간략히 언급한 바 있다. 위에 인용된 두 글은 김동리의 주장과 상당한 유사성을 보이고 있다. 조지훈 역시 우리 문학이 비로소 '세계사적 지평' 속에서 이전과는 전연 다른 세계의 "생탄"에 "주동적"으로 참여할 때가 도래했다고 인식하고 있으며 그 내용적 핵심이 "휴머니즘"이라고 주장하고 있다.[19] 당대를 제3기 휴머니즘 혹은, 제4클라식과 같은 방식으로 규정하려는 의도는 해방이후의 한국문학을 세계사적 보편의 지평으로 끌어올리려는 욕망을 반영하는 것일 수밖에 없다.[20] 그런데 이런 논의가 보편으로의 상승이라는 욕망의 대타항에 넣고 있는 것이 무엇인지는 다음과 같은 글에 여실히 드러난다.

---

18 「현대시의 문제」, 『시연구』, 제1집(1955년). 이 글은 1950년대에 쓰인 것이지만 본고의 맥락에서 볼 때 해방기 조지훈의 논의를 설명하는 데 참조가 될 수 있어 인용했다.
19 김동리를 비롯한 논자들의 '휴머니즘 문학론'과 관련해서 당대의 가장 신랄한 비판은 김동석에 의해 이루어졌다. 예컨대, 김동석은 김광균론인 「시인의 위기」에서 "시나 문학을 인간성이라는 더 막연한 개념을 가지고 정의하려는 것이 미궁으로 끌고 들어가는 것이 아니고 무엇이냐"고 묻고 휴머니즘이 모든 것이 신에게 예속되어 있던 중세에는 일종의 "광명"이었지만 현대에 와서는 막연히 휴머니즘을 강조하는 것만으로는 막연한 논의라고 비판한다. "현대의 휴머니즘은 소련의 사회주의적 휴머니즘으로부터 미국의 부르주아 휴머니즘에 이르기까지 여러 가지 휴머니즘이 있는 것이다"라는 지적은 해방기의 '휴머니즘 문학론'에 대한 가장 날카로운 비판이라고 할 수 있다.
20 조선청년문학가협회의 강령에 "민족문학의 세계사적 사명의 완수"가 있음을 기억할 필요가 있다.

하나에서 열, 열에서 천만 가지로 생각해봐도 **민족을 하나로 파악하지 않으면 안 될 오늘 우리들 민족시인**은 대다수의 근로계급을 망각한 것이 아니라 약소민족으로서의 피압박의 굴레를 벗는 전민족적으로 무산계급인 우리의 혁명을 위하여서는 조급한 계급의식의 고조로 민족통일전선을 교란하고 싶지는 않습니다. **더욱이 계급시로서 한 정당에 예속하여 양두구육의 민족시를 들고 시의 순수를 파괴하고 싶지는 않습니다.** (중략) 다만 오늘의 우리 시인의 지상 명제는 순수한 민족정신과 순수한 시정신의 합일에만 있다는 것을 알기 때문입니다.

다시 말하면 정당을 위한 시가 아니오, **민족을 위한 모든 현실을 시로서의 파악과 시로서의 기여함만이 다른 부문에 구별되는 시인의 의무인 것입니다.** 그리고 민족혁명을 계급혁명보다 먼저 또는 그것을 통한 그대로의 민족혁명 곧 그대로 계급혁명이기를 염두하는 것이 전민족적 양심이란 것을 잘 알고 있기 때문입니다. (중략) **양심의 지상명령의 항시 최초의 발성으로 진실한 노래만을 부르는 것이 시인이기 때문에 …** (후략)[21]

인용문에서 우선적으로 눈에 띄는 것은 "민족을 하나로 파악하지 않으면 안 될 오늘 우리들 민족시인"이라는 대목이다. 이때 전체로서의 민족과 대비되는 것은 하나를 다시 부분들로 균열시키는 개별자인 무산계급이며 따라서 민족시는 무산계급의 이익을 반영하는 특수자로서의 정당 혹은 당파에 복무해서는 안 된다는 것이 조지훈의 논리이다. 범박하게 도식화하자면 민족=일자(전체)=순수 Vs 계급=부분(개별 혹은 특수-정당)=순수의 파괴라는 논리가 인용문에서 성립되고 있다. 더욱이 조지훈은 전자를 선택하는 것이 "양심의 지상명령"이라는 정언명법까지 동원하고 있어 일자로서의 민족, 균열 없는 전체로서의 민족의 현실을 노래하는 것이 순수시의 지상과제라고 선언하고 있다.

---

21 「민족시의 밤 개회사」

 부분에만 복무하는 것은 순수가 아니며 일자로서의 민족에 복무하는
것만이 지상명령으로서의 순수시의 목적이라는 주장은 논리적으로는 부
분과 개별자들을 포괄하는 보편―지상명령으로까지 상승된―을 요청하
는 것으로 보이지만 실제로는 차별과 동화의 논리, 나아가 배제의 논리
로 작동할 수 있다. '순수한 하나'는 이상적으로는 부분들이 조화롭게 하
나를 이루는 방식으로 가능할 것이지만, 현실에 있는 갈등과 균열을 무
시하고 하나의 전체에 통합시켜 여기에 순수라는 명명을 부과하는 것은
실질적으로는 하나에 포괄되지 않는 이질적 부분들을 사상시킴으로써만
즉, 정화의 가지치기와 솎아내기에 의해서만 가능한 것이다. 바로 그런
의미에서 이때 순수한 일자는 열망의 대상으로서의 실재가 된다. 그리고
균열이 없는 순수한 일자를 지향한다는 의미에서 이 경로의 보편주의를
심미적 보편주의라고 규정해볼 수 있겠다. 그것이 심미적인 까닭은 현실
의 문제를 가상으로 대체하기 때문인데 만약, 테리 이글턴의 말처럼 '심
미적'이라는 말이 "감각적 특수성을 지정한다기보다는 오히려 구체성과
보편성 사이의 모순을 조화롭게 해결할 수 있게 하는 이데올로기의 모델
을 지칭한다"[22]고 할 수 있다면 하위의 개별자들을 상상적으로 포괄하는
이런 경로의 보편주의를 심미적 보편주의라고 규정해봄직하다. 이런 논
리가 시론과 어떻게 나란히 서게 되는가는 다음과 같은 비유를 통해 여
실히 드러난다.

 높은 시는 이런 때일수록 더욱 맑은 것이니 그 탁류의 밑바닥에 흐르는
 한 줄기 맑은 강물이 시기 때문이다. 이 탁류 속 저류(低流)가 표면에 떠오
 를 때 시의 새로운 저류가 다시 그 밑에 스며서 흐르는 것이다. 일여(一如)

22 테리 이글턴, 「민족주의 : 아이러니와 참여」, 테리 이글턴·프레드릭 제임슨·에드워
  드 W. 사이드, 『민족주의, 식민주의, 문학』, 김준환 옮김, 인간사랑, 2011, 59쪽.

한 시인은 먼저 자신의 이원(二元)을 초극해야 할 것이요, 자기 모순의 구제에 착수해야 할 것이다.[23]

탁류의 밑바닥에 흐르는 맑은 강물에 비견되는 순수시란 탁류에서 불순한 것들을 걸러내고 정화한 결과로서 존재한다고 여겨지는, 상상적으로 형언할 수 있지만 실정성을 부과하기는 어려운, 바로 거기에 그렇게 존재하리라고 가정된 실재라고 할 수 있다. 이것이 심미적인 까닭은 이원(二元)과 모순적 대립을 해소하고 조화에 이르게 되는 어떤 '이념형'을 지시하기 때문이다. 조지훈은 같은 글에서 "시를 정치에 파는 경향시와 민족의 해체를 목표로 하는 양두구육의 민족시인 계급시의 결탁은 도리어 시 및 민족시의 한 이단이 아닐 수 없다"고 단언한다. 차이와 모순과 대립을 포용하는 보편이 아니라 이단을 가지치고 모순과 대립으로 '분탕'이 된 탁류에서 불순물을 솎아내는 방식으로 성립되는 일자적 보편에 대한 열망은 결국 조화를 상상적으로 가정하는 심미적 보편주의로 귀결될 수 있다.

(1)
순수시는 경향시에 대한 정통시오, 순수시의 영역은 정치·종교·사회 어디에도 갈 수 있는 무제한이나 **다만 시가 되고 예술이 되는 것을 전제로 하는 무제한**이며, 시의 가능성은 그 출발점이 시에 있을 때뿐이라는 것이다.

(2)
그러나 시인은 민족시를 말하기 전에 그냥 시 자체를 알지 않으면 안 된다. **먼저 시가 된 다음 그것이 민족시도 되고 세계시도 될 수 있는 것**이므로 시의 전통이 확립되지 못한 이 땅의 시가 민족시로서 세계시에 가담하기 위하여 먼저 일어날 것은 순수시 운동이 아닐 수 없다.

---

23 「순수시의 지향 – 민족시를 위하여」, 『백민』, 1947.3.

따라서, 같은 글에서 조지훈이 위와 같이 말할 때 염두에 두고 있는 연쇄, 즉 '시가 된' 시(순수시)−민족시−세계시의 '저류'에는 실재에 대한 열망이, 그리고 실재에 대한 정화의 욕망이 잠재되어 있다고 할 수 있는데 앞서 인용한 것처럼 "실재의 정화작업이란 실재를 에워싸고 모호하게 만드는 현실로부터 실재를 추출한다는 것을 의미한다는 점"[24]을 기억한다면 조지훈에게 순수시란 끊임없는 정화작업을 통해서 가닿으리라고 가정된 실재 그 자체이며 바로 그런 의미에서 이런 방식의 순수시 지향은 심미적 보편주의의 경로 위에 놓이게 된다고 할 수 있을 것이다.

4. 생활의 귀납과 감산적 보편주의 : 김동석의 경우

앞서 살펴본 것처럼 김기림은 1946년 2월에 있었던 조선문학자대회의 강연문 「우리시의 방향」에서 단호하게 근대의 청산을 외쳤고, '새나라' 건설을 위해 그 주체로서 순결한 '대문자 인민'을 요청했다. 그런데 1949년에 발표된 「민족문화의 성격」(《서울신문》, 1949.11.3)에 나타난 그의 태도는 사뭇 달라져 있다. 그는 여기서 "뒤떨어진 근대화의 과정을 단기간에 촉진하려는 오늘의 요구"[25]라는 표현을 사용하고 있다. 어떻게 청산되어야 하는 것의 성립 과정을 촉진하자고 요구할 수 있는가? 단도직입적으로 말하자면 죽음을 앙망하던 대상의 성년(成年)을 요구하는 이 발언이야말로 근대에 이중구속(double bind)된 이의 곤혹을 드러내는 것이 아닐 수 없다. '네가 죽기를 바라지만 어서 빨리 성년에 이르라'는 명령이 이중구속임은 자명하다.[26] 한 편으로는 도래를 또 한편으로는 청산

24 알랭 바디우, 앞의 글, 38쪽.
25 여기서는 『김기림 전집 3』(심설당, 1988)에서 재인용.

을 명령하는 것이기 때문이다. 이렇게 되면 이제 김기림에게 근대는 자신을 처단하라는 메시지를 전달하는 전령과 같다. 이제 '근대의 메이크 업'(「도시풍경」) 너머의 얼굴을 더듬던, 근대의 매혹과 불안에 동시에 노출되었던 1930년대의 김기림에게 그러했던 것처럼 근대는 '하나는 스스로를 둘로 나누는'²⁷ 과정을 반복한다. 그리고 「해방기 김기림의 의식전회 연구 – 보편주의와 특수주의를 중심으로」에서 설명했듯이 이는 실재에의 열망의 또 다른 측면인 공제의 논리로 읽을 수 있다. 이런 맥락에서 볼 때, 해방 이후 김기림의 산문 중에서 가장 중요하게 검토되어야 하는 것은 「소설의 파격」(『문학』, 1950.5)이다. 실재에의 열망이 정화의 노선으로부터 공제의 노선으로 전회한 것의 전모가 이 글에 담겨 있기 때문이다. 이 글은 까뮈의 『페스트』에 대한 비평문이다. 김기림이 여기서 까뮈가 "사랑의 종교"대신 "사랑의 실감"을 전후 세계의 전면에 내세웠다고 주장하는 것은 카뮈가 평균화된 보편적 주체의 토포스와 감각적 특수성의 토포스 사이에 생기는 균열을 전경화 했음을 강조하기 위해서이다. 본래 정화와 공제가 공히 수행하는 것은 현실 너머에 대한 상상력을 북돋는 것이다. 차이가 있다면 전자는 위로부터의 가상적 보편을 통해서 후자는 특수자들의 돌출을 통해서 실재에의 열망을 환기시킨다는 것이다. 바로 그런 맥락에서 볼 때, 생활의 실감은 다시 보편자와 특수자의 문제와 결부된다. 김기림에게 생활의 실감이 중요한 것은, 테리 이글턴의 표현을 그대로 사용하자면, 그것이 "감각적으로 특수한 것, 그리고 환원할 수 없을 정도로 개인적인 것을 포용하여 구체적인 실재의 반석

---

26 물론, 어서 성년에 이르고 성년에 이른 뒤 장한 죽음을 맞으라는 논법으로도 해명이 가능하겠지만 정황상 이런 해명은 설득력이 떨어진다.

27 「하나는 스스로를 둘로 나눈다」는 바디우가 정화와 공제의 문제를 다루고 있는 글의 제목이다.

위에서 추상적 관념주의를 파멸시킬 수도 있"[28]기 때문이다.

그런데 생활이라는 키워드와 관련하여 해방기 시론의 맥락에서 검토되어야 할 또 하나의 중요한 논자가 있음을 우리는 알고 있다. 이 시기에 시는 생활을 실재하는 그대로 보는 것이라는 주장을 일관되고 집중적으로 전개한 김동석이다. 김동석은 해방 후 3년여의 기간 동안 두 권의 비평집(『예술과 생활』, 『부르주아의 인간상』)을 상자하고 시집과 수필집도 각각 1권씩 출간하는 등 활발하게 활동을 전개했으며 해방 직후 직접 『상아탑』이라는 잡지를 창간하기도 했다. 그는 이 잡지의 제호와 동명의 글에서 "예술의 전당이요 과학의 상징인 상아탑을 건설하여 애쓰는 사람들─명리를 초월하여 자기의 시간을 전부 바쳐서 조선의 자랑인 꽃을 가꾸며 자연과 사회의 비밀을 여는 '깨'를 거두는 예술가와 과학자들은 상아탑 밖에는 아무 데도 갈 곳이 없다"[29], "상아탑은 희고 차다. 그것은 조선의 이성을 상징한다"고 설명한 바 있다. 그렇다면, 얼핏 보아 구체와 추상을 의미하는 것으로 보이는 생활과 상아탑은 어떻게 김동석의 시론 안에서 통합될 수 있는가?

김동석의 비평과 관련하여 가장 먼저 언급되어야 할 것은 그가 즉각적 정치구호들과 같은 주장을 열거하거나 통일전선의 무기로서의 문학 혹은 세계적 지평에서의 주도적 역할을 위한 휴머니즘 등과 이념형을 제시하는 문학론들과는 확연히 차이를 보이는, 구체적 작품 분석을 통한 비평을 본격적으로 선보였다는 것이다. 김동리의 '순수문학론'을 비판한 「순수의 정체」의 유명세 덕분에 좌파 비평가로 널리 알려진 김동석이지만[30] 구체적인 작품 비평에 있어 그는 진영론적 사고를 배제한 균

---

28 테리 이글턴, 「민족주의 : 아이러니와 참여」, 테리 이글턴·프레드릭 제임슨·에드워드 W. 사이드, 『민족주의, 식민주의, 문학』, 김준환 옮김, 인간사랑, 2011, 58쪽.

29 김동석, 「상아탑」, 『상아탑』 4호, 1946.1.30.

형감각을 보여준다.

예컨대, 임화론을 보자. 「시와 행동 – 임화론」[31]에서 김동석은 임화의 『현해탄』에 대해 "감격벽이 『현해탄』의 시들을 익기 전에 땅에 떨어진 풋사과의 꼴을 만들어버렸다"고 평가하고 "임화의 관념 속엔 얼마나 굉장한 시가 들었는지 모르되 작품 행동으로 볼 때 아직 일가를 이룬 시인이라 할 수 없다", "울고 몸부림치는 것은 예술로선 시 이전이요 정치로선 센티멘털리즘이다"라고 비판한다. 그런가 하면 김기림의 『기상도』에 대해서도 "신문기사를 가지고 몇 번 재주를 넘은 유희적 비판"[32]이라고 평가하면서 "편석촌은 금단의 과실을 따먹은 지성인이라 시마다 자의식이 퉁그러져 나온다. 시인으로서 시를 부정하는 그는 시를 과학이라고 우겨대기도 했다"고 신랄하게 비판한다. 또한 해방 전에 쓰인 『기상도』뿐만이 아니라 김기림이 해방 후 발표한 「우리들의 8월로 돌아가자」에 대해서도 이 작품이 지식인이 느낀 환멸의 비애를 다루고 있는데 그러나 "논리와 체면을 가지고 시가 될 수는 없다"고 비판하는 등 당대의 진영 논리를 넘어서는 과감하고 날카로운 비평적 시선을 보여준다. 물론 그는 작가가 가담하는 진영의 논리를 아랑곳하지 않고 작품을 구체적으로 평가하는 태도로부터 귀납되는 이런 엄밀한 잣대를 휴머니즘과 순수시를 주장한 시인–예컨대 김광균론–에게도 철저하게 적용된다. 그런데 흥미로운 것은 진영론이나 진영테제보다 구체적 작품에 대한 가치평가를 우선시하는 그의 비평이 비판의 준거로 삼고 있는 것이 시에 대한 그의

30　실제로 김동석은 민주주의민족전선 산하 전문위원 조선문학가동맹 외국문학부 위원을 지내고 남조선문화예술가 총궐기대회 준비위원을 역임하기도 했으며 1949년에 월북한 것으로 알려졌다.

31　「시와 행동 – 임화론」, 『상아탑』 3~4호, 1946.

32　「금단의 과실 – 김기림론」, 『신문학』, 1946.8.

고유한 관점이라는 사실이다.

> (1)
> 시는 감정의 배양이 아니라 감정의 교양인 것이다.
> 시는 표현을 떠나서 존재하는 것이 아니니 표현으로써 실패한 글은 화산 같은 '내부세계'에서 터져나왔다 해도 시라 할 수 없다.
> **시는 분명히 말이지 행위는 아니다.**
> – 「시와 행동 – 임화론」

> (2)
> 시집 『와사등』의 시는 "대부분이 데쌍을 거치지 않고 데포르마시옹으로 뛰어들은 불행한 화가들의 그림 같다." 이 불행한 데포르마시옹이 어디서 원인한 것일까. **그의 시와 그의 생활이 조화되지 않은 데서 오는 것이 아닐까**
> – 「시인의 위기 – 김광균론」

김동석은 임화에 대해서는 시가 정서의 분출이나 직접적인 행위가 아니라 말과 표현으로 성립되는 것임을 지적하고 김광균에 대해서는 회화적 기교가 시와 생활의 부조화에서 유래한 것임을 준거 삼아 비판한다. 기계적으로 두 발언을 종합하자면 김동석에게 시란 직접적인 정서의 유출이나 행동의 촉구가 아니라[33] 무엇보다도 표현으로서 성공한 말이며 그 성공의 조건은 생활과의 조화가 된다. 김동석이 순수문학을 주장하는 '청년문학자'들에게는 더 많은 사실과 생활을 요청하고 문학가동맹에 대

---

33 일례로 김동석은 이용악의 시 「38도에서」에 대한 비평에서 "애당초부터 시가 무엇인지 모르는 사람들이 정치브로커적인 시인 행세를 하게 된 것은 치지도외하거니와, 그러나 흥분의 물결은 지나가고 차디찬 현실의 조약돌이 드러난 오늘날 그런 과오는 다시 용납되지 않을 것이다"라고 생경한 정치시에 대해 비판하고 있다. 「시와 정치」, 『신조선』, 1945.12, 17~18쪽.

해서는 문학가는 문학을 통하여 민족을 위해 노력해야 한다고 주장한 것은[34] 이런 관점에서 비롯된 균형감각의 소산이다. 이 균형감각은 한편 으로는 종종 진영 논리를 지탱하는 연역적 문학론에 기울지 않고 텍스트 의 구체성을 판단의 일차적 연원으로 간주하는 데서 비롯되는 것이며 또 다른 한편으로는, 일견 모순어법이 될 수도 있으나, 생활의 시학이라 는 경험적 연역의 틀이 개별적이고 구체적인 사례에 따라 유연하게 작동 하기 때문이다. 이를 조금 더 상세히 설명하기 위해서는 경성제대 영문 과 시절부터 그가 비평의 준거로 삼는 매튜 아놀드(Matthew Arnold)에 대한 논의인 「생활의 비평 – 매슈 아널드 연구」(『문장』 속간호, 1948.10)를 살펴보는 것이 좋을 듯하다.

(1)
그러므로 다음과 같은 확고한 신념을 가지는 것이 중요하다. 즉 <u>시는 본</u> <u>질에 있어서 생활의 비평이라는 것, 시인의 위대함은 사상을 생활 즉 어떻</u> <u>게 사느냐 하는 문제에 힘 있고 아름답게 적용하는 데 있다는 것</u>

‑매튜 아놀드, 「워즈워스론」

(2)
<u>생활을 실재하는 그대로 보는 데서 시의 내용이 되는 사상이 귀납되며</u> <u>이 사상이 힘 있고 아름답게 표현될 때, 즉 예술적 표현을 얻을 때 시가</u> <u>완성되는 것이다.</u> 아널드가 시는 "사상과 예술의 일체"(「시의 연구」)라고 말한 것은 이러한 의미에서다.

‑김동석, 「생활의 비평」

---

34   「비판의 비판 ‑ 청년문학가에게 주는 글」, 『예술과 생활』, 박문출판사, 1947.

앞의 것은 김동석이 「생활의 비평」에서 인용한 매튜 아놀드의 「워즈워스론」을 그대로 옮긴 것이다.[35] 매튜 아놀드는 여기서 시는 생활의 비평이며 시의 관건은 사상을 생활에 어떻게 힘 있고 아름답게 결합하느냐에 달려있다고 설명하고 있다. 흥미로운 것은 김동석이 여기서 'criticism of life'를 인생비평이나 삶의 비평이 아니라 '생활의 비평'으로 번역하고 있다는 것이다.[36] 어떤 번역이 매튜 아놀드의 본래 의도에 보다 정확히 부합하는가를 따져보는 것은 지금의 계획이 아니다. 본고의 맥락에서 중요한 것은 김동석이 역어로 생활을 택했다는 것이다. 어찌 보면 단순한 번역상의 문제지만 인생과 생활의 격차는 추상과 구체의 낙차만큼 크다. 그 증거로 인용(2)를 보라. 언뜻 보면 인용(2)는 매튜 아놀드의 발언을 김동석의 언어로 패러프레이즈한 것일 뿐이라고 할 수 있다. 그러나 김동석은 매튜 아놀드의 발언을 축자적으로 푸는 대신 자기의 방식대로 구부리고 있다. 매튜 아놀드의 발언을 자기방식으로 취하기 위해 그가 부가한 것은 "귀납"이라는 용어와 "표현"이라는 용어이다.

김동석에 의하면 시는 생활에서 귀납되는 것이지 담론에서 연역되는 것이 아니다. 그의 이 변주에 의하면 프롤레타리아문학론이나 순수문학론의 부분집합으로 존재하는 시는 생활의 비평으로서의 시와 가장 멀다. 바로 그런 맥락에서 놓치지 말고 눈여겨보아야 할 것은 여기서 김동석이 매튜 아놀드의 "시의 본질"이라는 개념을 "시의 완성"으로 슬쩍 바꾸어 놓고 있다는 것이다. 본질이 연역과 보편에 가닿는 것이라면 완성은 귀

35 이 글의 취지가 김동석과 매튜 아놀드의 관점을 비교하는 데 있는 것이 아니라 매튜 아놀드로부터 김동석이 취하고 있는 점이 무엇인가를 드러내는 데 있으므로 김동석의 번역을 그대로 옮겨보았다.
36 1985년에 민지사에서 번역 출간된 매튜 아놀드 문학비평선집의 제목은 『삶의 비평』이며 이 책을 번역한 윤지관은 본문에서 이 부분을 '인생비평'이라고 번역하고 있다.

납의 연쇄를 통해서 가까워지되 무한히 지연되는 사태이다. 다시 말해서 이때의 보편은 감산적으로만 가정되는 것, 즉 언제나 지연을 통해서만 요청되는 것이다. 그렇기에 "표현"이라는 부기도 전적으로 귀납의 과정과 완성에 대한 요청과 부합하는 것이다. 김동석에게 시는 생활에서 귀납된 사상이 적실한 표현을 얻어가며 완성을 지향하는 것이 된다. 같은 글에서 김동석이 매튜 아놀드의「교양과 무질서」의 다음과 같은 대목을 인용하고 있는 것은 이런 맥락 속에서야 충분히 이해될 수 있다.

> 인류의 정신이 그 이상을 발견하는 것은 인류의 정신에다 끝없이 보태며 그 능력을 발전시키며 슬기로움과 아름다움에 있어서 끝없이 성장하는 데 있는 것이다. 이 이상에 도달하기 위하여 교양을 뺄 수 없는 힘이며 또 그 것이야말로 교양의 참된 가치인 것이다. 소유와 휴식이 아니라 성장과 생장이 교양이 생각하는 완전의 성격인 것이다.

이 대목을 인용하면서 김동석은 아놀드의 체계에 있어 가장 중요한 사상은 끊임없는 발전이라고 강조하고 "우리는 아널드가 끝나는 데서 출발하여야 한다"고 주장한다. 물론 이때 김동석이 염두에 두고 있는 것은 매튜 아놀드의 부르주아적 자유주의 사상의 한계이다. 그는 매튜 아놀드에게 결여된 것이 프롤레타리아의 장래에 대한 과학적 신념이라고 설명한다.[37] 매튜 아놀드가 비록 부르주아의 속물근성은 간파했지만 역사적으로 부르주아를 대체할 새로운 계급에 대한 과학적 전망은 지니지 못했

---

37   매튜 아놀드의『교양과 무질서 *Culture and Anarchy*』의 배경에는 1867년 런던의 하이드 파크 사건이 놓여 있다. 하이드 파크에서, 보수당에 의해 금지된 집회를 갖던 노동자들이 급기야 시설을 파괴하는 등 폭력으로 치닫게 된 이 사건으로 인해 영국에는 무질서와 혁명에 대한 두려움이 만연되었다. 매튜 아놀드의 저서의 제목은 이런 상황에서의 선택의 갈림길과 관련된다. 매튜 아놀드의 선택은 질서를 회복할 교양이었다.

음을 비판한 것이다. 매튜 아놀드에게 있어 완성을 향한 무한도야를 추동하는 것이 부르주아적 교양이었다면 김동석은 그 무한도야가 궁극적으로 새로운 계급에 대한 과학적 인식을 토대로 가능함을 부기해 넣은 것이다. 그 전망의 적실함과 타당성에 대해 논하는 것도 이 글의 목적은 아니다. 중요한 것은 그것 역시 김동석에게 연역적으로 기능하는 보편자로 작용하는 것은 아니라는 사실이다. 앞서 언급한 것처럼 김동석은 「비판의 비판」에서 "문학가동맹은 민족만 생각하다가 문학을 소홀히 한 느낌이 없지 않다. 문학가는 문학을 통하여 민족을 위하도록 노력해야 할 것이다"라고 주장한 바 있다. 따라서 "시인은 시로 소설가는 소설로 평론가는 평론으로" 복무해야 한다는 것이 그의 결론이었다. 다시 한 번 강조하건대, 시론의 측면에서 김동석에게 중요한 것은 전망과 비전 그 자체라기보다는 무한히 지연되면서 완성을 향해 가는 도정, 그리고 생활로부터 귀납되어 그 도정의 추진체가 되는 것으로서의 시라고 할 수 있다. 만약 이것을 균형감각을 지닌 이의 보편주의라고 할 수 있다면 그것은 감산적 보편주의라고 새로 칭해볼 수 있을 것이다.

5. 결론을 대신하여

해방기 문학론들은 많은 경우 구체적 역사 현실에 대한 실제적 개입과 실천을 목표로 했지만 그 과정 속에서 이론적으로도 중요한 논의들을 생산해내었다. 이 글에서는 각별히 당시의 중요한 시론들을 보편주의의 각축장이라는 관점에서 재정리하고 각각의 의의를 설명하고자 했다. 이를 위해 김기림, 조지훈, 김동석의 시론이 검토되었다. 그리고 각각은 실재에의 열망을 어떤 식으로 드러내는가에 따라 정화와 공제의 보편주의, 심미적 보편주의, 감산적 보편주의로 규정되었다. 이는 한 논자의 관점의 우위를 논하거나 반대의 경우를 타박하기 위한 의도로부터 비롯된 것이 아니다. 우선 중요한 것은 이 시기 시론들을 통해 복수의 보편주의가 공간적으로 다채롭게 배치되는 국면을 각각의 시론들을 관계적으로 검토함으로써 입체적으로 드러내는 것이었다. 다시 말해 구체적 논의들의 우열보다는 해방기의 시론들이 상관적으로 전개됨으로써 펼쳐내는 생산적 논의의 장을 보다 실감 있게 제시해보고자 하는 것이 본고의 목적이었다는 것이다. 두 가지 작업이 이후 요청된다. 첫째는 본고에서 언급된 시인들의 시론들이 이 시기 그들의 작품의 경향과 정합적 관계를 갖는가를 밝히는 것이며, 둘째는 언급된 시론들 이외의 시론들 역시 보편주의의 맥락에서 함께 검토되어 '복수의 보편주의'라는 틀로 해방기 시론을 조망하는 논의를 확장시킬 수 있겠는가 하는 것이다. 추후 논의의 폭과 깊이를 넓혀갈 수 있기를 기대한다.

해방기 서정주의 선택과 '신라'의 재현 양상

임곤택

1. 서론

이 글은 해방을 전후한 시기 서정주의 작품과 진술들을 분석하여, 그가 이른바 영원주의 신라를 형성하는 방식과 과정을 추적한다. 이는 서정주가 '민족'을 어떻게 상상하는가의 문제와도 밀접하게 연관되어 있다.

해방과 함께 새로운 세계를 건설하려던 사람들에게 '이데올로기'와 '전통'은 강력한 지침으로 작동했다. 전망은 반드시 기원에 대한 확인을 요구한다. 단순히 36년 전의 상태를 기억해내는 일로는 미래의 동력으로 삼을 수는 없었다. 일제강점을 초래한 文弱과 봉건의 왕조였기 때문이다. 해방 후 새로움에 대한 지향은 과거를 다시 상상하고, 그것으로부터 미래까지 이어질 바람직한 원점의 구성을 요구한다. '나(우리)'는 누구인가를 묻는 일인데, 미래를 건설한 주체로서 '나(우리)'를 어떻게 규정하는가의 문제는 매우 중요하다. '나(우리)는 누구인가, 누구였는가'를 설정하는 일은 다가올 미래를 어떻게 상상할 것인지와 사실상 동일한 문제이기 때문이다.

과거와 현재, 미래를 연속성 안에서 상상하는 문제는, 근대국가 수립을 위한 정치 원리로서 '민족'의 정당성을 확보해준다. 그리고 과거로부터 이어지는 현재와 미래라는 관념은 서정주가 사회주의를 부정하고

'민족'을 상상하는 기제이기도 하다. 서정주는 해방 이듬해 「문학자의 의무」[1]라는 글을 『동아일보』 수필란에 발표한다. '문학자의 존재 이유는 새로운 가치 창조에 있으며, 모든 旣成思想의 權威에 대한 회의야말로 문학창조의 전제조건'이라는 것이다. 회의의 대상을 "모든 기성사상의 권위"라고 말하고 있지만 서정주가 지시하는 대상은 '사회주의'라는 사실을 어려지 않게 알 수 있다. "社會主義와 같은 旣成된 한 개의 社會思潮", "歐羅巴니 露西亞니 唯物辨證法이니" 등의 표현은 명백히 사회주의를 향해 있기 때문이다.

흥미로운 점은 그가 사회주의를 '思潮'로 표현하고 있다는 점이다. 사조는 시대에 따라 변하는 경향, 유파, 혹은 운동을 지칭[2]한다. 당시 러시아와 동유럽에서 사회주의는 독립된 국가를 형성하고 있었거나 형성되어가는 중이었으며, 한국의 해방공간에서도 사회주의는 지식인들이 공유한 미래의 청사진[3]이었다. 그럼에도 사회주의를 하나의 사조로 치환한 서정주는 그것을 '서구, 세계' 등과 연결시키며 외래적이고 일시적인 것이라고 규정한다. 사회주의를 회의할 척도로서는 '인류 천년의 지혜'가 제시되는데, 결국 사회주의는 회의되어야 하고 '민족'은 준수되어야 할 규범적 진리로 나타난다.

'사회주의'에 대한 그의 태도는 일관되어 있었다고 판단된다. 간접적인 정황에 의한 추론이지만, 서정주는 사회주의 계열의 잡지에는 작품을 게재하지 않았다는 점은 주목할 만하다. 1930년~1936년까지는 좌익계

---

1   서정주, 『동아일보』, 1947년 7월 16일.
2   문예사조, 경제사조, 정치사조 등 여러 분야에서 볼 수 있으며, 여기서 제시한 정의는 문예사조의 예를 참조한 것이다.(김용직 외, 『문예사조』, 문학과지성사, 1990, 1쪽)
3   정명교, 「설정식 시에 나타난 민족의 형상 – 조국건설의 과제 앞에 선 한 해방기 지식인의 특별한 선택과 그 시적 투영」, 『동방학지』 174집, 연세대학교 동방학연구소, 2016.3, 241쪽.

열 잡지가 비교적 다수를 차지하고 있었다.[4] 하지만 서정주는 『비판』,
『신계단』, 『전선』 등 당시 대표적인 좌익 잡지에는 작품을 싣지 않았다.
또한 허윤회에 따르면 서정주가 '1946년 발표한 시들의 지면은 대부분
조선문학가동맹과는 이념적으로 반대의 편에 있는 문인들에 의해 발간
된 것이었다.'[5] 청탁은 있었지만 서정주가 응하지 않았는지 청탁 자체가
없었는지는 분명하지 않다. 하지만 서정주가 좌익 계열의 잡지에 작품을
실은 적이 없다는 사실은 거의 확실해 보인다. 청탁과 수락은 시인의 정
치적 성향과 무관하지 않다는 점을 고려하면, 서정주는 해방 이전부터
사회주의에 얼마간 거리를 둔 것으로 판단된다.

사회주의는 이론이면서 정치경제 체제이기도 하다. 이데올로기는 지적
인 면과 실천적인 면을 결합시킨 것[6]으로 사회주의의 이론은 사회주의
정치경제체제로 현실화된다. 그렇다면 해방 이후 '민족'은 어떤 구체적인
정치경제체제를 구성할 수 있을까. 서정주는 「문학자의 의무」에서 '천년
의 지혜'와 '민족'을 연결시킬 뿐, 직접적으로는 어떤 정치적인 견해도
드러내지 않는다. 그러나 이것이 전망의 부재이거나, 혹은 서정주가 전망
제시에 둔감했다는 의미는 아니다. '사회주의'라는 타자와 '민족'이라는
자명하고 절대적인 기준의 설정은 이미 하나의 이념이며 서정주의 정치적
포지션이기 때문이다. 해방기 그의 문학적·정치적 실천의 지향은 분명했
고, 그것은 "세계보단 먼저 민족을 둔 것은 엄정한 수학"(「문학자의 의무」)이
라는 단호한 어조로 표명된다.

확고하게 선택된(혹은 거부된) 이념을 어떻게 구체화하느냐의 문제는 해

---

4 김근수, 『한국잡지사연구』, 한국학연구소, 1992, 95쪽.

5 허윤회, 「해방 이후의 서정주 – 1945~1950」, 『민족문학사연구』 제36권, 민족문학사
   연구소, 2008, 246쪽.

6 김유 편역, 『이데올로기』, 인간과사회, 2003, 13~15쪽.

방기 서정주 문학의 중요한 주제로 판단된다. 해방과 이데올로기 대립 상황에서 서정주는 사회주의와 민족을 각각 '일시적인 사조'와 '천년의 지혜'로 의미화하고, 이 중 후자를 과거-현재-미래로 이어지는 어떤 연속성의 모티프로 발전시킨다. 이 과정은 '민족'을 구체적인 실체로 상상해내는 일이었다. 달리 말하면 사회주의를 부정하면서 '민족'을 상상하는 문학적·정치적 실천이었다. 서정주의 모색은 주지하는 대로 영원주의 '신라'를 향해갔고, 해방은 서정주에게 중요한 변환점이었다고 판단된다.

서정주에 관해 말하는 일은 조심스럽다. 서정주와 신라는 이미 많은 관심 속에 충분한 연구가 축적되어 있기도 하지만, 그에 대한 의견의 스펙트럼이 넓고 현재에도 논쟁적으로 개진되고 있기 때문이다. 그럼에도 해방을 전후한 서정주의 변모와 이데올로기 선택에 대한 관심은 충분하지 않은 느낌이 있다. 이 글을 통해 서정주 이해의 폭을 넓힐 수 있기를 기대하며, 해방기 한국 문인들의 이데올로기 선택과 문학적 형상화는 어떠했는지 추정해 보는 계기가 될 수 있기를 희망해본다.

2. 시집 미수록 작품 「慶州詩」의 문제

서정주가 언제부터 신라에 관심을 가지기 시작했는지에 대해서는 여러 견해가 있다.[7] 1942년 무렵이라는 설에서부터 한국전쟁 전후라는 주장까지 그 시기적 스펙트럼이 비교적 넓은데, 등단 이전 처음으로 봉착한 시의 세계는 "향토애의 경지"이며 "내 본질에 속하는 것"라는 서정주의 언급[8]을 받아들인다면, 반드시 '신라'는 아니더라도 그것으로 향해갈

---

7 임곤택, 「1950~60년대 서정주 시 연구」, 『한국언어문학』, 한국언어문학회, 2011.3, 295~296쪽.

수 있는 토양은 등단 이전부터 마련되어 있던 셈이다.

주지하는 대로 '신라'는 그의 영원주의를 드러내는 대표적인 주제이다. 그러나 신라는 해방 후 작품에 처음 등장한 제재는 아니며 서정주의 '신라(들)'이 모두 영원주의 시각으로 재현된 것도 아니다. 서정주는 등단 직후인 1936년는 「경주시」를 발표하는데, 여기에는 1942년의 「석굴암관세음의 노래」, 1950년의 「선덕여왕찬」 등과는 같으면서도 다른 '신라'의 모습이 드러나 있다. 「경주시」라는 제목의 이 작품은 미당의 것 가운데서는 예외적으로 느껴지는 작품인데 '기행시'라는 별도의 부제를 붙은 채로 1937년 『사해공론』에 발표된다.

1 雁鴨池

蓮塘맑은물에 배ㅅ줄 매어놓고/호로서서 우르시든 달밤이 곻았겠네.
가슴에 한아름 사랑을 안꼬/新羅 가시내 聯珠詩 읽든 자태
상기도 푸르른 雁鴨池하늘이어./紫朱 붉은 댕기 안씨랍구랴.
가슴이 질려 미여지는양/玉女峰 봉오리 피는 매추 꽃

2 始林

鷄林 옛수풀에 누어서 우러러보는/별 하눌이사 왼통 자랑이로구나
언제 흰 숟닭이 홰처 울것이라/또다시 東方에 새벽을 눈녁일까
역구 잡풀속에 개고리 우름우네/新羅도 이제는 모다 눈물이야!
古人이 살든 수풀 魂이 다만 조촐하이/차라리 버려지되야 청신이나 뽑
을것가.

8 서정주, 「나의 詩人生活自敍」, 『白民』, 1948.1, 90쪽.

3 石氷庫

수집은 듯 내가 고개 숙으리고/石氷庫 아가리로 기어 드러가면
南녁 하늘 한아금 물고/石氷庫 아가리는 길게 하품한다
늙은 怪物이여/내게 말하라
너는 오늘도 기다렸는지—
차거운 얼음보담도 花郎이를 조와하든
키 크신 公主, 기다렸는지……/石氷庫 窟속에 잊은듯 눈감으면
…하랴…

4 瞻星臺 (一)

雁鴨池 못가에서 꺾은 갈피리/瞻星臺 올라가 불자 하였드니
少女처럼 우러버리는 벋은 慶州사람/沈相健이 키워내인 全羅道멋 모르는
벋은 慶州사람

瞻星臺 (二)

적삼 버서놓고 알발로 기어올라간/瞻星臺 다락웅에 慶州는 로맨티스트
오 하늘보담 아름다운 浪漫의王國이여/慶州사람은 「로맨티스트」라야
하오
千年 별하늘에 센 머리 흩날리든/늙은 占星師의 아들
慶州사람은 「로맨티스트」라야 하오
　　　　　　　　　　　　　　—「慶州詩」 부분 (『사해공론』, 1937.4)

「경주시」는 서정주의 작품으로는 꽤 긴 편에 속한다. 네 개의 짧은 연
을 하나로 이어붙인 연작시 형태인데, 작품집에 수록되지 않았다는 점과
기행시라는 점이 눈에 띈다. 「경주시」는 『화사집』은 물론, 신라 제재의

작품이 적지 않은 『서정주시선』, 신라를 주제로 한 시집인 『신라초』에도 실리지 않았다. 서정주는 발표한 모든 시를 시집에 실은 것은 물론 아니다.[9] 「경주시」가 시집에 실리지 않았다는 사실 자체는 크게 의문의 여지가 많지 않아 보인다. 그럼에도 시집을 구성할 때, 어떤 작품을 선택할 것인가에는 시인의 (무)의식적 욕망이 개입하며, '신라'는 이후 서정주의 영혼주의를 드러내는 핵심 제재이자 개념이 되었다는 점에서 분석이 필요하다고 판단된다.

2.1. 잡지와 시집의 매체적 차이

청탁을 수락하고 작품을 잡지사에 보내는 일과, 시집을 구성할 때 특정 작품을 취사하는 기준이 무엇이일까. 시인 자신의 애착이나, 작품성, 시집의 주제적 일관성 등 여러 가지 이유를 생각할 수 있지만, 한 가지 분명한 사실은 '잡지에는 실었지만 시집에는 싣지 않았다'는 사실 자체이다. 이 사실이 맨 처음 지시하는 점은 '잡지'와 '시집'이라는 매체의 차이와 '청탁수락/작품게재-취사선택/미수록'이라는 선택 행위다. 먼저 정기간행물(잡지)과 책(시집)이라는 두 미디어의 성격 차이와 연관해서 생각해볼 여지가 있다.

잡지는 근대문화의 산물이며 "제호(題號)아래 각종 원고를 수집하여 일정한 간격을 두고 정기적으로 편집 간행하는 정기간행물"[10]이다. 출판기술의 발달과 함께 구독할 여유가 생긴 시민의 성장, 유통시장의 발달, 시민대중의 다양해진 관심사 등이 바탕에 있다. 여러 주제와 형식의 글을 모아놓

---

9 최현식에 따르면 친일시 4편을 제외하고도 22편의 미수록 작품이 있다.(최현식, 『서정주 시의 근대와 반근대』, 소명출판, 2003, 274쪽)

10 박신홍·송민정 편저, 『출판매체론』, 경인문화사, 1991, 60쪽.

은 까닭에 매우 종합적이며 시의적이기도 하다. 발표 시기의 입장에서 보자면 잡지에 실린 작품은 기본적으로 '신작'이다. '신작'의 시기 범위는 모호하지만 발간보다 그리 오래지 않은 과거에 쓰였으며, 직전 호 이후에 쓰인 것으로 간주된다. 잡지에 실린 작품은 최종본으로 대접받지는 못하는 경우가 많은데 그것을 개작하여 작품집에 싣는 경우도 어렵지 않게 확인할 수 있다. 결국 잡지에 실린 글은, 그것이 어떤 장르의 것이든 잡지사의 기획에 맞춰 수집된 여러 정보들 가운데 하나로 보아야 한다.

그에 반해 시집은 소장할 수 있으며, 사화집이 아니라면 대부분 한 시인의 작품들을 모아놓은 것이다. 특정 시인의 작품으로 확정된 것이며 최종본임을 전제로 시인이 세상에 내놓는 것이기도 하다. 제목, 저자, 출판사 등이 쓰인 책등(spine)이 있다는 점은 잡지와 다르며 독자에 의해 진열되거나 언제든지 반복해서 읽힐 수 있는 외형적 특성이다. 발표되었던 시들이 시집으로 자리를 옮길 때, 그것은 신작이 아니라 어느 정도 초시간적 의미를 가지게(지향하게) 된다. 시집을 엮을 때 시인은, 시인이면서 동시에 평론가이고 얼마간 출판업자의 기능도 수행하게 된다. 다시 말해 작품성이나 시인 스스로의 선호 이외에 타인의 평가와 선호도, 출간 당시의 문학적 경향 등을 전혀 고려하지 않기는 어렵다.

특정 작품을 시집에 싣지 않는 것은 그것을 누군가 소유하고 반복 향유할 가능성을 포기하는 일이며, 작품들 간의 일체적 흐름을 통해 시인의 예술 세계를 구성할 자격을 박탈하는 일이다. 더 거칠게 말하면 자신의 소산으로 인정하지 않는 일이기도 하다. 적잖은 작품을 시집에 싣지 않았다는 점은, 일차적으로 시집을 구성하는 서정주의 미적 감각이 예민했음을 알게 할 뿐 아니라, 시집 출간 당시 발휘된 그의 평론가적, 출판업자적 감각 역시 무디지 않았다는 의미일 수 있다.

「경주시」가 실린 『사해공론』[11]의 경우는 1935년 5월 1일에 창간된 대중

종합지로서, 일제의 검열이 최고조에 달한 시기인 1939년 11월 통권 55호
까지 발간되었다. 당시로서는 비교적 장수한 잡지인데, 파격적으로 싼
값과 시류를 잘 따르는 『사해공론』의 성격 때문이었다.[12] '대중종합지'라
는 성격에서 보이듯 문학은 물론 여러 분야의 정보들이 실려 있다. 서정주
의 「경주시」 역시 여러 정보들 가운데 하나로서 자리를 차지하고 있으며,
굳이 문학 독자가 아닌 사람에게도 무차별하게 노출되도록 되어 있다.

대중종합지에는 실릴 수 있지만, 시인의 이름을 내건 작품집에는 존
재할 수 없는 시. 시인·평론가·출판업자로서의 서정주의 눈에는 어딘지
마음에 들지 않았으며, 자신의 소작으로 영원성을 부여(기대)하기 어려
웠던 작품. 「경주시」의 의미는 이렇게 크지 않다. 그러나 「경주시」는
1930년대 후반 서정주의 시선과 제국의 시선, 그 일치와 불일치를 잘
드러내준다는 점에서 주목할 필요가 있다.

2.2. 개인의 감각과 제국의 시선 사이의 불일치

서정주의 '自敍'[13]에 따르면 「경주시」가 쓰인 1937년은 "詩라는 것을
一種의 神祕 정도로 解釋하는 時期"와 "보오드레-르, 도스토엡흐스키-
등의 影響과 아울러 니-체의 强力哲學"에 몰두하던 때이다. 작품과 관
련해서는 "『화사집』前半"의 작품들을 창작하던 때이기도 하다. 이런 시

---

11 A5판. 170~180면 정도. 1935년 5월 김해진(金海鎭)이 창간하였으며, 1939년 11월,
   통권 제55호로 종간되었다. 편집인 겸 발행인에 김해진, 인쇄인에 한동수(韓東秀), 표지는
   현충섭(玄忠燮)이 맡았다. 1935년 4월 27일 수영사인쇄소(秀英社印刷所)에서 인쇄하여
   5월 1일 사해공론사(四海公論社)에서 발행하였다.(네이버지식백과, http://terms.
   naver.com/entry.nhn?docId=657878&cid=46645&categoryId=46645)
12 최덕교 편저, 『한국잡지연감』 3, 현암사, 2004, 210~212쪽.
13 서정주, 앞의 글, 90쪽.

기에 '기행시'를 썼다는 사실은 놀랍게 여겨지기도 한다. 일제강점기 서정주의 작품 가운에 「경주시」를 제외하고는 기행시를 보기 어렵다. 서정주도 이 예외성을 의식하고 있었다고 생각되는데, '-기행시'라는 작품의 부제를 굳이 써놓았다는 점 때문이다.

「경주시」는 시인의 정서를 대상, 즉 신라 유적에 투사한 전형적인 서정시의 범주에 드는 작품이다. '-기행시'라는 부제가 없다면 「경주시」는 기행시로 인식되지 않을 가능성이 있다. 따라서 '-기행시'라는 부제는 이 작품의 (하위) 갈래를 특정하면서, 독자들에게 이것이 기행시임을 알아달라는 표지의 역할을 한다. 어떤 작품의 형식을 굳이 부제를 통해 지시하는 일은 다소 낯선 일인데, 이를 이해하기 위해서는 당시의 상황을 살피는 일이 필요하다.

식민지 후반, 조선의 여러 유적과 문물들이 '관광'의 대상으로 발견되었는데, 이것은 제국주의의 시선이 작용한 결과다. 과거의 경주와 현재의 '망국' 상황이라는 시간적인 대비는 경주를 '지금-여기'의 '조선'의 원형으로 표상하며, 상실감의 대상으로 주조한다. 지배의 시선에 의해 개발된 관광노선은 지식인들의 내면에 기입된 심상지리로 작동[14]하게 된다. 서정주 역시 경주, 혹은 신라를 퇴락한 왕조로 파악하고 있다.

"역구 雜풀속에 개고리 우름우네/新羅도 이제는 모다 눈물이야!""石氷庫 아가리는 길게 하품한다/늙은 怪物이여"에서 드러나는 '신라'는 초라하고, 한스럽고, 늙은 모습이다. 경주는 전라도처럼 여러 지방 가운데 하나이고 선택 가능한 여러 명승지 가운데 한 곳일 뿐이다. 서정주는 경주를 패망한 신라의 수도, 눈물로 재현한다. 신라에 대한 서정주의 시선은 경주를 관광지로 발견한 제국의 시선과 다르지 않다. 주목되는 점은

---

14 허병식, 「식민지 조선과 신라의 심상지리」, 『비교문학』 41집, 한국비교문학회, 2007, 85~87쪽.

그가 '기행시'라는 지시를 통해 「경주시」가 기행시라는 점, 자신이 기행시를 썼다는 사실을 공표하고 있다는 것이다.

기행시를 써놓고 그것이 기행시라며 부제를 붙이는 일은 어딘지 어색하다. 그럼에도 서정주로서는 「경주시」가 반드시 기행시로 인식되어야 하고, 자신이 기행시를 창작했다는 점을 드러내고자 한다. 이 '드러냄'은 일차적으로 외부, 즉 시를 읽는 사람들을 향한 것으로 생각된다. 당시는 경주(신라)가 관광지로 발견되고 이른바 명승지 관광이 장려되던 상황이었다. 혹독한 시기에 시쓰기를 이어가야 하는 서정주에게 외부의 시선을 의식하지 않을 수 없었을 것이다.

「경주시」는 서정주가 당시에 일관하던 주제에서 벗어나 있다. 앞서 언급한 대로 1937년은 서정주가 "보오드레-르, 도스토엡흐스키- 등의 影響과 아울러 니-체의 强力哲學"에 관심을 가질 때이다. 경주 관광의 경험을 시로 적고, 기행시임을 공표하는 등의 행위는 그에게도 어색했을지 모른다. 비슷한 시기 서정주는 "쑥니풀 지근지근 니빨이 히허여케/즘생스런 우슴은 달드라 달드라 우름가치 달드라."(「입마춤」, 『자오선』 1호, 1937.1)고 원시적 생명력을 긍정하고 인간 욕망에 대한 질문을 보여주었다. 그럼에도 서정주는 꽤 긴 길이로 기행시를 창작하고 발표한다. 그는 「경주시」와 「입마춤」 사이의 이질감을 느끼지 못했을 리 없다.

경주를 둘러보는 서정주의 정서가 어떤 것이든 그것이 시로 재현될 때는 불가피한 굴절을 거쳐야 한다. 개인의 감각이 언어를 통해 사회화될 때, 그를 둘러싼 정치사회적 맥락이 개입한다. 제국의 시선은 지배적이었고 당시 조선의 많은 지식인들은 제국의 시선을 내면화한다. 그러나 서정주는 그 내면화가 쉽지 않음을 드러낸다. 「경주시」에 붙여놓은 예외성의 표지는 한편으로 서정주 자신이 어떤 어색함을 느낀다는 고백이나 다름없다. 자신의 관심과는 동떨어진 주제와 형식, 자신의 감각이 아니라 제국의 시선으로 쓰여진 작품이기 때문이다. 서정주의 예민한 감각은 「경주시」에 굳이 '-기행시'라는 부제를 붙임으로써, 다른 작품들과 구별하고, 그 균열/어떤 균열과 불편함을 일시적으로 해소한 것으로 판단된다.

서정주는 「경주시」를 몇 해 뒤 발간한 『화사집』에 싣지 않는다. 미적 완성도가 떨어진다고 판단했을 수 있다. 하지만 분명한 것은 『화사집』의 작품들에 「경주시」가 끼어 있었다면 그들 사이의 이질감은 매우 컸을 것이라는 사실이다. 그 이질감은 일차적으로 「경주시」의 형식에서 온 것이지만, '기행시'라는 부제를 붙인 서정주의 자의식 즉, 개인의 감각과 제국의 시선 사이의 불일치로부터 온 것이기도 하다. 서정주는 「경주시」를 『사해공론』 같은 대중종합지에는 실었지만, 시집에는 넣지 않음으로써 자신의 소작으로 영원성을 기대하지 않게 된다. 「경주시」에 드러난 서정주의 균열은 해방 후 제국의 시선이 부재한 다음, 서정주 개인의 감각과 '민족'의 시선을 일치시킴으로써 메꿀 수 있었다.

3. 사회주의라는 타자와 연속성의 모티프

서정주는 해방 이듬해 18편의 시를 발표하게 된다.[15] 해방직후인 1945년 11월에 한 편의 작품 발표에 그친 것에 비해서는 꽤 많은데, 어떤 모색이 끝났거나 새로운 시도가 시작됐다는 표지로 여길 수 있을 듯하다. 1946년 발표한 신라 제재 작품의 특징은 과거-현재-미래로 이어지는 시간적 연속성의 모티프이다.

---

15   허윤회에 따르면 이 18편 가운데 「노래」, 「蓮」, 「절구이수」 등은 확인되지 않았다.(허윤회, 앞의 논문, 240쪽)

이 사늘한 돌과 돌 새이
얼크러지는 칙넌출 밑에
푸른 숨결은 내것이로다.

세월이 아조 나를 못쓰는 띠끌로서
허공에, 허공에, 돌리기까지는
부푸러오르는 가슴속에 波濤와
이 사랑은 내것이로다.

오고 가는 바람속에 지내는 나달이여.
땅속에 파무친 찬란헌 서라벌.
땅속에 파무친 꽃같은 남녀들이여.

오-생겨 났으면, 생겨났으면,
나보단도 더 나를 사랑하는 이

千年을, 千年을, 사랑하는 이
새로 해ㅅ볕에 생겨 났으면
　　　　　－「석굴암관세음의 노래」 부분(『민주일보』 1946년 12월 1일)

서라벌의 남녀들은 "찬란헌, 꽃같은"과 같은 밝은 이미지로 수식되어 있다. 「경주시」의 "新羅도 이제는 모다 눈물이야!/古人이 살든 수풀 魂이 다만 조촐하"다고 말했던 것을 떠올리면 놀라운 변화다. 특히 1937년에는 신라 사람들을 "古人"이라 호명했지만 1946년에는 "나보다 더 나를 사랑하는 사람"으로 이해한다. 신라 유적은 그대로인데, 1937년에는 눈물뿐이던 신라가 해방 후에/1946년에는 찬란한 꽃으로 바뀐 것이다.

2장에서 언급한 대로 「경주시」가 쓰여진 시기는 일제가 신라(경주)를 관광지로 만들었던 때였다. 서정주가 신라 사람들을 "古人"으로 호명한 일도 신라를 회고적, 낭만적 시각으로 재현한 일제의 시선에 관계된다.
그러나 해방과 함께 일제의 보는 방식이 더 이상 유효하지 않거나 유효
해서는 안 되는 상황이 도래한 것이다. 문학의 입장에서 해방은 우리를
재현해주는 언어의 일시적 부재, 재현주체의 소멸을 의미한다. 이 혼란
은 새로운 시선의 모색을 요구하게 되고, 1945년 서정주는 단 한 편의
작품만을 발표하는 데 그친다. 해방 후 석 달만에 발표한 이 작품(「꽃」,
『민심』, 11월)에서 서정주는 "쉬여 가자 벗이여 쉬여서 가자/여기 새로 핀
크낙한 꽃 그늘에/벗이여 우리도 쉬여서 가자"라고 "쉬여서 가자"를 반
복한다. "크낙한 꽃 그늘"을 반드시 해방과 연결시킬 수는 없겠지만, 시
의 화자는 잠시 멈추어 생각해야 할 상황이라는 점을 토로하는 점은 분
명해 보인다. 해방기 서정주의 고민이 시작된 것이다.

  1945년 서정주는 임화 중심의 조선문학가동맹의 활동에 잠시 관여한
다.[16] 하지만 해방 후 사회주의를 포괄한 새로운 전망의 모색은 그리 오래
가지 않는다. 1946년 7월 서정주는 「정통과 속류」에서 "인제부터 각자가
애를 써서 전통을 형성시켜"[17]야 한다고 강조한다. "좌익이니 우익이니 하
는 형용으로 파를 갈라서는 안 될 줄 안다"라고 언급하고 있지만, 앞서
「문학자의 의무」에서 보았던 대로 '사회주의'는 결국 회의의 대상이자 부정
해야 할 타자로 규정된다. 좌우를 넘어선 절대적 지위에 '전통'이 있고,
천년의 지혜를 담지한 '전통'은 과거와 현재, 옛사람과 지금 사람들을 이어
준다. 동시에 사회주의라는 일시적 사조를 회의할 척도로 자리잡는다.[18]

---

16 허윤회, 앞의 논문, 246쪽.

17 서정주, 「정통과 속류」, 『가정신문』, 1946년 6월 4일.

18 사실 서정주가 사회주의에 관심을 갖거나 잠시 참여한 일은 해방 후가 처음은 아니
    다. 그의 자전적 수필인 「光州學生事件과 나」(1973, 『세대』, 9월), 「落鄕 前後話」
    (1973, 『세대』, 10월) 등을 보면 그가 (1929~1931)사회주의 관련 서적을 읽는 모임에
    참여하거나, 일본 공산당 기관지 『戰旗社』의 맹원이 된 표시로 아까호시(赤星)를 지녔

「석굴암관세음의 노래」가 화자의 바람을 서술하는 형식이라는 점은 눈여겨 볼만하다. 화자는 서라벌 사람들이 지금여기 "새로 해ㅅ볕에 생겨" 나기를 바란다. 실제로 그렇다는 사실의 묘사가 아니라 "생겨났으면"의 반복에도 나타나듯 그들의 도래를 무척 기다리고 있다. 그들의 도래를 바라는 이유는 "푸른 숨결", "가슴속에 파도와/이 사랑" 등 시간을 초월하여 이어지는 어떤 생명력의 발견과 서라벌 사람들이 "나보다 더 나를 사랑"한다는 믿음에 있다. 신라시대부터 이어지는 생명력, 그리고 그들로부터의 사랑은 "바람속에 지내는 나달"을 건너 지금여기에 신라를 새로 태어날 수 있도록 하는 것이다.

「석굴암관세음의 노래」는 '신라'가 지금여기에 현현하는 실체로 파악되기 시작했다는 점을 보여준다. 「경주시」에서 보았던 퇴락한 왕조의 눈물은 '사랑과 생명력'에 대한 기대로 바뀌고, 사회주의라는 타자는 '천년의 지혜'를 전통으로 간직한 '민족'의 영원성을 부각한다. 서정주는 '신라'라는 소실점을 재현의 새로운 기원으로 정립하고, 몇 년 후 '신라'를 '구원자-여왕'의 이미지로 절대화하는 작업을 수행하게 된다.

> 뭇 벌과 나비들이 어우려져 날라드는
> 新羅山野의 자욱한 꽃 밭위에
> 언제나 이를 구버보고 게시던 크낙한
> 꽃 한송이가 피어있었다고 생각하는 것은
> 얼마나 큰 기쁨인가.

다는 회고를 볼 수 있다. 그러나 이 시기의 활동에 대해 그는 '사회주의 소년이 되어 있긴 했지만 그것은 열등의식과 소년적 감상과 연민성이 합성된 것'이었다고 술회한다. 사후적 진술을 당시의 생각과 일치한다고 볼 수는 없지만, 그가 사회주의에 사상에 대한 동의와 적극적인 자발성으로 거기 참여했다고는 생각되지는 않는다.

…(중략)…
한낱 풀꽃같은 게집애의 외오침에도
늘 귀 기우려 救援의 손을 뻗치시고

나라 안의 홀어미와 홀애비들에게는
그들의 오로움을 달래여 柴糧도 보내시고

…(중략)…
항시 빙그레 웃으시고,
유-모러스 하시고,
맨 뒤에 이승을 하직하실 날도, 묻히실 하늘도,
미리 미리 유리속처럼 환하게 아시던 님!

오-千三百年은 오히려 가까웁네.
선덕여왕같은이가 이나라에 살고있었다고 생각하는 것은
얼마나 큰 기쁨인가.

—「善德女王讚」 부분(『文藝』, 1950.6)

선덕여왕은 "항상 빙그레 웃으시고,/유-모러스 하"신 님으로 그려져
있다. 「석굴암관세음의 노래」에서 보았던 밝은 이미지는 여기서도 이어
진다. 화자의 정서는 "얼마나 큰 기쁨인가"에 잘 나타나 있는데, 시의
핵심 진술로 반복되는 화자의 기쁨은 어디에서 오는 것일까. 이어지는
시행 "오-千三百年은 오히려 가까웁네./선덕여왕같은이가 이나라에 살고
있었다고 생각하는 것은"에서 그 이유를 찾을 수 있다. 선덕여왕의 사랑
은 동시대인에 머물지 않으며 지금여기에 구원자로 도래하기 때문이다.
선덕여왕처럼 백성을 사랑하는 자애로운 '여왕'이 과거에 존재했다는 사
실이 아니라 그것이 현재에도 이어져 있다고 '생각하'기 때문에 기쁘다.
당시의 가혹한 현실을 생각하면 백성들에게 땔나무와 식량을 보내주시

는 여왕은 고마움을 넘어 현재의 고난을 구원해주는 구원자이기도 하다. 과거 「경주시」에서 개인적 사랑에 머물던 "키 크신 공주"는 '선덕여왕'에게 자리를 내어준다. 개인적 사랑과 실연에 울던 공주에서 백성을 사랑하는 '구원자―여왕'으로 다시 태어난 것이다. 특히 "오―千三百年은 오히려 가까웁네."라고 말하는 지점은 주목할 만하다. 어떤 시간의 낙차가 '오히려' 가깝다고 느껴지는 일은 그보다 더 긴 시간을 염두에 두었을 때 가능하다. 서정주가 느끼는 연속성은 단순히 신라에서 당시까지에 그치지 않고, 신라 이전부터 당대 이후까지 사실상 영원의 시간을 암시한 것으로 읽을 수 있다.

서정주가 신라에 관심을 갖게 된 이유를 추정할 때, 참고할 만한 사후 언급들이 있다. "누대 썩어온 이 나라의 소리", "문헌의 인멸이 심한 이곳"[19], "우리나라 사람들은 불행에 눈코 뜰 새 없이 늘 겨워 지내"[20]왔다는 등 '민족'의 부정적 현실과 반복되는 고난에 대해 언급하는 맥락에서 서정주는 '신라'를 제시한다. '신라'가 퇴락한 왕조로 남아 있다면, 또 한국이 외래적이며 일시적 사조인 사회주의 사회가 되어 있다면, 옛사람들로부터 구원을 받는 일은 가능하지 않을 것이다. '천칠백 년'이 가깝게 느껴질 정도의 친밀감, 어떤 현실감이 '구원자―여왕'의 사랑을 지금여기에서도 느끼게 할 정도가 되었을 때, '신라'로부터의 구원은 가능하다.

4. 결론

해방은 한국 근현대사의 가장 큰 사건의 하나로 기억되고 있다. 일본 제국주의의 지배에서 벗어났다는 사실도 그렇지만 이데올로기 대립은

---

19 서정주, 「모윤숙 선생에게」, 『혜성』 제1권 3호, 1950.5.

20 서정주, 「자연과 영원을 아는 생활」, 『서정주문학전집』 5, 299쪽.

분단으로 이어졌으며 현재의 여러 정치적 쟁점들 또한 남북문제와 무관하지 않다. '도둑처럼 왔다'는 표현대로 충분한 준비 없이 맞이한 해방은 이른바 역동적 공백을 만든다. 새로운 세계 건설의 열망이 표출되고, 문인들 역시 정치적 활동에 직접 참여하거나 창작활동 안에서 시대적 소명을 모색하게 된다.

전망은 미래뿐 아니라 지금여기의 의미를 묻고, 더불어 과거를 선택하고 재구성하게 한다. 해방 후 이데올로기 대립과 함께 전통에 대한 관심이 높아진 사실은 이를 잘 증명해준다. 서정주 역시 이데올로기와 전통의 문제를 해방 후 주요한 주제로 언급하게 되고 그의 생각은 '신라'와 관련한 작품에 잘 반영되어 나타난다.

'신라'는 해방 후 작품에 처음 등장한 제재는 아니며, 서정주의 신라(들)이 모두 영원주의 시각으로 재현된 것도 아니다. 서정주는 등단 다음 해인 1937년 「경주시」를 발표하는데, 여기에는 해방 다음해에 발표한 「석굴암관세음의 노래」, 1950년의 「선덕여왕찬」과는 다른 '신라'의 모습이 드러나 있다. 특히 해방이라는 계기는 서정주의 '신라' 재현 방식의 전환점으로 작동한다.

해방 전 서정주에게 '신라(경주)'는 하나의 명승지로 인식된다. 1937년 발표된 「경주시」는 묘사 위주의 작품은 아니지만, 관광객 화자의 동선에 따라 그려지고 있다는 점 등에서 기행시의 면모를 지니고 있다. "모다 눈물"로 표현되는 경주는 패망한 왕조의 흔적이며 현재의 식민지 조선인들에게 어떤 도움도 구원도 되지 못하는 한스러운 장소일 뿐이다. 이는 당시 지식인들에게 일반적이었던 제국의 시선이 작동한 결과라도 판단된다. 주목할 점은 「경주시」에 굳이 '−기행시'라는 부제를 붙여놓았다는 점이다. 당시 서정주는 보들레르나 니체 등에 관심을 가진 시기로, 「경주시」와는 형식과 재현 시각 모두에서 다른 작품들 창작하고 있었다. 「경주시」는 형식 자체도 그렇지만 서정주 스스로도 어떤 이질감을 느끼는 작품이었다. 그리고 그것은 개인의 감각과 제국의 시선 사이의 불일치, 시인 서정주의 예민함이 감지한 어떤 균열로부터 비롯한 것이었다.

해방은 서정주에게도 구체적인 정치적 모색을 요구했던 것으로 생각된다. 1945년 단 한 편의 시를 발표했으며, 여기서는 '잠시 멈춰보자'는 생각을 드러낸다. 일종의 모색의 시간이 필요하다는 토로인 셈인데, 서정주는 다음 해 무려 18편의 작품을 발표하는 한편「정통과 속류」, 「문학자의 의무」 등의 산문을 내놓는다. 서정주의 모색이 마무리되었거나 새로 시작했다는 표지로 여길 수 있을 듯하다.

1946년에 발표한「석굴암관세음의 노래」에서 눈에 띄는 점은 '신라'가 과거가 현재의 연속성 속에서 사유된다는 사실이다. '신라' 사람들은 다시 생겨나야 할 존재, '나보다 더 나를 사랑하는' 사람들로 재현된다. 시간을 초월하는 어떤 생명력과 사랑에 대한 믿음이 생긴 것으로 파악되는데, 과거로부터 끊임없이 이어진다는 사실 자체가 하나의 가치로 인정받는 점은 주목할 만하다. 당시 강력한 전망으로 부각한 사회주의를 외래적이고 일시적인 사조로 부정하고, '천년의 지혜'를 담지한 동일자로 '민족'을 상상하고 있기 때문이다. 사회주의에 대한 거부와 '민족'의 영원성이라는 두 요소는 해방기 서정주가 '신라'를 세계 재현의 원점으로 정립하는 계기가 된다.

해방은 서정주에게 정치적 전망뿐 아니라 미학적 모색의 계기로도 작동한다. 그리고 그의 문학적 실천은 제국의 시선의 부재라는 사건 위에 사회주의에 대한 부정과 민족(주의)에 대한 절대성의 부여라는 정치적 의미 역시 가진다고 판단된다.

설정식 시에 나타난 민족의 형상

조국건설의 과제 앞에 선 한 해방기 지식인의 특별한 선택과 그 시적 투영

정과리

1. 민족에 대한 설정식의 고민

이 논문은 해방기의 대표적 시인 중의 하나인 설정식(1912~1953)이 상상한 민족의 형상에 대해 알아보고자 한다. 설정식의 삼남인 설희관이 편한 『설정식 문학전집』(2013)[1]에 의하면 설정식은 유학자 집안에서 태어나 "한문 유교 교육을 받"은 후 청소년 시절을 서울과 중국에서 수학했으며, "1937년 연희전문학교 문과를 최우등으로 졸업"하고, 미국에 유학하여 "뉴욕 컬럼비아 대학교에서 셰익스피어 연구"를 하던 중, "부친이 위독하다는 소식을 듣고 서둘러 귀국"하여 번역과 평론을 발표한다. 그러다가 해방이 되자, 한편으론 "조선 공산당에 입당"하고 다른 한편으론 "미 군정청 여론국장으로 일"하면서, 영자신문 『서울타임즈』 주필 겸 편집국장에 취임"한다. 무엇보다도 주목할 것은 해방기에 왕성한 문학 활동을 전개했다는 것인데, 복수의 "장편소설을 연재"하고 토마스 만과 셰익스피어를 번역하였으며, 『종』(1947), 『포도』(1948), 『제신의 분노』(1948), 세 권의 시

---

1 설희관 편, 『설정식 문학전집』, 산처럼, 2013. 앞으로 설정식의 작품 및 진술은 모두 이 책에서 인용하며, 『전집』으로 약칭함.

집을 출간한다. 그리고 "한국전쟁이 발발하자 인민군에 자진입대"하였고 "월북"하였다가 1951년 "개성 휴전회담 시 인민군 소좌로 조중 대표단 영어 통역관"으로 모습을 드러낸다. 그리고 1953년 "남로당계 숙청과정"에서 함께 "기소"되었고 "사형이 언도되어 임화 등과 (함께) 처형"되었다.[2]

이러한 이력은 설정식이 해방기를 대표한다고 할 수 있을 만큼[3] 그 시기에 아주 활발히 활동하였다는 것을 보여준다. 해방기에 그의 활동이 타오른 것은 무엇보다도 그가 학업을 마치고 사회에 발을 들여놓은 연령과 시기상으로 겹쳤기 때문이겠지만 동년배의 어느 누구와 비해서도 그의 활동은 압도적이다. 또한 그는 휴전 후 그가 선택한 체제로부터 숙청당함으로써 지식인의 삶을 더 연장하지 못했으니, 오로지 그의 지식인으로서의 존재는 해방기에만 자국을 남기게 되었다. 그리하여 해방기에 점화되었고 해방기에 산화한 아주 희귀한 인물이 되었다. 그래서 그런지 그의 지식인으로서의 면모에서 무엇보다도 눈에 띠는 것은 행동의 밀도이다. 이 밀도는 단순히 정도가 강했다는 뜻이 아니라 생각의 더듬이가 더 깊은 데를 짚고 중층적이고 복합적인 골조를 구축했다는 것을 뜻한다. 해방기의 한반도의 지식인들에게 최우선의 문제였던 '민족'에 대한 설정식의 생각을 살펴봐도 같은 밀도를 확인할 수 있다.

해방기의 지식인들에게 시급하게 닥친 과제가 독립국가의 건설이었다는 것은 굳이 언급할 필요조차 없을 것이다. 설정식에게도 역시 그랬다. 다만 그에게 유별난 점이 있다면 그 과제가 그에게는 민족의 구원이라는 관점에서 지펴졌다는 것이다. 물론 당시의 식자들에게 있어서 그것은 새

---

2 「설정식 연보」, 『전집』, 840~843쪽 참조.

3 김영철은 발표된 시의 수량, 약간의 '시론' 등을 근거로 "설정식은 해방기의 대표적 시인으로 규정돼야 할 것"이라고 단언한 바 있다. 김영철, 「설정식의 시세계」, 『관악어문연구』 14, 1989, 40쪽.

삼스러운 것은 아니었다. 거기에는 아주 복잡한 정신사가 감추어져 있다. 이것은 말 그대로 너무나 복잡해서, 그 복잡성을 해명하거나, 최소한 한꺼번에 고려하여 '민족' 개념의 발생과 정착을 추적한 문헌은 아직은 보이지 않는다. 여기에는 적어도 다섯 가지 변곡 요인이 개재해 있다. 첫째, 근대문물에 대한 개안과 그것의 토착화의 실패. 갑신정변과 동학이 그 정점에 위치해 있다. 그런데 이를 통해 근대 수용에 있어서 중요한 변형이 발생한다. '인내천' 사상이 대표적이다. 그것은 서양 사상으로부터 영향을 받았으되 서양의 종교관과는 근본적으로 다른 것이다. 둘째, 일제의 한반도 점령에 의한 '민족적 자각'의 이중성. 일제 강점은 조선왕조와 그 근대적 변형으로서의 대한제국의 소멸을 야기했다. 이 사건은 타자에 의한 굴욕적 피지배라는 사태를 초래했으나 동시에 근대 문물이 빠르게 유입되는 계기가 되기도 했다. 그로 인해 근대적인 의미에서의 민족 관념이 배태되는 길을 열게 된다. 셋째, 3·1운동의 발생과 그 좌절의 여파. 3·1운동은 "朝鮮의 獨立國임과 朝鮮人의 自主民임을 宣言"한 데서 분명히 나타나듯 '근대적 민족' 인식에 대한 최초의 표명이었다. 그러나 3·1운동의 좌절은 '조선심', '조선적인 것'이라는 전근대적 민족 형상에 대한 욕망을 또한 유발하였다. 넷째, 사회주의의 유입으로 인한 민족 개념의 절개. 사회주의가 조선 지식인들의 정신세계를 지배하면서, '계급'이 '민족'을 압도하게 된다. 이로부터 '민족'에는 더욱 전근대적인 의미들이 스며들어간다. 다섯 째, 해방으로 인한 '민족' 개념의 재구성. 해방은 여하튼 한반도의 조선인들을 '민족'이라는 이름에 직면케 하였다. 그들이 함께 이뤄야 할 세계는 '민족'을 통해서만 가능할 수 있었던 것이다. 이로부터 '민족'은 1980년대까지의 한국인들에게 제1의 '텅 빈 시니피앙'으로 존재하게 된다. 이 복잡한 정신사에서 가장 분명하게 남은 상황이 바로 이것이며, 이 상황으로의 문턱이 바로 1945년 해방이다.

이 정신사의 결과로서 조선 민족의 구원은 해방기의 지식인들에게 '무의식적 차원에서' 당연한 것으로 간주되었다. 그러나 너무 당연하게 여기다 보니 그것은 감각의 자동성 밑으로 은폐되기 일쑤였다. 그래서 '민족'은 그 자체로서 추구되기보다 다른 것의 달성을 통해 자연스럽게 주어질 것으로 여겨졌다. 그것은 가령 몰락한 집안을 살릴 의무에 직면한 장남이 사업가가 될 것인가 상인이 될 것인가를 고민하겠지만, 집안을 되살릴 까닭이 있는가, 집안을 되살린다는 것은 무엇을 의미하는가, 등의 문제를 두고 고민하지는 않는 것과 같은 이치였다.[4]

따라서 민족을 당연하다고 보는 관점에서 보자면 민족의 구원은 국가 건설의 결과로서 주어질 것이었다. 그런데 설정식에게는 바로 민족 그 자체의 올바른 정립이 국가 건설의 조건이었다.

그는 홍명희와의 대담에서 "글러도 내 민족 옳아도 내 민족이라는 따위 감상적 민족주의[5]"를 비웃었는데, 이는 그가 민족의 올바른 파악을 제 1의 조건으로 삼았다는 것을 가리키는 증거라 할 수 있다. 또한 그는

4 설정식을 다룬 한 논문은 "해방이란 자연발생적인 민족 감정을 공동체 의식으로 사유하도록 만든 돌연한 사건"이라는 진술을 하고 있다(곽명숙, 「해방 공간 한국시의 미학과 윤리」, 『한국시학연구』 33, 2012). 아마도 이 진술에서 민족 감정이 "자연발생적"이라는 생각은 많은 사람들이 무의식적으로 공유하고 있는 생각일 터이다. 그러나 곰곰이 생각하면 어떤 한 지역에 울타리를 치는 과정 속에 형성된 민족 감정은 결코 자연발생적인 것이 아니라 역사적 경유를 통해 만들어지는 것이다. 다만 역사의 온축이 너무 두꺼워져서 자연스럽게 느끼게 되었던 것이 해방기에서 1980년대까지의 한국인에게 있었던 일이라고 할 수 있다. 그 자연스럽게 느끼게 된 사정이 연구자들에게도 내재화되는 게 대체적인 경우였다. 그런데 이렇게 민족을 당연한 것으로 미리 전제하고 나면, '민족의 형상'에 대한 질문은 제기될 수가 없다. 오직 민족의 과거나 미래, 즉 하나의 민족으로 살아간 사람들의 '결과'에만 관심을 갖게 되는 것이다. 위의 진술에서의 "공동체 의식"이라고 지시된 것이 바로 그 '결과'에 해당하는 것이리라. 만일 '민족 감정' 자체의 인공성을 전제했다면 "민족감정을 공동체 의식으로 사유하"는 게 아니라 "민족 감정을 공동체 의식으로 사유할 수 있는가의 여부"를 궁리했을 것이다.
5 「홍명희 – 설정식 대담기」, 『전집』, 774~775쪽.

한 시에서 "나라 아! 좋소/또 사랑이란/슬픈 것을 견디는 수고요/그렇기에 나는/민족을 아노라 하오[6]"라는 꽤 혼란스런 진술을 하고 있는데, 한가지 분명하게 추정할 수 있는 것은 그가 "민족을 안다"고 말하는 데에는다른 사람들은 민족을 모른다는 뜻이 함의되어 있다는 것이다. 그리고그는 토마스 만의 「마(魔)의 민족」이라는 글을 번역했었다. 나치의 국가사회주의를 독일의 실패로 보고 그 내용을 조목조목 따지고 있는 그 글에서 토마스 만은 "그들의 죄악은 착취 과정에서 나온 필연적 소산이라기보다 차라리 민족의(에 대한) 망상−관념을 즐기는 이론적 독단에 침몰한 한 개의 사치에서 생긴 것이다[7]"라고 말하는데, 그것은 민족에 대한정확한 인식이 죄악을 범하지 않을 조건이라는 의미를 포함한다. 번역자인 설정식이 바로 이 주제에 착목했기 때문에 이 글을 번역했다고 추정할 수 있다. 실로 그는 토마스만의 "(민족이) 내적으로 자유를 갖는 동시에"라고 쓴 대목에 괄호를 치고 "옮긴이 주"를 달아 "또한 그것에 대하여책임을 질 수 있는 민족이 아니고는 외적 자유를 향유할 수 없다[8]"는 말을 덧붙임으로써 토마스 만을 넘어서 민족에 대한 생각을 더욱 전진시키려는 의지가 강했다는 것을 짐작케 한다.

다른 한편 지배적 세계관이라는 차원에서 보자면, 해방기의 상당수지식인들에게 민족은 중요한 관심사가 아닐 수도 있었다. 곧 다시 언급되겠지만, 그들이 가장 선진적이라고 선택한 이념에 근거하자면 민족은거쳐야 할 단계에 불과할 뿐 궁극적인 지향점도, 삶의 근본적인 준거점도 아니었기 때문이다. 대담에서 홍명희는 그 점을 적시하고 있다.

---

6 「그런 뜻이오 사랑이란 둥」, 『전집』, 104쪽.

7 『전집』, 568쪽.

8 『전집』, 563쪽.

홍명희 : "나도 동맹(=문학가 동맹)에는 관계도 깊고 또 아는 친구도 많지만 이제 이야기한 홍익인간이나 민족주의에 대하여 너무 반발하는 것 같은 점이 있는 것 아닌가?"

설정식 : "동맹에서 그런 쓸데없는 반발을 하는 일은 없다고 생각합니다. 우리가 주장하는 것은 그야말로 진정한 민주주의 민족문학인데 이것을 위하여 봉건과 일제 잔재를 소탕하고 파쇼적인 국수주의를 배격하여 민족문학을 건설함으로써 세계문학과 연결을 가지려고 할 따름입니다."[9]

일찍부터 '문학가동맹'에 가입했고 공산주의자로서 자처한 설정식은 사실상 '문학가 동맹'의 입장을 대변하고 있다고 간주할 수 있는데, 그러나 박헌영과 임화가 이론적으로 공고히 한 '남로당'의 입장은 위의 설정식의 발언과 비슷하면서도 약간 다른 것이었다. 즉 남로당의 테제는 해방된 조선 사회에는 아직 봉건적 잔재가 남아 있기 때문에 우선 부르주아 혁명을 통해서 봉건 잔재를 청산한 후 다시 사회주의 혁명을 통해 부르주아 단계를 청산하는 두 단계의 혁명을 거쳐야 한다는 것으로서, 이에 의거하면 부르주아 민주주의 단계에 상응하는 '민족' 개념은 일시적인 방편으로 용인될 뿐 궁극적으로 해소되어야 할 것이었기 때문이다.[10] 이에 비추어 본다면 "민족문학을 건설함으로써 세계문학과 연결을 가지려고 할 따름"이라는 설정식의 위 발언은 당시의 겉으로 표명된 의례적 수사를 되풀이한 것이거나 아니면 설정식이 '민족'에 관해 이념적 동지들과 다른 생각을 가지고 있었다고 생각해야 할 것이다.[11] 그의 시에 되풀이되어 출몰하는

9 『전집』, 779쪽.

10 이에 대해서는 임화의 「조선 민족 문학 건설의 기본 과제에 관한 일반 보고」(『건설기의 조선문학』, 1946)가 가장 명료한 의견을 보여주고 있다.

11 신승엽은 「해방 직후의 민족문학론」(『민족문학을 넘어서』, 2000)에서, 민족 개념을 아예 배제하고자 했던 '프로문맹'의 입장과 달리 임화는 '민족문화'를 충실히 구현해내야 근대문학사의 파행성을 극복할 수 있다는 입장을 취했다고 해석하고 있다. 그렇게

'민족'은 그 반복의 빈도만으로도 그의 가장 중요한 강박관념임을 알려주며, 그것은 후자 쪽의 가능성에 더 큰 무게를 두게끔 한다.

2. 분명한 사회와 모호한 민족

여하튼 국가 건설 혹은 올바른 정체(政體)의 수립은 공통의 선결과제였다. 그런데 그것이 올바르고자 한다면 조건과 방법의 모색이라는 시각에서 접근했어야 했을 것이다. 왜냐하면 해방은 한국인들 스스로의 노력을 통해 쟁취한 것이 아니었기 때문이다. 그러나 상당수의 지식인들에게 국가 건설은 역량의 결집이라는 차원에서 이해되었다. 조건과 방법이 충족되었다고 확신했기 때문이 아니었다. 그들은 36년간의 지적 예속에서 자유로울 수 없었으며, 독립을 스스로 쟁취하기 위한 충분한 역량을 갖추지도 못했다. 해방이 온 직후에 그들이 '속죄'의 문제에 부딪쳤던 것은 불가피한 일이었다. 그런데 곧 이어서 대부분의 지식인들은 '속죄'의 은근한 유보와 더불어 조국 건설에 동참하는 일에 열을 내기 시작하였다. 그러한 사정을 가장 명료하게 보여준 것은 이태준의 「해방 전후」이다.

「해방 전후」의 최종적 메시지는 국가 건설에 관한 온갖 혼란과 지나침에도 불구하고, 그런 혼란들을 방관자의 자세로 비판할 것이 아니라 적극적으로 참여해야 한다는 것이다. "혐의는커녕 위험이라도 무릅쓰고 일해야 될, 민족의 가장 긴박한 시기[12]"라는 것이다. 바로 이러한 태도에

본다면 임화에게 민족문학은 자족적 자율성을 확보한다고 볼 수도 있을 것이다. 즉 "식민지 지배로 인해 이식문학사의 경험을 한 민족의 경우 이식을 극복하는 길은 그 민족 내부의 전통을 새롭게 창조하는 데 있다고 본 것"(125쪽)이라는 것이다. 그러나 다음 단계의 문학을 상정한 것은 분명하기 때문에 민족문학이 그 자족적 완미함을 통해서 항구한 전통으로 남을 것이라고 생각했다고 판단하기는 어렵다.

의해서 주인공 '현'은 모든 지나친 사태들을 걱정스럽게 보는 마음으로부터 그 안에 들은 신심을 이해하고 안도하는 쪽으로 바꾸게 된다. 그런데 이 최종적 메시지가 또한 최종적으로 감추고 있는 것이 있으니, 그것은 그렇게 모든 지나침들을 허용하게 한 조국 건설의 염원이 강고한 데 비해, 건설될 조국의 구체적인 형상과 그것을 실현하기 위한 실제적인 조건과 방법론들이 모색되지 않는다는 것이다. 다시 말해 "어떤 국가를 어떻게 건설할 것인가?"의 문제가 배제되어 있다는 것이다.

이 최종적 메시지와 또한 그 메시지의 최종적 은폐는 작가가 그러한 문제에 대한 모종의 대답을 이미 '기정사실'로 받아들이고 있었다는 것을 가리킨다. 또한 이 작품이 당시의 문인들에게 폭넓은 공감을 얻어냈다는 것은, 해방기 지식인들이 전반적으로 이태준과 생각을 공유하고 있었다는 것을 가리킨다. 그리고 그러한 '기정사실'의 보유는 그들이 새로 건설될 조국의 청사진을 거의 전적으로 수락하고 있었다는 것을 암시한다.[13] 그것은 학습을 통해서 형성된 사회주의의 청사진이었는데, 그것이 1989년 베를린 장벽의 붕괴와 1990년 소련의 해체가 일어나기 전까지 거의 한 세기 동안이나 지구의 절반을 점령했었다는 사실은 그 패러다임의 유인력의 범위와 강도를 충분히 짐작하게 해준다.

최인훈이 20세기 말에 일어난 현실사회주의 붕괴라는 세계 대변동을 「해방 전후」의 문제로 받아들이고 고심한 것은[14] 그 사정을, 즉 당시에

---

12   이태준, 「해방 전후」, 『이태준 전집 3 : 사상의 월야, 해방 전후』, 소명출판, 2015, 304쪽.
13   이 사정에 대해서 필자는 다음의 글에서 이미 논의하였다. 여기에서는 그 최종 결론만 언급한다. 졸고, 「사르트르 실존주의와 앙가주망론의 한국적 반향」, 프랑스학회 (주최), 『앙가주망의 역사와 오늘날의 앙가주망 – L'engagemet, d'hier a aujourd'hui』, 한국외국어대학교 미네르바 콤플렉스 : 한국외국어대학교 프랑스어학과, 2015.11.7.(*Comparative Korean Studies*, Vol.23, No.3, 국제비교한국학회, 2015.12에 재수록).
14   『화두 2』, 최인훈 전집 제 15권, 문학과지성사, 2008.(초판본 : 민음사, 1994년)

너무나 당연한 것으로 이해되어 그로부터 50년도 안 되어 붕괴할 것을
전혀 짐작조차 되지 않았던 새로운 사회 패러다임이 한반도의 지식인들
에게도 완벽한 영향을 미쳤던 정황을, 작가가 정확하게 간파했기 때문이
다. 당시의 사정을 복기하면서 최인훈은 "「해방 전후」에서 이상적 자아
에서 현실적 자아로 나가는 과정의 설명은 허술하다"고 말하고 있는데,
정확하게 말한다면, '이상적 자아'(조국 건설의 매진에 적극적으로 나아갈 조
건과 능력을 갖춘 자아)를 선택함으로써 '현실적 자아'(해방 전 식민지 체제에
오염된 자아)를 망각하였다고 해야 할 것이니, 그것은 그만큼 이상적 자아
에로의 도달에 대한 확신이 컸다는 것을 의미할 것이다.

　설정식 역시 당시 한반도 지식인들의 지배적 선택에서 벗어나지 않았
다. 그것을 가장 뚜렷하게 보여주는 것은 '해방'이라는 사건에 대한 그의
해석이다.

> 이리하여 파쇼와 제국이
> 한 대낮 씨름처럼 넘어간 날
> 이리하여 우월(優越)과 야망(野望)이
> 올빼미 눈깔처럼 얼어붙은 날 이리하여
> 말세(末世) 다시 연장되던 날
> 인도(印度) 섬라(暹羅) 비율빈(比律賓)
> 그리고 조선 민족은
> 앞치마를 찢어 당홍 청홍 날리며
> 장할사 승리군 마처 불역으로 달렸다[15]

　그는 해방이라는 사건을 광복, 즉 잃었던 빛이 회복된 일로 보지 않았
다. 해방과 더불어 사회주의로 급격히 경사한 김기림에게 2차 세계대전

15 　「우화」, 『전집』, 50쪽.

이 민주주의가 파시즘을 이겨낸 사건이 아니라 근대가 "스스로를 처형[16]"
한 일로 이해되었듯이, 설정식에게서도 1945년 8월은 "파쇼와 제국이/
한 대낮 씨름처럼 넘어간 날"로 규정되었다. 그래서 그는 해방의 사건이
"말세가 다시 연장"된 것에 불과하다고 판단한다. 그러면서 그는 그것을
무슨 감격할 일이라고 "앞치마를 찢어 당홍 청홍 날리며" "장할사 승리
군"을 '맞이하러'('마처') '모래벌판("불열")으로 달려나'간 "조선민족"을 안
타깝게 여긴다.

　이 시구는 주목할 만한 두 가지 의미를 담고 있다. 하나는 그가 대안
패러다임에 거의 절대적인 확신을 가지고 있었다는 것이다. 파시즘 세력
이든 그와 전쟁한 연합국이든 그가 보기엔 부정되어야 할 대상이었고,
그 둘의 싸움의 결과는 '말세의 연장'에 지나지 않았다. 그리고 그에 대
한 대안은 "우월과 야망"으로 암시되었는데, 그 암시에 대한 우리의 해
석이 타당하다면, 대안 세계의 전망이 연합국의 승리라는 결과에 "올빼
미 눈알처럼 얼어붙"은 것이 8월의 의미가 된다. 여기에서 "올빼미"가
미네르바의 올빼미임은 거의 자명해 보인다. 즉 연합국의 승리로 말세가
연장되어 대안 세계의 도래는 지연되었으나 그것을 통해 전망은 더욱
확실해졌다는 것이 저 모호한 표현, "올빼미 눈알처럼 얼어붙은 날"의
뜻이 될 것이다. 이것은 세상의 변화와 관계없이 그의 대안 세계의 전망
은 더욱 확고부동할 뿐이라고 그가 여겼음을 확실하게 보여준다.

　이 태도는 최인훈이 '이상적 자아'라고 지칭한 존재의 태도를 그대로
보여준다. 최인훈은 그러한 이상적 자아에 합당했던 인물이 김사량과 김
태준 뿐이었다고 덧붙이고 있었는데, 그것은 한반도의 다른 지식인들이

16　김기림, 「우리 시의 방향」, '조선문학가동맹'이 개최한 '전국문학자대회'(1946.2.18)
　　에서의 강연문, 『건설기의 조선문학』, 1946.6, 70쪽; 『김기림 전집 2. 시론』, 심설당,
　　1988, 142쪽.

친일의 얼룩을 묻히고 있었던 데 비해, 두 사람은 "중국의 연안으로 가서 공산군과 함께 일본군과 싸"웠고, "해방 전후의 시기에는 이 두 사람은 아직 나라 밖에 있었"기 때문이다. 어쩌면 설정식 역시 이 두 사람의 위치 근처에 자신을 두었을 수 있다. 「설정식 연보」에 의하면, 그는 "광주학생 운동에 가담했다고 퇴학"당한 전력이 있는 데다 중학생 시절부터 각종 문예현상공모에 당선되고 "연희전문 문과대학 본과를 최우등으로 졸업" 하는 등 일찍부터 우수한 지적, 문학적 능력을 발휘하였지만 미국 유학을 떠남으로써 일제 말기에 그의 재능이 '써먹힐 기회'를 차단하였으며, 본격 적인 공공 지식인의 역할을 하게 된 것은 해방 이후였기 때문이다.[17]

그러나 이러한 짐작은 심중한 의문을 제기한다. 왜냐하면 그런 이상 적 자아의 지위에 자신을 놓을 수 있었다 하더라도 그와 같은 운명 속에 놓여 있었던 동시대의 다른 지식인들, 그리고 더 나아가 같은 민족이 살 아온 삶의 실상을 무시하거나 일방적으로 매도할 수는 없을 것이기 때문 이다. 이러한 문제 앞에서 우리는 설정식의 태도를 두 가지로 가정해 볼 수 있다. 하나는 실제로 그 자신을 소수의 특별한 이상적 자아 군에 포함 시킬 수 있다고 확신하는 경우이다. 그럴 때 그는 동시대의 다른 지식인 들 및 보통 사람들의 삶과 비교하여 상대적으로 우월한 위치에 놓이게 되고 그러한 위치에 근거해 '계몽'의 역사(役事)를 하려고 했을 것이다. 다른 하나는 그가 사실 동시대의 지식인들이 묻힐 수밖에 없었던 얼룩에 서 자신도 자유로울 수 없다고 생각했었을 경우이다. 그럴 경우 그는 '이 상적 자아'의 위치를 포기하는 대신, 앞의 이태준이나 김기림의 경우와 유사하게, 확고히 신봉한 새로운 사회 패러다임의 완성에 자신을 투신하 는 것에서 '자아의 이상'을 찾으려 했을 것이다.

---

17   『전집』, 840~842쪽.

첫 번째 경우는 설정식이 택한 길이 아닌 것으로 보인다. 그는 해방에 '처한' 자민족의 어리석은 행동에 대해 개탄하였었다. 그러한 개탄은 같은 시에서 "아! 이날 우리는/쌀값을 발로 차올리면서까지/승리군을 위하여/향연을 베풀지 않았더냐"라는 한탄으로까지 확대된다. 그리고 이런 부정적 인식은 다음 시행에서는 거의 운명적인 체념으로까지 나아가는 듯하다.

기라일진(騎羅一陣)
말굽 소리보다 요란해
그사이 그 인민 현란에 눈멸고
요란에 귀 어두워 아만(我慢)은
영웅과 함께 그예 마상(馬上)에 태어나고
폭군 일대기 시작되면서–
우리 생명 권력
한 손아귀에 쥐어졌더라[18]

그러나 우리는 여기에서 시인이 새로운 사회의 플랜을 확실히 자기 손에 쥐고 있었다는 사실을 유념해야 한다. 그러한 확신에 밑받침되는 한 그의 한탄은 단순히 지양되어야 할 단계에 지나지 않게 된다. 과연, 그는

한발(旱魃)이 성홍열보다 심한 때에도
우물이 딱 하나 있는 거 잘 아는데 어찌
우리 생명 권력을
뉘게 함부로 준단 말가[19]

---

18 「권력은 아무에게도 아니」, 『전집』, 53쪽.
19 같은 시, 『전집』, 54쪽.

라고 말한다. 인용문의 '우물'을 '조국건설의 플랜'까지는 아니더라도 그 플랜의 에너지의 원천에 대한 은유로 읽을 수는 있으리라. 이미 갈 길을 아는 자는 최악의 순간에도 오연하기만 하다. 문제는 그런 태도 자체가 아니라, 시인이 그런 태도를 자기만의 특권적 태도로 설정하지 않는다는 것이다. 왜 그 확신의 원천을 '우물'에 비유했을까? 앞에 전개된 시행은 이렇다.

> 내 비록
> 대한 삼천리 반만년 무궁화
> 역사는 그리 아지 못게라도
>
> 허울 벗은 부락마다 느티나무 서고
> 게 반드시 동지(同志) 있을 것과
> 동지 뜻 느티나무 같을 것과
> 곬마을 텅 비어 배고픈 것과
> 한발(旱魃)이 성홍열보다 심한 때에도
> 우물이 딱 하나 있는 거 잘 아는데 어찌

이 우물은 "삼천리 반만년 무궁화" 속에 숨겨진 우물이었던 것이다. 그것은 "허울 벗은 부락"에도 서 있는 "느티나무", "반드시" 있을 "동지", 그리고 느티나무처럼 한결 같은 "동지 뜻"과 같은 계열에 놓인다. 그렇다는 것은 그가 도래할 것으로 그린 진정한 세계가 무엇이든 그것의 힘은 그와 고난을 함께 나눈 사람들의 공동체, 즉 그가 상정한 바에 의하면 '민족'으로부터 나온다고 생각했다는 것을 가리킨다. 이러한 생각은 계몽주의자의 그것과는 양립할 수 없는 것이다. 즉 그는 이상적 자아의 특권적 자리를 자신이 차지하고 있다고 자부하지 않았거나, 혹은 적어도 그렇게 자부하면 안 된다고 생각했다는 것을 알 수가 있다.

두 번째 태도는 동시대의 다른 지식인들과 처지를 공유하는 태도를 가리킨다. 이들에게 걸린 문제는 일제에 협력했다는 문제가 그들의 행동을 가로막았다는 것이다. 그러나 이미 말했던 것처럼 대안 패러다임에 대한 확신이 그들에게 행동의 포기를 강요하기보다는 오히려 행동에 가속의 불을 당기게 한다. 왜냐하면 그게 속죄의 길, 부채 청산의 길이 될 수 있기 때문이다. 실제로 해방기의 대부분의 지식인들이 선택한 길이었다. 그런데 설정식 역시 그 문제를 공유하고 있었을까?

앞선 시에서 우리는 시인이 '동지'의 선한 의지에 대한 믿음을 표한 것을 보았다. 그러나 그것은 그의 잘못된 과거를 공유하는 것과는 다른 일이다. 해방기의 그의 대표작이라고 흔히 거론되는 「제신의 분노」는 그가 동지들의 악을 직시하고 있었음을 보여주고 있다.

> 하늘에
> 소래있어
> 선지자 예레미야로 하여금 써 기록하였으되
> 유대왕 제데키아 십 년
> 데브카드레자 자리에 오르자
> 이방(異邦) 바빌론 군대는 바야흐로
> 예루살렘을 포위하니
> 이는 이스라엘의 기둥이 썩고
> 그 인민이 의롭지 못한 까닭이요
> 그들이 저희의 지도자를 옥에 가둔 소치라 [20]

첫 대목이다. 성서의 사건을 통해 시인이 가리키고 있는 것이 한민족의 수난의 곡절임은 쉽게 알아차릴 수 있을 것이다. 그 곡절을 두고 시인

---

20 「제신의 분노」, 『전집』, 174쪽.

은 "그 인민이 의롭지 못한 까닭"이라고 단도직입적으로 말하고 있다. 이는 일제하에서의 식민지성을 민족의 죄로 인해 야기된 징벌로 이해한 다는 것을 가리킨다. 이때 시인을 대리하는 시의 '화자'는 이 '인민'과 행 동을 공유하고 있지 않다. 이 시가 성서로부터 인유하고 성서의 어조를 빌리고 있는 것은 바로 그 공유의 부인과 무의식적으로 연결되어 있는 것으로 보인다. 왜냐하면 이 시는 성서의 사건에 의미를 부여하는 예언 자를 내세우는 바, 그것을 시 안으로 투영하면, "선지자 예레미야"의 위 치는 곧 시의 '화자'에게로 전이되기 때문이다. 시인은 첫 세 행에 굳이 예레미야의 "기록" 사실을 '기록'함으로써, 시인 자신의 위치는 인민의 잘못을 고발하는 자임을 명시하고 있는 것이다. 게다가 그 차이는 기록 이 늘어날수록 심화된다. 선지자의 목소리는 거의 절대자의 음성으로 수 렴되어 마침내

옳고 또 쉬운 진리를
두려운 사자라 피하여
베델의 제단 뒤에 숨어 도리어
거기서 애비와 자식이
한 처녀의 감초인 살에 손을 대고
또 그 처녀를 이방인에게 제물로 공양한다면

내 하늘에서 다시
모래비를 내리게 할 것이요
내리게 하지 않아도 나보다 더 큰 진리가
모래비가 되리니
그때에
네 손바닥과 발바닥에 창미가 끼고
네 포도원은 백사지(白沙地)가 되리니[21]

화자는 절대자와 거의 동일시된다. 이 목소리가 그저 절대자의 말을 '전
음(傳音)'하는 것이 아니라 화자 자신의 목소리라는 것은 "나보다 더 큰
진리가/모래비가 되리니"라는 구절 속에 분명하게 표지되어 있다. 절대
자가 그 보다 더 큰 진리가 있다고 말하지는 않을 것이기 때문이다.[22]
그러니까 저 목소리는 분명 선지자의 형상을 띤 화자 자신의 말을 전하
는 목소리이다. 그 화자가 스스로 절대자의 위치에까지 올라 자기 민족
의 죄를 단죄하고 있는 것이다.

그렇다면 설정식은 두 번째 경우에도 해당되지 않는다고 해야 할 것이
다. 만일 첫 번째 경우였다면, 즉 그는 확고한 전망으로 가지고 있던 새
로운 국가 플랜, 즉 사회주의적 패러다임의 가장 특권적인 수행자로서
그 패러다임 자체의 교육자이자 계몽자로서 자처했을 것이다. 그리고 그
랬을 경우 그는 민족을 폐기하고 계급론으로 가거나 최소한 두 단계 혁
명론에 근거해 민족을 일시적인 방편으로 간주해야만 했을 것이다. 두
번째 경우라면 그는 해방 전의 조선 인민의 죄를 융통성 있게 수용하는
입장을 취했을 것이다. 그러나 그의 시는 두 경우 모두 부정한다. 그리고
우리가 주목해야 할 것은 두 경우를 모두 부정케 하는 공통된 원인이다.

첫 번째 경우를 부정케 하는 원인은 바로 '민족'이라고 지칭될 수 있는
사람들의 존재이며, 그들에 대한 신뢰이다. 두 번째 경우를 부정케 하는

---

21   『전집』, 176~177쪽.

22   게다가, '모래비'의 비유는 성경의 일반적인 비유와 어긋나 있다. 구약에서 모래는
재앙을 비유하기보다는 대체로 풍요의 상징으로 제시된다. 가령 "셀 수 없는 하늘의
군대와 헤아릴 수 없는 바다의 모래처럼, 나의 종 다윗의 후손과 나의 시종들인 레위인
들을 불어나게 하겠다."(「예레미야 서」 33:22) 같은 구절이 그런 경우다. 한편 신약에
서는 '사상누각'과 비슷한 방식으로 허무함의 비유로 쓰이기도 하고 구약과 마찬가지
로 풍요의 상징으로 쓰이기도 한다. 이 점에 비추어 보면 '모래비'의 비유는 오로지
시인의 것이라고 할 수 있다. 시인은 화자가 선지자의 입을 빌려 자기의 말을 하는
것처럼, 성경의 형식을 빌려 시를 쓴 것이다.

원인은 바로 '민족'의 죄악을 직시하고자 하는 데서 온다. 그런데 이 직시가 '민족'을 부정하는 게 아니라는 점을 주목해야 할 것이다. 무엇보다도 「제신의 분노」의 비유가 민족사에 근거한 비유라는 점이다. 바로 '이스라엘 민족의 수난사'에 근거한 것이다. 그렇기 때문에 처녀를 팔아넘기는 인민의 죄는 "이방인에게 제물로 공양하는" 죄에 해당한다. 민족의 잘한 일과 잘못한 일의 구별을 위해 먼저 자민족과 이방인의 구별을 뚜렷이 한 다음, 이방인에게 봉사하는 것을 잘못으로 보았다는 것이다. 그리고 이방인에게 봉사하는 존재는 '인민'이다. 즉 민족 자체가 아니라 솎아내고 쇄신할 수 있는 '민족의 구성분'인 것이다. 이런 방식으로 그는 인민을 고발하되 민족을 보전하고 있는 것이다. 그러니까 두 번째 경우를 부정케 하는 원인은 '민족'의 죄악을 직시하고자 하는 데서가 아니라, '민족'을 배반한 '인민'의 죄악을 직시하고자 하는 데에 있는 것이다. 그러나 그렇다면 '민족'에서 '인민'을 빼고 나면 누가 민족을 대신할 것인가? 이 논리 자체가 허망한 자가당착에 빠지는 게 아닌가?

우리는 여기에 간편한 해결책이 있다는 것을 잘 알고 있다. 대부분의 지식인들이 흔히 취해온 방법이다. '민족'을 '인민', 즉 민족의 구성분으로 대체하면, 그 내부를 여과시킬 수 있다. 민족은 죄를 범한 자와 그렇지 않은 다른 사람들, 좀 더 정확하게 말하면 민족을 배반한 자들과 그 배반자들에 의해서 희생당한 진정한 민족의 구성원들로 나뉘게 된다. 설정식 역시 그와 같은 논리를 따른다. '인민'의 죄는 어느새 소수의 '지도자들', "가난한 사람들의 허리를 밟고 지나가는 다마스커스의 무리들"의 죄로 바뀐다.

> 그러므로
> 헛된 수고로 혀를 간사케 하고 또 돈을 모으려 하지 말며

이방인이 주는 꿀을 핥지 말고
원래의 머리와 가슴으로 돌아가
그리로 하여 가난하고 또 의로운 인민의 뒤를 따라
사마리아 산에 올라 울고 또 뉘우치라[23]

이 시구에서의 "인민"은 우리가 앞에서 보았던 인민이 아니다. 앞의
인민이 총칭명사였다면 여기에서의 인민은 한정명사이며, 그 한정에 의
해서 존재이유가 보전된다. 이 인민은 인민 중에서 "가난하고 또 의로운
인민", 확대 해석하자면, '부유하고 부정한 인민'에 의해서 핍박받는 인
민이다. 그리고 이 인민에 의해서 민족은 마침내 구원될 수 있을 것이다.

그리하면
비록 허울 벗기운 너희 조국엘지라도
이스라엘의 처녀는 다시 일어나리니
이는 다 생산의 어머니인 소치라

「제신의 분노」의 마지막 연이다. '인민'의 뒤를 따라 뉘우치면 민족
("이스라엘의 처녀")은 헐벗은 상황에서라도("허울 벗기운 너희 조국엘지라도")
회복되게 되어 있다("다시 일어나리니.") 회복될 뿐만 아니라 더 나아가 자
발적 회복력까지 가진 것으로 언급된다. 마지막 행은 이스라엘의 처녀가
다시 일어나는 까닭은 가난하고 의로운 인민의 뒤를 따라 뉘우치고 뉘우
친 속죄 행 때문이 아니라 이스라엘 처녀 스스로가 "생산의 어머니인 소
치(까닭)"라고 말하고 있다. 그렇게 해서 인민과 민족은 순환한다. 인민
은 민족을 복원하고 민족은 인민을 낳는다.

23 『전집』, 177쪽.

3. 민족의 자기 구원을 계시하는 시

사회주의적 전망을 확고한 신념으로 내장한 시인은 그러한 신념이 열어줄 수 있는 두 가지 길을 한꺼번에 거부한 셈이 된다. 그렇다면 그는 어떤 길을 갈 수 있을 것인가? 그것을 묻기 전에 우리는 그러한 거부를 한 원인이 두 경우, 모두 '민족'에 대한 잠재적 신뢰라는 점에 주목해야 할 것이다. 그리고 질문을 던져야 할 것이다. 이러한 민족은 도대체 어떤 민족인가? 사회주의적 전망의 반려자로서 간택된 민족은 누구인가?

우리가 알 수 있는 건 가난하고 핍박받았으며 의로운 사람들이라는 것뿐이다. 아마도 가난하고 핍박을 받았다는 점에 대해서는 많은 사람들이 동의할 수 있을 것이다. 그러나 그들이 "의로운" 사람이라는 판단은 어떻게 할 수 있는가? 더 나아가 의로운 사람들이 모두 구원의 능력을 가진 것은 아닐 진대, 그 의로운 사람들이 어떻게 그 자신을 구원할 가능성을 어디에서 찾을 것인가? 그들이 어떤 감화력을 가졌기에 부정한 사람들을 '뉘우치게' 하여 세상을 구원케 할 것인가?

시인은 이미 "조선 민족(이) 앞치마를 찢어 당홍 청홍 날리며/장할사 승리군 마처(=맞으러, 인용자) 불역으로 달렸"던 어리석음을 저질렀던 것에 절망했었다. 민족의 실제적인 가능성을 시인이 찾아내기란 쉽지 않을 것이다. 시인은 그렇다면 조금 전에 읽었던 것처럼, 선지자의 외관을 차려 입고 다마스커스의 무리들을 질타하고 신칙하는 게 효과가 있으리라고 판단한 것일까? 그리도 예언자적 어투로 해방기 시들 거의 전부를 채운 걸로 보면? 그러나 그들이 그의 말을 들으리라는 믿음을 어디에서 길어낼 것인가?

아마도 거꾸로 들어가야 할지 모르겠다. 그의 '민족'을 아무리 뒤져도 해답이 구해지지 않으니까 말이다. 다시 되새기자면 설정식은 민족주의

자가 아니라 공산주의자로서 새로운 사회의 패러다임을 민족의 틀에 굴절시킨 사람이다. 그러나 그렇다고 해서 계급적 개념이 그의 민족에 투영된 것 같지도 않다. 그의 글에는 가령 초기 마르크스주의자들이 항용 거론했던 생산수단을 소유하지 않은 자로서의 노동계급의 순수성에 관한 얘기도 없고, 루카치 이후의 노동자 계급의 "가능한 의식(possible consciousness)"에 대한 인식도 없는 것으로 보인다. 계급적 관점이 투영된 게 있다면 그것은 아주 소박한 것이다. 그는 홍명희가

> 8·15 이전에 내가 공산주의자가 못 된 것은 내 양심 문제였고 공산주의가 무엇인지도 모르면서야 공산당원이 될 수가 있나요. 그것은 창피해서 할 수 없는 일이지. 그런데 8·15 이후에는 또 반감이 생겨서 공산당원이 못 돼요. 그래서 우리는 공산당원 되기는 영 틀렸소. (…) 그러나 요컨대 우리의 주의, 주장의 표준은 그가 혁명가적 양심과 민족적 양심을 가졌는가 안 가졌는가 하는 것으로 규정지을 수밖에 없지.

라고 말한 데 대해

> 간단히 말하면 숫자를 따져서 그 양심 소재를 밝혀볼 수도 있지 않을까요? 아닌 말로 칸트가 『실천이성비판』에서 "너의 격률(格律)이 동시에 제삼자의 격률이 될 수 있는 것을 가지고 행동을 하라"고 한 그것이 오늘날 와서는 민족적 양심에 해당한다면 설혹 내 개인이 간직한 양심이 있다고 하더라도 절대 다수의 양심이 숫자적으로 절대일 때에는 조그마한 내 개인의 양심 같은 것은 버리는 것이 옳지 않을까요.[24]

라고 반문한다. 간단히 이해하면 그는 '다수'의 진리성을 말하고 있는 것

---

24 『전집』, 785~786쪽.

이다. 그리고 그 다수의 실체를 '민족'에서 찾은 것이다. 그렇다면 설정식
이 생각한 공산주의의 이념적 핵자는 '다수'라는 것에 있었던 것인가?[25]
다수가 진리를 가지고 있다는 논리는 홍명희에게 눈치 채일 만큼 소박한
것일 수밖에 없다. 홍명희는 곧바로 "다수자의 양심"이란 것이 "무의식중
에 굴종하는 정신적 습관[26]"에 불과할 수도 있음을 지적한다. 그리고 논의
는 더 이상 객관적 근거를 파고들지 못하고, 윤리적 자세라는 주관적 태도
의 문제로 빠진다. "절대로 문학은 굴종을 하여서는 안 되겠다"는 다짐이
랄까, 소망이랄까, 하는 것으로. 그렇다면 설정식의 '민족'은 '다수'라는
개념을 매개로 계급을 엉성하게 형상화하는 비유에 지나지 않는 것일까?

그러나 이 대화의 동체에서 다른 논리적 결을 더듬어 볼 수는 없을
까? 가만히 읽어 보면 설정식이 '절대 다수'라는 말을 쓰긴 했어도 다수
의 진리성을 확언한 건 아니다. 다만 그는 그 '절대 다수' 쪽에 개인보다
진리 실현의 가능성이 더 있다고 보고 있을 뿐이다. 가능성을 말하는 것
은 현실태를 말하는 것과 아주 다른 것이다. 진리가 이미 있다고 생각하

---

25   그는 다른 글에서 "시의 최소 공배수는 그 시대 인민 전체의사 최대공약수로 된 진리
에 필적한다"고 주장하며, "내가 제작하는 시가 인민 최대 다수의 공유물이 되게 하자"
는 다짐을 보인 바 있다 (「Fragments」, 『전집』, 198, 204쪽). 이러한 '다수'에 의지하
는 태도는 오장환이나 김동석에게서도 발견되는 논리이다. 가령, 오장환은 이렇게 말
한다 : "인간의 의무 ! 즉 자아만을 버린 인간 전체의 복리를 위하여 문학도 존재하는
것이 옳은 일이라고 생각한다. 그러기에 내가 말하는 신문학이란 과거의 잘못된 근성
(지말적인)을 버리고 널리 정상한 인생을 위한 문학이 신문학인 줄로 생각된다."(「文壇
의 破壞와 참다운 新文學」, 『조선일보』, 1937.1.28~29. 최두석 편, 『오장환 전집 2.
산문·번역』, 창작과비평사, 1989, 12쪽) 어쩌면 그 당시 한반도의 사회주의적 전망의
경계가 거기까지였는지도 모르겠다. 다만 김동석은 "다수가 주장하는 것이 진리일 때
만 그것이 민주주의라는 또 한가지 요건"을 명시한 바 있다(「한자 철폐론」, 김동석,
『뿌르조아의 인간상』, 탐구당서점, 1949, 265쪽)는 점은 그의 생각이 좀 더 복합적이
었다는 것을 의미할 것이다.
26   『전집』, 787쪽.

는 것은 더 이상의 논의를 불요하지만, 진리의 가능성이 있다고 말하는 것은 진리가 도래할 길에 대해서 다시 얘기를 해야 하기 때문이다. 설정식은 다수의 진리성을 말하지 않고 "너의 격률이 제 삼자의 격률이 될 수 있는" 행동에 대해서 말한다. 문자 그대로 읽으면 그것은 타자가 수용할 수 있는 격률이 될 행동을 하라는 것이다. 그런데 격률이란 무엇인가? 그것은 '너'도 이끌어주고 타자도 이끌어줄 원칙, 다시 말해 개인의 행위가 곧 자신도 바꾸어주고 타자들도 바꾸어줄 행동의 원칙을 가리킨다. 이때 중요한 것은 두 가지이다. 하나는 여기서의 타자('제3자')는 개인('너')의 대립항이기 때문에 가정적으로 무한이라는 것이다. 즉 단독자 대 만인의 문제인 것이다. 다음 여기서의 행동의 원칙은 부정과 긍정을 한꺼번에 포함한다는 것이다. 왜냐하면 "너의 격률이 동시에 제삼자의 격률이 될 수 있"으려면, '너의 격률'은 '너의 격률' 그 자체를 보존하면서도 '너만의 격률'의 상태에서 벗어나는 자기 긍정과 부정을 동시에 포함할 수밖에 없기 때문이다. '격률'은 그 부정과 긍정의 동시성을 통해서 개인과 만인을 다른 존재로 변신시킬 수 있어야 할 것이다.

그렇다면 여기에서 완전히 새로운 이해가 열릴 수 있다. 이 이해는 네 가지 논리구조로 이루어진다.

첫째, '절대 다수'라고 지칭된 타자가 '만인'이라고 한다면 이 타자는 계급도 아니고, 혈연과 지연으로 묶인 공동체로서의 민족도 아니다. 그것은 인류이다. 그것을 민족이라고 지칭했다면 설정식의 의식에서는 물론 그 자신이 속한 조선민족에 근거한 것이겠으나 그의 무의식에서는 차라리 문자 그대로의 뜻으로서의, 민(民)+족(族), 즉 사람무리, 사람덩어리를 가리키는 것이 아닐까?

둘째, 이 만인의 문제가 개인과의 관계 속에서 해결의 실마리를 얻는다는 걸 무엇을 가리키는가? 우선 다시 문자 그대로 읽으면, 우리는 지금

'문자 그대로'라는 현상학적 환원을 통해서 시인의 무의식을 들여다보고
자 하는 것인데, 설정식의 진술은 개인에 대한 만인("절대 다수")의 우위성
을 말한 것이 아니다. 그가 말하는 것은 "절대 다수의 양심"을 위해서는
"개인의 양심"은 버리는 게 옳다는 것이다. 이것은 절대 다수의 양심과
개인의 양심은 우열의 관계에 있는 것이 아니라 범주와 차원이 다르다,
라고 읽힐 수도 있다. 다만 이 이질적 차원의 두 문제에게 어떤 관련이
있는데, 그것은 '개인의 양심을 버리는' 일이 '만인의 양심을 구하는' 일이
된다는 것이다. 그런데 여기에서 '양심'이라는 단어가 매우 모호하게 사용
된 점을 유의해야 할 것이다. "개인의 양심"에서의 '양심'은 앞에서 양심이
라는 단어가 쓰인 관성에 의해 되풀이된 면이 없지 않다. 문맥에 맞게
읽으려면 그것은 '개인의 구원', '욕망'과 동 계열에 속하므로 그것들의
뜻에 맞추어서 해석해야 한다. 과연, 다음의 진술은 개인의 양심이 일차적
으로 개인적 욕망과 같은 뜻으로 사용되었다는 것을 보여준다.

    유럽소설에서 가장 많이 문제가 되는 것이 구(舊)윤리에 대한 반동(反
動)과 구명(究明)을 작가는 그의 제 1 의적 임무로 생각한다. 올더스 헉슬
리(Aldous Huxley)가 그의 저서 『가자에서 눈이 멀어(Eyeless in Gaza)!』
에서 현대적 성격 파산에 대하여 어떻게 반동했는가를 독자는 잘 알 줄 안
다. "자존심은 강간보다 악하다. 하고(何故) 요하면 자존심은 한 사람뿐 아
니라 만인을 상(傷)하므로." 헉슬리는 이렇게 말한다. 이러한 종류의 윤리
에 대한 성찰은 미국문학에는 거의 없다고 해도 좋다. 미국은 지금 국가
민족 형성에 있어서 그 형식 준비에 바쁘다. 논리의 형식인 '사회'에 대하
여 최대 관심을 두는 것은 그 까닭이다. 행동에 대한 태도도 어디까지든지
형식주의로 규정지으려 한다. 이것은 생물적 조건이 정리 안 된 역사에 있
어서 불가피한 것이다. '사회적 약속'과 '사회적 양심'이 '개인적 약속'과
'개인적 양심'에 대치되는 것을 본다. 이러한 점에서 나는 유럽의 보수주의

가 미구(未久)에 미국으로 건너가서 그곳에서 한동안 성장하지 않을까 하는 추측을 한다.[27]

꽤 혼란스럽게 기술되어 있는 이 대목을 가만히 들여다보면 그 요지를 다음과 같이 정리할 수 있다.

(1) 오늘의 미국은 국가 민족 형성에 있어서 형식 준비에 바쁘다.
(2) 그 때문에 논리의 형식인 '사회'에 최대 관심을 두고 있다.
(3) 그런데 형식주의가 기승한 탓에, '사회적 약속'과 '사회적 양심'이 '개인적 약속'과 '개인적 양심'으로 대체되고 있다.
(4) 이는 유럽 보수주의의 구-윤리적 태도이다. (미국에서는 이 태도가 오랫동안 성할 것이다.)
(5) 개인적 양심의 예를 들자면, '자존심'이 그렇다.
(6) 이것은 위험한 태도이다. 그래서 헉슬리는 말했다. "자존심은 강간보다 악하다. (…) 자존심은 한 사람뿐 아니라 만인을 상하게 하기 (때문이다.)"

설정식이 '개인적 양심'이라고 지적한 것은 그러니까 '자존심'과 같이 개인의 자기(만)의 당당함에 대한 요구 혹은 욕망과 같은 것을 가리킨다고 볼 수 있을 것이다. 그런데 해방기의 조선 사회 역시 "국가 민족 형성"에 바쁘기가 마찬가지다. 설정식은 여기에서 일종의 유사성을 찾아내고는 이 긴급한 과제를 해결하는 데 있어서 한반도가 미국의 경우에서처럼 개인적 양심이 사회적 양심을 대신할 수도 있을 사태에 우려를 표한다. 본문에 드러나 있지 않지만 그 이유는 비교적 쉽게 추론할 수 있다. 해방기의 조선사회에 보편적으로 수용된 사회 형식은 세계대전에서 승리한

27 「현대미국소설」, 『전집』, 474~475쪽.

연합국의 사회 형식, 즉 서구적 민주주의이고, 이 민주주의는 개인을 핵자로 하는 민주주의이기 때문이다. 이런 사회에서 개인의 자존심은 아주 중요한 덕목에 속하게 된다. 그렇기 때문에 자존심은 개인의 욕망이자 동시에 요구가 될 것이다. 그것을 '개인적 양심'의 범주에 넣는 논리적인 근거가 이렇게 구축된다고 할 수 있다.

그런데 설정식이 보기에 '자존심'을 내세우는 일은, 국가 건설이라는 보편적 과제 앞에선 적절하지 않았다. 자존심은 여기에서 개인적 신념의 '고수'를 유발하는 태도인데, 국가 건설은 '만인'을 위한, '만인'의 의한, '만인'의 목표로서 개인적 신념과 왕왕 충돌할 수 있어서, 자존심을 드세게 내세우는 것은 결국 국가 건설의 대의를 훼손하는 일이 될 것이기 때문이다. 바로 거기에서 "민족적 양심", 즉 우리가 분석한 대로 보자면 '만인의 양심'은 "개인의 양심을 버리는" 일을 포함하게 된다. 오로지 개인의 양심이 의미가 있다면, 그것은 '개인의 격률이 동시에 타자의 격률로 될 수 있는 것으로 행동을 하는 일', 즉 개인의 행동 지침이 만인의 행동 지침으로 될 수 있는 것이 되어야 한다는 것이다. 그렇게 해서 만인의 양심의 궁극적인 목표는 만인의 구원이 된다.

셋째, 여기에서 '개인의 양심'과 '만인의 양심'을 단순히 우열의 문제나 선택의 문제가 아니라 범주가 다른 개념으로 이해하자는 제안을 상기해보자. 그 제안에 근거하면 앞에서 일괄적으로 말한 '격률'은 완전히 다른 행동 지침으로 가정해 볼 수도 있다. 그러나 그럼에도 불구하고 둘 사이엔 논리적 연결선이 존재해야 한다고 설정식은 가정했다. 다시 말해 "개인의 격률이 동시에 제삼자의 격률로 될 수 있어야" 하는 것이다. 이때 개인의 격률은 '자존심'과 정반대의 격률이 되어야 할 것이다. 자존심은 "만인을 상하게 하"는 것인 데 비해, 올바를 개인의 격률은 만인을 구하는 사업이 되어야 하니까 말이다. 그렇게 본다면 개인의 격률은 '개인의 자존심을 버리는 일', 다시 말해 '개인의 욕망을 버리는 일' 혹은 '개인을 버리는 일'로 가정할 수 있다. 반면 '만인의 양심'에 대해서는 만인 스스로 자신들을 구할 행동 원리로 가정해 볼 수 있을 것이다. 이 '만인의 양심'은 그런데 제삼자의 격률이 될 수 있는 개인의 격률에 근거한다. 이어서 얘기하면 개인을 버리는 일이 만인으로 하여금 스스로 자신들을 구할 행동 원리를 찾기 위한 계기로서 작용하도록 하는 것, 즉 만인의 양심을 불지피는 일이 된다. 여기까지 오면 우리는 이러한 진술들이 무의식적으로 예수의 행동을 가리키고 있다는 것을 눈치챌 수 있을 것이다. 자기를 희생하여 인류로 하여금 재생의 길에 눈뜨게 한 사람이 그이니까 말이다. 과연 그는 어느 시에서 이렇게 말했다.

> 저마다
> 오롯한 예수밖에 될 수 없는 순간이요
> 재 되고 무너진 거리일지라도
> 돌아앉아 눈뜨지 못하는 담 모퉁이를 더듬으사
> 삐 소리 소리 아닌 말 말 아닌 아ᅳ
> 보다 나은 복음 있거들랑
> 우리들 구유에 보채는 핏덩이 앞에 오소서[28]

요컨대 "저마다 예수" 되는 일밖에는[29] '말세'를 구할 수가 없는 것이다. 왜냐하면 그가 '민족'이라고 명명하고 집착했던 것에 대해서 실제적인 전망을 가지지 못했기 때문일 것이다. 그리고 아마도 그는 과학적이라고 주장된 공산주의적 패러다임의 최종적 지점, 즉 '프롤레타리아 독

---

28 「우일신」, 『전집』, 165쪽.
29 시인은 "예수가 될 수밖에"를 "예수밖에"로 바꾸는 '축약'을 통해서 그것의 필연성을 강화한다.

재'라는 것에 대해서도 부지중에 꺼려했던 것으로 보인다. 그래서 계급적 개념 대신 그는 만인, 즉 인류 전체의 문제를 들고 나온 것인데, 그 속사정이 어떠하든, 공산주의의 역사발전도식과 기독교의 예수의 범례적 사건이 습합되는 일이 일어났고, 그 습합의 매개체로서 '민족'이 동원되었다는 것은 확실해 보인다. 왜냐하면 민족은 앞에서 보았듯, 남로당의 행동방침에 의해서건 아니면 '다수'라는 기준에 의해서건, 계급의 제유가 될 수 있으면서, 동시에 '이스라엘 민족'이 그러했듯이 예수가 대속할 만인의 제유가 될 수 있기 때문이다. 그리고 우리가 잘 알다시피 모든 습합, 즉 은유는 두 제유의 결합을 통해서(이것이 바로 유사성의 원리이다) 발생하는 것이다.[30]

넷째, 개인과 만인을 동시에 구할 '격률'의 관점은, 만인을 긍정될 존재로서가 아니라 부정될 존재로서 제시한다. 우선 부정되어야 긍정될 수 있으니까 말이다. 그렇다면 개인의 양심을 버리는 일이 사람 덩어리로서의 '민족'(만인)에 균열을 내는 사건이기 위해서는, 민족을 부정함으로써 민족을 갱생시키는 길을 여는 사건이 되어야 할 것이다. 따라서 그 사건은 '부정'의 작업을 잘 이행해야 한다. 예수는 그 작업을 조직적으로 끌고 갔다고 할 수 있는데, 그 방법론은 자신을 사람들의 증오의 대상으로 만드는 것이었다. 다만 사랑을 설파하고 체현하는 조건으로. 그렇게 예수는 사랑과 증오라는 모순의 극적인 융합을 통해 희생하고 부활하였다. 우리는 앞에서 설정식 시의 민족을 꾸짖는 어조에 대해서 의아해 했었다.

---

30 우리는 유사성의 논리 회로의 시작 지점을 바꾸어 볼 수도 있다. 설정식이 공산주의를 택한 이유는 그가 그 이념을 확신했기 때문이 아니라, 인류의 구원이라는 문제에 대한 실제적인 통로로서 공산주의를 발견했다고 '착시'했기 때문이라고. 그것이 착시라는 점은, 물론 50년 후가 지나서야 밝혀질 문제였기 때문에, 당시로서는 대부분의 지식인들이 의식할 수 없었던 것이었다. 지드(Gide)의 환멸, 레이몽 아롱(Rayond Aron)의 통찰, 카뮈(Camus)의 감성주의가 겨우 그것의 균열 지점을 간신히 더듬었을 뿐이다.

특권적 지위에 오른 자의 계몽적 자세를 취하지 않으면서도 질타의 목소리를 쏟아내는 것에 대해 물음을 던졌었다. 여기까지 오면 우리는 시인의 어조가 선지자의 어조를 닮은 까닭을 이해하게 된다. 그는 특권적 지위를 통해서가 아니라 민족(만인)의 일원으로서 민족을 부정함으로써 민족에 의해 부정당하는 걸 대가로 민족 스스로 자기부정을 통한 갱신의 길에 들어서도록 하는 방법을 택해야만 했던 것이다. 그 점에서 그의 소설, 『청춘』의 한 대목은 눈여겨볼만하다. 주인공 '김철환'은 일제의 끄나풀인 '현영섭'을 암살하려는 계획을 실행하기에 앞서 약간의 번민에 휩싸인다. 사람을 죽이는 일이 "자기중심, 자기만족에서 나오는 것이지 결코 대의가 될 수 없지 않을까[31]"라는 의구심에 사로잡힌 것이다. 그런데 그 의구심을 그는 바로 '자기부정'의 논리로 떨쳐내게 된다.

　　나 자신을 시비하고 있을 때는 벌써 지나갔다. 그러나 또다시 생각해보면 나는 벌써 현영섭이를 죽이고 있지 않은가. 원래부터 현영섭이란 것은 내 머릿속에 있던 존재가 아니던가. 그것은 결국 김철환의 속에 들어 있는 '현영섭'을 죽여 없애자는 일종의 자기부정이 아니던가.

　현영섭을 죽이는 일은 바로 김철환 안의 현영섭적 요소를 덜어내는 일이 되는 것이다. 앞에서 본 기독교적 비유에 근거해, '현영섭'을 이스라엘 민족 안의 "다마스커스 무리"에 빗댈 수 있다면, 다마스커스 무리를 없애는 일은 바로 민족 스스로의 자기부정을 실행하여, 민족을 쇄신하는 일이 되는 것이다.
　하지만 여기까지는 자기 내부의 암적 요소를 제거하는 것으로 이해될 수 있다. 이것이 '민족 전체'를 질타하는 선지자적 어조를 다 설명하지는

31　『전집』, 338쪽.

못한다. 그러나 여기에서 주목할 것은 '현영섭적 요소'='김철환'의 동일시 라는 알고리즘이다. 이는 암적 요소를 전체로 확대하는 논리적 근거가 된다. 즉 암적 요소를 볼록거울로 확대해 민족 전체로 동일시하면 민족 전체가 질타의 대상이 된다. 그 질타는 필경 수직적 신칙(申飭)의 어조를 부르지 않을 수 없다. 민족 전체가 암적 요소로 치환되었기 때문이다. 이 치환을 통해서 민족 자체에 대한 부정이 행해지는 것이다. 다만 목소리 는 민족 위로 솟아 오르지만 몸은 민족 내부에, 수평적 위도에 남아 있어 야만 한다. 그래야만 자기 부정이 될 수 있는 것이고, 자기 부정을 통한 회생이 가능해지는 것이다. 목소리를 통한 몸의 뒤바꿈. 목소리가 몸을 죽이면 목소리가 죽은 몸과 결합하여 새로운 몸이 태어나게 되는 것이다.

결국 시인이 하는 일은, 스스로의 희생을 대가로 민족에게 '돌연변이' 를 주는 작업을 하고자 하는 것인데, 이 돌연변이가 일어나는 지점을 '특 이점(singularity)'이라고 명명하는 진화론의 명명을 받아들여, 시를 특이 점의 발생으로서의 민족의 사건이라고 말할 수 있을 것이다. 그런데 이를 위해서 자기를 부정하는 자는 자기 위로의 솟아오름과 내부로의 하강을 쉼없이 반복할 수밖에 없을 것이다. 이 상승과 하강의 쉼없음, 부정과 긍정의 끝없는 교번(交番)은 교범적 행동수칙이나 형식논리로는 감당할 수 없다. 오직 '시'만이 그것을 할 수 있을 것이다. 그가 "내 시가 난삽하다 는 말을 듣는 것은 지당한 일이다. 내 상처가 아직 다 낫지 못하였기 때문 이다[32]"라고 말한 것은 그 때문일 것이다. '자기 부정'의 작업이 필경 끼어 야 하기 때문에 언어가 스스로의 문법을 파괴하는 언어를 동시에 내장할 수밖에 없다. 난삽하지 않을 수가 없는 것이다. 이어서 그는 말했다.

---

32 「Fragments」, 『전집』, 199쪽.

시에 있어서 백합(百合)이 길쌈을 하지 않는 것으로 오인하지 마라. 참새가 떨어질 때 우주가 협력한다고 하지 않았는가.

자세한 풀이는 없지만, 시인은 꽃 백합을 한자로 써서, 문자 그대로의 의미를 유도하고 있다. '百'은 만인의 숫자다. 아름다운 꽃 '백합'은 만인이 합하는 행위 그 자체다. 꽃을 시에 비유한다면 한자 '백합'의 뜻은 만인의 세계, 설정식의 의식 세계 속에서 '민족'으로 표상된 전체의 세계이다. 즉 시의 창조는 만인의 은밀한 협력을 통해서 나타난다. 그런데 그것이 바로 창조이기 때문에 만인의 협력은 만인 자신에 의한, 만인 자신의 재창조인 것이다. 그 만인 자신에 의한 만인 자신의 재창조란 말을 개념으로 바꾸면 만인 전체의 자기 부정과 자기 긍정의 동시적 실행을 통한 자기 쇄신이라고 할 수 있을 것이다. 그것이 시가 하는 일이다. 그가 시를 두고 "한 개의 인간이 창궁蒼穹 밑에서/얻을 수 있는 최대의 발견이 시인 것이다[33]"라고 말한 것에는 바로 그러한 근본적 변화의 계기로서 시가 작동한다는 것을 감지했기 때문일 것이다.

4. 모순어법으로서의 시

개인의 행동이 만인의 행동을 촉발하는 행위, 그것이 시라면 그 시가 쉽게 씌어질 수는 없을 것이다. 설정식의 해방기 시에 대한 기왕의 미학적 평가는 곽효환의 논문[34]이 잘 갈무리하고 있는데, 대체적으로 "미숙하다", "투박하다", 심지어 "치졸하다"는 부정적인 평가가 우세한 편이

33 「거리에서 들려주는 노래」, 『전집』, 35쪽.
34 곽효환, 「설정식의 초기 시 연구」, 『한국문예비평연구』 37, 한국현대문예비평학회, 2012.

다.[35] 그러나 지금까지의 논리를 충실히 따라온 결과로 보자면, 그의 시의 난삽함은 미숙성의 결과가 아니라 오히려 사유의 복잡성을 가리키는 증거이자 그의 시어 자체가 그러한 복잡성의 실존태가 되려고 노력한 데서 오는 필연적인 현상이다. 무엇보다도 시인이 자신의 시를 단순히 자기 철학의 명제를 제시하는 도구로서 쓰려고 하지 않는 한, 언어 스스로 그러한 행위 자체가 되어야 할 것이다. 그러기 위해서는 무엇보다도 부정과 긍정이 한 언어 안에서 수행되어야 할 것이고, 부정과 긍정의 충돌을 통해서 새로운 어법과 이미지가 창출되어야 할 것이다. 다음과 같은 진술은 부정과 긍정의 복잡한 작업을 시인 스스로 의식하고 있었음을 보여준다. 그는 "시인의 머리는 한 기관(機關)이다[36]"라고 선언하고는,

> 기관은 또한 비단을 짜는 베틀과도 같다. 소재는 올과 날로 부정하고 또 긍정하는 것으로 차위(次位)가 발견되어야 하며 조직되어야 한다.
> 좋은 술을 담을 수 있는 그릇은 좋은 것이어야 하며, 시에 있어서 그것은 항상 비어 있어야 한다.[37]

고 규정하고, 이어서, 그 기관이 행하는 작업을 두고

> 이율배반의 괴리에서 일어나는 모순의 부정과 부정의 부정이 시인의 유일한 논리학이요, 방법론[38]

---

35   김동석, 정지용, 김기림 등에 의한 긍정적 평가도 있지만 단편성을 벗어나지 못한다. 이 글에서 특별히 참조하지 않는 소이이다.

36   「Fragments」, 『전집』, 195쪽.

37   같은 글, 『전집』, 196쪽.

38   같은 글, 『전집』, 197쪽.

이라고 주장했던 것이다. 필자가 보기에 설정식 시에 대한 '미숙성' 등의
부정적인 평가는 바로 이러한 복합성을 느껴 체감하지 못한 데에 기인한
다. 요컨대 감식안이 더 심각하다고 할 수 있다.

실로 그의 시를 어렵게 하는 가장 중요한 원인은 그가 모순어법을 사
방에서 실천하고 있기 때문이다. 가령 다음 시구를 보자.

　　흑풍(黑風)이불어와
　　소리개 자유는
　　비닭이 해방은 그림자마저
　　땅 위에서 걷어차고 날아가련다
　　호열자 엄습이란들
　　호외 호외 활자마다 눈알에
　　못을 박듯 하랴 뼈가 휜 한 애비
　　애비 손자새끼 모두 손 손
　　아! 깊이 잠겼어도 진주는
　　먼 바다 밑에 구을렀다
　　인경은 울려 무얼 하느냐
　　차라리 입을 다물자

　　그러나 나는 또 보았다
　　골목에서 거리로
　　거리에서 세계로
　　꾸역꾸역 터져나가는 시커먼 시위를
　　팔월에 해바라기 만발한대도
　　다시 곧이 안 듣는
　　민족은 조수(潮水)같이 밀려 나왔다[39]

39 「우화」, 『전집』, 51~52쪽.

　이 시구에서 두 연은 한반도의 사람들에 대한 명백히 상반되는 두 개의 판단을 연이어 보여주고 있다. 앞 연에서 사람들은 "소리개"가 "비닭이(비둘기)"를 낚아채듯 '자유'를 선전하는 우화에 현혹되어 허공으로 끌려가고 있다. 반면 뒷 연에서는 "민족(이) 조수같이 밀려 나"오고 있다. 이 모순적 현상이 이렇게 연이어 배치되어 있는 것만이 아니다. "소리개 자유"의 정확한 뜻은 '자유를 선전해대는 음험한 자본주의'이다. 그것을 최소하도로나마 알아차리게 하기 위해서 "자유인 듯 비상하는 소리개"로 늘려 쓸 수도 있었을 것이다. 그러나 시인은 그렇게 하지 않았다. 왜냐하면 그가 보기에 실제 자본주의는 결코 자신의 위장을 들키려 하지 않을 것이기 때문이다. 문자 그대로 자본주의라는 소리개는 자유로 자신을 현시할 것이다. 따라서 "소리개 자유"라고 그냥 쓸 수밖에 없는데 그때 씌어진 것과 침묵하는 것 사이의 모순을 알아차리는 것은 순수한 독자의 몫이 된다. 그러나 아마도 시인은 나름으로는 모순의 표지를 남겨놓으려고 애쓴 것일지도 모른다. "소리개"를 '자유를 방송하는 개'로 읽을 수도 있기 때문이다. 우리는 "땅위에서 걷어차고 날아가련다", "꾸역꾸역 터져나가는 시커먼 시위를", "팔월에 해바라기 만발한대도" 같은 알쏭달쏭한 시구들도 마찬가지의 방식으로 충분히 이해하고 느낄 수 있다. 이러한 설정식 특유의 모순어법은 앞에서 한 번 본 시구, 즉

　　　이리하여 우월(優越)과 야망(野望)이
　　　올빼미 눈깔처럼 얼어붙은 날 이리하여
　　　말세(末世) 다시 연장되던 날

에서의 "올빼미 눈깔"처럼 경악과 통찰을 동시에 의미하는 데에 와서는 그 모호성을 꿰뚫어 볼 수 있는 독자에게는 고압전류의 충격을 줄 수도

있을 것이다. 또한

> 아름다우리라하던
> 붉은 등은 도리어
> 독한 부나비
> 가슴가슴 달려드는구나[40]

의 "가슴가슴"은 가슴으로 달려드는 '부나비'의 형상을 그 목표물로 비유하고 있는데, 왜냐하면 그가 가슴으로 달려드는 그 도중에 부나비의 가슴이 그만큼 뛸 것이기 때문이다. 그래서 주체와 목표가 하나로 진동하여 말이 온전히 동작으로 전화한 의태어로서 시 전체가 화하게 되는 것이다.

 이러한 모순어법의 실제적인 목표는 앞 절에서 누누이 얘기했던 것처럼 시의 행동이 만인의 행동에 충격을 주는 계시로서 작용하는 것이다. 이때 시의 행동은 '개인의 격률'의 역할을 하는데, 그 개인의 격률은 일단 만인을 부정함으로써 만인을 충격하여 만인의 격률을 발동시킨다. 시의 행동은 만인의 격률을 대신하지 않고 오로지 부정의 방법을 통해 충격을 줄 뿐이다. 그리고 만인의 격률을 실행하기 위한 만인의 모든 깨달음과 변신의 움직임은 만인 그 자신의 몫으로 주어져야 한다. 그래서 시인은 말하는 것이다.

> 그러나 무거이 드리운 인종(忍從)이어
> 동혈(洞穴)보다 깊은 네 의지 속에
> 민족의 감내(堪耐)를 살게 하라
> 그리고 모든 요란한 법을 거부하라

---

40 「단조」, 『전집』, 58쪽.

내 간 뒤에도 민족은 있으리니
스스로 울리는 자유를 기다리라
그러나 내 간 뒤에도 신음은 들리리니
네 파루(罷漏)를 소리 없이 치라[41]

"깊은 네 의지 속에/민족의 감내를 살게 하"는 것. 거기에 바로 개인의
격률로서의 '시'의 근본적 작동원리가 있다. 그건 개인의 의지와 행동을
통해 민족을 구원하는 것도 아니고 개인의 의지를 거부하고 민족의 의지
를 선택하는 것도 아니다. 거기에 바로 개인의 격률이 제삼자의 격률을
거쳐 만인의 격률을 촉발하는 계시로서 작용하는 근본 원리가 있다. 민
족의 구원이 아니라 '감내'라고 표현된 것은 바로 그 '촉발'의 기능을 가
리킨다. 민족의 구원은 민족 스스로 '감내'해내어야만 할 것이다.

5. 결어

이상의 고찰을 통해 다음과 같이 결론을 내릴 수 있다.

첫째, 해방기 지식인의 긴급한 과제로서 주어진 독립국가 건설의 목
표를 설정식은 민족의 구원이라는 방향에서 받아들였다.

둘째, 민족의 구원이라는 과제는 해방된 민족이 진정한 형상을 아직
갖추지 못하고 있는 데서 비롯한다.

셋째, 설정식에게 있어서 진정한 민족의 형상은 특정 종족의 형상이
라기보다 보편적 인류의 형상으로 나타나는 듯하다. 그러나 그 구체적인
모습은 미정으로 있다.

---

41 「종」, 『전집』, 61~62쪽.

넷째, 민족이 진정한 형상을 획득하기 위해서 민족은 전면적으로 부정당하고 동시에 전면적으로 긍정되어야 했다.

다섯째, 그러한 전면적 긍정과 부정을 수행할 가정 적절한 행동 양식을 그는 '시'라고 생각하였다.

여섯째, 시는 한편으로 민족의 현재를 부정하되, 민족 스스로 자기 갱신의 과업에 뛰어들 수 있을 수 있도록 계시하는 방식으로 부정한다.

일곱째, 그러한 시의 과업을 이행하기 위해, 시는 '모순어법'의 기교를 가장 근본적인 형식으로 삼았다. 그의 시가 해독하기 어려운 것은 바로 언술과 언술파괴가 동시에 발화하는 그 모순어법에서 기인한다. 이에 대해서는 훗날 더 정밀하게 살펴 중요한 시적 원리로서 해명해야 할 것이다.

여덟째, 설정식은 예수의 행위에 빗대어 시의 과업이 시(인)의 자기 희생을 전제로 하며, 그 희생 자체가 만인의 격률을 불지피는 항구적 계시가 되기를 바랐다. 다음의 단장은 그러한 설정식의 희망을 선명하게 요약한다고 할 수 있다. "내 머리는 한 개 기관에 불과한 것을 잊지 말자. 그리하여 내가 제작하는 시가 인민 최대다수의 공유물이 되게 하자.[42]"

42 「Fragments」, 『전집』, 204쪽.

시인/시민이 가야 할 미래는 무엇인가

박인환 시 세계의 '연인—분신'의 발생과 소멸을 중심으로

최서윤

1. 박인환의 문학사적 위상과 그의 미래

한국 문학사에서, 박인환은 1950년대를 대표하는 시인이다. 1950년대 모더니스트의 대표 주자였던 그는 문단이라는 공동체에서 활발하게 활동했다. '신시론'을 결성하여 동인지 『새로운 도시와 시민들의 합창』을 펴냈고, 잡지에 다수의 영화 평론을 기고했다. 실존주의 등의 서구의 이론도 적극적으로 소개하였다. 그리고 그는 이중언어세대[1] 작가[2]로 분류된다. 이중언어세대(1920-35년 출생)는 식민지 시기에 초·중등 또는 대

---

1   최근 해방 전후의 역사를 단절적으로 구성한 기존의 관점을 '의도적 망각'으로 보고, '이중언어'의 관점에서 50년대의 문학사적 의의를 새롭게 규명한 연구가 제출되었다. 서석배, 「단일 언어 사회를 위해」, 『한국문학연구』 29, 2005; 조윤정, 「전후 세대 작가들의 언어적 상황과 정체성 혼란의 문제」, 『현대소설연구』 37, 2008; 장인수, 「전후 모더니스트들의 언어적 정체성」, 국제어문학회 학술대회 자료집, 2011; 김철, 「'국어'의 정신분석」, 『현대문학의 연구』 55호, 2015; 한수영, 『전후문학을 다시 읽는다 : 이중언어 관전사 식민화된 주체의 관점에서 본 전후세대 및 전후문학의 재해석』, 소명출판, 2015.
2   박인환을 이중언어세대로 지적한 기존 논의로는 김현, 「박인환 현상」, 『김현문학전집 14』, 문학과지성사, 1993, 259~261쪽; 이경수, 「전쟁이 남긴 지울 수 없는 상처 – 「잠을 이루지 못하는 밤」」, 맹문재 편, 『박인환 깊이 읽기』, 서정시학, 2006, 276쪽; 강계숙, 「'불안'의 정동, 진리, 시대성 : 박인환 시의 새로운 이해」, 『현대문학의 연구』 51호, 2013, 453쪽 참고.

학 교육을 받았고, 한국 전쟁을 전후한 시기에 등단한 일군의 문인을 가리킨다. 식민지 말기라는 역사적 조건 하에서 그들은 조선어가 아닌 일본어로 추상적 사고, 예술 창작, 그리고 과학 연구를 수행[3]했다. 감수성으로 충만한 문학소년·소녀였을 때, 그들은 일본어로 된 문학작품을 읽고 일본어로 글을 썼을 터이다.

1945년 8월 우리의 해방은 외부로부터 왔다. 해방 후 그들은 일본어로 사고한 것을 추상적 한국어로 어눌하게 표현해야 하는 상황에 직면했다. 김현은 "사고와 표현이 한 차원에서 이해되지 않고 서로 다른 차원에서 행해진 비극"[4]으로서 풀이한 바 있다. 그러나 해방은 더 이상 일본 제국의 신민이 아닌 신생 독립국가의 국민으로서 '자유'를 손에 쥔 역사적 사건이었다. 김기림에 의하면 해방은 "우리들의 자유와 행복과 정의의 실현을 약속하는 새로운 공화국의 희망이 갑자기 찾아"[5]온 순간이었다.

해방은 한국인에게 '위기'[6]로서 접수되었다. 위기는 "근대적 주체들이 세상의 문제를 스스로 떠맡기 위해 발명한 '기획'을 의미하므로, 스스로 설정한 과제에 기투"하는 일이 수반된다.[7] 해방기 문인들에게 부과된 문학사적 과제는 '한국문학의 재건'이었다. 그들은 식민치하에서 망각·훼손된 '한국적인 것'의 재창출에 복무했다. 흥미롭게도, 1950년대 모더니스트로 성장한 이중언어세대 작가들은 다른 태도를 취했다. 해방은 세계사적 사건이었고, 한국 문학의 시급한 과제는 '문학의 혁신'[8]이었다. 한

---

3 서석배, 「단일 언어 사회를 향해」, 210쪽.

4 김현, 「테러리즘의 문학」, 『김현전집 2』, 문학과 지성사, 1991, 242쪽.

5 김기림, 「우리 시의 방향」, 『김기림 전집 2』, 심설당, 1988, 136쪽.

6 자세한 내용은 정명교, 「위기가 아닌 적이 없었다. 그러나 때마다 위기는 달랐다」, 『뫼비우스 분면을 떠도는 한국문학을 위한 안내서』, 문학과지성사, 2016, 19~48쪽 참고.

7 정명교, 「위기가 아닌 적이 없었다. 그러나 때마다 위기는 달랐다」, 27~28쪽 참고.

8 강계숙, 「그들이 '현대'의 기치를 높이 들어 올렸을 때」, 『우울의 빛』, 문학과지성사,

국 문학은 자유를 실천하는 '현대의 문학'이 되어야 했다. 그러나 '한국
문학의 재건'이든 '문학의 혁신'이든 "객관성과 주관성의 통일이라는 근
본원칙"[9]에 입각하여 수행되어야 했다. "8·15 직후에 조선시인이 찾아
얻은 커다란 수확은 공동체 의식의 자각"[10]이어야 했던 것이다.

"조선과 세계의 진실한 코스는 결정되어"[11] 있다고 믿었던 박인환이 꿈
꾸었던 공동체는 무엇이었는가. 주목할 것은 그가 해방기(1945년 12월~
1948년 봄) 종로에서 서점 '마리서사'를 경영했다는 점이다. 서점 오른
쪽 진열장에는 'LIBRAIRIE MARIE'라는 고딕체 글씨와 함께 불어로
'Litterature', 'Poesie', 'Drama', 'Artistique' 등의 단어들이 명조체로
되어 있었고, 앙드레 브르통, 폴 엘뤼아르, 장 콕토 등의 시집과 일본의
유명한 시 잡지『오르페온』, 『판테온』, 『신영토』 등등이 있었다. 마리서
사는 단순한 서점이 아니었다. 김기림, 오장환 등 기라성 같은 문인들이
드나들던, 문예 운동의 거점과 같은 곳이었다.[12] 김수영은 마리서사에
대하여 다음과 같이 말했다 : "사실 이 글[「마리서사」-인용자 주]은 마리
서사를 빌려서 우리 문단에도 해방 이후에 짧은 시간이기는 했지만 가장
자유로웠던, 좌·우의 구별 없던, 몽마르트 같은 분위기가 있었던 것을
자랑삼아 이야기해보고 싶었다."[13] 마리서사는 현대의 예술가들로 구성된
자유로운 공동체를 지향하는 공간이었던 셈이다.

김수영은 「마리서사」(1966)에서 '마리서사'의 진정한 주인이 박인환이

2013, 175쪽.

9　임화, 「문학의 인민적 기초」, 『임화 문학예술 전집 5 - 평론 2』, 소명출판, 2009, 373쪽.

10　김기림, 「시와 민족」, 150쪽.

11　박인환, 「김기림 시집『새노래』평」, 문승묵 엮음, 『박인환 전집』, 예옥, 2006, 249쪽.

12　자세한 내용은 박연희, 「전후, 실존, 시민표상」, 『한국문학연구』 34집, 2008, 163~
164쪽 참고.

13　김수영, 「마리서사」, 『김수영 전집 2』, 민음사, 2003, 109쪽.

아닌, 초현실주의 화가 박일영이었음을 폭로했다. 박일영은 평생 전문 화가로 활동하지 않았던 사람이다. 그는 "국전 심사위원의 명단 속에"도 이름이 없으며, "어느 산업미술전에도 그의 이름은 나타나 있지 않고", "사인보드나 포스터"를 그리며 생계를 이어갔던 "진정한 아웃사이더"였다.[14] 박일영에 견주며, 김수영은 박인환을 진정성이 결여된, 즉 "가짜" 시인으로 폄하하였다.[15] 박일영이 "〈마리서사〉라는 무대를 꾸미고 연출을 하고 프롬프터까지 해가면서 인환에게 대사를 가르쳐" 주었고, 박인환은 "그에게서 시를 얻지 않고 코스튬만 얻었다." 그런데 김수영이 박인환에 대한 비난을 통해서 은연중에 폭로하는 것은, 해방기 언어적 한계로 인하여 바깥에 있을 수밖에 없었던 이중언어세대는 한국 문단이라는 제도 안에 진입하여, 서정주와 같은 주류의 시인이 될 수 없었다는 점[16]이다. 흥미롭게도, 그는 박일영을 "일제 시대의 호칭"인 "복쌍"으로, 그의 삶은 "망각의 생활"로 언급했다. 그리고 김수영은 「박인환」(1966)에서 박인환의 시어에 대해 다음과 같이 비난했다 : "어떤 사람들은 너의 「목마와 숙녀」를 너의 가장 근사한 작품이라고 생각하는 모양인데, 내 눈에는 〈목마〉도 〈숙녀〉도 낡은 말이다. 네가 이것을 쓰기 20년 전에 벌써 무수히 써먹은 낡은 말이다. 〈원정(園丁)〉이 다 뭐냐? 〈베코니아〉가 다 뭣이며 〈아포롱〉이 다 뭐냐?"[17] 그렇다면, 박인환에 대한 비난은 '50년대에 이중언어세대는 현대시로서의 한국시를 쓸 수 없었음'을 의미하는 것은 아닐까?

그러나 박인환에 대한 비난은 과거의 자기 자신에 대한 부정이다. "국

14 김수영, 「마리서사」, 106~108쪽 참고.
15 김수영과 박인환의 관계를 '진정성'의 문제로 조망한 논문으로는 김혜진, 「'진정성'이라는 거울에 비추어진 박인환 – 박인환에 대한 부정적 평가의 내적 논리와 박인환 시의 발화 방식」, 『한국근대문학연구』 28, 2013.
16 강계숙, 「그들이 '현대'의 기치를 높이 들어 올렸을 때」, 『우울의 빛』, 185쪽 참고.
17 김수영, 「박인환」, 『김수영 전집 2』, 민음사, 2003, 99쪽.

수-이태리어로는 마카로니라고/먹기 쉬운 것은 나의 반란성(叛亂性)일
까"(「공자의 생활난」)에서 드러나는 해방기 김수영[18]의 태도는 박인환과 별
반 다르지 않다.[19] 앞에서 해방 후 이중언어세대가 그들의 이상이었던
'현대의 문학'을 후진적인 한국어로 창작해야 하는 상황에 직면했음을
언급했다. 강계숙은 「김수영은 왜 시작노트를 일본어로 썼을까?」에서
"김수영의 초기 시인 「아메리카 타임지」(1947)에서도 여지없이 드러나는
외래어의 무조건적인 남용이며, 생경하고 조악한 시어의 조합이고, 그
로 인해 이전 시기의 시편들에도 못 미치는 미흡한 수준이라는 평가를
받아온 이들 모더니스트들의 언어 실험"은 "한국어를 하루바삐 '현대어'
로, '세계어'로 만들기 위한 욕망의 소산"[20]이었음을 밝혔다. 그의 비난은
박인환에 대한 개인적 감정을 토로한 것만이 아니다. 60년대 중반의 김
수영은 50년대의 박인환이 시로써 제출한 문학사적 과제의 답에 동의할
수 없었던 것이다.

　김수영의 그러한 비난은 4·19 세대들의 50년대 작가들에 대한 비판

18　김수영이 이중언어세대인 자기 자신에 대한 예민한 자의식을 갖고 있었음은 선행 연구
　　를 통해 밝혀졌다. 김용희, 「김수영 시의 혼성성과 다성 언어 자의식」, 『현대문학의 연구』
　　24, 2004; 강계숙, 「김수영은 왜 시작노트를 일본어로 썼을까」, 『현대시』, 2005년 8월;
　　강계숙, 「김수영 문학에서 이중언어 문제와 자코메티적발견의 중요성」, 『한국근대문학
　　연구』 27, 2013; 한수영, 「'상상하는 모어'와 그 타자들 : '김수영과 일본어'의 문제를
　　통해 본 전후세대의 언어인식과 언어해방의 불/가능성」, 『상허학보』 42, 2014; 홍성희,
　　「김수영의 이중 언어 상황과 과오·자유·침묵으로서의 언어 수행」, 연세대학교 석사학
　　위논문, 2015; 한수영, 「전후세대의 '미적 체험'과 '자기번역' 과정으로서의 시쓰기에
　　관한 일고찰 – 김수영의 「시작(詩作)노우트(1966)」 다시 읽기」, 『현대문학의 연구』 60,
　　2016 등이 있다.

19　유사성에 대해서는 최서윤, 「김수영 시의 아포리아 연구 – 시작관과 '미완성'을 중심
　　으로」, 연세대학교 석사학위논문, 2013, 16쪽 참고.

20　강계숙, 「김수영은 왜 시작노트를 일본어로 썼을까?」, 『우울의 빛』, 문학과지성사,
　　2013, 212쪽.

과 상당히 유사하다는 점에서 문제적이다. 김수영의 비난에 수긍하면, 우리는 박인환이 그들 세대의 한계를 내파함으로써 새로운 현대시를 발명하는 일에 실패했다고 판정해야 한다. 그러나 한수영은 앞서 언급한, 이중언어세대에 대한 김현의 "선구적 통찰"이 "그 표면적인 탁월함에도 불구하고 사실상 전후세대에 내려진 일종의 사망선고"이며, "두 개의 국가가 공존하는 세대의 문학은 식민지에서 해방된 한국문학의 진정한 주역일 수 없다는, 결연한 단죄"[21]임을 지적했다. 김수영에게 4·19는 결정적 사건이었다. "불란서 혁명의 기술"(「사랑의 변주곡」(1967))을 배워 스스로를 시인으로서 재정립[22]했으며, 저 유명한 테제인 "말하자면 혁명은 상대적 완전을, 그러나 시는 절대적 완전을 수행하는 게 아닌가"[23]를 만들어냈다. 그 후, 숱한 시적 실험 끝에 1966년 경에 새로운 시적 언어로서의 침묵의 발명에 성공한 것으로 추정된다.[24] 그러니 박인환의 짧은 생애를 고려하면, 김수영의 비난은 공정하다고 할 수 없다. 따라서 박인환의 시적 성취에 대한 비난을 단죄가 아닌 도전적인 문제제기로 비틀어서 읽을 필요가 있다. 어떻게 박인환의 작품 속에서 '(한국) 문학적인 것'을 발견·평가할 것인가?

---

21 한수영, 「전후 세대의 문학과 언어적 정체성」, 278쪽.

22 그가 4·19를 통해 스스로를 시인으로 재정립하는 과정은 최서윤, 위의 글, 41~52쪽 참고.

23 김수영, 「일기초 2」, 495쪽.

24 김수영 후기 시의 전환기는 「시작노트 6」을 발표한 1966년으로 추정된다. 그것을 '자코메티적 변환'으로 규명한 기존 연구로는 정명교, 「김수영과 프랑스 문학의 관련 양상」, 『한국시학연구』 22권, 2008; 조강석, 「김수영의 시의식 변모 과정」, 『한국시학연구』 28, 2010; 강계숙, 「김수영 문학에서 '이중언어'의 문제와 '자코메티적 발견'의 중요성」, 『한국근대문학연구』 27, 2013 등이 있다. '침묵'의 발명은 Seoyoon Choi, *"Liberty as the Impossible, the language of Silence : In Rereading Kim Suyŏng's works in 1960s"*, International Journal of Korean Humanities, Vol 3, 2017. http://pressto.amu.edu.pl/index.php/kr/issue/view/652

그간 문학사에서 박인환 시의 한계로 피상적인 "자기 체념적 센티멘털 리즘"[25]이 지속적으로 거론되었다. 박인환이 자신의 이상과 한국의 현실 사이에 가로놓인 간극을 철저히 인식하는 대신 절망으로 도피했다는 것이다. 하지만 기존 해석을 답습하지 않고, 새로운 관점에서 이를 논구한 주목할 만한 연구가 최근 발표되었다. 이들 논의에서 박인환의 이상이 '유럽적 삶'[26]이 아니라 당대의 세계주의 담론에서 연원한 '시민'이었음이 밝혀졌다. 박연희는 「전후, 실존, 시민표상 – 청년 모더니스트 박인환을 중심으로」에서 박인환이 문화적 주체로서 자신의 정체성을 '시민'으로 정립했음을 논의했다. '시민'은 그가 "국민국가 이데올로기에 포섭되지 않은 무정형의 개인에 근접"[27]한 결과였다. 하지만 강계숙은 박인환의 "고유한 감정 형식"인 '불안'이 "코스모폴리탄적 자의식에 기반한 '시민'의 정립이 실패한 기획으로 감지되며 형성"되었음을 논의했다. '불안'은 "자기정체화가 다시금 요구되는 상황에서 무규정성과 무한성을 본질로 한 자유의 정체와 마주하여 자유의 이행에 내재된 무(無)의 심연을 감지함으로써 발생한 정서적 반응"[28]이었다. 이와 같이 두 논의는 상당히 다른 관점에서 전개되었다. 그럼에도 불구하고, 박인환의 시에서 재현된 주관적 이상 곧 미래가 구체적인 지시 대상을 결여한 것임이 공통적으로 논구된 것은 흥미롭다. 즉, 그의 이상적 자아는 서구의 현대 예술가에 고정되지 않았다. 이것은 박인환의 시 세계에서 미래가 발화되는 구조가 상당히 복잡하게 형성됐음을 가리킨다.

---

25   오세영, 「후반기 동인의 시사적 위치」, 이동하 편, 『박인환』, 문학세계사, 1993, 201쪽.
26   김현, 「박인환 현상」, 260쪽.
27   박연희, 「전후, 실존, 시민 표상 – 청년 모더니스트 박인환을 중심으로」, 『한국문학연구』 34, 2008, 179쪽.
28   강계숙, 「'불안'의 정동, 진리, 시대성 : 박인환 시의 새로운 이해」, 『현대문학의 연구』 51, 2013, 460~461쪽.

이 글은 지금까지 서술한 문제의식에 입각하여 박인환의 시를 다시 읽는다. 이상 형성의 기본 구조를 분석하고, 그것의 시계열적 변화 양상을 추적한다. 박인환 시적 주체는 '시인'과 '시민'으로 '분열된 정신'을 갖고 있는데, '연인-분신'[29]을 매개로 삼아 그것을 통합하고 미래로 나아가고자 한다. 중요한 것은, 박인환이 시인으로 성장한 시대에는 "한 개인의 시의 운명보다도 먼저 민족의 운명이 압도적으로 시인들의 생각을 휩쓸고 있었"[30]다는 점이다. 박인환의 이상은 현실과의 매개 고리가 부재하는 것으로 그간 평가되었다. 그러나 연인-분신은 그가 "사랑의 명령"[31] 곧 공동체의 명령에서 자유로울 수 없었음을 무의식적으로 드러낸다. 연인-분신의 발생과 소멸은 자유의 이름으로 수행한 '사회', 즉 "반개성적인 자아"[32]에의 저항이 소외로 귀결되었음을 의미한다. 그 문학사적 의미를 되짚는 것이 이 글의 궁극적인 목적이다.

2. 해방기 시민-시인의 이상

1949년 4월 박인환, 김경린, 임호권, 김수영, 양병식 등으로 새롭게 구성된 〈신시론〉 동인들은 『신시론』 2집 『새로운 도시와 시민들의 합창』

29   박인환의 시에 재현된 여성 이미지에 주목한 연구는 다음과 같다. 한명희, 「박인환 시의 정신분석적 접근 – '죽음'과 '여성'의 문제」, 『어문학』, 2003; 오채운, 「박인환 시의 여성 이미지에 나타난 현실 인식 연구」, 『인문과학연구』 31, 2013. 그러나 이 글에서는 박인환 시에서 재현된 여성을 유형별로 범박하게 분류하여 고찰하는 것을 넘어서서, 시적 주체의 '연인-분신'으로 규정함으로써 이상 형성의 구조를 분석하고자 한다.
30   김기림, 「「전위시인집」에 부침」, 147쪽.
31   플라덴 돌라르, 「첫눈에」, 슬라보예 지젝·레니타 살레츨 엮음, 김종주 옮김, 『사랑의 대상으로서의 시선과 목소리』, 라캉정신분석연구회 옮김, 인간사랑, 2010, 212쪽.
32   박인환, 「여성에게」, 맹문재 엮음, 『박인환전집』, 실천문학사, 2007, 597쪽.

을 발간했다. 박인환은 앤솔로지의 「서문」에서 해방기의 자기 자신에 대
해 다음과 같이 서술했다.

> (1) 나는 불모의 문명 자본과 사상의 불균정한 싸움 속에서 시민정신에
> 이반된 언어작용만의 어리석음을 깨달았었다. 자본과 군대가 진주한 시가
> 지는 지금은 증오와 안개낀 현실만이 있을 뿐…… 더욱 멀리 지난날 노래
> 하였던 식민지의 애가이며 토속의 노래는 이러한 지구에 갈앉아 간다. 그
> 러나 영원의 일요일이 내 가슴속에 찾아든다. 그러할 때에는 사랑하던 사
> 람과 시의 산책의 발을 옮겼던 교외의 원시림으로 간다. 풍토와 개성과 사
> 고의 자유를 즐겼던 시의 원시림으로 간다. 아, 거기서 나를 괴롭히는 무수
> 한 장미들의 뜨거운 온도.[33]

> (2) 황갈색 계단을 내려와/모인 사람은/도시의 지평에서 싸우고 왔다//눈
> 앞에 어리는 푸른 시그널/그러나 떠날 수 없고/모두들 선명한 기억 속에
> 잠든다//달빛 아래/우물을 푸던 사람도/지하의 비밀은 알지 못했다//이미
> 밤은 기울어져 가고/하늘엔 청춘이 부서져/에메랄드의 불빛이 흐른다//겨
> 울의 새벽이여/너에게도 지열과 같은 따스함이 있다면/우리의 이름을 불러
> 라//아직 바람과 같은/속력이 있고/투명한 감각이 좋다
>
> -「지하실」[34](1948)

(1)과 (2)에서 박인환은 미래를 맞이하는 자신의 모습을 관념적으로
형상화했다. 「지하실」의 시간적 배경은 새벽이다. 밤은 기울고, 아침이
오고 있다 : "이미 밤은 기울어져 가고/하늘엔 청춘이 부서져/에메랄드

---

33 박인환, 「『새로운 도시와 시민들의 합창』 서문」, 문승묵 엮음, 『박인환 전집 : 사랑은
가고 과거는 남는 것』, 예옥, 2006, 264쪽.

34 박인환, 「지하실」, 엄동섭·염철 엮음, 『박인환 문학전집 1 시』, 소명출판, 2015, 70~
71쪽. 앞으로 이 글에서 인용하는 박인환의 시는 모두 위의 책에서 인용한 것이며,
별도의 서지 정보를 기입하지 않음을 밝힌다.

의 불빛이 흐른다" 여기에서 아침의 빛이 '청춘의 에메랄드 빛 조각'으로 이루어졌다는 서술은 흥미롭다. 그것은 '청춘'에 의해 아침이 도래하고 있음을 의미한다. 그들이 해방 후 도래한 새 시대의 주역인 것이다. 그런데 미래를 맞이하는 가상의 공간에 주목할 필요가 있다. "영원의 일요일"에 향하는 "교외의 원시림", 곧 "시의 원시림"으로, (2)번 글에서는 "지하실"로 나타난다. 모두 시민들이 거주하는 도시에서 '거리를 둔' 장소이다. '교외의 원시림'은 도시의 외곽에, '지하실'은 "도시의 지평" 아래에 위치한 곳이다.

하지만 (1)에서 박인환은 "무수한 장미들의 뜨거운 온도"가 "괴롭다"고 고백했다. 대체 '장미의 온도'가 무엇이기에 그는 괴로운가? 하지만 「서문」에서는 '장미의 온도'의 의미가 드러나지 않는다. 이를 이해하기 위해서는 「장미의 온도」의 마지막 연을 살펴야 한다 : "태양이 추억을 품고/ 암벽을 지나던 아침/ 요리(料理)의 위대한 평범을/Close-up한 원시림의/ 장미의 온도" 원시림에 핀 장미가 뜨거운 것은 아침에 "암벽을 지나던 태양"의 빛을 받았기 때문이다. 태양의 빛은 곧 해방의 빛이다. 「남풍」 (1947)에서는 식민지 지배를 받았던 말레이시아를 "태양 없는 마레"에 비유했다. 박인환은 해방에 대한 정서를 "장미들의 뜨거운 온도"에 대한 "괴로움"으로 표현한 것이다.

따라서 그의 고백은 도래한 아침, 즉 해방에 대한 히스테리적 질문이다. 분명 그는 역사의 주역으로서 새로운 시대를 열어야 함을 인식했다. 그럼에도 불구하고, 큰타자에게 "나는 왜 당신이 나라고 말하는 바가 되는 것일까?"라고 묻는다. 히스테리적 질문은 "주체를 상징적인 네트워크에 종속시키고 포함시키는 호명 과정에 저항하는 주체 속의 대상의 간극"[35]을 노출한다. 간극으로 인해 시인은 '괴로움'이라는 정서를 느낀다. 앞에서 그가 자신의 장소를 시민들이 거주하는 도시에서 '거리'를 둔 곳

으로 설정했음을 밝혔다. 해방기 박인환은 호명된 시민으로서의 정체성
과 이상적 자아인 시인으로서의 정체성 사이에 존재하는 간극으로 인해
괴로운 것이다. 그 간극은 「열차」(1949)에서 시의 서사와 정동 사이의 불
일치로 재현된다.

> 폭풍이 머문 정거장 거기가 출발점/정욕과 새로운 의욕 아래/열차는 움
> 직인다/격동의 시간//꽃의 질서를 버리고/공규한 나의 운명처럼/열차는
> 떠난다/검은 기억은 전원에 흘러가고/속력은 서슴없이 죽음의 경사를 지난
> 다//청춘의 복받침을/나의 시야에 던진 채/미래에의 외접선을 눈부시게 그
> 으며/배경은 핑크빛 향기로운 대화/깨진 유리창 밖 황폐한 도시의 잡음을
> 차고/율동하는 풍경으로/활주하는 열차//가난한 사람들의 슬픈 관습과/봉
> 건의 터널 특권의 장막을 뚫고/피비린 언덕 너머 곧/광선의 진로를 따른다/
> 다음 헐벗은 수목의 집단 바람의 호흡을 안고/눈이 타오르는 처음의 녹지대/
> 거기엔 우리들의 황홀한 영원의 거리가 있고/밤이면 열차가 지나온/커다란
> 고난과 노동의 불이 빛난다/혜성보 다도/아름다운 새날보담도 밝게
>
> ─「열차」(1949)

미래로 나아가는 과정이 형상화된, 시의 서사는 '직선'의 선로를 달리
는 열차에 비유되었다. 그것은 근대적 진보 관념에 부합한다. 진보의 시
간관념이 성립되기 위해서는 시간이 '직선적인' 양적 존재로서 파악[36]되
어야 한다. 그러한 시간관념의 핵심은 미래이다. 김기림은 해방기 「우리
시의 방향」(1946)에서 "시인은 말할 것도 없이 늘 진보의 편이고 미래의
동반자"[37]임을 선언했다. 문제는 최종 목적지가 '영원의 거리'라는 점이

---

35   슬라보예 지젝, 『이데올로기라는 숭고한 대상』, 이수련 옮김, 인간사랑, 2001, 198~
199쪽 참고.

36   이마무라 히토시, 『근대성의 구조』, 이수정 옮김, 민음사, 1999, 130쪽.

다. 화자가 이상향에의 도달을 갈망하고 있음을 추측할 수도 있겠다. 그렇다면 어떻게 도달하는가? 이 시에서 부정의 대상은 "가난한 사람들의 슬픈 관습과/봉건의 터널 특권의 장막"이다. 주목할 것은 '곧바로' 도착한다는 점이다. 열차는 '봉건적인 것으로부터 반봉건적인 것을 거쳐 초월적인 것'을 달성하기 위해서가 아니라, '봉건적인 것으로부터 곧바로 초월적인 것'을 달성하기 위해 달리고 있다. 해방기 '반봉건'은 식민지 잔재 청산의 문제였다. 임화는 「현하(現下)의 정세와 문화운동의 당면임무」(1945)에서 "진보적 부르주아지의, 중간층의 또는 일반 근로자층의 모든 문화적 발전과 조선문화의 새로운 건설을 위하여 봉건적 잔재는 깨끗이 청산되어야"[38] 함을 선언했다. 봉건주의의 척결은 새로운 시민 문화 건설의 필수조건이었다. 따라서 우리는 '영원의 거리'가 박인환이 미래에 대해 독특한 태도를 취했음을 미세하게 노출한다는 사실을 추정할 수 있다. 그러한 차이점을 선명히 파악하기 위하여, 박인환의 시와 윤동주의 산문 「종시(終始)」(1939)를 다음과 같이 나란히 읽을 것이다.

이윽고 터널이 입을 벌리고 기다리는데 거리 한가운데 지하 철도도 아닌 터널이 있다는 것이 얼마나 슬픈 일이냐. 이 터널이란 인류 역사의 암흑 시대요, 인생 행로의 고민상이다. 공연히 바퀴 소리만 요란하다. 구역날 악질의 연기가 스며든다. 하나 미구에 우리에게 광명의 천지가 있다. 터널을 벗어났을 때 요즈음 복선 공사에 분주한 노동자들을 볼 수 있다. 아침 첫차에 나갔을 때도 일하고 저녁 늦차에 들어올 때도 그네들은 그대로 일하는데, 언제 시작하여 언제 그치는지 나로서는 헤아릴 수 없다. 이네들이야말로 건설의 사도들이다. (…)

37 김기림, 「우리 시의 방향」, 138쪽.
38 임화, 「현하(現下)의 정세와 문화운동의 당면임무」, 365쪽.

이제 나는 곧 종시를 바꿔야 한다. 하나 내 차에도 신경행, 북경행, 남경행을 달고 싶다. 세계일주행이라고 달고 싶다. 아니 그보다 진정한 내 고향행이 있다면 고향행을 달겠다. <u>다음 도착하여야 할 시대의 정거장이 있다면 더 좋다.</u>[39](밑줄은 인용자의 것)

발표 시기가 10년 정도 차이가 나지만, 윤동주의 산문과 박인환의 시는 구조면에서 상당히 유사하다. 첫째, 터널은 부정·극복의 대상이다. 윤동주에게 터널은 '인류 역사의 암흑상'이며, 박인환에게는 '가난한 사람들의 슬픈 관습과 봉건'이다. 둘째, 노동자를 예찬한다. 윤동주는 건설 노동자들을 '건설의 사도'들로, 박인환은 '커다란 고난과 노동의 불'로 서술한다. 셋째, 두 시인은 모두 미래에 '도달'하고자 한다. 이러한 구조는 미래에 대한 태도로서의 '의지'를 기반으로 한다. 의지는 사고와 다르다. 그것은 "현재의 상태를 변혁, 극복하는 행동의 형식"[40]이다.

문제는 박인환의 화자가 '매혹된' 미래에 가닿으려 한다는 점이다. 영원의 거리는 '황홀'하며 '아름다운 새날보다도 밝'은 매혹적인 공간이다. 매혹적인 미래를 향해 달리는 열차의 모습은, 사랑에 빠진 청년이 아름다운 여인에 도취되어 발걸음을 옮기는 것에 흡사하다. 그러니 기차는 "미래에의 외접선을 눈부시게 그으며/배경은 핑크 빛 향기로운 대화"에서 솟아나는 사랑의 연기를 내뿜으며 달릴 터이다.

요컨대 「열차」의 서사와 정동은 일치하지 않는다. 진보적 시간관을 드러내는 「열차」의 서사와 "정욕과 새로운 의욕", "활주하는 열차" 등의 시어에서는 미래에 대한 의지가 표명된다. 하지만 목적지는 의지를 초월하는, 사랑의 대상이다. 앞에서 우리는 시민과 시인의 사이에 있는 간극을 살폈

39 윤동주, 「종시」, 『윤동주 전집』, 문학과 지성사, 2004, 160쪽.
40 이마무라 히토시, 위의 책, 76쪽.

다. 「열차」의 서사는 시민의 것이고, 정동은 시인의 것이다. 시민의 의지로
서 도달해야 할 미래는 "노동의 불"이 빛나는 곳이며, 시인의 사랑으로서
도달할 목적지는 "아름다운 새날보다 밝"은 곳이다. "우리들 자신의 분열한
정신"⁴¹이 미래를 둘로 나눈 셈이다. 그러나 앞에서 언급했듯이, 해방기
문학사적 과제의 수행 원칙은 '객관성과 주관성의 통일'이었다. 후술되듯
이, 박인환은 분열된 미래를 통합할 매개물인 연인-분신⁴²을 고안한다.

   어제의 날개는 망각 속으로 갔다/부드러운 소리로 창을 두들기는 햇빛/바
람과 공포를 넘고/밤에서 맨발로 오는 오늘의 사람아//떨리는 손으로 안개
낀 시간을 나는 지켰다/희미한 등불을 던지고/열지 못할 가슴의 문을 부쉈다
//새벽처럼 지금 행복하다/주위의 혈액은 살아 있는 인간의 진실로 흐르고/
감정의 운하로 표류하던/나의 그림자는 지나간다//내 사랑아/너는 찬 기후
에서 긴 행로를 시작했다. 그러므로/폭풍우도 서슴지 않고 참혹마저 무섭지
않다//짧은 하루 허나/너와 나의 사랑의 포물선은/권력 없는 지구 끝으로/
오늘의 위치의 연장선이/노래의 형식처럼 내일로/자유로운 내일로……
                                           —「사랑의 Parabola」(1947)

   '나'는 과거를 떠나보내고 미래를 맞이하는데, 그것은 연인간의 만남
과 이별로서 재현된다. '나'는 「지하실」의 화자와 마찬가지로 새벽에 있
다. '나'는 새벽에 '나의 그림자'인 어제의 사람을 떠나보냈다. 함께 "자
유로운 내일"로 나아가며 "사랑의 포물선"을 그리기 위하여, 나의 연인
인 "오늘의 사람"을 기다린다. 세 사람이 존재하는 것으로 보일 수 있겠

41 박인환, 『『선시집 후기』』, 301쪽.
42 매개물로서의 '연인-분신'은 강계숙이 「'불안'의 정동, 진리, 시대성 : 박인환 시의 새
    로운 이해」에서 수행한 「사랑의 Parabola」와 「열차」의 상호텍스트적 독해에 영감을
    받은 것이다. 자세한 내용은 강계숙, 「'불안'의 정동, 진리, 시대성 : 박인환 시의 새로
    운 이해」, 447~449쪽 참고.

다. 하지만 세 사람은 각각 과거·현재·미래를 대표하므로 한 인물로 통합된다. '나의 그림자'와 '오늘의 사람'은 나의 '분신(alter ego)'들이다.

중요한 것은 분신인 '오늘의 사람'과의 만남이 '나'에게 도래할 "자유로운 미래"의 필수 조건이라는 점이다. 마지막 연에서 화자는 '너와 내가 만나 사랑의 포물선을 그리며 밝은 내일로 나아갈 것'을 선언했다. 그러나 분신의 출현은 그가 "자유로운 내일"로 나아갈 수 있음에 대해 확신하지 못함을 표현한다. 분신의 등장은 "주체가 충족되지 않는 욕망의 결핍 가운데 찢겨 있음을, 그로 인해 주체의 존립이 내적으로 붕괴될 여지가 충분하다는 사실을 무의식이 의식을 향해 알리는 긴급 신호"[43]이다. 그는 사랑의 언어인 시로써 시민과 시인으로 분열된 자기 자신을 통합하고자 한다. 그런데 왜 '분신'인가? 그는 시의 실패 곧 은유의 실패를 무의식적으로 예감했던 것일까? 은유의 실패는 이상적 자아인 시인 – 되기의 불가능함을 의미할 것이다. 그런데 한국 전쟁 이후, 박인환에게 분열된 정신의 문제는 '통합'이 아닌 '소외'의 문제가 된다.

3. 한국 전쟁과 이데아로서의 '서적'의 죽음

한국 전쟁으로 인한 박인환의 시 세계의 변화[44]는 잘 알려진 사실이다. 연인–분신이 "미래의 창부"(「미래의 창부」)와 "호흡이 끊긴 불행한 천사"인 "시체인 당신"(「밤의 미매장」)으로 변화된다. 앞에서 분신으로서의 연

43　강계숙, 「되삶의 고통과 우울의 내적 형식」, 『우울의 빛』, 문학과 지성사, 2013, 27쪽.
44　이에 대한 최근 연구로는 박현수, 「전후 비극적 전망의 시적 성취 : 박인환론」, 『국제어문』 37집, 2006; 곽명숙, 「1950년대 모더니즘의 묵시록적 우울」, 『정신문화연구』 32권 3호, 2009; 박슬기, 「박인환 시에서의 우울과 시간 의식」, 『한국시학연구』 33호, 2012; 여태천, 「박인환 시에 나타난 언어적 불안과 부끄러움」, 『비교 한국학』 22권 2호, 2014.

인이 미래의 필요충분조건임을 밝혔다. '창부'와 '죽은 연인'은 시인이 해방기에 도래할 것이라 희망했던 미래를 전쟁 중 상실했음을 형상화한다. 「무답회」(1951)는 연인-분신이 시체로 나타난 첫 번째 시이다.

> 연기와 여자들 틈에 끼어/나는 무도회에 나갔다//밤이 새도록 나는 광란의 춤을 추었다/어떤 시체를 안고//황제는 불안한 샹들리에와 함께 있었고/모든 물체는 회전하였다/눈을 뜨니 운하가 흘렀다/술보다 더욱 진한 피가 흘렀다//이 시간 전쟁은 나와 관련이 없다/광란된 의식과 불모의 육체……그리고/일방적인 대화로 충만된 나의 무도회//나는 더욱 밤 속에 갈앉아 간다/석고의 여자를 힘있게 껴안고//새벽에 돌아가는 길 나는 내 친우가/전사한 통지를 받았다
>
> ―「무답회」(1951)

화자는 "이 시간 전쟁은 나와 관련이 없다"고 고백했다. 자신의 환상이 빚어낸 그로테스크한 "무답회"에 있다. 그가 전쟁에 진정 '참여'했는지 여부를 가리는 것은 중요치 않다. 하지만 "시체(석고의 여자)", "불안한 샹들리에", "술보다 진한 피", 그리고 "광란된 의식" 등은 '무답회'가 전쟁의 영향 하에 있음을 가리킨다. 그가 안고 춤을 춘 "어떤 시체", 즉 "석고의 여자"는 마지막 행에서 그의 친우가 전사했음을 알리는 "통지"와 연결된다. "석고의 여자"는 시체가 된 그의 연인이므로, 분신인 연인의 죽음은 곧 나의 죽음이다. "석고의 여자"를 매개로 친우의 죽음이 나의 죽음으로 연결된다.

박인환은 한국 전쟁 당시 발표한 시에서, 자신을 전사한 군인에 동일시하여 '죽어있는 자'로 표현했다. 전쟁 중 사망한 수색대장 K중위를 기리는 「신호탄」(1952)에서 "단순에서 더욱 주검으로/그는 나와 자유의 그늘에 산다"고 하며 그와 자신이 이어져있음을 말했다. 「살아있는 것이

있다면」(1952)에서는 "회상도 고뇌도 망령에게 판/철없는 시인"인 자신
을 "나의 눈감지 못한/단순한 상태의 시체"로 표현했다. '나의 죽음'은
무엇을 의미하는가?

> 생애를 끝마칠/임종의 존엄을 앞두고/정치가와 회색 양복을 입은 교수
> 와/물가 지수를 논의하던/불안한 샹들리에 아래서/나는 웃고 있었다//피
> 로한 인생은/지나의 벽처럼 우수수 무너진다/나도 이에 유형되어/나의 종
> 말의 목표를 지향하고 있었다/그러나 숨가쁜 호흡은 끊기지 않고/의식은
> 죄수와도 같이 밝아질 뿐//밤마다 나는 장미를 꺾으러/금단의 계곡으로 내
> 려가서/동란을 겪은 인간처럼 온 손가락을 피로 물들이어/암흑을 덮어주
> 는 월광을 가리키었다/나를 쫓는 꿈의 그림자/다음과 같이 그는 말하는 것
> 이다/……지옥에서 밀려나간 운명의 패배자/너는 또다시 돌아올 수 없
> 다……//(중략)새벽녘 싸늘한 피부가 나의 육체와 마주칠 때까지/노래하였
> 다/노래가 멈춘 다음/내 죽음의 막이 오를 때//죽을 수도 없고/옛이나 현
> 재나 변함이 없는 나/정치가와 회색 양복을 입은 교수의 부고와/그 상단에
> 보도되어 있는/어제의 물가 시세를 보고/세 사람이 논의하던 시절보다/모
> 든 것이 천 배 이상이나 앙등되어 있는 것을 나는 알았다/허나 봄이 되니
> 수목은 또다시 부풀어오르고/나의 종말은 언제인가/어두움처럼 생과 사의
> 구분 없이/항상 임종의 존엄만 앞두고/호수의 물결이나 또는 배처럼/한계
> 만을 헤매는/지옥으로 돌아갈 수도 없는 자/이젠 얼굴도 이름도 스스로 기
> 억하지 못하는/영원한 종말을/웃고 울며 헤매는 나
>
> ─「종말」(1952)

그것은 미래의 상실이다. 정치가와 교수와 마찬가지로 "종말의 목표를
지향하고 있었"던 화자는 스스로 목숨을 버리고자 한다. 3연에서 그는 "장
미"를 꺾으러 "금단의 계곡"에 내려갔던 것이다. 장미는 "강가에 핀 나의
이름"(「장미의 온도」)이므로, 그것은 죽음을 의미한다. 왜 장미를 꺾는가?

우리는 시인이 "시의 원시림"에서 장미의 온도를 감각하던 것을 상기할 수 있다. 태양빛을 쬔 장미의 뜨거운 온도를 느끼는 일은 곧 미래를 예감하는 일이었다. 하지만 위의 시에서는 '금단의 계곡'에서 피로 물든 손가락으로 "월광"을 가리켰다. 그는 태양을 잃었다. 그것은 「영원한 일요일」에서 "낡은 회귀의 공포와 함께/예절처럼 떠나 버리는 태양"으로, 「자본가에게」(1952)에서는 "정신과 함께 태양이 도시를 떠난 오늘/허물어진 인간의 광장에는/비둘기 떼의 시체가 흩어져 있었다" 등으로 나타난다. 이와 같이 아침을, 즉 미래를 상실했으므로 그에게 남은 것은 죽음뿐이다.

그러나 이러한 죽음을 앞에서 언급한 전사(戰死)와 구별할 필요가 있다. 그는 "동란을 겪은 인간처럼"이라는 구절에서 직유법을 활용하여 전쟁에 참여하지 않았음을 밝혔다. 전쟁을 겪었다면, 그러한 비유를 활용하여 스스로에 대해 언급할 필요는 없었을 것이다. 마지막 연에서 드러나듯이, 미래로서의 죽음은 '영원한 종말'이다. 연인-분신은 그를 죽음으로 이끈다 : "오 그대 미래의 창부여/너의 목표는 나의 무덤인가"(「미래의 창부(娼婦)-새로운 신에게」, 1952) 화자는 "영원한 종말을 웃고 울며 헤매"고 있다. 여기에서 '종말'이 '영원한' 종말임에 주목할 필요가 있다.

> (1) 저 묘지에서 우는 사람은 누구입니까//저 파괴된 건물에서 나오는 사람은 누구입니까//검은 바다에서 연기처럼 꺼진 것은 무엇입니까//인간의 내부에서 사멸된 것은 무엇입니까//일 년이 끝나고 그 다음에 시작되는 것은 무엇입니까//전쟁이 빼어간 나의 친우는 어디서 만날 수 있습니까//슬픔 대신에 나에게 죽음을 주시오//인간을 대신하여 세상을 풍설로 뒤덮어주시오//건물과 창백한 묘지 있던 자리에//꽃이 피지 않도록//하루의 일년의 전쟁의 처참한 추억은/검은신이여/그것은 당신의 주제일 것입니다
>
> -「검은 신이여」(1952)

(2) 오늘 나는 모든 욕망과/사물에 작별하였습니다./그래서 더욱 친한 죽음과 가까워집니다./과거는 무수한 내일에/잠이 들었습니다./불행한 신/어데서나 나와 함께 사는/불행한 신/당신은 나와 단 둘이서/얼굴을 비벼대고 비밀을 터놓고/오해나/인간의 체험이나/고절(孤節)된 의식(意識)에/후회치 않을 것입니다/또 다시 우리는 결속되었습니다.

-「불행한 신」(1955) 부분

(1)에서 검은 "신"은 '전사(戰死)'와 '미래로서의 죽음'을 매개한다. 화자는 친구의 전사를 자신의 죽음으로 받아들인다. 그것은 앞에서 살핀 「무답회」의 화자의 태도와 동일하다. 하지만 이 시의 화자는 친구의 죽음을 "무엇"이 "인간의 내부에서 사멸된" 사건으로 접수한다. 그리고 '검은 신'을 부른다. 그는 신(神)에게 슬픔 대신 죽음을, 그리고 세계를 파멸시킬 것을 요청한다. 신(神)은 인간의 무능함을 표지한다. 그는 내부에서 파괴된 것을 인간의 힘으로 회복할 수 없음을 깨닫고 절망한 것이다. 즉, 인간의 능력으로는 미래를 건설할 수 없는 셈이다.

하지만 (2)에서 나타나듯이, 신(神)과 나의 관계가 연인과 유사하다는 점은 흥미롭다. "모든 욕망과 사물에 작별"을 고한 '나'는 "더욱 친한 죽음과 가까워"지고, "불행한 신"과 "어디서나 함께 산"다. 그와 나는 "단둘이서/얼굴을 비벼대고 비밀을 터놓"으며, "결속되"어 함께 "죽음을 약속"한다. '불행한 신'과 '나'의 관계는 「사랑의 파라볼라」에서 '오늘의 사람'과 '나'와의 관계를 상기시킨다. '나'는 연인인 '오늘의 사람'과 만나 미래로 나아갔고, 「불행한 신」의 '나'는 '불행한 신'과 결속되어 죽음으로 나아간다. '신(神)'도 나의 분신이다. 내가 불행하므로 신도 '불행한 신'이 된 것이다. 따라서 나는 분신인 신(神)을 매개로 '영원한 죽음'을 다음과 같이 맞이한다 : "결코/평범한 그의 죽음을 비극이라 부를 수 없었다/산산이 찢어진 불행과/결합된 생과 사와/이러한 고독의 존립을 피하며/미스터 모는/영원히 미소하는 심상을/손쉽게 잡을 수 있었다"(「미스터 모의 생과 사」, 1954).

분신으로서의 신(神)의 등장은, 미래를 상실했음에도 불구하고, '정신의 분열'이라는 감정의 틀(Pathos Mundi)[45]이 근본적으로는 변화하지 않았음을 의미한다. 주체는 그것이 아무리 비참한 것이라고 해도 자신의 정념성, 자신의 존재와 현 실존의 중핵을 구성하는 파토스의 상실을 두려워한다.[46] 의식이 분열되었으므로, 그는 자신에게 도래할 미래를 통합하여 인식하지 못한다. 해방기 박인환이 '시인'과 시민'으로서의 정체성 사이의 간극을 경험함을 앞에서 살폈다. 그렇다면, 그는 '누구'의 미래를 상실했는가?

> 내가 옛날 위대한 반항을 기도하였을 때/서적은 백주의 장미와 같은/창연하고도 아름다운 풍경을/마음속에 그려주었다/소련에서 돌아온 앙드레 지드 씨/그는 진리와 존엄에 빛나는 얼굴로/자유는 인간의 풍경 속에서/가장 중요한 요소이며/우리는 영원한 '풍경'을 위해/자유를 옹호하자고 말하고/한국에서의 전쟁이 치열의 고조에/달하였을 적에/모멸과 연옥의 풍경을/응시하며 떠났다//…//나는 눈을 감는다/평화롭던 날 나의 서재에 군집했던/서적의 이름을 외운다/한 권 한 권이/인간처럼 개성이 있었고/죽어간 병사처럼 나에게 눈물과/불멸의 정신을 알려준 무수한 서적의 이름을……
>
> ─「서적과 풍경」 부분

한국 전쟁은 독서 체험을 통해 형성된 이상[47]의 파괴가 발생한 위기였다. 그것은 "장미는 향기 짙은 몸에 상처를 지니며/그의 눈물로 붉게 물

---

45 김홍중, 「멜랑콜리와 모더니티」, 『마음의 사회학』, 문학동네, 2009, 246쪽.

46 알렌카 주판치치, 『실재의 윤리』, 도서출판 b, 2008, 29쪽.

47 이와 관련하여 조영복, 「근대 문학의 '도서관 환상'과 '책'의 숭배 – 박인환의 「서적과 풍경」을 중심으로」, 『한국시학연구』 23, 한국시학회, 2008 참조.

들이고/침해하는 자에게 꺾이어 갔다"(「구름과 장미」, 1952)로 표현된다.
「박인환 현상」에서 김현은 박인환의 "도시적 서정"을 키운 것은 "인간의
자유와 행복, 그리고 지혜를 희원하는" 책(冊)임을 밝혔다. 그 책은 "한국
의 고전들이 아니라 외국의 고전과 신간들"이었다.[48] 독서 체험은 자기
안의 시인을 인식할 수 있었던 결정적 계기[49]였다. 하지만 전쟁 중 앙드
레 지드는 "모멸과 연옥의 풍경을/응시하며 떠났"고, 화자에게 서적은
"죽어 간 병사"와 같은 사물이 되었다. 따라서 사라진 것은 해방기 시인
인 그가 희망했던 미래이다. 문제는 그가 미래의 상실을 아래와 같이 '소
외'로서 경험한다는 점이다.

> 그것은 분명히 어제의 것이다/나와는 관련이 없는 것이다/우리들이 헤
어질 때/그것은 너무도 무정하였다//하루종일 나는 그것과 만난다/피하면
피할수록/더욱 접근하는 것/그것은 너무도 불길(不吉)을 상징하고 있다/옛
날 그 위에 명화가 그려졌다 하여/즐거워하던 예술가들은/모조리 죽었다//
지금 거기엔 파리와/아무도 읽지 않고/아무도 바라보지 않는/격문과 정치
포스터가 붙어 있을 뿐/나와는 아무 인연이 없다//그것은 아무 인연이 없
다//그것은 감성도 이성도 잃은/멸망의 그림자/그것은 문명과 진화를 장
해하는/사탄의 사도/나는 그것이 보기 싫다/그것이 밤낮으로/나를 가로막
기 때문에/나는 한 점의 피도 없이/말라 버리고/여왕이 부르시는 노래와/
나의 이름도 듣지 못한다
>
> - 「벽」(1955)

48   김현, 「박인환 현상」, 『김현 문학 전집 14』, 문학과지성사, 1993, 260쪽.
49   "독자를 '영감받은 사람'으로 바꾼다는 이 단순한 사실에 의해, 사람들은 시인을 알아
보는 것이며—아니면 적어도 각자가 자신의 시인을 알아보는 것입니다. 영감이란, 분
명히 말해서, 독자가 자기의 시인에게 거저 주는 하나의 특권입니다." 폴 발레리, 『발
레리 선집』, 박은수 옮김, 을유문화사, 2015, 172쪽.

"격문과 정치 포스터"가 붙어있는 '벽'이 화자를 호명하자, 화자는 그
로부터 벗어날 수 없어 괴로움을 느낀다. 그가 "피하면 피할수록" 벽은
"더욱 접근"하고, "밤낮으로" 그를 가로막는다. 중요한 것은 그가 자신의
"이름을 듣지 못한다"는 점이다. 그것은 소외의 문제를 적시한다. 소외
의 핵심은 주체에게 주어진 강제된 선택이다. 주체는 "큰 타자의 장에서
기표를 선택할 수 있지만, 그 선택은 이미 주체를 위해, 그리고 주체보다
앞서 이루어진 것"[50]이다. 그리고 주체는 그것을 수행하면 "무엇을 택하
든지 간에 한 요소를 영원히 상실"[51]한다. 이러한 상실은 "옛날 그 위에
명화가 그려졌다 하여/즐거워하던 예술가들은/모조리 죽었"다는 구절로
표현된다.

박인환에게 한국 전쟁의 주관적 의미는 소외였다. 후진국인 한국의
현실에서, "예술가냐 정치가냐"라는 질문에 대한 응답은 실존적 선택의
문제가 될 수 없음을, 그는 예리하게 간파한 것이다. 하지만 의식적 수
준에서 명료하게 인식될 수 없었으므로, 테제가 아닌 허구적인 서사로
서 제출되었음을 추정할 수 있다. 그 사정은 미국 여행에 대해 쓴 「어느
날의 시가 되지 않은 시」에서 "중량 없는 억압"이라는 구절로 돌출된다.
소외는 "동일시와 억압을 모두 포괄"[52]하므로, 이중언어세대인 박인환
시에서 '억압'은 중요한 문제이다. 거기에는 식민지 체험, 해방, 한국 전
쟁 등의 역사적 상황에서 파생된 다수의 원인이 복합적으로 작용했을
터이다. 그러나 '억압'의 실체를 규명하는 것이 이 글의 관심사는 아니
다. 앞으로 이 글에서는 박인환이 그럼에도 불구하고 예술가로서 '페시

50 파울 페르하에허, 「전-존재론적 비-실체의 원인과 궁핍 – 라캉의 주체 개념에 관하여」,
    『라캉 정신분석의 핵심 개념들』, 문심정연 옮김, 문학과지성사, 2013, 220쪽.
51 파울 페르하에허, 위의 글, 220쪽.
52 위의 글, 221쪽.

미즘의 미래'를 선택하는 과정을 추적하고, 그 의미를 되짚어본다.

4. '페시미즘의 미래'의 두터운 그림자

1955년 봄, 박인환은 대한 해운 공사의 상선을 타고 태평양을 횡단하여 미국을 여행한다. 시인에게 미국 여행은 환상의 횡단[53]임을 추정할수 있다. 환상의 횡단(transversing of fantasy)은 가장 내밀한 주관적 체험, 사물이 '실제로 나에게 보이는 모습', 내 존재의 핵심을 구성하고 보증하는[54] 틀이 파열되는 작업이다. 후술된 것과 같이, 그것은 연인-분신의 소멸로서 형상화된다. 연인-분신의 소멸은 그가 "무한한 고독"(「태평양에서」)에 침잠함을 의미한다.

> 천사처럼/나를 매혹시키는 허영의 네온/너에게는 안구가 없고 정서가없다/여기선 인간이 생명을 노래하지 않고/침울한 상념만이 나를 구한다//바람에 날려온 먼지와 같이/이 이국의 땅에선 나는 하나의 미생물이다/아니 나는 바람에 날려와/새벽 한 시 기묘한 의식으로/그래도 좋았던/부식된과거로/돌아가는 것이다
>
> ―「새벽 한 시의 시」

그는 "시애틀의 네온이 붉은 거리"(「여행」, 1955)에서 마주친 네온을 "나를 매혹시키는 천사"에 비유했다. "허영의 네온"을 새로운 연인으로 받아들이지 않는다. 그런데 그것은 「밤의 미매장」의 화자가 연인을 '천사'로 부른것을 상기시킨다. 그러나 네온은 시선(視線)에 있을법한 반짝거림은 있으

---

53 환상의 횡단으로서의 미국 여행은 강계숙, 앞의 글, 439쪽.
54 슬라보예 지젝, 『How To Read 라캉』, 박정수 옮김, 웅진 지식하우스, 2011, 83쪽.

되, "안구(眼球)와 정서(情緖)"가 없다. 왜 그러한가? "붉은 네온"은 어둠을 붉은 빛으로 밝히지만, 태양처럼 아침을 가져다주지 못한다. 박인환은 태양 아래 뜨거운 장미의 온도를 느낀 바 있다. 그러나 그는 네온을 느끼지 못했다. 매혹되었지만, 네온을 사랑할 수는 없는 것이다. 그것은 "트렁크 위에 장미는 시들"(「투명한 버라이어티」, 1955)게 된 사건으로 표현된다.

> 여우(女優) 가르보의 전기책이 놓여 있고/그 옆에는 디렉티브 스토리가 쌓여 있는/서점의 쇼윈도/손님이 많은 가게 안을 나는 들어가지 않았다/비가 내린다/내 모자 위에 중량이 없는 억압이 있다/그래서 뒷길을 걸으며/서울로 빨리 가고 싶다고/센티멘털한 소리를 한다
> — 「어느 날의 시가 되지 않는 시」(1955) 부분

이와 같이, 그는 미국에서 새로운 이상을, 미래를 발견하지 못한 것으로 추정된다. 그는 '서점'에 들어가지 않았다. 박인환에게 '책'은 각별하다. 앞에서 그가 서구의 책을 통해서 이상을 형성했음을 밝혔다. 그러므로 우리는 미국의 서점에 들어가지 않았던 까닭과 네온을 그와 같이 인식했던 원인이 동일함을 알 수 있다. 그는 미국을 새로운 미래로서 인식하기를 거부한 것이다. 그에게 남은 일은 "거저 옛날로 가는 것"(「센티멘털 저니」, 1954)이다.

> 그러한 잠시/그 들창에서 울던 숙녀는/오늘의 사람이 아니다//목마의 방울 소리/또한 번갯불/이지러진 길목/다시 돌아온다 해도/그것은 사랑을 지니지 못했다//해야 새로운 암흑아/네 모습에/살던 사랑도/죽던 사람도/잊어버렸고나//침울한 바다/사랑처럼 보기 싫은/오늘의 사람//그 들창에/지나간 날과 침울한 바다와 같은 나만이 있다
> — 「침울한 바다」(1956)

따라서 서울로 돌아오는 바다 위의 '해'는 "새로운 암흑"이 되었다. 그리고 자신을 '침울한 바다'에 비유했다. 중요한 것은 직유법으로써 사랑과 오늘의 사람 모두를 부정한다는 점이다. 그것은 '연인-분신'의 소멸을 의미한다. 앞에서 분신이 주체가 붕괴될 위험을 알리는 긴급 신호임을 언급했다. 그의 '분열된 정신'이 와해될 위험에 처한 것이다. 그러나 직유법을 활용하여 '침울함'이라는 정서에 스스로를 동일시함으로써 자신을 지탱한다. '침울함'은 증환으로서의 증상(fundamental fantasy)이다. 증상은 "문자 그대로 우리의 유일한 실체, 우리 존재의 유일한 실정적 지탱물, 주체에 일관성을 부여할 수 있는 유일한 지점"[55]이다. 분신을 잃고 침울한 그는 미래로서의 '새로운 암흑'을 마주하고 있다. 그렇다면, '새로운 암흑'은 무엇인가?

　　한 잔의 술을 마시고/우리는 버지니아 울프의 생애와/목마를 타고 떠난 숙녀의 옷자락을 이야기한다/목마는 주인을 버리고 그저 방울 소리만 울리며/가을 속으로 떠났다 술병에서 별이 떨어진다/상심한 별은 내 가슴에 가벼웁게 부서진다/그러한 잠시 내가 알던 소녀는/정원의 초목 옆에서 자라고/문학이 죽고 인생이 죽고/사랑의 진리마저 애증의 그림자를 버릴 때/목마를 탄 사랑의 사람은 보이지 않는다/세월은 가고 오는 것/한때는 고립을 피하여 시들어 가고/이제 우리는 작별하여야 한다/술병이 바람에 쓰러지는 소리를 들으며/늙은 여류작가의 눈을 바라다보아야 한다/……등대에……/불이 보이지 않아도/그저 간직한 페시미즘의 미래를 위하여/우리는 처량한 목마 소리를 기억해야 한다/모든 것이 떠나든 죽든/그저 가슴에 남은 희미한 의식을 붙잡고/우리는 버지니아 울프의 서러운 이야기를 들어야 한다/두 개의 바위 틈을 지나 청춘을 찾은 뱀과 같이/눈을 뜨고 한 잔의 술을 마셔야 한다/인생은 외롭지도 않고/그저 잡지의 표지처럼 통속하거늘/한탄할 그 무엇이

55　자세한 내용은 슬라보예 지젝, 『이데올로기라는 숭고한 대상』, 135~136쪽.

무서워서 우리는 떠나는 것일까/목마는 하늘에 있고/방울 소리는 귓전에 철렁거리는데/가을 바람 소리는/내 쓰러진 술병에서 목메어 우는데
—「목마와 숙녀」(1955)

그것은 '페시미즘의 미래'이다. 남은 나날들을 '페시미즘의 미래'로 정식화하는 과정은 다음과 같이 펼쳐진다. 화자는 "숙녀"와의 이별을 애도한다. '목마를 타고 떠난 숙녀'는 환상 속 인물이다. 그는 숙녀의 '죽음'을 '목마가 주인을 버린 것'으로 암시한다. 숙녀가 아닌 '숙녀의 옷자락'을 이야기한다는 것으로 미루어, 숙녀가 기억 속에서 희미해졌음을 암시받을 수 있다. 그리고 그는 '버지니아 울프'와 '숙녀'를 함께 이야기했다.

요컨대 그는 전환기에 있다. "세월은 가고 오는 것", "작별" 그리고 "우리는 떠나는 것일까" 등이 진술된다. 하지만 주목할 것은 "술병이 바람에 쓰러지는 소리"이다. 화자가 반복하여 언급하는 "술병"은 그의 내면을 가리킨다. 즉, "나의 내면은/지금은 고독한 술병"(「밤의 노래」)이다. 그리고 박인환의 시에서는 바람이 불면 떠나야 할 순간이 찾아온다. 그는 "그 바람은/세월을 알리고//그 바람은 내가 쓸쓸할 때 불어온다//그 바람은/나에게 젊음을 가르치고/그 바람은/봄이 떠나는 것을 말한다"(「5월의 바람」)를 이야기한 바 있다. 여기에선 바람이 술병이 쓰러질 정도로 강하게 분다. 숙녀를 잃은 화자는 그토록 쓸쓸한 것이다. 그러니 "상심한 별"은 술병에서 떨어져 "내 가슴에 가볍게 부서진다." 숙녀와 이별하자, 심연을 비추던 별이 그의 내면에서 튀어나와 자잘한 조각들로 분해되었다. 앞에서 연인–분신의 소멸로 인해 주체가 위기에 봉착했음을 밝혔다. 화자는 "문학이 죽고 인생이 죽"었을 때, 그리고 "사랑의 진리마저 애증의 그림자를 버릴 때"를 경험하고 있다.

그러나 그는 '페시미즘의 미래'를 언급한다. 물론 아침과 같이 눈부신

미래는 잃었다. 별은 이미 부서졌고, "……등대에……/불이 보이지 않"는
다. 우리는 이러한 상황이 '새로운 암흑'임을 알 수 있다. 하지만 흥미로
운 것은 '늙은 여류작가의 눈'을 언급했다는 점이다. 버지니아 울프의 눈
이 등대와 같이 화자를 바라보는 것이다. 하지만 등대에 불이 없으므로,
버지니아 울프는 그의 연인-분신이 아니다. 화자는 버지니아 울프의 삶
을 참고하여 미래를 직시하고자 한다. 흥미롭게도 그것은 "두 개의 바위
틈을 지나 청춘을 찾은 뱀"[56]처럼 "눈을 뜨"는 일에 비유된다. 우리는 그
간 박인환이 "두 개의 바위"와도 같은, '시인'과 '시민'이라는 두 축 사이
의 간극으로 인해 '정신의 분열'을 경험함을 살폈다. 그러한 간극은 "주
검과 관념의 거리"(「의혹의 기」)이기도 하다. 그것을 이제는 연인-분신이
아닌 "얇은 고독처럼 퍼덕이는 기"(「의혹의 기」)가 표지한다.

　페시미즘의 미래는 고독의 미래이다. 그러므로 그간 문학사에서 통속
적 센티멘털리즘의 대표적인 작품으로 폄하되었던 「목마와 숙녀」의 위상
은 재고[57]되어야 한다. 「목마와 숙녀」는 박인환이 '예술가냐 정치가냐'
라는 물음에 대한 최종 답변을 제출한 시이다. 그는 집단이 아닌 예술을
선택했다. '예술가'로서 "하나의 증명"(「죽은 아폴론」, 1956)을 갖기 위해 스
스로를 '페시미즘의 미래'에 던진 것이다. "시를 쓴다는 것"은 "사회를 살
아가는 데 있어서 가장 의지할 수 있는 마지막 것"[58]이며, "지도자도 아니

56　「목마와 숙녀」에서 이 구절의 중요성은 2013년도 2학기에 연세대 국어국문학과 대학
　　원에 개설된 강계숙 선생님의 수업 "현대한국시인연구(1)"에서 시사 받았다. 당시 귀중
　　한 통찰을 주신 강계숙 선생님께 이 자리를 빌어 감사드린다.
57　박연희는 「박인환의 서부 기행과 아메리카니즘」에서 그동안의 이러한 해석적 관행에
　　이의를 제기하고, 「목마와 숙녀」를 박인환의 후기 시의 대표적인 작품으로 보았다. 자세
　　한 내용은 박연희, 「박인환의 미국 서부 기행과 아메리카니즘」, 『한국어문학연구』 제59
　　집, 2012, 165~172쪽.
58　박인환, 「『선시집』 후기」, 『박인환 전집』, 300쪽.

며 정치가도 아닌" 그가 "사회와 싸우"[59]는 행위였다. 그런데 박인환은 왜 '미적 혁명'이 아닌 '페시미즘'의 미래를 선언하는가?

> 나와 나의 청순한 아내/여름날 순백한 결혼식이 끝나고/우리는 유행품
> 으로 화려한/상가의 쇼윈도를 바라보며 걸었다//전쟁이 머물고/평온한 지
> 평에서/모두의 단편적인 기억이/비둘기의 날개처럼 솟아나는 틈을 타서/
> 우리는 내성(內省)과 회한에의 여행을 떠났다//평범한 수확의 가을/겨울은
> 백합처럼 향기를 풍기고 온다/죽은 사람들은 싸늘한 흙 속에 묻히고/우리
> 의 가족은 세 사람//토르소의 그늘 밑에서/나의 불운한 편력인 일기책이
> 떨고/그 하나하나의 지면은/음울한 회상의 지대로 날아간다//이 창백한
> 세상과 나의 생애에/종말이 오기 전에/나는 고독한 피로에서/빙화(氷花)처
> 럼 잠들은 지나간 세월을 위해/시를 써본다/그러나 창밖/암담한 상가/고
> 통과 구토가 종결된 밤의 쇼윈도/그 곁에는/절망과 기아의 행렬이 밤을 새
> 우고/이 정막(靜寞)의 거리에 폭풍이 분다
>
> – 「세 사람의 가족」(1955)

그것은 단독자로서 느끼는 우울이 집단적 우울과 분리될 수 없기 때문이다. 일단은 그의 삶에 봄이 찾아온 것으로 보인다. 즉, "전화(戰火)에 사라진/우리들의 터전에" "줄기찬 봄"(「봄은 왔노라」)이 온 것이다. 화자는 "순백한 결혼식"을 치른 후, 그들의 미래를 들여다보듯 상가의 쇼윈도를 바라본다. 하지만 "전쟁이 머문" 지평에서 기억이 "비둘기의 날개처럼 솟아"난다. 그 때 "세 사람의 가족"을 응시한다. 즉, 아내와 나 이외의 한 명이 더 있는 것이다. '싸늘한 흙 속에 묻힌' 가족을 애도하기 위하여, "빙화처럼 잠들은 지나간 세월"에 대해 시를 쓴다.

그는 시(詩)로써 애도를 완수할 수 있었을까. 가족의 상실은 개인사적

---

59 박인환, 위의 글, 300쪽.

문제이다. 하지만 우리는 가족의 상실이 전쟁에 의한 것임을 암시받았다. 그의 우울은 한국 전쟁이 남긴 역사적 트라우마[60]에 의한 것이다. 그는 세계가 파멸하는 묵시록적 환상을 본다. 그것은 페시미즘의 미래를 보는 것에 다름 아니다. 고독에서 솟아난 시적 이미지로써 새로운 세계를 계시할 수 없을까? 여기에서, 「세월이 가면」이 대중가요로도 널리 사랑받았다는 점은 의미심장하다.

> 사랑은 가고 옛날은 남는 것/여름날의 호숫가 가을의 공원/그 벤치 위에/나뭇잎은 떨어지고/나뭇잎은 흙이 되고/나뭇잎에 덮여서/우리들 사랑이/사라진다 해도……//지금 그 사람 이름은 잊었지만/그 눈동자 입술은/내 가슴에 있네//내 서늘한 가슴에 있네
>
> ―「세월이 가면」(1956) 부분

지금까지 우리는 박인환의 연인-분신 서사가 주관적 이상의 형성 과정을 발화하는 고유한(idiosyncratic)[61] 서사임을 살폈다. 그것이 대중가요의 서사에 함몰되었다는 사실은 위의 질문에 부정적으로 응답할 가능성을 배제할 수 없게 한다. 하지만 페시미즘의 미래가 그림자처럼 드리워진 그의

---

60 "역사적 트라우마는 자아 심리학에서 말하는 트라우마와 근본적으로 다른 양상들을 가지고 있다. 첫째, 자아 심리학에서 외상 후 스트레스 장애를 앓고 있는 사람들은 사건을 직접 경험하거나 그것을 옆에서 체험한 자들이다. 반면 역사적 트라우마를 가진 사람들이 보이는 증상은 과거 사건을 직접 경험한 자들에게서는 나타나는 것이 아니라 그것과 아무런 체험적 관련성이 없는 자들에게서도 나타난다. 둘째, 더 특이한 것은 이들 비경험자가 세대를 넘어 후세대까지 연장되며 외상 후 스트레스 장애가 세대를 걸쳐 유전된다는 점이다. 셋째, 역사적 트라우마를 갖고 있는 사람들이 한 사회의 이해불가능한 병리적 현상으로 극단화되어 나타난다는 점이다." 김종곤, 「'역사적 트라우마' 개념의 재구성」, 『시대와 철학』 65호, 2013, 41~42쪽.

61 'idiosyncratic'의 의미는 Gasche, Radolphe. *The Wild Card of Reading on Paul de Man*, Harvard Univ Press, 1998, pp.4~5을 참고.

"서늘한 가슴"은 홀로 "눈동자와 입술"을 보존했다.

박인환의 이른 죽음은 그 질문을 스핑크스의 수수께끼로 변환했다.

5. 남은 과제들 : '억압'의 문제

이 글에서는 박인환이 이상을 형성하여, 자기 자신을 시인으로 정립하려는 과정을 추적하였다. 당대의 문학사적 과제는 '주관과 객관'의 일치였다. 시인의 최우선 과제는, 시민이든 민족이든 국민이든, 공동체의 구성원으로서 스스로를 정립하는 것이었다. 하지만 박인환은 최종적으로 페시미즘의 미래를 도래할 미래로 인식했다. 페시미즘의 미래는 고독의 미래이기도 하다. 고독은 자유의 문제이다. 하지만 미국 기행 이후의 박인환의 시는 1950년대에 '고독'을 새로움의 언어로서 발화하는 일이 가능하지 않았음을 추정케 한다. 강조하건대, 그것을 시인 개인의 역량의 문제로 단순하게 환원할 수는 없다. 박인환의 시 세계에서 재현된 연인-분신의 발생과 소멸의 서사는, 해방 후 정치적 상황으로 인하여, 이상/미래에의 인식의 구조가 자유·소외·억압의 세 축을 둘러싸고 복잡하게 형성될 수밖에 없었던 시대적 필연성을 적시한다. 다만 이 글에서는 '억압'의 문제를 숙고하지는 못했다. 추후의 과제로 남긴다.

제3장

정황
: 텅 빈 몸 안에
어겹된 타자들

민족을 상상하는 해방기의 문학

일(日)·미(美) 표상을 중심으로

강정구

1. 서론

단일민족을 우리 역사에서 오랫동안 확고부동하고 절대적인 실체로 여기면서 살아온 동시대인들에게는, 민족(nation)을 실체가 아닌 상상된 개념으로, 그러면서도 역사 속에서 복잡다단하면서도 상황적·우연적인 개념으로 설명하는 것이 낯설 것이다. 이 연구는 대한민국이라는 민족국가가 막 형성되는 해방기(해방 직후부터 한국전쟁 직전까지의 기간)로 돌아가서 한인의 민족 개념이 일(日)·미(美)라는 강고한 외세와 맺었던 기존 관계의 해체·재구성을 통해서 대타적으로 자기정체성을 확보해 나아가면서 만들어진 것임을 주요 문학 작품을 통해서 밝히고자 한다. 이러한 시도는 해방기라는 특정한 시기에 한인이 고유한 민족적 정체성을 어떻게 형성하고 민족국가로 현실화하는지를 잘 보여준다.

그 동안의 민족 논의가 그렇듯이, 해방기의 민족 역시 근대사를 주도하는 발전·극복의 주체로 전제된 결과, 해방 전후의 커다란 변화를 통해서 복잡다단하고 상황적·우연적으로 형성되는 민족 개념은 제대로 언급되지 않았다. 김윤식과 백낙청 등의 한국문학사에서 해방기를 포함한 근대사 속의 민족이란 사회 모순을 해결·극복하는 고유한 정체성을 이미

지닌 집단으로 전제됐을 뿐이었다.[1] 그렇지만 이러한 민족 논의에서 간과된 것은 한인이 일본의 패전으로 인한 식민지 권력의 소멸과 미·소군정의 강제 점령·권력화라는 외세의 교체 속에서 자신의 국가를 건립하려는 강한 의지를 드러내고, 그 과정에서 외세와 구별되는 민족의 고유한 정체성을 복잡다단하면서도 상황적·우연적으로 자각하고 상상한다는 점이다.

이러한 점은 정치와 일상의 영역 사이에 그 자리를 잡고 있는 문학에서 잘 보여준다. 특히 일·미 표상을 주요 소재로 활용한 해방기의 문학은, 당대의 한인이 국가를 건설하기 위해서 민족 기표에 고유한 자기정체성이라는 기의를 결합시키려고 노력한 모습을 잘 재현한다는 점에서 관심의 대상이 된다. 해방 이전의 최고권력인 일과 그 이후의 최고권력인 미라는 두 외세가 지니는 엄청난 권력을 어떻게 넘어서야 한인의 국가를 건립하고 지켜낼 수 있는가 하는 문제는, 엄밀히 말해서 정합적 논리나 선언적 정치가 아니라 한인이 두 외세로부터 분명히 구별되고 인정받을 수 있는 자기정체성을 어떻게 만들 수 있는가 하는 것에서 해결될 수 있다. 이것은 해방 뒤에도 주권을 획득하지 못한 한인의 숙명이요 지상최대의 과제이다.

해방기의 문학 작품에서 이러한 일·미 표상이 단순한 배경·소재가 아니라 작품의 전개 상 비교적 중요하게 들어있는 것들은 다음과 같다.[2] ① 일 표상이 드러난 작품 : 김만선의 소설 「압록강」(『신천지』 1946.2), 허

---

1   김윤식·김현, 『한국문학사』, 민음사, 1973; 백낙청, 「민족문학 개념의 정립을 위해」, 『민족문학과 세계문학 I 』, 창작과비평사, 1978.

2   논의의 편의를 위해서 일·미 혹은 일과 미라는 표현에서 일은 잔류 일본인과 일본을, 그리고 미는 미군정과 미군·미국인·미국을 모두 아우르는 것으로 규정하고자 한다. 세부적인 구분이 필요할 때에는 구별해서 표현하고자 한다.

준의 소설 「잔둥」(『대조』 1-2호, 1946.1-7), 염상섭의 소설 「엉덩이에 남은 발자국」(『구국』 1948.1), 황순원의 소설 「술 이야기」(『신천지』 1947.2-4, 「술」로 개제), 엄흥섭의 소설 「귀환일기」(『우리문학』 1946.2), ② 미 표상이 드러난 작품 : 이근영의 소설 「고구마」(『신문학』 1946.6)와 소설 「탁류 속을 가는 박교수」(『신천지』 1948.6), 채만식의 소설 「미스터방」(『대조』 1946.7)과 소설 「역로」(『신문학』 1946.6), 이은휘의 소설 「황영감」(『신천지』 1949.1), 채만식의 동화 「이상한 선생님」(『어린이나라』 1949.9), 장덕조의 소설 「삼십년」(『백민』 1950.2).

지금까지 해방기 한인 문학 속의 일·미 표상에 대해서는 주로 한인 민족을 하나의 실체로 규정한 뒤에 일·미 관계를 논의했기 때문에 정작 한인이 민족을 상상하여 고유한 정체성을 만들어가는 양상과 그 특성에 대해서는 제대로 연구가 이루어지지 않아왔다. 우선 해방기 작품 속의 일 표상은 민족주의가 과잉된 한인의 시각에서 언급되기 시작했다. 일본인 소재의 작품에 대해서는 일본인이 식민지를 강제로 경영한 절대 악으로 전제되면서 해방 직후 그들의 비참한 실상이나 한인의 동정·윤리를 강조했다.

임헌영은 문학인이 지닌 항일의식을 강조하면서 "일생을 두고 항일문학을 해도 그 한을 다 풀 수가 없을 것"이라고 하면서 일본에 대한 분노를 표현한 바 있었다. 1970년대 학문세대의 대일 분노를 단적으로 보여준 사례였다. 이후의 연구자들은 이러한 분노를 사실주의나 윤리의 문제로 검토하면서 좀 더 객관화했다. 임기현은 "잔류 일본인들은 훨씬 비참한 상황 속에 놓여 있었"음을, 그리고 이정숙도 "일본인들의 비참한 모습도 이주와 귀환의 측면에서 해방정국의 한 부분을 형성하고 있"음을 분석했고, 허준의 문학에 대해서 최강민이 "우리 모두는 같은 인간이라는 인도주의적 입장"에서 소설을 창작했음을, 유철상이 "대안으로 제시한 등불, 즉 보편적 인간애라는 점으로 인해 역사성, 사회성으로부터의 거리감이라는 한계까지 아울러 노정하"였음을, 그리고 이병순은 "환희, 불안, 초조→증오→관용의 정신에 이르는 주인공의 의식의 변화"가 있음을 논증했다.[3]

이러한 민족주의적인 시각의 연구는 차츰 일본 식민지에 협조·동화했던 한인의 자의식을 검토·성찰하는 방향으로 나아갔다. 해방 이후에도 일본 식민지에서 굴종과 억압을 경험한 한인의 자의식이 환영으로 남거나 내면화되었다는 논의가 그러한 예가 되었다. 김승민은 염상섭의 소설 「해방의 아들」에 대해서 작가가 "만주국에서 준 일본인으로서 살았던 식민지 시대 자아의 환영과 마주"했음을, 그리고 안미영은 황순원의 소설 「술」에 대해서 "주인공 준호가 자멸하기 전까지 탐욕이 극대화 될수록, 그는 과거 일본인의 행적을 더 많이 내면화하게" 되었음을 살펴보았다.[4]

해방기 한인 문학 속의 미 표상에 대해서 일 표상과 달리 본격적으로 문제 삼는 경우가 드물었다. 한인 문학 속의 미군정·미군·미국인을 해방을 가능하게 하고 한반도를 분할·점령한 남한의 최고권력으로 전제하는 경우가 대부분이었기에 직접적으로 비판·지적하기에 곤란한 측면이 있었기 때문이었다. 그로 인해서 미 표상을 소재로 한 작품이 많았음에

---

3 임헌영, 「신항일문학론」, 『문학의 시대는 갔는가』, 평민사, 1988, 143쪽; 임기현, 「허준의 〈잔등〉 연구」, 『한국현대문학연구』 30집, 한국현대문학회, 2010, 259~288쪽; 이정숙, 「해방기 소설에 나타난 귀환의 양상 고찰」, 『현대소설연구』 48집, 한국현대소설학회, 2011, 45~76쪽; 최강민, 「해방기에 나타난 허준의 변모 양상」, 『우리문학연구』 10집, 우리문학회, 1995, 113~130쪽; 유철상, 「허준의 〈잔등〉고」, 『목원어문학』 14집, 목원대학교 국어교육학과, 201~223쪽; 이병순, 「허준의 「잔등」 연구」, 『현대소설연구』 6집, 한국현대소설학회, 1997, 327~346쪽)

4 김승민, 「해방 직후 염상섭 소설에 나타난 만주 체험의 의미」, 『한국근현대문학연구』 16집, 한국근대문학회, 2007, 243~274쪽; 안미영, 「태평양전쟁직후 한일소설에 나타난 패전 일본여성의 성격 비교」, 『비평문학』 35집, 비평문학회, 2010, 279~300쪽.

도 연구는 다소 제한적일 수밖에 없었다.

　김만수는 해방기 문학 속의 미군·미국인에 대해서 해방의 은인으로 간주되면서도 독립·통일을 저해하는 장애물·반대자로 이해됐지만 정작 정면적인 비판을 찾기는 힘들다고 했으며, 이대영은 「미스터방」을 대상으로 미군에 대한 작가적 논평이 부재함을 지적한 바 있었다. 이외에도 강현두는 미국이 은인·원조자·선인이라는 점에서 긍정적인 이미지로, 반대로 소설 「양과자갑」·「탁류 속을 가는 박교수」·「황영감」에서 엿보이듯이 통치자·지배자라는 점에서 부정적인 이미지로 이해됐음을, 김용권은 해방기에 대학에서 미국문화가 수용된 양상을, 그리고 차희정은 장덕조의 소설 「삼십년」을 논의하면서 해방기에 미국문화가 기본적으로 긍정적으로 표상됐음을 언급했다.[5] 이러한 논의들을 검토해 보면, 해방기 문학 작품 속의 일·미 표상에 대한 연구는, 당대의 시대적인 과제인 민족의 형성·상상과 관련지은 것이 거의 없었음이 확인된다. 일·미 표상이 한인이 민족을 상상하는 양상의 특성을 잘 설명해준다는 점에서 본 논의의 필요성이 제기된다.

　이 논문은 해방기 문학 속의 일·미 표상을 통해서 한인이 민족을 상상하는 양상을 살펴보고자 하는 목적을 지녔기 때문에 이러한 목적에 적합

5　김만수, 「한국소설에 나타난 미국의 이미지」, 『한국현대문학연구』 25집, 2008.7, 467쪽; 이대영, 「분단소설에 투영된 '미군상'」, 『비평문학』 21집, 2005.10, 269~270쪽; 강현두, 「한국문학 속의 미국의 대중적 이미지」, 『미국학논집』 11호, 1978, 174~176쪽; 김용권, 「한국문학에 끼친 미국문화의 영향과 그 연구」, 『아세아연구』 26호, 1967.6, 137~149쪽; 차희정, 「해방기 장덕조 소설에 나타난 여성성의 위장과 전유 : 잡지 게재 소설을 중심으로」, 『한중인문학연구』 35호, 한중인문학회, 2012, 267~289쪽 참조. 이외에도 관심을 가져야 할 연구는 다음과 같다. 임종명, 「해방 공간과 인민, 그리고 민족주의와 민주주의」, 『한국사연구』 167호, 한국사연구회, 2014, 193~246쪽; 장세진, 『상상된 아메리카 : 1945년 8월 이후 한국의 네이션 서사는 어떻게 만들어졌는가』, 푸른역사, 2012.

한 연구방법론이 요구된다. 이 논문에서는 민족을 본래 제한되고 주권을 가진 것으로 상상되는 정치공동체로 규정한 베네딕트 앤더슨의 논의를[6] 발상으로 삼아서 한인 문인이 해방기 문학 작품 속의 일·미 표상을 통해 상상한 (경계의) 제한, 주권, 정치공동체를 분석하고자 한다. 먼저 일본인을 나쁜 민족으로 규정함으로써 상대적으로 선한 한인이라는 심리적인 경계를 설정하는 양상을(2장), 미군정에 순응하면서도 주권국가를 상상하는 양상을(3장), 그리고 건국 이후부터 한국전쟁 직전까지 분열된 한인 공동체의 통합을 위해서 군정 시기 사회의 중심이었던 미국을 외부로 만드는 양상을(4장) 분석하고자 한다.

2. 해방 이후 한·일간 심리적 경계의 설정

해방기 문학 작품 속의 일 표상은 한인이 민족의 심리적 경계를 설정하는 양상을 잘 드러낸다. 한인이 민족을 상상하기 위해서는 무엇보다다른 민족과 분명히 민족적으로 구별되어야 했는데, 그러한 구별을 위해서는 일본인을 흉내내고(mimic) 닮고자 했던 식민지 시기의 자기 정체성에서 벗어나야 했다.[7] 해방 이전에는 일본인이 대동아공영권의 중심이었고 한인은 일본인을 부분적으로 흉내내면서도 완전히 동일시될 수 없었던 주변이었지만, 그 이후에는 건국이라는 시대적인 과제를 수행하려는 한인의 입장에서는 자신을 한반도의 중심으로 그리고 일본·일본인을 주

---

6   Benedict Anderson, 『상상의 공동체 – 민족주의의 기원과 전파에 대한 성찰』, 윤형숙 옮김, 나남출판, 2002, 25쪽.

7   식민지 시기의 자기정체성에 대해서는 윤해동의 저서 『식민지의 회색지대』(역사비평사, 2003)에 나온 '일상적 협력' 논의를 참조할 것.

변으로 심리적 경계를 그려야 했다.

한인이 가장 쉽고 명확하게 이러한 심리적 경계를 만드는 방법은, 식민지 시기에 설정되었던 한·일간 중심/주변의 관계를 전복·역전시키는 일이다. 식민지 시기에 정치·경제·문화의 여러 측면에서 일본이 우등하고 한인이 열등한 것으로 여겨졌던 중심/주변의 관계는, 일본이 제2차 세계대전에서 패전하여 식민지를 빼앗겼고 잔류일본인이 본국으로 귀국해야 하는 당대의 현실 속에서 새로운 국면으로 전개된다. 건국이라는 당대의 시대적인 과제를 인식하거나 공감한 한인이라면, 더 이상 일본인을 한인의 중심으로 고정시켜놓을 필요가 없었고 오히려 한반도의 주인은 자신이 되어야 한다는 강한 의지를 드러내게 된다.

> A) 8.15 이후 원식이 그가 본 일본인은 마음으로나 생활로나 하루 아침에 더러워진 일본인이었다. 나라만 망한 게 아니라 민족으로서도 망한 성싶어 일본인을 경멸해 온 터인데, 산중에다 이천여 명의 조선 사람 피난민들을 내동댕이치고 도주한 기관사와 같은 그런 종류의 왜종을 가끔 발견할 때는 원식은 치가 떨었다.[8]

> B) 피난민도 형지 없이 어지러웠고 일본 사람들도 과연 눈을 거들떠보기 싫게 처참하지 아니함이 없었으나 생각하면 이것을 혁명이라는 하는 것이었다. 혁명은 가혹한 것이었고 또 가혹하여도 할 수 없을 것임에 불구하고 한 개의 배장수를 에워싸고 지나쳐간 짤막한 정경을 통하여, 지금 마주 앉아 그 면면한 심정을 토로하는 이 밥장수 할머니에 이르기까지 그것이 어떻게 된 배 한 알이며, 그것이 어떻게 된 밥 한 그릇이기에, 덥석덥석 국에

---

8 김만선, 「압록강」, 『신천지』 1946.2, 『압록강』, 깊은샘, 1988, 152쪽. 이 소설은 주인공 원식이 1945년 11월에 중국 신경에서 출발해 한반도의 신의주까지 기차를 타고 오면서 경험한 몇몇 일본인 이야기를 다루고 있다.

말아줄 마음의 준비가 언제부터 이처럼 되어 있었느냐는 것은 나의 새로이
발견한 크나큰 경이가 아닐 수 없었다.[9]

해방기의 한인은 일본인과 맺었던 기존 관계의 전복을 통해서 자신의
고유한 민족적 정체성을 형성하게 된다. 식민지 시기에는 한반도를 지배
했던 일본인을 문화적인 중심에 놓고서 흉내내고 닮고자 했던 한인은,
해방이 되자마자 기존의 중심/주변 관계를 역전시켜놓는다. 일본인은
배우고 따를만한 중심이 아니라 인용문 A)에서 말하듯이 "하루 아침에
더러워진 일본인"이고, 한인은 일본을 흉내내었지만 완전히 동일시되지
못했던 주변이 아니라 인용문 B)에서 보이듯이 "덥석덥석 국에 말아줄
마음의 준비가 언제부터 이처럼 되어 있었느냐"라고 말할 정도로 관용과
인간애를 지닌 민족이 된다. 한인은 흉내내기를 했던 자라면 으레 지닐
법한 열등한 피식민자의 이미지를 일본인에게 전가시키고, 그 대신에 우
등한 (식민)자의 이미지를 마치 본래부터 고유하게 지닌 것처럼 스스로
를 규정한다.

한인이 다른 민족과 구별되는 민족 내부의 고유한 정체성을 획득하기
위해서는, 일본인을 자신과 다른 부도덕하고 열등한 민족으로 만들어야
한다. A)에서 일본인 기관사가 한인 피난민을 팽개치고 도망갔다는 사
실을 강조한 태도는 도망가지 않고 도로 와서 기차를 운행한 그 나름의
책임과 윤리를, 그리고 B)에서 한인이 관용과 인간애를 지녔다는 점을
주목한 서술은 자국의 제국주의를 비판한 가도오와 같은 일본인의 자책

---

9   허준, 「잔등」, 『대조』 1-2호, 1946.1-7, 최원식 편, 『남생이 빛 속으로 잔등 지맥』,
    창비, 2005, 189쪽. 이 소설에서 주인공 나는 '방'과 함께 중국 장춘에서 고국으로 귀
    국하는 길에서 일본인을 대조적으로 대하는 두 한인을 만난다. 그들은 일본인을 철저
    하게 증오하는 한 소년과 일본인에 대한 동정과 연민의 정을 지닌 할머니이다. 인용문
    은 그 할머니에 대한 나의 감상을 말하는 부분이다.

과 희생을 아예 간과·배제한 것이다.[10] 한인은 한·일간 관계의 역전을 통해서 비로소 지고지순한 내부를 갖는 윤리적인 공동체로 자신을 상상하게 되고, 그 과정에서 일본인은 한인의 문화적 중심에서 주변으로 배치되면서 한인 민족의 심리적 경계가 분명히 설정된다.

한인이 민족 고유의 심리적 경계를 좀 더 명확하게 설정하는 양상은, 식민지 시기를 거치면서 한·일간 혼성되었던 모습을 의도적으로 분절하고 차이를 만들어내는 과정에서도 잘 드러난다. 식민지 기간 내내 조선총독부는 한인에 대한 동화정책을 폈고, 그 결과 한인은 일본인을 흉내내고 닮고자 했다. 한인은 식민지의 일상 속에서 조선총독부의 정책 의도에 순응했고 흉내내기를 했던 혼성인이었다. 이러한 한인의 혼성적인 모습은 의식적일 뿐만 아니라 무의식적인 차원에서 상당히 뿌리 깊게 내재돼 있었다. 해방이 되자 한인은 분명히 논리적으로 설명되지 않았지만 통칭 일본적인 것으로 규정되는 혼성적인 모습을 문제 삼았다.

ⓒ 처음부터 경찰 생활이 자기 같은 성격이나, 어린 낫세로는 맞지도 않거니와, 역시 처음 결심대로, 서울로 가서 신시대에 맞는 학문을 닦아서, 무엇 보다도 먼저 조선 사람이 되어야 하겠다는 생각이, 다시금 불현 듯이 든 것이다. 자기 자신의 머릿속에 스며 있는 일제 잔재부터 씻어내야할 것이 아닌가 하는 생각을 한 것이다.[11]

10 할머니가 반(反)제국주의를 주장한 가오도의 말을 전하는 아들의 말을 주인공인 나에게 인용하기를 "그럼 무엇이 죄냐. 일본 사람은 일본 바다에서 나는 멸치만 잡아먹어도 넉넉히 살아갈 수 있다고 한 것이 죄다. 어머니, 멸치만 잡아먹어도 산다는 말을 아시겠어요, 하였습니다."라고 했다. 허준, 「잔등」, 『대조』 1-2호, 1946.1-7, 최원식 편, 『남생이 빛 속으로 잔등 지맥』, 창비, 2005, 185쪽.

11 염상섭, 「엉덩이에 남은 발자국」, 『구국』 1948.1, 『염상섭전집 10』, 민음사, 1987, 54쪽. 이 소설은 해방 전에 일본인 경찰 부장인 굴전에게 핍박받던 창근이 해방 이후에 굴전을 벌한 뒤 당대 사회에서 자신의 민족적·사회적인 과제를 자각하는 이야기를

D) 거기서 준호는 건섭이에게서 들은 말대로, 일본적인 것을 일소해 버려야 한다는 생각에, 동무들! 하고 같이 온 종업원들을 불러 방에 걸린 편액이니 족자를 모조리 떼게 하였다. (중략) 사실 가구야 무슨 죄가 있느냐. 건섭이가 일본적인 것은 일소애버려야 한다는 말에도 이 가구같은 것은 들지 않았으리라.[12]

E) "내싸두소. 웬수 놈의 씨알머리요. 우리 조선이 인제 독립되게 됐는데 웬수놈의 씨를 나가지고 가면 되겠능기요!"
대구 여인은 이러케 자긔 주장을 세우며 그대로 안저서 이러날 생각도 안는다.
"웬수 놈의 씨알머리고 아니고 간에 갓난 어린 게 무슨 죄가 있우! 입딱 다물고 잘 키워노면 그래두 다 우리나라 백성되지 지 애비 차저가겟수!"[13]

해방 직후 한인은 자기 민족의 고유한 정체성을 형성하기 위해서 한·일간의 혼성적인 모습을 의도적으로 분절하고 차이를 만들어내고자 한다. 이러한 작업은 35년이라는 식민지 시기 동안 이미 하나로 뒤섞인 것을 세밀하게 성찰·비판하면서 구분해내는 것이 아니라, 상당히 권력적이고 상황적인 것이다. 쉽게 말해서 권력을 가지거나 나름대로 합리적인 목소리를 지닌 한인이 일본적인 것이라고 주장하면 그것이 바로 폐기·척결·차별해야 할 것이 되고, 반대로 한인적인 것이라 말하면 그

담고 있다.

12 황순원, 「술 이야기」, 『신천지』 1947.2-4, 「술」로 개제, 『황순원전집 2』, 문학과지성사, 1992, 14~21쪽. 해방 직후의 북한 사회에서 인민공화국 중앙위원회의 의지로 인해서 일본인의 재산 환수가 진행되는데, 이 소설은 그 때 일본인의 재산에 대한 한인의 태도를 잘 보여준다.

13 엄흥섭, 「귀환일기」, 『우리문학』 1946.2, 차선일 편, 『엄흥섭 작품집』, 지식을 만드는 지식, 2010, 260쪽. 이 소설에서는 일본에 강제로 끌려갔던 한인이 부산으로 귀환하는 과정을 그린 것이다.

것이 획득·수용·인정해야 할 것이 된다.

인용문 C-E)에서는 한·일간의 혼성적인 모습이 의도적으로 분절·차별되면서 민족의 심리적 경계가 설정되는 양상을 잘 보여준다. C)에서 창근이 조선 사람이 되고 일제 잔재를 버려야 한다는 생각은 논리가 아니라 막연한 신념이었고, D)에서 준호가 일본적인 것을 편의에 따라 재규정하는 모습은 권력적·상황적인 것이었으며, E)에서 대구여인이 낳은 한일혼혈아가 한인으로 재인식되는 상황 역시 비합리적·비논리적인 것이었다. 다만 한·일간의 혼성적인 모습은 그것을 규정짓고 언설하는 한인에 따라서 한과 일의 표상으로 각각 분절되고 차이를 발생시키면서 한인 민족의 심리적 경계를 만들어내는 재료가 된다.

3. 미군정에 순응하면서도 주권국가 상상하기

해방기의 미군정은 패전국 일본의 식민지인 한반도를 소련과 강제로 분할·점령하고 소련의 공산주의를 견제하는 과정에서 친미 성향의 한인 국가 건립을 군사적·정치적·외교적으로 지원한 38선 이남의 최고권력이었다. 이러한 미군정의 위상이 해방 직후부터 스스로 지배하고 지배받기를 소망한 한인의 주권 획득 의지와 충돌되는 것은 일견 당연했지만, 현실 속의 최고권력과 대립해서는 주권국가의 소망이 멀어질 수밖에 없었다. 따라서 한인이 좌·우·중도파 민족주의자를 막론하고 주권국가의 건립을 위해서 할 수 있는 일이란, 역설적이게도 미군정의 한인 정책에 순응하는 가운데에서 자신의 주권국가를 상상하고 인정받는 것이다.

미군정 시기에 한인이 주권국가를 상상한 양상은 정치적·공공적 영역만 봐서는 잘 알 수 없다. 오히려 미군정이 지배하는 현실을 사실적으로

그려내면서 주권국가의 상상과 그 구체화를 보여준 문학을 검토할 필요
가 있다. 해방 직후에 38선 이남을 점령한 미군정의 한인 정책 중 가장
핵심적인 것이 남한의 공산주의화에 대한 두려움으로 인한 좌파 민족주
의자 탄압이었는데, 박헌영 중심의 좌파 민족주의자는 미군정의 이러한
정책에 나름대로 순응·적응하면서 주권국가의 건립을 상상한다. 이 시
기의 문학은 좌파 민족주의자가 미군정 탄압 정책의 심화에 따라서 타협
적 또는 대립적 전술로 대응하면서[14] 주권국가를 상상하고 인정받으려는
양상을 잘 포착한다.

> F) 박 노인이 미국 병정한테 부뜰리어 군산으로 가게 된 것이 동리사람들
> 을 놀라게 하였다. (중략) 그러나 미국병정이 군산에 오게 되자 영어할 줄
> 아는 강주사 큰아들은 어느날 미국병정 세 사람을 데리다가 농창하도록 술대
> 접을 하고 하로밤까지 재워서 보냈었다. 이 일이 있어쓸 때도 동리사람들은
> 단순한 교제로만 여겼으나 사실은 이때 모든 것을 고발하고 몃 사람을 그대
> 로 두면 소작료도 내지 안할 것이란 것을 미국 병정한테 말햇든 것이다.
> 박 노인까지 일곱 사람이 군산으로 따러가게 되었는데 동리사람들이 강
> 주사에게 박 노인만은 빼어주라 햇스나 그는 기강이 더욱 파래지며 도리어

---

14 박헌영의 좌파 민족주의자는 미군정의 탄압에 대해서 타협적 또는 대립적 전술로 순
응·대응했다. 1945년 8월 15일 해방일부터 1945년 9월 9일에 미군정이 실시되기 직전
의 기간 동안 남한 사회에서는 좌파 민족주의자가 득세를 했는데, 미군정의 출현은
좌파 민족주의자에게는 남한 내 최고권력에 순응하면서도 주권국가를 상상해야 하는
어려운 과제가 주어진 계기가 되었다. 좌파 민족주의자는 미군정 초기에 공적(公敵)으
로 규정되었음에도 일본인 무장해체·제거와 미소협력에 의한 평화적 정권수립 기대감
으로 인해서 상호 협조가 가능하다는 타협적 전술을, 반면에 1946년 5월 제1차 미소공
동위원회 결렬 이후에는 탄압 강화에 대해 테러 등의 폭력적 태도로 강경하게 대응하는
대립적 전술을 사용했다. 물론 대립적 전술의 시기에도 명시적으로 미군정을 자극·
비판·반대하거나 미군철퇴 등을 주장하지는 않았다. Bruce Cumings, 『한국전쟁의
기원』, 김자동 옮김, 일월서각, 1986, 254~276쪽.

큰 소리를 하였다.

"어듸 즈놈들이 이기나 내가 이기나 두고 보지."[15]

G) (내가 윤 교수에게 말하기를—편자 주) "중석은 수출금지품이라구 허든데요?"

"그것이 해제, 특히 우리 회사만 수출 권리를 어드랴고 교섭중인데 곳 실현될 것 갓습니다."

(중략, 미국인이 말하기를—편자 주) "정말 문화인의 경제관념입니다. 조선 사람들의 흰 옷 입고 몰려 다니는 걸 아름답게 보자면 양쩨 갓다 하겟지만 흡사히 폐물된 병객들이 방황하는 것가치 뵙니다."[16]

인용문 F-G)에서는 해방기의 좌파 민족주의자가 주권국가의 상상 과정에서 미군정의 정책에 순응·적응·대응하는 방식을 잘 보여준다. 해방 직후에 좌파 민족주의자는 미군정과 상호 협조 속에서 토지개혁과 친일파·반민족세력의 척결을 통한 주권국가를 건립하는 것이 가능할 것으로 판단했다. 이러한 판단은 미군정이 좌파 민족주의의 세력 확장에 대해서 철저한 탄압 정책으로 맞서는 과정에서 한동안 계속되었다. F)의 박 노인은 조선인민공화국 지방인민위원회가 개최한 해방축하회에 참석해서 토지개혁에 찬성한 뒤에 친일파·반민족세력을 대표하는 강주사[17]의 큰아들

---

15 이근영, 「고구마」, 『신문학』 1946.6, 『이근영작품집』, 지식을만드는지식, 2010, 150~151쪽.

16 이근영, 「탁류 속을 가는 박 교수」, 『신천지』 1948.6, 『이근영작품집』, 지식을만드는지식, 2010, 161~162쪽. 이 소설은 해방 직후 혼란한 사회상황을 다뤘다. 위 인용문은 박 교수가 만난 윤교수와 미국인과 함께 자신의 경제적인 이익을 챙기는 부분이다.

17 소설 속의 강주사는 해방 직후 자신의 집에 불이 났는데 동리사람들의 도움을 제대로 받지 못했다. 동리사람들은 "내버려 두쇼. 그동안 나쁜 짓으로 많이 모였으니깐 좀 태우기도 해야지."(138쪽)라고 말했고, 이런 동리사람들의 태도에 대해서 박 노인은 강주사가 일본인과 가깝게 지내면서 재산을 모았으며 소작인에게 몹시 강박하게 했음을 떠올

을 때리고 기절시키는 폭동에 가담했는데, 얼마 뒤 강주사의 큰아들이
이 폭동에 대한 앙갚음으로 미군을 이용해서 폭동가담자를 연행하게 만
든다. 이 때 서술자는 미군을 반공적·반동적인 집단이 아니라 친일파·
반민족세력에 의해서 이용당하는 집단으로 재현한다. 서술자의 비판 대
상은 미군이 아니라 강주사이다. 죄는 친일파·반민족세력에 있을 뿐이
고, 타협이 가능할 것으로 판단한 미군정을 감싸 안는 모양새이다.

　좌파 민족주의자의 이러한 모양새는 자칫 최고권력을 언설하는 것에
대한 두려움이나 사회적 금기로 보일 여지가 있겠지만, 좌파 민족주의자
의 건국 전망 속에서 계산된 것이라는 점을 상기할 필요가 있다. 이러한
좌파 민족주의는 미군정의 탄압 정책 강화로 인해 전술의 변화를 맞이하
는데, 이러한 변화는 1948년에 발표된 소설의 인용문 G)에서 잘 확인된
다. 주권국가 건립의 전망 속에서 더 이상 협조가능자가 아닌 것으로 판
단될 때에 미(군정)는 한인 전체에게 부정적이고 해악적인 자로 서술되었
고, 주권국가 건립을 위한 당면 과제와 그 실천은 반민족세력·미국인의
이익과 대조되는 것으로 전제·상상된다. 상무부에서 일하는 미국인은
한인의 당면 과제인 경제 재건을 무시하고 수출입법을 바꾸어가면서 자
신의 경제적인 이익을 챙기는 윤 교수와 같은 반민족세력의 동조자·협력
자이자 한인의 의복 전통을 무시하는 자로 재현된 것이다.

　이러한 좌파 민족주의자의 주권 회복 노력이 역사 속에서 좌절된 것이
었다면, 우·중도파 민족주의는 미군정의 친미 인사 우호 정책에 맞닿아
있다는 점에서[18] 좀 더 현실 가능한 이데올로기로 이해된다. 미군정과

렸다.(139~140쪽) 이런 내용으로 볼 때 강주사는 친일파·반민족세력을 대표한다.
18　미군정은 친미 성향의 한인 국가 건립을 위한 지원을 지속적으로 했다. 이승만은 친
　　미적 성향을 지닌 것으로 평가되어 지원받았고, 한민당은 미군정의 권고와 지원 아래
　　창당되었다. 이승만·한민당의 우파 민족주의자는 이런 배경 속에서 해방기에 득세한

주권국가의 형태에 대해서 현실 사안에 따라서 대립·반목 또는 협조·지지하면서 미군정의 힘을 활용해 주권국가를 건립하고 인정받고자 하는 의지를 강력하게 드러내는 것이 가능하기 때문이다.

H) "머, 지끔 당장이래두, 내 입 한번만 떨어진다치면, 기관총 들멘 엠피가 백 명이구 천 명이구 들끓어 내려가서, 들이 쑥밭을 만들어놉니다. 쑥밭을."

(중략) 이 기급할 자식이라고 S소위는 주먹질을 하면서 고함을 질렀고, 그 주먹이 쳐든 채 그대로 있다가, 일변 허둥지둥 버선발로 뛰쳐나와 손바닥을 싹싹 비비는 미스터 방의 턱을

"상놈의 자식!"

하면서 철컥 어퍼커트로 한 대 갈겼더라고.[19]

I) "사회진화의 노선이 적실히 유물변증법적 방향인 바엔 협조가 헤게모니의 영원한 상실을 의미하는 건 아닐 텐데. 독일의 나찌즘이 영원한 승리가 아닌 것처럼. 결국 문제는 협조하는 기간 동안 임금을 조금 덜 받아야 하구 소작료를 조금 더 물어야 하구 한다는 문제루 귀착하는 것이니깐. 사

관계로 반공친미의 성향을 지녔지만 신탁정국에서 반탁과 단독정부 수립을 주장하여서 소군정과 협력하려는 미군정과 길항했다. 미군정은 이러한 우파 민족주의자를 견제하고 임시정부 수립을 요체로 하는 미소공동위원회에 대해서 한인의 협조를 구하고자 여운형·안재홍 등의 중도파 민족주의자를 지원했다. 이들은 미소공동위원회의 합의내용에 협조하고 (극)좌·(극)우 민족주의의 지양과 좌우합작을 통한 통일임시정부 수립을 주창했지만, 좌파와 우파 민족주의가 각각 소련과 미국의 지지를 받고 세를 확장한 해방기 현실 속에서 실질적으로 계급 기반이나 권력을 지니지 못했고, 반공을 국시로 한 이승만의 정부에 대부분 참여했다는 점에서 우파 민족주의에 흡수된 모양새를 띠었다. Bruce Cumings, 『한국전쟁의 기원』, 김자동 옮김, 일월서각, 1986, 134~254쪽; 유병용, 「해방 전후 중간파 민족주의의 성격」, 『한국정치외교사논총』 29집 1호, 한국정치외교사학회, 2007, 5~40쪽.

19 채만식, 「미스터 방」, 『대조』 2권 7호, 1946.7, 『채만식전집 8』, 창작과비평사, 1989, 302~303쪽.

세가 차차 더 절박해가니 돈 몇천 원이나 벼 몇 섬씩을 애끼다간 민족 천년
의 대계를 그릇칠 염려가 있다는 걸 깨달아야 할 텐데. 새로운 역사의 주인
노릇을 할 긍지와 도량루다 말이지."[20]

미군정 시기의 문학에서 우·중도파 민족주의자가 미군정의 정책에 부
응·호응하면서 자신의 민족주의적인 성향을 드러내거나 주권국가를 상
상한 모습은 인용문 H와 I)에 각각 잘 형상화되어 있다. H)에서 미스터
방으로 대표되는 우파 민족주의자는[21] 친일파·반민족세력인 백 주사를
복수한 민중을 처벌할 수 있는 권력이 있음을 자랑하다가, 양칫물을 잘
못 뱉어 미군 장교 S소위에게 매를 맞는다. 이 장면이 흥미로운 이유는
우파 민족주의자가 친일파·반민족세력과 얼마든지 결탁하고 미군의 힘
을 이용해서 해방기의 정국을 주도할 수 있음을, 그리고 미군도 나름의
처지와 상황에 따라 폭력적인 행동을 서슴지 않음을 보여주기 때문이다.
우파 민족주의자는 미군정과 협력과 대립을 오가면서 주권의 획득을 소
망한 것이다.

I)에서는 김군으로 대표되는 중도파 민족주의자가 미(·소)군정에 협
조하여 주권국가를 상상하고 인정받으려는 모습을 잘 형상화하고 있다.
서술자의 분신인 김군이 해방 직후 미군정의 남한 점령으로 인해 일어난
여러 혼란ー토지개혁 논쟁, 인플레이션 등ー에도 불구하고 임시정부의 수

20   채만식, 「역로」, 『신문학』 1946.6, 『채만식전집 8』, 창작과비평사, 1989, 289쪽. 이
    소설은 내가 김군과 함께 1946년 삼월 어느 날 오후 2시부터 다음날 새벽까지 서울에
    서 대전까지 여행하면서 보고 듣고 느낀 것을 기록한 것이다.
21   소설 속의 미스터 방은 S장교의 개인 통역관으로 나온다. 미군장교의 통역관은 미군
    장교의 사적·공적 권력을 실행하는 과정의 한국어의 매개자라는 점에서 상당한 권력
    을 쥘 수 있었다. 미스터 방은 이런 권력을 통해 친일파·반민족세력인 백 주사와 긴밀
    한 협력관계를 이룬다는 점에서 친미 성향의 우파 민족주의자로 분류된다.

립을 핵심으로 하는 미소공동위원회 협의사항에 협조를 구하는 미(·소)군정의 정책에 호응하기 때문이다. 미(·소)군정에 협조하는 자세가 "새로운 역사의 주인", 곧 국가건설의 주체가 되고 민족의 주권을 확보하는 것이 된다는 역설적인 논리이다. 한인은 미군정의 정책이 허용하는 한도에서 그 정책에 순응하면서, 그러나 실제로는 대응·대립·길항과 협력·협조라는 여러 형태의 반응을 보이면서 주권국가를 건립하려는 의지를 좌·우·중도파 민족주의자를 초월해서 있었음을 역설적으로 드러낸 것이다. 이러한 역설적인 의지는 미군정으로부터 인정받으면서 구별되는 민족의 자기정체성을 확보하기 위한 노력에 다름 아니다.

4. 건국 이후 공동체 통합의 논리

1948년 8월 15일의 건국 이후부터 한국전쟁 직전까지 한인에게 주어진 가장 시급한 과제는 정치적·군사적·경제적인 위기로 인해 분열된 공동체의 통합인데,[22] 이 통합을 이루는 중요한 방법 중의 하나는 미군정 시기에 주권국가를 상상하기 위해서 역설적으로 순응해야 했던 군정 시기 사회의 중심인 미(군정)를 외부로 배제시켜 공동체 내부의 결속을 다지는 것이다. 이 때 주목되는 것은 공동체 내부 결속의 필요성이 당대의 위기로 말미암아 전(全)국민적·범(凡)정치적으로 호응을 얻는다는 점이

---

22 건국 이후의 남한 사회는 좌파의 지하화와 반란·폭동이라는 정치적·이념적인 위기, 미군철수계획·실행과 북한의 위협이라는 군사적인 위기, 미국의 경제원조정책 보류와 인플레이션·저생산성이라는 경제적인 위기가 복합되어서 상당한 국가적인 혼란에 처해 있었다. 이러한 혼란으로 말미암아 국민은 정치적·이념적으로 분열되었고, 군사적으로 불안했고, 경제적으로 불만과 불평등에 고통 받았다. 이러한 공동체의 분열에 대해서는 다음의 논문을 참조할 것. 이주천, 「건국초기 미국의 對韓政策과 이승만의 대응책 (1948~1950)」, 『서양사학연구』 19집, 한국서양문화사학회, 2008, 85~118쪽.

다. 미국이 더 이상 군사적 · 경제적인 원조를 하지 않겠다는 상황에서
외세와 구별되겠다는 한인의 의지는 이승만 행정부와 건국 이후의 중도
파 민족주의자 사이에서 암묵적으로 공감된 것이다. 이러한 사정으로 인
해서 아이러니하게도 외세와 구별되는 민족의 대타적인 자기정체성이
분명해지기 시작한다.

　공동체 내부의 강력한 결속을 위한 이승만의 행정부와 중도파 민족주
의자 사이의 공모는 두 가지의 유형으로 나뉜다. 첫째는 어차피 외세가
도움을 주지 않는 상황에서라면 외세의 도움을 받지 않겠다는 제스처를
보여준 이승만의 행정부이다. 이승만은 미국의 미군철수와 경제원조 보
류 정책에 대해서 상당히 불만을 나타냈고 외교전을 펼쳤으나 실패했기
때문에 미국의 도움이 없이 분열된 공동체를 통합시켜야 하는 어려운
과제를 해결해야 했다. 이러한 과제에 대해서 이승만은 미군정과 미국을
공동체의 외부로 만들고 배제시킴으로써 내부의 결속으로 완전한 자주
독립을 이룰 수 있다는 논리를 개발하게 되는데, 그것이 바로 일민주의
였다. 외부의 도움 없이 우리만 하나로 똘똘 뭉치면 자주와 독립이 가능
하다는 논리였다.[23]

　　J) "그것보담두 이렇게 내려오신 줄두 모르고. 참 내가 너무 무심했든가
봐요. 앞으로는 내 힘으로 될 수 있는 최대한도의 원조를 해 드릴 작정입
니다."
　　(중략, 박기찬의 아내 필례가 말하기를—편자 주) "아무튼 저희들은 순전
히 제 힘만으로 생활을 개척해 볼 결심입니다. 더군다난 선생님의 원조는

23　이승만 주도의 대한국민당은 발기총회(1948.10.9)에서 "우리는 계급과 지역과 성별
　을 초월하여 민족완전통일로 자주독립의 국권 신장을 기함"이라는 일민주의를 당시로
　정한 바 있다. 『자유신문』 1948.10.10.

받지 못하겠어요."

　종훈 씨의 가슴이 죄이듯이 어색해졌다. 얼마나 강력한 생활 이념이냐. 그러나 그 생활 이념이란 결코 자연적으로 부여된 것은 아닐 것이다. 강력한 생활 이념–그것을 획득하기까지에는 말할 수 없는 노고, 형용할 수 없는 신산이 잠재해 있었을 것이었다. 그리고 지금도 그 노력을 간직하며 있을 것이다.[24]

　건국 이후의 한인이 처한 경제적인 위기와 그에 따른 민중의 불만은 상당한 것이었는데, 위의 인용문 J)에서는 이러한 불만을 해소하는 이승만 행정부의 논리가 잘 드러나 있다. 이 소설은 미국에서 32년을 살고 미국을 제2의 고국으로 여기는 반(半)미국인 김종훈이[25] 과거에 부유했지만 해방 이후 전재민으로 힘겹게 살고 있는 필례 부부를 만나 생활의 원조를 해주겠다고 말했다가 거절을 당하는 이야기이다. 이러한 이야기는 미국이 한인의 군사적·경제적인 지원을 사실상 중단한 건국 이후의 남한 상황과 그 상황에 대응하는 한인의 태도를 암시한다는 점에서 주목을 요한다. 김종훈이 미국인을, 그리고 필례 부부는 한인을 상징하기 때문이다.

　필례가 김종훈의 도움 없이 자기 힘으로 생활을 개척해 나아가겠다는 의지를 보여주는데, 이러한 의지는 당대의 시대상황에서 유추해본다면 미국인으로 상징되는 김종훈을 필례 가족으로 대표되는 한인 공동체의

24　장덕조, 「삼십년」, 『백민』 20호, 1950.2, 구명숙 외 편, 『해방기여성단편소설 Ⅱ』, 352~353쪽.
25　이 소설의 서술자는 김종훈이라는 인물에 대해서 "아메리카, 그것은 그의 제 이 고국이라 할 수 있는 나라였다. 그는 그 나라에서 설흔 두 해를 살았다"(장덕조, 「삼십년」, 『백민』 20호, 1950.2, 구명숙 외, 『해방기여성단편소설 Ⅱ』, 335쪽)라고 했다. 이런 내용으로 볼 때에 김종훈을 반(半)미국인으로 규정하는 것이 가능하다고 판단된다.

외부로 만들어놓고("더군다난 선생님의 원조는 받지 못하겠어요.") 내부의 힘으로 (자주와 독립의) 생활을 하겠다는("아무튼 저희들은 순전히 제 힘만으로 생활을 개척해 볼 결심입니다.") 일민주의의 발현에 다름 아니다. 미국은 건국 이전에 군사적·경제적 원조를 해주던 남한의 최고권력이었지만, 건국 이후에는 미군철수와 경제원조 보류 정책으로 인해서 남한의 정치적·군사적·경제적인 위기가 심화되는 데에 일조했다. 이러한 사정 때문에 한인은 미(군정)에 대해서 공존하던 내부에서 별개의 외부로 규정내린 뒤, 내부의 결속을 다지는 방법으로 공동체의 통합을 이루고자 한 것이다.

공모의 둘째 유형은 미국을 외부로 배제시켜서 공동체 내부의 결속을 이루고자 하는 결과는 같으나 그 의도가 다른 건국 이후의 중도파 민족주의자 경우이다. 이들은 미국의 군사적·경제적 원조는 곧 지배를 뜻하므로 외세를 배격하고 자주를 행하자는 논리를 다양하게 펴는 성향을 한데 묶어 이르는 집단이다.[26] 이들의 논리는 탈식민이 얼마 안 된 남한에서는 외세의 현실적인 영향력을 염두에 둔다면 의지의 표명 정도에 불과하지만, 외세와 구별되는 민족의 자기정체성 확립이라는 시대적인 과제의 한 응답이 된다.

> K) 한 집단의 기둥이 되어야 할 자기, 장차 아버지와 어머니와 누이동생들의 팔이오 다리요 눈이 돼야할 자기가 고난 속에서도 가야할 길은 오직

---

26 건국 이후의 중도파 민족주의자는 미군정의 지원으로 미소공동위원회를 지지하고 좌우합작을 지향하던 여운형·안재홍 등의 중도파 민족주의자와 극단적인 좌우대립을 지양한다는 점에서 유사하지만 건국 이후 정국의 변화에 따른 주장에서 차이가 있다. 이들은 자주적인 독립국가 건설과 반제·반봉건을 지향하는 폭넓은 성향을 한데 묶어 지칭된 집단이다. 자세한 것은 다음을 참조할 것. 김재명, 『한국현대사의 비극 : 중간파의 이상과 좌절』, 선인, 2003; 윤민재, 『중도파의 민족주의운동과 분단국가』, 서울대학교 출판부, 2004; 이봉범, 「잡지 『신천지』의 매체 전략과 문학」, 『한국문학연구』 39집, 동국대학교 한국문학연구소, 2010, 199~267쪽.

배우는 것일 거라는 확실한 신념을 가지고 또 그대로 가족들의 의사와 추진을 받으며 공부를 하고 있는 것이 의당한 일이라고 생각은 하면서도 눈앞에 벌려진 현실 앞에서 그는 다른 여러 동무들처럼 태연할 수 없는 것도 사실이다. (중략)

　미군이 아무래도 가길 갈 모양인데 이때를 놓칠 수 없으니 철호가 아무래두 영어의 힘을 빌어, 이제부터는 적극적으로 속사에 있는 장관과 사괴라는 것 그래서 혹 미국까지 가도록 못할 게 뭬있느냐는 것이다. 이렇게 말하는 황영감의 눈엔 훌용한 신사(紳士)가 되어 미국에서 돌아오는 철호가 앞에 앉아있기도 했다.

　얼마의 시간이 흘럿다. 이욱고 철호는

　"전 그런 것 못하겠서요."[27]

　L) 뺨박 박선생님은 미국에는 덴노헤이까는 없고, 덴노헤이까보다 훌륭한 '돌맹이'라는 양반이 있다고 대답하였다.

　우리는 그럼, 이번에는 그 '돌맹이'라는 훌륭한 어른을 위하여 '미국 신민노세이시'(美國신민서사)를 부르고, 기미가요 대신 돌맹이가요를 부르고 하여야 하나보다고 생각하였다.

　아무튼 뺨박 박선생님은 참 이상한 선생님이었다.[28]

　인용문 K–L)에서는 당대의 시대적인 위기를 해결하기 위해서 친미적 성향의 보수주의자를 비판하거나 교육의 자주를 선택한다는 점에서 건국 이후의 중도파 민족주의 특성을 잘 드러낸다. K)에서 철호는 아버지인 황영감이 미군이 철수하기 전에 미군과 친해져서 미국에 갈 기회를

27　이은휘, 「황영감」, 『신천지』, 1949.1, 227쪽. 이 소설은 식민지 하에서 일본인에게 협조하다 해방 이후 미군 부대 청소부가 되어 축재를 꿈꾸는 황영감에 대한 이야기이다.
28　채만식, 「이상한 선생님」, 『어린이나라』 1호, 1949.9, 『채만식전집 8』, 창작과비평사, 1989, 606쪽. 이 소설은 해방 전 친일을, 해방 후 친미를 보여준 박 선생에 대한 풍자의 이야기이다.

잡아 인생에서 성공하라는 권유를 한마디로 거절한다. 철호는 당대 현실의 고난 속에서 해야 할 일이 배움이라는 것을 분명히 자각하지만, 그 배움은 미군을 따라가는 것이 아니라 자신의 나라에서 스스로 또는 자주적으로 실행하는 방식을 택한다. 이 방식은 미국을 외부로 만드는 반제를 통해서 내부의 자주를 신장시키는 것이다. L)에서도 우리는 미국을 통한 발전을 주장한 박선생을 따르면 미국신민서사를 부르는 것이라는 비약을 통해서 반제의 논리를 보여준다. 두 인용문의 서술자는 모두 미국을 제국주의라는 외부로 만들어서 한인 공동체의 자체 결속을 지향하는 논리를 만든다. 건국 이후의 한인은 당대의 정치적·군사적·경제적인 위기를 극복하기 위해서 건국 이전의 사회에서 중심이었던 미(군정)를 자의반 타의반으로 외부로 배제시키고 공동체의 내부 결속을 다지는 선택을 한다. 해방기의 민족은 그 선택의 과정에서 당대의 위기를 극복하기 위해서는 우리 밖에 없다는 배타적인 자기정체성을 기의로 지닌 개념으로 만들어진 것이다.

5. 결론

해방부터 한국전쟁 직전까지의 긴박한 시기에 한인이 한인 특유의 민족됨을 인식하고 상상하는 과정은, 이 시기에 많은 영향을 끼친 외세인 일·미와 관계 맺는 방식을 고려할 때에 잘 드러났다. 기존의 해방기 민족 논의가 주로 민족을 실체로 전제한 관계로 정작 한인이 민족을 상상하고 고유한 정체성을 만들어가는 양상과 그 특성을 제대로 언급하지 않았다. 이 논문에서는 해방기의 문학 속에 나타난 일·미 표상을 중심으로 한인이 민족을 상상하는 세밀하고 복잡다단한 양상을 앤더슨의 민족 논의를 참조해 검토한 결과, 한인의 민족됨을 다음과 같이 분석했다.

먼저, 해방 이후 한·일간 심리적 경계의 설정 양상. 해방기 문학 속의 한인은 해방 이전에 자신은 일본인을 부분적으로 흉내내었던 주변이었고 오히려 일본인이 대동아공영권의 중심이었지만 해방 이후에는 기존의 중심/주변 관계를 전복·역전시켰고, 나아가서 한·일간 혼성되었던 자기 모습을 의도적으로 분절하고 차이를 만들어내면서 한반도의 주인으로서 자신의 고유한 정체성을 만들어갔다. 일본을 주변으로, 그리고 자기 속에서 내쫓음으로써 민족의 심리적 경계선을 확보했던 것이었다. 그리고 미군정에 순응하면서도 주권국가를 상상하는 양상. 해방기의 미군정이 38선 이남의 최고권력이라는 점에서 스스로 지배받고 지배하기를 소망한 한인은 역설적이게도 미군정의 정책에 순응하면서도 자신의 주권국가를 상상했고 인정받고자 했다. 미군정 시기 문학 속의 한인은 미군정의 좌파 민족주의자 탄압 정책에 대응하거나 친미 인사 우호 정책에 호응·부응하면서 미군정에 인정받으며 구별되는 자신의 고유한 민족주의를 현실화할 수 있는 주권국가를 건립하고자 노력했다. 마지막으로, 건국 이후부터 한국전쟁 직전까지 공동체 통합의 양상. 건국 이후의 문학에 나타난 한인은 정치적·군사적·경제적인 위기로 인해 분열된 공동체를 통합하기 위해서 건국 이전에 주권국가를 상상하기 위해 역설적으로 순응해야 했던 미(군정)를 공동체의 외부로 만들고 심리적인 결별을 함으로써 내부의 결속과 자주를 이룰 수 있다는 논리를 유포했다. 이 논리는 당대의 위기를 극복해야 하는 시대적인 절박함으로 인해서 이승만의 행정부뿐만 아니라 건국 이후의 중도파 민족주의자도 공모한 것으로써 자의반 타의반으로 외세와 구별된 자기정체성을 확보하게 됐다.

이렇게 볼 때에 해방기 문학에서 일·미 표상은 한인이 자신의 고유한 정체성을 만들고 민족됨을 상상하는 과정을 잘 보여준다. 한인은 일본인을 통해서 심리적인 경계를 구축해 한인 특유의 심리적인 국경을 만들고, 미군정의 정책에 순응하면서도 자신의 주권국가를 현실화하기 위해 노력하며, 건국 이후의 혼란을 극복하고자 미국을 공동체의 외부로 규정함으로써 공동체 내부에서 자주와 독립을 이뤄야 한다는 민족적 자기정체성을 획득하게 된다. 민족이 특성화되고 상상되는 양상은, 이처럼 일·미라는 외세 속에서 외세와 구별되는 자기의 고유한 정체성을 대타적으로 확보해 나가는 과정이 된다. 이러한 논의의 논지는 한인 민족의 근대적인 형성과 전개를 논의할 때에 한 사례가 될 것으로 기대된다. 앞으로 해방기의 현실을 잘 드러낸 염상섭의 『효풍』 등의 장편소설, 일·미·중이라는 외세를 수용하는 남·북한의 문학적인 양상, 동시대의 다른 탈식민국가와 민족을 상상하는 양상의 차이, 그리고 급작스럽게 형성된 한국어문학의 리터러시 양상을 후속과제로 연구할 필요가 있다.

모스크바의 추억

해방기 소련기행의 문화정치학

임유경

1. '오뻬꾼(Опекун)'의 등장

> 해방은 우리로 하여금 '낡은 세계'가 급격히 물러나는 아주 급격한 력사
> 과정에 들어서게 하였으며 또 우리가 장구한 민족 력사에서 일찍이 살아
> 본 일이 없는 그런 급격한 과정들이 진행되는 시대에 들어서게 하였다.[1]

1945년 8월 15일, 일본의 패전과 함께 오랜 식민의 시간에도 종지부가
찍혔다. '도적같이 온 해방'이라는 함석헌의 말이 가리키듯, 대다수의 조
선인들에게 해방이라는 사건은 어느 날 예기치 않게 찾아든 외부의 충격
과 같이 경험되었다. 한설야가 해방되던 날을 기억하며 '급격하다'는 형
용사를 자기도 모르는 사이에 여러 번 반복해서 쓰고 있었던 것도 이와
무관하지 않을 것이다. 해방은 마치 마법처럼 "낡은 세계"가 물러나고
"일찍이 살아 본 일이 없는" 시대가 들어서는 비현실적 경험으로 인식되
었던 것이다.

이러한 경험은 곧 세계인식의 변동으로 설명될 수 있다. 해방기는 세

---

1 한설야, 「10년」(1955), 『한설야선집 14 : 수필』, 조선작가동맹출판사, 1960, 215쪽.

계를 파악하던 기존의 정치적·지정학적 인식, 감각, 상상력이 새롭게 재편되는 시기였다. 또한 주지하듯 이러한 재편과정은 미국과 소련이라는 새로운 타자를 매개하여 이루어졌다. 함흥에서 해방을 맞이한 한설야가 '해방되었다는 소문'을 '쏘베트 군대의 입성'이라는 소식과 함께 전해 들었듯이, 해방은 곧 미소의 등장을 알리는 신호탄이기도 했던 것이다.

> 삼십여 년의 울분도 자유해방의 감격도 이제는 완전독립촉성에로 추진하여야 할 긴급한 단계에 일으럿다. "포스담회담"과 "카이로선언"이 약속한 조선의 자주독립은 언제까지나 실현될 것인가 이것이 우리 삼천만 겨레의 대망인 것이다.[2]

해방기는 어떤 강제나 속박으로부터 벗어났다는 기쁨과 기존의 삶의 토대가 급격히 요동치는 데서 비롯되는 불안과 긴장으로 가득한 시기라 할 수 있다. 식민 직후를 경험한 많은 민족들이 그러했듯이, 조선인들도 "독립이라는 수사학과 자기 창안에 대한 창조적인 행복감으로 가득 찬 경하할 만한 도달의 순간"을 경험하는 동시에 "역사적으로 부과된 기대를 충족시켜야만" 한다는 부담을 떠안고 있었다. 이러한 상황에서 미국과 소련은 "실패에 대한 불안과 공포로 채워져 있는 시기"를 조선이 무사히 통과하는 데 기여할 조력자들로 기대되었으며, 그러한 의미에서 이들은 단지 외부의 타자로서만 인식되지는 않았다고 할 수 있다.[3] 즉 해방 직후 미/소가 비교적 안정적인 틀 안에서 균일한 표상을 부여받을 수 있었던 것은 그들이 '해방을 선사한 은인'이었기 때문만은 아니다. 그들의

---

2 「독립촉성의 첩경(1)」, 『동아일보』, 1945.12.3.

3 Leela Gandhi, 『포스트식민주의란 무엇인가』, 이영욱 옮김, 현실문화연구, 2000, 18쪽.

얼굴을 어떻게 부조할 것인가 하는 문제는 곧 우리(조선)의 얼굴, 더 정확히는 조선의 미래를 재형상화하는 일이기도 했다.

해방기 조선의 자기표상은 미국과 소련에 대한 '사회적 기억의 틀(the frameworks of social memory)'[4]의 조정과 연동되어 재생산하기 시작한다. 당시 미/소를 지칭하는 가장 유력한 수사는 "압제된 약소민족의 옹호자"와 "조선해방의 은인"이다. 해방된 조선의 인민들이 이들 국가에 기대하였던 바는 "조선을 독립노정으로 인도"하여 '진정한 해방'의 실현이 가능해지도록 도와주는 것이었다.[5] 주목되는 것은 이러한 인식의 기저에 '해방된 조선(인)'에 대한 자의식, 즉 우리가 온전히 해방의 주체가 되지 못했다는 뼈아픈 자각이 깃들어 있었다는 사실이다.

일본과의 대비 속에 미국과 소련이 긍정적 가치의 세례를 받을 수 있었던 것은 그들이 "삼십여 년의 울분"과 "자유해방의 감격"을 "완전독립촉성"에의 열망으로 전화시켜나가고 종국적으로는 "조선의 자주독립"을 성취하는 데 기여할 우방으로 간주되었기 때문이다. '약소, 낙후, 후진' 등으로 집약되는 포스트 식민 상태의 현실을 변혁하는 데 공헌한다는 믿음 없이 이들 강대국의 입성과 주둔은 용인될 수 없었다. 따라서 해방이 되고 몇 달이 지나지 않은 시점에서 발표된 '삼상회담'은 "조선의 자주독립"이라는 약속이 허구적인 것일지 모른다는 우려와 불안을 낳기에 충분했다. 신탁통치 결정은 '은인'의 가면 뒤에 숨겨진 '점령군'의 얼굴을 목도하는 일, 그리하여 식민 이후의 또 다른 식민 상태를 예감하게 한 사건이었던 것이다. 삼상회담이 발표된 직후부터 미국과 소련이 부여받았던

---

4 Maurice Halbwachs, edited and translated by Lewis A. Coser, *On Collective Memory*, Chicago : University of Chicago Press, 1992, p.182.

5 「조선해방의 은인인 미소 양 원수께 독립실현 위해 직접 출마키를 요망」, 『동아일보』, 1946.6.16.

'우방'이라는 표상이 급격히 요동치기 시작했다는 사실만으로도 이 시기 조선인들이 가졌던 탁치에 대한 깊은 거부감을 짐작해볼 수 있다.

> 우리는 처음에 해방 즉 독립으로 믿었다. 이것을 실망시킨 것이 저 삼상 결정이요 그 속에 포함된 소위 신탁통치조항이었다. 이래서 애초에 신탁통 치를 혐오한 감정은 엄연한 민족적 감정이요 설혹 최후에 막부득이하게 이 것을 받을 수밖에 없는 한이 있더라도 일단 거족적으로 반대를 부르짖는 것이 당연한 일이였다.[6]

1945년 12월 모스크바에서 열린 '삼상회담'은 조선에서 미/소 양국이 갖던 기존의 위상이 동요하고, 심지어는 실추되는 데 결정적인 계기를 마련한다. 또한 조선사회에 '소련'이 '오뻬꾼(Опекун)'으로서 재등장하게 되는 장면을 제공하기도 했다. 신탁통치 조항이 공표된 직후 각종 언론 매체의 지면에는 '탁치반대 결의를 표명'[7]하는 각계 단체들의 담화문이 실리기 시작했으며, 반탁의 움직임은 남북 지역, 좌우 진영을 막론하고 확산된다. "신탁통치를 혐오한 감정"이 "엄연한 민족적 감정"이라는 오 기영의 지적은 당시 조선인들의 격앙된 심리상태를 잘 보여준다. 같은 맥락에서 '우리는 빵을 주리라고 믿었는데 돌을 던진 것이 곧 탁치'이며, 그리하여 이제는 '남이 무언가를 주기를 기다리기보다 우리 스스로가 찾 아 나설 것'이라는 홍명희의 강고한 발언 역시 조선인들의 심적 혼란과 한반도에서 높아지던 긴장의 파고를 엿볼 수 있게 한다.[8] 특히나 결정

---

6 오기영, 「냉정(冷靜)과 은인(隱忍)으로」, 『경향신문』, 1947.1.26.
7 『서울신문』, 1945.12.28, 국사편찬위원회 편, 『자료 대한민국사 1』, 1968, 684쪽에 서 재인용.
8 「대중적 힘을 조직화 : 힘찬 반대운동을 전개하라」, 『서울신문』, 1945.12.30, 위의 책 에서 재인용.

초기에는 친소적인 북조선의 정치엘리트들조차도 신탁통치에 대한 소련의 결정을 우호적으로 수용하지 않았으며, 이러한 반탁 여론을 타고 부정적인 대소관이 형성되기도 했다.

　이러한 정황은 소련으로 하여금 즉각적인 통제대책을 마련하게 하였으며, 대한반도 정책과 자국의 이미지를 보다 적극적으로 재고하게 만들었다. 본국과 조선에서 발행되던 매체들을 통해 "조선인민의 총체적인 부흥 및 조선 독립 국가 수립을 지원"한다는 입장을 지속적으로 강조하는 가운데, 신탁통치의 정치적 의미를 '오뻬까(опека, 후견)'라는 용어를 써서 쇄신하고 그럼으로써 미국의 경우와 차별화하고자 한 것은 이러한 맥락에서였다.[9] 자국의 정치적·실리적 이익을 앞세워 군정체제를 전면화하거나 일종의 계약관계로 조(朝)소(蘇) 양자를 결박하기보다, 미성년의 상태에 있는 조선인을 보호하고 그를 대신하여 일시적인 대리권을 행사하는 '오뻬꾼(Опекун)'을 자처함으로써 양자의 관계를 '후견-피후견'의 관계로 자리매김하고자 한 것이다. 이후 '오뻬꾼'의 번역어인 '후원자'는 소련을 지칭하는 당대의 유력한 수사로 부상하게 된다. 그리고 이 부상의 도정, 그 한가운데에는 주목할 만하게도 조선인 지식인들이 자리하고 있었다.

　'후원자'는 조선의 탁치반대열기를 잠재우기 위해 소련 측이 제시한 것이었지만, 이 표상이 일정한 문화적 공정 과정을 거쳐 재생산되고 대중적 차원으로까지 확산되는 데에는 조선인 문인들의 역할과 그들이 관여했던 '조소친선 문화사업'의 기여가 컸다. 당시 문학계 인사들은 다양한 문화정치 사업에 참여함으로써 조선해방의 민족적·세계사적 의의와 군정실시의 필요성을 설파하였으며, 이를 통해 소련에 대한 그간의 부정적이거나 모호

9　기광서, 「해방 후 소련의 대한반도정책과 스티코프의 활동」, 『중소연구』 26권 1호, 한양대학교 아태지역연구센타, 2002, 172쪽.

한 이미지와 표상을 쇄신할 기회를 마련하는 데 일조했던 것이다.

이 글은 기본적으로 이러한 당대의 정황을 고려하면서, 북조선의 선전사업이 본격화되던 1946년에 추진된 '소련행'이라는 문화사업에 관심을 기울이고자 한다. 이 사업을 통해 해방기 소련의 외양 조형 과정에 조선의 문인들이 관여하였던 방식과 여기서 발견되는 특징들을 살펴보려는 것이다. 아울러 이 글은 소련기행 텍스트에서 발견되는 조선과 그 주변국들에 관한 일련의 언술들에 주목하여 이 논의들이 가지는 정치적 함의와 필자들의 무/의식적 욕망을 탐문해 보고자 한다. 이러한 접근은 소련기행의 집필·출간을 둘러싼 저간의 사정을 폭넓게 살피고 '문화계 인사'들의 '방소(訪蘇)'라는 사건이 가지는 당대적 의미를 사회문화적 차원에서 규명하는 데 효과적인 방편이라는 점에서 일정한 의의를 갖는다. 더하여 이는 소련행이라는 사건을 기획하고 추진한, 아울러 해당 사건을 특정한 방식으로 사건화하고 의제화한 주체, 혹은 그 주체와 이데올로기적 연락관계를 맺고 있던 외부 정치행위자들의 의도에 한걸음 가까이 다가서는 방법이 되리라 기대한다.

2. 조소문화협회와 소련기행

제1차 방소사절단이 파견된 사회문화적 맥락, 나아가 해방기 소련의 문화적 헤게모니 구축과 조소 간 문화교류과정에서의 문화계 인사들의 역할을 살피기 위해서는 무엇보다도 '조쏘문화협회'(朝蘇文化協會, 이하 '조소문협')의 성격과 협회가 추진한 주요사업의 특징을 파악할 필요가 있다. 조소문협은 소련군과 북조선 주민들의 우호적 관계 구축을 위해 자발적으로 형성된 민간단체에 기초를 두고 창립된 사회문화단체로서[10] 1945년

11월 11일 평양에서 발족식(위원장 황갑영)을 가진 이후 본격적인 활동을 개시하였다.[11] 평양에 이어 같은 해 12월 27일에는 남측에서도 협회 창립 총회(회장 홍명희)가 개최되었으며, 1946년 5월에 가면 북조선 대도시를 거점으로 각지에 분회가 조직된다.[12] 창립 후 이 협회는 '조소문화협회중앙본부'가 있는 평양을 중심으로 협회 규모와 사업 범위를 확장해갔으며, 서울 조소문협은 사실상 북조선의 다른 곳들과 마찬가지로 중심 본거지인 평양에 종속되어 있는 특정 지부로서 기능했다고 볼 수 있다. 특히나 여느 사회문화단체보다도 빠르게 조직을 확대해나가며 북조선 내에서 입지를 굳혀간 평양 조소문협과 달리, 서울 조소문협은 결성 이후 활동이 미미했으며 1946년 말경에는 공식적으로 해체되지는 않았으나 유명무실한 상태가 된다.

조소문협 기관지인 『조쏘문화』(1946.7)의 창간사를 통해 확인할 수 있듯이, 이 협회는 북조선과 소련 간의 문화교류를 촉진하고 소련군정에 관한 우호적 인식을 대중적 차원으로 확대 재생산한다는 목적 하에 창립되었다. 초창기 평양 조소문협은 몇 차례에 걸친 지도부 교체 등의 문제로 조직상의 혼란을 보이며 여러 제반 사업을 추진할 역량을 갖추지 못

10 1945년 9월 북조선 인민이 '붉은군대의 조선해방에 대한 진심 어린 감사의 표시'로 평양에서 조직한 '붉은군대환영회'는 차후 '붉은군대우호회'로 명칭이 변경되는데, 조소문협은 이 우호회를 기초로 조직된 단체이다. Российский Центр Хранения и Изучения Документов Новейшей Истории(러시아현대사고문서보관·연구센터), Ф.17(고유번호), оп.128(분류번호), д.86(문서철번호), лл.49~50(쪽), 신효숙, 『소련군정기 북한의 교육』, 교육과학사, 2003, 237~239쪽에서 재인용.
11 평양 조소문협의 발족식과 임원선거 결과에 관해서는 『정로』, 1945.11.14, 서울 조소문협의 경우에는 『서울신문』, 1945.12.28, 앞의 책, 680~681쪽 참조.
12 조소문협이 북조선 대도시를 중심으로 각지에 분회를 조직하게 된 것은 1946년 5월 28일 평양에서 열린 조소문협 지방조직자대회를 통해서이다. 김흥경, 「조쏘문화협회 특별도서관 건물 사용승인 청원」(1947.1.2), 국사편찬위원회 편, 『북한관계사료집 25』, 1996, 182쪽.

하였으나, 1946년 봄 협회 위원장에 이기영, 부위원장에 한설야가 선출되면서부터는 정체성을 잡아나가기 시작한다.[13] 특히 소연방대외문화교류협회와 정식으로 교류를 맺는 1946년 중순을 기점으로 다양한 문화정치 사업을 본격적으로 추진하며 점차 조소 간의 주요 의사소통 채널이자 소련문화의 핵심적 전파통로로 성장해나갔다. 또한 '소련', 나아가 '세계'에 관련된 정보와 지식의 유통에 관계하는 게이트키퍼(gatekeeper)로서 기능할 뿐 아니라, 각종 문화사업의 기획과 추진을 통해 '소련'과 '세계'에 관한 담론의 생산에도 적극적으로 관여하게 된다. 1946년 당시 이 협회는 기관지『조쏘문화』의 발행과 유포, 각 방면에 걸친 소련문헌의 번역·출간, 소련문학전집 시리즈 발간, 문화공연단 초청, 사진 전람회, 영화상영, 음악회 개최, 이동도서관 운영, 순회강연회, 로어강습지도 등의 문화사업을 추진하거나 이에 관여하였으며, 북조선 지역에 거주하던 주민들을 대거 동원하여 이 사업에 동참시켰다. 무엇보다도 북조선 내에서 보다 영향력 있는 "군중문화단체로써"[14] 발전해나간 조소문협의 높은 성장세는 이 시기 협회사업에 동원된 주민의 수나, 회원 및 '조쏘반'의 증가율과 인적구성의 변화를 통해 확인할 수 있다.[15] 한편으로 이러한

---

13 정확한 임원 교체시기를 알 수는 없으나 신효숙(앞의 책, 237쪽)에 따르면, 1946년 봄 무렵 이기영과 한설야가 각각 위원장과 부위원장 직을 맡게 되었다고 한다.

14 조쏘문화협회 중앙본부, 「1948년도 사업총결보고서」, 국사편찬위원회 편, 『북한관계 사료집 25』, 1996, 198쪽.

15 1946년 이후 조소문협이 추진한 각종 문화선전사업에는 연간 5천만 명의 주민이 참가한다. 아울러 해방 후 1년이 경과한 1946년 6월 1일 당시 6개 지부에 1,000명이 채 안 되었던 회원 수는 같은 해 말 5,000명을 넘어서며, 1947년에는 636,795명, 이듬해에는 896,660명으로 급증한다. 뿐만 아니라 1949년에 이르면, 160만 명에 육박하는 회원을 가진 대규모 단체로 거듭나게 된다. 한편 협회에 가입한 회원의 성별(남/여), 정당(로동당/민주당/청우당/무소속), 성분(로동자/농민/사무원/학생/소시민) 또한 폭넓어지며, 협회의 기본조직인 '조쏘반'은 '농촌반', '가두반', '학교반', '직장반'으로 세분화되어, 1947년 총 12,741개 반이던 것이 1948년에는 17,209개 반으로 대폭 증가한다. 이상

지표들은 협회 측 인사들의 적극적인 노력과 협회사업에 대한 주민들의 관심도를 추측해 볼 수 있게 하는 전거가 되기도 한다.

이상에서와 같이 조소문협이 창립 초기의 낮은 인지도와 협회 내부의 불안정성을 일신하고 보다 광범한 지역의 주민들을 대상으로 다양한 문화사업을 펼칠 수 있었던 데에는 소문협과의 공식적인 문화교류 체결이 결정적인 요인으로 작용했다. 1946년 초까지만 해도 소문협은 소련군 정치부 제7부나 북조선문제 관련 정치고문을 통해 서적, 잡지, 사진, 영화필름 등을 북조선에 발송하고 있었다.[16] 당시 조소문협은 소련군의 중재 속에 간접적인 방식으로 소문협과 연락관계를 맺으며 이들 자료를 공수받는 한편, 이를 북조선에서 출간되는 인쇄물에 삽입하거나 협회 임원들의 연설문으로 쓰는 식으로 활용하였다. 그러던 중 이 해 4월경 기존의 문화 교류방법과 대상범위가 변화하는 계기가 마련된다. 여기서 소문협과의 직접적인 문화교류를 제안하고 조선에서의 문화사업 추진에 필요한 인적·물적 지원을 요구한 측이 조소문협이었다는 사실은 특별한 주의를 요한다. 1946년 4월 20일 이기영과 한설야는 협회 공동명의로 소문협 위원장에게 각종 서적과 정기간행물의 발송, 소련배우단 파견 등을 제안하며 협회사업을 다방면으로 지원해줄 것을 요청하는 서신을 전달하였고, 소문협 중앙위원회 위원이던 끼슬로바는 6월 19일 회답을 통해 조소문협 측의 제안을 수락하겠다는 의사를 표명한다.[17] 각 대표 간의 서신교환을

의 내용은 협회 측에서 추산한 통계라는 점을 고려하면서 참고할 필요가 있겠다. 이기영, 「협회사업의 앞으로의 발전을 위하여」, 『조쏘친선 1』, 평양 : 문화출판사, 1950, 3~4쪽; 조쏘문화협회 중앙본부, 「1948년도 사업총결보고서」, 앞의 책, 198쪽 참조.

16 이 시기 소문협은 국가 간 네트워크를 지속적으로 확장시키고 있었다. 한 연구(신효숙, 앞의 책, 239~246쪽)에 따르면, 이 협회는 1940년에는 6개국, 1945년에는 42개국, 1946년에는 52개국과 협력관계를 맺었다.

17 4월~6월 사이에 오간 서신의 내용은 신효숙의 글(앞의 책, 240~241쪽)에서 확인할

계기로 이들 단체는 공식적이고도 직접적인 문화교류를 시작하게 되며, 이 기회를 통해 제1차 방소사절단의 파견 제의 역시 이루어진다.

이 시기 조소문협이 방소사절단 파견 결정을 내리게 된 배경에는 여러 요인들이 복잡하게 얽혀 있을 것이나, 기본적으로 이 사안은 협회와 북조선임시인민위원회가 문화사업 추진을 두고 벌인 소통과 의견 조율 과정에서 촉발되고 제안되었을 것으로 짐작된다. 방소사절단 파견이 결정되고 추진되는 데 양자가 긴밀히 연관되어 있었다는 사실은 북조선임시인민위원회가 마련한 「조선이 일본 압박에서 해방된 제일주년 기념식 준비에 관한 북조선임시인민위원회의 계획안」의 〈Ⅰ. 조직사업-2번〉을 통해서도 확인된다.[18] 더불어 1946년 당시 북조선 지도부가 보다 활발한 대외 문화교류의 필요성을 인식하고 있었고, 조소문협 위원장이던 이기영과 부위원장 한설야가 이에 깊이 공감하고 있었다는 사실도 염두에 둘 필요가 있다. 예컨대 당시 문학자이자 예술행정가로 활동하고 있던 한설야는 민족문화예술의 발전 방향을 "국제성과 세계성"에서 찾았다. 민족문화예술의 발흥을 도모하고 그 위상을 제고하기 위해서라도 "국제문화와 예술의 섭취는 지금 조선에 있어서 가장 긴요시급한 과제의 하나로 예술활동의 전면에 내세우지 않으면 안 된다"[19]는 것이었다. 이러한 논의는 기본적으로 식민의 기억을 매개하는 방식으로 이루어졌으며, 또한 소련문화의 수용이 갖는 현재적 의미를 구성하는 방향으로 나아갔다.

수 있다.

18   북조선임시인민위원회, 「조선이 일본 압박에서 해방된 제일주년 기념식 준비에 관한 북조선임시인민위원회의 계획안」, 국사편찬위원회 편, 『북한관계사료집 25』, 1996, 213쪽.

19   한설야, 「국제문화의 교류에 대하야」, 『문화전선』 창간호, 1946.7, 34쪽.

"인민대표단"[20]

  1946년 8월 10일 '제일차 방쏘사절단(訪蘇使節團)'이 소련으로 향하였던 것은 이러한 정황 속에서였다. 소련방문사업은 1946년 4월 북조선임시인민위원회와의 협의 하에 평양 조소문협이 제안하고 당년 6월 소문협이 이를 수락하여, 이후 소련군 사령관의 공식 승인을 받아 성사되었다. 46년도 소련기행은 해방기에 공식적·집단적 차원에서 추진된 최초의 소련방문사업이었다. 이는 또한 조소문협이 소문협과 정식으로 교류협정을 체결하고 각종 문화사업을 구상 및 전개하면서 협회 내부의 정체성과 대외적 위상을 찾아나가던 무렵에 기획된 선전사업이기도 했다. 평양 조소문협 위원장이자 방소사절단의 단장이기도 했던 이기영에 따르면, 사절단 파견의 공식 목적은 소련의 선진문화와 제도를 견학하고 이 경험으로부터 '새조선' 건설에 밑거름이 될 만한 자양분을 마련하는 데 있었다.[21] 이 당시 여느 문화사업과 마찬가지로 소련방문사업은 '조소친선의 실현'과 '조국의 민주건설'이라는 목표를 상정하고 있었던 것이다.

  여기서 한 가지 주목할 만한 사실은 이 사업에 참여한 이들이 소련에서의 경험을 이야기하는 일에 적극적으로 동참했다는 것이다. 소련행은 그 자체로도 이목을 끌기에 충분한 사건이었지만, 이 사업이 상당한 파급효과를 가질 수 있었던 것은 참여자들이 집필한 기행문 덕분이라 할 수 있다. 기행문의 저자들에 대한 관심이 높기도 했거니와, 당시로서는 소련의 정세나 실정을 알 수 있는 방편도 적었기 때문에 소련기행은 독

20 이기영, 「약진하는 쏘련 현장보고」, 국사편찬위원회 편, 『북한관계사료집 13』, 1992, 141쪽.

21 이기영, 「인민의 나라 쏘연방의 약진상」, 『쏘련참관기(1)』, 평양 : 조소문화협회, 1947, 1~2쪽.

자들의 흥미를 끌 수 있었다. 그중에서도 단연 이태준의 소련여행기에 대한 관심이 높았다. 이 시기 여러 매체들은 앞 다투어 그의 소련행 소식과 여행담을 전하였으며, 그의 글을 읽은 동료 작가나 독자들의 소감을 실어 나르기도 했다.

  방소사절단 일행의 여행담이 확산되기 시작한 것은 이들이 귀국한 직후인 1946년 11월 하순부터였다. 조소문협에서 발행하던 '조소문화교류잡지'인 『조쏘문화』 3집에 실린 이기영의 「현대쏘련의 약진상 : 방소사절단의 귀국보고대논문」을 시작으로, 이찬, 허민, 이태준의 글이 『조선신문』, 『조선일보』, 『해방』, 『건설』, 『민주주의』, 『문학』, 『문학평론』, 『문화전선』, 『조쏘문화』 등 남북에서 발간되던 각종 언론매체와 잡지에 소개된다.[22] 분량이 짧은 시나 수필은 전문이 게재되었고 장편의 기행문은 그 일부가 간략히 소개되거나 몇 회에 걸쳐 연재되는 형식을 취했다. 또한 1947년 4월에 이르면 단행본 형태의 기행문들이 연이어 출간되기 시작한다. 조소문협의 주관 하에 〈조소문고〉 시리즈로 기획된 이기영·이찬의 『쏘련참관기(1)』을 필두로 하여 허민의 『쏘련참관기(2)』, 이찬의 『쏘련기』, 이태준의 『소련기행』 등 여러 필자들의 기행문이 공간되었다.[23]

  이 시기 소련여행기의 출간이 주목할 만한 사회적 사건으로 취급될 수 있었던 것은 이들 텍스트가 '소련 실지(實地)에서의 경험'을 담고 있다

---

22 한 예로 『조선일보』는 1946년 11월 8일 지면을 통해 " 북조선 문화사절단의 한 사람으로서 소련여행을 끝마치고 앞서 평양에 도라온 이태준(李泰俊)씨는 이번에 서울문학동맹에게 다음과 같은 편지를 보내 그 소식을 전하였다."(2쪽)는 설명과 함께 이태준이 귀국한 이후 조선문학가동맹 측에 보낸 「서울문학가동맹 여러 벗님에게」(『문학』 2, 1946.11, 23쪽) 전문을 수록한 바 있다.
23 제1차 방소사절단의 일원이었던 이기영, 이찬, 허민, 이태준의 소련여행기가 출판된 과정과 여러 매체에 소개된 정황은 임유경, 「미(美) 국립문서보관소 소장 소련기행 해제」, 『상허학보』 26집, 상허학회, 2009 참조.

는 사실 때문이었다. 당시 소련이라는 대상과의 구체적 대면 관계가 사상된 채 형성 및 유포되고 있었던 소련상은 여전히 추상적이고 간접적인 것이라는, 다시 말해 목격이 아닌 풍문을 통해 만들어진 것이라는 의구심으로부터 자유로울 수 없었다. 소련 사회의 각 방면과 소련인의 인간상 및 생활상이 아무리 핍진하게 묘사된다고 해도 이는 '번역된 텍스트, 번역된 소련'에 불과했다. 중요한 것은 '누가 보았는가', 즉 시선의 주체의 문제에 있었으며, 이는 소거된(부재한) 직접성을 복구해줄 가능성으로 인식되었다. 그간 열성적으로 행해졌던 언어적·비언어적 매체의 번역 사업들이 소련에서 이미 제작된 생산물의 언어를 치환하여 수입해오는 것이었다면, 소련방문과 이에 따른 기행문 집필은 조선인이 한층 더 적극적으로 '원본(original)'에 개입하는 방식이었기에, 소련기행은 "(타자의-인용자) 말로나 글로만"[24] 존재하던 소련을 주체적으로 다시 경험하는 일, 즉 소련을 둘러싼 추상적인 인상들에 구체적 실정성을 부여하며 소련을 현재형으로 번역하는 일로 의미화될 수 있었던 것이다. 소련행을 보도하는 기자나 기행문의 '서'를 집필한 이들이 텍스트를 규정하고 의미화하는 방식, 이를테면 '소련기행이 씌어지고 읽히는 지금 시점에 이르러서야 소련의 진상이 밝혀지고 조소 간의 관계가 진정성을 부여받게 되었다'는 식의 기술들에는 이와 같은 의미가 담겨 있었다. 더불어 이기영, 이찬, 이태준, 허민 누구 할 것 없이 여행기의 필자들이 '실지', '실경', '실감', '직접' 등의 용어를 빈번하게 사용하고 있다는 사실 역시 이상의 맥락과 무관하지 않다.

그런가 하면 아래의 대목들은 소련기행의 의미가 구성되던 맥락들을 보다 구체적으로 보여주고 있다는 점에서 주목된다.

---

24 이찬, 『쏘련기』, 평양 : 조소문화협회 중앙본부, 1947, 2쪽.

　　민주조선의 장한 의지는 드디어 창망무애(蒼茫無涯)한 팔월대공에 민족
공전의 역사적 웅도(雄途)를 펼치었다. 아 산이여 내여 논밭이여 초라한
오막살이여 나의 동포여 꿈이 아니냐 진정 꿈이 아니냐 네가 네 이름으로
이방에 대표를 보낸다는 것은 더욱 노동자 농민 부녀자까지 참가한 그들을
쏘련의 길 위에 발견한다는 것은 굽어보는 내 눈두던이 뜨거워지고 우러러
보는 산천도 눈물짓는 듯 (……) "다녀오마 조국산천!"[25]

　　농민, 노동자, 학자, 정치가, 예술가, 이렇게 인민 각층에서 모인 우리
가 롱(籠)속에서 나온 새의 실감으로 훨–훨 날르며 있는 것이다. 권력의
독점자들만이 날를 수 있던 이 하눌을 오늘 우리인민이 날르는 것은 땅이
인민의 땅이 된 것처럼 하눌마저 우리인민의 하눌이란 새 선언이기도 한
것이다.[26]

　　이강국, 이찬, 이태준 등이 기술하고 있듯이, 해방 직후 조선인들에게
소련방문의 기회는 흔히 주어지는 것이 아니었고 "철의 장막"[27] 내부의
실정을 체험의 서사로 풀어낸 글 또한 거의 없었기 때문에, 제1차 방소
사절단의 소련 파견은 그 자체만으로도 사회적 이슈가 되기에 충분했다.
이에 더하여 조소문협 위원장, 청우당대표, 여맹대표, 문화계 인사 등
"정당 사회단체 문화인 예술가"[28]들이 사절단 일원으로 대거 참여함에
따라 46년도 소련행에 세간의 이목이 집중될 수 있었다. 이러한 맥락에
서 한동안 방소사절단의 일원이었다는 사실이 각 개인의 주요 이력으로
꼽힐 만큼 중요하게 취급되며 여기저기에 기재되었다는 점도 상기해볼
수 있다.[29] 그런 한편, 위의 예문들에서도 확인되다시피 사절단 일행은

25　이찬, 위의 책, 4~5쪽.
26　이태준, 『소련기행』, 평양 : 북조선출판사, 1947, 10~11쪽.
27　현수, 『적치육년의 북한문단』, 국민사상지도원, 1952, 53쪽.
28　이기영, 「인민의 나라 쏘연방의 약진상」, 앞의 책, 1쪽.

각 분야에서 일정한 영향력을 행사하던 엘리트들을 중심으로 편성되었
으나, 여기에는 노동자, 농민 등도 포함되어 있었다.[30] 평양 조소문협이
소련을 방문할 이들을 이와 같이 섭외한 데에는 두 가지 이유가 있었던
것으로 보인다. 첫째는 각 방면에서 활동하던 주요 인사들을 일행에 포
함시킴으로써 조소 양자 간의 친선도모 사업의 일환으로 추진되었던 소
련행이라는 사건을 이슈화하고자 한 것이고,[31] 다른 하나는 남녀노소 및
계층을 불문하고 다양한 인물들을 소련방문사업에 참여하게 함으로써
북조선에서 추진되던 문화정치 사업의 이미지를 제고하고자 한 것이다.

　이러한 의도는 일차적으로 소련행을 역사적 의미를 갖는 획기적인 사
건으로 기술하고자 하였던 여행기의 필자들에 의해 실현되고 구체화되
었다. 가령, 이태준의 기행문에서 46년도 소련행은 "농민도 학자도 다가
치 비행기를 탈 수 있는 사회"로 변모한 북조선의 현실을 확인할 수 있는
'감격'적 성과로, 아울러 과거로부터의 일대 '비약'이자 (새조선의 긍정
적) 미래에 대한 '약속'으로 제시된다.[32] 마찬가지로 이찬 역시 계급이나
성별에 따른 차별이 철폐된 북조선의 상황을 상징적으로 드러내주는 사
건으로서 소련방문사업을 의미화했다. 기행문에서 소련행의 이 같은 의
미는 '진보적 민주주의 국가 쏘련', '평화 쏘련' 등의 긍정적인 소련상(像)
과 중첩되며, 종국적으로는 북조선을 '민주조선'으로 표상하는 데 기여

29　이와 관련된 예로는 북조선농민동맹중앙위원회 군중문화부에서 간행한『농민소설집
　　제1권』(평양 : 문화출판사, 1949)과『(농민소설) 자라는 마을』(1949), 이태준의『(이태
　　준 단편집) 첫전투』(평양 : 문화전선사, 1949) 등이 있다.
30　제1차 방소사절단은 김경옥, 김민산, 박영신, 윤병도, 이기영, 이동식, 이석진, 이찬,
　　이태준, 최창석, 허민, 허정숙 등으로 구성되었으며, 이들의 인솔자 자격으로 동행했
　　던 이로는 '풀소프 소장'과 '마이요루 강'이 있다.
31　이강국,「서」, 이태준, 앞의 책, 3쪽.
32　이태준, 앞의 책, 11쪽.

한다.[33] 필자들이 자신들을 가리켜 "인민대표단"[34]이라 명명하였던 것은 이러한 맥락에서였다.

한편 기행문의 성격을 스스로 규정하려는 내적인 힘들과 맞물려 텍스트 외적으로도 소련기행이라는 사건을 통해 소련과 북조선이 이야기될 맥락을 다시 짜는 작업이 시도되었다. 예컨대 1946년 12월 23일자 『해방』에 실린 한 기사를 보면, '소련행'이 "일제의 이간과 강압"이 사라지고 이로써 소련과의 직접적인 대면이 가능해진 조선의 현재적 상황을 압축적으로 보여주는 사건으로 해석되고 있음을 알 수 있다.[35] 같은 맥락에서 이태준의 소련기행 역시 소련의 "모든 새로운 역사적 사실을 만화경과 갓치 우리 눈 압에 전개 식혀"주는 것은 물론, '조선인민과 소련인민의 우정적 유대'를 강화하는 데에도 기여할 매개적 텍스트로 해석되고 있다. 기행문이 아직 출간되지 않았음에도 불구하고 텍스트의 의미와 독서방향이 선규정되어 제시되었던 것이다. 이에 더하여, 지면 전체의 편집방식 역시 이러한 기사의 내용과 긴밀히 호응함으로써 일정한 정치적 효과를 발생시켰다. 1946년도 소련기행의 당대적 의미를 시사하고 있는 이 기사문은 「남조선의 인민항쟁과 민주정권하의 북조선」이라는 다른 기사와 나란히 배치되었다. 제목에서도 드러나다시피 이 글은 여전히 '항쟁 중'에 있는 남조선의 '미(未)해방' 상태와 '민주정권'이 수립된 북조선의 현재적 상황을 대비적으로 제시하고 있으며, 이를 통해 혼란, 불안, 소요 등으로 집약되는 남조선과 달리 북조선은 이미 정치상으로나 사회적으로 안정 국면에 접어들었음을 환기시킨다.

그렇다면, 소련기행의 의미를 이와 같은 방식으로 구성할 때 기대되는

33 대표적인 텍스트가 이찬의 『쏘련기』이다.
34 이기영, 「약진하는 쏘련 현장보고」, 앞의 책, 141쪽.
35 편집자, 「소개의 말」, 『해방』, 1946.12.23, 4쪽.

효과는 무엇이었을까. 이태준의 기행문에 추천사를 쓴 이강국은 1947년
당시 대중의 의식 속에 '뿌리 깊게 남아 있는 공소반공의 사상과 소련(군)
에 대한 선입관념을 소청(掃淸)시키기 위해서는 상당한 시일과 막대한 노
력이 요청될 것'이라 예상하고 있었다. 그는 이러한 상황에서 '상허의 소
련기행이 거대한 역할을 차지할 것'이라 생각하였는데, 말하자면 '영향력
이 넓고 큰 상허(尙虛)의 붓에서 우리는 공소반공 사상의 소청을 기대'할
수 있다는 것이었다. 이강국의 사례를 통해서도 알 수 있듯이, 북조선
지도부에서는 '소련'에 대한 인식의 전면적 전환과 이를 매개로 한 '북조
선'에 대한 인식 제고를 보다 빠른 시일 안에 달성하고자 했으며, 소련방
문사업과 같은 전략적 기획이 이 같은 작업에 속도를 붙이는 한 방편이
될 것이라 판단했다.

기행문이 단지 여행자가 자기의 주관적인 소회를 담기 위해 쓴 사적
기록으로만 읽혀서는 안 되는 이유를 이러한 맥락에서 찾아볼 수 있다.
무엇을 썼는가에 앞서 누가 썼는가, 왜 썼는가 하는 물음이 중요했던 것
도 이와 무관하지 않다. 이강국이 추천사를 통해 해방 이후 이태준의 정
치적 행보를 '민주주의자로서의 출현과 발전'이라 규정하는 동시에, 이
것이 '상허 자신에게는 경하할 일'이고 '우리 민주진영에는 더없이 반가
운 거대한 수확'임을 강조하였다는 사실을 상기해볼 필요가 있다.[36] 비
슷한 시기에 현수(玄秀) 역시 '예술파'이자 '중견작가'인 상허의 '소련행',
나아가 '월북'이 공산주의의 "사상적 승리를 의미"하는 사건으로 읽힐
소지가 있음을 지적한 바 있다.[37] 상허를 지켜보는 이러한 시선은 사실
예외적인 것이라고 할 수는 없었다. 여기서 논의를 좀 더 확장하여, 해

36 이 단락의 인용구들은 모두 다음의 글에서 가져왔다. 이강국, 앞의 글, 1~3쪽.
37 현수, 앞의 책, 96쪽.

방기 문화예술인들에게 부여되었던 어떤 상징성에 대해 생각해볼 필요가 있다. 예컨대, 1945년 12월경부터 홍명희에게 각종 단체의 대표직이 집중되었던 것이나,[38] 조소문협과 같은 협회의 간부직에 주로 문화계 인사들이 배치되었다는 사실, '해방 제일주년 기념식'[39]과 같은 대규모 '군중 행사 및 사업'에 문인들이 대거 관여되었다는 점 등을 들 수 있다. 문화계 인사들이 스스로 자청한 것이든 혹은 그렇지 않든 간에 이들을 진보적 문화단체의 상징적 인물로 추대하려는 당대적 경향은 문화계 인사들의 '비정치적인 외양, 또는 정치적 순진함'[40]과 무관하지 않았다. 이

---

38 강영주에 의하면, 홍명희는 서울신문사 고문직을 맡게 되는 1945년 11월 22일 이전에 상경하였다고 한다. 그해 12월 홍명희에게는 좌익계열의 문화단체 대표직이 모두 집중되었다고 해도 과언이 아닐 만큼 여러 단체의 대표직이 맡겨졌다. 당시 홍명희를 명예직에 추대하려는 움직임은 우익 측에서도 수차례 있었다. 강영주, 「홍명희와 해방 직후 진보적 문화운동」, 『역사비평』 40호, 역사비평사, 1997, 129~131쪽.

39 해방 일주년을 앞두고 북조선임시인민위원회는 「조선이 일본 압박에서 해방된 제일주년 기념식 준비에 관한 북조선임시인민위원회의 계획안」(『북한관계사료집 25』, 213~215쪽)을 마련했다. 이 계획안은 〈Ⅰ. 조직사업〉 12개와 〈Ⅱ. 선전급 군중사업에 관한 문제〉 18개, 이상 총 30개의 '실행사항'을 포함하고 있는데, 이 중 문인 및 이들과 관련된 단체가 주관하기로 결정된 사항만을 정리하면 다음과 같다.

번호	실행할 사항	실행할 기간	실행자
	Ⅱ. 선전급 군중사업에 관한 문제		
4	이하에 기재한 소책자를 편집 간행할 것	8월 15일까지	
	가) 조선의 민주주의적 발전		김창만
	나) 조선해방에 붉은 군대의 결정적 역할		무정, 이기영
	다) 일본통치 밑에 있든 조선 암흑의 날		오기섭
	라) 조선에 관한 모스크바 삼상회의 결정과 그에 대한 반동파들과의 투쟁		오기섭
	마) 조선발전의 향방		최용달
	바) 반일투사들의 연설집		예술연맹
	사) 조선해방시집		예술연맹
5	금년 팔월 십오일 전으로 조소문화협회 내에 소도서관을 확장할 것.	8월 15일까지	이기영
6	기념식전에 국영극단과 음악대를 조직할 것.	8월 15일까지	한설야, 나웅, 김창만, 강양욱
8	평양시 조소문화협회 내에 미술전람품을 확장할 것.	8월 1일까지	조소문화협회
11	북조선 중앙과 각도 중앙에 조소협동 주악을 실행할 것.	8월 10일까지	예술연맹

러한 맥락에서 소련방문사업과 기행문의 출간이 갖는 의미와 효과를 재
론하고, 아울러 제1차 방소사절단이 '문화사절단'으로 불렸다는 사실을
상기할 필요가 있다. 소련기행이라는 정치적 기획에 담겨 있던 이데올
로기적 효과를 축소시키고, 이로써 소련과 북조선에 대한 우호적 인식
을 일상적·대중적 차원으로 확산시키는 데 문인들이 가졌던 '상징자본'
과 '비정치적 외양'은 일정한 기여를 할 수 있었던 것이다. 아마도 1946
년도 소련기행은 문인들이 가졌던 이러한 특징에 대한 고려, 내지는 이
에 대한 믿음이 뒷받침되었기에 추진될 수 있었을 것이다.

3. 역사적 충동과 흔들리는 표상들

1946년 8월 9일 오후, 김일성을 비롯한 각계 지도층 인사들이 참석한
가운데 제1차 방소사절단의 환송회가 열렸다.[41] 이어 다음날 오전 10시,
사절단 일행은 모스크바로 향하기 위해 "태극기와 붉은기"가 펄럭이고
'수백인사의 환호와 푸로페라 소리'가 울려 퍼지는 평양비행장에 모였
다.[42] 다양한 분야와 직종에 종사하고 있는 인물들로 구성된 조선인 대표
스물다섯 명과 인솔자 두 명을 포함하여 총 스물일곱 명의 일행은 오후
12시 25분경 "굳은 악수와 조쏘친선을 위해 높이 부르는 만세소리를 뒤
로 남기고"[43] 두 대의 비행기에 분승하여 소련으로 향했다. 이태준과 이

40 David Spurr, *The Rhetoric of Empire : colonial discourse in journalism, travel writing, and imperial administration*, Durham : Duke University Press, 1993, p.9.
41 이찬, 앞의 책, 1~2쪽.
42 이태준, 앞의 책, 9쪽.
43 이태준, 앞의 책, 9쪽.

찬의 여행기는 이와 같이 소련으로 떠나기 위해 모인 사절단의 모습을 묘사하는 장면에서부터 시작된다.

여행기의 필자들은 여행 자체가 주는 일탈감과 기쁨을 만끽하기도 하였지만, 식민지에서 벗어났다는 사실에서 비롯되는 해방감과 자유를 더 무겁게 의식하고 있었다. 특히나 한반도의 바깥을 자유롭게 넘나드는 월경의 경험은 '고국'과 '민족'에 대한 향수를 짙게 불러일으켰다. 국경과 국토에 대한 감각을 표출하는 대목이나 국가 간 경계 넘기를 "주인"의 뒤바뀜으로 서술하는 대목에서도 확인할 수 있듯이, 이들에게 경계를 넘는 일은 "조선"과 "세계"에 대한 기존의 인식이 변화하고 경험 가능한 세계가 확장되는 획기적인 사건으로 의미화되었다. 비행기에 오르는 순간부터 월경의 경험에는 무수한 의미와 내러티브가 충전되었으며, 텍스트 안에서 조선의 과거, 현재, 미래는 새롭게 재편되기 시작했던 것이다.

> "세계는 우리를 모른다. 더욱 일제 삼십육년간 세계는 우리를 완전히 잊고 있었다. 우리는 반만년 문화민족으로서의 우리와 더욱 우리의 오늘과 우리의 지향을 세계 민주주의의 심장 쏘련에 알리므로써 세계적으로 우리에의 인식을 높이고 우리의 투쟁으로 하여금 독립되지 않고 전구라파 전세계 민주주의 제 국가의 열렬한 방조와 지원 밑에서 진전되게 해야 할 것이며 특히 우리의 진보적 민주주의 민족문화건설에 있어 쏘련에서 얻을 바 막대함은 더 말할 필요도 없을 것이다. 주도한 계획 밑에 명확한 관점으로 모-든 문제를 어루만지지만 말고 철저히 캐고 오라"[44]

위에 인용한 글에서도 드러나듯이 소련방문단의 여행기에서는 '사절단의 대표성'에 관한 내부적 승인을 유도하는 서술들이 공통적으로 발견

---

44 이찬, 앞의 책, 2쪽.

된다. "사절단", "북조선대표", "조선대표"라는 명칭이 말해주듯, 사절단 일행은 그들 자신을 민족적 대표성을 띠는 주체로 인식하고 있었다. 이러한 직접적 명명이 아니더라도 방문단의 대표성을 강조하려는 시도를 우리는 지면 곳곳에서 어렵지 않게 발견할 수 있다. 이를테면, 기행문의 필자들은 "4,254,097명 서명의 해방감사 쓰딸린 대원수께의 멧세-지"를 전하고 '반만년 문화민족으로서의 조선인과 현재 조선의 상황을 세계 민주주의의 심장 소련에 알려야 한다'는 의무에 대해 이야기하며 특별한 사명감을 표출한 바 있다.[45] 또한 "우리 대표자들과 무릎을 맞대고 간담을 상조(相照)"한 소련의 "정치가 학자 기술자 예술가 노동자 농민 청년들의 각계의 대표자들"[46]에 관한 상세한 소개와 사절단에 대한 소련 측의 예우, 수차례에 걸친 각종 환영회와 이 행사에 참석한 소련인들의 사회적 지위, 인원, 파티규모 등에 관한 장황한 서술도 엿보인다.

이러한 논의의 연장선상에서 소련행이 갖는 현실정치적 의미에 대한 기술 역시 이루어진다. 필자들은 "우리 문화의 오늘과 장래에 지대한 관계를 갖일 사회"는 '소련'이라는 점을 강조하고자 했으며,[47] 그러한 의미에서 '소련행'이 "신생조선"의 건설에 중요한 기여를 할 것임을 믿어 의심치 않았다.[48] "전구라파 전세계 민주주의 제국가"와의 외교관계를 체결하기 위해서라도 소련과의 친선은 필수적이라 판단했던 것이며, 소련행은 "진보적 민주주의" 노선에 동참하겠다는 "우리의 지향"을 알리는 외교적 활동이라 여겼던 것이다.

이 같은 '대표성'에 대한 강조는 피식민자의 정치적 무의식이 낳은 소

---

45 이찬, 앞의 책, 3쪽.
46 이기영, 「약진하는 쏘련 현장보고」, 앞의 책, 146쪽.
47 이태준, 앞의 책, 5쪽.
48 허민, 『쏘련참관기(2) : 쏘련의 인민교육』, 평양 : 조소문화협회, 1947, 11쪽.

산이라는 점에서 주목된다. 예컨대 이찬의 여행기는 "네가 네 이름으로 이방에 대표를 보낸다는" 사실에 대한 무한한 감격과 지난 세월에 대한 복잡한 감회가 중첩되는 가운데 시작된다.[49] 이러한 특징은 이기영, 이태준, 허민의 여행기에서도 엿볼 수 있다. '나'의 명명법, 즉 '이름의 되찾음'이라는 차원에서 자존감을 회복하고 자기를 재표상하려는 시도는 여러 여행기에서 반복적으로 발견되는 특징이다. 사실 자기에 대해 계속해서 이야기하려는 역사적 충동은 피식민자가 갖던 불안정한 발화위치와 그로 인해 노정되던 문제들이 소거된 현실, 다시 말해 민족적 차원에서 우리의 이름이 복권되고 지난 역사의 시간이 회복된 작금의 현실에 대한 감격과 소회에 밀착되어 있었다. 해방기 집단적 차원에서 행해진 소련방문이 특정한 민족사적 의의를 갖는 사건으로 의미화될 수 있었던 것은 이러한 맥락에서이다. 이들에게 소련행은 민족해방이라는 사건과 국가 건설에 총력을 기울이고 있는 조선의 현재를 대내외적으로 알릴 수 있는 기회, 즉 집단적 차원의 자기증명행위로 이해되었다. 텍스트의 표현을 빌리자면, 소련행은 세계사에서 지워진 조선의 역사를 새롭게 기입하고 "과거 삼십육년간 이름도 없던 국민"[50]의 위상을 재정립하는 시도라는 점에서 중차대한 의의를 지녔던 것이다.

이러한 일련의 의미화 작업은 과거를 재서술하기 위한 맥락을 구축하는 데 기여한다는 점에서 주목된다. 현재의 자기를 재표상하는 일은 제국/식민지의 확장과 지역 통합을 위해 내지의 담론생산자들이 제출하였던 기존의 세계인식 구도를 파기하려는 시도와 맞물려 있었다. 조선인 지식인에게 그동안 자기가 처한 상황에 조응하는 방식으로 수용 및 전유되었던

---

49 이찬, 앞의 책, 4쪽.

50 이찬, 앞의 책, 9쪽.

기존의 인식틀은 그 생산 본거지가 내지였기에 부분적으로든 전면적으로든 해체되어야 할 것이었으며, 이 작업이 다시 재구축의 방향으로 나아가야 할 것임은 자명했다. 한반도를 둘러싼 정세와 각 국, 각 지역 간 관계 동학의 변화, 그리고 특정한 정치적 조건들을 생성하고 조율하는 중층적이고 복합적인 힘의 투쟁들, 특히나 해방 정국의 반도 거리를 활보하고 현지인들의 생활반경으로까지 밀려들어온 낯선 이방인들(미국과 소련)의 존재는 '해방된 조선인'의 자기 인식에 직접적인 영향을 미쳤을 뿐 아니라, 조선인들로 하여금 새로운 자기와 조선의 미래를 상상하게 만들었다. 여기서 문제는 당대 지식인들의 세계관이 뿌리내리고 있던 맨틀로서의 '대동아 대 그 외 지역', 이 보다 먼저 서구 세계와의 조우 속에 구축된 '동양 대 서양'이라는 관념틀이 해체된 자리를 대체할 만한 새로운 인식의 틀이 존재하는가, 혹은 존재할 수 있는가 하는 데 있었다.

　일국을 넘어서는 지역 단위의 세계인식 구도를 고안하는 데 일조한, 예컨대 대동아공영권론이나 근대의 초극(近代の超克)론 등의 식민지 말기 내지에서 제출되었던 정치문화담론은 조선인 지식인들에 의해 수용 또는 전유된 바 있으며, 이 같은 '대동아'라는 '지역(region)'을 단위로 한 정치적·인식론적 기획은 해방기 조선인들이 조선과 그 외 국가들, 특히나 한반도 주변 국가들과의 관계에 대한 인식을 조정하는 데에도 여전히 유효하게 작용했다. 해방기 세계인식은 지역, 나아가 세계체제의 지형 안에서 '일본'이라는 구제국을 인식론적으로 어떻게 처리할 것인가 하는 물음으로 구체화되었다고 할 수 있다. 말하자면, 제2차 세계대전 시 "안절부절하는 그들(일본군―인용자)"의 모습과 "그들의 야수성"을 구피식민자의 입장에서 보다 자신 있게 이야기할 수 있는 새로운 토대가 필요했던 것이다.[51]

51　이찬, 앞의 책, 91쪽.

그러나 이 문제는 수월하게 혹은 명쾌하게 해결될 수만은 없었다. 왜냐하면, '과거 일본(인)'을 언급하는 일은 곧 '과거 조선(인)'을 이야기하는 일이나 다름없었기 때문이다. 일본을 향해 던져진 이 물음은 부메랑처럼 필자 자신의 문제로 되돌아올 소지가 있었다. 실제로 소련기행 텍스트 안에서 필자들은 '일본'의 위치를 설정하는 문제에 부심하는 모습을 보인다. 이태준과 이찬은 '조선인 지식인'으로서, 아울러 당대의 '문학자'로서 '자기비판'을 수행함에 있어 부딪히게 되는 문제들을 보다 수월하고 융통성 있게 처리할 수 있는 방법을 '일본'을 매개하여 모색하고자 했다. 이들은 일본의 세계 내 위치조정을 시도함으로써, 그리고 새로운 범주 설정을 통해 조선인 정체성의 재정립을 꾀함으로써 식민치하 현실에서의 나(조선인)의 행적과 행위에 관한 전면적인 비판 없이도 일본 비판을 수행하는 일을 가능하게 만들었다.

조선인의 세계관에 영향을 미치던 제국의 담론이 더 이상 유효하지 않은 상황에서, 필자들은 일본을 중심으로 확장운동을 하던 '대동아'라는 범주를 폐기하고 일본을 구제국의 권역으로부터 끌어내려 열도 안으로 밀어 넣음으로써 옛 제국의 '일국화'(다민족제국체제에서 단일민족국가로의 수축)를 시도했다. 뿐만 아니라 일본과 조선을 각기 다른 상위범주 안에 포섭시킴으로써 양자가 놓이는 구도를 재획정하였는데, 여기서 제시되고 있는 상위범주는 다름 아닌 '파시즘 대 민주주의'이다. 필자들은 이같은 진영 분할로 세계를 구조화함으로써 일정한 효과를 기대할 수 있었다. "세계팟쇼"[52]라는 전 세계적 정치·군사 공동체 안에 일본을 독일과 함께 배치함으로써 세계를 '동－서'라는 양분된 공간이 아닌 다른 인식의 판으로 재편할 수 있게 된 것이다.[53] 말하자면, '포악(暴惡)한 적(敵)'이

---

52 이찬, 앞의 책, 123쪽.

'동서(東西)'를 막론하여 존재하는 이상,[54] 정치적 규준으로서의 적/동지 구분은 '동–서'의 틀에 의존하지 않은 채 재확립될 수 있었다. 이때 조선은 반파시즘을 표방한 '민주주의 전선'의 대열에 안착된다.

주지하다시피 영독전쟁과 독소전쟁, 동아시아와 태평양에서의 중일전쟁, 태평양전쟁은 각각 독자적 요인을 안고 발전했으며, 점차 미·영·프·소·중의 연합국과 독·이·일의 동맹국이라는 기본적 대항 관계를 구축했다. 식민치하의 조선인은 직접적으로 정치에 관여하는 입장에 설 자격은 상실한 상태였지만 '일본국민'으로서 전쟁에 참전한 경력을 갖고 있었기에, 엄밀히 말해 조선은 일본이 속했던 '동맹국'의 진영에 소속되어 있었다. 소련기행의 필자들이 조선의 현재나 미래에 대해 쓰기 위해서는 반드시 이 문제를 처리하고 넘어갈 필요가 있었다. 특히 누구보다도 이태준은 이 문제를 해결하고자 했는데, 아래의 예문은 그가 스스로 어떤 논리에 부딪치고 있었는지를 확인할 수 있게 해준다.

> 만일에 이 전쟁을 이기지 못하였다면? 아 상상만으로도 끔찍한 노릇이다! 그자들 마음데로 꾸며 전하는 뉴–쓰만으로도 스딸린그라드에서, 레닌그라드주변에서 전세가 일진일퇴할 때 마레–에서 라바울에서 일진일퇴할 때, 우리는 빈주먹으로라도 얼마나 땀을 흘리며 마음을 태웠던 것인가? 중국에서는 우리 의용군들의 붉은 피가 흘럿거니와 국내에서는 일제의 단말마적 발악 밑에서 유구무언 오직 정성과 단장의 원한으로 이 정의군들의 승리를 창천에 호소하고 애원했던 것이다. 작년 팔월 십오일 우리 삼천만은 처음 오는 자유에 얼마나 참아온 울음부터를 텃드렸는가! 오! 위대한 승리여! 전사 있어온 이래 가장 존귀한 이 승리를 존귀한 승리로써

53 일본과 독일이 이야기되는 방식은 '전리품 전람회'에서의 일화를 소개하는 대목에서 잘 드러난다. 이찬, 앞의 책, 88~93쪽.

54 이찬, 앞의 책, 124쪽.

마치게 할 일이 아직 이 지구 위에 남아 있는 것이며 무기를 들고 가치 싸
우지 못한 우리들은 오늘 이 남아있는 일에 남보다 앞서 나서지 않으면 안
될 것이다.[55]

이 예문에서 눈여겨보아야 할 점은 텍스트 안에서 발화자의 자리에
'나'를 위치시키거나 개인적인 감정을 노출하는 일이 여느 필자보다도
잦았던 상허가 보기 드물게 '우리'를 발화주체로 내세우고 있다는 사실
이다. 여기서 이태준이 말하는 '우리'는 상당히 광범한 내포를 갖는 인칭
대명사로, '나'에서 출발한 의미의 확장운동은 '조선인 의용대'에서 '3천
만 동포'로, 나아가서는 "간악한 나치스와 일제의 마구들을 초개같이 짓
밟아버린" '세계 민주주의 진영 일반'으로까지 이어진다. 그리고 이때 일
제에 복속되었던 한 지방으로서의 조선이 내지와 분리되어 일제가 아닌
다른 상위 범주로 편입되는 것은 '무언의 지지'라는 '조선인의 정치적 결
백'이 선언되는 순간에 이르러서다.

국외에서 활약한 의용대와 국내에서의 지속적인 저항운동을 실례로
들어 조선인의 항일 투쟁과 세계대전 사이의 연계성을 도모하는 것이
나, '우리'(조선인)는 "무기를 들고 가치 싸우지 못한" 과거를 갖고 있는
것이 사실이지만 "빈주먹으로라도 얼마나 땀을 흘리며 마음을 태웠던"
지 모른다며 그간의 '속내'를 토로하는 일은 일제와 조선의 의식적 분리
혹은 이탈이라는 효과를 발생시킨다. "유색인종이요 약소민족의 하나인
조선사람인 나"[56]라는 자기표상이나, 연민의 태도에 입각한 자기 응시,
수난자 내지는 피해자로서의 자기상 강화 역시도 이 같은 맥락에서 이
해될 수 있다. 자민족의 결핍 상황을 인정하고, 여기서 한 걸음 더 나아

55　이태준, 앞의 책, 76~77쪽.
56　이태준, 앞의 책, 183쪽.

가 과거–현재의 처지를 전면화함으로써 과거 식민치하의 비정한 현실을 재차 환기시키고 또 폭력과 희생으로 집약되는 과거사를 일종의 특수한 민족적 이력으로 환원하는 일련의 서술상의 작업들은 과거와 현재를 일정부분 단절시키면서 새로운 귀속의 표지를 모색하려는 시도로 이어지고 있었던 것이다. 요컨대 텍스트 안에서 자기 표상화 작업은 '행위'와 '생존'의 긴박으로 인해 투쟁을 전면적으로 수행할 수 없었던 조선인의 불가피한 상황을 설명해줄 방편으로서, 아울러 새로운 연대에 대한 정치적 상상력을 개진하는 데 필요한 방법적 전략으로서 행해지고 있었다. 정치적·군사적 공동체와 문화적·심정적 공동체를 분리시키고 "세계의 평화와 문화의 안전보장을 위해 투쟁하는"[57] 소련에 자기를 투사하려는 이 같은 시도는 종국적으로 과거 조선의 입장을 재서술하기 위해 이루어진 것이라 할 수 있었다.

그러나 기존의 판을 '팟쇼 대 민주'로 대체하는 일은 일면 일본을 중심에 놓지 않고 지역과 세계를 말할 수 있는 길을 열어주었으나, 여전히 '미국'과 '소련'의 관계를 명확히 규정하는 데에는 유용하지 못했다. '민주'라는 기치 하에 "당당한 은인"[58]이라는 이름으로 결속되어 있던 소련과 미국을 어떤 방식으로 분리시킬 것인가, 미국의 국가적 파워와 세계 내 위치, 그리고 조선과의 관계에서의 위상이라는 문제를 어떻게 처리할 것인가 하는 질문들이 남아 있었던 것이다. 이 시기까지만 해도 기행문의 필자들은 미국의 좌표를 어떻게 설정해야 할 것인지에 관해 분명한 입장을 취하지는 못했던 것으로 보인다. 이념적 지향이 소련 측으로 기울고 있었던 것은 사실이지만, 미국에 관한 명료한 인식을 제시하거나

57   이태준, 앞의 책, 92~93쪽.
58   이찬, 앞의 책, 10쪽.

미국의 표상을 처리하는 데 있어서는 미온적인 태도가 엿보인다. 이를테면, 기행문에서 반미의식을 내비치는 비하나 폄하조의 발언이 눈에 띄지 않는다는 점이나, 미국에 대한 발화를 시도하기보다 소련의 긍정적인 표상을 보다 풍부하게 제시하는 편을 택하고 있다는 점, 아울러 소련 표상 강화를 위해 거듭해서 소환되는 대상이 일본이나 독일 등의 이른바 '팟쇼' 진영에 치우쳐 있다는 사실은 이러한 면모를 확인할 수 있게 해준다.

한편 소련 표상을 강화함으로써 북조선의 이미지와 대소관을 제고하려는 필자들의 노력은 오히려 표상의 균일성을 비틀거나 흔드는, 예측치 못한 결과를 낳기도 했다. 필자들은 소련에 '진보적 민주주의', '약소민족의 벗', '평화' 등의 수사를 덧대거나 보다 다채롭고 풍부한 소련상을 생산함으로써 미국표상과의 차별화를 꾀하였는데, 이 와중에 역설적이게도 '분명한 수사'와 '핍진한 묘사' 간의 불일치가 발생한 것이다. 그 자체로 근대의 메타포였던 거대한 대륙의 이곳저곳에는 '어둠'과 '쓸쓸함'을 자아내는 아물지 않은 전쟁의 흉터들이 "한 시절의 면상을 그대로 전하는 듯" 남아 있었고, '세련된 시민들'이 거주하는 '현대적 도시'의 풍경은 놀랄 만큼 이채로웠으나 메트로폴리스의 면면이 강조될수록 텍스트 안에 함께 기입되어 있던 "건설의 손이 미치지 못"한 미개발 지역의 원시성 역시 부각되었다. 공간 이동은 도시-농촌 간의, 각 지방 간의 격차를 확인하는 계기로 작용하고 있었음은 물론이고, 보행주체의 시선을 통해 화려한 도시만큼이나 그러한 도시가 흔적처럼 지니고 있던 미개발되고 낙후된 장소들과 폐허가 된 장소들이 포착되었다. 광활한 대륙을 횡단하는 경험을 서술하는 과정에서 조선과 소련 간의, 소련 내 각 지방 간의 물리적 시차를 넘어서는 문명화 진행 상황의 비동시성이 상존하고 있는 '세계'와 '세계 내 시차들'이 기입되고 있었던 것이다.

사실 이 같은 표상은 필자가 갖고 있던 소련에 대한 부정적인 인식이 우회적으로 드러난 징후라기보다는 '나'를 규정하는 일과 쌍생적 관계에 있던 '타자' 규정이라는 난제, 즉 타자의 스펙트럼을 이해하거나 설정하고 또 이들의 좌표를 명쾌히 규정하는 작업이 불안정한 상태에 있었음을 말해주는 어떤 징표로서 읽혀야 할 것이다. 비유컨대, 이민족/타국 간의 평화로운 공존이 불가능한 세계정치 속에서 민족/국가의 주권과 대외경쟁력 확보의 중요성을 수십 년의 세월 동안 절감한 바 있는 구제국 신민의 기행문에서 시도되고 있는 타자에 대한 규정은 필자 자신에게조차도 그 발언이 수행되는 순간에서야 비로소 발언 의미의 형성과 조정이 시작되고 있었던 것이다.

4. 상연되는 소련, 스크린 속 스탈린

제1차 방소사절단 일행이 머물렀던 주요 공간은 워로실로브, 모스크바, 스탈린그라드, 레닌그라드, 아르메니야 공화국, 구루지아 공화국 등으로 대별된다. 아울러 허민이 분류한 바에 의하면, 이들은 공장(횟수 : 4), 농장(3), 대학(4), 학교(4), 과학연구기관(5), 문화궁전(3), 박물관과 전람회(12), 출판기관(7), 보건(3), 명승고적지(11)를 방문하였으며, 체류 기간 동안 여러 편의 연극과 영화를 관람했다. 또한 사절단 일행은 '복끄스'[59], 산업체, 교육성, 보건성, 농림성, 종교계, 언론계 등 각 분야의 지도층 인사들과 수차례에 걸쳐 담화 내지는 회견 시간을 가졌으며, 각종 '행사'(3)와 '야회'(5)에도 참석했다.[60]

---

59   여행기에는 '대외문화협회' 혹은 '복스', '복쓰', '복끄스'라는 명칭이 빈번하게 등장하는데, 이들 용어는 모두 '소연방대외문화교류협회'를 가리키는 것이다. 당시 필자들은 협회의 정식명칭을 발음하는 것이 어렵거나 번거로워 협회의 약자인 'ВОКС'를 발음되는 대로 기입했던 것으로 보인다.

실상 이 같은 일정은 견학과 관람이 "문자 그대로 주마간산"[61]식으로 이루어질 수밖에 없도록 만들었는데, 여기서 주시할 만한 점은 상당한 시간이 박물관, 미술관, 전람회장에 방문하거나 영화, 연극을 감상하는 데 할애되었다는 사실이다. 특히나 사절단 일행은 체류 기간 동안 총 11편의 연극과 17편의 영화를 관람했다. 이 중에서도 영화 감상은 국경을 넘어 처음으로 들어선 워로실로브를 포함하여 각 도시, 공화국, 그리고 방문지역 내의 기관 및 단체(복쓰, 중앙위생연구소, 천문보급소 등)에 들렀을 때에도 지속된다. 기행문에 따르면, 이들이 관람한 영화는 대체로 각 나라나 도시의 역사(특히 혁명사)에 관련된 것들이었다. 방문지 관계자의 입장에서 영화만큼 단시간 내에 압축적으로 지역의 역사, 기관의 형성·설립배경, 제반시설, 사업내용, 활동사항 등을 소개할 효과적이고도 수월한 방편은 없었을 것이다. 대표단의 입장에서도 영화가 유용한 매체였던 것은 마찬가지였는데, 예를 들어 〈알메니야 예술〉, 〈구루지아 25년사〉 등의 영화는 이들에게 생소한 나라였던 아르메니야와 구루지아의 역사를 대략적으로나마 이해할 수 있게 해주었다.

그런데 이 대목에서 한 가지 흥미로운 것은 46년도 소련행에 참가했던 사절단 일행 스물다섯 명 가운데 실상 '로어'를 구사할 줄 아는 사람이 단 한 명도 없었다는 사실이다.[62] 이 점을 고려한다면, '까막눈'[63]인 이들이 보고 들었던 것은 무엇인가 하는 물음을 제기해 보지 않을 수 없다. 이들이 말하는 "눈을 크게 뜨지 않을 수 없는 것"과 "특기(特記)되

---

60   허민은 방소사절단의 일정을 '종목', '횟수', '견학개소'에 따라 체계적으로 정리한 바 있다. 허민, 앞의 책, 8~10쪽.

61   이찬, 앞의 책, 85쪽.

62   이기영, 「인민의 나라 쏘연방의 약진상」, 앞의 책, 2쪽.

63   이태준, 앞의 책, 80쪽.

지 않으면 않되"는 것,[64] "흥미와 기대가 커지"도록 만드는 것과 "감격되지 않을 수 없"는 것이란 과연 무엇이었는가.[65]

소련기행의 필자들이 현지에 체류하는 동안 소비했던 것은 실상 소련과 그 주변국들의 역사를 구현한 텍스트·담론과 영상이미지였다. 그리고 이들이 경험한 바들은 여행기를 통해 일정 부분 가공되고 또 재구성됨으로써 조선인 독자 일반에게까지 가닿았다. 필자들은 "담수어처럼 발랄"[66]한 소련(인)을 재현하기 위해 끊임없이 무언가를 적어나갔다. 이 와중에 영화와 같은 매체에서 활용되던 시각적 재현의 테크닉들은 텍스트의 지면으로까지 옮아와 변주되었다. 그런가 하면 필자들의 '언어불통' 상황은 "물처럼 흐르는" 해설자의 목소리와 '영사막'을 타고 흐르는 영상에 의존하도록 만듦으로써 언어로 전해들을 수 있는 이야기를 넘어서는 이야기들, 말하자면 이야기의 과잉을 낳았으며 텍스트는 이 상황을 고스란히 노출시키고 있었다.[67]

이는 사실 사절단 일행 중 어느 누구도 영화에 대한 정확한 이해를 가지지 못했음을 말해주는 것이기도 했다. 이를테면 조선인들은 노어를 알지 못하였기 때문에 영화를 관람할 때 누군가의 도움을 받아야만 했다. 소련인 해설자가 영화의 주된 내용과 이에 대한 해설을 제공하면 이를 인솔자인 '마이요루 강'('강소좌')과 모스크바 외국어출판부에서 '조선어역'을 담당하고 있던 조선인 김동식(金東植) 등이 통역해주었고 일행들은 이를 나름의 방식으로 정리하여 이해하는 식으로 영화감상이 이루어졌다. 또한 단순히 영화를 관람하기만 해서는 구체적인 내용을 알 수 없

---

64 이찬, 앞의 책, 116, 152쪽.

65 이태준, 앞의 책, 11, 21쪽.

66 이태준, 앞의 책, 64쪽.

67 이찬, 앞의 책, 110쪽.

었기 때문에, 일행들은 관람 전에 들은 설명을 염두에 두면서 영화를 보거나, 영화를 보고 나서 사후적으로 이야기를 전해 들으며 이미 지나간 영상들에 의미를 부여했다. 영화 관람 이전이나 진행 중에 통역을 받을 수 없는 경우에는 영상에 대한 의존도가 더 높아질 수밖에 없었다. 일행들은 영화의 내용을 숙지하지 못한 상태에서 '언어불통'의 상황을 넘어서는 '상상'을 시도해야만 했던 것이다.

한편, 사실보다 더 사실 같은 이야기와 이미지에 노출된 것은 비단 극장에서만은 아니었다. 필자들은 국립미술관, 혁명박물관, 쏘련군대 전람회 등의 공간에 들어섰을 때에도 영화나 연극을 보던 것과 마찬가지로, 미술관에 소장된 작품들을 관람하는 도중 관계자로부터 작가와 작품에 얽힌 에피소드를 전해 들으면서 해당 작품과 작가와 그의 시대를 떠올리려 애썼다. 예컨대 이찬은 모스크바의 '쏘련군대전람회'에 들렀을 당시 혁명영웅인 '조-야'에 대한 관계자의 설명에 워로실로브에서의 둘째 날 관람했던 영화 「여(女)영웅 조-야」의 이미지를 덧씌우며 파편화된 정보들을 조합하고 배치하여 그녀의 삶과 소련 혁명사를 재구성했다. 더하여 관계자가 들려주는 "조-야의 최후의 말"에서 "최후까지도 구김없는 소녀 조-야의 조국을 위한 철의 의지의 열화의 투쟁"을 읽어내며 '조-야'라는 타국의 영웅이 벌인 조국혁명을 위한 투쟁으로부터 '뜨거히 가슴을 때리는' 벅찬 감격을 느꼈다고 기술했다. 이러한 소회는 종국적으로 "쏘련군대의 아니 쏘련인민들의 백열적 조국애에 우리는 깊이 머리를 숙이지 않을 수 없었"다는 식의 귀결로 가닿았다.[68]

낯선 대상에 자신의 감정을 투사하여 그것과 나의 관계에 친연성을 부여하는 이 같은 대상 전유방식은 이태준에게서도 발견된다. 여기서 주

---

68 이찬, 앞의 책, 97~98쪽.

목되는 것은 미디어를 통해 전달되고 재구성된 소련의 역사가 개인적
감정을 고양시키는 데 그치지 않고 조선의 역사와 현재로까지 접맥되고
있다는 사실이다. 특히나 '10월 혁명'은 소련의 역사를 새롭게 기술할 수
있었던 계기이자 소련의 비약을 가능하게 한 역사적 사건으로 해석되며
중요하게 취급되었는데, 여행기 안에서 이 사건은 단지 소련의 혁명사
안에 안착될 뿐 아니라 조선의 현재와도 상관성을 갖는 사건으로 재해석
된다. "10월 혁명"은 "조선 해방"과 결부되었을 때 비로소 '진정한 의미'
를 획득할 수 있었던 것이다. 필자들이 "10월 혁명"과 "조선 해방"의 의
의를 강조하고 양자를 "세계 혁명사"라는 거대 서사 안에 나란히 배치하
고자 한 것은 해방이라는 민족적 기억을 세계 혁명사라는 층위에서 재구
성하고, 나아가 조선의 낙관적 미래와 발전 가능성을 환기하기 위해서였
다. 실제로 여행기 곳곳에서 우리는 다른 지역에서 촉발된 중요한 사건
을 세계사적 의미를 갖는 인류의 역사로 치환하여 보편성을 담보하고
이를 다시 자민족의 역사로 전유하려는 의지가 다양한 방식으로 실현되
고 있는 현장을 목격할 수 있다. 제국의 장막이 걷힌 지 얼마 되지 않은
시점의 조선인 지식인들에게는 자기의 역사가 안전하게 발화될 수 있는
토대가 시급히 필요하였으며, 그렇기 때문에 비록 그것이 타자의 '위대
한 과거(great past)'일지라도 조선의 역사와 접목될 수만 있다면 기꺼이
수용 가능한 대상일 수 있었다.

  또한 주목할 만하게도 소련의 혁명사는 박물관이나 전람회장과 같이
역사적 사건을 기념하고 내셔널한 기억을 보존하기 위해 특별히 고안된
장소들에서만 접할 수 있었던 것이 아니었다. 정부기관, 사회문화단체,
학교, 심지어 광장과 거리에까지 혁명의 이미지들이 스며들어 있었고,
그리하여 소련인들은 매일 매일의 일상에서 혁명을 목격할 수 있었다.
이러한 특징적인 면모는 조선인들의 시선을 통해서도 포착됐다. 이들은

특정 공간을 일상으로부터 분리하여 상징화하고 제도화하는 것을 넘어서, 일상의 생활반경으로까지 그 상징들을 불러오고 배치하는, 그리하여 이른바 '혁명의 일상화'를 이룩한 소련의 풍경을 흥미롭게 관찰하고 있었다. 어느 곳을 가든지 "이 나라 문인들의 설명 붙은 사진들이 걸리고 유명한 애국자들의 석고상"[69]이 놓여 있었으며, "시민들이 가장 많이 다니는 거리거나 공원이 예술가들의 이름으로 불리어지고 그들의 기념관이 있고 그들의 작품이 상연되는 극장이 처처에 있"[70]었다. 그야말로 소련은 그 자체가 무언가를 상연하는 무대와 같았다.

이찬은 애초에 "이 졸문은 이번 길의 전여정 전일정에 걸쳐 추상적 주관적인 순기행을 피하고 되도록 구체적이며 객관적인 기록에 가까우려 한다"[71]라고 선언함으로써 기행문 텍스트의 성격과 집필 의도를 확정하려 한 바 있다. 그러나 흥미롭게도 실제로 기술되고 있는 바들은 이에 부합하는 동시에, 이 선언을 배반하고 있기도 했다. 기행문이 구체적이고 객관적인 기록들로 채워질 것이라는 선언은 무수한 전거와 자료를 통해 뒷받침되었으나, 그럼에도 불구하고 무언가를 끊임없이 "암시", "연상", "추측", "추단", "상상"하고 있었다는 점에서 "추상적 주관적인 순기행"의 성격을 벗어버리는 데에는 성공하지 못한 것이다. 무엇보다도 이들의 기행문은 "우리가 지금까지 듣고 상상하던"[72] 소련에 발 딛고 서 있는 가운데에서도 소련을 상상하는 형국이 벌어지는 상황을, 다시 말해 상상이 어떻게 현실을 기반으로 하여 잉태되는지, 어떻게 현실의 실제를 관통할 수 있는지를 드러내주고 있었다는 점에서 특기할 만했다.

---

69   이태준, 앞의 책, 78쪽.
70   이태준, 앞의 책, 161쪽.
71   이찬, 앞의 책, 1쪽.
72   허민, 앞의 책, 11쪽.

　그리고 이들 상상의 최종 장면, 즉 실제라고 믿어지는 것의 최종 심급
은 다음과 같은 방식으로 경험되었다.

> 　바야흐로 스빠스까야 탑의 시계가 다섯점으로 드러갈 무렵, 박수가 울
> 리기 시작한다. 레닌묘 검붉은 대리석노대에 군모를 쓴 스딸린대원수를 따
> 라 최고쏘베트 대신들이 나타나는 것이다. 사람들의 눈은 하나같이 그리로
> 향해 정밀한 사진기 렌쓰들이 된다. 불타는 렌쓰들이다. 박수의 우뢰가 끝
> 날 때는 첨탑의 시계는 악기 같은 류양한 다섯점 종소리를 울렸고 그 종소
> 리의 여운이 끝나기 전에 예포가 터지며 군악이 울리기 시작한다. 새까만
> 오리떼 같은 비행편대가 광장상공에 먼저 나타났고 군악소리도 삼켜버리
> 게 요란한 무한궤도들의 진동소리가 역사박물관 편에서 쏟아지면서 사열
> 종대의 전차군이 맥진해오기 시작한다. (……) 꼭 육십분 동안, 여섯 시 정
> 각이 되자 군악이 뒤를 따르고 이 세기의 철의 행진은 끝이 났다. 정중한
> 박수 속에 대신들은 레닌묘 노대를 나려 크레믈린 안으로 사라졌다.
> 　스딸린수상을 틀림없이 보았는데 그저 영화에서만 본 것 같다.[73]

　표면적으로 볼 때, 이찬과 이태준의 소련기행은 여행 날짜와 방문지
를 기준으로 구조화되어 있으며 각 절의 분절 또한 이에 근거해 있다.
그러나 흥미롭게도 이와 동시에 이들의 글은 텍스트 전반을 관통하고
있는 일정한 정신상의 추동력에 의해 원근법적 구조를 형성해낸다. 단적
으로 말해 국경을 넘는다는 것은 원근법에 의해 구조화된 공간의 특정
소실점을 향해 나아가는 것, 즉 혁명의 핵심부로 육박해 들어가는 행위
였다. 세계적 대오를 형성하고 있는 진보적 이념인 사회주의는 소련이라
는 국가를 통해 그 육체를 부여받고, 다시 "세계 민주주의의 심장 쏘련"[74]

73　이태준, 앞의 책, 97~99쪽.

74　이찬, 앞의 책, 2쪽.

은 "모스크바"라는 도시로 응축된다. 이어 "대쏘련의 심장 모스크바"[75] 는 "붉은광장"으로, 나아가 "레닌의 묘"와 "스탈린의 초상"으로 극단적인 수축을 일으킨다. 강력한 중력장을 갖는, 이념과 혁명이 육화된 이 궁극의 지점에 다다를수록 필자들의 격정과 흥분은 고조되며 이번의 소련여행이 가지는 감격적인 의미 또한 극명해졌다. 위의 장면은 조선인들이 '중심'이라 믿었던 장소의 한가운데에 들어서는 순간을 담아내고 있다.

이태준의 '소련 전차기념일' 묘사는 방소사절단 일행이 소련이라는 '실지(實地)'에서 무엇을 목격하고 있었는지를 상징적으로 보여주고 있다는 점에서 주목된다. 전차기념일인 9월 8일 붉은 광장에서는 '전차관병식'이 거행되었는데, 이 기념식은 '초대권'을 가진 사람들에게만 관람이 허용되었으며 "초대권도 전부 기명으로 엄중"하게 관리됐다.[76] 방소사절단 일행은 '복쓰'로부터 초대권을 얻어 '근위병들이 가로막고 서 있는 다섯 경계선'을 지나, 다시 '목침덩이 같은 검은 돌을 깐 광장의 큰 길'을 건너 "넓은 관람석"에 들어섰다. 그리고 '스빠스가야 탑의 시계가 다섯 점으로 들어갈 무렵' 박수소리와 함께 서서히 등장하는 '최고 쏘베트 대신들'을 목격하게 된다. 이후 이태준이 묘사하는 전차관병식의 광경은 인용문에서 확인되듯이, 연극이나 영화의 한 장면, 그 중에서도 긴장이 최고조에 달한 클라이맥스에서처럼 극적이고 스펙터클하다. 광장에 울려 퍼지던 예포와 군악, 무한궤도들의 진동 소리는 텍스트의 지면에까지 번지고 있으며 맥진해 오는 전차군과 최고 쏘베트 대신들은 필자의 눈을 포함하여 이 장면을 보는 사람들의 눈을 하나같이 "정밀한 사진기 렌쓰"로 만든다. 특히나 스탈린이 등장하는 지점에서 렌즈는 최대한도로 줌-인되는데, 이 순간은

---

75 이찬, 앞의 책, 117쪽.

76 이태준, 앞의 책, 97쪽.

곧 중심으로의 수축이 극대화되는 순간이라 할 수 있었다.

　필자들이 스탈린을 직접 보고 싶다는 소망을 텍스트 초반에 표출한 바 있듯이, 이 여행의 완성은 '그'와의 만남이 성사되는 순간에서야 비로소 성취될 수 있었다. 위의 장면은 스펙터클한 광경 속에, "정면으로 바라볼 수 있는" 바로 그곳에, '그'가 들어서고 있음을 극적으로 묘사하고 있다. 조선 사회를 떠돌던 풍문과 당시 생산되고 있던 각종 텍스트를 통해서만 접할 수 있었던, 이미지로서만 존재했던 '스탈린의 맨 얼굴'이 확인되는 감격적이고도 경이로운 순간에 사절단 일행은 다다르게 된 것이다. 그렇다면, 과연 이들은 '그'를 보았는가?

　이날 이태준은 붉은 광장에서 반복 상연되는 혁명의 순간이 수행하고 있던 연극적 효과를 경험하게 된다. 그는 스펙터클한 광경에 도취되어 있다가 어느 순간 자기도 알 수 없다는 듯이 "스딸린 수상을 틀림없이 보았는데 그저 영화에서만 본 것 같다"고 읊조렸다. '스탈린'은 가장 구체적이라고 믿어졌던 순간에서조차 스크린 안으로 물러나고 있었던 것이다. 이 말이 내뱉어지는 순간은 '최종적 장면'에 이르러서도 마치 '영사막'과 같은 스크린이 '그'(스탈린)와 '나'(조선인) 사이에 가로놓여 있음을 깨닫는 순간이었으며, 이것은 또한 텍스트 세계를 구획하고 있는 원근법적 구도가 일시적으로 붕괴되는 순간이기도 했다. 이 장면은 이태준이 "스딸린"이라는 뜨거운 상징과 그것을 둘러치고 있는 "영사막"을 동시에 목격함으로써, 이날의 장면이 스펙터클의 구조를 갖고 있다는 사실을 인식하고 있었음을 알려준다. 필자의 의도를 우리가 충분히 가늠할 수는 없지만, 최소한 이 장면에서만큼은 필자가 소련에 발 딛고 서 있는 가운데에서도 상상이 지속되는 기이한 형국과 실제라고 믿어지는 것의 최종 심급조차 상상을 통해(서만) 경험되는 현실에 대해 이야기하고자 하였음을 짐작해 볼 수 있다. 물론, 스펙터클에 대한 인식적 경험을 통해 원근법적 세계의 깊이와 마주쳤던 이 순간은 그리 오래 지속되지 않았고, 그리하여 텍스트의 균열은 더 이상 벌어지지 않은 채 급속히 봉합되고 만다.

5. 자기 기획의 서사

이 글은 해방기 북조선 및 북한체제의 수립 과정에 관한 연구가 소련(군정)의 규정력과 북조선 자체의 내적 요인에 대한 동시적 고려 속에, 조선인들의 욕망과 행위가 굴절/관철되는 양상을 살피는 방향으로 나아가야 한다는 문제의식을 토대로, 1946년도 '소련행'과 이를 둘러싼 개인 및 단체들의 입장을 조명해 보았다. 해방기 소련방문사업은 무엇보다도 북한 정권 창출에 있어 소련(군정)의 영향력이 압도적이었던 것은 사실이지만 긍정적인 소련상(像)이 정치규범의 차원에서만이 아니라 문화적 차원에서, 아울러 일상의 삶이라는 광범한 영역으로까지 확산되는 데에는 조소 양자 간의 협력이 동반되지 않고서는 불가능했음을 보여준 사건이라 할 수 있었다. 앞서 살펴보았듯이 '후원자' 내지 '원조자'라는 소련의 표상은 그간 조선에서 소련이 갖던 긍정적인 이미지와 위상이 일대 위기를 맞는 시점이자, 북조선의 정치적 외형과 문화적 기틀이 보다 안정적으로 형성되어가기 시작한 시점인 1946년을 전후하여 부상한 것이었다. 이러한 소련상은 일차적으로 조소간의 정치적·문화적 우호 관계를 도모하기 위해 소련 측이 제안한 것이었으며, 더불어 북조선 정치체가 문화적 차원에서 자기상을 정립하고 조정해나가는 과정에서 재구성된 것이기도 했다. 그리고 이 같은 '자기상'으로서의 소련상 구축 작업은 문화계 인사들의 적극적인 참여와 그들이 가지는 '비정치적 외양'을 필요로 하였으며, 실제로 당대 문인들의 사회적 위상과 영향력은 그들의 의지와는 별개로 활용된 바 있었다.

1946년은 소련이 조선을 필요로 하였던 것만큼이나, 어떤 면에서는 오히려 그 보다 더 조선이 소련을 필요로 한 시기였다고 할 수 있다. 실상 해방기의 문화사업들은 외형상 '교류'라는 형식을 표방하고 있었으나 이들 사업은 본질적으로 일방(향)적인 '수입'의 성격을 가질 수밖에 없었다. 이 대목에서 주목할 만한 점은 당대 지식인들이 양자 간의 교류가 가지는 성격을 인지하고 있었음에도 불구하고 소련을 필요로 하고 또 요청하고 있었다는 사실이다. 다시 말해, 소련과의 관계에서 발견되던 표면적 수동성은 그 이면에 북조선 지식인들의 국가와 세계에 대한 욕망을 내장하고 있었기에, 이는 단순한 수동성에 그치지 않는, 이른바 '능동화된 수동성'이라 할 만했다. 1946년도 정치·문화계 인사들의 소련행과 이때의 경험을 서사화한 기행문 텍스트는 이러한 점을 숙고하게 하는 대표적인 실례이다. 소련이라는 '실지'에서 돌아본 조선은 부재와 결여 투성이였고, 이 같은 자각은 필자로 하여금 재차 피식민자로 살아온 지난 세월과 국가건설을 향해 도약하고 있는 현재의 모습을 상기하도록 만들었다. 이러한 맥락에서 보건대 소련기행은 과거의 존재태를 통해 현재와 미래의 나를 설명하는 방식이 여전히 유효하게 작동하고 있는 상황에서, 필자들이 이 이중의 찢김, 즉 과거에 대한 상실감과 미래에 대한 불안을 어떤 방식으로 치유하거나 봉합해나가려 했는지를 보여주는 텍스트라 할 수 있었다. 하르투니언의 표현을 빌려 말하자면, '소비에티즘'은 과거와의 관계를 끊어버리려는 분투와 (과거는 그럼에도 현재에 붙들려 있었고) 아직 결정되지 않은 미래를 그려내려는 노력 사이에 붙들려 있는 현재였던 것이다.[77]

---

77 Harry D. Harootunian, 『역사의 요동 : 근대성, 문화 그리고 일상생활』, 윤영실 외

담론이 '나'를 말할 수 있는 하나의 토대가 될 수 있다고 할 때, 1946년 당시 소련기행의 필자들이 서 있던 토대는 이미 단단하게 굳어진 기반이었다기보다 아직 형성 단계에 있는 인식의 구조물이었다고 할 수 있다. 필자들은 텍스트를 통해 '무수한 조선인들'이라는 복수의 주체를 응집하고 있는 대표로서 '나'를 옹립했고 조선인을 주변부 담론에 복속시킴으로써 세계 안의 방외적 존재로 규정하는 것은 물론, 이로써 새로운 연대에 대한 상상력을 개진하고자 했다. 식민치하에서 형성된 정치적 상상력을 일정부분 전유하면서 창출된 새로운 공간담론과 심정적 지지를 매개로 한 세계주의로의 이행이 맞물리면서 자기 기획의 서사가 생성되고 있었던 것이다. 그러나 한편으로, 텍스트 안에서 필자들은 '조선'을 그 자체로 독자적인 로컬이면서 보다 상위의 차원인 '민주주의 제국가들', 나아가 '세계'가 상정된 특수로 재확립하려는 분투를 보여주었으나, 타자의 표상은 (표상을 확정하려 애쓰는 동안에도) 끊임없이 뒤틀리거나 요동쳤고 조선의 표상을 비추는 거울과도 같이 텍스트에 현현했다. 또한 분명한 수사와 핍진한 묘사 간 간극의 누수 역시 온전히 방지할 수 없었다.

요컨대 소련기행은 필자들의 의도와 무관하게 '사실의 기록'이기보다는 '의지의 서사'로서의 성격을 강하게 가졌다. 소련기행 텍스트는 '사실성'과 '실제성'이라는 외피를 쓰고 있었지만, 저자들이 수행하는 '체험의 기록화'란 언급되는 사건들의 직접적인 모방을 끊임없이 의미로 대체하는 작업에 가까웠다.[78] 이러한 맥락의 연장선상에서 볼 때, 기록하는 행

옮김, 휴머니스트, 2006, 151쪽.

78 헤이든 화이트의 글에 인용되어 있는 롤랑 바르트의 말을 재인용하였다. Hayden V. White, "The Value of Narrativity in the Representation of Reality", edited by Mitchell, W. J. Thomas, *On Narrative*, Chicago : University of Chicago Press, 1981, p.2.

위는 낯설었던 대상을 자기화하는 방식의 일환으로, 서술되고 있는 것과
그렇지 않은 것은 곧 무/의식적인 의미화의 승인/거부로 해석될 수 있을
것이다. 우리가 소련기행을 읽는 동안 '소련은 어떠해야만 한다'는 일종
의 강박적 인식과 계속해서 마주치게 되는 것은 어쩌면 우연이 아닐 것이
다. 소련기행 텍스트들은 모든 지면을 통해 '소련'에 대하여 말하고자 하
였지만, (그들이 실지에서조차 상상을 매개하지 않고는 소련에 가닿을
수 없었듯이) 이들 텍스트에는 메워지지 않는 어떤 공백이 자리하고 있
었다. 그리하여, "쏘베트야말로 위대한 꿈이 실현되며 있는 나라가 아닌
가!"[79]라는 감격에 찬 발화가 기입되는 순간마다 더 또렷이 표상되었던
것은 '소련'이 아니라 '해방된 조선인'들이었다. 소련기행을 읽은 당대의
독자들이 기행문을 덮고 난 후, '소련'이 아닌 그것을 쓴 '조선인 작가'에
대해 더 이야기하고자 하였던 것은 아마도 이 때문이 아니었을까.

---

79 이태준, 앞의 책, 11쪽.

민족문학의 기획과 외국문학 수용

해방기 외국문학 수입 양상과 미국시를 중심으로

최호빈

1. 들어가며

일제 강점기하의 외국문학은 주로 일본 유학생들에 의해 수입되었다. 엄밀히 따진다면 그들이 조선에 들여온 외국문학은 서구의 정통적인 문학이 아니라 "동경과 대판(大阪) 등지로부터 재수입된 문학"[1]이었다. 즉 외국문학의 선택과 이해가 일본의 제 사정에 종속된 이상 조선 문단은 아류에 불과한 일본의 관점을 재생산하고 가공하는 수준을 벗어날 수 없었다. 더구나 중일전쟁 이후 조선의 수입지역이 일본으로 제한되고, '불온문서임시취체법'[2]을 위시한 광범위한 사상 및 문화 통제가 실시되면서 조선 문단은 외국문학을 '재수입'할 수 있는 경로마저 잃게 된다. 무엇보다 '귀축미영(鬼畜米英)'이란 구호를 내세운 태평양전쟁은 "영문학과 불문학과

---

1   홍효민, 「독자성을 상실한 일반문화계 – 하」, 『동아일보』, 1937.12.19, 5면.

2   조선으로 유입되는 출판물의 양이 증가함에 따라 관문 검열이 제도화되고 검열기준이 일본 제국 전체에 적용될 수 있도록 표준화된다. 1936년 6월 제정된 '불온문서임시취체법'이 전시검열을 법제화한 이후 조선에서도 '불온문서임시취체령'이 제정·시행된다.(한기형, 「'불온문서'의 창출과 식민지 출판경찰」, 『대동문화연구』 제72집, 성균관대학교 대동문화연구원, 2010; 정근식, 「식민지 전시체제하에서의 검열과 선전, 그리고 동원」, 『상허학보』 제38집, 상허학회, 2013.6)

같은 전통적인 서구문학을 '적국(敵國)문학'으로 만들면서"[3] 적국 출신 작가의 서적 수입을 완전히 차단시킨다. 일제의 통제에 대한 문인들의 체감은 "상상 이상"이었고, 최재서를 비롯한 외국문학 연구자들은 셰익스피어의 4대 비극이나 괴테의 시조차 없는 환경에서 "구하기 쉬운 기간(旣刊)"만으로 연구를 진행할 수밖에 없는 상황에 직면하게 된다.[4]

　해방은 자율적이고 독자적인 선택에 따라 외국문학을 직접 수입할 수 있게 된 일종의 분기점이었다. 주지하다시피 새로운 민족문학 건설이라는 해방기의 과제는 문학 내의 일본적 요소를 청산함과 동시에 한국문학의 특수한 가치를 규명하는 것이었다. 이를 위해서는 먼저 일제에 의해 왜곡되어 있던 문학적 기준을 면밀히 검토하여 세계에 통용되는 기준으로 바로잡을 필요가 있었다. 따라서 중요한 참조틀이 되어줄 외국문학을 수입하는 일은 일반적인 문화 교류의 차원을 넘어 반드시 수행해야만 하는 당대적 과제로 인식되었다.[5]

　그러나 외국문학의 수입은 미군정이 실시되면서 의외의 난관에 봉착한다. 해방과 동시에 일본을 경유하는 외국문학 수입 경로가 소멸되었고, 그 외의 경로마저 미군정의 한국무역 통제 정책에 의해 차단되었기 때문이다. 그래서 해방기의 외국문학 수입은 미국의 단속(斷續)적인 서적 원조에 전적으로 의존하게 된다. 이로 인해 올바른 민족문학을 태동

3　서은주, 「파시즘기 외국문학의 존재방식과 교양」, 『한국문학연구』 제42집, 동국대학교 한국문학연구소, 2012.6, 264쪽.

4　양주동 외, 「문화 현세의 총검토」, 『동아일보』, 1940.1.4, 1면.

5　김진섭은 해방 직후 외국문학 수입의 필요성을 가장 먼저 주장한 문인이라 할 수 있다. 「조선과 번역의 문제」(『중앙신문』, 1945.11.13~15)에서 그는 식민지 시기의 강제적 일어 상용이 모국어를 상실케 했고, 일제의 번역저서에 의존한 외국사상과 학문의 섭취가 인간 지식의 총화인 정신문화의 교류를 가로막았다고 진술하면서 민족의 지적 계발과 향상을 위한 외국문학의 전면적 수입을 주장한다.

시키기 위한, 일종의 촉매제로 외국문학을 활용하고자 했던 문인들의 열망은 사그라지거나 또 다른 '해방'을 기다릴 수밖에 없었다. 그리고 한국전쟁 직후에 그 '해방'이 찾아오지만, 그것은 국가주의와 반공주의에 의해 불구가 된, 반쪽짜리 '해방'이었다. 그럼에도 외국문학을 오랫동안 갈구해온 만큼, 한국문단은 외국문학과 문예사조를 무차별적으로 수입하였다. 격동기에 대한 경험, 여전히 격동기에 머물고 있다는 불안감이 조급증을 불러일으켰던 것이다.

해방기에 수입된 외국문학은 실존주의 문학과 미국문학이라 할 수 있다. 그러나 실존주의 문학은 사실상 미국의 영향권에서 유입되었고, 시사적이고 계몽적인 차원에서 소개되는 정도에 불과했기 때문에 본격적인 논의가 이루어지지는 않았다.[6] 따라서 미국문학은 해방기에 수입된 유일한 외국문학이라 할 수 있다.

외국문학의 수입중단은 세계문학의 중심에 대한 문인들의 의식을 바꾸어 놓았다. 해방 전까지 미국문학은 세계문학의 중심과 관련이 없는 2류 문학에 불과했지만, 해방기를 거치며 미국문학은 세계문학의 중심에 놓이게 된다. 이렇게 미국문학이 해방공간에서 지배적인 영향력을 행사할 수 있었던 것은 미국이 세계 패권국이자 식민지 조선의 '해방자'라는 이미지를 지니고 있었고, 미군정이라는 특수한 체제 하에 미국문학만이 유일하게 수입되었기 때문이다. 즉 '국력=문화력'이라는 등식이 미국문학에도 적용되었던 것이다.

이 글에서는 해방기 외국문학의 수입 양상을 통해 미국문학의 파급력을 극대화시킨 사회적 제 조건들을 확인하고자 한다. 이를 위해서는 다양

---

6 전기철, 「해방 후 실존주의 문학의 수용양상과 한국문예비평의 모색」, 『한국전후문예비평연구』, 서울, 2013, 238쪽.

하고 심층적인 자료의 검토가 필수적이지만, 정치사회적으로 혼란스러웠던 해방기의 자료는 아직 만족할 만한 수준의 정비가 되어 있지 않다. 따라서 이 글에서는 객관적 자료와 함께 당시 문인들의 외국문학 수입에 대한 인식을 살피면서 자료의 부족함을 다소 보완할 것이다. 문인들의 인식을 함께 다루는 일은 해방기의 급격한 사회 변화에 능동적으로 대처하고자 했던 미세한 움직임을 드러내는 일이기 때문이다. 이를 통해 해방기에 수입된 미국문학(시)가 단순히 受容되는데 그치지 않고, 한국문학의 수준을 가늠하면서 주체적으로 受用되고 있었음을 밝히고자 한다.

2. 격동의 감옥 : 해방기 외국문학 수입의 제약

해방은 일제의 외국문학 수입 통제에 대한 불만을 일소시켰다. 민족문학이라는 새로운 지식 체계를 구축하기 위해 조선 문인들은 외국문학의 전면적 수입을 열망하였다. 특히 그들은 조선의 독립과 조선의 문화적 독립을 구분하면서, 다채한 외국문화를 조선적으로 소화하여 창조적 민족문화를 생성할 때까지 문화적 독립은 실현될 수 없을 것이라고 주장하기도 했다.[7]

외국문화 수입에 대한 적극적인 태도는 해방기 문예조직의 강령에서 확인할 수 있다. 이념적 대립에도 불구하고 각 문예조직은 "조선문학의 국제문학과의 제휴"(조선문학가동맹)나 '세계문화와 인류평화의 이념 구명'(전조선문필가협회)의 항목을 강령에 포함시키면서 외국문학을 참조해야 할 역사적 당위성을 주창하였다. 그러나 그에 대한 실제적인 작업은 문학대중화 운동에 주력한 좌익 문예조직보다는 해방을 제2의 문호개방으

---

7 김진섭, 「조선과 번역의 문제」, 『중앙신문』, 1945.11.13, 2면.

로 간주하며 외국문학의 번역과 출판사업을 주안으로 삼은 우익 문예조
직에 의해 진행된다.[8]

　해방 직후의 낙관적인 전망과 달리 외국문학을 수입할 수 있는 합법적
인 경로는 남한 단독정부 수립 이후까지도 확보되지 못한다. 식민지 조선
에는 전체 수입의 89%를 일본에 의존해야만 하는, 파행적이고 기형적인
무역 구조가 갖춰져 있었는데, 해방이 되면서 일본과의 국교가 단절되자
사실상 일본과의 무역 거래뿐만 아니라 무역 거래 자체가 중단되었다.
그리고 남북 분할점령에 따라 실시된 군정은 애초부터 조선의 독립을
전제로 한 한시적인 통치였기 때문에 미국은 조선에 대한 포괄적인 경제
계획을 마련해두고 있지 않았다.[9] 해방 직후 사회경제적 혼란이 갈수록
심화되고 있었음에도 미군정의 경제안정화계획, 물자수급정책은 제1차
미소공동위원회(1946.3~5)가 결렬되고 나서야 입안·시행되었다. 이에 따
라 1947년부터 원조물자가 본격적으로 들어오게 되지만, 수입물품은 식
량, 연료, 의약, 위생품과 같은 긴급소비재에 한정되어 있었다. 일반무역
에 있어서 미군정은 군정법령 제39호 '대외무역규칙'(1946.1.3), 제93호
'외국과의 교역통제'(1946.7.4), 제149호 '대외무역규칙'(1947.8.25)을 발포
하며 남한에서의 무역 정책을 철저한 '통제무역'으로 일관하였다. 이와
같이 정상적인 무역질서가 붕괴되고 미군정에 의해 무역이 통제된 상황
에서 외국문학, 외국도서가 원활히 수입·유통되기는 어려웠다. 아래의

8　「중앙문화협회」나「전조선문필가협회」는 해외문학파의 주요 동인이었던 이하윤, 김
　광섭, 김진섭, 이헌구 등이 주축이 되어 결성한 조직이다. 이들은 자신들이 1920년대
　부터 지속해왔던, 외국문학 작품과 이론을 광범위하게 번역·소개하는 일에 집중하면
　서, 조선어로 번역한 작품집의 필요성을 느끼지 못했던 일제 강점기 때와는 달리 자신
　들의 성과를 번역 작품집으로 묶어 출간하기도 한다.
9　김점숙,「미군정과 대한민국 초기(1945~50년) 물자수급정책」, 이화여자대학교 박사
　학위논문, 2000, 14쪽.

1949년 8월 5일자 『동아일보』 사설은 해방 이후부터 지속된 외국도서 수입의 불만족스런 사정을 잘 보여준다.

> 일정 하 삼십육 년간의 우리 민족문화는 거의 말살당하는 동시에 일제문화의 수입이 강요되었던 것은 사실이려니와 일제의 패망은 그나마도 우리 문화의 질식을 초래하고 말았으니 이는 일본문화의 호흡이 우리에게 거의 그대로 통하고 있었던 증좌이리라. 이처럼 초래된 이 질식은 우리의 독자적 문화를 창조하는 호기를 부여하고 있음이 사실이로되 제 아무리 독자적인 문화라고 할지라도 이것이 이 시대와 호흡이 맞도록 현대화될 때에야 비로소 그 문화는 민족생활의 발전에 비익할 수 있을 것인즉 세계문화의 동향에 대한 주목을 촌시라도 조홀히 할 수 없을 것이다. 각기 민족이 당면한 현실에 있어서 그리고 그 현실의 요청을 충족하는 수단(문화건설)에 있어서 차이도 없지 않을 것이나 공통된 보편성도 없지 않으매 우리 한국만이 예외일 수는 없기 때문이다.
>
> 그렇기 때문에 우리는 외국문화의 적극 수입을 절실히 간구해온 것이다. 그럼에도 불구하고 상금 이 간구(懇求)에 대응할만한 하등의 조치도 강구되어 있지 못하고 있는 것은 유감된 일이다. 지금 우리는 단 일 권의 외국서적이라도 이를 수입할 방도조차 없다. 그러므로 문화재건에 대한 적극대책은 이 방도를 여는 것부터 발족하지 않으면 안 될 것이다.[10]

위 사설은 정치·경제 분야에 비해 민족문화의 재건 문제를 상대적으로 경시하는 당시의 정부정책을 강한 어조로 비판하고 있다. 이 글은 일제에서의 문화 수입의 본질을 '민족문화의 말살'과 '일제문화의 강요'로 정리하면서, '단 일 권의 외국서적이라도 수입할 방도'가 없는 해방기를 '일본문화의 호흡'조차 받지 못하는 '문화의 질식기'로 규정한다. 해방

---

10 「문화건설의 적극적 대책」, 『동아일보』, 1949.8.5, 1면.

된 지 만 4년이 채 되지 않는 시점에 '일제 강점기 때보다 못하다'는 다소
위험한 표현을 쓸 정도로 문화에 종사하는 이들의 불만은 극에 달해 있
었던 것이다. 그러면서 이 사설은 '외국문화 수입의 제도적 정책', '외국
서적 번역과 번역 인재 양성을 위한 국가적 지원'을 대안으로 제시하고
있는데, 이는 건국 초라는 부득이한 역사적 특수성을 고려하여 국가의
적극적인 개입과 대책 마련을 요구했던 것으로 이해된다.

　그러나 위 사설에서 주장한 바와 같이 외국서적을 구할 수 있는 경로
가 전무했던 것은 아니다. 약 2만 권의 외국서적을 보유하고 있던 국립
도서관(구 총독부도서관)과 남대문과 춘천 등 남한 9개 도시에 설치된 미
국문화연구소(미국문화관)는 일반인의 도서 열람과 대출을 허용하였다.
또한 냉전이 가시화됨에 따라 미국 정부는 분단이 고착화되고 있는 조선
을 적극 지원한다는 계획을 수립하고 자국 서적 1만 5천권을 직접 원조
하였다.[11] 그뿐만 아니라 미국의 재단, 대학, 국제단체에서도 서적을 기
증하였다.[12] 그러나 이들 서적 지원이 대개 일회에 그쳤고, 서적의 종류
도 문예 쪽보다는 교과서와 기술서적에 한정되다보니 문인들이 그 영향
을 체감하기는 어려웠던 것으로 짐작된다. 이러한 사정은 김기림이 전후
세계문단의 동향을 정리한 아래의 글에서도 확인된다.

　　1939년-이번 제2차 대전 발생 직전까지는 대개 책자, 잡지, 신문 등을
　　통하여 구미문단의 동향을 짐작하였을 뿐이었으나 그 후는 전연 소식을 모
　　르다가 1945년 이후 구미문단의 동향이 궁금하였으나 역시 왕래가 여의치

11　국립도서관 문화과는 미국 정부가 원조한 1만 5천권의 서적을 일반인에게 공개하였
　　다.(「신착의 미국서적 - 일반열람에 제공」, 『대한독립신문』, 1946.11.28, 2면)
12　록펠러 재단은 외국재단으로서는 처음으로 1949년 3월에 1,500권 정도의 구미신간서
　　적을 기증하였다. 그 외에 브룩클린 대학(350권, 1947.8), 교회 상조회(2천권, 1947.2),
　　보이스카우트(만 2천권, 1948.5) 등이 각 대학 도서관과 기관에 서적을 기증하였다.

않고 출판물의 수입도 뜻대로 안되어 단편적으로 잡지 또는 사람을 통하여 그 추세를 짐작할 따름이었다.[13]

　인용글은 "조선문학의 금후 진로"를 외국문학과 관련하여 새로운 시각에서 조감하는 것을 목적으로 한 글이다. 글의 서두에서 김기림은 2차 대전부터 거의 십 년 동안 세계문단의 동향을 제대로 파악하기 어려웠던 사정을 밝히고, "잡지 또는 사람을 통하여 그 추세를 짐작할" 수밖에 없는 당시의 상황이 일제 강점기 때보다 못하다고 적는다. 그리고 그는 사르트르의 실존주의와 최근의 영미시단을 중심으로 외국문학의 동향을 개괄하는데, 주로 「장 폴 사르트르」라는 사람의 작품이 대단히 유행한다는 소식", "영국하고 미국 양쪽에서 「씨리야」 출신의 신비주의 시인 「카아릴 치쁘란」의 시집이 많이 일켜진다는 소문"과 같은 전언을 해석하며 글을 진행해 나간다. 자료의 부족 때문에 이 글은 본래의 취지를 살리지 못한 채 외국문단과의 "긴밀한 교섭"만을 요청하는데 그치고 만다.

　외국문학 수입의 전망이 불투명함에도 해방기의 역사적 특수성은 외국문학의 보급을 가능케 했다. 일제가 패망하자 약 200만 명의 일본인이 조선에서 일본으로 철수하거나 조선을 거쳐 갔는데, 그때 "일본 사람들이 헐값으로 팔거나 버리고 간 책들이 일용잡화와 함께 길거리 노점에 범람"하였다.[14] 그리고 조선으로 돌아온 동포와 유학생들이 챙겨온 서적과 미군 부대에서 흘러나온 상당량의 서적과 잡지가 고서점을 통해 유통되었다. 이로 인해 해방 전 70곳 정도에 불과했던 고서점의 수는 해방 후 200여 곳으로 급속히 증가한다.[15] 즉 사회제도적으로 외국서적의 수

13　김기림, 「세계문단과 조선문단」, 『민주일보』, 1948.5.5, 4면.

14　박완서, 『그 많던 싱아는 누가 다 먹었을까』, 웅진씽크빅, 2005, 215~216쪽.

15　해방 후에는 반일감정 때문에 한글서적의 수요가 급증했으나 한글로 쓰인 신간서적

입이 불가능했던 해방공간에서 문인들은 고서점을 통해 외국문학을 구해볼 수 있었던 것이다.

　　1948년을 전후해서 지금의 미도파 백화점 자리에 있었던 정자옥 건물 안에는 잡화 대신에 미국 헌법, 민주주의를 비롯하여 미국문화, 사회에 관한 책들이 가득 쌓여 있었고, 거의 무료에 가까운 값으로 구할 수 있었다. 문학 작품집과 연구서적도 끼어 있었고 … (중략) … 알렌 테이트와 존 필 비숍 공편의 『현대 미국 문학선』(1942)과 F.O 메시슨의 『미국 문예 부흥』(1941)도 끼어 있었다. 이런 책들은 대개가 포장본(하드 커버)이었지만, 한국전쟁에 참가한 미군들과 함께 EM(Educational Manual)판으로 불린 지장본(페이퍼백)이 무수히 들어왔다. 이것은 2차 대전 동안에 전쟁부War Department가 미군 장병의 교육용으로 채택한 일반대학 교과서의 한정판이었다. … (중략) … 어떤 동료는 부산 거리에서 부룩스 워렌의 『시의 이해』의 EM판을 발굴하는 행운을 잡아 주위의 부러움을 사기도 했다.[16]

　미국 문학의 수용 과정을 설명하는 글이기 때문에 미국 서적만이 예로 제시되고 있다. 김용권에 따르면, 당시 고서점에 유통되던 미국 서적은 대부분 미군의 진중문고였다. 비교적 수준이 낮은 작품 선집, 각종 개론서, 일반 대학 교과서와 같은 교육용 서적이 주를 이루는 진중문고와 달리 최근의 문예 경향을 다룬 이론서나 브룩스 워렌의 『시의 이해』 같이 높은 학술적 가치를 지닌 서적을 "발굴"하기 위해서는 "행운"이 필요할

이 거의 전무한 상황이었기 때문에 충분한 공급이 이루어지지 않았다. 이에 반해 일제 감시를 피해 감취져있던 한글서적이 고서점을 중심으로 활발히 유통되었고, 일본인들이 두고 간 상당량의 일본어 서적 또한 고서점으로 몰려들어 "고서 유통계의 융성"을 이루게 된다.(이중연, 『책, 사슬에서 풀리다』, 혜안, 2005, 27~31쪽)

16　김용권, 「문학 이론의 번역과 수용(1950~1970)」, 『외국문학』 제48집, 열음사, 1996, 12쪽.

정도였다. 따라서 김기림을 비롯한 문인, 연구자들은 고서점에 "가득 쌓여 있었"던 미국 서적에 대해 큰 관심을 갖지 않았던 것으로 짐작된다.

> 그 서점(마리서사) 안에는 숱한 시서(詩書)가 있었다. 내가 동경에서 대개 만져 보던 책들이 많았던 것으로 기억된다. 마치 외국 서점에 들어온 기분이었다. 기억에는 외국의 현대 시인의 시집 그것도 일본어로 번역된 것과 원서들로 메워져 있었다. 그 중에 지금 기억에 떠오르는 것은 앙드레 브르통의 책들과 폴 엘뤼아르의『처녀 수태』라는 호화판 시집이라든지, 마리 로랑생 시집, 콕토 시집 등이 있었다. 일본의 고오세이가꾸에서 나온『현대의 예술과 비평』이라는 총서가 거의 있었고, 하루야마 유끼오가 편찬한『시와 시론』의 낙권된 질도 있었고, 일본의 유명한 시잡지『오르페온』,『판테온』,『신영토』,『황지』등도 있었고, 제일서방의『세르판』월간 잡지 등도 있었다. 거의 자기의 장서를 내다 놓았다는 이야기였다. 얼마 후 일본에서도 유명했던 가마꾸라 문고라는 출판사에서 나온『세계 문화』를 거의 갖고 있었다는 것은 그 당시로서는 놀랄 일이 아닐 수 없었다.[17]

일반 고서점과 달리 박인환의 '마리서사(茉莉書舍)'는 국내외의 문예 서적을 전문적으로 취급한 고서점이었다. 박인환이 '마리서사'를 운영한 시기는 고서 유통이 가장 활발했던 1945년 말부터 고서점의 수가 급감하기 시작한 1948년 초까지이다. 주지하다시피 '마리서사'는 좌우 문예 조직의 대립이 첨예해지는 상황임에도 좌우 구분 없이 문인들이 드나들던 '자유의 공간'이자 모더니즘 시운동의 구심점이라는 특별한 문학사적 의의를 지닌 곳이다. 김수영은 '마리서사'를 일본 시인들의 "이상한 시"를 자주 접한 곳이라고 말한 바 있으며[18], 양병식도 '마리서사'를 서구의

17 양병식,「한국 모더니스트의 영광과 비참」,『세월이 가면』, 근역서재, 1982, 94쪽.
18 김수영,「마리서사」,『김수영 전집』2, 민음사, 2009, 106쪽.

원서보다 일본 서적이나 서양문학의 일본어 번역본을 주로 취급한 서점
으로 기억한다.

이러한 마리서사의 모습은 일반 고서점과 별다른 차이가 없어 보인다.
그러나 일본어 서적과 그 번역물의 유통이 심각한 사회 문제로 대두될
만큼 반일 감정이 드셌던 시기였으므로 일본어 서적의 취급은 자칫 문제
적으로 보일 수 있었다. 특히 문화적 독립의 실현을 위해 우선적으로 실
천해야할 사항이 국어로서의 조선어의 지위와 위상을 회복하는 일이었
고, 이는 가장 큰 식민 잔재라 할 수 있는 일본 문화의 영향에서 벗어나
는 데에서 시작된다는 점에서 더욱 그러했다. 이 때문에 문단에서도 일
본어와 일본어 서적의 사용에 민감하게 반응했고, "외국문학의 일본어
역이던 간에 완전히 결별"[19]하고자 하는 분위기가 지배적이었다. 물론
이러한 분위기는 일본에 대한 적개심에서 비롯된 것이지만, 거기에는 일
본어 서적을 구할 수 없게 될 것이라는 판단과 세계문화와 직접 접촉할
수 있는, 외국문학 수입의 정상화에 대한 낙관적인 전망이 전제로 깔려
있었다. 해방 이후 문인들이 시급히 영어를 배우려 했던 것도 이러한 맥
락에서 크게 벗어나지 않는다.

그러나 시간이 지날수록 문인들은 일본어 서적을 다시 찾게 되고, 자
신들의 이율배반적인 행동에 대해 관대해진다. 달리 말하면 일제 강점기
때부터 외국문학을 일본어로 직접 섭취하는 특권을 누렸던 문인들의 "식
민주의의 관성"[20]이 표면화된 것이다. 그리고 해방 후의 사회적 분위기
로 인해 잠복해 있던 그 관성을 자극한 주된 원인은 일본어 서적을 대체
할 외국서적 수입의 기약 없는 지연이라 할 수 있다.[21]

---

19 박태진, 「하나의 반성」, 『박태진 시론집』, 시와산문사, 2012, 182쪽.

20 정선태, 「번역 또는 식민주의를 '애도'하는 방법」, 『번역비평』 창간호, 열음사, 1996.8,
    161쪽.

일본어 서적을 중심으로 외국문학이 유통되기는 했지만, 고서점이 외국문학 수입에 대한 불만을 어느 정도 진정시키는 역할을 했던 것은 분명하다. 그러나 고서의 공급에 절대적인 한계가 있었기 때문에 그 진정 효과는 오래 지속될 수 없었다. 설상가상으로 신간 서적의 공급이 원활해지면서 독자들이 고서점보다 신간 서점으로 향하게 되자 고서점은 심각한 경영난에 봉착하게 되고, 결국 1947년 말부터 고서점의 수는 급감하게 된다. 1948년부터 외국문학 수입을 포함한 문화 전반에 대한 정책 마련을 강하게 요구하게 된 사정도 고서점의 몰락과 전혀 무관한 것은 아니었다.

1948년을 기점으로 출판 상황은 "사상의 세계에서 문학의 세계로", 점차 탈정치적으로 변해간다.[22] 이 시기에 출간된 신간 서적 중에서 가장 큰 비중을 차지한 것은 문학 번역서였다. 번역시집의 경우에도 1946년에 4종[23], 1947년에 3종[24] 밖에 출간되지 못했지만, 1948년에 8종, 1949년에

---

21 이러한 문제는 외국문학의 번역과 관련한 논의에서 우회적으로 다뤄진다. 외국원서의 수입과 보급의 여건이 불안정하고, 실력 있는 번역자가 충분히 양성되지 않았기 때문에 일본어 중역을 한시적으로 허용하자는 주장이 제기된 것이다. 한국전쟁 이후까지 이어진 일본어 중역 문제에 대해 정비석은 당대를 실력 있는 번역자를 양성해야할 과도기로 보고 "중역이라도 해주는 편이 우리 문화의 향상을 위하여 다행한 일"이며 그것이 오히려 "시의에 적절한 일"이라고 주장했다. 즉, 그는 올바른 번역문화를 형성하는 것보다 문화역량을 강화한다는 실리적인 판단에서 번역물의 필요성을 강조한 것이다.(정비석, 「출판문화와 번역의 문제 – 번역문학에 대한 사견」, 『신천지』 제8권 제7호, 1953.12) 그러나 이러한 주장은 정신과 사상을 식민화하는 일본어 중역의 위험성을 간과한 계몽기 지식인들의 과오를 재현하는 것이었다. 결국 '실리'라는 명분하에 각국의 언어와 문화를 편의적으로 받아들이는 풍토가 한국사회에 조성됨에 따라, 이후 한국문학은 김수영의 지적대로 "세계의 조류"를 등진 채 "자유의 언어보다도 노예의 언어가 더 많이 통용되고 있는 비참한 시대"를 보내게 된다.(김수영, 「히프레스 문학론」, 앞의 책, 281쪽)
22 박지영, 「해방기 지식 장의 재편과 '번역의 정치학'」, 『대동문화연구』 제68집, 성균관대학교 대동문화연구원, 2009, 460쪽.
23 1946년에 출간된 번역시집에는 ①『신달타 : 한 인도의 시』(헬만 헷세, 김준섭 역, 웅변구락부출판부) ②『빠이론 시집』(김시홍, 영창서관) ③『하이네 시집』(김시홍, 영창

13종으로 급격히 늘어난다.[25] 그러나 이들 번역시집은 양주동, 임학수, 이하윤 등이 해방 이전에 번역·소개하였던 시편들을 개역하여 정리한 선집들이었다. 또한 선집에 수록된 시편들 역시 대다수가 고전에 속하는 19세기 시인들, 특히 영국 시인의 것이어서 그것들이 외국문학에 관한 지식을 폭넓게 해주지는 못했다.

고전문학 위주의 번역서와 달리 잡지는 세계 대전을 전후한 외국의 현대문학을 소개·게재하였다. 주지하다시피 해방기는 '없는 잡지가 없다 고 할 정도로 각양각색의 잡지가 발행된', 잡지의 시대였다.[26] 이들 잡지는

서관) ④『에세닌 시집』(오장환, 동향사)이 있다.(번역시집 목록은 『세계문학번역서지 목록총람 : 1895~1987』(김병철, 국학자료원, 2002)과 『해방기 간행도서 총목록』(오영식, 소명출판, 2009)을 참고하였음. 이후 번역 관련 자료는 김병철과 오영식의 목록집을 근거로 함)

24 1947년에 출간된 번역시집에는 ①『골키선집』(송범의, 창인사) ②『미국의 현대시』 (김용권, 수도문화사) ③『골키선집』(이철, 창인사)이 있다.

25 1948년부터 한국전쟁 전까지 번역시집의 목록은 다음과 같다.
   1948년- ①『영시백선』(양주동, 백양당) ②『현대영시선』(양주동, 수선사) ③『영시백선』(양주동, 서울연교사) ④『불란서 시선』(이하윤, 수선사) ⑤『영시선집』(변영로·이하윤, 동방문화사) ⑥『19세기 초기 영시집』(임학수, 한도) ⑦『블레익 시초』(임학수, 산호장) ⑧『하이네 연애시집』(윤태웅, 정음사)
   1949년- ①『현대미국시선』(한흑구, 선문사) ②『강한사람들』(김종욱, 민교사) ③『하이네 시집』(김금호, 동문사서점) ④『빠이론 시집』(장치경, 동문사서점) ⑤『괴테 시집』(김우정, 동문사서점) ⑥『테니슨 시집』(신삼수, 철야당서점) ⑦『영어시선집』(김상용, 청구문화사) ⑧『현대영국시인집』(이하윤, 합동사서점) ⑨『현대서정시선』(이하윤, 박문출판사) ⑩『첫사랑-투르게네프』(안민익, 선문사) ⑪『보들레르 시집』(이파호, 동문사서점) ⑫『바레리 시집』(장민수) ⑬『사랑의 시집』(이양하 외)
   1950년- ①『헤르만 헷세 시집』(최일민, 동문사서점) ②『와아즈와즈 시집』(이릉구, 동문사서점) ③『콕도 시집』(양병도, 동문사서점) ④『동경-릴케 시초』(김수경·김춘수, 대한문화사) ⑤『푸시킨 시집』(조영희, 세종문화사)

26 1949년 공보처 출판국장이었던 김영랑에 따르면, 당시 신문·잡지는 334종에 달했다고 한다.(「출판문화 육성의 구상」, 『신천지』 제4권 제9호, 1949.10, 232쪽) 그리고 오영식은 해방 후 45종에 불과했던 잡지가 1946년에 278종, 1947년에 270종, 1948년에 284종 그리고 1949년에는 360종에 이른다고 조사했다.(앞의 책, 17쪽)

경쟁하듯이 정치·경제·사상·문화·과학 전 분야에 걸쳐 외국잡지에 실린 글들을 번역·게재하였다. 특히 해방기 잡지를 대표하는 『신천지』, 『민성』은 거의 매호마다 세계 각국의 현실을 알리는 특집을 기획하여 새로운 지식 기반을 마련하는데 앞장섰다. 잡지에 실린 문예 번역물과 관련하여 특기할 점은 외국의 시, 소설만큼 시사적인 소개 글이 많이 번역되었다는 것이다. 조선의 세계문화에 대한 이해가 일본 문단의 편향된 시선에서 비롯되었기 때문에 그런 불균형한 지식 체계의 모자란 부분을 보강하고자 각 잡지들은 세계 전반의 문화를 균형 있게 소개·논평하였고, 관련 자료의 번역물을 수록했던 것으로 판단된다. 개별 작가나 작품의 번역보다 국가별 문학의 동향이나 문학사를 개괄하는 글의 번역이 주종을 이룬 것 역시 이 때문이라 할 수 있다. 그러나 구체적인 자료가 없는 열악한 상황이었기에 그러한 노력은 단편적인 소개에 그치고 만다.[27]

  1) J·P 사르트르가 창도하는 실존주의가 사상계 문학계를 풍미하고 있다고 전하여진다. 그 사상 내용의 세밀한 점에 있어서는 재료의 부족으로 직접 알 길이 없으나 미국에서 들어오는 잡지-즉 Harpeis, New Yorks Saturday, a view of art news, Vogue, Time, Town and Country 등을

---

[27] 일례로 신비평은 미국 문학사를 소개하는 과정에서 몇 차례 소개되었지만 실제로 신비평이 확산, 보급되어 새로운 비평 이론으로 자리를 잡은 것은 1950년대 중후반부터였다. 이러한 시간차는 김용직에 의해 지적된 바 있다. 그는 신비평을 수용함에 있어서 일종의 전사기(前史期)가 있었다며 『문예』(1950.5-6)에 실린 「20세기 영미문단 평론계」를 소개한다. 흄, 에즈라 파운드, 리차즈의 비평적 입장이 거론되었지만 이들을 '신비평가'로 인식하지 않았다는 점에서 '신비평'의 본격적인 수용으로 볼 수 없다고 판단한다. 그는 1955년 양주동이 번역한 「T.S. 엘리옽의 〈시의 세 가지 소리〉」에서부터 신비평이 본격적으로 수용되었다고 보았다.(김용직, 「비평분야의 서구이론 수용양상 - 신비평을 중심으로」, 『비교문학』 제15집, 한국비교문학회, 1990) 김용직이 언급한 글보다 앞서 번역·발표된 『신천지』(1948.2)의 『20세기의 문학비평』 역시 '신비평'의 특성과 그 전개를 설명하고 있는 글이다.

통하여 다소 그 일면을 궁지(窮知)할 수 있는 정도다.… (중략) … 여하간
『사르트르』의 정신을 해설한 것을 보면 그는 실존은 무동기, 불합리하며
또는 추태로운 것이라 하며 인간은 이러한 하나의 실존으로서 불안과 공포
의 심연에 묻혀있다고 한다.[28]

2)『구토』에 나타난 사르트르가 암시하는 것은 실존이란 무동기, 불합
리, 추괴이며 인간은 이 실존의 일원으로서 불안, 공포의 심연에 있다는
것이다. 이 심연에서 구원을 신에게 찾는 것이 케르게고-르이나 무신론자
사르트르는 행동의 의한 자유를 찾지 못하고서는 구원은 없다고 한다.[29]

3) 그(사르트르)의 저서에는 직접 접촉할 기회가 없었는데 일전에 구라
파에서 돌아온 친구가 사르트르의 신저『실존주의와 휴머니즘』이라는 책
을 선물로 가져왔다. 1945년에 파리에서 강연한 것을 1948년에 영역한 것
이다. … (중략) … 우선 조선의 독자의 귀에 익지 않은 실존주의라는 것을
사르트르의 저서에 의하여 소개하기로 하자.[30]

해방기의 시사적인 소개 글은 주로 '경향'이나 '동향' 같은 각국 문학
의 '새로운 소식'을 다루고 있는 외국의 잡지나 신문의 기사를 번역한
것이었다. 세계문학을 개괄적이고 단편적으로 제시하는 저널리즘적인
차원에서 작성된 까닭에 대부분의 기사는 문학적 자료로서의 가치를 지
니기 어려운 수준이지만, 세계문학과의 연결 고리가 끊긴 해방 문단에
있어 그것은 그나마 세계문학의 흐름을 엿볼 수 있는 유일한 경로였기
때문에 그 자체로 문학의 현대적 대안을 탐문할 수 있는 귀중한 자료로

28 양병식, 「사르트르의 사상과 그의 작품」, 『신천지』 제3권 제9호, 1948.10, 85쪽.
29 박인환, 「사르트르의 실존주의」, 『신천지』 제3권 제9호, 1948.10, 92쪽.
30 김동석, 「고민하는 지성 – 사르트르의 실존주의」, 『국제신문』, 1948.9.23; 『김동석
　 비평 선집』, 현대문학, 2010, 428쪽.

활용된다. 이를 단적으로 보여준 것은 1948년 10월 『신천지』가 마련한 '실존주의 특집'이다. "실존주의 문학을 한국문단에 소개하는 본격적 계기"[31]였던 이 특집은 "포기, 고민, 절망의 철학"이라는 제목 하에 김동석의 「실존주의 비판」, 양병식의 「사르트르의 사상과 그의 작품」, 박인환의 「사르트르의 실존주의」를 싣고 있다. 실존주의를 새로운 문학사상으로 주목하던 시점에 발표된 이 세 편의 글은 우연찮게도 해방기 외국문예사조의 수용에 관한 몇 가지 흥미로운 점을 시사해주고 있다.

먼저 인용문 1)에서 양병식은 자신이 참조한 글의 출처를 밝히고 있다. 이를 통해 그가 문예지와 함께 시사 잡지나 패션 잡지에 실린 기사를 참고했다는 것을 알 수 있다.[32] 다음으로 양병식과 박인환의 글을 비교해보면, 사르트르에 대한 설명과 거기에 사용된 용어가 동일한 부분이 자주 나타난다. 이는 두 사람이 참조할 수 있었던 자료가 한정되어 있었음을 말해준다.[33] 이런 사정이 두 사람의 글로 하여금 사르트르의 근황을 소개하거나 실존주의를 개괄적으로 제시하는 수준을 넘어서지 못하게 한 것이다.

앞의 두 사람과 달리 김동석은 실존주의를 소개하는데 그치지 않는

---

31 김영민, 「1950년대 실존주의 문학론」, 『한국현대문학비평사』, 소명출판, 2000, 196쪽.
32 양병식이 언급한 잡지의 성격을 엄격히 구분할 수는 없으나, 『Harpies』와 『A View of Art News』는 문예지로, 『New Yorks Saturday』와 『Time』는 시사 잡지로, 『Vogue』와 『Town and Country』는 패션 잡지로 볼 수 있을 것이다.
33 박민규는 두 글에 나타난 동일하거나 유사한 문장이 같은 영어 원문을 번역했기 때문이라고 설명한다.(「신시론과 후반기 동인의 모더니즘 시 이념 형성 과정과 그 성격」, 『어문학』 제124집, 한국어문학회, 2014.6, 321쪽) 그러나 같은 원문이라도 번역자에 따라 어휘나 문장이 달라진다는 점을 고려하면 이 현상을 번역하는 과정에서 생긴 우연한 일치로 보기 어려울 것이다. 이에 대해서는 두 사람이 제3자의 번역을 함께 활용했거나 프랑스문학 전공자인 양병식이 일방적으로 번역물을 제공했다고 봐야 옳을 것이다. 박인환은 양병식에게 그가 번역한 자료를 자주 요구하곤 했다.(「한국 모더니스트의 영광과 비참」, 99쪽 참조)

다. 비록 맑스주의적 관점에서 싸르트르의 실존주의를 일방적으로 비판하고 있기는 하지만, 그의 글은 실존주의의 본질을 파악하고 그것의 문제점을 정확하게 짚어낸다.[34] 김동석의 글이 다른 두 사람의 글과 차이를 보인 것은 한 권의 책 때문이라 할 수 있다. 김동석은 위 글에 앞서 1948년 9월 23일 『국제신문』에 「고민하는 지성」을 발표한다. 이 글의 서두에서 그는 사르트르의 저서에 직접 접촉할 기회가 없었지만, 근래에 '1945년에 파리에서 강연한 것을 1948년에 영역한, 사르트르의 신저 『실존주의와 휴머니즘』'을 "선물"받았다는 사실을 밝힌다. 며칠 간격을 두고 작성된 두 글이 "사르트르의 저서"에 기반을 두고 쓰였다는 것은 분명해 보인다.

외국문학 수입과 관련하여 해방기는 '해방'이란 말의 의미가 무색할 정도로 일제 강점기 때보다 더한 사회적 제도적 제약이 압박하던 시기였다. 이러한 상황이 해결될 기미를 보인 것은 한국전쟁에 참전한 미국이 대외원조처 USOM을 통해 서적을 비롯한 막대한 양의 문물을 들여오면서부터이다. 그리고 1950년대 중후반부터는 정부의 승인하에 전문서점을 통해 합법적으로 외국서적을 구입할 수 있게 된다. 김수영이 지적했듯이, 해방 후의 문학청년들은 식민문학을 벗어나지도 세계문학으로 나아가지도 못한 "뿌리 없이 자라난 사람들"로 계속 머물 수밖에 없었던 것이다.[35]

---

34 장사선, 「남북한 실존주의문학 수용 비교 연구」, 『비교문학』 제27집, 한국비교문학회, 2001.8, 237쪽.
35 김수영, 「히프레스 문학론」, 앞의 책, 283쪽.

3. 왕좌를 차지한 서자의 문학 : 미국시의 주체적 수용

3.1. 미국문학의 위상 변화

해방 후 한국사회가 미국과 소련을 새로운 근대화의 모델로 삼은 것과 마찬가지로 문인들이 생각하는 외국문학의 중심 또한 영국, 프랑스, 독일 등의 서유럽문학에서 점차 미국과 소련의 문학으로 옮겨간다. 일찍부터 한국문학에 많은 영향을 미쳐온 소련문학의 위상은 크게 변하지 않지만, 소수의 세계적 작가를 제외하고는 영국문학의 일부이자 "구라파의 후진(後進)"[36]으로만 평가되어온 미국문학의 위상은 크게 격상하여 "신흥하는 명일의 문학"[37]이자 '세계문학의 옹호자이자 지도자'[38]로 새롭게 자리매김하게 된다. 이는 미국이 2차 대전을 끝낸 강대국이자 식민지 조선의 해방자라는 인식이 작용한 것이지만, 한편으로는 미군정의 특수한 공보활동이 이룬 결과이기도 하다. 정치, 경제뿐만 아니라 여러 방면에서 무계획적이고 무책임했던 미군정은 문화에 있어서만큼은 해방 전부터 세워둔 "미국방문 지원, 교육 영화 배급, 미국 출판물의 보급, 미국문화 전시, 미국음악의 대중화, 미국 문화원 및 학교 설립 지원" 등의 "문화적 공세의 구체적 계획"을 착실히 실행해나가고 있었다.[39] 특히 "미국의 〈국무성 문학〉이 〈서구문학〉의 대명사같이"[40] 여겨질 정도로 이 계획의 효과가 극대화되었던 것은 한국 사회가 미국 외 국가와의 문화적 교류가 통제되어 미국문화만이 부각될 수밖에 없는 상황에 놓여있

---

36 서항석, 「세계문단 회고와 전망」, 『동아일보』, 1934.1.24, 3면.
37 조용만, 「신세대의 문학 – 미국의 현대문학」, 『경향신문』, 1948.10.22, 3면.
38 강용흘, 「전쟁 전후의 미국문학」, 『신천지』 제2권 제8호, 1947.9, 110쪽.
39 김균, 「미국의 대외 문화정책을 통해 본 미군정 문화정책」, 『한국언론학보』 제44-3호, 한국언론학회, 2000.7, 46~49쪽 참조.
40 김수영, 위의 글, 283쪽.

었기 때문이다.

　미국문화만이 유입되는 폐쇄적인 해방공간에서 누구보다 앞서 미국문
학의 문학적 가치를 높게 평가한 이는 최초의 한국계 미국작가인 강용흘
과 해방 이전부터 다수의 미국문학을 번역·소개해온 한흑구였다.

　　말하자면 형성기의 미국문학은 이와 같이 구주문학의 천박한 모방이었
　　으며 착잡한 이식이었다. 그러므로 미국사람들도 이 과거의 문학이란 것에
　　는 일분의 가치도 주지 않는다. 그러나 문학사적 입장에서 볼 때 이 식민지
　　시대의 초창기적 문학의 핏줄기가 이후(爾後) 미국문학에 맥맥히 흐르고
　　있음은 부인치 못한다.
　　이와 같은 식민지적 문학을 벗어나지 못하던 미국문학에 일대 서광이
　　보이기 시작한 것은 독립 전쟁 전후부터라 볼 수 있다. 이즈음부터 미국문
　　학은 미국의 피로써 씌워지고 살로써 그려졌으며 미국독자의 정신과 미국
　　자신의 사상을 발견하게 되었다.[41]

　한국문단에서 외국문학을 유럽 중심의 문학과 미국문학으로 구분 짓
기 시작한 것은 해방 이후부터이다. 그 이전까지 외국문학, 특히 서구문
학은 유럽 중심의 문학만을 가리켰으며 미국문학은 그것의 한 지류로만
인식되어왔다. 따라서 이류 문학에 불과했던 미국문학이 일류 문학으로
거듭나기 위해서는 먼저 '영국문학의 아류'라는 꼬리표를 떼어내야만 했
다. 그러나 미국의 역사를 뒤엎지 않는 이상 미국문학이 "영국문학의 연
장"이자 '구주문학의 천박한 모방, 착잡한 이식'에서 시작했다는 명백한
사실은 바뀌지 않는다. 이에 대해 강용흘은 미국문학의 과거와 현재를
분리하여 20세기 미국문학은 영국의 문학적 전통과 무관한 독자적인 문

41　강용흘, 앞의 글, 106~107쪽.

화권을 형성하고 있다고 주장한다. 그는 미국작가가 식민지적 문학을 전혀 의식하지 않을 뿐만 아니라 독립 전쟁 전후로 '미국의 피와 살, 정신과 사상'을 발견하면서 영국문학과 결별했다고 진술한다. '미국문학' 대신 "현대 미국문학"의 "비조(鼻祖)"인 월트 휘트먼과 마크 트웨인의 문학부터 소개한 것 또한 영국문학과 대별되는, 가장 미국적인 문학의 가치를 강조하려는 의도로 보인다.

> 같은 영문자로 쓰여 있는 문학으로서 가장 위대한 문학은 영문학과 미국문학이다. 이 두 문학은 같은 종묘에서 이식되었으나 그 수질의 형태와 결과의 성질은 달리하고 있다. … '영국문학의 특질은 무엇인가?' '그것은 영국문학이 내포하고 있는 우울증이다.' '그러면 미국문학의 특징은 무엇인가?' '뉴욕의 파노라마이며, 감각이며, 냄새이며, 음색이며, 혼이다.' 미국문학의 특징은 영국의 조이스나 버지니아 울프의 소위 '의식의 흐름'의 내향적인 수법과는 반대의 방향을 걸어가고 있다고 할 수 있으니, 그것은 즉 외향적 수법인 행동성 성격을 표현하는 수법이다. 전자는 내향하는 것이며 후자는 외향하는 것이다.[42]

강용흘이 문학사적 관점에서 접근했던 것과 달리 한흑구는 영국문학과 미국문학의 상이한 특성을 부각시키면서 미국문학의 독자성을 증명하고자 한다. 그는 두 나라의 "서로 색다른 토질과 기후, 풍토, 분위기"가 각기 다른 문학성을 출현시켰다고 본다. 그는 "많은 우울한 일기를 가진" 영국의 문학이 '의식의 흐름'으로 대변되는 우울증적이면서 내향적인 수법을 특징으로 하는 것과 대조적으로 "신건설의 현대의 대성시(大成市)"를 가진 미국의 문학은 명랑하고 파노라마적인 외향적인 수법이

---

42 한흑구, 「미국문학의 진수 – 단편적 해부」, 『백민』 제3권 제6호, 1947.10, 38쪽.

특징이라고 규정한다. 또한 그는 미국문학을 "고가(高價)"로 평가될 수 없게 하는 또 다른 꼬리표인, '저속한 물질주의적 문학'이라는 부정적 인식에 대해서도 파노라마적인 수법의 현대적 의미를 가지고 해명한다. 한 흑구는 해방 전에 발표한 「문학상으로 본 미국의 성격」(『조광』, 1942.4)에서 미국의 선전주의, 물욕주의, 경제적 불평등을 강한 어조로 비판한 바 있지만, 여기서 그는 자신의 입장을 바꿔 '끊임없이 "동(動)"하는 인간, 사회, 문학의 목적이 리얼리즘에 입각해 있기 때문에 그것이 강조된 파노라마적 표현주의는 통속성을 띨 수밖에 없다'며 자신이 비판했던 '통속성'을 "미국문학의 새로운 경향"으로 인정하고 만다.

이 같은 외국문학의 중심 변화, 미국문학에 대한 인식 변화에 가장 민첩하게 반응하여, 그 변화를 실체화한 것은 번역가들이었다. 외국문학이 그 문학을 수입한 국가의 문화에 수용되기 위해서는 전적으로 번역가에 의존해야 한다. 번역가는 단순히 번역 행위만 하는 사람이 아니다. 그는 자신의 기준에 따라 번역할 외국문학을 결정한다. 흔히 번역가는 번역할 대상을 정할 때 작품의 문학적, 문학사적 가치를 가장 우선적으로 고려하지만, 좌우 이데올로기가 대립했던 해방기에 그들은 작품의 가치보다 작품의 '국적'을 중시하는 경향을 보였다. 외국문학을 번역할 수 있는 인적 자원이 절대적으로 부족했기 때문에 그들의 선택 자체가 사회에 미친 영향력은 상당히 위력적일 수밖에 없었다.

> 외국문학을 소개할 때 있어서 그것의 순수한 문학적 가치에 중점을 둔다면 오역을 범하게 된다. 왜 그런가 하니 국경을 초월한 문학적 가치나 기타 예술의 가치 규정에서 논하고 선택한다면 우리와 관계 깊고 알아야만할 미국의 문학이나 기타 예술은 소개할 수 없게 될 것이다. 그것은 소련이나 불란서 혹은 영국 독일 등의 문학이 미국의 그것보다 훨씬 우수하기 때문이다.

그러므로 예컨대 번역을 통한 외국문학의 소개는 그 나라의 외국어에
능통치 못한 이 땅의 어떤 문학자에게 그 창작방법과 경향 등을 소개하는
태도로써 얼마 되지 않는 문학자(어느 나라에서나 그 수가 적은 것이지만)
에게 소개한다는 것을 기준으로 하여서는 안 된다. 항상 대중을 생각하여
야만 한다.

그러므로 말하자면 미국문학 작품은 미국의 문화이다. 그리고 그것은
구체적이고 감각적인 미국이다. 동시에 같은 문학 중에서도 소설 이외에는
수입하기 어렵다. 소설이 오성적이며 사상적이고 또한 세계관적이며 그러
한 것을 전하는데 가장 편리한 것이라는 것은 의심할 바 없는 것이다.[43]

홍한표의 「번역론」은 다양한 외국문학 번역보다 미국문학 번역의 긴
급한 필요성을 강조한 글이다. 그는 번역을 자율적 체계를 지닌 분야로
인정하지 않는다. 그에게 번역은 "외국을 아는데" 근본적인 목적이 있는
문화 교류의 일환일 뿐이다. 그는 번역의 양과 질을 정하는 "기준 지표"
역시 문화 교류의 차원에서 논의되어야 한다고 주장한다. 그가 "기준 지
표"를 결정짓는 "절대적 요소"로 제시한 것은 "조선의 주체적 역량"과
"객관적 외부정세"인데, 두 요소는 각각 '민주주의를 지향하는 후진국 조
선의 현실'과 "세계사적 주요 조류와 세계를 지배하고 있는 주요 세력과
의 상호적 관계"를 의미한다. 즉 조선의 민주주의 발전에 도움이 될 국가
의 문학이 번역되어야 한다는 것이다. 문학 번역보다 국가(문화) 번역이
거듭 강조된 데에는 유일한 번역 재료로 미국문학을 내세우려는 의도가
담겨 있다. 그는 번역 재료를 선택하는 문제에서 "순수한 문학적 가치"
라는 항목을 완전히 배제시키고자 한다. 우수한 문학 전통을 가진 유럽
의 문학에 비해 미국문학의 문학성과 조선에서의 인지도가 많이 뒤떨어

---

43 홍한표, 「번역론」, 『신천지』 제3권 제4호, 1948.5, 141쪽.

진다는 것이 명백한 사실이기 때문이다. 그래서 그는 "오역"이란 말을 번역상의 문제가 아니라 번역가의 판단에 대한 문제에 사용하면서까지 "우리와 관계 깊고 알아야만할 미국문학이나 기타 예술"의 번역을 요청하고 있는 것이다.

이렇게 부정적인 인식이 개선되던 미국문학은 1948년을 전후로 확고한 독자적 지위를 차지한다. 해방부터 남한 단독 정부 수립 이전까지 약 3년 동안 미국문학을 소개하는 계몽적인 평론은 17편[44]이 발표되었고, 번역된 미국소설과 미국시는 각각 13편, 25편 정도에 불과했었다. 그러나 단정 수립 이후부터 1년 동안에만 소설은 18편, 시는 19편이 번역되었다. 게다가 이 시기에는 유럽문학이나 소련문학과 관련한 평론도 미국잡지를 출처로 하는 경우가 대부분이었는데[45], 이를 통해 외국문학의 수입

---

44 「금일의 미국전쟁소설」(『호서문학』, 1945.9), 남궁현의 「최근의 미국전쟁문학」(『신천지』, 1946.9), 래푸카디오 헌의 「문학의 실제적 영향」(『백제』, 1946.10), 한흑구의 「최근의 미국문단」(『경향신문』, 1947.2.20), 「흑인문학의 지위」(『예술조선』, 1948.2), 「이미지스트의 시운동」(『백민』, 1948.3), 「최근의 미국문단」(『백민』, 1948.7), 사르트르의 「불란서인이 본 미국작가」(『신문학』, 1946.11), 존 파트릭의 「농민시인들의 혁명에 대한 태도」(『백제』, 1947.1), 「농민시에 있어서의 종교적 요소」(『문학평론』, 1947.4), 뢰벗 마기도프의 「로서아에 있어서의 아메리카 문학」(『문화』, 1947.4), 존 챔버렌의 「미국의 신인작가군」(『민성』, 1947.10), 로스 켐벨의 「미국문단의 경향」(『민성』, 1947.11), 클라렌드 도옵의 「20세기의 문학비평」(『신천지』, 1948.2), 「1947년의 미국문학」(『민성』, 1948.5), H.S의 「아메리카 문학의 경향」(『조선교육』, 1948.6), 홍한표의 「세계예술계의 동향」(『신천지』, 1948.7).

45 『신천지』의 경우 문학평론지 『Saturday review of literature』(『토요문예지』, 『토요문예평론』으로 번역됨)의 기사를 자주 번역·개재하였다. 『신천지』 제5권 제4호(1950.4)의 「미국문화특집」은 5편의 글로 구성되었는데, 이 중 3개의 글이 『Saturday review of literature』를 출처로 한다.(R.B 생의 「미국창작계 25년」, 필자 미상의 「망명작가의 군상 – 미국문단에서 활약하는 작가들」, 죠지 캬트린의 「T.S. 에리옽의 세계관」) 이외에도 리오 라니아의 「전후 구라파 문단의 동향」(『신천지』 제2권 제10호, 1947.12), H.S의 「아메리카 문학의 경향」(『조선교육』 제2권 제4호, 1948.6) 등도 『Saturday review of literature』에 실렸던 글이다.

과 수용이 미국문화의 영향에서만 이루어지고 있었음을 확인할 수 있다.

3.2. 흑인시의 대두와 T. S. 엘리엇 시의 재발견

해방 후 흑인시가 집중적으로 번역·소개되었던 것은 "특이한 현상"[46]
이라 할 수 있다.[47] 흑인시의 번역·소개가 해방기에 나타난 새로운 현상
은 아니었다. 해방 전에도 한흑구, 변영로, 김태선 등은 "현대의 문명
속에서 노예화된 흑인들과 조선의 처지가 유사"하다는 점에 주목해서 랭
스톤 휴즈, 클로드 맥케이, 카운티 컬른의 시를 번역하곤 했었다. 해방
후의 흑인문학에 대한 관심도 같은 이유로 설명할 수 있을 것이다. 하지
만 끊임없이 '착취와 압박의 대상으로 존립'하고 있던 흑인의 처지와 해
방된 조선의 처지가 더 이상 "유사"하지 않은 만큼 흑인시의 배면에 깔린
어두운 역사적 배경만으로 이 "특이한 현상"은 온전히 설명되지 않는다.

> 이십년대의 신흑인운동이 가졌던 인종의식에서 더욱 더 높은 세계의식에
> 로 정신적 성장을 이루었다는 데서 오늘날의 흑인문학의 고차적 수준을 가져
> 왔다는 것을 볼 때 더욱 유산계승에 있어서 서양문학이 가지는 모든 보고(寶
> 庫)를 정력적으로 받아들이고 소화했다는 것을 볼 때 정신성장의 속도, 전설
> 의 수립, 세계적 유산의 섭취 등등 많은 문제를 제기하고 있다고 생각된다.[48]

---

46 김학동, 「미국시의 이입과 그 영향」, 『한미문화의 교류』, 서강대학교 문과대학, 1979,
    2쪽.
47 흑인시의 번역은 주로 한흑구와 김종욱에 의해 행해졌다. 한흑구는 『개벽』과 『예술
    조선』 등에 랭스톤 휴즈, 카운티 컬른, 워닝 커니의 시를 소개하였고 『현대미국시선』
    (선문사, 1949)에 휴즈와 컬른의 시 6편을 수록했다. 김종욱은 『자유신문』과 『신천지』
    의 「흑인문학특집」에 클로드 맥케이, 카운티 컬른, 팬톤 존슨, 프랑크 M. 데비스 등의
    시를 소개하였다. 그리고 그는 21편의 흑인시를 담은 흑인시집 『강한 사람들』(서울신
    문사, 1949)을 출간하여 흑인시에 대한 강한 애착을 보여주기도 했다.
48 김종욱, 「흑인문학개관」, 『신천지』 제4권 제1호, 1949.1, 99쪽.

　　미국민이 다수한 민족의 합성체이듯 오늘의 미국문학도 그와 비슷한 다
수한 민족들의 공통한 투자로써 커가고 있어서 거기 그것이 단순한 영문학
과 갈리는 요점이 있는 것이다. 미국문학 속에 차지하고 있는 흑인문학의
비중은 그만큼 홀홀히 볼 수 없는 것이다. 「폴 로렌쓰 던버」, 「랭스톤 휴즈」,
「카운티 컬른」 등의 이름은 이미 피부빛을 넘어서 현대 미국 시췌(詩萃)
집선자들이 빼놓을 수 없는 임연한 이름이 되었다. … (중략) … 오늘의 미국
흑인문학은 그 인종적 항의와 사회적 자각과 독자의 방언의 기이한 융합
때문으로 해서 우리에게 유달리 깊은 감명을 주는 것이다. 「재즈」가 아메리
카를 뒤흔든 흑인음악이라느니 보다는 「아메리카」 음악 그것인 것처럼 흑인
의 시는 바야흐로 아메리카 시를 시시각각으로 적어도 파들어가고 있는 것
이라고 하겠다.[49]

　　김종욱의 「흑인문학개관」은 흑인문학 일반의 역사와 특성을 간략히
정리하고, 장르별[50]로 주요 작가와 작품을 소개한 글이다. 이 글에서는
흑인과 그들의 문학에 대해 안타까워하거나 동정하는 태도를 찾아볼 수
없다. 오히려 김종욱은 흑인들의 "피나는 노력"을 경이에 찬 눈으로 바
라본다. 특히 그는 1920년대의 신흑인운동 이후의 흑인문학이 다양한
"문학적 전통이 인종적 기반보다 강하다는 것"을 깨우치면서 세계적 수
준에 이르렀고, 이로 인해 미국문학의 수준이 높아졌다는 점에 주목한
다. 그는 흑인문학을 설명하고 평가하는데 그치지 않는다. 미국문학과
세계문학에서 차지하는 흑인문학의 위상이 과거와 현격히 달려졌음을
확인시켜주면서, 이러한 결과를 야기한 "서양문학이 가지는 모든 寶庫"
의 섭취와 소화가 한국문학에도 필요하다는 것을 강조한다.

49   김기림, 「흑인시의 대두 – 현대 아메리카 문학의 일면」, 『자유신문』, 1949.1.11, 3면.
50   김종욱은 단편과 장편 소설, 희곡만을 소개하고, 같은 호에 실린 유리씨스 리의 글이
　　　흑인시를 전문적으로 다루고 있기 때문에 시는 제외했다고 밝힌다.

　김기림의「흑인시의 대두」는 김종욱의 흑인시집『강한 사람들』에 붙였던 서문을 개고한 글이다. 이 글에서 김기림은 미국문학이 전개되어온 과정을 서술하면서 흑인문학의 현대적 의의를 논한다. 그에 따르면, 미국문학과 영국문학의 근본적인 차이는 미국의 복잡한 민족 구성에서 비롯한다. 그리고 미국의 가장 큰 힘은 풍부한 자원과 고도의 기술이 지닌 "무수한 가능성"이고, 그 가능성은 "거대한 생산력의 절대한 부분을 노동력의 형태로 이바지"해왔던 "최대의 소수민족"인 흑인에 의해 현실화되었는데, 시에서도 그 가능성이 폴 로렌쓰 던버, 랭스톤 휴즈, 카운티 컬른 등에 의해 벌써 실현되었다는 것이다. 즉 미국에서 흑인이 차지하는 비중만큼이나 흑인문학이 "피부빛을 넘어서" 미국문학의 정체성을 형성하는 주요 요소이자 현대미국문학의 핵심이라는 게 이 글의 요지이다.

　김종욱과 김기림의 글은 "미국문학이면서도 비미국문학의 대우"[51]를 받아온 흑인문학에 대한 인식이 완전히 뒤바뀌어, 해방 후 흑인문학이 미국문학을 대표하는 문학으로 조명되고 있음을 보여준다.

　흑인시가 미국시의 외연을 넓힌다는 차원에서 주목을 받았다면, 엘리엇의 시는 미국시의 내연을 확인하는 차원에서 심도 있게 논의된다. 해방기에 가장 많이 번역된 미국시는 휘트먼의 시이지만, 그것은 1920년대부터 지속되어온 연구의 연장선상에 놓이기 때문에 해방기라는 시대적 특수성을 크게 반영하고 있지는 않다. 물론 엘리엇도 이미지즘이 활발히 수용되던 1930년대부터 흄, 에즈라 파운드와 함께 논의되어왔고, 특히 「황무지」는 김기림의『기상도』에 많은 영향을 끼쳤다. 하지만 1935년 박용철과 정인섭이「황무지」의 일부를 처음 번역한 이후 임학수가 1939년에 짧은 시인「매기의 여행」과「종매 엘리콜」을 번역했던 것이 실제 문단

51　한흑구,「흑인문학의 지위」,『예술조선』제2호, 1948.1, 16쪽.

에 소개된 엘리엇 시의 전부였다. 엘리엇 시에 대한 연구가 본격적으로 진행된 것은 해방 이후, 특히 노벨문학상을 수상한 1948년을 전후한 시점부터이다.[52] 해방 후 엘리엇 시는 1946년에 출간된 김기림의 『문학개론』에 「텅빈 사람들」, 「J.A. 프루프록의 연가」, 「어느 부인의 초상」의 몇 구절이 번역·인용되었고, 노벨상 수상 소식이 알려진 다음에는 「허무한 인간」(『자유신문』, 1948.10.23) 과 「창머리의 아츰」(『자유신문』, 1948.11.7) 두 편이 소개되었다. 그리고 마침내 1949년 1월 이인수가 『신세대』에 「황무지」를 완역하여 실으면서 비로소 엘리엇 시 연구의 초석이 마련되었던 것이다. 따라서 해방 전 시단에 미친 엘리엇의 영향은 김기림과 최재서 같은 영문학 전공자를 제외하고는 극히 제한적이었기 때문에 해방 이후 대학 강의, 학회 논문 발표 등을 통해 폭넓게 수용되면서 엘리엇 문학이 중요한 의의를 지니게 되었다고 봐야할 것이다.

八·一五를 지나 삼 년 반이나 되는 남조선의 오늘의 정신적 심리적 분위기가 차라리 사십 년 전 「황무지」의 시대성을 아직도 벗어나지 못했다고 느껴지는 이유와, 그리고 조선현대시에 다소라도 양식이 됨직도 하다는 신념에서 이 장편시를 번역해 본 것이다.[53]

1차 대전 후 저 혼미와 불안에 찬 20년대의 정신적 징후를 그의 독특한 상징주의적 방법으로 정확하고 예리하고 함축 있게 짚어내서 보여준 곳에 그의 시의 남다른 성격이 있는 듯하다. … 불란서에서는 일찍이 1차 대전

52 김용권, 「Eliot 시의 번역 – 1930년대, 40년대를 중심으로」, 『T.S. 엘리엇 연구』 제11호, 한국T.S.엘리엇학회, 2001, 가을.
53 이인수, 「역자의 말」, 『신세대』, 1949.1; 이성일, 「T.S. 엘리엇의 『황무지』 초역 – 고 이인수 교수의 육필원고와 활자인쇄본」, 『T.S. 엘리엇 연구』 제16권 제2호, 2006.12, 251쪽 재인용.

후에 풍미하던 불안의 철학자 「키엘케고르」의 제자 「장 폴 사르트르」의 실존
주의가 방금 성행한다고 한다. 그럴진대 오늘 영국에는 어쩌면 당대의 불안
의 시인 「엘리엇」이 다시 음미될 소지가 준비되어 있는지도 모르겠다.[54]

영미문학에서 엘리엇의 영향은 거의 절대적이지만 단지 그 이유만으
로 엘리엇에 대한 관심이 증대했던 것은 아니다. 이때는 이미지즘이나
주지주의 같은 문예사적인 차원에서 논의되기보다는 정신적, 문화적인
차원에서 논의되는 경향을 보였다. 김기림과 이인수가 지적했듯이, 해
방된 조선의 현실이 "「황무지」의 시대성"과 "혼미와 불안에 찬 20년대의
정신적 징후"를 벗어나지 못한 상황이었기 때문에 엘리엇의 '황무지 의
식'을 재음미할 필요가 있었던 것이다. 이러한 진단이 반영된 듯 '황무지
의식'은 재음미의 차원을 넘어 문단의 지배적인 경향으로 자리한다. 이
를 가장 잘 보여주는 예가 전후 모더니즘 시운동을 주도하였던 '후반기'
동인이다. 동인의 중심점이었던 박인환은 「현대시의 불행한 단면」(주간
국제, 1952.6.16)에서 '후반기' 동인의 성격과 목표를 설명하는데, 여기서
그는 자신들이 "황폐한 정신적 풍토"를 기반으로 성장하고 사고해왔기
때문에 동인의 "최초의 결합과 종말의 목표" 역시 "항상 동일한 지적 불
안"에서 이루어진다고 진술한다. 그리고 T.S. 엘리엇, W.H. 오든, S.
스펜더의 세계관에 근거한 "지적 불안"의 특징에 대해 논하면서, "현대
시의 불행"은 엘리엇이 「황무지」에서 제기한 문제의식에서 시작되었기
때문에 "엘리엇 이후의 경향과 문제를 어떻게 정리하느냐"에 따라 현대
시와 '후반기' 동인의 의의가 생겨난다고 주장한다. 이렇듯 엘리엇의 '황
무지 의식'은 문학사적 연구의 대상이 아니라 현실을 인식하는 하나의

---

54 김기림, 「「T.S. 엘리엇」의 시 – 「노벨」 문학상 수상을 계기로」, 『자유신문』, 1948.11.7;
   『김기림 전집 2』, 심설당, 1988, 384~385쪽.

새로운 지적 경향으로 문단에 정착한다.

 '황무지 의식'과 마찬가지로 문단에 강한 영향력을 행사했던 것은 「전통과 개인의 재능」에 나타난 엘리엇의 '역사의식'이다. 엘리엇이 노벨상을 수상한 1948년은 남한 단독정부가 수립되면서 우익 문예조직이 남한 문단을 장악한 해이다. 맑스주의에 입각한 창작방법론을 갖추어 둔 좌익 문예조직과 달리 통일된 창작방법론이 없었던 우익 문예조직은 단정 수립을 전후하여 구체적인 방법론을 모색하기 시작했는데, 이때 엘리엇의 '역사인식', 좁혀 말하면 '전통론'이 우익 문학론의 핵심을 이루게 된다. 좌우 문학이념논쟁에서 '순수시론'을 주장했던 조지훈은 단정 이후 엘리엇의 역사의식을 토대로 한 '한국문학 전통의 현대화'를 새롭게 제안한다. 특히 「전통과 개인의 재능」의 일부분을 인용하고 있는 「현대문학의 고전적 의의」에서 그는 엘리엇의 역사적 의식을 "일시적인 것에 대한 의식인 동시에 항구적인 것에 대한 의식이요, 항구적인 동시에 일시적인 것에 대한 의식"으로 해석하고 그 역사적 의식이 '작가를 전통적이게 하고, 작가로 하여금 시대에 처한 자신의 위치, 자신의 현대성을 극히 예민하게 의식시키게 한다'고 설명한다.[55] 즉 전통은 과거뿐만 아니라 현재와 미래에도 통용될 만한 가치를 지닌 것이기 때문에 이러한 전통의식이 반영된 '고전문학', "우리 문학의 정상한 발전의 지표"를 마련하는 것이 현대문학의 진정한 과제라는 것이다. 이 같은 '전통의 현대성' 논의는 한국전쟁이 발발하면서 중단되었다가 1950년대 중반부터 다시 논의되기 시작했는데, 이때에도 엘리엇의 '역사의식', '전통 개념'은 중요한 이론적 근거로 활용된다.

---

55 조지훈, 「현대문학의 고전적 의의」, 『문예』 제2권 제4호, 1950.4, 125쪽. 흥미로운 것은 조지훈의 글과 함께 양주동이 번역한 「전통과 개인의 재능」이 실렸다는 점이다.

4. 나오며

상호 이질적인 문화 영역 간에는 문화 교류가 자연스럽게 발생한다. 한국의 근대문학 역시 외국문학에 자극을 받아 출발하였고, 그 성장과정에서도 외국문학과의 관련을 무시하고 논의할 수 없을 만큼 지속적으로 그것을 체계적으로 연구하고 발전적으로 수용해왔다. 그러나 일본을 매개로 했던 해방 이전의 교류는 자연적이고 정상적인 교류가 아니었다. 따라서 해방은 그러한 식민지 문학의 한계를 극복하면서 올바른 민족문학을 수립할 수 있는 계기였으며, 이때의 외국문학 수입은 한국문학의 틀어져 있는 중심을 바로잡고자 했던 문단의 주요 현안 중 하나였다. 그러나 사상적 정치적 혼란, 미군정의 위선, 분단의 고착화, 반공주의의 확산 등의 사회적 제 조건들은 외국문학을 적극 수입하여 세계적 안목을 구비하고자 했던 각종 노력과 계획을 수포로 만들었다.

그럼에도 한국문인들은 미군에서 유출된 서적과 잡지에 전적으로 의존하면서도, 미국문학의 한국적 토착화를 통해 문화적 정체를 극복하는 데 나름의 성과를 거두었다. 특히 흑인문학이 이룬 문학적 성과를 분석하며 한국문학이 세계문학에 관여할 수 있는 가능성을 확보했으며, 엘리엇의 '황무지 의식'과 전통 의식을 내면화하면서 거기에 담긴 현대성의 문제를 민족문학 논의로 발전시켰다. 즉 미국문학은 해방 이후 한국문학이 주체적 사고를 형성할 수 있는지를 확인시켜준 중요한 문학적 체험의 대상이었던 것이다.

외국문학 수입과 수용에 있어서 해방 전의 조선은 일제에 의해 폐쇄된 사회, 한국전쟁 이후의 한국은 외국의 각종 문예사조에 경도되었던, 극히 개방적인 사회였다. 그리고 그 사이에 놓인 해방공간은, 좌우 이데올로기의 공존을 허용했던 자유의 공간으로 인식되면서, '폐쇄'에서 '개방'

으로 이행하는 과도기로 분류된다. 주의해야할 것은 이런 구분이 해방기가 일제 말기보다 외국문학 수입 상황이 악화된 시기였다는 사실을 간과하게 한다는 점이다. 이는 특히 전후 문단의 개방성을 전쟁에 대한 피해의식으로 설명하게끔 유도한다. 즉 개방성을 불러일으킨 원인이 '전후의 혼란에서 벗어나려는 정신적 몸부림'이나 '전후의 상처에 대한 치유의 일환'이라는 것이다. 피해의식의 영향을 무시할 순 없지만, 그것은 현실적인 사안과 접합될 필요가 있다. 그리고 해방부터 줄곧 문인들을 자극해온, 외국문학에의 열망과 수입 상황 사이의 커다란 간극은 전후 문단을 개방적인 사회로 변모시킨 본질적이면서 현실적인 사안으로 볼 수 있을 것이다.

수록 논문 출처

강계숙

「해방기 '전위'의 초상 – 『전위시인집』의 특징을 중심으로」, 『한국학연구』
제45집(인하대학교 한국학연구소, 2017.5).

강동호

「만주의 우울 – 백석의 후기 시편에 나타난 시적 자의식」, 『한국언어문화』
제62호(한국언어문화학회, 2017.4).

강정구

「민족을 상상하는 해방기의 문학 – 일(日)·미(美) 표상을 중심으로」, 『어문
학』 제132집(한국어문학회, 2016.6).

양순모

연세대학교, 고려대학교, 전남대학교, 경북대학교 BK21플러스 사업단이
공동 주최한 제2회 전국 대학원생 학술 포럼(고려대학교, 2017. 8.25)에
서 발표한 원고이다.

임곤택

「해방기 서정주의 선택과 '민족'의 재구성」, 『한국학연구』 제45집(인하대
학교 한국학연구소, 2017.5).

임유경
「'오빼꾼'과 '조선사절단', 그리고 모스크바의 추억 : 해방기 소련기행의 문화정치학」, 『상허학보』 제27집(상허학회, 2009.10).

장철환
「해방기 정지용의 시에 나타난 현실의식 연구」, 『한국시학연구』 제51호 (한국시학회, 2017.8).

정명교
「설정식 시에 나타난 민족의 형상 – 조국건설의 과제 앞에 선 한 해방기 지식인의 특별한 선택과 그 시적 투영」, 『동방학지』 제174집(연세대학교 국학연구원, 2016.3).

조강석
이 논문은 『한국시학연구』 제45호(한국시학회, 2016.2)에 게재되었다가 일부 수정되어 필자의 저서인 『한국문학과 보편주의』(소명출판, 2017.5)에 수록되었다. 본 책에서는 이를 다시 발췌 및 수정하여 게재한다.

조영추
「기억, 정치이념과 몸의 정체성 – 해방기 이용악의 시 세계를 중심으로」, 『한국학연구』 제45호(인하대학교 한국학연구소, 2017.5).

최서윤
「이중 언어 세대와 주체의 재정립 : 박인환의 경우」, 『인문과학연구논총』 제35권 4호(명지대학교 인문과학연구소, 2014.11)를 대폭 수정하여 재수록한다.

최호빈

「민족문학의 기획과 외국문학 수용 – 해방기 외국문학 수입 양상과 미국시를 중심으로」, 『현대문학이론연구』 제66집(현대문학이론학회, 2016.9).

홍성희

「'이념'과 '시'의 이율배반과 월북 시인 오장환」, 『한국학연구』 제45집(인하대학교 한국학연구소, 2017.5)을 수정 및 보완한 것이다.

홍정선

일조각에서 2008년 8월에 펴낸 『한국사 시민강좌』 제43집의 특집 "대한민국을 세운 사람들"에 발표되었던 글이다.

제1장 응시 : 문학의 어깨에 올라 역사 전망의 바깥에 서다

【해방기 정지용 시의 연구】_ 장철환

정지용, 『散文』, 동지사, 1949.1.
_____, 「餘滴」, 『경향신문』, 1946.10.
_____, 「春雷集」, 『현대시집 Ⅰ』, 정음사, 1950.
_____, 『정지용 전집 1, 2』, 민음사, 1988(1999).
_____, 『정지용 전집 1, 2, 3』, 서정시학, 2015.

기　자, 「文學同盟의 새 진용 결정」, 『자유신문』, 1945.12.
_____, 「감화원편 – 不良兒 俊聰으로 一變」, 『조선일보』, 1946.8.
_____, 「금일문학자대회 전국에서200대표가참가예정」, 『자유신문』, 1946.2.
_____, 「金九主席臨席下 獨立미사祭擧行」, 『동아일보』, 1945.12.9.
_____, 「늘어만가는不良少年 社會紊亂과家庭環境이罪」, 『경향신문』, 1949.3.
_____, 「文盟서울支部準備」, 『자유신문』, 1946.8.
_____, 「文學同盟中央委員結成大會에서 選擧」, 『중앙신문』, 1945.12.
_____, 「詩人鄭芝溶氏도加盟 轉向之辯『心境의 變化』」, 『동아일보』, 1949.11.
_____, 「兒童文學委員會서 兒童文學發刊」, 『중앙신문』, 1945.11.
_____, 「『어린이나라』 동지사에서창간」, 『경향신문』, 1948.12.

김기림, 「1933년 시단의 회고」, 『김기림 전집 2. 시론』, 심설당, 1988.
김동석, 『김동석 평론집』, 서음출판사, 1989.
김명인, 『시어의 풍경』, 고려대학교 출판부, 2000.
김윤식, 「정지용이 최후로 남긴 두 가지 물증」, 『서정시학』 19호, 2009.3.
김종윤, 「지용 문학에 대한 몇 가지 의문」, 『한국시학연구』 7호, 2002.11.
류경동, 「해방 직후와 단정 수립기의 정지용 문학 연구」, 『현대문학연구』 37호, 2009.
박민규, 「조선문학가동맹 '詩部'의 시 대중화 운동과 시론」, 『한국시학연구』 33호, 2014.4.
박산운, 「시인 정지용을 방문하다」, 『신세대』 통권 22호, 1948.2.
박용철, 「신미시단의 회고와 비판」, 『중앙일보』, 1931.12.

박태일, 「새자료 발굴로 본 정지용의 광복기 문학」, 『어문학』, 2004.3.
배호남, 「해방기의 정지용 문학에 관한 고찰」, 『인문학연구』 29호, 2015.
송기섭, 「정지용의 산문 연구」, 『국어국문학』 115호, 1995.12.
양주동, 「1933년 시단비평」, 『신동아』, 1933.12.
이순욱, 「국민보도연맹시기 정지용의 시 연구」, 『한국문학논총』 41집, 2005.12.
이숭원, 『정지용 시의 심층적 탐구』, 태학사, 1999.
임성규, 「해방 직후 윤석중 동요의 현실 대응과 작품 세계」, 『아동청소년문학연구』 2호, 2008.6.
임 화, 「曇天下의 詩壇 一年」, 『신동아』 50호, 1935.12.
조연현, 「수공예술의 말로(상) - 정지용씨의 운명」, 『평화일보』, 1947.8.
＿＿＿, 「해방문학 5년의 회고 2」, 『신천지』, 1949.10.
최성윤, 「해방기 좌익 문학단체의 성격과 '민족문학론'의 전개」, 『국어문학』 58집, 2015.2.

【해방기 '전위'의 초상】 _ 강계숙

곽명숙, 「해방기 문학장에서 시문학의 자기비판과 민족문학론」, 『한국시학연구』 44집, 2015.
권혁남, 「분노에 대한 인간학적 고찰」, 『인간연구』 19집, 2010.
김광현 외, 『전위시인집』, 노농사, 1946.
김기림, 『김기림전집2 - 시론』, 심설당, 1988.
김동석, 『예술과 생활』, 박문출판사, 1947.
김수영, 「분노에 대하여」, 『문학과사회』 가을호, 2007.
김양희, 「해방기 시에서 '전위'의 의미 - 『전위시인집』과 『신시론』을 중심으로」, 『한국학연구』 58집, 2016.
김예림, 「치안·범법·탈주 그리고 이 모든 사태의 전후 - 학병 로망으로서의 『청춘극장』과 『아로운』」, 『대중서사연구』 24집, 2010.
문제안 외, 『8·15의 기억: 해방공간의 풍경, 40인의 역사체험』, 한길사, 2005.
박명규, 『국민·인민·시민』, 소화, 2014.
박명림, 「한국의 국가형성, 1945-48 : 시각과 해석」, 『한국정치학회보』 29집, 1995.
＿＿＿, 『한국전쟁의 발발과 기원 2』, 나남출판, 1995.
박용찬, 「해방기 시문학 매체에 나타난 시적 담론의 특성 연구 - 서, 발, 후기를 중심으로」, 『어문논총』 47집, 2007.
손병석, 『고대 희랍·로마의 분노론』, 바다출판사, 2014.
송희복, 「해방기 시단의 청록파와 전위시인파 비교 연구」, 『한국문예비평연구』 37집, 2012.
신동옥, 「해방기 '전위시인'의 시적 주체 형성 전략」, 『동아시아문화연구』 52집, 2012.

오문석, 「해방기 시문학과 민족 담론의 재배치」, 『한국시학연구』 25집, 2009.

유성호, 「해방기 시의 세대론」, 『한국시학연구』 33집, 2012.

유진오, 「싸우는 감옥」, 『문학』 4호, 1947.

이경수, 「해방기 시의 건설과 수사적 특징」, 『한국시학연구』 45집, 2016.

이구영·윤영천, 「특별대담 해방기 진보적 문인들의 행적」, 『민족문학사연구』 9집, 1996.

이기성, 「해방기 시에 나타난 가족주의와 국가주의 - '자기비판'의 문제를 중심으로」, 『상
　　　허학보』 26집, 2009.

＿＿＿, 「해방기 신진시인 연구」, 이화여자대학교 석사학위논문, 1991.

이민호, 「해방기 '전위시인'의 탈식민주의 성향 연구」, 『우리말글』 37집, 2006.

이종호, 「가난한 자들의 공통된 이름, 다중」, 『실천문학』 겨울호, 2009.

이태준, 「해방전후」, 『문학』 1호, 1946.

이혜령, 「해방(기) : 총 든 청년의 나날들」, 『상허학보』 27집, 2009.

＿＿＿, 「해방기 식민기억의 한 양상과 젠더」, 『여성문학연구』 19집, 2008.

임　화 외, 「문학자의 자기비판」, 『인민예술』 2호, 1946.

＿＿＿, 「문학의 인민적 기초」, 『중앙신문』, 1945.12.

정근식, 「남한지역의 사회·경제와 미군정」, 『한국현대사의 재인식1 - 해방정국과 미소
　　　군정』, 한흥수 외, 오름, 1998.

정영진, 『통한의 실종문인』, 문이당, 1989.

최지현, 「학병의 기억과 국가 - 1940년대 학병의 좌담회와 수기를 중심으로」, 『한국문학
　　　연구』 32집, 2007.

안토니오 네그리, 『혁명의 시간』, 정남영 옮김, 갈무리, 2004.

알랭 바디우 외, 『인민이란 무엇인가』, 서용순 외 옮김, 현실문화, 2014.

윌리엄 M.레디, 『감정의 항해 : 감정이론, 감정사, 프랑스혁명』, 김학이 옮김, 문학과지
　　　성사, 2016.

조너선 컬러, 『문학이론』, 조규형 옮김, 교유서가, 2016.

파냐 이사악꼬브나 샤브쉬나, 『1945년 남한에서』, 김명호 옮김, 한울, 1996.

한나 아렌트, 『인간의 조건』, 이진우·태정호 옮김, 한길사, 1996.

조선문학가동맹, 「소식과 통신」, 『문학』 2호, 1946.

학병동맹본부, 『학병』 2호, 1946.

「수천군중 애도리에 희생된 삼(三)학병 합동장의」, 『자유신문』, 1946.1.31.

「삼엄한 경계」, 『자유신문』, 1946.1.

【만주의 우울】 _ 강동호

곽효환, 「백석시의 북방의식 연구」, 『비평문학』 45호, 한국비평문학회, 2012.

김수림, 「방언 – 혼재향의 언어 : 백석의 방언과 그 혼돈, 그 비밀」, 『어문논집』 55호, 민족어문학회, 2007.

김용희, 「백석의 북방체험과 도가적 상상력」, 『한국문학이론과비평』 33호, 한국문학이론과비평학회, 2006.

김윤식 · 김현, 『한국문학사』, 민음사, 1973.

김진희, 「시인 존재론의 탐구에서 동화시에 이르는 길 – 백석의 후기시를 중심으로」, 『한국시학연구』 34호, 한국시학회, 2012.

백 석, 「슬품과진실」, 『만선일보』, 1940.5.

_____, 『정본 백석 시집』, 고형진 엮음, 문학동네, 2007.

서준섭, 「백석과 만주 – 1940년대의 백석시 재론」, 『한중인문학연구』 19호, 한중인문학회 2006.

심원섭, 「자기 인식 과정으로서의 시적 여정 – 백석의 만주 체험」, 『세계한국어문학』 6호, 세계한국어문학회, 2011.

오양호, 「일제강점기 북방파 이민문학에 나타나는 작가의식 연구 – 백석의 후기시를 중심으로」, 『한민족어문학』 45호, 한민족어문학회, 2004.

유종호, 「한국의 페시미즘」, 『현실주의 상상력』, 나남, 1991.

유진오, 「신경」, 『춘추』, 1942.10.

이경수, 「백석시의 낭만성과 동양적 상상력 – 유토피아 의식을 중심으로」, 『한국학연구』 21호, 2004.

이기성, 「초연한 수동성과 운명의 시쓰기」, 『한국근대문학연구』 17호, 근대문학회, 2008.

이명찬, 「한국 근대시의 만주 체험」, 『한중인문학연구』 13호, 한중인문학회, 2004.

이희중, 「백석의 북방시편 연구」, 『우리말글』 32호, 우리말글학회, 2004.

정명교, 「한국현대시에서 서정성의 확대가 일어나기까지」, 『한국시학연구』 16호, 한국시학회, 2005.

楚 荊, 「尋家記 – 滿洲初創期의 一齣」, 『만선일보』, 1940.4.

한석정, 『만주모던』, 문학과지성사, 2016.

허 준, 「습작실에서」, 『잔등』, 문학과지성사, 2015.

황현산, 「불모의 현실과 너그러운 말」, 『잘 표현된 불행』, 문예중앙, 2012.

미셸 콜로, 『현대시와 지평 구조』, 정선아 옮김, 문학과지성사, 2003.

미셸 푸코, 『헤테로토피아』, 이상길 옮김, 2014.

발터 벤야민, 『보들레르의 작품에 나타난 제 2제정기의 파리』, 김영옥 · 황현산 옮김, 길, 2010.

장 스타로뱅스키, 『장 자크 루소, 투명성과 장애물』, 이충훈 옮김, 아카넷, 2012.

장-자크 루소, 『고독한 산책자의 몽상』, 김중현 옮김, 한길사, 2007.

죠르조 아감벤, 『호모 사케르』, 박진우 옮김, 새물결, 2008.

하시야 히로시, 『일본제국주의, 식민지 도시를 건설하다』, 김제정 옮김, 모티브, 2005.

Slavoj Žižek, *The Fragile Absolute*, Verso, 2000.

Elizabeth Millán-Zaibert, *Friedrich Schlegel and the Emergence of Romantic Philosophy*, State University of New York Press, 2007.

Jacques Lacan, *The Power of the Impossible in The Seminar of Jacques Lacan Book XVII : The Other Side of Psychoanalysis*, W.W. Norton & Company, 2007.

Giorgio Agamben, *Remnants of Auschwitz : The Witness and the Archive*, Zone Books, 2000.

Paul de Man, "The Rhetoric of Temporality", *Blindness and Insight*, University of minnesota Press, Minneapolis, 1983.

Philippe Lacoue-Labarthe, Jean-Luc Nancy, *The Literary Absolute : The Theory of Literature in German Romanticism*, State University of New York Press, 1988.

【『오랑캐의 꽃』의 이용악과 해방기 연구】_ 양순모

김남천, 『김남천 전집II』, 정호웅·손정수 엮음, 도서출판박이정, 2000.

이용악, 『이용악 전집』, 곽효환·이경수·이현승 엮음, 소명출판, 2015.

이태준, 「해방 전후」, 『이태준 전집 3』, 소명출판, 2015.

최인훈, 『화두 2』, 문학과지성사, 2008.

강계숙, 「'시의 정치성'을 말할 때 물어야 할 것들」, 『우울의 빛』, 문학과지성사, 2013.

강호정, 「해방기 시에 나타난 시와 시인의 위상」, 『한국시학연구』 33호, 한국시학회, 2012.

구재진, 「〈해방전후〉의 기억과 망각 – 탈식민의 서사전략」, 『한중인문학연구』 17집, 한중인문학회, 2006.

_____, 「해방 직후 자기비판소설의 윤리성과 정치성」, 『비교문학』 47집, 한국비교문학회, 2009.

김주연, 「체제변화 속의 기억과 문학」, 『황해문화』 3호, 1994.

박민영, 「이용악 시에 나타난 상호텍스트성의 의미」, 『한국문예비평연구』 45호, 한국현대문예비평학회, 2014.

방민호, 「최인훈의 『화두』와 조명희의 「낙동강」」, 『서정시학』 24권 4호, 2014.

오태영, 「해방과 기억의 정치학 – 해방기 기억 서사 연구」, 『한국문학연구』 39집, 동국대
    학교 한국문학연구소, 2010.
유석환, 「한반도의 안과 밖, 해방의 서사들」, 『상허학보』 29호, 상허학회, 2010.
유종호, 「체제 밖에서 체제 안으로 – 『오랑캐꽃』과 그 후의 이용악」, 『다시 읽는 한국시
    인』, 문학동네, 2002.
이경수, 「식민지 말기와 해방기의 이용악의 시적 선택」, 『근대서지』 12호, 근대서지학회,
    2015.
이상호, 『민주노동조합운동의 위기와 혁신에 대한 연구자료집』, 금속노조 노동연구원,
    2009.
이양숙, 「해방기 문학비평에 나타난 '기억'의 정치학」, 『현대문학연구』 28권, 한국현대문
    학회, 2009.
이현승, 「이용악 시 연구의 제문제와 극복 방안」, 『한국문학이론과 비평』 62호, 한국문
    학이론과 비평학회, 2014.
조강석, 「도착적 보편과 마주선 특수자의 요청 : 김기림의 경우」, 『한국학연구』 27호, 인
    하대학교 한국학연구소, 2012.
전상인, 「해방 공간의 사회사」, 박지향·김철·김일영·이영훈 편 『해방 전후사의 재인식
    2』, 책세상, 2006.
정과리, 「문학의 사회적 지평을 열어야 할 때」, 『1980년대의 북극꽃들아, 뿔고동을 불어
    라』, 문학과지성사, 2014.
정명교, 「한국 현대시에서 서정성의 확대가 일어나기까지」, 『한국시학연구』 16호, 한국
    시학회, 2006.
정우택, 「전시체제기 이용악 시의 위치」, 『한국시학연구』 41호, 한국시학회, 2014.
진은영·박수연·황현산 대담, 「市民들이 시쓰는 詩民이 됐으면 좋겠다」, 『한겨레21』 922호,
    2012.8.
진태원, 「『신학정치론』에서 홉스 사회계약론의 수용과 변용 – 스피노자 정치학에서 사회
    계약론의 해체 I」, 『철학사상』 19호, 서울대학교 철학사상연구소, 2004.
차성환, 「이용악 시에 나타난 식민지 민중 표상 연구 – 『오랑캐꽃』을 중심으로」, 『우리말
    글』 67호, 우리말글학회, 2015.
한아진, 「해방기 이용악의 자기비판과 시적 변모」, 『한국현대문학연구』 46호, 한국현대
    문학회, 2015.

B. 스피노자, 『신학정치론』, 황태연 옮김, 비홍출판사, 2013.
다카야마 마모루, 「지양」, 가토 히사다케 외 편저, 『헤겔사전』, 이신철 옮김, 도서출판b,
    2009.
라이너 마리아 릴케, 『릴케 전집 11 : 예술론(1893~1905)』, 장혜순 옮김, 책세상, 2001.

에티엔 발리바르, 『대중들의 공포』, 최원 옮김, 도서출판b, 2007.
_____, 『스피노자와 정치』, 진태원 옮김, 그린비, 2005.
임마누엘 칸트, 「세계 시민적 관점에서 본 보편사의 이념」, 『칸트의 역사철학』, 이한구 편역, 서광사, 2009.
조르조 아감벤, 『언어의 성사』, 정문영 옮김, 새물결, 2012.
지그문트 프로이트, 『정신분석학의 근본개념』, 박찬부 옮김, 열린책들, 2003.
테오도르 W. 아도르노, 『미학 이론』, 홍승용 옮김, 문학과지성사, 1984.
필립 라쿠-라바르트·장-뤽낭시, 『문학적 절대』, 홍사현 옮김, 그린비, 2014.
한나 아렌트, 『전체주의의 기원 1』, 이진우·박미애 옮김, 한길사, 2006.
한스게오르크 가다머, 『진리와 방법 1』, 이길우 외 옮김, 문학동네, 2012.

Carlos Fraenkel, "Spinoza on Miracles and the Truth of the Bible", *Journal of the History of Ideas, Volume 74 Number 4*, University of Pennsylvania Press, 2013.
Jan Assmann, "The Birth of History from the Spirit of the Law", *Cultural Memory and Early Civilization*, Cambridge University Press, 2011.

【기억·정치이념과 몸의 정체성】_ 조영추

곽효환·이경수·이현승 편, 『이용악 전집』, 소명출판, 2015.
김광현, 「내가 본 시인 – 정지용, 이용악」, 『민성』 제 9·10호, 1948.10.
유 정, 「암울한 시대를 비춘 외로운 시혼 – 향토의 시인 이용악의 초상」, 윤영천 편, 『이용악 시전집』, 창작과비평사, 1988.
이수형, 「용악과 용악의 예술에 대하여」, 『현대시인전집 1. 이용악집』, 동지사, 1949.
이용악, 「전국문학자대회인상기」, 『대조』, 1946.7.
조선문학가동맹 1946년도 문학상 심사위원회, 「1946년도 문학상 심사 경과 및 결정 이유」, 『문학』 3, 1947.

곽효환, 「해방기 이용악 시 연구」, 『한국시학연구』 41, 한국시학회, 2014.
박민영, 「이용악 시에 나타난 상호텍스트성의 의미 – 일제 말에서 해방기 시를 중심으로」, 『한국문예비평연구』 45, 한국현대문예비평학회, 2014.
박옥실, 「이용악 시 주체의 변모양상 연구 – 해방기를 중심으로」, 『어문논총』 62, 한국문학언어학회, 2014.
박용찬, 「해방직후 이용악 시의 전개과정 연구」, 『국어교육연구』 22, 국어교육학회, 1990.

박윤우, 「해방기 한국시에 나타난 역사의 기억과 재현 : 이용악과 오장환의 시를 중심으로」, 한국현대문학회 학술발표회자료집, 한국현대문학회, 2010.6.

염문정, 「관전사(貫戰史)의 관점으로 본 전쟁과 전후(戰後)의 삶 : 이용악 시를 중심으로」, 『동남어문논집』 35, 동남어문학회, 2013.

이경수, 「식민지 말기와 해방기의 이용악의 시적 선택」, 『근대서지』 12, 근대서지학회, 2015.

이완범, 「해방 직후 국내 정치 세력과 미국의 관계, 1945-1948」, 박지향·김철·김일영·이영훈 엮음, 『해방 전후사의 재인식 2』, 책세상, 2006.

정우택, 「전시체제기 이용악 시의 위치(position) - 『오랑캐꽃』을 중심으로」, 『한국시학연구』 41, 한국시학회, 2014.

조너선 컬러 지음, 『문학이론』, 조규형 옮김, 고유서가, 2016.

최명표, 「해방기 이용악의 시세계」, 『한국언어문학』 63, 한국언어문학회, 2007.

한아진, 「해방기 이용악의 남로당 활동과 의미」, 『코기토』 78, 부산대학교 인문학연구소, 2015.

_____, 「해방기 이용악의 자기비판과 시적 변모」, 『한국현대문학연구』 46, 한국현대문학회, 2015.

Czeslaw Milosz, *The Witness of Poetry (The Charles Eliot Norton Lectures 1981-1982)*, Harvard University Press, 1983.

【'이념'과 '시'의 이율배반과 월북 시인 오장환】 _ 홍성희

김동석, 「시와 혁명 - 오장환 역 『에세닌시집』을 읽고」(『예술과 생활』, 1947.6.10), 『김동석 비평 선집』, 현대문학, 2010.

_____, 「탁류의 음악 - 오장환吳章煥론」(『민성』, 1946.5~6), 『김동석 비평 선집』, 현대문학, 2010.

오소백, 「三八線遭難記」, 『新天地』 2권 3호, 1947.3.

오장환, 『오장환 전집』, 국학자료원, 2003.

홍종인, 「革命意識의 昂揚」, 『新天地』 1권 7호, 1946.8.

「조선 문학가동맹 운동사업 개황보고」, 『문학』 창간호, 1946.7, 송기한·김외곤 편, 『解放空間의 批評文學 2』, 태학사, 1991.

「조선문학의 지향 - 문인 좌담회 속기록」(1945.12.12.), 『예술』 3호, 1946.1, 송기한·김외곤 편, 『解放空間의 批評文學 1』, 태학사, 1991.

곽명숙, 「해방기 한국 시의 미학과 윤리 - 오장환과 설정식을 중심으로」, 『한국시학연구』 33호, 한국시학회, 2012.4.

김준현, 「해방기 이태준과 그의 월북」, 『서정시학』 25권 4호, 서정시학, 2015.11.

김지선, 「오장환의 '윤리의식' 연구」, 『인문논총』 32집, 경남대학교 인문과학연구소, 2013.10.

남기혁, 「해방기 시에 나타난 윤리의식과 국가의 문제 - 오장환과 서정주의 해방기 시에 대한 비교를 중심으로」, 『어문론총』 56호, 한국문학언어학회, 2012.6.

류진희, 「월북 여성작가 지하련과 이선희의 해방직후 - 소설 「창」, 「도정」을 중심으로」, 『상허학보』 38집, 상허학회, 2013.6.

박민규, 「오장환 후기시와 고향의 동력 - 옛 고향의 가능성과 새 고향의 불가능성」, 『한국시학연구』 46호, 한국시학회, 2016.5.

_____, 「조선문학가동맹 '詩部'의 시 대중화 운동과 시론」, 『한국시학연구』 33호, 한국시학회, 2012.4.

박윤우, 「오장환 시집 『붉은 기』에 나타난 혁명적 낭만주의에 관한 고찰」, 『한중인문학연구』 40집, 한중인문학회, 2013.8.

박진희, 「오장환 시의 근원에 대한 욕망과 '슬픔'의 정서」, 『개신어문연구』 36집, 개신어문학회, 2012.12.

배개화, 「조선문학가동맹과 북조선문학예술총동맹의 대립과 그 원인, 1945~1953」, 『한국현대문학연구』 44집, 한국현대문학회, 2014.12.

이승희, 「연극/인의 월북 : 전시체제의 잉여, 냉전의 체제화」, 『大東文化硏究』 88집, 성균관대학교 대동문화연구원, 2014.12.

이준식, 「지식인의 월북과 남북 국어학계의 재편 - 언어정책을 중심으로」, 『東方學志』 168집, 연세대학교 국학연구원, 2014.12.

임유경, 「'오뻬꾼'과 '조선사절단', 그리고 모스크바의 추억 - 해방기 소련기행의 문화정치학」, 『상허학보』 27호, 상허학회, 2009.10.

임지연, 「오장환 시에 나타난 '병든 몸'의 의미와 윤리적 신체성」, 『비평문학』 46호, 한국비평문학회, 2012.12.

조현아, 「오장환 시의 공간과 분열의 문제」, 『한국시학연구』 41호, 한국시학회, 2014.12.

한세정, 「해방기 오장환 시에 나타난 예세닌 시의 수용 양상 연구」, 『한국시학연구』 44호, 한국시학회, 2015.12.

슬라보예 지젝, 『시차적 관점』, 김서영 옮김, 마티, 2009.

Jacques Derrida, *Psyche : Invention of the Other Volume I*, Trans. Porter, Catherine. Stanford : Stanford University Press, 2007.

Simon M. Wortham, "Resistances - after Derrida after Freud." *Mosaic : a journal*

for the interdisciplinary study of literature, Vol. 44, No. 4, 2011.
Slavoj Žižek, *The Parallax View*, MIT Press, 2006.

제2장 기투 : 문학의 물레로 나를 뽑아 둥지를 잣다

【시인이란 기억 뒤의 한국문단 건설자】_홍정선

김광섭, 「해방 후의 문화운동 개관」, 『민성』 5권 8호, 1949.8.
이헌구, 『문화와 자유』, 청춘사, 1953.
조선문학가동맹 중앙집행위원회 서기국, 『건설기의 조선문학』, 1946.2.
조연현, 『내가 살아온 한국문단』, 현대문학사, 1968.
한국문인협회편, 『해방문학 20년』, 정음사, 1966.
홍정선 편, 『이산 김광섭 산문집』, 문학과지성사, 2005.9.
_____, 『카프와 북한문학』, 도서출판 역락, 2008.2.

【해방기 시론의 보편주의 연구】_조강석

김기림, 「민족문화의 성격」, 『서울신문』, 1949.11.
_____, 「소설의 파격」, 『문학』, 1950.5.
_____, 「어린 공화국이여」, 『신문예』, 1946.
_____, 「조선문학에의 반성」, 『인문평론』, 1940.10.
_____, 「지혜에게 바치는 노래」, 『해방기념시집』, 1945.12.
김동석, 「금단의 과실 – 김기림론」, 『신문학』, 1946.
_____, 「상아탑」, 『상아탑』 4호, 1946.
_____, 「시와 정치」, 『신조선』, 1945.12.
_____, 「시와 행동 – 임화론」, 『상아탑』 3~4호, 1946.
_____, 『부르주아의 인간상』, 탐구당서점, 1949.
_____, 『예술과 생활』, 박문출판사, 1947.
박연희, 「전후, 실존, 시민 표상 – 청년 모더니스트 박인환을 중심으로」, 『한국문학연구』 34호, 2008.
_____, 「해방기 '중간자' 문학의 이념과 표상 – 김기림의 민족 표상을 중심으로」, 『상허학보』 26집, 2009.6.

이봉범, 「잡지『신천지』의 매체 전략과 문학」, 『한국문학연구』 39호, 2010.12.

조강석, 「도착적 보편과 마주선 특수자의 요청」, 『한국학연구』, 27집, 2012.06.

_____, 「해방기 김기림의 의식 전회 연구 – 보편주의와 특수주의를 중심으로」, 『현대문학의 연구』 49호, 2013.2.

조지훈, 「고전주의의 현대적 의의 – 민족문학의 지향에 관한 노트」, 『문예』, 1949.10.

_____, 「순수시의 지향 – 민족시를 위하여」, 『백민』, 1947.3.

_____, 「시와 민족」, 『신문화』, 1947.7.

_____, 「현대시의 문제」, 『시연구』, 1955.

슬라보예 지젝, 『그들은 자기가 하는 일을 알지 못하나이다』, 박정수 옮김, 인간사랑, 2004.

알랭 바디우, 「하나는 스스로를 둘로 나눈다」, 『레닌 재장전』, 이은정 옮김, 마티, 2010.

조르조 아감벤, 『목적 없는 수단』, 김상운·양창렬 옮김, 도서출판 난장, 2009.

테리 이글턴·프레드릭 제임슨·에드워드 W. 사이드, 『민족주의, 식민주의, 문학』, 김준환 옮김, 인간사랑, 2011.

【해방기 서정주의 선택과 '신라'의 재현 양상】 _ 임곤택

김근수, 『한국잡지사연구』, 한국학연구소, 1992.

김 유 편역, 『이데올로기』, 인간과사회, 2003.

김익균, 「1940년대 전반기 서정주 시의 서구 지향과 동양 지향」, 『동서비교문학저널』 28호, 한국동서비교문학학회, 2013.

남기혁, 「서정주 문학의 현재적 의미와 논의의 새로운 출발점」, 『한국시학연구』 제44호, 한국시학회, 2015.

서정주, 『서정주 시전집』, 민음사, 1994.

_____, 『서정주문학전집』 1~5, 일지사, 1972.

송건호·강만길, 『한국 민족주의론 1』, 창작과비평사, 1982.

임곤택, 「1950~60년대 서정주 시 연구」, 『한국언어문학』 제76집, 한국언어문학회, 2011.

정명교, 「설정식 시에 나타난 민족의 형상」, 『동방학지』 제174집, 연세대학교 국학연구원, 2016.

최덕교 편저, 『한국잡지연감』 3, 현암사, 2004.

최현식, 『서정주 시의 근대와 반근대』, 소명출판, 2003.

한점수, 『이데올로기 민족주의 공산주의』, 박영사, 1984.

허병식, 「식민지 조선과 신라의 심상지리」, 『비교문학』 41집, 한국비교문학회, 2007.

허윤회, 「해방 이후의 서정주 – 1945~1950」, 『민족문학사연구』 제36권, 민족문학사연구소, 2008.
황종연 외, 『신라의 발견』, 동국대학교 출판부, 2008.

『가정신문』, 『동아일보』, 『백민』, 『혜성』.

【설정식 시에 나타난 민족의 형상】_ 정과리

곽명숙, 「해방 공간 한국시의 미학과 윤리」, 『한국시학연구』 33호, 2012.
곽효환, 「설정식의 초기 시 연구」, 『한국문예비평연구』 37권, 2012.
김기림, 「우리 시의 방향」, '조선문학가동맹'이 개최한 '전국문학자대회'(1946.2.18)에서
       의 강연문, 『건설기의 조선문학』, 1946.6.
_____, 『전집 2 시론』, 심설당, 1988.
김동석, 『뿌르조아의 인간상』, 탐구당서점, 1949.
김영철, 「설정식의 시세계」, 『관악어문연구』 제14집, 1989.
설희관 편, 『설정식 문학전집』, 산처럼, 2013.
신승엽, 「해방 직후의 민족문학론」, 『민족문학을 넘어서』, 2000.
이태준, 「해방 전후」, 『이태준 전집 3 : 사상의 월야, 해방 전후』, 소명출판, 2015.
임 화, 「조선 민족 문학 건설의 기본 과제에 관한 일반 보고」, 『건설기의 조선문학』,
       제1회 전국문학자대회, 보고연설及회의록, 조선문학가동맹, 1946.6.
정명교, 「사르트르 실존주의와 앙가주망론의 한국적 반향」, *Comparative Korean Studies*,
       Vol.23, No.3, 국제비교한국학회, 2015.12.
최두석 편, 『오장환 전집 2. 산문번역』, 창작과비평사, 1989.
최인훈, 『화두』 1, 2, 최인훈 전집 제 14·15권, 문학과지성사, 2008(초판본 : 민음사,
       1994년).

『건설기의 조선문학』, 제1회 전국문학자대회, 보고연설及회의록, 조선문학가동맹, 1946.6.
한국천주교주교회의, 『성경』, 한국천주교중앙협의회, 2005.

【시인/시민이 가야 할 미래는 무엇인가】_ 최서윤

맹문재 편, 『박인환전집』, 실천문학사, 2007.
문승묵 편, 『박인환 전집 : 사랑은 가고 과거는 남는 것』, 예옥, 2006.
엄동섭·염철 편, 『박인환 문학전집 1 시』, 소명출판, 2015.

강계숙, 「'불안'의 정동, 진리, 시대성 : 박인환 시의 새로운 이해」, 『현대문학의 연구』 51호, 2013.

_____, 「김수영 문학에서 이중언어 문제와 자코메티적 발견의 중요성」, 『한국근대문학 연구』 27호, 2013.

_____, 「김수영은 왜 시작노트를 일본어로 썼을까」, 『현대시』, 2005.

_____, 『우울의 빛』, 문학과지성사, 2013.

곽명숙, 「1950년대 모더니즘의 묵시록적 우울」, 『정신문화연구』 32권 3호, 2009.

김기림, 『김기림 전집 2』, 심설당, 1988.

김수영, 『김수영 전집 2』, 민음사, 2003.

김용희, 「김수영 시의 혼성성과 다성 언어 자의식」, 『현대문학의 연구』 24호, 2004.

김종곤, 「'역사적 트라우마' 개념의 재구성」, 『시대와 철학』 65호, 2013.

김 철, 「'국어'의 정신분석」, 『현대문학의 연구』 55호, 2015.

김 현, 『김현전집』 14, 문학과지성사, 1993.

_____, 『김현전집』 2, 문학과지성사, 1991.

김혜진, 「'진정성'이라는 거울에 비추어진 박인환」, 『한국근대문학연구』 28호, 2013.

김홍중, 「멜랑콜리와 모더니티」, 『마음의 사회학』, 문학동네, 2009.

맹문재 편, 『박인환 깊이 읽기』, 서정시학, 2006.

문심정연, 『김수영 연구의 새로운 진화』, 보고사, 2015.

박슬기, 「박인환 시에서의 우울과 시간 의식」, 『한국시학연구』 33호, 2012.

박연희, 「박인환의 미국 서부 기행과 아메리카니즘」, 『한국어문학연구』 제59집, 2012.

_____, 「전후, 실존, 시민표상」, 『한국문학연구』 34집, 2008.

박현수, 「전후 비극적 전망의 시적 성취 : 박인환론」, 『국제어문』 37집, 2006.

서석배, 「단일 언어 사회를 위해」, 『한국문학연구』 29호, 2005.

여태천, 「박인환 시에 나타난 언어적 불안과 부끄러움」, 『비교 한국학』 22권 2호, 2014.

오채운, 「박인환 시의 여성 이미지에 나타난 현실 인식 연구」, 『인문과학연구』 31권, 2013.

윤동주, 「종시」, 『윤동주 전집』, 문학과지성사, 2004.

이기성, 「제국을 횡단하는 시쓰기 – 박인환 시의 탈식민주의」, 『현대문학의 연구』 34호, 2008.

이동하 편저, 『박인환』, 문학세계사, 1993.

임 화, 『임화 문학예술 전집 5 – 평론 2』, 소명출판, 2009.

장인수, 「전후모더니스트들의 언어적 정체성」, 국제어문학회 학술대회 자료집, 2011.

정과리, 『뫼비우스 분면을 떠도는 한국문학을 위한 안내서』, 문학과지성사, 2016.

정영진, 「박인환 시의 탈식민주의 연구」, 『상허학보』 15권, 2005.

정우택, 「해방기 박인환 시의 정치적 아우라와 전향의 반향」, 『반교어문연구』 32권, 2012.

조윤정, 「전후 세대 작가들의 언어적 상황과 정체성 혼란의 문제」, 『현대소설연구』 37호, 2008.

최서윤, "Liberty as the Impossible, the Language of Silence", *International Journal of Korean Humanities* Vol.3, 2017.

_____, 「김수영 시의 아포리아 연구 – 시작관과 '미완성'을 중심으로」, 연세대학교 석사 학위논문, 2013.

한명희, 「박인환 시의 정신분석적 접근 – '죽음'과 '여성'의 문제」, 『어문학』 81호, 2003.

한수영, 「전후세대 문학의 언어적 정체성 – 전후 세대의 이중언어적 상황을 중심으로」, 『대동문화연구』 58호, 2007.

_____, 「전후소설에서의 식민화된 주체와 언어적 타자」, 『인문연구』 52권, 2007.

_____, 『전후문학을 다시 읽는다 : 이중언어 관전사 식민화된 주체의 관점에서 본 전후 세대 및 전후문학의 재해석』, 소명출판, 2015.

홍성희, 「김수영의 이중 언어 상황과 과오·자유·침묵으로서의 언어 수행」, 연세대학교 석사학위논문, 2015.

대니 노부스 엮음, 『라캉 정신분석의 핵심 개념들』, 문심정연 옮김, 문학과지성사, 2013.

슬라보예 지젝, 『How To Read 라캉』, 박정수 옮김, 웅진 지식하우스, 2011.

_____, 『이데올로기라는 숭고한 대상』, 이수련 옮김, 인간사랑, 2001.

슬라보예 지젝·레니타 살레츨 엮음, 『사랑의 대상으로서의 시선과 목소리』, 라캉정신분 석연구회 옮김, 인간사랑, 2010.

알렌카 주판치치, 『실재의 윤리』, 이성민 옮김, 도서출판 b, 2008.

이마무라 히토시, 『근대성의 구조』, 이수정 옮김, 민음사, 1996.

폴 발레리, 『발레리 선집』, 박은수 옮김, 을유문화사, 2015.

Radolphe Gasche, *The Wild Card of Reading on Paul de Man*, Harvard University Press, 1998.

제3장 정황 : 텅 빈 몸 안에 어겹된 타자들

【민족을 상상하는 해방기의 문학】 _ 강정구

『자유신문』, 1948.10.

강현두, 「한국문학 속의 미국의 대중적 이미지」, 『미국학논집』 11호, 한국아메리카학회, 1978.

구명숙 외 편, 『해방기여성단편소설Ⅱ』, 역락, 2011.

권영민 편저, 「한국 근대문학과 이데올로기 – 김윤식과 권영민의 대담」, 『월북문인연구』, 문학사상사, 1989.

김동성, 「해방 직후 민족주의의 행태적 특성 : 건준·인공·반탁운동의 현대적 함의」, 『신아세아』 13권 1호, 신아세아연구소, 2006.

김만선, 「압록강」, 『신천지』, 1946.2, 『압록강』, 깊은샘, 1988.

김만수, 「한국소설에 나타난 미국의 이미지」, 『한국현대문학연구』 25집, 한국현대문학회, 2008.7.

김승민, 「해방 직후 염상섭 소설에 나타난 만주 체험의 의미」, 『한국근현대문학연구』 16집, 한국근대문학회, 2007.

김용권, 「한국문학에 끼친 미국문화의 영향과 그 연구」, 『아세아연구』 26호, 고려대학교 아세아문제연구소, 1967.6.

김재명, 『한국현대사의 비극; 중간파의 이상과 좌절』, 선인, 2003.

남광규, 「해방초 국내외 정치세력의 대외인식과 대외노선을 둘러싼 세력투쟁 : 1945.8.15~9.6기간의 중간파 정치세력을 중심으로」, 『한국정치외교사논총』 25권 2호, 한국정치외교사학회, 2004.

박용찬, 『해방기 시의 현실인식과 창작방법 연구』, 경북대학교 박사학위논문, 1997.

서중석, 「해방정국의 중도파 정치세력을 어떻게 볼 것인가」, 『한국민족운동사연구』 39집, 한국민족운동사학회, 2004.

송규진·김명구·박상수·표세만, 『동아시아 근대 '네이션' 개념의 수용과 변용』, 고구려연구재단, 2005.

안미영, 「태평양전쟁직후 한일소설에 나타난 패전 일본여성의 성격 비교」, 『비평문학』 35집, 비평문학회, 2010.

엄흥섭, 「귀환일기」, 『우리문학』 1946.2, 차선일 편, 『엄흥섭 작품집』, 지식을 만드는 지식, 2010.

염상섭, 「엉덩이에 남은 발자국」, 『구국』 1948.1, 『염상섭전집 10』, 민음사, 1987.

유병용, 「해방 전후 중간파 민족주의의 성격」, 『한국정치외교사논총』 29집 1호, 한국정치외교사학회, 2007.

유철상, 「허준의 〈잔등〉고」, 『목원어문학』 14집, 목원대학교 국어교육학과.

윤민재, 『중도파의 민족주의운동과 분단국가』, 서울대학교 출판부, 2004.

윤해동, 『식민지의 회색지대』, 역사비평사, 2003.

이근영, 「고구마」, 『신문학』, 1946.6, 『이근영작품집』, 지식을만드는지식, 2010.

_____, 「탁류 속을 가는 박 교수」, 『신천지』, 1948.6, 『이근영작품집』, 지식을만드는지

식, 2010.

이대영, 「분단소설에 투영된 '미군상'」, 『비평문학』 21집, 2005.10.

이병순, 「허준의 「잔등」 연구」, 『현대소설연구』 6집, 한국현대소설학회, 1997.

이은휘, 「황영감」, 『신천지』, 1949.1.

이정숙, 「해방기 소설에 나타난 귀환의 양상 고찰」, 『현대소설연구』 48집, 한국현대소설
학회, 2011.

이주천, 「건국초기 미국의 對韓政策과 이승만의 대응책 (1948~1950)」, 『서양사학연구』
19집, 한국서양문화사학회, 2008.

임기현, 「허준의 〈잔등〉 연구」, 『한국현대문학연구』 30집, 한국현대문학회, 2010.

임종명, 「해방 공간과 인민, 그리고 민족주의와 민주주의」, 『한국사연구』 167호, 한국사
연구회, 2014.

임헌영, 「신항일문학론」, 『문학의 시대는 갔는가』, 평민사, 1988.

장덕조, 「삼십년」, 『백민』 20호, 1950.2.

장세진, 『상상된 아메리카 : 1945년 8월 이후 한국의 네이션 서사는 어떻게 만들어졌는가』,
푸른역사, 2012.

차희정, 「해방기 장덕조 소설에 나타난 여성성의 위장과 전유 : 잡지 게재 소설을 중심으
로」, 『한중인문학연구』 35호, 한중인문학회, 2012.

채만식, 「미스터 방」, 『대조』 2권 7호, 1946.7, 『채만식전집8』, 창작과비평사, 1989.

＿＿＿, 「역로」, 『신문학』, 1946.6, 『채만식전집8』, 창작과비평사, 1989.

＿＿＿, 「이상한 선생님」, 『어린이나라』 1호, 1949.9, 『채만식전집8』, 창작과비평사, 1989.

최강민, 「해방기에 나타난 허준의 변모 양상」, 『우리문학연구』 10집, 우리문학회, 1995.

허 준, 「잔등」, 『대조』 1-2호, 1946.1-7, 최원식 편, 『남생이 빛 속으로 잔등 지맥』,
창비, 2005.

황순원, 「술 이야기」, 『신천지』, 1947.2-4, 「술」로 개제, 『황순원전집2』, 문학과지성사,
1992.

B. Anderson, 『상상의 공동체』, 윤형숙 옮김, 나남, 2002.

Bruce Cumings, 『한국전쟁의 기원』, 김자동 옮김, 일월서각, 1986.

【모스크바의 추억】_ 임유경

강영주, 「홍명희와 해방 직후 진보적 문화운동」, 『역사비평』 40호, 역사비평사, 1997.

기광서, 「해방 후 소련의 대한반도정책과 스티코프의 활동」, 『중소연구』 26권 1호, 한양
대학교 아태지역연구센타, 2002.

신효숙, 『소련군정기 북한의 교육』, 교육과학사, 2003.

오기영, 「냉정(冷靜)과 은인(隱忍)으로」, 『경향신문』, 1947.1.

이 찬, 『쏘련기』, 평양 : 조소문화협회 중앙본부, 1947.

이강국, 「서」, 이태준, 『소련기행』, 평양 : 북조선출판사, 1947.

이기영, 「약진하는 쏘련 현장보고」, 국사편찬위원회 편, 『북한관계사료집 13』, 1992.

_____, 「인민의 나라 쏘연방의 약진상」, 『쏘련참관기(1)』, 평양 : 조소문화협회, 1947.

_____, 「협회사업의 앞으로의 발전을 위하여」, 『조쏘친선 1』, 평양 : 문화출판사, 1950.

이태준, 『소련기행』, 평양 : 북조선출판사, 1947.

임유경, 「미(美) 국립문서보관소 소장 소련기행 해제」, 『상허학보』 26집, 상허학회, 2009.

편집자, 「소개의 말」, 『해방』, 1946.12.

한설야, 「10년」(1955), 『한설야선집 14 : 수필』, 조선작가동맹출판사, 1960.

_____, 「국제문화의 교류에 대하야」, 『문화전선』 창간호, 1946.

허 민, 『쏘련참관기(2) : 쏘련의 인민교육』, 평양 : 조소문화협회, 1947.

현 수, 『적치육년의 북한문단』, 국민사상지도원, 1952.

David Spurr, *The Rhetoric of Empire : colonial discourse in journalism, travel writing, and imperial administration*, Durham : Duke University Press, 1993.

Harry D. Harootunian, 『역사의 요동 : 근대성, 문화 그리고 일상생활』, 윤영실 외 옮김, 휴머니스트, 2006.

Hayden V. White, "The Value of Narrativity in the Representation of Reality", edited by Mitchell, W. J. Thomas, *On Narrative*, Chicago : University of Chicago Press, 1981.

Leela Gandhi, 『포스트식민주의란 무엇인가』, 이영욱 옮김, 현실문화연구, 2000.

Maurice Halbwachs, edited and translated by Lewis A. Coser, *On Collective Memory*, Chicago : University of Chicago Press, 1992.

『경향신문』, 『동아일보』, 『서울신문』, 『정로』, 『조선일보』.

국사편찬위원회 편, 『북한관계사료집 13』, 1992.

국사편찬위원회 편, 『북한관계사료집 25』, 1996.

국사편찬위원회 편, 『자료 대한민국사 1』, 1968.

【민족문학의 기획과 외국문학의 수용】 _ 최호빈

김 균, 「미국의 대외 문화정책을 통해 본 미군정 문화정책」, 『한국언론학보』 제44-3호, 한국언론학회, 2000.7.

김동석, 『김동석 비평 선집』, 현대문학, 2010.

김병철, 『세계문학번역서지목록총람 : 1895-1987』, 국학자료원, 2002.

_____, 『한국근대서양문학이입사연구』 하, 을유문화사, 1982.

김수영, 『김수영 전집』 2, 민음사, 2009.

김영민, 『한국현대문학비평사』, 소명출판, 2000.

김용권, 「문학 이론의 번역과 수용(1950-1970)」, 『외국문학』 제48집, 열음사, 1996.

김용직, 「비평분야의 서구이론 수용양상 – 신비평을 중심으로」, 『비교문학』 제15집, 한국비교문학회, 1990.

김점숙, 「미군정과 대한민국 초기(1945-50년) 물자수급정책」, 이화여자대학교 박사학위논문, 2000.

김학동 외, 『한미문화의 교류』, 서강대학교 문과대학, 1979.

박민규, 「신시론과 후반기 동인의 모더니즘 시 이념 형성 과정과 그 성격」, 『어문학』 제124집, 한국어문학회, 2014.6.

박지영, 「해방기 지식 장의 재편과 '번역의 정치학'」, 『대동문화연구』 제68권, 성균관대학교 대동문화연구원, 2009.

박태진, 『박태진 시론집』, 시와산문사, 2012.

서은주, 「파시즘기 외국문학의 존재방식과 교양」, 『한국문학연구』 제42집, 동국대학교 한국문학연구소, 2012.6

양병식, 「한국 모더니스트의 영광과 비참」, 『세월이 가면』, 근역서재, 1982.

오영식, 『해방기 간행도서 총목록 : 1945-1950』, 소명출판, 2009.

이중연, 『책, 사슬에서 풀리다』, 혜안, 2005.

장사선, 「남북한 실존주의문학 수용 비교 연구」, 『비교문학』 제27권, 한국비교문학회, 2001.

전기철, 『한국전후문예비평연구』, 서울, 2013.

정근식, 「식민지 전시체제하에서의 검열과 선전, 그리고 동원」, 『상허학보』 제38집, 상허학회, 2013.6.

정선태, 「번역 또는 식민주의를 '애도'하는 방법」, 『번역비평』, 열음사, 1996.

한기형, 「'불온문서'의 창출과 식민지 출판경찰」, 『대동문화연구』 제72권, 성균관대학교 대동문화연구원, 2010.

찾아보기

저자 소개

강계숙(姜桂淑)

명지대학교 국어국문학과 조교수(2014-). 연세대학교 국어국문학과 및 동대학원 졸업. 2002년 제9회 창비 신인 평론상을 수상하며 문학평론가로 활동 시작. 계간 『문학과사회』 편집동인(2008-2015). 저서로 『미언』, 『우울의 빛』 등이 있다.

강동호(康棟皓)

문학평론가. 연세대학교 경제학과 졸업 및 연세대학교 국어국문학과 박사. 현재 한신대학교 문예창작학과에 재직하고 있다. 2009년 조선일보 신춘문예 평론 부문으로 등단하였으며, 현재 계간 『문학과사회』 편집동인으로 활동 중이다.

강정구(姜正求)

문학평론가. 경희대학교 국어국문학과 졸업, 동 대학원 박사. 경희대학교 학술연구교수 역임(2010.2-2017.1). 현재 경희대학교 강사. 2004년 계간 『문학수첩』 신인상 평론 부문, 2012년 계간 『예술가』 신인상 시인 부문으로 등단. 주요 평론 '계몽의 반성 – 박영근 論', '신경림 시에 나타난 민중의 재해석' 등이 있다.

양순모(梁舜模)

연세대학교 사회학과를 졸업하고, 같은 대학원 국어국문학과에서 「『님의 침묵』의 서정성 연구」로 석사학위를 받았다. 현재 박사과정에서 사회, 정치, 서정, 사랑, 애도 등의 개념에 관심을 가지며 공부하고 있다.

임곤택(林坤澤)

고려대학교 신문방송학과 졸업, 동 대학원 국어국문학과 박사. 고려대학교 교양교직부 교수. 2004년 불교신문 신춘문예로 등단하여 시집『지상의 하루』와『너는 나와 모르는 저녁』, 시론서『현대시와 미디어』,『전후 한국현대시와 전통』등을 간행했다. 최근에는 한국현대시와 미디어의 문제를 공부하고 있다.

임유경(林惟卿)

연세대학교 국어국문학과를 졸업하고 같은 대학 국문과 대학원에서 석·박사학위를 받았다. 현재 성균관대학교 동아시아학술원 연구원(박사 후 국내연수) 및 연세대학교 비교사회문화연구소 전문연구원으로 있다. 그간 남북한 문학과 냉전문화사를 공부하며 문학연구의 시야와 지평을 넓히는 데 관심을 기울였다. 최근에는 1960~70년대를 중심으로 권력의 통치 기술과 지식인·예술가의 자기 기술을 함께 연구할 수 있는 방법을 모색하고 있으며, '불온'의 역사를 써나가는 작업을 병행하고 있다. 주요 논문으로 「소련기행과 두 개의 유토피아」, 「'신원'의 정치」, 「불고지죄와 증언」 등이 있으며, 저서로는『한국현대 생활문화사 1960년대 : 근대화와 군대화』(창비, 2016),『불온의 시대 : 1960년대 한국의 문학과 정치』(소명출판, 2017),『백년의 매혹 : 한국의 지성, 러시아에 끌리다』(민속원, 2017) 등이 있다.

장철환(張哲煥)

현 연세대학교 국어국문학과 BK21플러스사업단 박사후연구원, 문학평론가. 연세대학교 철학과 및 동 대학원 박사. 2011년 〈현대시〉로 등단. 저서로『김소월 시의 리듬 연구』(저서),『당신이 읽어야 할 한국인 10』(공저),『이상 문학의 재인식』(공저),『돔덴의 시간』(평론집) 등이 있음. 한국 근현대 시의 언어에 집중하여, 리듬·수사·문체·비유 등을 연구하고 있다.

정명교(鄭明敎)

문학평론가(필명 정과리). 서울대학교 불어불문학과 졸업 및 동 대학원 박사. 충남대학교 불어불문학과 교수(1984.12-2000.08)를 거쳐, 현재 연세대학교 국어국문학과 교수(2000.09-)로 재직하고 있음. 1979년 동아일보 신춘문예를 통해 평론 활동 시작. 계간『문학과사회』편집동인(1988-2004). 동인문학상 종신 심사위원. 팔봉비평상, 현대문학상, 대산문학상, 편운문학상 수상. 저서로,『문학, 존재의 변증법』(1985)에서『뫼비우스 분면을 떠도는 한국문학을 위한 안내서』(2016)에 이르기까지 다수의 평론집, 문명에세이, 연구서 등이 있다. 연구집단 '문심정연'을 대표하고 있으며, 이 집단의 일을 확장하기 위해 다각도로 더듬고 있다.

조강석(趙强石)

문학평론가. 연세대 영어영문학과 졸업 및 동 대학원 국어국문학과 박사. 현재 인하대학교 한국학연구소 교수로 재직하고 있음. 2005년 동아일보 신춘문예 평론 부문 당선. 현재『현대시』,『쓺 – 문학의 이름으로』편집위원. 김달진젊은평론가상 수상. 연구서로『한국문학과 보편주의』(2017),『비화해적 가상의 두 양태』(2011), 평론집으로『이미지 모티폴로지』(2014),『경험주의자의 시계』(2010),『아포리아의 별자리들』(2007) 등이 있음. 현재 문학 이미지에 대한 새로운 접근법과 정동 개념을 중심으로 문학 텍스트를 내부로부터 외부로 전개시키기 위한 방법을 모색 중이다.

조영추(趙穎秋)

중국 廣東省 佛山 출생, 南京大學 한국어문학과를 졸업하고 동 대학원에서 석사 학위를 받았다. 현재 연세대학교 국어국문학과 박사과정 재학 중이며, 주요 연구 관심분야는 해방기 시 및 한·중 근대문학의 비교연구이다. 석사학위 논문으로는 동아시아 근대문학 형성과정에서 중국에서의 한국근대문학 수용이 가지는 의미를 밝히고자 한「중국에서의 한국근대문학 수용 양상 연구(1926-1949)」가 있다.

최서윤(崔瑞允)

연세대학교 영어영문학과를 졸업하고, 같은 대학원 국어국문학과에서 「김수영 시의 아포리아 연구」로 석사 학위를 받았다. 같은 과 대학원 박사과정을 수료했고, 방송통신대에서 강의 중이다. 공저로 『김수영 연구의 새로운 진화』(보고사, 2015)와 『단숨에 읽는 한국 근대문학사』(한겨레출판, 2016) 등이 있다. 해방 후 '고독·자유·소외'를 중심으로 펼쳐진 한국 시의 성좌를 재구성하며, 새로운 한국 문학을 상상하는 일에 관심이 있다.

최호빈(崔皞斌)

한국외국어대학교 프랑스어과 졸업 및 고려대학교 국어국문학과 박사. 2012년 경향신문 신춘문예 시 부문에 당선하였다.

홍성희(洪性嬉)

연세대학교 영어영문학과를 졸업하고 동 대학원 국어국문학과에서 「김수영의 이중 언어 상황과 과오·자유·침묵으로서의 언어 수행」으로 석사 학위를 받았다. 같은 대학원 국어국문학과 박사 과정 수료 후, 언어에 대한 감각과 시 쓰기 행위의 길항 관계를 살펴보는 데에 특별한 관심을 가지고 근·현대시의 면면을 공부하고 있다.

홍정선(洪廷善)

문학평론가. 서울대학교 국어국문학과 졸업 및 동 대학원 박사. 한신대학교 교수(1982.3-1992.8)를 거쳐, 현재 인하대학교 한국어문학과 교수(1992.8-)로 재직하고 있음. 1982년 『문학의 시대』를 만들면서 평론 활동 시작. 계간 『문학과사회』 편집동인(1988-2004). 팔봉비평문학상 운영위원장. 대한민국문학상, 현대문학상, 소천비평상 수상. 중국의 길림대학교 객좌교수(2002), 남경대학교 특별 초빙교수(2015). 저서로, 『역사적 삶과 비평』, 『인문학으로서의 문학』, 『카프와 북한문학』 등이 있다.

한국 언어·문학·문화 총서 **7**

빈 몸 속의 찬 말

: 해방기 문학의 존재론적 균열과 자기 건립의 의지

2017년 11월 17일 초판 1쇄 펴냄

저 자 연구집단 '문심정연(文深精研)'
펴낸이 김흥국
펴낸곳 보고사

책임편집 이순민·김하놀
표지디자인 손정자

등록 1990년 12월 13일 제6-0429호
주소 경기도 파주시 회동길 337-15 보고사 2층
전화 031-955-9797(대표)
    02-922-5120~1(편집), 02-922-2246(영업)
팩스 02-922-6990
메일 kanapub3@naver.com / bogosabooks@naver.com
http://www.bogosabooks.co.kr

ISBN 979-11-5516-750-2 94810
    979-11-5516-424-2 94080(세트)

ⓒ 연구집단 '문심정연(文深精研)', 2017

정가 33,000원
사전 동의 없는 무단 전재 및 복제를 금합니다.
잘못 만들어진 책은 바꾸어 드립니다.